新视界

始于未知　去往浩瀚

诗心缘事

中国诗歌叙事传统研究引论

中国诗歌叙事传统研究

董乃斌 著

上海远东出版社

图书在版编目（CIP）数据

诗心缘事：中国诗歌叙事传统研究引论／董乃斌著. —上海：上海远东出版社，2022
（中国诗歌叙事传统研究丛书）
ISBN 978-7-5476-1880-6

Ⅰ.①诗… Ⅱ.①董… Ⅲ.①诗歌研究—中国 Ⅳ.①I207.22
中国版本图书馆 CIP 数据核字（2022）第 241074 号

出 品 人　曹　建
责任编辑　王智丽
封面设计　观止堂_未氓

本书为国家社科基金重大项目"中国诗歌叙事传统研究"课题
（15ZDB067）研究成果

本书获 2022 年度国家出版基金资助

中国诗歌叙事传统研究丛书
诗心缘事：中国诗歌叙事传统研究引论
董乃斌　著

出　　版　上海远东出版社
　　　　　（201101　上海市闵行区号景路 159 弄 C 座）
发　　行　上海人民出版社发行中心
印　　刷　上海颛辉印刷厂有限公司
开　　本　890×1240　1/32
印　　张　16.125
插　　页　4
字　　数　363,000
版　　次　2023 年 9 月第 1 版
印　　次　2023 年 9 月第 1 次印刷
ISBN　978-7-5476-1880-6/I·370
定　　价　98.00 元

丛 书 说 明

"中国诗歌叙事传统研究"丛书一套七册,是国家社科基金重大项目"中国诗歌叙事传统研究"最终成果的结集。这七种书,由该课题六个子课题的成果(六册)和首席专家执笔的《诗心缘事:中国诗歌叙事传统研究引论》(一册,以下简称《引论》)组成。

感谢国家社科基金领导小组批准我们课题组以丛书形式结项。

感谢结项评审专家组不辞辛劳、认真负责地审阅本课题200万字左右的成果文本,特别感谢他们给予本成果的好评和提出的许多宝贵批评意见。这对我们增强信心继续修改以提高书稿质量,是巨大的鼓舞和帮助。

我们的课题偏于理论探讨的性质,特别应该充分发扬学术民主,百花齐放、百家争鸣,集思广益,乃至求同存异,所谓"旧学商量加邃密,新知培养转深沉"。课题的进行是科学研究的过程,即使课题结项,研究成果进入社会,也只是新的更大范围探讨商榷的开始。在将近六年的研究和写作过程中,我们一直抱持着这样的理念,也是这样实践的。我们的研究成果,从《引论》到所有子课题的文稿,均经个人钻研撰写,传阅互读,反复讨论斟酌修改甚至重写,终于形成几部(而不是一部)

学术专著。这些著作有一个共同的论题，有一致的理论基调和旨趣追求；而研究对象，除《引论》外，则各为中国诗史的某一段落。各子课题参与撰写的人数不等，学术水平也有参差，但各子课题负责人均认真组织，认真统稿，各自完成为一部独立的著作。毋庸讳言，各书在论述的结构安排，材料的选取运用，特别是文字风格上，是各具特色，各有短长，但都达到了一定的学术要求。鉴于这个情况，我们决定，各书保持自己的特色，不再进一步统一，而以丛书形式出版。丛书不设主编，各册相对独立，按撰写的实际情况署名，以体现对执笔人劳动和著作权的尊重，体现学术自由争鸣、文责自负的原则。

文史异同与关系问题，正在成为学界关注的热点，而叙事和叙事传统正是沟通文史的根本关键。深入研究叙事，绝不仅仅是对西方学界的呼应，而且是我国文史学术自身发展的需要。希望这套丛书对此有所贡献。

感谢上海远东出版社的大力支持，感谢诸位编辑的辛勤劳动。

感谢国家出版基金的有力资助。

感谢一切关心本书的学界同行和阅读本书、批评本书的所有读者。

中国诗歌叙事传统研究课题组
2022 年 10 月

目　录

上编　序说和关键词

一　传统 9
二　文学史贯穿线 15
三　"事" 20
四　叙事与抒情（含事、咏事、述事、演事）............ 42
五　诗篇抒叙结构分析 48
六　史性 78
七　诗性 90
八　诗史 94
九　赋比兴 105
十　写景 117
十一　诗修辞 124
十二　诗歌叙事传统基本内涵 148
十三　抒叙博弈 157
十四　抒叙博弈和文体演变 167
十五　叙事伦理与文化基因 170

下编　相关论文：诗歌叙事传统面面观

一　从抒情叙事两大传统论中国文学史……………175
二　中国诗歌叙事传统研究的构想…………………212
三　从诗史名实说到叙事传统………………………234
四　《诗经》史诗的叙事特征和类型…………………266
五　《诗经》风诗叙事及其传统………………………306
六　《古诗十九首》与中国文学的抒叙传统…………336
七　论抒情叙事、表现再现的互惠与博弈……………354
八　文类递嬗与抒叙博弈……………………………386
九　诗歌叙事传统的"技""道"与伦理………………412
十　诗歌叙事观念近代呈现的三点观察……………442
十一　关于中国诗歌叙事学的一点思考……………481

后记……………………………………………………506

序说和关键词

上编

2011年，我们完成了国家社科基金课题"中国文学叙事传统研究"，其最终成果《中国文学叙事传统研究》一书收入国家哲学社会科学成果文库，由中华书局于2012年出版。现在我们进行的"中国诗歌叙事传统研究"，是前项工作的继续和延伸。

在《中国文学叙事传统研究》一书的导论中，我们曾详细说明此项研究的缘起。这个缘起，其实也就是今日开展中国诗歌叙事传统研究的远源。当时所言大致有三个方面，简单说来——

一是为了承续此前的文学史学史和文学史学原理研究，而以此比较集中具体地探索文学史贯穿线问题；

二是质疑影响深广的"中国文学就是一个抒情传统"说，而以"叙事传统与抒情传统并存互动"论予以补正，藉以建构抒情叙事双线并贯的文学史论说范式；

三是受到西方叙事学研究丰硕成果的启发，也受到后现代主义混淆文史界限的刺激，遂联想到中国文学叙事传统既亟须加以梳理，文史关系的复杂关系尤须辨析澄清。

应该说，这三点仍与我们今天的工作有关。① 但需要说明，

---

① 欲知其详，可参董乃斌主编《中国文学叙事传统研究》导论第一、第二节，中华书局2012年版，第1—12页。

情况也有所变化，原第二点的重要性在我们这里已显然降低，而第一点和第三点则大为增强了。

如果说，当初在写《中国文学叙事传统研究》时，我们确实常常想到"中国文学就是一个抒情传统"说，甚至隐然把它作为我们的主要论辩对象的话，那么现在已经不再是这样了。一方面，那时我们比较在意的"就是一个"的提法，其片面性已经被揭示，与之相对的"抒叙两大传统"说，已经树立并为越来越多的学者所理解和认同。另一方面，在我们的新课题中，叙事传统的论述，自始至终都会与抒情传统密切相关，我们要讲的是中国文学史的两大传统，而绝非要树立一个传统就得取消另一个传统。"就是一个抒情传统"的提法不妥，但"存在一个抒情传统"却是事实。在当前的学术语境下，本课题的任务固然主要是阐述好中国诗歌的叙事传统，但叙事传统绝非孤立，更非唯一。这其中的应有之义，就包括了阐述好诗歌叙事传统与抒情传统的关系这个问题。力避造成新的偏颇，是我们时刻未忘的原则。

我们把自己的研究，明确定性为文学史研究，探索和论证文学史贯穿线是我们确定的主要目的。此外，由于近年来国内的叙事学研究兴盛，叙事学界的同仁既给我们许多启发帮助，也引我们为同道，我们自然也愿努力为中国叙事学的发展作些微薄的贡献。而文史关系这个涉及两大学科的根本问题，我们既有了一些看法，也应该勇于提出，以促进讨论的深入和这两个学科的健康发展。这几点的确是我们投入这个新课题的根本动机。

以上说的是远源。至于近因，那就更与此前的研究直接有关。

《中国文学叙事传统研究》采取按文类（也称文体或文学样式）为序的办法论述中国文学叙事传统的存在。文类的发展演变确实与抒叙两大传统的博弈和起伏消长关系密切。从文类递嬗看两大传统的关系，也确是一个方便而有利的角度。但限于条件，该书除古文字的叙事思维外，就只涉及了古文论、诗词、乐府、唐赋、古代散文、元杂剧、文言小说、章回小说等有限的几个文类。对于汪洋浩瀚、种类繁多的中国文学（人们多称之为"杂文学""泛文学"，我们则愿称之为"大文学"）而言，该书只能算是举例性质的。虽基本观点已立，但远不够深入充分。下一步该怎么做呢？我们考虑，既可以根据中国文学史的实况，从增补文类入手，即从面上来铺开、扩展；但也可以就某个文类挖掘，就这一文体作纵向的追寻，那可以说是点内的深入。鉴于"中国文学就是一个抒情传统"说的主要依据是中国古代诗歌，诗歌历来被认为是中国文学最主要、最有代表性的文体这样的普遍认识，我们觉得不妨把研究的目标集中到诗歌上来——如果能够比较充分地论证中国诗歌里不仅存在抒情传统，而且存在叙事传统，论证这两大传统从古到今在漫长的诗歌史中不断互动互竞互促、博弈前行的历程，那么，中国文学史抒情传统"唯一、独尊"这种观念的不合理性就更加不言而喻，而文学史抒叙双线并贯范式的构建，也就更是理所当然之事。当然，后一种做法，即论证中国诗歌的叙事传统，其难度比通过扩展文类来论说要大些。

　　谈论中国诗歌的叙事传统，难点不少。首先，诗歌向来被认为是抒情的载体，尤其是中国诗歌，远古没有希腊式的史诗，后世长篇叙事诗似乎也比不上抒情诗发达。讲起中国诗歌，人们的第一印象好像主要就是篇幅短小有限的抒情诗，积久成习，这似乎已成常识。中国古人论诗之作也很多，但所论多侧重情志议论、说理载道等方面，论及叙事者偏少，且从艺术角度视之，往往颇含贬义。那么，说中国诗歌存在着与抒情传统并列的叙事传统，究竟是否有足够的文学史依据呢？究竟是否要挑战常识呢？如果我们说有，那为什么前人又会罔顾这种根据而纷纷偏向抒情传统唯一独尊之说呢？这些都是需要解答的难题。

其次，有论者认为，抒情诗并不排斥叙事，就像它不排斥议论一样。但叙事和议论都只是抒情的手段、技巧或工具，唯抒情才是目的和要旨。诗人作家创作时只是随禀性按需要甚至完全随机地采取抒叙议各种手法，并不牵涉文学观念和作品价值的问题。而无论叙事也好，议论也好，如果只涉及技巧而无关观念无关价值，又哪里谈得上形成传统，或者说谈传统又有什么意义呢？这是我们谈论诗歌叙事传统无法回避的问题。但要解决它，也有一定难度。

最后，中国诗歌史漫长悠久，论述其叙事传统，当然应该贯通古今，不能只论到鸦片战争发生或清亡、民国诞生为止；而所谓现当代的诗歌，其现象之复杂纷繁，对我们的专业知识来说，未免又是一个难题。

由此可见，我们的研究无论从历史的角度，还是从理论的角度，都需要回答一些难题。我们认为，这应该正是我们课题的价值所在。我们需要质疑和撼动一种积习深厚几成常识的观念，但又并非要根本铲除它或废止它，而是要在保留和弘扬其合理性的前提下，批评并克服其片面性，从而形成一种抒情叙事两大传统平衡互动的文学史发展观念。总之，既须有分寸地扬弃，又要有根据地建树，事情并不那么好办。可是无论前面有多大的困难，我们决心迎难而上，不愿就此止步。

经过反复思考和广泛征求意见，"中国诗歌叙事传统研究"被确定为我们新的课题方向，并向国家社科基金办提出了招标申请。2015年11月，国家社科基金办批准我们的课题并将其确立为重大项目；投标成功，研究工作随即正式启动。

几年来，在各级领导的关怀支持和课题组诸位学术委员的指导帮助下，六个子课题组的全体成员付出了艰苦努力，其间相互切磋、反复讨论、多次修改，终于完成了课题成果，汇总为"中国诗歌叙事传统研究"丛书。

根据分工，这些成果基本上是按时代来描述和阐论中国诗歌叙事传统从萌芽到形成和随历史演变而发展变化的状况，勾勒中国诗歌叙事传统在各时代的表现、诗歌叙事传统与抒情传统乃至其他文类的复杂关系；在此基础上，努力概括各时代诗歌叙事传统的特征，合而观之，则可见中国诗歌叙事传统的诸方面和变化线索。

作为课题负责人，笔者在项目启动之初，就草拟了一个工作的提纲，供大家讨论，并在集思广益和认真修改后提供给大家作为工作中的基本依循。在这个工作提纲的基础上，笔者拟进一步充实提高，形成丛书的《引论》，概括地陈述我们课题的理论基础、指导思想，以及丛书在理论阐发上的基本要点。几年来，笔者一直在为这部《引论》作准备，也曾不止一次地试笔起草，发表过一些阶段性成果。但《引论》的完整文本则需要在丛书基本完成之后，汲取各子课题的研究结论才能最终写出。

几年来，为这部《引论》的写法，笔者也很费了一点心思，想过多种结构，起过多次草稿，但都不能满意，不能顺畅地写下去。最后才决定采用排列并阐释关键词和研究主题的办法来写。这种写法直截了当，不必在文章结构上多作踌躇，无需起承转合的精心布置，只要对我们研究中一个个关键问题作出明确清晰的解说，达到阐明思想的效果即可。当然，这毕竟是一种尝试，是否合适与成功，尚待学界同仁与广大读者鉴定批评。

下面就是本《引论》上编即将依次阐释的关键词和研究主题：

(1) 传统

(2) 文学史贯穿线

(3) "事"

(4) 叙事与抒情（含事、咏事、述事、演事）

(5) 诗篇抒叙结构分析

(6) 史性

(7) 诗性

(8) 诗史

(9) 赋比兴

(10) 写景

(11) 诗修辞

(12) 诗歌叙事传统基本内涵

(13) 抒叙博弈

(14) 抒叙博弈和文体演变

(15) 叙事伦理与文化基因

一

传　统

　　"传统"二字见于本课题的标题,是最显眼、也是我们最先遇到的一个关键词。

　　传统范围广泛,名目繁多,层次复沓,且几乎无处不在。本书要讲的是文学史上与抒情传统有关并形成对垒的叙事传统,在整个文化的大传统中,应属较低层次的具体传统(或称小传统),但仍须从何谓传统说起。

　　何谓传统?顾名思义,传统是一种传承而来的统绪(或曰统系),其特点是既有遥远的源头,又有漫长的延续。在这里,"统"是主词、实词,"传"乃修饰限定之副词或形容词。

　　"统"原义是总束蚕丝的端绪。《说文·糸部》曰:"统,纪也,从糸,充声。"引申到人世关系,《释名·释典艺》曰:"谱,布也,布列见其事也。亦曰绪也,主绪(一作叙)人世类相继,如统绪也。"① 中国古人一向重视统绪,家族建有谱系,以严别血统。世代在祖宗之下分左昭右穆,皇家用以明辨帝系皇统。社会生活各重要方面,则有政统、道统、师统、法统、学统、史统、文统之类。"统"前面的一个字是定语,限定并说明那统的内涵。这里举出的,都是旧时实存的某种统绪;当然,

---

① 王先谦:《释名疏证补》卷六,上海古籍出版社1984年版,第319页。

对其具体内容涵义则会有各种理解和说法。另有一词"正统"，其义与上述诸者不同，强调的是统绪的纯正性；凡非正统，则属支脉、别派、远支等，甚或被视为旁门邪道之类。

"传统"一词，古人亦已用之。但从目前所知的用例看，古今用法似有不同。"传统"在古代多作动宾结构用。如《后汉书·东夷列传》："倭在韩东南大海中，依山岛为居，凡百馀国。自武帝灭朝鲜，使驿通于汉者三十许国，国皆称王，世世传统。"① 谓世世传承其统绪也。又如南朝梁沈约《立太子恩诏》："守器传统，于斯为重。"② 传统与守器并用，谓守护其重器而传承其统绪也。这里的传统都是传递继承统绪之意。传统二字实构成一个动宾结构的短语。

本书所说的传统，当然也是一种统绪。不同的是，它不是动宾结构短语，而是偏正结构的名词，指一种传承而来的统绪。这个统绪前面还需有个限定词，才能明确其具体所指。如谓文化传统、民俗传统、礼仪传统、文学传统、叙事传统、抒情传统等等。

照我们切身朴素的理解，这里所谓的传统就是从前人代代传承而来的那种习惯性行为方式和渗透在其中的思维理念。比如"和为贵""尊老爱幼""尊师重道""忠君爱国""勤俭持家""自强不息""爱人以德""安土重迁""达则兼济天下，穷则独善其身""己所不欲，勿施于人"等等，就是中华民族文化传统的一部分内容。传统在历史的发展中萌芽生长、逐步形成，有

---

① 范晔：《后汉书》卷八五《东夷列传》，中华书局1965年版，第2820页。
② 沈约：《立太子恩诏》，《全上古三代秦汉三国六朝文·全梁文》，中华书局1958年版，第3102页。

一个定型、固化、变更，乃至消亡、新生的过程。随着历史和时代的变迁，有些传统会变得不合时宜，甚至落后反动，人们便在生活中默默地、渐渐地改变这种旧传统，或者在某个历史时刻采取激烈方式来作革命性的扬弃。然而，即使如此，旧传统依然不可能在短时间内被迅速铲除，涤荡干净。传统的生命力异常顽强，新传统总是在与旧传统的竞争中产生、成长并与之共存。总之，传统是有活性、有生命力的东西，和我们的生活一样，既有其稳定性、延续性，又处于不断变化之中。

上面所说，几乎已是一种常识。美国社会学家爱德华·希尔斯（Edward Shils）在其《论传统》一书中说，传统是"世代相传的东西"，它可以是物质形态的，也可以是非物质形态的。①它可以表现于衣食住行的方方面面，也可以表现为一种仪式、一种规矩、一种不成文的律令，乃至人头脑中的某些向往或禁忌。不管你是否意识到，你总是生活在一定的传统之中，用希尔斯的话说，就是人们"总处在过去的掌心之中"②，哪怕你是一个反传统的人。这些观点我们都是可以认同的。③

---

① 爱德华·希尔斯："传统意味着许多事物。就其最明显、最基本的意义来看，它的涵义仅只是世代相传的东西（traditum），即任何从过去延传至今或相传至今的东西。"见氏著《论传统》，傅铿、吕乐译，上海人民出版社2014年版，第12页。
② 参爱德华·希尔斯：《论传统》第一章、第四章，上海人民出版社2014年版。
③ 希尔斯认为"传统是围绕人类的不同活动领域而形成的代代相传的行事方式，是一种对社会行为具有规范作用和道德感召力的文化力量，同时也是人类在历史长河中的创造性想象的沉淀。因而一个社会不可能完全破除其传统，一切从头开始或完全代之以新的传统，而只能在旧传统的基础上对其进行创造性的改造。"（见《论传统》之《译序》，该书第1—2页）这些说法亦颇值得借鉴。

接下来，我们要讲一些自己的体会。首先，我们想强调，传统不是人能够臆造，也不是人能够否认的。它不以被人认识与否而客观存在着，它是一种自在的力量，自动地、不动声色地左右着、影响着人们的行为、意识和理念。

其次，我们更需要指出，正如世间一切客观存在都能够被认识那样，传统也是可以被人认识的。而对于传统，一般的认识还不够，还需要由具有自觉意识之人在认识的基础上来提炼、概括、总结和构建，将之具体化、条理化地揭示出来，以便妥善掌握，并适当利用。

在这里，"构建"是个重要的关键词。构建是研究主体的主动行为，能使客观而隐然存在的传统现身，从而使传统与生活实践、创造行为相印证，使更多的人能够了解和把握，在传统面前获得主动和自由。传统虽是一种客观存在，但传统并不自然成形和显现。构建，就是让本来无形无体的传统显像。构建既可以说是一种揭示，也可以说是一种从"无"中生出"有"来的创造。

本书所涉及的抒情传统和叙事传统，其事实和真相本已长期客观存在于中国文学和文学史之中，但在没有被人鲜明揭示之前，它们是处于朦胧模糊的存在状态中的。

人们成功地构建了抒情传统，借助这个概念和视角解释阐发了中国文学和文学史上的许多现象和问题，弘扬了中国文学精神的一个重要侧面。可是，不幸因为对此过于钟爱，缺乏全面辩证的考虑而遮蔽、掩盖了与之同源共生、互动互惠而又博弈前行的叙事传统，从而把丰富多彩的中国文学和文学史描述成了一根单线。这既不符合事实，也削弱了中国文学的意义、价值和魅力。我们不反对中国文学存在抒情传统的说法，但不赞成将抒情传统"唯一""独尊"，不赞成讲文学史就只说抒情传统的片面性。我们要做的是发掘、揭示或曰构建一个与之对垒的叙事传统——实质上不过是恢复历史的事实——从而使中国文学史从抒情传统单线独立的状态，变成更为合理、更为坚实丰厚的抒叙两大传统双线并贯互益的状态。闻一多早就说过，作为中国文学史的开端，《诗经》是抒情叙事两种方法平衡结合、和谐发展的典范，《诗经》创造了"诗歌合作中最美满的成绩"。① 事实上，这个优良传统一直在整个中国文学史上延续变化，既互惠又博弈地相携前行，抒叙两方各有消长盈缩升沉，带来文体的递嬗，风格的新变，情趣的无限丰盈，把一部中国文学史成就为山阴道上看不尽的奇丽风光。而我们今天文学艺术的健康发展，同样需要对抒叙两大传统平衡和谐地继承和弘扬，偏于任何一方都是有害而不利的。

在《中国文学叙事传统研究》一书中，我们已以古代诸主要文体为例，初步地构建起与抒情传统对垒的叙事传统。本课题则进一步聚焦诗歌，以中国文学里这个最有代表性、成就最高的文体为对象，更具体、详尽、深入地来丰富已经初步构建起的叙事传统。这将成为我们课题成果的核心内容，本书各卷所写，就是这个核心内容。

我们这样做，首先是立足于中国文学史丰富而具体的事实。本课题成果的主要部分就是按时代描述、论析诗歌的叙事传统，以及诗歌发展变化与抒叙两大传统的种种关系。文学史事实既

---

① 闻一多《歌与诗》："诗（叙事）与歌（抒情）合流真是一件大事。它的结果乃是《三百篇》的诞生。一部最脍炙人口的《国风》与《小雅》，也是《三百篇》的最精彩部分，便是诗歌合作中最美满的成绩。"《闻一多全集》第一册，生活·读书·新知三联书店，1982年版，第190页。

是我们的工作依据，也是我们信心的来源。其次，我们的工作还立足于历代前人论诗论文的有关著作。这方面的材料也很丰富，但由于材料的分散，特别是以往的遮蔽，就需要我们格外细致地辨析乃至用心发掘。

再次，除了史料的基础，我们的工作也是有学理依据的。概括和构建叙事传统，是从文学表达的角度看问题。如果把文学创作看作一个过程，那么它的前阶段是作家在头脑中酝酿构思，后阶段则是作家借助文字（或其他媒介）把头脑中的东西对象化为作品。这个后阶段也就是文学表现的操作过程，是将作者内蕴的认识和感受外化出来的关键。没有表现便没有读者能够见到的文学作品。文学表现手法多多，概而言之，却只有抒和叙两大类。抒者，抒情，包括作者对主观情绪、观点、认识、感受的一切表达；叙者，叙事，指作者对一切客观事情物态的叙述或描写。其实无论抒或叙，都有一个主体在叙述，唯所叙内容不同而已。"叙述"是个并列复合动词，叙与述同义而组合成词，如同讲与说同义组合成词一样。抒情、议论、说理和叙事、描写都属于叙述或讲说。"叙事"却是动宾结构，已说明其叙述的对象是"事"（事由、事态、事程、事果等），叙事与叙述感情（抒情）、陈述观点（议论）、阐明道理（说理）虽都是叙述，却不可混为一谈。文学创作两阶段，后阶段是表达，表达就要叙事或抒情，从《诗经》时代即是如此。《三百篇》乃至更早的口头创作，无不是抒叙的结合。只要是文学创作，就不能不用抒叙二法，用之既久，必成统系，抒叙两大传统即由此而来。

抒叙传统有其形成的必然性。而且，不但中国文学存在抒叙两大系统，外国文学同样无可避免地存在着抒叙两大传统，只是各自有着自己的特点和发展道路，具体内容有所不同而已。

二

文学史贯穿线

　　文学史研究的问题和路径很多，较宏观地探索贯穿文学史始终的发展变化线索，是众多的研究课题之一。因为文学史贯穿线与文学史之总体及对文学史规律的认识有关，亦与编著文学史的指导思想有关，故有其特殊的重要性。

　　所谓文学史贯穿线，指一种体现于历史进程中的文学实践及其相关理念，是一国一族文学史基本质性的集中反映。它们在文学发展中萌发、生长、成形、演变，历经时代风雨，仍表现出清晰而稳定的内核，这内核在世代相继相传中虽不乏变异而仍能长留长存，因而是构成文学史内质的重要成分。研究文学史，必然会关注这个内质，努力去认识它、揭示它、阐释它；而如果编撰文学史，则一切史料的安排布置，都将围绕和拱卫着它。

　　贯穿线的内涵，换言之也就是我们前文所说的传统，或至少跟传统有非常密切的关系。就文学和文学史而言，所谓的传统，不就是指在历史中形成、代代相传、往往为后人所自然承袭却不自知的某些观念或行为方式（文学创作的方式方法）吗？一线贯穿，世代传承，因而显示出稳定的民族文化特征，岂不正是它的根本特点？

　　文学史贯穿线与文学史发展规律也有深刻的联系。

文学史是什么？在我们看来，文学史乃是按一定的文学观和文学史观组织史料而成的有思想、合逻辑的知识体系。[①] 既是知识体系，自然需要弄清事实，需要实证和考订；但探索规律或论列对文学发展规律的认识，也是文学史研究的题中应有之义。文学史的成立，离不开可信的史料，但文学史又绝非史料的堆砌。用以编织文学史的史料，必经史家精选慎择。史家凭据什么来选择？则离不开他们的文学观和文学史观，乃至他们的整个世界观、美学观；文学史之所以能够成为一个"有思想、合逻辑的知识体系"，关键就在这里。因此，实际上，不但在写成的文学史论著中要能够表达出史家对文学史贯穿线的看法，而且最好在编撰文学史之前，就应该对这部或这段文学史的贯穿线有一个基本的、站得住脚的看法，以便使编撰工作能够始终不离核心，有本有准。我们历览前人，特别是近人所撰《文学史》，考察其成败得失之间，对此深有体会。

文学史贯穿线，或曰文学传统，是一种客观存在，但却不会自动显现，而需要由研究者加以总结、概括和揭示。由于研究者本身的条件差异，对文学史贯穿线的认识也就会有种种差异。人们可以用多种方法、从多方面对此进行探索，从而形成多个结论、多种表述。这些结论或者可以互补，或者形成争论；即使观点矛盾对立，乃至针锋相对，也很难轻判对错，甚至并无绝对的是非对错可言。后来者只有立足文学史实际，参照并综合多种结论，才能够比较全面深入地把握文学史的根本特质。

[①] 关于文学史的定义，请参阅董乃斌等主编《中国文学史学史》之《结束语》，及董乃斌主编的《文学史学原理研究》第三章，分别由河北人民出版社于2003年和2008年出版。

就中国文学史而言，如用传统的儒家观念为思维基准来概括，那么不难发现中国文学史存在着忠君爱国、忧国忧民为主的思想传统或贯穿线，但也存在着"达则兼济天下，穷则独善其身"的处世准则乃至羼杂着道佛两家哲学的文学传统。而在艺术风格上，则既存在着温柔敦厚、主文谲谏的主流传统，也不时出现与之对立的尖锐激烈、叛逆反抗的表现和潮流等。如果参照古代文论，那么又可概括出质文代变、文体正变之类的贯穿线。等到我们的文学史家学得了马克思主义或其他外来的新文艺理论，他们就又会总结出中国文学史上现实主义、浪漫主义、形式主义、现代乃至后现代诸如此类的传统或贯穿线。而当阶级斗争、路线斗争的观念成为时代统治思想的时候，人们对文学史贯穿线的概括表述，也就难免打上时代烙印，把一部文学史说成是阶级斗争史、路线斗争史，或者把文学史概括为革命文学、进步文学与反动文学的斗争史，甚至文人（作家）文学与民间文学的斗争史，等等。当然，还可以从思想变迁、文体递嬗、风格演变的角度来看文学史，把文学史写成文艺思想发展史，写成文体递嬗史，强调文学史的"一代有一代之胜"。或从风格变化的角度看，而把文学史写成艺术风格的变迁史。乃至从文学是人学、感情学、人性学出发，而把文学史写成人性反抗压抑的历史（如章培恒、骆玉明主编《中国文学史新著》）。总之，几乎每个文学史家，都可以根据自己的文学观和文学史观提出自己对文学史贯穿线的独特看法或提法，并将其贯彻到自己的写作之中。

上举诸多对文学史贯穿线的表述，大抵是从文学内容、性能、功效或艺术风格等角度观察的结果。本书要阐述和讨论的中国诗歌叙事传统，则是对中国文学史，特别是诗歌史实际考察后，从文学表现的角度提炼出来的。文学表现的方法多样，然概而言之，不出叙事、抒情两端。中国文学的抒情传统早被广泛宣扬，其论至今风行，叙事传统虽与之对垒而不可分，却颇被遮蔽和低估。故今天予以着重提出，不是平白无故，而是有针对性的，针对的就是文学和文学史研究中抒情传统唯一独尊的倾向。但它又不是立足于"破"，不是从否定抒情传统的说法入手，更不是以此为目的。相反，它立足于"立"，即建设和添加，强调叙事传统是抒情传统的友人友军，而不是敌人敌军。我们的观点是：中国文学史、中国诗歌史，不仅存在抒情传统一根贯穿线，而且还存在叙事传统的贯穿线。两根贯穿线同源共生，从源头上就完全不能分开。在中国文学、中国诗歌发展过程中，它们互动互益，互相增色，它们是"1+1＞2"的关系。但作为两种不同的表现方法，它们既有不可分的一面，亦有所博弈，即竞赛争胜的一面。因此便时有激荡与波澜，互有升沉与消长。这种情况从古代一直延续到今天，并且显然还将继续延展下去。

　　抒情传统与叙事传统的不同，并不仅仅限于艺术表现的手段。深入考察，便可发现文学表现用抒还是用叙，偏抒还是偏叙，并非孤立没来由的或纯系随心所欲之事。文学表现虽发生于创作的后阶段，但仍关涉创作的前阶段，即生活的态度，创作的动机、目的、立场诸问题，尤其关涉对文学性质的认识。文学的根基和原动力究竟是什么？是情先，还是事先？从来都说诗言志、诗缘情，但情志从何而来？是情第一唯一，还是情由事生，融事、情以成文为常为佳？更进而言之，情志是何物？是否即为我个人之物，诗亦为我个人之事？只要我情志萌动便可作诗，把我的情志抒发出来便可，与他人，与客观之事又有何干？于是，对风格的偏嗜，亦产生分野。清空飘逸，高蹈虚静，朦胧晦涩，羚羊挂角无迹可求，甚至言不及义、不知所云，皆成佳作，渐成风气，实成了空洞诗、自恋诗的遁逃薮。而对因叙事成分较重而难免朴素质直之作，则给予低评，乃至讥评。这种情况在文学史上并不少见。然而，这样的创作和批评倾向，难道不需要给予批评纠正吗？故知抒叙文学之异，除表现方法外，也体现于内容的丰富、广阔，与现实关系的疏密松紧等方面。好的抒情文学（诗歌）历来与叙事有着不可分割的联系，抒叙融会互渗的文学创作，除个人色彩鲜明，还能充分关心现实，关心他人，而不局限于个人哀乐。这是与创作态度有关的。而这才是中国文学、中国诗歌的主流。这样的文学史用抒情传统一条线来贯穿，当然是不行的。

三

"事"

诗歌是"情志"的外现和表露。这一观点经过古今人无数次的重复,几乎已成中国文学批评中一种被默认的原理,甚至是一种无须证明的常识。倒是诗歌与"事"的关系,长期被遮蔽淡化,还需要费些口舌来说明。

其实,中国古人的言论中,早就涉及"事"与"情"的关系。如《周易·咸卦》的《彖辞》曰:

> 咸,感也。……天地感而万物化生,圣人感人心而天下和平。观其所感,而天地万物之情可见矣。①

圣人要感动或感化人心,就必须采取各种措施,也就是要做各种事,那么所谓"观其所感",其具体内容实际上不也就是观察各式各样与"人心"有关的"天下之事"吗?正是在这些"事"中,"天地万物之情可见矣",不也就说明了"事"与"情"的相通乃至同一吗?之所以由"事"可以见"情",就因为"情"乃由"事"而生,这显然是古人早就感悟到的道理。

---

① 《周易正义》,阮元校刻:《十三经注疏》,中华书局1980年影印版,第46页。

至今仍在人们口头或笔下使用的"事情"一词，可谓其来古矣。我们所谓的"叙事"之"事"正是广义的，并不只指"故事"，而是指包括"人事""物事"在内的天下一切之事，指天地间万物万事。

《周易》中涉及"事"的话还有很多。如《系辞下》所云："古者包牺氏之王天下也，仰则观象于天，俯则观法于地，观鸟兽之文与地之宜，近取诸身，远取诸物，于是始作八卦，以通神明之德，以类万物之情。"这里所谓的"万物之情"，即万物之情状、万物之情事也。故说到制《易》者陈述卦爻之义，便有"其称名也小，其取类也大。其旨远，其辞文，其言曲而中，其事肆而隐"之语。① 虽非直接说诗，其义却可相通。这里不但提及与诗有关的"称名""取类""旨远""辞文""言曲而中"，而且专门说到"其事肆而隐"。可见，《易》与"事"相关，说《易》之辞，有些本身就是诗或歌，其所涉之"事"首先是远古种种生活实事，也有各类故事或事典。综观《易》之卦爻辞，其所涉之事，还有量大、类多、涵义隐微复杂，即"肆而隐"的特点。

不但《易》是如此，古之《五经》无不如此，故清四库馆臣在说明"《易》之为书，推天道以明人事者也"时，先就指出"圣人觉世牖民，大抵因事以寓教。《诗》寓于风谣，《礼》寓于节文，《尚书》《春秋》寓于史"，然后才说到《易》的性质相同，都是"因事寓教"之书。② 事是具体的、丰富多样的，教民

---

① 《周易正义》，阮元校刻：《十三经注疏》，中华书局1980年影印版，第89页。
② 《四库全书总目》卷一《经部一·易类总叙》，中华书局1965年版，第1页。

也好,节文也好,行政也好,乃至个人抒发情感也好,尽管目的不同,效用不同,归宿不同,但都离不开"因事"这个出发点和实实在在的基础。

事情作为一个词,由"事"与"情"二字合成。单说"事",其源甚古。文字学家告诉我们,在甲骨文和金文中,"事"与"吏""使"是一个字,其义为从事某种事情,或指从事某种事情之人。"事情"发展为日常口语,则"事"是主要的,是主体,"情"一般轻读,处于次要的附属的地位。"事情"的核心是"事",先有"事"才会有"情",此"情"乃"事"之"情",指事物之情状态势之类。不过,这个词也暗示了"事"与人之"情"有关,实际上隐含着"事"能够让人生出"情"来,或从"人事"可以看出"人情"的意思。既如此,则从发生的先后言,客观之事与主观之情,孰在前孰在后,也就清楚明白。"事情"是口头语,如果文雅些,或可称"情事"。这是一个常用的书面语,虽然字序颠倒了,但主词仍是"事","情事"之实质无非仍是事情而已。《辞源》(修订本)的解释云:"凡人所作所为所遭遇都叫事。社会生活的一切活动和自然界的一切现象也叫事。"① 这个概括简明扼要,我们在本书中谈论叙事和叙事传统时所指的事,即取此义。这是我们与西方叙事学专主故事的一个重要不同之处。我们的"事",包括故事,但不限于故事,比西方叙事学的对象要宽广。

本书的基本观点是:"事"乃情之源,因而也是诗之源。这是我们建构诗歌叙事传统的理论基础,也是我们质疑"抒情传统唯一"说的理论依据。在我们的前一本书,即《中国文学叙

---

① 《辞源》(修订本)第一册,商务印书馆1984年版,第121页。

事传统研究》的导论中，对此已有所论述①，可以参看。

持"抒情传统唯一"观念者，是以"情志"为诗歌创作之本原的。他们的论述往往以"情志"为出发点，以"抒情"为手段，以"情境"为追求目标，以"情怀"之表达、"情绪"之宣泄为目的和归宿，总之围绕一个"情"字形成封闭自足的圆环。

我们的观点则是以"事"为文学创作的基础和出发点，"情"之所以发生，是因为"事"的刺激，世上没有无事而生的情，即没有无缘无故的情，在"情"之前一定有一个"事"的存在。人因事而动情，情动后的表现可以有种种，可歌，可泣，可狂呼大叫，亦可默不作声。唯能诗善诗者才有可能酝酿创作，选择文体和创作方法，或因激情喷涌不吐不快而出口成章，将感情诉诸语言；或反复斟酌而写之改之，将感受落实于文字。在此过程中，有的作者会考虑到表达手法用抒抑或用叙的问题，对此有所自觉；但也有可能随性吟唱、任笔挥洒而根本未曾考虑用抒还是用叙，只求一倾胸臆、一吐积愫便好。但无论他口述还是笔录诗作，只要作品已付诸实现，成了可为他人理解、接受的客观物，那么这作品的内容就都离不开一定的事与情，而其艺术表现则是抒叙二者不同比例的交融结合，且艺术水准的高低，也就要看抒叙交融结合得如何。若对作品加以分析，则其中必既含情又含事，只是各作品抒情叙事的比例不同，结构各异，千变万化，千姿百态而已。这种作者可能未尝考虑，而读者却有所感、能予分析的情况，酷似清谭献《复堂词录序》

---

① 可参《中国文学叙事传统研究》导论第二、第三节，中华书局2012年版，第5—19页。

所云:"甚且作者之用心未必然,而读者之用心何必不然。"

我们的观点,用一句简单的话表述,就是:

事发而后情生,情生而后诗作。

其后半句与持"抒情传统说"者一致,而前半句则是对"抒情传统说"的补充,对于坚持抒情唯一独尊的观点而言,则带有纠偏的意思。

对于"事"是诗歌创作的本原、基础、前提和出发点,"事"是"情"之源,也是诗之源的问题,古人其实是有认识的。但相关言论却没有受到应有的重视,或被片面地解释引申。如常常被引用的班固(32—92)的话:"自孝武立乐府而采歌谣,于是有代赵之讴、秦楚之风,皆感于哀乐,缘事而发。"①似乎仅仅适用于乐府诗,其实并非如此,而应对诗歌具有普遍意义。是什么让人产生哀乐之感呢?从"缘事而发"便可得到最简洁明确的回答——人之哀乐总是缘事而生的,故歌谣确为缘事而发;举一反三,不是就等于说一切诗歌无不如此?

又如何休(129—182)在《春秋公羊传》中为"什一者天下之中正也,什一行而颂声作矣"一句做解诂,说到"男女有所怨恨,相从而歌。饥者歌其食,劳者歌其事。男年六十、女年五十而无子者,官衣食之,使之民间求诗。乡移于邑,邑移于国,国以闻于天子。故王者不出牖户,尽知天下所苦,不下堂而知四方。……颂者太平之歌。案:文宣之时乃升平之世也,

---

① 《汉书·艺文志·诗赋略》,见《汉书》卷三十,中华书局1975年版,第1756页。

而言'颂声作'者,因事而言之故也。"① 其意也很清楚。饥者、劳者所歌,都是与他们切身生活有关的"事",六十、五十而无后的男女负责求民间之诗,乡、邑、国按级向上报呈民间歌诗,为的是让天子不出深宫而能知天下之事。这里,诗歌所诉说的怨恨苦楚之情或唱出的颂扬赞美之词,就都反映了、包含着要报告给天子的"事"。从这些话可以很明白地看到古人对"事"与诗歌关系的认识,也说明了"诗中有事,事在情前"的事实。既然"劳者歌其事",那么悲欢离合者,喜怒哀乐者,如有所歌又将如何呢?难道会与他们所遇所历之事无关吗?

《诗大序》在提出"诗者,志之所之也"这个所谓开山纲领的同时,也很重视诗歌反映"事"的功用。如果说前面论诗歌声音与时世良窳实际上已经涉及各种世事而尚未点明,那么在说到"六义"时,就多次明确触及"事"而且把"事"具体化了:

> 至于王道衰,礼义废,政教失,国异政,家殊俗,而变风变雅作矣。国史明乎得失之迹,伤人伦之废,哀刑政之苛,吟咏情性,以风其上,达于事变而怀其旧俗者也。故变风发乎情,止乎礼义。发乎情,民之性也;止乎礼义,先王之泽也。是以一国之事,系一人之本,谓之风;言天下之事,形四方之风,谓之雅。……②

---

① 《春秋公羊传注疏》卷十六,阮元校刻:《十三经注疏》,中华书局1980年影印版,第2287页。
② 《毛诗正义》卷一,阮元校刻:《十三经注疏》,中华书局1980年影印版,第271—272页。

这里既提到"事变""旧俗",又提到"一国之事""天下之事",事情有大有小,从王事国政,到家庭个人,包含了一系列形形色色各不相同的事。所谓"王道衰,礼义废,政教失"等,不过是对"事"的概括和举例而已,归根到底,则都是《诗三百》所要表现的"事"。而且这里还指出了风诗所歌咏的"一人之本"实乃系于"一国之事",也即关系到且可以表现"一国之事"的。这里所说的"变风""变雅",所涉基本上是负面之事。其实,在西周后期、春秋时代,《风》《雅》诗所唱也不是没有值得歌颂赞美之事的。《诗大序》对"事"的强调,与其"诗言志"的论述是相辅相成的。要说开山纲领,那么"言志"(抒情)和"涉事"(用与抒情对垒的范畴来表示则可谓"叙事")应该给予同等重视,不可偏废。

晋代挚虞(?—311)《文章流别论》有云:

> 古之作诗者,发乎情,止乎礼义。情之发,因辞以形之;礼义之旨,须事以明之,故有赋焉。所以假象尽辞,敷陈其志。……古诗之赋,以情义为主,以事类为佐;今之赋,以事形为本,以义正为助。情义为主,则言省而文有例矣;事形为本,则言富而辞无常矣。文之烦省,辞之险易,盖由于此。夫假象过大,则与类相远;逸辞过壮,则与事相违;辩言过理,则与义相失;丽靡过美,则与情相悖。此四过者,所以背大体而害政教。是以司马迁割相如之浮说,扬雄疾辞人之赋丽以淫。①

---

① 见汪绍楹校:《艺文类聚》卷五六,上海古籍出版社1965年版,第1018页。

从这段话固然可见挚虞的诗歌观是以"情"为起点的，但也能够看出他对"事"在诗赋创作中作用的认识。开头说作诗乃是"发乎情，止乎礼义"之事，这是《诗大序》的论调；接着便以互文之法指出，情的表达和礼义的归宿，都离不开"辞以形之"和"事以明之"，辞和事是完成诗歌所不能或缺的两大元素，也是构成诗歌篇章不可或缺的两大成分。下面说到诗歌的赋法，"假象尽辞，敷陈其志"，指出古诗赋法是以情义为主，而以事类为佐的。按：这里虽有主、佐之分，但事类的地位在诗歌创作中毕竟还是重要的。特别是说到"今之赋"，即以扬雄、司马相如为代表的汉大赋时，更指出了"以事形为本，以义正为助"的情况——在这种新形式中，将事的地位提得更高了。当然，挚虞对此有所批评："事形为本，则言富而辞无常。"他认为汉赋的形式缺点与"事形为本"有关；其实"言富而辞无常"对文学作品来说，实在算不上是什么缺点。下面论述了诗赋易犯的"四过"："假象过大""逸辞过壮""辩言过理""丽靡过美"，而受到伤害的则是"类""事""义"和"情"。可见，在挚虞心目中，"情"和"事"虽有重要与更重要之别，但他同时又认为二者都是不可或缺、不可分割的。

刘勰（约465—约521）《文心雕龙》全书开端即以三才五行、天地之心和"心生而言立，言立而文明，自然之道也"为文之本原，而论及文字文章，则"事""情"同重："自鸟迹代绳，文字始炳；炎皞遗事，纪在《三坟》，而年世渺邈，声采靡追。……元首载歌，既发吟咏之志；益稷陈谟，亦垂敷奏之风。"① 以下

---

① 刘勰：《文心雕龙·原道》，范文澜注本，人民文学出版社1961年版，第1—2页。

遍论各种文体，按实际情况或着重于"事"，或突出于"情"，但基本贯彻"事""情"并重原则。

钟嵘（约468—约518）《诗品》专门论诗，其《序》开篇云："气之动物，物之感人，故摇荡性情，形诸舞咏。"这还是"物感说"的老调，但一路说下去，就不知不觉地发展为"事感说"了："若乃春风春鸟，秋月秋蝉，夏云暑雨，冬月祁寒，斯四候之感诸诗者也。嘉会寄诗以亲，离群托诗以怨。至于楚臣去境，汉妾辞宫；或骨横朔野，或魂逐飞蓬；或负戈外戍，杀气雄边；塞客衣单，孀闺泪尽；或士有解佩出朝，一去忘返；女有扬娥入宠，再盼倾国：凡斯种种，感荡心灵，非陈诗何以展其义？非长歌何以骋其情？故曰'《诗》可以群，可以怨。'使穷贱易安，幽居靡闷，莫尚于诗矣。"钟嵘超越陈旧的"物感说"，进入了"事感说"的高度，他鲜明地指出，是一系列的具体事件，才使诗歌得以产生，而这些也正是诗歌的题材和内容。"物感说"把诗歌的本原归诸客观的物质世界，已经超越了一味强调"情志"为诗歌之源的唯心论调；"事感说"比"物感说"更进一步，更符合事实，科学性也更强。

唐代元兢（生活于唐高宗时代）编选《古今诗人秀句》，特在《序》中声明："余于是以情绪为先，直置为本，以物色留后，绮错为末；助之以质气，润之以流华，穷之以形似，开之以振跃。或事理俱惬，词调双举，有一于此，罔或孑遗。"①显然，他的选诗标准，首重情志，次重表现，所谓"直置"指表现的直接自然不加雕饰，至于形式美的方方面面也是要

---

① 卢盛江校考：《文镜秘府论汇校汇考》南卷，中华书局2006年版，第1555页。

考虑的；最后补充：叙事合理恰当、语言风格独特的作品也绝不遗漏。主次轻重很明白，但"诗不离事"的认识也不含糊。

盛唐诗歌以气格兴象为主，抒情色彩浓郁，但诸大家作品与各自所历之事的关系，以及由此而来的诗歌抒叙结合的特色，还是鲜明的。经安史之乱至中唐，诗风渐变，元结、杜甫、元稹、白居易及一干新乐府作家，诗作的叙事成分，即诗之"史性"明显增长，蔚为风气，且有理论上的表述。如白居易（772—846）所拟《进士策问》之第三道有云："大凡人之感于事，则必动于情，发于叹，兴于咏，而后形于歌诗焉。"《与元九书》云："自登朝来，年齿渐长，阅事渐多。每与人言，多询时务；每读书史，多求理道。始知文章合为时而著，歌诗合为事而作。"论己诗所重视的则是"因事立题"之《新乐府》，或"事物牵于外，情理动于内"的"感伤诗"。① 如元稹（779—831）《乐府古题序》论《诗》《骚》以后的诗之流有二十四名，其中"由诗而下九名（诗、行、咏、吟、题、怨、叹、章、篇）皆属事而作，虽题号不同，而悉谓之为'诗'可也""由操而下八名（操、引、谣、讴、歌、曲、词、调）皆起于郊祭、军宾、吉凶、苦乐之际"，实亦与事有关。他强调乐府诗的叙事功能，"自《风》《雅》至于乐流，莫非讽兴当时之事，以贻后代之人"，主张创作"寓意古题，刺美见事"而反对一味"沿袭古题，唱和重复"，故给杜甫以高度评价："近代唯诗人杜甫《悲陈陶》《哀江头》《兵车》《丽人》等，凡所歌行，率皆即

---

① 白居易：《进士策问五道之三》《与元九书》，见朱金城：《白居易集笺校》卷四七、卷四五，上海古籍出版社1988年版，第2865页、第2792页。

事名篇,无复倚傍。"而他与白居易、李绅等也认真学习杜甫,写了许多"即事名篇"的新乐府诗。① 晚唐人孟棨《本事诗·高逸》提及杜甫在当时已被时论称为"诗史",获得高度评价。而此后"诗史"遂成为广泛使用的诗学评价术语,专门指称和褒美那些能够客观叙事、反映现实因而"史性"较强的文学作品。

宋人继唐之后,诗歌创作欲登新阶必须另辟蹊径,加强叙事乃成一大法门。实践中,出现了多种新型叙事纪事之作,如本末式、传记式、代言式、纪事式、纪游式、纪梦式、传奇式等等;② 理论上则有"诗者,述事以寄情""缘事以审情""事贵详,情贵隐"③"昔人评杜诗为诗史,盖以其歌咏之辞,寓记载之实,而抑扬褒贬之意,灿然于其中,虽谓之史,可也"④ 等语。其时虽有严羽发展司空图"韵味说"而来的《沧浪诗话》,鼓吹"一味妙悟""惟在兴趣""羚羊挂角,无迹可求""透彻玲珑,不可凑泊"之类为"抒情至上"观点开路的论调,但因艰难时世的迫促,仍不足以消解诗史与叙事传统的伟力。北宋末刘子翚的《汴京纪事》(二十首)和南宋末文天祥的《指南录》,汪元量的《湖州歌》(九十八首),《醉歌》(十首),乃至欧梅、苏黄、尤杨范陆们的全部作品,就构成了记录和反映那个时代

---

① 元稹:《乐府古题序》,见冀勤校点:《元稹集》卷二三,中华书局1982年版。
② 请参周剑之:《宋诗叙事性研究》,中国社会科学出版社2013年版。
③ 魏泰:《临汉隐居诗话》,见何文焕辑:《历代诗话》,中华书局1981年版,第322页。
④ 转引自周剑之:《宋诗叙事性研究》,中国社会科学出版社2013年版,第94页。语出《文天祥全集》,江西人民出版社1987年版,第621页。

的诗史。其影响绵延不绝，直至清代中叶尚有浙派诗人的《南宋杂事诗》成为它们的馀音回响。①

在明代，诗乃言志抒情之具的观念已深入人心，性灵、神韵之说开始形成。围绕诗之抒叙及与史的关系，争论甚多。如杨慎就说："如诗可兼史，《尚书》《春秋》可以并省！"②王夫之也说："夫诗之不可以史为，若口与目之不相为代也，久矣！"③但亦有坚持事在情前和诗史观的，如为计有功《唐诗纪事》作《序》的孔天胤就认为："夫诗以道情，畴弗恒言之哉；然而必有事焉，则情之所繇起也，辞之所为综也。故观于其诗者，得事则可以识情，得情则可以达辞。譬诸水木，事其源委本末乎，辞其津涉林丛乎，情其为流为圈者乎，是故可以观已。故君子曰：'在事为诗'。又曰：'国史明乎得失之迹'。夫谓诗为事，以史为诗，其义帙哉。然自性情之说拘，而狂简或遂略于事，则犹不穷水木，而徒迷骛乎津涉，蔽亏乎林丛，其于流圈，益已疏矣。"他甚至具体地指出："《诗》三百篇，《毛诗》盖其纪事。"且云"唐俗尚诗，号专盛，至其摘藻命章，逐境纤翰，皆情感事而发抒，辞缘情而绮丽，即情事之合一，讵观览之可偏？"④说得相当恳切，可见实为有感而发。

明代坊间诗选繁茂，选家常借选目和评点宣扬所持诗学观

---

① 参王小恒：《论清代中叶浙派诗人群体的叙事策略——以〈南宋杂事诗〉唱和为中心》，载《西南大学学报（社会科学版）》2019年第4期。
② 杨慎：《升庵诗话》卷十一，见丁福保辑：《历代诗话续编》，中华书局1983年版，第868页。
③ 王夫之：《薑斋诗话》，夷之校点，人民文学出版社1961年版，第143页。
④ 孔天胤：《重刻唐诗纪事序》，见计有功：《唐诗纪事》，上海古籍出版社1987年版，第2页。

点，抒叙两大传统轨辙明显。陆时雍（1612—1670）《诗镜》是当时规模较大、较著名的一种诗选，其书含古诗、唐诗两部分。陆氏《原序》论宗旨云："余之为是选也，将以通人之志而遇之微也。不惟其词而惟其情，不惟其貌而惟其意，使天下闻声而志起，意喻而道行。"其《总论》论诗之道，则云："情欲其真，而韵欲其长也，二言足以尽诗道矣。"可见观点颇为正统。涉及抒情叙事，乃有"叙事议论绝非诗家所需，以叙事则伤体，议论则费词也"之说。① 然而即使如此，其对诗歌叙事之事实与优长亦并未一概否定。评王维《观猎》云："会境入神。老杜谓'意惬关飞动'以此。'风劲角弓鸣'，他人得此仗作一联。《早朝》起句'柳暗百花明'亦然。长材缩用，大家往往有之。"② 所谓"长材缩用"，正指大笔概括的叙事手法。于杜甫《石壕吏》，则评曰："其事何长，其言何简！……尝观王粲《七哀诗》，情事之悲，曾不减此；然《七哀》声色不动，吐纳自如，若老杜诸作，便觉椎胸顿足，唾涕俱来矣。此古今人所以不相及也。"③ 王粲《七哀》情绪、气氛不可谓不悲怆，作者呼喊甚力，且有"路遇饥妇人，抱子弃草间"的凄惨场面，但艺术感染力何以不如《石壕吏》？陆时雍所谓的"古今人不相及"又表现在哪里？其实，就是作者叙事能力和作品抒叙效果的差别而已。又如评老杜《喜达行在所三首》曰："三首中肝肠踪迹，描写如画，化作纪事，便入司马子长之笔矣。"④ "诗史"二字呼之欲出。

---

① 陆时雍：《诗镜》，任文京等点校，河北大学出版社2010年版，第2页、第9页、第12页。
② 陆时雍：《诗镜》，任文京等点校，河北大学出版社2010年版，第530页。
③ 陆时雍：《诗镜》，任文京等点校，河北大学出版社2010年版，第680页。
④ 陆时雍：《诗镜》，任文京等点校，河北大学出版社2010年版，第745页。

清代诗学流派众多,而论者对诗之情与事、抒与叙之关系认识益为清晰。由明入清的钱谦益、吴梅村等皆有这方面的论述和创作实践。

钱谦益《胡致果诗序》云:"孟子曰:'《诗》亡然后《春秋》作。'《春秋》未作以前之诗,皆国史也。人知夫子之删《诗》,不知其为定史;人知夫子之作《春秋》,不知其为续《诗》。《诗》也,《书》也,《春秋》也,首尾为一书,离而三之者也。三代以降,史自史,诗自诗,而诗之义不能不本于史。"①这个观点不妨称为"诗义本史"或"诗义通史"之论,而其根柢则植于对诗与事之关系的认识上。吴梅村《且朴斋诗稿序》则说:"古者史与诗通,故天子采诗,其有关于世运升降、时政得失者,虽野夫游女之诗……必入贡天子,不必其为朝廷邦国之史也。"②

在理论上说得更为全面系统的,是叶燮(1627—1703)。其《原诗》有云:"原夫作诗者之肇端,而有事乎此也,必先有所触以兴起其意,而后措诸辞,属为句,敷之而成章。""自开辟以来,天地之大,古今之变,万汇之赜,日星河岳,赋物象形,兵刑礼乐,饮食男女,于以发为文章,形为诗赋,其道万千,余得以三语蔽之:曰理、曰事、曰情,不出乎此而已。"③事乃诗之肇端,触事兴情起意,因情意而措辞、属句、成章,篇章

---

① 钱谦益:《胡致果诗序》,见《牧斋有学集》卷十八,上海古籍出版社1996年版,第800—801页。
② 吴梅村:《且朴斋诗稿序》,见《吴梅村全集》卷六十,上海古籍出版社1996年版,第1296页。
③ 叶燮:《原诗·内篇》,见《清诗话》,中华书局上海编辑所1963年版,第567页,第574页。

之中又含事情之理。这就是叶燮勾勒的诗歌创作历程。黄生（1622—1696）《一木堂诗麈》卷二《诗学手谈》亦云："诗有写景、有叙事、有述意三者，即《三百篇》之所谓赋、比、兴也。事与意只赋之一字尽之，景则兼赋而有之。"① 其言谓诗有叙事、抒情（述意可含通常所谓情志意三者）与写景。其实诗之写景往往不属叙事即归述意，实难视为独立。至晚清，刘熙载（1813—1881）《艺概》论诗歌之抒叙就不再牵入写景，而云："赋不歌而诵，乐府歌而不诵，诗兼歌诵，而以时出之。《诗》，一种是歌，'君子作歌'是也；一种是诵，'吉甫作诵'是也。《楚辞》有《九歌》与《惜诵》，其音节可辨而知。……诵显而歌微。故长篇诵，短篇歌；叙事诵，抒情歌。"又云："长篇以叙事，短篇以写意，七言以浩歌，五言以穆诵。"② 至此，抒情叙事概念已接近今人。明清两代的杜甫诗注释者们，继承自宋代以来详细笺释、以史证诗的传统，更往往很明确熟练地在书中运用着诗史、叙事等概念术语。③

近人闻一多先生学贯中西古今，眼光如炬，魄力雄大，曾对中国诗歌传统溯源探流，揭示叙事与抒情的对垒性特征，论证古代诗歌抒情叙事两大传统的形成、本质与流变。其代表性篇章为《歌与诗》《文学的历史动向》等，为我们的研究导夫先路。近年学术报刊及博士、硕士论文亦多有探讨诗歌叙事问题

---

① 黄生：《一木堂诗麈》，见张寅彭主编《清诗话三编》第一册，上海古籍出版社2014年版，第101页。
② 刘熙载：《艺概·诗概》，王国安校点，上海古籍出版社1978年版，第76页、第78页。
③ 如黄生《杜诗说》、仇兆鳌《杜诗详注》、浦起龙《读杜心解》、杨伦《杜诗镜铨》等。

的论著。笔者亦有多篇论文探讨"事"与诗的关系，发表于各学术刊物①，为省篇幅，此不赘述。

上面以古典文学研究的方式论证了"事发而后情生，情生而后诗作"的观点及其在历代的表现，所运用的基本上是经验性的知识。近来获知有学者从哲学的角度研究"事"的问题，其论述方法与结论均更为形而上学化，对我们很有启发和引领意义——那就是杨国荣教授所承担的诸项目，如《事与物：古今中西之争视域下中国现代形而上学的转换》（教育部人文社会科学重点研究基地重大项目，项目号 16JJD720007）、《基于事的世界：从形上的视域考察》（贵州省哲学社会科学规划国学单列课题，项目号 17GZGX03）等。从他已发表的许多阶段性成果来看，虽未直接谈到诗歌与文学问题，却往往可以涵盖我们之所想或所欲论。下面谨摘引少许，主要是其结论性的表述，以为学习思考之资。欲知其详，则尚祈研读其各篇全文。

杨国荣《中国哲学视域中人与世界关系的构建——基于"事"的考察》，载《哲学动态》2019 年第 8 期，其"摘要"全文如下：

> 哲学研究的一个重要维度，是对人与世界关系进行哲学说明与构建。世界的现实形态建基于人所作之"事"，人自身也在参与多样之"事"的过程中认识自己并获得现实的规定。前者表现为认识世界和成就世界的过程，后者则以认识自我和成就自我为内容。以人与现实世界的关系为

---

① 请参董乃斌《从诗史名实到叙事传统》《中国诗歌传统再认识》《文类递嬗与抒叙博弈》等文。

视域,中国哲学中具有综合意义的"事",较之单一的"物""心""言",呈现出更为本源的性质;以"事"观之,也意味着从更为本源的层面理解世界和成就世界,理解人自身和成就人自身。较之狭义"实践"的认识论意蕴与"行"的伦理学内涵,"事"既展开于化本然世界为现实世界的过程,从而关乎本体论之域;又兼涉认识活动和道德行为,从而渗入了认识论与伦理学意义。作为广义的人之所"作",中国特有的"事"哲学体现了本体论、认识论、伦理学的交融。

可供我们了解其基本观点。其所提及与"事"密切相关的"物""心""言"等概念,在古代文论中亦是常见常用的同类概念,在谈论诗歌的叙事抒情问题时,也会经常用到。其文中另有若干段落值得重视:

>宽泛而言,人作用于世界的过程,也就是"事"的展开过程。如前所说,"物"表现为对象性的存在,"心"以观念性为其存在方式,"言"则既在意义层面与心相涉,又表现为形式的规定。相对于此,"事"首先与人的现实活动相联系,中国哲学对"事"的界说,便侧重于此:"事者,为也"(《韩非子·喻老》);"作焉有事,不作无事";"举天(下)之事,自作为事"。[《恒先》,载《上海博物馆藏战国楚竹书》(三),上海古籍出版社,2003,第112页]这里所说的"为"和"作",都表现为人的现实活动。《尔雅》将"事"释为"勤",又以"劳"界说"勤"(《尔雅·释诂》),同样指出了"事"与人的劳作等活动之间的关

联。以人之所"为"、人之所"作"以及"勤"("劳")为事，表明的是"事"以人的现实活动为具体内容。引申而言，"事"同时指人之所"作"或所"为"的结果，在许慎"史，记事者也"（《说文解字》）的界说中，"事"便表现为人的历史活动的结果。《尔雅》则在更广的意义上把"绩"界定为"事"（《尔雅·释诂》），此所谓"绩"，包括通过人之所"作"而形成的功业、成就等，从而可以视为"事"之结果或已成之"事"。相对于"以物观之"的对象性观照、"以心观之"的思辨构造，上述视域中的"以事观之"意味着基于人的现实活动及其结果以理解世界和变革世界。

....

作为人之所"为"或人之所"作"，"事"不仅以人把握和变革世界的活动为内容，而且也以人与人的互动和交往为形式。……离开人所作之"事"，"物"仅仅呈现自在或本然的形态；外在于人所作多样之"事"，"心"难以摆脱抽象性和思辨性；同样，在广义的"事"之外，"言"及其意义也无法取得现实品格。

....

人化世界的观念形态与实际形态在超越本然存在这一点上，都可被视为广义的现实世界。世界的现实形态基于人所作之"事"，人自身也在参与多样之"事"的过程中认识自己并获得现实的规定：前者表现为认识世界和成就世界的过程，后者则以认识自我和成就自我为内容。以人与现实世界的关系为视域，具有综合意义的"事"较之单一的"物""心""言"，呈现出更为本源的性质；"以事观之"也意味着从更为本源的层面理解世界和成就世界，理解人自身和成就人自身。

从杨文引用《韩非子》《尔雅》语可见，"事"本有动词、名词两种词性。但在后世，特别是杨文与诗歌叙事研究中，则主要倾向于名词性用法。①"事"本已有"做""为"的涵义，后世乃惯用"做事""从事"来表达，而单用"事"往往指做事的过程或结果。至于与"物""心""言"并举的"事"，当然主要采用后者之义。杨文在人与现实世界关系的视域中论述"事"与"物""心""言"的关系，指出"事"具有更为本源的性质，"以事观之"意味着从更为本源的层面来理解世界和成就世界。我们对诗歌创作运动过程的理解，强调以"事"为基础，"事在情先"，强调"事"，包括事因（由）、事程、事果等，而不是"情"才是诗歌（及一切文学）的创作之源，显然能够具体地说明和支持这种看法。

杨国荣《心物、知行之辨：以"事"为视域》，载《哲学研究》2018年第5期。其"摘要"很好地概括了研究结论，与我们的研究关系至为密切：

"心"生成于"事"，"物"敞开于"事"。由"事"而显的意义则在进入人之"心"的同时，又现实化为意义世

---

① 杨国荣文中所用"事"，在其英文摘要中，写作"shi 事"（Human Affairs），意谓"人事""人的事务"。其《基于"事"的世界》一文（载《哲学研究》2016年第11期），英译即为"The World Based on shi 事（Human Affairs）"。杨文中"事"之义，多为此，即用为名词。其《"事"与人的存在》，英译为"'Affairs' and Human Existrnce"。

界,后者既是不同于本然存在的人化之"物",又呈现为有别于思辨构造的现实之"物","心"与"物"基于"事"而达到现实的统一。离"事"言"心"、离"事"言"物",逻辑地引向"心"与"物"的分离;扬弃这种分离,则需要引入"事"的视域。……

该文第一节《心与事》更直接涉及我们的研究范围:

在人与世界的互动中,心物关系构成了重要的方面。与"物"相对的"心"可以从不同的角度加以理解:它既与意识活动的承担者相关,所谓"心之官则思"(《孟子·告子上》)中的"心",便涉及这一方面的含义;也可从更实质和内在的层面看,"心"主要与意识、精神等观念性的存在形态和观念性的活动相涉,包括感知、意愿、情感、想象、思想等,其引申形态则关乎知识、理想、计划、蓝图、价值取向等等。

既然这里所谓的"心"与情感、想象、思想等相涉,又关乎知识、计划、蓝图之类,那么,也就与文学艺术创作有了关系,与诗歌的言志、抒情、写怀,乃至比兴寄托、褒贬讽喻有了关系。果然,在下面的论述中,杨教授就指出了科学研究、文学创作"都属人所'作'之'事'",而"作为人所从事的活动,'事'既关乎'物',也涉及'心'",这正与我们说明诗歌创作之源为"事"但又与"心""物"存在割不断的关联之观点相一致。杨教授继续论述,指出由于所从事的具体"事"不同,各种人对待同样的"物",其"心"的反应也就不同。同一对象往往可以生成不同维度的意象和意念。比如同样面对大山中的树木花草，观风赏景者多以之为审美对象，将其视为山中景色的一部分；而植物学家可能更为注意它们的生物学特征，药物学家则更善于从药用价值来考虑问题。杨教授分析道："游山观景、植物学的考察、实验室的研究虽然指向不同，但都属于人所作之'事'，相关对象被内化为不同的意象和意念，则以多样之'事'的展开为背景。对象的意象化和意念化，同时表现为'物'进入'心'，在这里，'物'之进入'心'（对象的意念化）始终关联着'事'。""宽泛而言，'物'的意义体现于认知和评价两个方面，认知层面的意义关乎事实，评价层面的意义则涉及价值，与'事'相关的意义，兼含以上两个方面。就其现实的形态而言，'物'的意义不仅呈现于'事'，而且生成于'事'。"借用这个观点，我们在论述诗歌写景的性质时，可以更明白地断言写景实际上也是诗歌叙事的一种方式、一个内容，因为"景"和"写景"对诗人来说，都是一种"事"，景如不与写诗之事发生关联，它只是本然自在之物，只具美的潜能，而并未实现审美意义。

除以上所引述，近有国家社科基金后期资助项目"现代性的批判和重构：马克思与怀特海的比较及中国意义"（项目号19FKSB055），其部分成果揭载于上海社会科学院主办的《社会科学报》第1730期（2020年11月12日）第5版"学术探讨"，文为《从"物"的世界观到"事"的世界观》（作者黄铭，单位浙江大学马克思主义学院）。该文谈到"事""物"关系问题，并将其提升到了世界观的高度。文分三节：（1）"'事'先于'物'"；（2）"'事'比'物'更适合表达世界观"；（3）"'事'的世界观在生活中的意义"。所论颇有助于我们对"事在情前，事乃诗之本源"观点的阐释与发挥。①

如其文界定"事""物"概念的性质,认为"事物"与唯物主义强调的"物质"概念大致相当。"事"处于联系和发展的状态中,无论是自然事件还是社会人事;"物"则呈现出分离和静止的样子,如岩石、桌子等各种自然物或人造物。而事件的本质,则是一种创作性的活动,所以世界、宇宙和时空根本上处于绝对的运动状态。

又如认为,在宏观层次上,"事"的世界观为我们描绘了一幅普遍联系和永恒发展的世界辩证图景。在"事"的世界观看来,整个宇宙都是由事件构成的有机整体和过程集合,从原子、分子到化合物,从无机界到有机界,从简单的、低级的机体到复杂的、高级的生命,直至人类的社会历史和文化精神,都处于"多生成一"和"由一而长"的事件世界之中,贯穿宇宙的活动就是一种整合并生长的创造性活动。

这些观点从哲学基础上解决了"事""物"的关系问题,虽有某些具体说法(如辨"事""物"的先后,强调"事"必在"物"先)尚可斟酌商榷,但将"以事观世"视为一种世界观,即对世界万事万物的根本看法,无疑是很有启发性的。上引两家的哲学论述,对我们探究诗歌之源,否定"情志第一,甚至唯一"的旧说,确立"事在情先""情由事生"的观念,并在此基础上建立中国诗歌贯穿叙事、抒情两大传统,两大传统同源共生、既互动互益又博弈互竞地演变发展的理论,应该说帮助极大,值得我们重视。

---

① 以下所引述者,皆出此文。

四

叙事与抒情（含事、咏事、述事、演事）

　　客观之事是诗歌创作的真正源头，但"事"不会自动成为诗篇或进入诗篇，这里必须有个中介，那就是人；而且不是一般的随便什么人，必须是被"事"触动了"情"的懂诗、会诗、善诗之人。

　　说起来，"动情"确是世上各式各样的事转化为诗歌的契机。世上只有人会因事而动情，因为动情，而且当情动得相当汹涌激烈的时候，才需要宣泄纾解，形形色色客观存在之事也才有可能发生向诗歌的转移。这种转移不是简单的位移，而是一个非常复杂的运动和酿化过程，处于这条运动链关键部位的，是具有七情六欲而心思各异的人。所以，同样的事对不同的人引起的是不同的情；不同的体验与感受，也就必定让他们写出不同的诗来。诗虽然与客观之事相关，但一经人手，表现出来的诗歌作品里就不再是那原始的事；即使诗人面对同一件事，但各人诗中之事必有所不同，甚至可以大异其趣。对于诗的内容和形式、思想和艺术，人的主观能动作用无疑是巨大的。

　　如果把文学创作看作一个过程，那么这个过程可以分为两段。它的前阶段是作家在头脑中酝酿构思，后阶段则是作家借助文字（或其他媒介）把头脑中的东西对象化为作品。

　　这个后阶段也就是文学表现的运作过程，是将作者内蕴的认识和感受外化出来的关键。没有表现,便没有读者能够见到的文学作品。作者的叙事和抒情就发生在创作的这个阶段。

文学的样式(文体)多种多样,文学的表现手法更是多样而多变。但概而言之,文学表现手法却只有抒和叙两大类,可谓非抒即叙,非叙即抒。

抒者,抒情,包括作者对主观情绪、体验、观点、认识、感受的一切表达;因此,言志、抒怀、写意、议论、说理等对作者主观情意的直接表达,都可容纳于"抒情"之中。①

叙者,叙事,指作者对一切客观事情物态的叙述或描写。

无论抒或叙,都是一个主体在叙述、在言说,唯所叙所言的内容不同而已。"叙述"是个并列复合动词,叙与述同义,也就是言说或讲论。抒情、议论、说理和叙事、描写都属于叙述。"叙事"却是动宾结构,此二字已说明其叙述的对象是"事"(事由、事态、事程、事果等),叙事与叙述感情(抒情)、意念(写意)、观点(议论)、道理(说理)虽都是叙述,却不可混为一谈。叙事的对象是客观事物,抒情、写意、议论、说理的对象是作者的主观。举两个最简单的例子:"断竹,续竹;飞土,逐宍"(《弹歌》,见《吴越春秋》)是一连串的叙事。"日出而作,日入而息。凿井而饮,耕田而食。帝力于我何有哉!"(《击壤歌》,见《艺文类聚》)前四句叙事,末句为抒情。

抒情、叙事是两种不同的文学表现手法,但二者又交融互

---

① 《诗大序》:"诗者,志之所之也。"陆机《文赋》:"诗缘情而绮靡。"实已表明古人的情志合一观念。参吴相洲《诗缘情而绮靡》一文:"'诗言志'就诗发生根源而言,'诗缘情'就诗发生过程而言,两个角度说的是一件事。李善注解就很简明了:'诗以言志,故曰缘情'。"(《光明日报·文学遗产》2019年7月15日第13版)

渗、错综复杂，共同完成文学的表达。在文学作品中，它们有互惠的一面，相促相益，使对方增色增重；又存在博弈的一面，即相互间有竞争比赛，在作品构成的抒叙比重上有争夺。同样的创作动机或题目，同样的素材原料，用抒情还是用叙事来表达，不同作者会有不同的习惯偏好和选择，他们的表达能力和对文类、技巧的掌握程度也各有不同。故在抒叙二法中，必然有所选择，有所侧重，常常存在取此舍彼、你重此他重彼的情况。而多用抒情还是多用叙事，作品的表达效果、文体性质、风格特征、读者反应、实际功能和影响范围，便往往不同。这种情况我们便称之为"博弈"。显然，抒叙博弈对作品思想内容和艺术品质的质地水准，甚至对其总体优劣高下良窳之差异，都有一定的影响。

这里可再举一例。元稹有《行宫》诗云："寥落古行宫，寂寞宫花红。白头宫女在，闲坐说玄宗。"五言四句二十个字。又有七言歌行《连昌宫词》九十句，六百三十个字。二者体量相差三十倍以上，但究其内容，却是相近的——都是在诉说唐玄宗时代的故事。只不过前者仅写一个镜头，白头宫女在百无聊赖中回忆着玄宗当年之事，可具体是些什么事，则一字未提。这首诗本身所叙的事很简单，相应地，抒情意味就颇浓郁。而《连昌宫词》则是假借一个宫边老人之口，具体而生动地描述了从天宝繁华经安史之乱到中唐衰乱的许多故事和细节，叙事性强，同时抒发了深沉的历史沧桑之感。前者的艺术优长是凝练含蓄，抒情性强；后者的艺术优长是内容丰富，也更富于叙事技巧。由于作者创作时选择不同，重抒者便用了五绝的诗体，而重叙的就非用七古诗体不可，这样就产生了艺术品味和境界颇为不同的两首作品。正如马茂元所说："《连昌宫词》歌行巨篇,以穷形极态取胜;《行宫》五绝短韵,以含蕴隽永为长。穷形极态则怵目惊心,含蕴隽永则启人冥想。诗体不同,笔法固异,各尽其妙,不必以优劣论。"[①] 优劣确不必争,但抒叙的区别还是应该弄清。

抒情与叙事既是文学创作(表达)所必需,当然从文学诞生之始就存在着。抒情叙事实乃同源共生,互动互促地发展着,久之乃各自形成自己的统绪,即传统。

从总体言,叙事与抒情相对垒;再从叙事自身言,可以看到诗歌的艺术表现与实存之事的关系有多种情况。按涉事多少、远近之不同,可以略分几个层次。

首先是几乎全部作品都包括在内的含事层面。

所谓"含事",是说一切诗歌,无论长诗短诗、古体诗近体诗、自由诗格律诗、抒情诗叙事诗,没有不包含某种事情的。任何诗篇必定以一定的或某一件事情为其创作的起因、内容的基础,或歌咏的对象,用文学术语来说,就是任何诗篇都有它的题材;题材即事,世上绝无无题材、无事实、无内容的诗篇。

但这些决定诗篇内容的事情,在诗篇中的地位、处境和所占分量,却可以非常不同。有时候,这事就表现在诗歌之中,作者明白地诉说,读者清楚地感知,那是"事在诗内"的情况。有时候,作品并不直接叙述描写那事,而是将事实推得远远的,写得淡淡的,甚至有意遮掩隐蔽起来;从诗歌字面(所谓"诗面"),读者不能直接看到或只能影影绰绰地看到促使诗歌产生的事实,而需要借助别的资料来考证和求索,这可谓是"事在诗外"的情况。故古今皆有研究者探求诗歌"本事"的努力。

[①] 马茂元:《唐诗选》,上海古籍出版社2018年版,第654页。

然而无论事在诗内还是诗外，诗之有事，是不可改变的事实。

含事是诗歌与事关系的最普遍最基础的状态，其中包含着"事"在"诗内"和"诗外"两种情况。进一步，"事在诗外"先不说，"事在诗内"也有不同情况。大致区分，又可有两种。

一种可称述事①——有的诗人把他所欲歌咏的事实明白具体地写在了诗中，或更通过诗歌的副文本（标题、小序或自注之类）告诉读者，他写的是件什么事。这种作品叙事成分可以多到影响诗篇的总体性质，从而独立成为诗歌的一个亚类，即通常所谓的叙事诗。如《诗经》中史诗性的《大雅·绵》《大雅·生民》《大雅·公刘》和《豳风·七月》之类，或故事性的《邶风·谷风》《卫风·氓》等。后世的乐府民歌《木兰辞》《孔雀东南飞》，乃至从汉唐到明清文人创作的众多长篇叙事诗，《长恨歌》《琵琶行》《圆圆曲》《彩云曲》之类，以及大批纪事纪游纪传（含自传他传）性的长诗。

另一种可称咏事——其叙事成分明显弱于前者，最弱的甚至从诗面难见事实，但作者实有明确的歌咏对象。咏史诗是这类诗最典型的代表。《诗经》中，如《召南·甘棠》《邶风·绿衣》《邶风·新台》《鄘风·载驰》《陈风·株林》等等都是，在后代遂形成一个庞大的系列。此外，常见的即事咏怀之作是古诗之一大宗，以前往往笼统称之为抒情诗，细看则多属咏事之作，诗例举不胜举。

---

① 述事其实就是叙事，叙＝述。这里之所以用"述事"，是为了表示其与"咏事"同属于"含事"；含事下分"述事""咏事"两种情况。而本书所用的"叙事"，意指更广泛，是与"抒情"对垒的文学表现方法；从这一点说，"述事"与"叙事"的用法是有所不同的。

述事之诗，虽是诗体，但就叙事功能言，已近乎小说，国外即有以"诗体小说"称叙事诗者。小说属于散文文体，但中国古代小说与诗歌缘深，不但题材与主题常从诗歌摄取，而且叙述中还常常直接运用诗歌以塑造人物或渲染气氛——这成为自唐传奇以下中国古典小说的一大特征；唐传奇作家中，沈亚之是一位代表。接着必然出现另一种情况：诗歌与散文的融合更为紧密，既超越了诗歌，又超越了散文，形成一种新的文体，即以表演故事为基本要求和根本特征的戏曲文体。演事，本质上仍是一种叙事，但作者和叙述者均隐于幕后，只让剧中人物登场说白或歌唱，把故事有头有尾地敷演出来。渗透并充溢于戏曲中的戏剧性，把诗歌小说的叙事性推向了更高的层次。

以中国文学史、诗歌史为对象，宏观地论述"事"与"史"的关系，大致可以发现它们之间的几个层次：一是作为大背景的"事"（时代氛围、社会动态）；二是作为创作动因的"事"（诗之具体创作背景、语境、诗人心灵波动及预设效果）；三是诗歌文本所显写的"事"（由分析诗面而得，包括陈寅恪所谓的"古典""今典"）；四是诗歌与读者发生关系后的"事"（主要指在文学史、诗歌史上位置的变迁）。这些"事"可概括为"诗内之事""诗外之事"两类，二者中，"诗内之事"为主体，后者又可区分为起因之事、衍生之事等。总之，诗歌从其酝酿、产生，到定型、传播，始终被一定的"事"包围着。

五

诗篇抒叙结构分析

　　无论研究诗歌、诗歌史还是研究贯穿于诗歌史中的某种传统，都离不开对具体诗歌作品，即诗歌文本的分析。诗歌文本由话语（文字）构成，所以这种分析的要义和实质，乃是对诗歌文本（诗篇）的话语分析。
　　诗歌话语按其在作品中的作用（功能）可大致归为抒情和叙事两大类，其他各种修辞手法则是为抒叙服务的。诗歌抒情和叙事传统的产生和存在，即以诗歌话语可分析为抒情或叙事这一事实为基本依据。
　　这是文学研究在话语层面谈论抒情和叙事。话语是客观的，也就是俗说的"诗面""字面"。话语的功能主要也是客观的，但诗歌的话语需要通过接受者的阅读和理解来实现其功能，这就免不了有接受者主观因素的介入。同一话语对于不同读者，引发的感受可能不同，所起效应自然也就会不同；就是同一位读者，在其主客观状况有所变化（比如在不同年龄段或境遇、心情变异）时，感受也有可能不同，诗歌话语的效用也会跟着发生某些变化。因此，我们在分析诗歌话语时，需要顾及此层，应尽可能保持客观冷静。
　　除了话语和话语的功能层面，抒情和叙事之分还有一个文体（或称文类）的层面。例如，一般常识多认为诗歌属于抒情文体，小说则是叙事文体，等等。当然，常识也告诉我们，文体层面的抒叙之分与文学话语层面的抒叙之分，是相关而非简单等同，抒情话语并非仅属抒情文体，叙事话语并非仅属叙事文体。无论诗歌还是小说，实际上都是由不同比重的抒情话语和叙事话语以不同的结构方式所合成。说到底，文学作品的话语成分不过抒叙两种，真正千变万化，而且几乎无穷无尽，能令无数代的人们创造不息而又玩味无穷的，乃是其话语的构成方式。反过来说，诗歌文本所显示的话语方式不管怎么腾挪变化，只要我们掌握了一定的方法，就能够从万象纷呈、缭乱无序的诗歌话语中寻找出它的抒叙结构。也就是说，任何诗歌作品的话语，其抒叙结构都是可以分析的。

为了说明诗歌话语的抒叙之分，让我们先来看一些具体的例子。

文学史说到诗歌的起源，往往会引用《吕氏春秋》或《淮南子》的记载："今举大木者，前呼'舆謣'（'邪许'），后亦应之，此其于举大木者善矣（此举重劝力之歌也）。"[①] "舆謣""邪许"或者"杭育杭育"，涉及诗歌起源，但所呼之语还没有什么意义，主要还是以声音协调劳动节奏，它们还不算真正的诗。但到《吕氏春秋·仲夏纪》的《古乐》所载的另一段话，情况就不同了："昔葛天氏之乐，三人操牛尾，投足以歌八阕：一曰《载民》，二曰《玄鸟》，三曰《遂草木》，四曰《奋五谷》，五曰《敬天常》，六曰《达帝功》，七曰《依地德》，八曰《总万物之极》"。歌词情况今已不明，题目很可能是后人起的，但据

---

① 引文见《吕氏春秋·审应览·淫辞》（诸子集成本，中华书局1986年版），括号内为《淮南子·道应训》类似文字，可参。

以推测其所歌内容，显然与上古先民的生活与思维有关，而其调性颇似后世的颂歌祝辞，想来便该是有抒有叙的了。

我们再从流传下来的较古远的诗歌作品文本来看：

> 断竹，续竹；飞土，逐宍（肉）。（见于《吴越春秋》的《弹歌》；刘勰《文心雕龙·章句》曰："寻二言肇于黄世，《竹弹》之谣是也。"）

> 日出而作，日入而息，凿井而饮，耕田而食，帝力于我何有哉！（逯钦立《先秦汉魏晋南北朝诗》卷一题为《击壤歌》，录自《艺文类聚》《太平御览》等书，其校语云：各书末句稍有差异，《礼记经解》引《尚书传》此句为"帝力何有"；《艺文类聚》作"帝何力于我哉"，《乐府诗集》《古诗纪》同；《初学记》作"帝力何有于我哉"；《太平御览》两引，一作"帝何德于我哉"。）

这两首上古诗歌，就很清楚地显示了诗歌话语的抒叙构成。第一首《弹歌》以四个二言句叙述了先民打猎的过程，全诗都是叙事，而且是叙了好几件相关的事，从断竹取材，到制成弹弓，到发射土石，到追逐猎物，四句话，八个字，极端简洁，却又非常具体，叙述的都是客观的、实际上发生了的事情，但无一字为抒情话语。当然，作为诗歌，尽管没有直接抒情，其内蕴的感情色彩是不可能没有的。我们今天读来，仍能感受到先民们狩猎生活的艰辛亢奋，以及劳动和收获的愉快。可以说，抒情就蕴含在具体的叙事之中，从而使这简单的八个字成为千古流传的诗篇。

第二首情况有所不同。前四句是叙事，其特点是既具体又概括。日出日入，是具体的、形象的，从日出到日入，时间流逝了，是整整一天的过程，其间可能发生种种事情，但诗歌都没有写。日出而作，作的是什么？日入而息，怎么个息法？都很笼统。诗歌的叙事往往如此，即往往是概叙和具体细腻的描叙相结合，有粗有细，该粗则粗，该细则细。就此诗而言，前两句是概括性的总叙，后两句则是具体的补叙：以凿井而饮和耕田而食来补足前面对"作息"的概叙。有了这两句，两件具体的事，也可说是生活内容的两个方面，两个细节，乡村野老们的劳动和生活状态就大致可知可感，而且就在读者心目中活起来了。粗细结合的叙事达到了作者预拟的效果，更细碎的描述就不再进行下去了。然而，叙述到此，其意指究竟如何？并不清楚。末句直接抒情才是作者的点睛之笔："帝力于我何有哉！"这是诗中之"我"内心声音的直白而强烈的吐露。有了这一句，这首诗就完整了。全诗五句就是这样由四叙一抒而构成，抒叙的转换和接续很清楚，抒叙各自发挥了自己的功能。当然，我们会发现，诗中的抒情，无论是否直接表达出来，往往比较含蓄，具有多层意涵，因而可能多解。以此诗此句而言，抒情之语很简单，其意为何呢？是野老们自足恬然到忘乎所以？是野老们直露地宣示官家对自己的无奈，抑或曲折地赞美统治的宽松？还是诗人在鼓吹一种不求人也不要人管的生活态度，抑或表达对远古简朴自在社会的怀念向往？或者是几者兼而有之乃至在几者之外还有更多的含意？读者仁智之见可能各不相同。从这里，我们不仅看到诗歌话语中叙事与抒情的区别，也看到了它们不同的效应和功用。

　　还可以举出更多更多的诗篇为例，但仅从上面两个例子也就能够看到，诗歌话语的抒或叙是可以而且应该加以区分的，通常所谓的抒情诗也不例外。

　　为了说明一般所谓的抒情诗中也存在着叙事因素，为了说明在整个诗歌史中有着与抒情传统同源共存、互动互竞的叙事传统，而这个诗歌叙事传统其实就是贯穿中国文学史的抒叙两大传统的一部分，归根到底，是为了用诗歌的叙事传统来质疑并打破那种以为中国文学史只有一个抒情传统的成见，从而重新全面认识和衡估古今中国文学的特质和价值，我们认为必须从分析诗歌话语抒叙结构的微观研究入手，逐步深入到探寻历代诗歌的叙事现象，进而探索诗歌叙事因素、叙事现象和各类叙事作品之间承传和发展变化的关系，找到它们的内在联系，找到它们与整个中国文学传统的关联。我们的工作有个长远的宏观目标，但在初期，在入手处，在表面看来，似乎有点偏于技术性，甚至不免琐碎机械和形而下。但我们确信分清诗歌话语的抒与叙，是我们工作的必要步骤。

　　在纵览了中国古今大量诗歌作品并对它们试作话语分析的基础上，我们觉得有必要也有条件提出一种可以普遍使用的操作程序，姑称之为"光谱分析法"。

　　自然可见光可分解为赤橙黄绿青蓝紫七色，各色光的波长频率不同，相互之间有界限，但肉眼看来界限不绝对。两个相邻的光色由此过渡到彼，中间界限显得朦胧模糊，但毕竟仍可分清。借用光谱分析法来看诗歌话语的抒叙结构，可以将大量诗歌作品按抒叙成分所占比重不同，排为一个横向的序列。假设左端是叙事成分很少乃至极少而以抒情为主的那一类诗歌（通称抒情诗），随着叙事比重的增加往右排，越往右叙事色彩越浓，最右端便是所谓的叙事诗了。正如光分七色，我们也将长长的诗歌序列试分为五级,从 A 到 E,抒情成分递减,叙事成分渐增,即由比较纯粹的抒情诗向比较够格的叙事诗递变。这样的序列颇似光谱的由红至紫,特殊情况超出两端者,为不可见之红外线与紫外线,可以容纳需作特殊分析的诗歌作品。

为了更清楚顺利地进行下面的讨论,我们先来对某些概念作些必要的说明,希望能求得进行讨论所必需的共识。

我们都知道,诗歌和一切文学作品一样,乃是作者的一种叙述,一种表达和宣示。人们在生活中有所感触,内心激荡,产生表达、宣泄和与他人交流的需求,于是或言说或写作,诗歌散文小说便由以诞生。这一事实是说明文学创作动因、性质和目的的基本依据。

我们常常把小说作者称为小说家,把诗的作者称为诗人。但作为作者的小说家,与一篇小说的叙述人(叙述者)不是一回事;小说作者可以化身为各种人,用各种视角和口吻来叙述他要讲的故事。诗人稍有不同,人们常常把诗人、诗作者和诗的叙述人混为一谈,特别是在中国诗学中。从中国古人的创作实践来看,在许多情况下,诗的叙述人确实就是作者本人,所以研究者通过诗歌内容去考证诗人的生平行迹,往往能取得不少成绩。不过情况并不尽然。诗人同样有权发挥想象,化身他人、转换视角来叙述和歌唱。如果说当屈原写下"帝高阳之苗裔兮,朕皇考曰伯庸。摄提贞于孟陬兮,惟庚寅吾以降。皇览揆余初度兮,肇锡余以嘉名:名余曰正则兮,字余曰灵均"时,诗句中的"朕""吾""余"指的就是诗人自己,诗作者和诗的叙述人是合而为一的;但同是屈原写的《九歌》,每篇就有不同的叙述者,如《湘君》是女神湘夫人等待男神湘君的恋怨之词,《湘夫人》则是湘君对湘夫人的思念之词,《山鬼》是山野女神的歌唱，《国殇》是民众献给为国捐躯者的祭歌，诗人屈原是楚地乡民的代言人，他隐身在诗的叙述者背后。李贺的情况更能说明问题。他本人瘦弱多病，但他有的诗却豪气十足。他的《南园十三首》有这样的诗句："男儿何不带吴钩，收取关山五十州。请君暂上凌烟阁，若个书生万户侯？"他不愿老死书斋，渴望带兵打仗，为国立功。又说："长卿牢落悲空舍，曼倩诙谐取自容。见买若耶溪水剑，明朝归去事猿公。"不满书生文士的可悲地位，竟是宁可去做剑客了，难怪鲁迅要对他的"豪语"大打折扣。① 殊不知这里的叙述者并不能等同于作者。

诗人写诗，是通过叙述者把他所欲言之事及情传达出来，宣示出来，这个行为叫做叙述。叙述在汉语中是一个同义复合词，② 在现代汉语中，叙＝述，叙述是人的一种行为。叙述的工具是语言文字，叙述的对象是"事"或"情"（含"理"），即人的所见所闻、所作所为，人的种种经验和体验。

叙述，可以是叙事，叙景，叙物态；也可以是叙心情，叙志向，叙观点、看法、见解等等。

叙事、叙景、叙物态须用描绘、勾勒、刻画、用典、比喻等修辞手法写出客观事物、事态或事情发展变化的过程。作者所写之物事处于客观存在的状态，故作者也只能是客观地写，所写的结果是能指与所指大抵相当，虽所叙对象不同，但可统称为"叙事"。上文所举的《弹歌》和《击壤歌》的"日出而作，日入而息，凿井而饮，耕田而食"，就是这种叙事。

---

① 鲁迅：《豪语的折扣》，见《准风月谈》，《鲁迅全集》第5册，人民文学出版社1957年版，第194页。
② "叙述"二字之义，在古汉语中有一个演化发展的过程，此处从略。

叙心情，叙志向，叙观点见解，与前三者不同，其所叙之对象皆存在于作者心中，即处于内在的主观状态，故作者的叙述是在写主观，或主观地写。这种叙述的实质是将主观形态的无状物加以对象化，在表现时往往抽去具体事象和与事件的联系，而着力于使主观感受升华扩展，使所述话语的涵盖面更宽泛更空灵，故这种叙述的能指往往大于所指，诗面虽有限，却更宜供人引申发挥，让仁者见仁智者见智，于是释读往往众说纷纭。此类叙述中感性色彩浓烈的，便是通常所谓的"抒情"，偏于理性的便是说理议论。抒情和说理，一个重感性，一个重理性，看似相对，但均源于主观，在这一点上却是一致的。《击壤歌》的"帝力于我何有哉！"与它前几句的客观叙事不同，表达的是乡村野老的心声，应该算是抒情，但也有说理的成分。

诗歌话语的抒与叙，所写对象不同，在诗中的作用功能不同，是需要而且能够分清的；但也有很多情况下，抒叙相互渗透，你中有我，我中有你，不能截然厘清。那就应该实事求是地指出其特殊性，并具体分析其特殊的思想艺术价值。这里也举一例以明之。李白《黄鹤楼送孟浩然之广陵》："故人西辞黄鹤楼，烟花三月下扬州。孤帆远影碧空尽，唯见长江天际流。"历来被视为抒情之作，但全诗实乃写了送别的整个过程，从孟浩然告辞欲行，李白在黄鹤楼相送，到在江边解缆登舟，到孟浩然所乘之舟远去而李白久久不肯离开，目送一叶孤舟的影子越来越小，终至消失在茫茫大江中……诗中并无抒情话语，但李白对孟浩然的深厚友情和离别的怅惘透过影视般的活动画面却完美地表达出来，深深感动了我们。其中最值得重视的是末句"唯见长江天际流"。这一句在性质上仍应属于叙事，是送别这件事的尾声和袅袅馀音。但它又是写景，是一幅辽阔无垠而滔滔不绝的江景画面，是一个只有景致而无人物形象（即使有，也极远极淡极次要）的空镜头，但又不妨认为它是诗人李白巧妙而深沉的抒情。这一句可以说是一身三任，叙事，写景，抒情兼而有之。有了这一句，前面三句的平淡叙述也都被浓烈的抒情灌满了。试取《赠汪伦》诗结句"桃花潭水深千尺，不及汪伦送我情"来比较，就不难看出后者只是单纯的抒情了。

现在让我们转入诗歌话语分析的光谱分析法。光分七色，诗歌话语的抒叙分析拟分为五个段级。

A　第一段级

其话语的抒情成分很重，相比之下，叙事因素居于次要的地位，当然绝非等于零。如果试用量化的表示法，设全诗话语总量为"十"，那么这一段级也许可以标为"抒九叙一"吧。处于这一段级的诗，是典型的比较单纯的抒情诗。

例如《诗经·邶风·式微》："式微式微，胡不归？微君之故，胡为乎中露！式微式微，胡不归？微君之躬，胡为乎泥中！"全诗二章，章四句，仅后两句变换二字。朱熹曰"赋也"，纯系心声直抒，强烈呼吁归去。渴盼归去，这就是此诗所写的事，但事究为何？前因后果如何？因诗面未写，故不明或不能确定。我们相信诗人如此反复呼喊一定是有原因的，诗的背后一定是有事的，只是诗不写事，而只写那事引起的感情波澜，通过直接呼喊加以表达。这种情况我们称之为"事在诗外"，是抒情诗常常运用的一种手法。

又如《诗经·召南·甘棠》："蔽芾甘棠，勿翦勿伐，召伯所茇。"全诗三章，章三句，每章"勿翦"以下变换二字，为"勿败""勿拜"。据说召伯循行，曾在甘棠树下休憩，人们感念他的盛德，呼吁保护好这些甘棠树。诗用赋法以直抒胸臆，读者从诗歌内容能够感悟到昔人对召伯的感情，从历史记载也可知召伯曾有循行布文王之政之事，但诗中对此并无具体的描述。呼吁"勿翦勿伐""勿败""勿拜（屈曲之意）"也许含有对某种事件（比如是否有人在损坏这些树）的暗示，但毕竟不是正面描述，抒情的意味显然远超叙事。

《诗经》中类似的诗篇还多。《召南·摽有梅》三章，章四句，首章云："摽有梅，其实七兮。求我庶士，迨其吉兮！"下一章是"其实三兮"，最后是"顷筐塈之"。树上梅子掉得越剩越少，青春少女担心红颜易老，不禁呼吁有心的男子快来求亲。《毛传》说诗中梅子越落越少是"兴也"，朱熹却说"三章皆赋"，后人折中，或说是"兴而赋"，或说是"兴而比"。到清人朱鹤龄更扩而大之道："《毛传》，《葛覃》《卷耳》《草虫》《行露》《摽梅》俱云'兴也'，兴中各兼比义。朱子俱改作赋，生趣索然，举此以例其馀。"① 这个例子很典型，前人在分析《摽有梅》的表现手法时，把赋比兴全用上了，这说明三者本来颇多交叉，不易截然分清。对同一诗句，各人的判断不一样，各有其理。而在我们看来，这首诗的赋比兴其实都是在叙述，叙述的可能就是眼前景，所以是赋，而比喻之意蕴含其中，同时又用以兴起下文。我们说这首诗以抒情为主，但并非没有事，事情就是女子望嫁；但诗予以正面强烈表现的，是女子心中的强烈愿望，以女子口吻喊出。所以我们还是把它置于诗歌光谱

---

① 朱鹤龄语见其《诗经通义》。前引《毛传》、朱熹说及所谓后人折中的观点，均据鲁洪生主编：《诗经集校集注集评》卷一，中华书局2015年版，第394—413页。

的第一段级。

《郑风·遵大路》二章，章四句。从诗面看，有人欲去，有人挽留，挽留者追上大路，拉住去者的衣袖和手，情急狂呼："别厌恶我，别嫌我丑，别抛弃我，别离开我啊！"至于去者是谁，为何欲去；挽留者是谁，为何挽留？即去与留的来龙去脉，诗中一概没说。然而读诗者的本能和习惯是知人论世，是循情觅事与考意。对此诗，历代读者解释纷纭，这也是抒情诗因"事在诗外"而难以确切考知诗的题旨之例。起初，阐释者倾向于认为诗与某种史实有关。从《诗序》《郑笺》《孔疏》直到不少明清学者都认为此诗背景是郑庄公失道，贤人君子离郑而去，国人则希望他们留下，诗表现的便是国人挽留君子之情事。朱熹不取此说，他认为此诗是"淫妇为人所弃"而不肯离去之词，历代也有一批人赞同其观点。这两种观点虽然不同，但都是把诗篇与具体的某人某事相联系。只是到了后来，有的研究者才主张泛化对诗中人事的推求，而将注意力更多地放在对诗中抒情的欣赏。如清代姚际恒《诗经通论》写道："此只是故旧在道左言情，相和好之辞，今不可考，不得强以事实之。"黄中松《诗疑辨证》说得更清楚："窃意此朋友有故而去，思有以留之。不关庄公事，亦不为淫妇之词。"① 诗面所写的事既朦胧模糊，诗外之事又无线索可寻，但诗所表达和抒发的感情却非常强烈，给人印象很深。这就是这一类叙少抒多、堪称单纯抒情诗的艺术特点。前人的研究，特别是这种研究在发展变化中的泛化趋势给我们的启示是不必呆抠事实，倘若非要呆抠，则必起争论

---

① 鲁洪生主编：《诗经集校集注集评》卷四，中华书局2015年版，第1936页。

且将永难休止,故应以就诗面泛观,使所咏之事泛化淡化,而致力于体会其感情倾向为佳。

《诗经》的《雅》诗多为抒叙平衡结合之作,但也有另一类作品。比如寺人孟子所作的《巷伯》,属于《小雅》,全诗七章,其第六章云:"彼谮人者,谁适与谋?取彼谮人,投畀豺虎;豺虎不食,投畀有北;有北不受,投畀有昊!"就是在前此比兴的基础上以赋体来直接抒情,几近于诅咒,表达了对善进谗言蛊惑君王者的极大痛恨。又如《大雅·民劳》,五章,章十句。其第一章是这样的:

> 民亦劳止,汔可小康。惠此中国,以绥四方。无纵诡随,以谨无良。式遏寇虐,憯不畏明。柔远能迩,以定我王。①

另外四章,结构相同,为押韵换了个别字,但最核心的"无纵诡随"和"式遏寇虐"则每章同样反复,予以强调。自《毛诗序》以来,历代注家根据此诗在《诗经·大雅》中的位置及其前后诸诗的意蕴,推断它是周厉王时期的作品,是当时辅政的召穆公对厉王的讽谏之词;朱熹《诗集传》则以为"乃同列相戒之辞耳,未必专为刺王而发。然其忧时感事之意,亦可见矣"。也就是说,对此诗具体所指虽解释不同,但对诗的内容和思想倾向的理解却非常接近,都认为它是在呼吁"无纵诡随"——不要纵容心术不正的诡诈之人和他们的追随者,"式遏寇虐"——坚决打压那些无法无天的寇虐之徒,只有这样,人

---

① 朱熹:《诗集传》,中华书局上海编辑所1958年版,第199页。

民才能小康,国家才能安定,统治才能稳固。全诗反复陈述的就是这个意思。读者不难由此领悟陈述者"忧时感事"之意,而推测当时的实际状况已十分糟糕,尽管诗歌本身并没有具体的描述。这可以说是一首议论为主的作品,是给当权者讲道理的;此诗在后世影响最大的,也就是这两句话八个字。但这种议论和道理,以诗歌的形式表达出来,就使本来属于是非观念的表述带上了爱憎好恶的感情,也就成为抒情的一种表现。这也就是我们将它置于诗歌抒叙光谱左端的理由。像这一类以议论代抒情的诗篇,在诗歌史上也是不少的。

比如《古诗十九首》中《生年不满百》一首:"生年不满百,常怀千岁忧。昼短苦夜长,何不秉烛游?为乐当及时,何能待来兹?愚者爱惜费,但为后世嗤。仙人王子乔,难可与等期。"基本上是议论,表达了人生苦短,应及时行乐的观点,也可以说是一种理性的抒情。陶潜的《形影神》诗,假托人的形体、身影和神灵对话,"极陈形影之苦"和"营营以惜生"之谬,揭示"三皇大圣人,今复在何处?彭祖爱永年,欲留不得住。老少同一死,贤愚无复数"的冷酷事实,从而鼓吹"纵浪大化中,不喜亦不惧"的道家哲学。所提问题很富感情色彩,形式上也是规整的五言诗,但全诗基本上是理论的演绎。它也只能被置于诗歌抒叙光谱的左端,姑且算它是抒情诗吧。魏晋玄言诗和后世许多哲理诗,也多属此类。

从以上所述,我们可以知道,比较单纯的抒情诗大致是个什么模样。一般说来,因为涉事较少而不具体,它们的篇幅一般比较短小,往往是几句话,把要抒发的感想情绪和意思直白道出,使情感得到舒泄,心灵趋于平静,创作目的就达到了。因为是直抒个人感情,篇幅又短,诗中含有的生活内容,或曰题材的容量和密度，一般也就比较寡少稀薄。这类诗因此往往显得虚多于实，易于具有空灵飘逸、多言外之意的特长，而无质实板滞堆砌稠密的弊病，从而颇受推崇清空之美的中国诗学批评的欢迎。也因为只需有感而发，便于出口成章或援笔立就，而受到某些生活积累虽然单薄而才气颇旺者的青睐。在中国诗歌史上，此类作品数量可观，影响很大，也产生过不少优秀作品乃至脍炙人口的杰作。而其审美特征则曾获得某些人的大肆鼓吹和宣扬。

B 第二段级

诗歌话语中叙事成分渐次增加，抒情成分相应压缩，二者之比，若试用量化方式，可以从"叙二抒八"到"叙四抒六"不等。总之，在这一段级，不管抒叙话语如何增减，总还是抒情话语占优势，但叙事色彩在明显加强；那些以抒情为主、叙事为辅、全诗抒重叙轻的诗歌文本均属本段级。

还是以《诗经》作品举例来看。《桧风·匪风》三章，章四句：

> 匪风发兮，匪车偈兮。顾瞻周道，中心怛兮。
> 匪风飘兮，匪车嘌兮。顾瞻周道，中心吊兮。
> 谁能亨鱼？溉之釜鬵。谁将西归？怀之好音。①

仅从诗形，即可看出，此诗与前一段级的作品很接近。此诗所涉何事，照例众说纷纭，大抵围绕桧是小国，因政乱而怀

---

① 朱熹：《诗集传》，中华书局上海编辑所1958年版，第86—87页。

思周道（政治之道）的思路立论；而持泛化淡化观者，则将其视为旅人怀乡之诗。所谓"周道"，不必定指周王室的政道，或通往西周的道路，而可理解为一般的大道、官道。此诗的别致处，在于第三章，诗人突然一变直抒胸臆的自吟自唱而对他的听众，也就是诗的受述者说起话来：你们谁能亨鱼呀？我愿为您把锅洗干净。你们谁将西归呀？请为我捎个平安信！古注一般认为"谁能亨鱼"二句是比兴，为的是引起表现本意的"谁将西归"二句。全诗抒发的是欲西归而不得的焦急心情，显然是叙事为辅，抒情为主之作。

《卫风·木瓜》基本上也属这一类。其诗三章，章四句，所写事甚简，但很清晰："投我以木瓜（木桃/木李），报之以琼琚（琼瑶/琼玖）。"诗唱三叠，其事则一。关键是抒情："匪报也，永以为好也！"三叠无异词，情浓意切，令人印象深刻。

《诗经》中紧接着的下一首，《王风·黍离》叙的成分多起来；但综观全篇，抒情仍占上风。此诗三章，章十句，每章话语变化不大，结构全同。其第一章云：

> 彼黍离离，彼稷之苗。行迈靡靡，中心摇摇。知我者，谓我心忧；不知我者，谓我何求。悠悠苍天，此何人哉！[1]

关于此诗本事，说法仍多，但就诗面，我们看到的是一个流浪人在边走边唱边叹。开篇是赋眼前景，田野里的黍稷之苗长起来了，在春风中摇曳摆动。但这赋有比兴的功能，比的是诗人摇摇不定的心旌，兴起的是"行迈靡靡，中心摇摇"的下

---

[1] 朱熹：《诗集传》，中华书局上海编辑所1958年版，第42页。

文。这里与前述《召南·摽有梅》同样是赋比兴三法都用上了,这再次启发我们不要把赋比兴看得太呆太死,而将这四句归之为叙述,则更为明白简捷。这四句写出了诗人的行为动作,是可以用绘画来表现的客观描写。"知我者"以下,就不同了,写的是诗人的心理活动,可以意会,却很难或几乎不可能诉诸画笔。在诗中,这属于抒情的部分,也是本诗的真正核心和重点。能否画出或用影视镜头来表现,是我们区分抒叙的重要参考。

当我们泛化淡化《黍离》一诗的事实背景时,对它的抒叙结构和题材内容作出了上述分析。如果是古人,像毛、郑诸公,以他们的史学知识和诗学经验来解释此诗,他们将诗的叙述者定位为"周大夫",而将其忧伤和焦虑归之于"闵周室也",那么这首诗就是"周大夫行役,至于宗周,过故宗庙宫室,尽为禾黍,闵周室之颠覆,彷徨不忍去,而作是诗也"。[①] 这就清晰地指出了该诗的"史性"所在,使诗与史的关系靠得更拢了。这种说法赢得历代众多《诗经》研究者的赞同。我们也觉得,这种更为切实的解释,对诗意的理解是有帮助的,而且实际上是丰富了诗意。因为解释者用自己的想象补充了原诗所没有叙述出来的某些事象。除了把诗的抒情主人公明确定为周大夫,并且认为他是在行役,在行役途中经过宗周,经过了当日宗庙宫室的遗址,从而见到从前巍峨堂皇的宗庙宫室已变成禾黍离离的田野;曾经强大的周室衰败破落至此,怎不令这位大夫不悲伤如噎,徘徊久之,仰天长叹!这样,《黍离》诗的抒情也就更为具体可感,不那么抽象平泛了。抒情诗往往突出写情而略

---

① 鲁洪生主编:《诗经集校集注集评》,见《诗小序》,卷三引。

于叙事,因此展开想象,补充事象,对于读抒情诗,特别是读诗歌光谱上第一、第二段级的作品,实在是很重要的。

C 第三段级

是诗歌话语光谱的中段,粗粗说来,应该是抒叙成分各占一半的光景,是比较典型的抒叙平衡结合的诗歌文本。当然,它与之前的第二段级,之后的第四段级,都有某些交叉;所谓平衡结合,是就大体而言,不是机械的一半对一半。

巧的是《诗经·郑风》中《山有扶苏》《萚兮》《狡童》《褰裳》一连四首和稍后的《风雨》都属这种情况:

> 山有扶苏,隰有荷华。不见子都,乃见狂且。
> 山有乔松,隰有游龙。不见子充,乃见狡童。
>
> （《山有扶苏》）

> 萚兮萚兮,风其吹女。叔兮伯兮,倡予和女。
> 萚兮萚兮,风其漂女。叔兮伯兮,倡予要女。
>
> （《萚兮》）

> 彼狡童兮,不与我言兮。维子之故,使我不能餐兮。
> 彼狡童兮,不与我食兮。维子之故,使我不能息兮。
>
> （《狡童》）

> 子惠思我,褰裳涉溱。子不我思,岂无他人?狂童之狂也且!
> 子惠我思,褰裳涉洧。子不我思,岂无他士?狂童之

狂也且！

(《褰裳》)

风雨凄凄，鸡鸣喈喈。既见君子，云胡不夷？
风雨潇潇，鸡鸣胶胶。既见君子，云胡不瘳？
风雨如晦，鸡鸣不已。既见君子，云胡不喜？

(《风雨》)①

这几首诗除《褰裳》是每章五句外，其馀都是每章四句，而且都是前两句叙（无论是兴而比，还是赋而比），后两句抒（都是直赋），总之是先叙情景，再抒心声。《褰裳》稍稍独特，是多了一句女子的爱嗔，抒情色彩稍重而已。②

诗歌话语结构的这种情况使我们想起王之涣的《登鹳雀楼》诗："白日依山尽，黄河入海流。欲穷千里目，更上一层楼。"李白的《赠汪伦》和《闻王昌龄左迁龙标遥有此寄》："李白乘舟将欲行，忽闻岸上踏歌声。桃花潭水深千尺，不及汪伦送我情。""杨花落尽子规啼，闻道龙标过五溪。我寄愁心与明月，随风直到夜郎西。"以及李商隐的《乐游原》诗："向晚意不适，驱车登古原。夕阳无限好，只是近黄昏。"从诗歌话语结构来

---

① 以上五首见朱熹：《诗集传》，上海古籍出版社1980年版，第52—54页。
② 《山有扶苏》等诗，毛序多以为题旨是"刺忽（郑太子，后为昭公）"，朱熹《诗集传》创"淫女之词"说，附和者众。其《诗序辨说》云："(《山有扶苏》)此下四诗及《扬之水》，皆男女戏谑之词。序之者不得其说，而例以为刺忽，殊无情理。"辅广《诗童子问》："《山有扶苏》以下四诗虽皆为淫女戏谑之词，然其指意亦不同。"见鲁洪生主编：《诗经集校集注集评》卷四，第1994、1995、2012页。

看，它们与前引《郑风》诸作几乎完全相同，都是抒叙平衡，前叙后抒。

当然，也有在语序上有所变动，但基本结构仍然相同的情况。像王维在安史之乱的长安城里所作的《凝碧池》诗："万户伤心生野烟，百官何日更朝天？秋槐叶落空宫里，凝碧池头奏管弦。"就是先抒后叙而抒叙亦保持平衡的。杜甫早年所作的《望岳》："岱宗夫如何？齐鲁青未了。造化钟神秀，阴阳割昏晓。荡胸生层云，决眦入归鸟。会当凌绝顶，一览众山小。"是五言律体，中二联叙事写景，首尾二联抒情唱叹，形成"抒—叙—抒"的结构。语序变化了，结构显出特色，但仍保持了抒叙的平衡。杜甫晚年所作的拗体七律《愁》："江草日日唤愁生，巫峡泠泠非世情。盘涡鹭浴底心性，独树花发自分明。十年戎马暗万国，异域宾客老孤城。渭水秦山得见否？人今罢病虎纵横。"也是前抒后叙，前四句写愁，后四句叙愁之因。

由上面这些例子，我们看到诗歌话语抒叙平衡的现象是表现在各种诗体里的。为了方便，我们举例到五七言律绝为止，而且举的都是一眼可以看清的例子。其实就是古风和歌行中，也有许多这样的诗例，而且所谓抒叙平衡也并非绝对的五五对开。任何诗歌作品，没有一定数量的叙事，没有哪怕是最低限度的叙事，不但内容会单薄而不充实，就是题旨也会晦暗不明，其抒情也实难附着而会显得游离浮泛。杜甫创作的一个特点就是其诗总是叙事成分较多，许多诗是以叙事句为主，有的诗更几乎全是叙事，而抒情则贯注融合于其中。这是杜诗之所以超越诸家，显得特别扎实厚重的根本原因。我们在这里暂不举他的《兵车行》《北征》和"三吏""三别"等诗，因为它们属于第四或第五段级，应该下面再谈。这里仅举其《奉赠韦左丞丈二十二韵》和《自京赴奉先县咏怀五百字》两首咏怀之作,看他是怎样安排诗歌话语的抒叙比例。这两首诗是杜诗名篇,就不引全文了。《奉赠韦左丞》诗二十二韵,每韵两句,按韵计,诗句的抒叙分配为抒八韵、叙十四韵,即首"纨绔不饿死,儒冠多误身"四句和尾"窃效贡公喜,难甘原宪贫"以下十二句皆是抒情,前后共八韵;中间十四韵二十八句为叙,从少年时代的才气和志向讲起,直讲到长安十年的困顿以及韦左丞对自己的青睐,从而与诗末所咏叹的矛盾心情相衔接。《自京赴奉先县咏怀》大抵是前十六联和末三联抒情,当中三十一联都是叙事,从叙自己离京赴奉先一路所见所闻,直至到家亲见幼子饿死。虽然诗句的抒叙数量尚不是完全相等,但比起另一些叙事分量更重的篇章,应该算得抒叙的力度非常相称的了。故我们觉得,不能机械地看,这首诗放在 C 段级之中还是合适的。

D 第四段级

诗歌的叙事成分比前一段级有较大的增长,在全诗话语中大致占到了一半以上,再高些的,甚至能达到八成左右。而抒情话语的分量则降低到比较次要的位置。如果叙事比例再往上升,那就逼近第五段级,诗歌性质就要向质变发展了。当然,无论第四还是第五段级,只要还是诗,就不可能没有抒情成分;在高明优秀的诗人笔下,叙事因素的浓重不但不削弱抒情意味,相反,抒叙二者会相得益彰。

这里可以《诗经・秦风・黄鸟》为例。此诗三章,章十二句。第一章如下:

交交黄鸟,止于棘。谁从穆公?子车奄息。维此奄息,百夫之特。临其穴,惴惴其栗。彼苍者天,歼我良人!如可赎兮,人百其身!①

以下两章结构相同,只更换了个别字,如"奄息"换为"仲行""鍼虎",因押韵的关系,黄鸟也由"止于棘"换为"止于桑""止于楚","百夫之特"也改为"百夫之防""百夫之御",但"临其穴"以下六句则三章全同,反复歌咏。

《黄鸟》诗的本事见于正式的历史记载。《左传·文公六年》:"秦伯任好(穆公)卒,以子车氏之三子奄息、仲行、鍼虎为殉,皆秦之良也。国人哀之,为之赋《黄鸟》。"与之相关的记载还有《史记·秦本纪》:"穆公卒,葬于雍,从死者百七十七人。"以及《汉书·匡衡传》"秦穆贵信,而士多从死"句的应劭注:"秦穆公与群臣饮酒,酒酣,公曰:'生共此乐,死共此哀。'于是奄息、仲行、鍼虎许诺。及公薨,皆从死。《黄鸟》诗所为作也。"史实基本清楚,历代无人提出异议,但细节处仍有种种不同理解:三良是自愿从死,还是穆公遗命杀死或继任的康公执行父命杀了他们?三良是先被杀死然后殉葬,还是活着就被埋下殉葬?均属殉葬,但后者残忍程度更加严重。这牵涉到对"临其穴,惴惴其栗"两句的理解:临穴而惧的是谁呢?是三良,还是三良的家人或当时看到殉葬的百姓,还是后来到此凭吊三良的人?抠得细了,问题还真不少。而且细抠并不是毫无意义。试想,如果是三良亲眼看到墓穴而恐惧,那说明他们是被活埋的,如此殉葬岂不更加残忍?而且三良临穴战栗,说明他们虽然重义气重然诺,但毕竟也有与常人相同的人

---

① 朱熹:《诗集传》,中华书局上海编辑所1958年版,第77页。

性，对死亡是害怕的；虽然害怕，仍然践诺就死，心理应该更复杂。这两句就暗示了他们此时此刻的内心矛盾，他们的形象因此更丰满了。如果临穴观墓的是看见殉葬的三良家人和民众，或到此凭吊的后人（比如此诗的作者），那么，是他们在战栗，我们可以想见他们当时痛彻肺腑的悲愤和沉默的控诉，下面爆发的呼天抢地和愿意死一百回来赎取三良的誓言就更好理解，更加感人。应该说两种解释各有其理，也各有利弊。好在这些差别并不影响我们对诗歌话语抒叙结构的分析。因为无论怎样解释，此诗从开头到"惴惴其栗"，都是客观的描述，而后面四句则是由那客观描述引发的感情倾泻。正因为有了前面八句的叙述，后四句的强烈抒情才那么合理而有力。抒叙话语的良好结构使诗歌意义臻于完美。

　　《诗经》中属于这一段级的作品，还可以举出不少。如《唐风·鸨羽》，三章，章七句。开端是兴起叙："肃肃鸨羽，集于苞栩。"二句比而兴，即含比喻之义的起兴，描述的很可能就是眼前景；虽是咏景，却是为下面的叙事服务的。"王事靡盬，不能蓺稷黍，父母何怙？"这是对现实的直叙，写出了没完没了的王家征役之事迫使丁壮们无法在家种地侍弄庄稼，年老的父母靠什么生活！情况如此，接着便是两句直抒："悠悠苍天，曷其有所？"人穷呼天，天不会搭理，这只是一种抒情方式而已。

　　又如《魏风·伐檀》，三章，章九句。叙述者首先描述伐木现场，"坎坎伐檀兮"三句，既闻伐木之声，又见河边堆木之景。接着设计了两个伐木工人的对话。一个说："有人不种地，为什么家里粮食满仓？不打猎，为什么野味挂满庭院？"他显然对劳逸贫富不均有意见，这是古今劳动者心中都有的朴素问题。另一个的回答看来温柔敦厚，但实际上语含讽刺："人家是君子，可不会吃白食哦！"三章把这样的对话重复了三次，叙述者的感情倾向表现得明明白白，但那是在叙述中表现出来的，叙和抒交融结合得几无痕迹。《邶风·静女》三章，章四句。叙述男女的相悦，等候，赠物，得到馈赠的男子把那赠物珍贵得不得了，掏心窝子说道：我觉得它美极了，因为它是你送我的呀！《郑风·出其东门》二章，章六句，也写男女相悦，强调的是爱的专一。东门外"有女如云"，可我只倾心于"缟衣綦巾"的那一位！同是《郑风》的《女曰鸡鸣》三章，章六句，全篇为夫妇对话，从鸡叫了，天快亮了，到计划一天的营生，到抒发白头偕老的愿望，到缠缠绵绵说不尽的情话，活画出一对恩爱夫妻的生活片段。对话是叙事中常用的手法，很便于刻画人物，营造气氛，很能引发读者的想象，《女曰鸡鸣》就是如此。

最后举到《秦风》的《蒹葭》，此诗三章，章八句。它的基本特色仍是叙事为主、抒在其中，是典型的"叙中抒"之作。值得注意的是，《蒹葭》所叙之事有虚化的特色，它不像《出其东门》《女曰鸡鸣》那样虽属虚构，却近于生活实况，而是具有某种象征性，某种抽象假设非现实的意味。诗的叙述者对伊人一往情深，追求不止，虽然这追求可能根本无望，可能遥遥无期，但我们的主人公永远凝望着她，目不转睛地追随着她——无论她是一个具体的人，还是一种事业或是一种缥缈的理想。这首诗从头到底都是在诉说着对美好愿望的追求，并没有一句直白的抒情。但全诗所述却又暧昧朦胧，飘忽空灵，散发出一片抒情的气息，营造出浓浓的抒情意境。我们据此把它置于 D 段级。

从 A 到 D，我们看到诗歌的抒叙关系在渐渐变化，叙事成分逐步增长加重，在诗歌话语中占比上升，抒情话语则呈逐步减少和由显至隐的趋势。D段级中的有些作品,其诗面的话语,有的竟近乎全部叙事而未见抒情(其极致,如《秦风·蒹葭》)。这种变化,使读者感到诗的内质变得越来越结实丰厚沉重,可供咀嚼玩味的东西增加了。也许还可以再用一个生活中的例子做比方:诗歌话语抒叙关系从A到D的变化,颇像从豆浆到豆制品的变化。比较纯粹的抒情诗,仿佛是一桶豆浆,里面沸腾着诗人的感情,它可以很浓,但也可以很淡;无论浓淡,里面捞不出什么实在的东西,所以它只可供人饮用解渴。这大体就是抒情诗的效用。当然,浓豆浆喝多了,也能让人感到餍足甚至饱胀。诗歌光谱向右延展,诗歌话语的叙事成分渐次增长,诗面上抒情话语减少。减少的原因是抒情意味越来越多地渗透到叙事之中,越来越多地与叙事相结合。数量的变化其实意味着抒叙两种元素发生了深度化合,从而使诗歌出现了新面貌。不知不觉中,豆浆变成了豆花,也就是俗称的豆腐脑,它不再是豆浆般的全流质,不那么稀薄,而是有形状的半流质物体了。光谱继续向右,赤橙向黄绿变过去,叙事成分益增,诗歌的内容更扎实更厚重,以豆浆作比,犹如被点了更浓的卤水,豆腐脑阶段被超越了,它进而变成了定型的豆腐;豆腐的质地也有嫩有老,乃至还有质地更结实的种种豆制品。它们从豆浆一路变来,化学结构变化了——尽管属于同一家族,实质上并无多大差异——但它们的物理形状和性能随之有了颇大的不同,它们各有各的口味和营养,到了豆腐干这个等级,就更耐咀嚼,更富回味些。不知这个通俗的比喻能否把诗歌话语抒叙结构的变化及其意义表述得更清楚些?

下面将要说到的诗歌光谱E段级,就是指那些叙事成分占绝对优势,几乎不妨用"抒一叙九"之类字样来标示,而被视为够格的叙事诗（所谓叙事文本）的那些作品。诗歌从单纯的抒情诗变为够格的叙事诗，应该说是质的变化。

E 第五段级

诗歌话语以叙事为主，并且诗篇内容是讲述某段历史、某种故事，刻画出一个或几个人物形象，在叙事传统发展中具有里程碑意义，标志着叙事传统达到了某种高度。

《诗经》的风诗中，有这一类作品，但严格说来，真正够格的作品不是很多。像上面举到的《秦风·蒹葭》，虽然全诗基本是叙，但因所叙甚虚，事实不明，通篇笼罩着很浓郁的抒情色彩，故斟酌再三，觉得还是放在D段级里比较合适。《诗经》风诗中真正因讲述一个故事而够得上叙事文本的，要数《邶风·谷风》《卫风·氓》两篇。它们都是弃妇之诗，都以第一人称的口吻叙述自己的故事，人物形象比较鲜明，篇幅也都比较长。《谷风》六章，章八句，《氓》六章，章十句。《氓》的叙事更加完整有序，我们取其为例，略作分析。

"氓之蚩蚩，抱布贸丝。匪来贸丝，来即我谋。"诗以追叙两人谈婚之始开篇。叙述者"我"和故事中的人物"氓"，都出现了。

回忆的闸门一经打开，当年情事便纷至沓来："送子涉淇，至于顿丘。匪我愆期，子无良媒。将子无怒，秋以为期。"女子在心中与他（氓、子）说话，当年远送你直至淇水边，临别时你竟发怒了。那时只以为你爱得热烈，急于成婚未果才发脾气。我没有计较你还未请来良媒，就答应了秋天嫁你。啊，现在想来，你那次发火，露出凶相，莫不就为今日的离异预奏了某种不谐和音？

于是一路顺叙下去,"乘彼垝垣"至"以我贿迁"十句,从婚前的期待一直叙到出嫁的完成。她终于从闺女变成一个女人。

后来怎样了呢?叙述本可就势缕缕而下,但那就不免平铺直叙,缺少波澜,太快地触及那不堪言说的屈辱与痛苦,故女主人公没有把不幸的结局一下子全端出来,而是巧妙地荡开一笔,插叙了一段刻画自身形象的心理描写:"桑之未落,其叶沃若。于嗟鸠兮,无食桑葚。于嗟女兮,无与士耽。……"这心理活动是由婚后生活,特别是眼前的处境引起的,从她的反思、她的懊悔、她的怨恨和感慨,我们不难意会:婚后生活至今,她当初的憧憬已被彻底击碎。这心理描写绝非枝蔓闲语。内在的,它让我们听到了叙述者的心声;外在的,它暗示了婚姻的痛苦、女子的当下困境,从而为下文的叙述做了铺垫和引导。

果然,插叙一完,言归正传,她接叙道:"桑之落矣,其黄而陨。自我徂尔,三岁食贫。……士也罔极,二三其德。"几年苦日子,自己容华渐老,男子变了心,容不得我,我只得渡过淇水回娘家去。

但三年岁月,岂一言可尽?这就需要补叙,补叙不能啰嗦,于是概括道:"三岁为妇,靡室劳矣。夙兴夜寐,靡有朝矣。言既遂矣,至于暴矣。"突出了持家的辛劳和丈夫的暴力,言下之意辛苦劳累尚可坚持,但粗暴野蛮令人无法忍受,实在受不了,分手是唯一的选择。

然而,对于古代女子来说,与丈夫离异回归娘家又将是如何情景?"兄弟不知,咥其笑矣。"简单两句,包含了多少辛酸!这还是轻的呢,若是遇到《孔雀东南飞》诗里刘兰芝兄长那样的,岂止是不理解和嘲笑而已。一肚子的苦水跟谁去说,除了"静言思之,躬自悼矣"以外,她又能怎么样?

叙述到此，不必更多更琐碎的罗列，应该推向高潮和结局了。诗歌进入末段，通过女主人公的心理活动来表现，由正叙转倒叙，再转回正叙。所谓正叙，是从眼前事讲起："及尔偕老，老使我怨。淇则有岸，隰则有泮。"白头偕老的愿望落了空，生活的苦难却无边无涯，没有尽头。"总角之宴，言笑晏晏。信誓旦旦，不思其反。"此四句是倒叙，儿时青梅竹马，两小无猜，恋爱时海誓山盟，说要白头偕老，没想到当初信誓旦旦，今日完全推翻。最后回到现实，"反是不思，亦已焉哉！"是心声的呼出，也是对当下姿态的描述，事已至此，只有沉着冷静地接受！这个姿态是无奈的，又是坚强的，勇敢的。一个古代妇女的不幸遭遇和她的性格被简洁而完整地表现出来。这是一个普通妇女的悲剧，在古代并不罕见，正因为此，故事具有了典型性。今日根据《氓》诗，如果能加上或参考《谷风》等同类题材作品，有心的艺术家是可以编写一出歌舞剧或一部影视作品，是可以让诗在舞台或银幕上站立起来的。这说明《氓》诗的叙事性颇丰富，人物行为和心理都有可深挖之处。研究告诉我们，能否改编为戏剧影视或歌舞作品，一定程度上可以作为衡量诗歌叙事性的重要参照指标。

《氓》和《谷风》在形式上的特点，是比 A 段级以下的那些作品篇幅为长。而且这较长的篇幅都是用来叙事，情景在不断变换推进，不是简单的一式三段、变化不大的反复咏唱，所以其内容的含量更大更扎实。参照这种情况，那么，像《郑风·溱洧》《秦风·驷驖》《陈风·宛丘》《陈风·东门之枌》和《豳风·东山》等篇，也都颇近此类，可视为介于 D、E 之间，是由 D 段级向 E 段级过渡的例子。

至于《豳风·七月》，则更是名副其实的另一种类型的叙事诗了。《七月》八章，章十一句，在风诗中无疑属于长篇。它按节序、月序缕述一年劳作生产之事，虽然没有一个头尾完整的故事、一个鲜明突出的主人公，但它叙述的是周代先民从后稷公刘以来的日常生活，其内容的丰富多彩、刻画的细腻生动，足使它堪比任何史诗——只要我们不抱着西方的史诗标准来硬套——而且我们还可以说，它塑造的是周代先民的群像。

《小雅》中也有此类叙事之作。如《车攻》八章，章四句，描述贵族射猎活动，非故事写法，而是用赋法铺叙——铺叙也是叙述的一种。《斯干》九章，四章章七句，五章章五句，讴歌周宫室建成，描述其美，预祝子孙繁茂兴旺，笔触都很具体实在，如先写占梦："下莞上簟，乃安斯寝。乃寝乃兴，乃占我梦。吉梦维何？维熊维罴，维虺维蛇。"再分写生男如何，生女如何，具体地表现了古代民俗及心理。《无羊》四章，章八句，描述牛羊众多，歌颂部族兴旺发达，颂是目的，赋叙是手段；若无赋叙，则颂无根据，最后出现一个故事性的情节："牧人乃梦，众维鱼矣，旐维旟矣。大人占之：众维鱼矣，实维丰年；旐维旟矣，室家溱溱！"有做梦，有解梦，从而把歌颂推向了高潮，诗乃戛然而止。

《诗经·大雅》中有更重要的叙事诗。今人不少文学史和《诗经》研究鉴赏著作都把《文王》《大明》《绵》《皇矣》《生民》《公刘》诸篇称作周民族的史诗，这是从实际出发而未囿于西方史诗标准的正确做法。世界上的史诗多种多样，原不必尽如《伊利亚特》《奥德赛》。以上诸诗，就其内容而言，不称为史诗又该称为什么呢？再如果把以上诸诗连贯起来看，其史诗意义就更加显得清楚突出。它们从周始祖后稷的神异出生讲起，叙述了他的长成和平生劳绩，经过公刘，一直讲到太王、王季和文王、武王，实际上是以周文王为中心，讲述了周人如何几次迁徙，如何定都，如何生产和建设，又如何抗击异族的侵扰，捍卫和发展了家国，最后到武王时全面取代了殷商的统治。其中既系列塑造英雄人物形象，也有种种历史故事和细节的描述，只是因为中国诗歌叙事传统与历史记述关系密切，而中国史述向来追求真实可靠、准确简洁，文字表达尤其讲究条理清晰和词语精炼，而且诗与史的叙述都很早脱离口头流传形态进入书面化阶段，故而中国史诗与西方史诗在内容和形式上确实有所不同。但中国史诗应是够格的叙事诗，这是无可怀疑的。

中国诗歌的叙事传统起码应从《诗经》作品算起，诗歌叙事传统与整个文史的叙事传统在源头上就是共生的，实际上是同源的，而且对后世的影响也是共同的、一致的、相辅相成的。中国诗史上许许多多叙事作品，都和《诗经》有着割不断的联系。也可以说，是《诗经》哺育了历代的诗歌，包括叙事诗，使它们与《诗经》一脉相承。就中国古代叙事诗而言，从汉乐府《十五从军征》《孤儿行》《出自东门行》那样的短篇，到《孔雀东南飞》《木兰诗》那样的长篇，到唐人新乐府——杜甫《兵车行》与"三吏""三别"、白居易的《卖炭翁》《杜陵叟》、刘禹锡的《插田歌》《泰娘歌》，乃至五七言长篇歌行、白居易的《长恨歌》《琵琶行》、元稹的《连昌宫词》、郑嵎的《津阳门诗》、韦庄的《秦妇吟》，等等，都能看到《诗经》对它们的滋养和影响。这种影响一直传承至今日，历代又发展出不少新的品种，如以诗歌为人物作传记，以长篇歌行或组诗组词来叙述一段历史、一个故事等等。历代都出现了不少代表性的作家作品。①

---

① 请参阅闻一多:《歌与诗》,载《闻一多全集》第一册,生活·读书·新知三联书店1982年版。本课题研究受其启发甚多,为避免重复,这里不再具体引用其文。另,可参董乃斌:《〈诗经〉史诗的叙事特征和类型——〈诗经〉研读笔记之一》,刊《南国学术》2018年第3期。

六

史　性

中国诗歌在源头上既然与史分不开，诗歌具有史性乃是必然之事。

史性，在这里是指深含于诗歌中的历史成分和因此而具备的质性。

历史本体具有两重性。第一重本体是客观存在的真实历史，指客观存在过、发生过的事实；真实历史是一个具体的时空概念，是第一性的存在。但真实历史已经因时间的推移而消逝，且不可原样复现，只留下形形色色的史料。后人欲了解历史，除了搜寻整理史料（现代科技使史料的形态更多样，但本质未变），就只能依靠被传承于口头或记录于文字的书面历史。语言文字记载的历史，就是历史的第二重本体；虽是第二性的，其价值与重要性却不减真实历史，因为它是后人了解历史的重要凭据。可是，后人却也无法全然信从这书写的历史，人们经常可以发现书写历史的错讹及不足之处。对于书写的历史，既不能弃之不用，又不能完全信从，这可说是人类与历史第二重本体间无奈的悖论。

总之，历史记载和历史著述跟真实历史关系十分密切，但因每个记载者都为各自的主客观条件所局限，故二者不可能等同，记载的历史只能是真实历史的第二性存在形态。对于真正存在过的历史而言,记载的历史,总是仅仅保留了它的一部分而不可能是全部。我们也不能指望一部史书就将浩繁的历史彻底写清写完,而只能不断地增补修订甚至改写重作。然而从另一个角度,却也可以说并且必须承认,记述的历史中不可能完全没有历史的真实。于是,保留历史真实的多寡就成了衡量一个文本史性强弱高低的重要标准,而史性的高下强弱又与这个文本的价值大小颇有关系。一般说来,史性丰而强的文本,其文化价值比史性寡而弱的文本要高;如果还能兼具较强的诗性,那么这个文本就会因拥有较高的文学价值而提高其总体价值。这主要是针对历史撰述而言,所谓"史蕴诗心"主要就是指那些史性和诗性俱佳的历史著述。至于别类的写作,包括诗歌创作来说,如果诗性史性兼美,那便是"诗具史笔"了。史性、诗性,二者丰盈浓郁与和谐协调实乃任何文史文本的理想品质。

中国诗歌自古以来就与历史瓜葛甚深。上古时代有一个时期,诗与史本是一家,那时诗歌兼具史述的性质,其史性自然很强。闻一多先生明确指出,中国古代曾有"诗即史"的情况,"古代诗所管领的乃是后世史的疆域""原来诗本是记事的,也是一种史""诗即史,当然史官也就是'诗人'""'繁于文采'正是诗的荣誉,这里(引者按:指其上文所言《论语》《仪礼》《韩非子》等书对史文的批评)却算作史的罪名,这又分明坐实了诗史之间不可分离的关系"。① 闻先生的论说是诗具史性的有力依据。

钱锺书先生站在文学本位,重视诗史之别,不赞成"诗史"的提法,尤其反感"诗史"之名的滥用和因此造成的钻牛角尖

---

① 闻一多:《歌与诗》,《闻一多全集》第一册,生活·读书·新知三联书店1982年版(据上海开明书店1948年重印),第187—189页。

式的繁琐考证，但他在高揭反对诗史之帜前，也曾声明"先民草昧，词章未有专门。于是声歌雅颂，施之于祭祀、军旅、昏媾、宴会，以收兴观群怨之效。记事传人特其一端，且成文每在抒情言志之后。赋事之诗，与记事之史，每混而难分。此士（指被他批评的人）古诗即史之说，若有符验。然诗体而具纪事作用，谓古史即诗，史之本质即是诗，亦何不可。"① 可见他的通达。后来在《宋诗选注·序》中，钱先生再次批评诗史说，也是把"史是诗的骨干"作为无需论证的前提。他说："'诗史'的看法是个一偏之见。诗是有血有肉的活东西，史诚然是它的骨干，然而假如单凭内容是否在史书上信而有征这一点来判断诗歌的价值，那就仿佛要从爱克司光透视里来鉴定图画家和雕刻家所选择的人体美了。"② 显然，钱先生否定的是那种把"是否在史书上信而有征"作为"诗史"和评价作品唯一标准而罔顾诗歌艺术的庸俗评论；至于史确然是诗的骨干这一点，钱先生是首先肯定而并不怀疑的。我们应该辩证地看待和正确理解钱锺书先生对"诗具史笔，史蕴诗心"的论述。钱先生的观点辩证透彻而又突出重点，可谓十分深刻，若执一死揪则难免偏失，且并不符合钱先生原意。

　　落实到文学史的具体作品，像《诗经》雅诗中的某些作品，简直堪称诗史或史诗，它们多是具有浓郁史性的叙事长篇，如《大雅》的《生民》《公刘》《绵》、《小雅》的《出车》《六月》《采芑》《斯干》之属。就是篇幅相对短小的风诗，也不同程度地涉及某些史事（如《邶风·新台》《鄘风·载驰》《秦风·黄

---

① 钱锺书：《谈艺录》（补订本），中华书局1984年版，第38页。
② 钱锺书：《宋诗选注》，人民文学出版社1979年版，第4页。

鸟》《陈风·株林》等），或留下了彼时生产、生活的印记（如《豳风·七月》《魏风·伐檀》），而具有多少不等的史性成分。

由此推而广之，对当日时事、平常生活、民情风俗、新闻俚说、街谈巷议等的记录，经时间的淘洗，亦往往会显示出历史的意味与价值。表现此种内容的诗歌，因而也往往具有史性，甚至被后人认为有"补史"的价值——前面说过，历史本就需要从不同角度观察和深挖史料，不断修订补充而不可能是一蹴而成或一锤定音，诗歌或任何其他文学作品倘能补史，使历史更加丰满、多面、立体、有血有肉，也更加接近真实，应该说是一种贡献。邓之诚先生的《清诗纪事初编》自序称："今之采撷，但以证史，不敢论诗。"鲍正鹄先生为作《前言》，肯定"著者本黄宗羲以诗证史之说撰集此书"，并进一步指出："著者以为诗史相证的关系，不在乎诗（文学）与史（史书记载）的相吻合，而贵乎诗能记史外之事。从这一主张出发，本书所选的作品，其内容有不少是史籍所不载或史籍所不详的，或与史籍的记载互有出入。看来这些诗并非都有可以坐实的本事，但参照时世，大都是有着纪实的根据的。这就提供了许多过去被忽视的史料，提供了许多发掘史料的线索，而收'补史之阙文'的功效。尤其是清初史事曾经周密的涂改，当顺康之际，文网已严，雍乾以后，禁忌更多，只有在诗人的咏叹中，还能时一流露。因此，这些诗所反映的，在某些事件上其信实就比一般史籍为可靠；在某些事件上，因为出发点与一般史籍不同，就有可能使人看到较全面的情况。"[①] 这就把诗歌补史的作用和意

[①] 鲍正鹄：《清诗纪事初编·前言》，载邓之诚：《清诗纪事初编》，上海古籍出版社1984年版，第3页。

义表述得很清楚了。

钱锺书先生在为史家汪荣祖《史传通说》所作的《序》中说：

> 古之常言，曰"良史"，曰"直笔"；其曰"不尽不实"，则史传之有乖良直者也。窃谓求尽则尽无止境，责实则实无定指。积材愈新，则久号博稽周知之史传变而为寡见阙闻矣。着眼迥异，则群推真识圆览之史传不免于皮相哇执矣。斯所以一朝之史、一人之传，祖构继作，彼此相因相革而未有艾也。①

可见，即使所谓良史、直笔，也都是相对而言，都需要不断补充修正乃至翻新，那么，更新的依据是什么呢？钱先生讲得很清楚，一是积累了新材料，二是产生了新视角，有这两条，那些以往号称良史、直笔的史传作品就有可能、有必要加以修改重写。而历代诗歌在这个过程中所起到的作用，就是提供种种可参考辨正的历史新材料。就像那些出土文献、秘藏文档或民间野史笔记之类。诗歌诚不等于历史，但诗歌却可能反映历史、包含历史，记录展现史书所未及的某些事件、场面、人物活动、细节氛围等，虽一鳞半爪或零枝碎叶，却有补于良史和直笔，盖因其所记叙或据时事所抒之议论感慨，往往具有史性之故也。

诗歌因其具有史性而可以补史、证史，或用我们的话说，可以丰富历史，生动历史，激活历史，这是诗歌的一种重要价

---

① 汪荣祖：《史传通说》，中华书局1989年版。

值。在邓之诚先生《清诗纪事初编》之前，已有《唐诗纪事》（计有功，八十一卷）、《宋诗纪事》（厉鹗，一百卷；陆心源，补遗一百卷）、《辽金元诗纪事》（陈衍，七十三卷）、《明诗纪事》（陈田，二百零七卷）等；在他之后又有钱仲联先生规模更为庞大的《清诗纪事》（按朝分卷收诗人七千，全书一千二百万字）。这个诗歌纪事系列能够成立的根本理由，就在于诗歌与生活史、社会史存在着密不可分的关联的史性本质。而系列的形成，也就有力证明诗史互通互解传统的客观存在。不但以《纪事》标榜的著作，许多诗歌总集其实也往往与诗歌补史功能有关，如元好问"集录金一代之诗"的《中州集》就是如此，其书"大致主于借诗以存史"。① 受其启发，钱谦益编录有明一代诗歌，且仿元氏做法，为各诗家撰写列传，成为一部很有特色的明代史料。而邓之诚又正是受了钱谦益"摹《中州集》，以史自命"的启发而编辑《清诗纪事初编》，甚至明确宣布："今之采撷，但以证史，不敢论诗。"② 他所收录的诗作，取舍原则是从诗的史性多寡强弱考虑的。

当然，是否具有史性，只是评价诗歌价值的一个维度。作为诗歌，其艺术水准如何非常重要，亦需着重评价。史性诗性双美才最为理想，然而若二者未能得兼，则应依不同情况予以实事求是的恰当评价。既不可因其史性不错而不顾艺术好坏随意拔高，也不可因其艺术性较强，为提高其身价而硬给套上诗史之冠。

---

① 《四库全书总目》卷一八八，中华书局1962年版，第1706页。
② 邓之诚：《清诗纪事初编》序，上海古籍出版社1984年版，第3页、第2页。

史性并不一定来自史书,更不必一定要于史有征,倒是与现实性有密切关联。今日之现实,他日便成历史;今日之历史,昔日曾为现实。我们对于诗歌的评价,考察其史性的多寡浓淡、厚薄强弱,主要依靠对文本的理性分析,这既与其内容有关,也与其艺术表现有关。钱锺书先生所批评的混同诗史、抹杀差异的错误,亟应避免;但对诗史关系的适当斟酌,还是必不可少的。

以上所说,主要针对述事之作而言,咏事之作又待如何?大致亦然。咏史诗的主旨或非纪事,但在咏叹时,无论是否具体触及所咏的史实,都会成为饱含史性之作。东汉班固的《咏史》,可能是中国诗史上第一首以"咏史"命名的作品,就主要是用诗的语言叙咏了西汉缇萦救父的故事,也发了一点感慨。《昭明文选》于诗类下设"咏史"一门,收录王粲、曹植、左思、张协、卢谌、谢瞻、颜延年、鲍照和虞羲等人的咏史诗二十一首,其中既有叙咏历史事件的,也有专咏一个历史人物的;既有着重刻画人物叙述事件的,也有以抒情议论为主的。但无论哪种情况,都少不了一定的叙史内容。

唐代诗人李杜元白乃至新乐府创作群和小李杜,直到晚唐五代的韩偓韦庄,皆既有反映现实生活的力作,亦有咏叹历史的佳篇。李杜元白不用说了,以李商隐而言,其《有感二首》咏叹甘露之变,重点是鞭挞凶残成性无法无天的宦官,兼涉唐文宗的懦弱昏聩和朝廷大臣的志大才疏、庸碌自保。二诗的史述色彩很强,如"丹陛犹敷奏,彤庭欻战争""御杖收前殿,凶徒剧背城。苍黄五色棒,掩遏一阳生"等句,不啻史文的诗化,史性可谓非常突出。还有那些生动描写现实生活、触及时事、打有鲜明时代印记之作,其史性也是愈久而愈醇愈显的。不说那些"惟歌生民病,愿得天子知"的新乐府诗,即如杜甫《自京赴奉先县咏怀五百字》《北征》《抒怀》、杜牧《郡斋独酌》、李商隐《偶成转韵七十二句赠四同舍》之类自述身世遭际的作品,乃至李商隐《五言述德抒情诗一首四十韵献上杜七兄仆射相公》、杜牧《奉送中丞姊夫俦自大理卿出镇江西,叙事书怀因成十二韵》、温庭筠《感旧陈情五十韵献淮南李仆射》之类的应酬诗,因其涉及当代时事和若干历史名人,其史性价值也就既可与官方记载相参,又与年而俱增。总之,一切含事之作,均可能具有程度不等的史性成分。历代诗人重视诗歌的载史作用,除在已有诗体中选择更利于述史论史者(如以七言歌行纪事,以七绝咏史)进行创作,还有意识地为此新创诗体,如组诗组词,如诗体传记之类。

历史记载是通过叙事来完成的,所谓史性,需赖叙事才能存在和体现,故史性与叙事性不但不能分离,而且从某种程度言之,几乎是二位一体的关系。史性的本质,其最基础而又最核心的一点,就是它的叙事性。所以凡叙事成分较重的诗歌,往往史性也会较强——我们感受和分析论证诗歌的史性,也就离不开它的叙事性。

古今中外的史家无不明了叙事对于史述的重要,或付诸实践,或剖析阐释。刘知几《史通·叙事》篇开宗明义即云:"夫史之称美者,以叙事为先。"接着具体论述云:"至若书功过,记善恶,文而不丽,质而非野,使人味其滋旨,怀其德音,三复忘疲,百遍无斁,自非作者曰圣,其孰能与于此乎?"[①] 史叙

---

① 刘知几著,浦起龙释:《史通通释》,上海古籍出版社1978年版,第165页。

之功效意义，即此可见。章学诚《文史通义》内篇《史德》有云："夫史所载者事也，事必藉文而传，故良史莫不工文，而不知文又患于为事役也。"所谓史之"以文载事"，不就是叙事吗？而良史叙事，刘知几强调需具备才、学、识三者，章学诚犹觉不够，乃又加上"史德"一条，遂愈显史之叙事之重、之难、之尊。外国史学家同样深明此理。撰著《罗马帝国衰亡史》的英国史家吉本（Edward Gibbon，1737—1794），毕生从事史学撰著，其叙事视野雄浑壮丽，文笔恣肆而不乏细腻，故叙述生动传神。有"近代史学之父"称号的德国史家利奥波德·冯·兰克（Leopold von Ranke，1795—1886）"基本上承继了修昔底德以来的西方史学传统，讲究求真与叙事。……认为大叙事仍是史家最重要的任务"，他非常强调档案研究，却也不抛弃叙事的圆满。"他从不讳言史家需要艺术天才和造诣。他一直认为大气磅礴的叙事，仍是史家的重要任务。"[1] 就是一反传统的后现代主义史学家，在史著叙事这一点上，也是未曾动摇的。只不过，他们认为标榜真实可信的历史叙事与允许放手虚构的小说叙事，其实没有根本区别而已。[2] 关于历史与小说的异同是个复杂的论题，这里不便展开讨论。简单地说，把历史书视同小说，

---

[1] 这里所述吉本与兰克的史学叙事观，据汪荣祖《史学九章》有关章节，生活·读书·新知三联书店2006年版，第6—10页、第27—29页。

[2] 请参埃娃·多曼斯卡编，彭刚译：《邂逅：后现代主义之后的历史哲学》，北京大学出版社2007年版。编者访问了十位西方历史学家，如美国的海登·怀特（Hayden White）、荷兰的弗兰克林·安克斯密特（Franklin R. Ankersmit）、德国的耶尔恩·吕森（Jörn Rüsen）、英国的彼得·伯克（Peter Burke）等，根据访谈记录整理成书。历史的性质、历史与文学的关系，是各位所言的重点。

固然不妥，为史学家所难以接受，可以姑且不论；但反过来，指出小说中有历史，小说虽常以虚构为旗号，但从它的讲述中能够发现某种史性，这恐怕却是无法否认的。同样，我们认为诗歌既有诗性也会有史性，考察一篇诗歌作品的史性，大抵可从度量其叙事成分的比重和存在状态入手，同时分析诗中抒情、议论、说理部分与史述的关系，这种做法似乎也可成立。而这与我们阅读诗歌所获体验感受和认识的路径也是一致的。

　　史性在诗歌中的表现，除不同分量的史述之外，还包括史评、史论等属于史学的内容。这些在中国古代数量繁多、形态各异的咏史诗中表现得最为突出而精彩。仍以李商隐为例，其《贾生》诗："宣室求贤访逐臣，贾生才调更无伦。可怜夜半虚前席，不问苍生问鬼神。"前二句叙事述史，后二句述中带评，暗讽汉文帝虽重才而未能抓住要点，不能真正发挥人才的作用。其《题汉祖庙》："乘运应须宅八荒，男儿安在恋池隍。君王自起新丰后，项羽何曾在故乡？"以刘项结局的对比，论证了英雄人物胸怀博大与否的重要性。又如《咏史》："历览前贤国与家，成由勤俭破由奢。何须琥珀方为枕，岂得真珠始是车。……"更宛如一篇综论历史的宏论。此种诗皆可谓史性丰茂之作，实即富于史的色彩、史的气息、史的意味，由此构成此类诗歌的重要质性和特色，也成为它们思想价值的重要支撑。中国传统诗论非常看重这一点，杜甫被称为"诗圣"，李商隐被认为学杜最佳者，此皆为关键性理由。而且这实际已形成一个传统，唐宋以后连绵不绝。直至清末近代，诗人们仍从创作和理论两方面继续延伸着诗史传统，有的诗人甚至十分自觉。例如，清末光宣间诗人沈瑜庆（字志雨，号爱苍、涛园，1858—1918），名臣之子①，关心国事，从政后感愤尤多，诗作颇涉时（史）事，往往序长于诗，纪事述史目的明显。李宣龚《涛园集跋》云："（瑜庆）生平熟读《左氏传》，往往运用若己出，且于同光以来，朝政时局，人物掌故，多所纪述，可作诗史观，而非可以寻常作家相提并论也。"陈衍撰《元诗纪事》，沈出资为其刊刻。《石遗室诗话》等对沈之诗学观点亦多所评载。如《涛园诗集正阳篇诗序》云："余尝作《元诗纪事》，采撷至王逢《梧溪集》、张宪《玉笥集》、周霆震《石初集》诸家，多纪元末时事。每诗自系序跋，或长至一二千言不等，论者以为少陵诗史家法，可补志乘所缺。书成，涛园既出资为余刊之矣。而涛园兹编之诗，适与《梧溪》《玉笥》《石初》相仿佛者。"又言及沈氏于甲午中日战后所作诸诗，"则长篇大序，皆《诸将》《八哀》之遗也。……他日有为《国朝诗纪事》者，此编当十采七八，则真必传之作矣。"《石遗室诗话续编》卷二则有"余以为诗者，吾人之年谱、日录"之语。沈瑜庆女鹊应，其夫林旭。戊戌政变时遇难，女不久亦死。瑜庆为鹊应《崦楼遗稿》题词曰："人之有诗，犹国之有史。国虽板荡，不可无史；人虽流离，不能无诗。此崦楼之诗所由作也。"可见其诗史观念之自觉。②又杨钟羲（1865—1940），作《雪桥诗话》四十卷，汪辟疆《光宣诗坛点将录》谓其"非唯论诗，盖备有清一代掌故也"。并将他与居"野史亭"有意著录金元史事的元好问相比。钱仲联《近百年诗坛点将录》

---

① 沈瑜庆之父沈葆桢，为林则徐之婿，晚清咸同间历任封疆大吏，曾主持台海政务，建设水师，对抗日本，经营南洋。
② 请参王培军：《光宣诗坛点将录笺证》卷二，中华书局2008年版，第203—208页。

称赞其诗："典雅宁静，大异近人之妙手空空者。"所谓"妙手空空"实指"近人学宋，多藉一二空灵字面可彼可此者，填委成篇，为世诟病"的诗作，恰与关注时事的沉实之作相反。杨钟羲之诗及所编撰的《雪桥诗话》则体现了将诗歌与历史和现实紧密结合的诗学观念，与妙手空空者大异其趣。

重视诗歌的史性，今日依然——这便是一种传统，一种珍贵优良的传统，值得写诗、读诗、评诗、研究诗者重视。

七

诗　性

　　诗性，是诗能够成为诗的最根本的属性。打个比方，诗性之于诗，犹如人性之于人。
　　诗是文学样式（文体、文类、体裁）的一种。中国古代文学的文类林林总总，比较晚出的文体辨析著作，如明代吴讷的《文章辨体》和徐师曾的《文体明辨》分别收纳五十九种和一百二十七种文体，但论其大类，主要也就是诗与文两种，辞赋骈文则是介乎诗文之间而又兼具诗文特点的文体。小说戏剧之被编入文学史，并受到重视，那是晚近，特别是西方文学观念传入后的事。
　　作为一种文学样式，诗之为诗，可从形式和内容两个方面来观察。首先是外形，即形式。诗的形式与文不同，其句子的字数、句式的模样、句子的数目、音调韵脚的安排，都有一定的要求，虽允许有所变通，但大体、基本模样要符合规格，否则便不被承认为诗。但诗之为诗，更重要的还是在其内质，而对内质的要求最根本的就在于它必须具有诗性。形式合格、内质有诗性，则为诗；形式虽合格而内质无诗性，则不能称为诗。可见诗性对于诗歌文体的重要性。
　　那么，到底什么是诗性？诗性的基质（底色）是文学性，但说到诗性，又要超越一般的文学性而达到更高的层次。可以从四个方面来缔造诗性,也可以以此检测之。

首先是意绪。富含诗性的文本,建立在诗的思维之上,与通常思维是有差别的。诗的思维特点是在一般的叙述逻辑之外,具有特殊的想象力、跳跃性、超越性,天马行空,想落天外,神奇独特,妙想迁得……这些都是强调思维的独特性。如果此类独特性能与思维的深刻性相结合,则进入哲理性的层级。诗性与哲理性的和谐结合,是诗歌意绪追求的最高境界。

其次是语象。诗性的表述采用特殊的语象,而不是直白的描述或现成的意象。诗歌所写,既是形象,又要赋予丰富内涵,其义最好层次复沓,能指简洁清晰,而所指多边,象外有象、言外有意,所造之境富含韵外之致。中国诗学所看重的比兴即与此有关。比兴为诗具有隐喻性、象征性、多义性,饱含美刺褒贬的讽喻性。语象的组合构成意境,即一个相对独立完美的小世界,耐人咀嚼寻味,有利后世读者参与想象和再创造。

再次是辞藻。诗的表述离不开语言辞藻。诗的语言不但必须准确合宜,而且应修饰得更精炼而美丽。诗的语言与众不同,能把文学性推向极致。采用丰富多样的修辞手法是创作诗歌的必要步骤,甚至是天经地义,故诗歌的语言分析实即修辞学的运用。就连奉"实录"为圭臬、反对浮词和妄饰的史家,也同样讲究修辞,并将尚简、用晦(文字精炼、文约事丰、含义蕴藉而深刻)树为高标。[①] 诗性如何与史性完美结合,这既是对诗人,也是对史家的重大考验,也可说一大难关。司马迁《史记》被誉为"史家之绝唱,无韵之《离骚》"(鲁迅《汉文学史纲要》),仿其句式,或可称杜诗是"诗人之绝唱,有韵之《史

---

① 刘知几著,浦起龙释:《史通通释》,上海古籍出版社1979年版。

记》"。它们一个是诗性充沛的史书,一个是史性坚实的诗歌。

最后是节律。诗性还体现在语言和篇章的音乐性上,那就是韵律和节奏,使其朗朗上口,可歌可泣,能歌善舞,打动人心。特别是在律诗形成和完善之后,诗性在这方面的要求也更有规矩可循。

以上是本书认为的诗性(文学性)内涵的四个方面,是我们从对诗歌的学习和理解中概括出来的。当然,也可有别的观察角度。

今日通行的文学理论认为,一般文本的文学性首先的和主要的,是体现于是否具有形象性。一个文本叙述若具备一定的形象性,就可认为其获得了某种文学性。如果这个说法可以接受,那么,诗性的要求则超过这种一般的形象性。诗歌的表述须更加富于想象,更加生动活泼、可见可画、可立体呈现。其意象与意境,甚至须有某种故事性、戏剧性,乃至传奇性、象征性。

比形象性更高一层的要求是情感性或简曰感性(与理性相对)。诗的表达允许诗人的直接抒情,乃至情感的舒泄或渲染。总之,诗歌必须要有抒情的色彩和力度,要让人感到心灵震撼,可歌可泣,深度共鸣。认为诗就是抒情的观点,就是由此而来。

再高一层,则是对诗篇所表达情感之个人色彩的要求。诗人应该是性格鲜明独特的人,往往个人意识比一般人更强烈,更需要和善于表达生命意识,追求生命价值,从而使创作进入美学、哲学的层次和阈域。

这不妨说是诗性的三个层次,也可说从另一角度来看的三种内容。诗人的理想是攀登个人色彩的最高峰,形成独一无二的特色,开口即与人不同,让人一听便知是某人的作品。故老杜乃有"新诗改罢自长吟""语不惊人死不休"之语。

四方面，三层次，由此来体会和考察诗性，就不那么虚无缥缈难以把握。

总而言之，任何文学作品都应具有丰沛的诗性，也应具有厚实的史性。诗性史性二者并不矛盾，而是可以通过抒情叙事的良好结合，自然自由地既揭示历史或现实，又表现个人的胸怀心境，综合起来臻于高超的美学境界，创造出高超的文学和文化价值。当然，要结合得好，却也不易，是一大学问和功夫。

八

诗 史

　　诗史是本书常常用到的一个概念。它有两个不同的涵义，用法也不同。二义是：一指诗歌史，即文学史中诗歌这种形式（或曰文体、文类）发生发展和演变的历史，简称诗史；另一指具有浓郁史性的诗歌作品或善于创作富含史性诗篇的诗人。这是中国文学（诗歌）批评经常用到的一个特殊概念，是对诗人和诗歌作品的高度评价。下面的阐释主要就是针对后一种涵义和用法而言的。

　　与任何事物之"名"与"实"都有其某种程度的关联一样，"诗史"也有它的名实关系。诗史之名反映了诗歌与历史二者之间存在着密切关系。

　　古时，诗、歌有别，高咏大唱者为歌，多用于抒发感情；纪事述实兼含抒议者为诗，则以长赋浅吟为主。与官方史册的产生相伴，诗因其反映现实、民情的功能较强而亦曾承担过部分述史纪事之职。史载，古有采诗制度。《礼记·王制》云："天子五年一巡守。岁二月，东巡守，至于岱宗……命大师陈诗，以观民风。"《国语·周语》有云："天子听政，使公卿至于列士献诗。"所献之诗既可自抒怀抱，也可转述他人之作。即使所谓开山纲领"诗言志"，除含有诗的产生乃物使心动、心动促生情志、情志萌动而形于言这层意思外，其实也包蕴诗具记忆、记录,即载事述史之意。① 正因为诗有如此特点,孟子才会提出"以意逆志"和"知人论世"的读诗方法②,认为从诗的内容(意)可以了解诗人的志趣和内心活动,故必须透过诗面深入腠理,而且读诗除应了解诗人之心,还必须了解世道世情,世道世情与人心是彼此相关,联系在一起不可分割的。而所谓"世道",其实便是现实生活或历史的另一种说法。总之,诗歌既能够不同程度地反映现实生活,而今日之现实生活,他日即成历史,故诗中有史,实乃自然必然、无可怀疑之事,不过不同的诗,在这方面做得各有等差而已。"诗史"之名客观地反映了诗歌与现实(历史)的密切关系。虽然随着社会发展,后来如孟子所说"王者之迹熄而《诗》亡,《诗》亡然后《春秋》作",③

---

① 《尚书·舜典》:"诗言志,歌永言,声依永,律和声。"《礼记·乐记》:"凡音之起,由人心生也。人心之动,物使之然也。感于物而动,故形于声。声相应,故成变;变成方,谓之音。比音而乐之,及干戚羽旄,谓之乐。"《毛诗序》:"诗者,志之所之也。在心为志,发言为诗。情动于中而形于言,言之不足故嗟叹之,嗟叹之不足故永歌之,永歌之不足,不知手之舞之、足之蹈之。"闻一多《歌与诗》:"上文我们说过'歌'的本质是抒情的,现在我们说'诗'的本质是记事的,诗与歌根本不同之点,这来就完全明白了。再进一步的揭露二者之间的对垒性,我们还可以这样说:古代歌所据有的是后世所谓诗的范围,而古代诗所管领的乃是后世史的疆域。""原来诗本是记事的,也是一种史。""《毛诗》序指出了诗与国史这层关系,不能不说是很重要的一段文献。如今再回去看《诗序》好牵合《春秋》时的史迹来解释《国风》,其说虽什九不可信,但那种以史读诗的观点,确乎是有着一段历史背景的。"(《闻一多全集》,生活·读书·新知三联书店1982年版)
② 《孟子·万章上》:"说《诗》者不以文害辞,不以辞害志,以意逆之,是为得之"。《万章下》:"颂其诗,读其书,不知其人,可乎?是以论其世也,是尚友也。"
③ 《孟子·离娄下》,十三经注疏本《孟子注疏》,中华书局影印1980年版,第2727页。

诗与史的分工日渐清晰，两种文体的特征也日益明显，但诗、史关系深刻久远，决定了"诗史"其名迟早会被发明出来。

现存文献以孟棨《本事诗·高逸》之首条最早出现"诗史"的名称。① 此条全文如下：

> 李太白初自蜀至京师，舍于逆旅。贺监知章闻其名，首访之。既奇其姿，复请所为文。出《蜀道难》以示之。读未竟，称叹者数四，号为"谪仙"，解金龟换酒，与倾尽醉。期不间日。由是称誉光赫。贺又见其《乌栖曲》，叹赏苦吟曰："此诗可以泣鬼神矣。"故杜子美赠诗及焉。曲曰："姑苏台上乌栖时，吴王宫里醉西施。吴歌楚舞欢未毕，西山欲衔半边日。金壶丁丁漏水多，起看秋月堕江波，东方渐高奈乐何！"或言是《乌夜啼》二篇，未知孰是，故两录之。《乌夜啼》曰："黄云城边乌欲栖，归飞哑哑枝上啼。机中织锦秦川女，碧纱如烟隔窗语。停梭向人问故夫，欲说辽西泪如雨。"白才逸气高，与陈拾遗齐名，先后合德。其论诗云："梁陈以来，艳薄斯极。沈休文又尚以声律，将复古道，非我而谁欤！"故陈、李二集律诗殊少。尝言"兴寄深微，五言不如四言，七言又其靡也，况使束于声调俳优哉。"故戏杜曰："饭颗山头逢杜甫，头戴笠子日卓午。借问何来太瘦生，总为从前作诗苦。"盖讥其拘束也。玄宗闻之，召入翰林。以其才藻绝人，器识兼茂，欲以上位处

---

① 孟棨，据陈尚君考证应为孟启，见陈尚君：《本事诗作者孟启家世生平考》，《新国学》第6辑，巴蜀书社2006年版。孟棨论"诗史"语，见《本事诗·高逸》。

之,故未命以官。尝因宫人行乐,谓高力士曰:"对此良辰美景,岂可独以声伎为娱,倘时得逸才词人吟咏之,可以夸耀于后。"遂命召白。时宁王邀白饮酒,已醉。既至,拜舞颓然。上知其薄声律,谓非所长,命为宫中行乐五言律诗十首。白顿首曰:"宁王赐臣酒,今已醉。倘陛下赐臣无畏,始可尽臣薄技。"上曰:"可。"即遣二内臣掖扶之,命研墨濡笔以授之,又令二人张朱丝栏于其前。白取笔抒思,略不停缀,十篇立就,更无加点。笔迹遒利,凤跱龙拏。律度对属,无不精绝。其首篇曰:"柳色黄金嫩,梨花白雪香。玉楼巢翡翠,金殿宿鸳鸯。选妓随雕辇,征歌出洞房。宫中谁第一? 飞燕在昭阳。"文不尽录。常出入宫中,恩礼殊厚。竟以疏从乞归。上亦以非廊庙器,优诏罢遣之。后以不羁流落江外,又以永王招礼,累谪于夜郎。及放还,卒于宣城。杜所赠二十韵,备叙其事。读其文,尽得其故迹。杜逢禄山之难,流离陇蜀,毕陈于诗,推见至隐,殆无遗事,故当时号为"诗史"。①

有些学者根据以上引文将"诗史"的发明权归于孟棨,并据他对杜甫的介绍评价去分析诗史之名的内涵和意义。这样做的理由似乎并不充分。通览此条的主要内容,显然是在讲述李白的高逸行为,从"李太白初自蜀至京师"为贺知章所激赏起,一路叙述下来,其中多次引录李白诗篇诗论,一直叙到李白待诏翰林、为玄宗作《宫中行乐词》及赐金放还,直至安史乱起,

---

① 孟棨(启):《本事诗》,见丁福保辑:《历代诗话续编》,中华书局1983年版,第14—15页。

"永王招礼，累谪于夜郎"和"卒于宣城"，铺叙达七百多字，不啻一篇李白小传。末尾才提及杜甫的《寄李十二白二十韵》，但也并未引述其诗，仅谈了自己对杜诗的读后感："备叙其事，读其文，尽得其故迹。"这以后才顺带似的说到"杜（甫）逢禄山之难，流离陇蜀，毕陈于诗，推见至隐，殆无遗事，故当时号为'诗史'"而结束。可见其文真正的重点所在，且从叙述口气亦可知"诗史"乃是当时人所共用对杜诗评价的熟语，孟棨表示同意，故引用了。杜甫当然无愧于诗史之名，他的《寄李十二白二十韵》史性确也很突出，但若要深刻揭示论证杜甫及其诗的"诗史"性质，把"诗史"当作一个重要概念来对待，那就应该另换重点，像现在这样仅寥寥数语显然远远不够。实事求是地说，孟棨只是在关于李白高逸的叙事中提到了"诗史"这个词，并于不经意间告诉我们，到诗人杜甫创作出他的主要作品之后，就有人把"诗史"之名与杜甫联系起来，并得到当时人的普遍承认。诗史这个名称并不起于杜甫，也不起于孟棨，但把杜甫其人其诗称为诗史这件事用文字记载下来，则是孟棨的贡献，而且是连孟棨当初都没估计到的一种影响深远的有益贡献。

以杜甫为"诗史"的典型代表，后又扩展为对某类诗和诗人的一种肯定性评价。前人对诗史的涵义曾提出多种解释。张晖《中国"诗史"传统》缕述自宋至清众多的诗史言说，在其书最后一章共列出十七种说法，然后指出："综观历代的'诗史'说，其间贯彻着一个最为基本的核心精神，那就是强调诗歌对现实生活的记录和描写。"又说："宋代的'诗史'说虽然繁杂……实际上都指向同一个基本的文学理念：即诗歌的内容须记载、反映外在的客观世界。"张晖的这个概括是中肯的、实事求是的。其书甚至已论述到:"强调诗歌记载现实生活的'诗史'说,起源于晚唐,到明代就基本稳定下来,成为中国传统诗学中一贯要求诗歌描写现实、反映现实、记载现实的一种具有代表性的理论述(诉)求。"① 这里除了"起源于晚唐"的说法稍嫌拘泥外,其他内容所概括的实际内容,已足以形成与"情志说""抒情传统"相对垒的另一个传统,即诗史传统。而诗史传统的核心、实质和要义,其实就是叙事。这一点张晖也是明白的,只是他面对抒情传统强大的舆论威势,没有提出与之并肩抗衡的叙事传统之名,也没有把诗史传统直接命名为叙事传统而已。

王国维曾作《释史》一文,从字源、史实和事理诸方面论证史的记事记言本质和史职与藏书、读书、作书的关系,实际上揭示出叙事乃是史与诗史的共同本质,也是诗史与史发生关联的根本基础。当然,叙事概念所指应大于"诗史"——"诗史"需要叙事,而叙事之诗并不仅限于"诗史"。但诗史传统毕竟构成叙事传统最重要的部分,肯定诗史传统,自然也就不能无视、更不能否认叙事传统。

需要说明的是,"诗史"毕竟是诗而不是史,在说明诗史二者密切关系的同时,我们也应关注二者的不同。于此,我们欣赏一位青年学者的机智概括:"诗中有史不是史,史蕴诗心终非诗。"② 具有史性的诗歌,绝不能丢失抒情、言志和表意、议论

---

① 张晖:《中国"诗史"传统》,生活·读书·新知三联书店2012年版,第264页。
② 李伟:《诗中有史不是史,史蕴诗心终非诗——事实与价值视域下文史关系的哲学辨证》,《安徽师范大学学报(人文社会科学版)》2013年第5期。

评说的特征和功能。两相融和,凡具"史性"之诗(而非"非诗"),才有资格称为"诗史",其本质特征便该是富于感情色彩地叙述评论历史之人与事,这里的"历史",也包括现实的时事与新闻。此类诗之叙事成分必然较重,所涉之事上可关乎国族命运,下可涉及百姓日常生活,宏大与平凡不拘,繁多与细腻并存。当然,与国族命运遭际相关者,往往更易被重视而称"史"。但也须不乏感情(包括议论)色彩和感人力量,如若质木无文、味同嚼蜡,既不足称"诗",也就谈不上称"诗史"。

在文学和文学批评的发展过程中,"诗史"后来成为中国文学,特别是诗歌批评的一个重要术语,也可以说是一个重要的标准。历代能够被评为"诗史"的作品,就内容看,往往都是现实性和历史感强;就艺术表现看,则往往有视野比较开阔、境界比较恢弘的特点。①

诗史二字颠倒,便为"史诗"。中国古无"史诗(epic)"之名,但若就内容的实际而言,《诗经》若干篇章,如《大雅》之《大明》《绵》《思齐》《皇矣》《生民》《公刘》等,《小雅》之《六月》《采芑》《车攻》《节南山》《正月》《十月之交》等,均堪称史诗,②亦不妨称为诗史。诗史、史诗,实颇有相通之处。《诗经》之史诗尽管不合西方"epic"的标准,但有鲜明的中国特色,以史性与叙事性强且相互交融为特征,成为诗歌的一个品种,在诗歌的源头就萌芽发生,是对"诗史"存在的最

---

① 关于诗史在内容和艺术上的基本要求,杜甫具有典范意义,这方面的论述,可参董乃斌《从诗史名实说到叙事传统》一文的相关部分,见《文艺理论研究》2019年第1期。
② 请参董乃斌《〈诗经〉史诗的叙事特征和类型——〈诗经〉学习笔记之一》,见《南国学术》2018年第3期。

佳证明。自《诗经》之后,历代堪称诗史的作品,多由《诗经》史诗挚乳而生。楚辞,汉诗,汉乐府,魏晋文人诗,南北朝乐府与文人诗,乃至唐、宋、元、明、清和近现代的文人诗和民间诗歌中,都有堪称史诗或诗史的好作品。中国诗歌就这样一直在叙事与抒情的双轨上并肩发展,既形成了抒情传统,也形成了叙事传统,尤其可贵的是形成了抒情叙事共存相融、互竞互促的传统。一部中国文学史就是抒叙两大传统互惠博弈共进的精彩历史。这也就是我们的课题及完成的著作所要阐释和论证的核心内容。直到今日,"诗史精神"仍是许多诗人作家自觉秉承和追求的良好传统,"诗史"或"史诗"也仍然是评论家给予作家作品的一种崇高评价。

当然我们也不必过于执着乃至滥用史诗或诗史的评价。堪称诗史的当然是好作品,但好作品并不仅限于诗史一种,就是纯然抒写个人小小情怀或描写自然风光而确无寄托寓意者,只要艺术精湛可取,仍可欣赏宝爱,至少不妨存在,关键是一定不要为了拔高其思想意义而硬扯诗史之名。钱锺书先生对"诗史"的批评仍值得我们注意。

中国台湾学者汪荣祖的《史学九章》,以一章五篇的规模论槐聚史观,中含"诗具史笔,史蕴诗心"和"文史之分合"两篇,主要阐述钱锺书先生诗史之分的学说,将钱先生"史蕴诗心"说发挥得颇为详尽,最后以"征实与否"给诗与史划界,导出"可视史为诗,不可视诗为史"的结论。[①] 作为一个史家,汪先生也许只能如此说。其实历史的"征实"本也需要打个问号,说到底,不过是一种理想、一个人为的高标而已,实际上

---

① 汪荣祖:《史学九章》,生活·读书·新知三联书店2006年版,第203页。

并不可能真正达到。而诗与史的界线却又并非那么容易划清，"征实"与否，更不足以作为分隔诗与史的鸿沟。只要我们不是一见具有史性之诗作，就立刻简单廉价地给它套上一顶诗史或是史诗的帽子，而是恰如其分地揭示标举它所具有的史性、诗性，作出中肯的评价，那就并不在钱先生反对的范围之内。在这方面，汪荣祖对咏史诗，倒有些很好的论述。如他说："传统中国史家几无不能诗，诗人也能读史，故咏史诗尤称丰盛。咏史诗者，即以诗歌的形式或体裁表达史事、史意与史识，史笔自在其中。所谓咏史，不仅仅咏古事，咏近事今事，而具历史意义者，亦是咏史。"① 咏史诗"表达史事、史意与史识，史笔自在其中"——岂不就是诗能述史、诗含史性之意吗？汪先生接着举例颇多，具体分析咏史诗；除了熟悉的唐诗，他特插举一首清人作品详加讲析，值得我们一阅：

　　清人张茂稷《读史偶感》："李陵心事早风尘，三十年来岂卧薪？复楚未能先覆楚，帝秦何必更亡秦？丹心已负红颜改，青史重翻白发新。永夜角声知不寐，可堪思子又思亲！"② 读来犹如吴三桂一生刻骨铭心的写照，诗人回顾吴之反复，既无汉将李陵投敌的苦衷，失节三十年也无卧

---

① 汪荣祖：《史学九章》，生活·读书·新知三联书店2006年版，第196页。
② 据邓之诚《清诗纪事初编》卷五"张茂稷"条，张茂稷，字子艺，桐城人。出身贵介，不求仕进，康熙二十二年(1683)客死武昌，年四十七。生前刻有《芸圃近诗》一卷，身后有《芸圃诗集》八卷。善五七律，早年学温、李，诗风近《疑雨集》；壮年后变化，诗境日进。《清诗纪事初编》录其诗二题，《读史偶感》即为其一。诗后案云："此为吴三桂称兵而作，言其反复。末指三桂父襄、子应熊，皆不得其死。"可参。

薪尝胆以图恢复的痕迹；他引清兵入关，为了挽救明朝，结果却把明朝覆亡了。明亡清兴，既已降清，却又要亡清。他于年事尚轻时背叛了朱明，临老复叛满清，营中夜闻鼓角，思及其父因其降清而死，其子因其叛清而死，如何得眠？诗人掌握历史人物的重点，秉笔直书，犹如一篇五十六字评传，而复借诗体的特殊技巧，以历史典故来表达，指谓分明，而不失秦楚音调的谐和以及红颜白发对仗的工整。诗人史笔，似乎更能传达历史意象。①

这段诗歌讲解非常精彩，既强调了张茂稷这首诗的史性特征，又揭示了它所具有的诗性品质。值得注意的是作者虽已赞其为"诗人史笔"，却并不直称其为"诗史"。下一页介绍宋人王令《读孟子》，又说"此诗可称五十六字史评"，并引申云："对历史人物作如此评价，有如史笔之翻案，而具史笔之诗，更能传史之神，不仅言简意赅，入木三分，而且借诗之意境使历史图像更加具体化，而令人印象深刻。"②未言"诗史"而亦屡用"史笔"，可谓再三致意。

由此或可给我们一些启发：诗具史笔的表现是多样的，可以是史述，也可以是史论史评；诗采用史笔，固与征实有关，然亦不限于此，关键倒在于抒叙的良好结合，特别是要善于在叙事中自然而巧妙地抒情议论，把诗性与史性如水乳交融般结合为一体。像张茂稷诗起首用李陵和勾践故事比喻吴三桂降清后的岁月，其讽刺意味于开端就由"早风尘""岂卧薪"六字点

---

① 汪荣祖:《史学九章》,生活·读书·新知三联书店2006年版,第197页。
② 汪荣祖:《史学九章》,生活·读书·新知三联书店2006年版,第198页。

出,而最得力的又在"早""岂"二字;这种"叙中抒",即灌注感情倾向的叙述手法,是比普通叙述更上一层的。次联概述吴三桂一生,修辞上以楚秦分别指代明清,既避免了直白触讳之弊,意思又极清楚,绝不会造成误解;而"复"与"覆"二字的妙用,音同义反,文约意丰,正合史笔精简的要求,也渗透着诗人对丑恶人性、错误决策酿成惨祸的谴责和叹息。此联前句是不容讨论的肯定性叙述,后句改用耳提面命似的责问句式,不但使诗句变化多姿,语气跌宕中更透露出复杂纠结的感情。"丹心"一联不妨看作对吴三桂的盖棺论定,亦叙亦抒,态度严厉,如石击地,显示了雄浑劲健的概括笔力。这是咏史诗中最见功力的抒叙凝聚融会之句,是全诗的力量支点。最后是想象叙事,吴三桂反明而父被杀,叛清而子遭戮,代价可谓昂贵,即使是像吴三桂那样重利轻义之徒,深夜扪心,恐怕也不能不痛苦吧!这到底是值得同情,还是应该谴责呢?谁又能给出个明确答案!作者满腔的悲愤就蕴含在这想象的叙事之中,也给读者留下了无尽的思索空间。

由此给我们的另一个启发则是,对于史性、诗性都很丰沛而又结合良好的诗作,需要不断深入的艺术分析。汪先生精彩讲析之后,我们又从抒叙关系的角度作了一番解说,别的研究者或读者还可以另择角度作更新更深细的挖掘和分析;至于要不要给这样的诗戴上"诗史"桂冠,那实在是颇为次要的事了。

九

赋 比 兴

赋比兴是古人对诗歌表现手法的理论概括,本是从诗歌创作实践及其成果抽象而得,后又反过来成为诗歌创作的主要方法乃至指导法则。在中国古代漫长的诗歌创作史上,赋比兴之法被不断地运用,也在不断地丰富变化,同时在理论上被不断探讨辨析,并没有一个一成不变的赋比兴。清人黄生总结诗歌创作经验以指导后学,曾涉及此,其云:"诗有写景、有叙事、有述意三者,即《三百篇》之所谓赋比兴也。事与意只赋之一字尽之,景则兼兴比赋而有之。大较汉魏诗赋体多,唐人诗比兴多。六朝未尝无赋比兴,然非《三百篇》之所谓赋比兴也。宋人未尝无赋比兴,然只可谓宋人之赋比兴也。"[①]

赋比兴之言约起于汉之前,而详于汉之后。《周礼·春官·大师》有"教六诗:曰风,曰赋,曰比,曰兴,曰雅,曰颂"之说。《诗大序》所谓诗之"六义"与之相同。《诗大序》云:"诗有六义焉:一曰风,二曰赋,三曰比,四曰兴,五曰雅,六曰颂。"后世一般认为"赋比兴是诗之所用,风雅颂是诗之成形,

---

[①] 黄生:《一木堂诗麈》卷二《诗学手谈》,载张寅彭选辑:《清诗话三编》第一册,上海古籍出版社2014年版,第101页。

用彼三事，成此三事，是故同称为'义'。"① 以今语释之，则可理解风雅颂为诗体，赋比兴为诗法（技巧）。赋比兴等方法是用来写诗的，实际运用不同，便造成了风雅颂等诗体的差异。

至于对赋比兴的具体解释，早期往往与诗歌内容和思想倾向（美刺）相联系，如《周礼·春官·大师》的郑玄注："赋之言铺，直铺陈今之政教善恶。比，见今之失，不敢斥言，取比类以言之。兴，见今之美，嫌于媚谀，取善事以喻劝之。"② 这是当时的主流说法。亦有更简略更抽象而近乎纯技术性的概括，如郑众云："比者，比方于物也。兴者，托物于事也。"③ 后人对此又有许多发挥变化，并将赋比兴之法按各自的理解运用到诗歌创作之中。南宋朱熹《诗集传》对《诗经》每一首作品的表现手法都作了注释，指明其是赋还是比兴，或者是兴而比，比而兴等等。他的说法"赋者，敷陈其事而直言之也""比者，以彼物比此物也""兴者，先言他物以引起所咏之词也"也得到较多的认同——虽然他本人在诗中的具体解释也存在着某些矛盾缠夹或费解难通之处，为人所诟病。④

近代以来，特别是当代学术论文之中，论诗而用赋比兴概念的渐少。随着文学理论的变迁和西方现代文艺理论的引进，

---

① 《毛诗正义》卷一，阮元校刻：《十三经注疏》，上册，中华书局1980年影印版，第271页。
② 《周礼注疏》卷二三，阮元校刻：《十三经注疏》，上册，中华书局1983年影印版，第796页。《毛诗正义》所言与之同，见前引书上册，第271页。
③ 此处所引二郑之说均见于《周礼注疏》卷二三所引。
④ 朱熹语分别见于《诗集传》卷一《周南》之《葛覃》《螽斯》《关雎》篇注释，上海古籍出版社1962年版。陈世骧《原兴：兼论中国文学特质》对朱熹的说法有批评，可参。

采用抒情、叙事、议论等概念,或采用其他修辞术语的逐步增多,这是学术变化的自然趋势。问题是,二者究竟是什么样的关系呢?古今学界皆有人以为叙事就是赋,抒情、议论和说理就是比兴,古之赋比兴,就是今日所言之叙抒议,这就是它们的对应关系。但细思之则不甚合于实际,如上文所引黄生之说,即认为叙事、述意就是赋,且"只赋之一字尽之",也就是说诗歌的叙事、述意因为多属直陈,故不出赋法。而写景的情况就较复杂,门道繁多:如是直写实写,那是赋;如写景之中颇含寓意,则是比;而如果写景仅为引起下文,那便是兴。黄生的说法提供了另一种理解。除这两种说法外,别样的见解和意见还多。究竟哪种说法比较符合事实呢?或者其中还需要加以辨析和细化哪些问题,才较便于今日诗歌研究的利用呢?

不妨以《诗经》作品为例来看赋比兴与抒叙议的关系。《诗经》的第一篇《周南·关雎》,其第一章:"关关雎鸠,在河之洲。窈窕淑女,君子好逑。"历来的说法是"兴也"。朱熹《诗集传》继承前人的理解,并解释道:"兴者,先言他物以引起所咏之词也。周之文王生有圣德,又得圣女姒氏以为之配。宫中之人,于其始至,见其有幽闲贞静之德,故作是诗。言彼关关然之雎鸠,则相与和鸣于河洲之上矣。此窈窕之淑女,则岂非君子之善匹乎?言其相与和乐而恭敬,亦若雎鸠之情挚而有别也。后凡言兴者,其文意皆放此云。"由此可知,"关关雎鸠"是诗的起兴,眼前景触发诗情,引起了下面的歌咏;但既是眼前景,则就不仅是起兴而是实写,而且实际上还带有"比"意,或如有的学者所谓是一种象征乃至象征主义。[①] 雎鸠是比喻和乐

---

① 参周作人:《谈龙录·扬鞭集序》,梁宗岱:《诗与真·象征主义》。

地以礼相处的夫妇。所以"关关雎鸠"不仅兴起了全诗,而且巧妙优美地比喻了文王和太姒这对先王夫妇。综览《诗经》,就其兴句而言,除少数属于单纯起兴不含比义,大多都有此种"兴而比"的意味。比兴其实很难截然分清,那些在诗篇一开头就出现的"比",往往就同时起着"兴"的作用。某些在篇中才出现的"兴"其实只是比喻,兴的作用并不明显,也与"兴"的基本定义不合。① 《关雎》的第二、三章,朱熹也说是"兴也",也就是说,他认为整篇《关雎》都是兴体。②

　　问题还不止于此。如果我们用抒叙议之类概念来分析的话,便可发现,被朱熹视为"兴"的"关关雎鸠,在河之洲"与"窈窕淑女,君子好逑"在表现手法和内容涵义上是有所不同的。前两句是"兴"或"兴而比",这里的比兴实际上乃是"叙",虽极简略,但毕竟是客观地描叙一种眼前的景象、一种客观的事实,是可以转化为图画或更现代的影视镜头的;后两句却是诗人所抒发的胸臆,是袒露心事,申说主观想法,所以应属抒情,而在表现手法上则该归为"敷陈其事而直言之"的"赋"才比较合适。首章如此,第二、三章也是如此。"参差荇菜,左右流之""参差荇菜,左右采之""参差荇菜,左右芼之",与其算是"起兴",不如视为描绘更为确切,它们实际上是在叙述描写一种情景。而"窈窕淑女,寤寐求之。求之不得,寤寐思服。优哉游哉,辗转反侧"和"窈窕淑女,琴瑟友之"

---

① 对"兴"义的阐释颇多歧见,本书此处采用传统之常说。
② 朱熹《诗集传》说《卫风·氓》的第三章(桑之未落,其叶沃若……)是"比而兴",第六章(及尔偕老,老使我怨……)是"赋而兴",把"兴"置于篇中,与他自陈的"兴"之定义有矛盾。类似例子不止一处。

"窈窕淑女，钟鼓乐之"，与其说是"兴"，还不如说是赋体的抒情，是直截了当地吐露诗作者内心的诉求和波澜较妥。

仅从《关雎》，我们就能感到，赋比兴与抒叙议是不能简单对应的。赋既可以是叙事，但又不只等于叙事，它还可以是抒情乃至述意。凡诗中"敷陈其事而直言之"者，无论所陈之事是客观的事物，还是主观的心事，都应属于"赋"体范畴。而比兴也并不就等于抒情，更多的情况下其实倒是描叙或述事，只是其描叙之事往往除诗面所写外还另有寓意而已。

赋确可与叙事对应。例如《周南·葛覃》，朱熹《诗集传》就以之为赋的典型，他对赋下的定义，即出于此诗的注释。可是清人陈奂的《诗毛氏传疏》却说该诗首章是兴："葛覃，一兴也；黄鸟，又一兴也。"第二、三章才是赋。今人程俊英同意陈奂的说法，见其《诗经注析》一书。① 在我们看来，说《葛覃》首章是赋也好，是兴也好，在叙事（描述一种事实、一种情景）这一点上，其实并无不同。也就是说，赋固然是叙事，兴也同样可以是叙事，只是功能有差别而已。就《葛覃》全诗来看，"葛之覃兮，施之中谷，维叶萋萋。黄鸟于飞，集于灌木，其鸣喈喈。"② 其前三句在下章又重复一次，确实更像是起兴，而并不是在叙述诗中女子的行事。这首诗是以一个女子口吻叙述出来的，说的是她婚后归宁的事，全诗没有明显的抒情句子，但叙述中透露的情绪安详宁和，这是可以体察得到的。在诗歌中本没有毫不带感情色彩的叙事，但这样的叙事毕竟与直接抒情有别。直接抒情是不同于叙事的另一种表现手法，即使与带感

---

① 程俊英、蒋见元：《诗经注析》上册，中华书局1981年版，第6页。
② 标点据程俊英、蒋见元：《诗经注析》。

情色彩的叙事，也不宜混淆。至于此诗的叙述者，即女主人公的身份，从《毛诗》小序到朱熹《集传》都说是后妃，并将诗旨释为"后妃之本"，今人则认为是贵族妇女或一般新婚女子。搁置分歧，则此诗以女子口吻述归宁之事当可为共识。

《葛覃》是以赋与兴叙事，接下去的《卷耳》也差不多，但细看又有所不同。

> 采采卷耳，不盈顷筐。嗟我怀人，寘彼周行。
> 陟彼崔嵬，我马虺隤。我姑酌彼金罍，维以不永怀。
> 陟彼高冈，我马玄黄。我姑酌彼兕觥，维以不永伤。
> 陟彼砠矣，我马瘏矣，我仆痡矣，云何吁矣！①

这四章诗，朱熹均标为"赋也"。首章"采采卷耳"二句是作者自叙，说的是她正在做的事。但"嗟我怀人"二句，叙的就不是"事"而是"情"，非要说是"事"，也只是作者（女主人公，也即本诗叙事人、叙述者）的"心事"。叙述心事（心绪）其实就是抒情，是与叙事相对的一种表现手法。所以首章的赋，若加细析，实应分属叙事和抒情二者——抒、叙是需要而且可以分清的，但在尚无抒叙概念的古人那里，笼统说成赋，也就可以了。由此可见，所谓赋，并非仅仅是叙述表现于客观外在的可睹可记可画之事，也可以是直叙（诉、抒）内在于作者心中难见难描之情，即抒情。叙事、叙情皆可用赋法，诗的抒情议论确实往往以直叙的赋法为之。这样的例子在《诗经》中很多。

---

① 朱熹：《诗集传》，中华书局上海编辑所1958年版，第3—4页。

就《卷耳》而言，第二、三两章所写之事究竟是女主人公自为，还是她所怀之人所为？即陟山岗而酌酒的"我"，是女主人公还是她所思念的人？历来有不同理解。如果拍成影片，镜头上出现的景象将是大不相同的。若"我"就是女主人公，镜头上出现的该是她的形象和动作，她所怀之男子不一定要出现，即使出现，也只要一个模糊的虚影而已。但若后两章表现的是女主人公对所思之人的想象，那么，镜头上占主体的便应是登山饮酒的男子——她的"怀人"，她本人倒不妨在画外。从文学叙事的角度来说，这样的表现法，是"代言"即"转述"的一种，是女主人公在幻想中代替她思念的人在说和做，是一种想象虚构之词，是诗歌叙事手法的一种丰富和发展。[①]

第二、三章两章既有两种说法，那么，最后一章是谁的话，也就成了问题。"登上那土山，我的马累坏了，我的仆人也拖垮了，唉，怎么办呵？"这话到底是谁说的呢？或以为是女主人公，或以为是男主人公所说。不管是谁说，这两句被视为"赋"的直抒胸臆，总是一种情感的宣泄和抒发。这再次说明赋并非只能叙事，而是也包括了感情的倾诉，即直接抒情。

[①] 朱熹继承旧说，认为《卷耳》是后妃思念君子之作，解释第二、三章则曰："此又托言欲登此崔嵬之山以望所怀之人而往从之，则马罢病而不能进。于是且酌金罍之酒，而欲其不至于长以为念也。"又推测此诗作时："岂当文王朝会征伐之时，羑里拘幽之日而作欤？"(《诗集传》)若如此，则登山饮酒者该不会是文王，只能是女主人公了。但有的研究者并不同意，如程俊英书引杨慎《升庵诗话》及刘勰《文心雕龙·神思》论证此诗第二、三章为想象之词，并说"诗中写她丈夫上山有马、有仆，饮酒用金罍、兕觥""尽管想象中的景状均属虚构，但所表达的情感却是那么真挚"。(《诗经注析》上册第9页)。看来以后说较为切当。

赋有时是抒情，是直抒胸臆，是纯粹抒情，《卷耳》末章是个例证。又如《召南·甘棠》："蔽芾甘棠，勿翦勿伐，召伯所茇。……"三章基本相同，每章仅易二字，朱熹皆标为"赋也"。但三章都没有叙什么事，而是直接喊出了人民的心声，表达了对召伯（公）的怀念；至于召伯的事迹和人民为纪念他做了些什么，这些具体的事实，则被省略，被推到诗的背后而未作表现。再如《邶风·式微》："式微式微，胡不归？微君之故，胡为乎露中！式微式微，胡不归？微君之躬，胡为乎泥中！"这是一个人的牢骚和呼吁，究竟为了何事？诗中并未写出，诗面所写只是胸中郁积的怨气，也就是仅仅抒发了感情而已。此类诗虽用赋法，但具体事情不明，也不可能考明，后世读者就只能淡化对本事的追溯，而不作深究。

赋有时可以是议论，即用以说理，阐发思想和观点。如《小雅·伐木》首章以"伐木丁丁，鸟鸣嘤嘤"起兴，引申到求友的重要和迫切，以下"出自幽谷，迁于乔木；嘤其鸣矣，求其友声"紧接着起兴而来，说是兴的延伸或者是赋，都可以。再下面是以赋体发议论："相彼鸟矣，犹求友声；矧伊人矣，不求友生？神之听之，终和且平。"① 鸟尚且知道求友，何况是人？人若多友，神知晓了也会关照，赐予和平幸福。这些话将作者的观点和盘托出，是用赋法来发议论。《小雅·大东》七章、章八句，朱熹把第一、第三章两章定为兴，而以其馀诸章为赋，其实兴既然是"先言他物以引起所咏之词"，把居于诗篇中段的

---

① 此诗三章，朱熹皆标为"兴也"，窃以为可商。首二句起兴后，以下实应是赋，系对事实的直叙；第二、三两章则皆为赋，即咏叙作者宴宾之事也，而所欲申说之理寓予叙述描写之中。

比喻或说理部分解释为兴，并不很熨贴。尤其是七章之中，五章是赋，首章为起兴，这说得过去。然第二章已然进入赋中，第三章却又来个兴，岂不有点突兀不顺？莫非首章的兴，仅仅兴起了第二章，至第三章就需要另外起兴吗？其实《大东》第三章的"有冽氿泉，无浸获薪"——砍下的柴禾，小心别让旁流的寒泉弄湿，正如对百姓要小心抚恤而不可侵害——这算不得"兴"，乃是"赋而比"，以比喻说明一个道理罢了。

应该说，赋的确主要是叙，是叙述。所叙的大都是一种事，即我们所谓的叙事；但有时所叙的是一种情绪、一种观点。若是叙述情绪，其实便是抒情；① 若是申说观点，则是议论说理。可见赋的表现功能很强，不仅叙事，也包含直接抒情。而且，实际上诗的抒情、说理、议论绝大部分是出现在赋体，而并不在比兴之中。以前的诗论为倡导诗意含蓄往往重比兴而轻赋体，实在是并不公平的。

比兴在诗中的作用主要也并非抒情，其倒主要可归入我们所说的叙事表现手法之中。正因为比兴并非直接抒情而往往是"托物寓情"，所以才需"形容摹写，反复讽咏，以俟人之自得"。比兴都必须是具体的，不可能空对空，不可能以虚比虚，也不能用直接抒情来表达，必须借助外界事物作曲折婉转的表现，这就非用到实打实的描叙之法不可了。而这正是我们所认为的叙事——叙事可以是讲故事（事件过程），但也可以是描叙事象、事态、事由、事脉、事之过程、事之曲折、事之结果、

---

① "叙情"一词，王闿运曾用，其《论七言歌行流品答完夫问》（载马积高主编《湘绮楼诗文集》之《湘绮楼说诗》卷三）有云："李白始为叙情长篇，杜甫亟称之，而更扩之，然犹不入议论。"

事之影响等等，凡不属主观的情绪、意识、观点之类的客观外界物象和生活事象，皆可列入"事"的范围。凡写此类内容（与直接抒情议论相对），就都含程度不等的叙事成分、叙事因子或叙事色彩。①

以《诗经》作品为例，如《卫风·氓》是一首著名而典型的叙事诗。古人认为其为六章，章十句。朱熹标定各章的手法，第一、二、五章为赋，第三章是比而兴，第四章是比，第六章是赋而兴。他之所以如此分析，盖因其武库里只有赋比兴这些概念，所以面对复杂诗篇不免左支右绌难于应对。倘在我们来看，则全篇皆是叙事（赋），其总体的叙事框架既含浓郁的抒情色彩，而在叙述中尚另有直接抒情议论的成分（可谓赋而比）。此诗的叙述者是一位婚后被弃女子，其中有她第一人称的客观叙事，有她对男主角说的话（回忆、诉苦和哀怨），有女子的自思自语（第三章，叙事中议论；第五、六章皆叙而兼抒）。这是一个具有一定复杂度（因为含戏剧性）的叙事文本，但用叙抒议的概念分析之，仍可清楚。

当我们用抒、叙、议这些概念来对诗歌作艺术分析，探索诗歌作品的表现手法时，就会发现诗歌中叙事几乎无处不在。诗歌表现方法的丰富性以及诗歌艺术的吸引力和美感，关键其实是在它的叙事，而不是它的抒情。抒情要么包含在叙事之中，要么产生于叙事之后。诗人之情，除一小部分直接抒出外，绝大部分是渗透、隐含在事的叙述之中；而直接抒情要想感人，还必须依赖于诗内诗外的"事"。使读者听众真正感动的，其实

---

① 这是我们研究、解析中国文学叙事抒情两大传统与西方叙事学的根本不同之一。

除诗歌的精妙语言和音乐性能外，更重要的还是诗所叙述或虽未叙述却可想见的"事"。事之实质，即人类生活，生活内容丰富复杂，人的生活悲欢离合，故能导致喜怒哀乐种种情感跌宕起伏，哪有不涉于事的纯粹之"情"？有之，这样的抒情岂不是很易流于空洞叫喊或无病呻吟吗？除上文已举的那些，还有几个重要的方面，兹稍举如下。

《诗经》中许多篇章本与史事直接有关，是史事的诗性反映，虽不必为史诗，但可印证历史，可丰富历史，拥有丰富的史性。此类作品从来不能脱离"事"而单论其"情"。像《邶风·新台》讽卫宣公夺媳为妻之事，事见《左传·桓公十六年》，《史记·卫康叔世家》亦载；《齐风·南山》讽鲁桓公夫人文姜与其兄齐襄公淫乱事，事见《左传·桓公十八年》；《鄘风·载驰》涉许穆夫人驰吊其弟卫公事，见《左传·闵公二年》；《秦风·黄鸟》哀悼秦穆公死后以三良等人为殉事，见《左传·文公六年》；《陈风·株林》讽陈灵公与夏姬淫乱事，见《左传·宣公九年》《左传·宣公十年》。这些都是针对具体人物与故事而作。至于《大雅》之《生民》《公刘》《绵》《文王》等篇歌咏周的创业史，《小雅》之《白华》《小弁》《巧言》《巷伯》等以幽王弊政为讽刺对象的作品，更是众所周知的。这些诗篇的叙事成分有多有少，方式亦多种多样，但都有所叙，都应放在文学叙事传统中加以考察和分析。

《诗经》许多篇章叙事成分之重，已使它足称叙事文本，即其已表现了一个大体完整的故事，所描绘的画面已能展示时间和空间的流驶移动，作品有了一定的叙事性乃至戏剧性，说明叙事技巧已相当成熟。除上文所举的《卫风·氓》外，题旨类似的《邶风·谷风》叙事性也强，且手法有所变化。就是像《陈风·东门之奔》《鄘风·桑中》那样，叙述男女相慕悦之事十分简洁，但其完整性与对细节的突出也不可小觑。《豳风·七月》叙述一年的农事及祭享，因按月日缕述，叙事色彩浓郁，篇幅相当长。而《东山》写战士的出征与归家，有回忆，有描叙，全由战士口中一一道出，抒情建立在客观的描述叙事之上。《小雅》的《出车》叙述大军的出征和凯旋，《车攻》描述贵族射猎活动全过程，《斯干》描述宫室的落成，《无羊》描述牛羊繁茂的情景，等等，均已表现出一种铺排叙事的思路，虽非讲述有头有尾的故事，虽其主旨在于赞美歌颂，但具体表现手段仍属叙事的范畴。

即使许多抒情色彩浓郁的诗篇，仍以一定分量的叙事为全篇根基和骨干，往往是欲抒先叙，叙中含抒，抒叙融合难分难解。此类例亦多，如《秦风》的《黄鸟》《蒹葭》、《唐风》的《鸨羽》、《魏风》的《伐檀》《葛屦》、《邶风》的《北门》、《王风》的《黍离》《扬之水》等等，诗中皆有叙事，或前叙后抒，或叙抒相间，或以叙为主叙中含抒，手法多样，十分精彩。

尤其值得注意的是，《诗经》篇章的许多叙事已初步形成自己的特色，如风诗叙事的自然细腻，《小雅》叙事的简洁概括和个人色彩，《大雅》叙事的庄重凝练和史诗格局，以及一般叙事中多用对话和问语，多用反复与倒插，既是对口头叙事传统的固化和继承，也为诗歌叙事传统的丰富和完整奠定了基础。诗歌叙事是有其独特之处的，不同于其他文学样式，不同于小说叙事，不同于散文叙事，也不同于戏剧叙事。然而无论有多少不同，又毕竟都是叙事，有它们的基本共同点。因此，如何总结梳理诗歌叙事的特点和短长，如何分析概括诗歌叙事与小说戏剧叙事的异同和关系，还有大量工作可做，还有大量前人的研究经验和成果需要批判继承和整理提高。

十

写　景

　　景物描写是诗歌不可缺少的组成部分,写景则是诗歌创作的必要环节。

　　写景与诗歌抒情叙事的关系如何？是抒情或叙事的一部分,还是独立于抒情叙事以外的一种表现方法？

　　不同的诗体,对于景物描写的要求和给它的地位及分量是不同的。比如对山水田园诗而言,景物描写可以占到全诗很大的比重,甚至成为一首诗的主体,在此类诗中景物描写几乎可以作为一种独立的成分而存在。然而即使在山水田园诗中,仅仅描写景物也还是不够的,这种描写还需要与叙事或抒情相结合,倘全然孤立、漫无目的地写景,多数诗人并不以为可取,也不会这样做。故虽有古人把写景列为诗歌的一项独立要素,如清人黄生就说,"诗有写景,有叙事,有述意",但他接着便指出"三者即《三百篇》之所谓赋比兴也"[①],从而把它们的作用与赋比兴联系在一起,认为写景、叙事、述意(言志)均为

---

① 黄生:《一木堂诗麈》卷二《诗学手谈》,载张寅彭选辑:《清诗话三编》第一册,上海古籍出版社2014年版,第101页。

诗歌内容有机联系的必要环节。①

叶燮《原诗》在上篇的开头说到诗歌创作要素,也曾并列情、景、事、理四项,但继续论述下去就发生了变化,不再提到景,而只论"情、事、理"三者了。②他的学生薛雪《一瓢诗话》并不单独谈写景,但引宋人语,强调景中需要有意有情。原来欧阳修《六一诗话》记述了梅尧臣的名言:"必能状难写之景,如在目前,含不尽之意,见于言外,然后为至矣。"以及他们就此展开的讨论。梅还举出严维、贾岛、温庭筠的作品来具体说明。由此我们知道,所谓写景,其实不光是指描写山水田园之景物,也包括勾勒描写环境乃至氛围之类。③而描写景物的

---

① 黄生论律诗之法云:"中二联非写景,即叙事,或述意三体……盖近体一道,不写景而专叙事与述意,是谓有赋而无比兴,韵致即不见生动,意味即不见渊永,结构虽工,不足贵也。"(《一木堂诗麈》卷一《诗家浅说》,同上书,第78页)他认为叙事述意(抒情)均以赋法直言,唯写景才含比兴,诗之韵味由此而来。
② 叶燮《原诗·内篇上》:"原夫作者之肇端,而有事乎此也,必先有所触以兴起其意,而后措诸辞,属为句,敷之而成章……出而为情、为景、为事,人未尝言之,而自我始言之。""苟于情、于事、于景、于理随在有得,而不戾乎风人永言之旨,则就其诗论工拙可耳,何得以一定之程格之,而抗言《风》《雅》哉?"(丁福保辑:《清诗话》下册,上海古籍出版社1978年版,第567、568页)但此后再论诗之要素,则曰:"自开辟以来,天地之大,古今之变,万汇之赜,日星河岳,赋物象形,兵刑礼乐,饮食男女,于以发为文章,形为诗赋,其道万千,余得以三语蔽之:曰理,曰事,曰情,不出乎此而已。"(同上书,第574页)以下反复提及的也仅此三项而已。
③ 欧阳修问:"状难写之景,含不尽之意,何诗为然?"梅答:"……若严维'柳塘春水漫,花坞夕阳迟',则天容时态,融和骀荡,岂不如在目前乎?又若温庭筠'鸡声茅店月,人迹板桥霜',贾岛'怪禽啼旷野,落日恐行人',则道路辛苦,羁旅愁思,岂不见于言外乎?"

根本目的,则在于用对外界客观事物之描写来营造环境、渲染氛围,从而透露、暗示、隐喻、刻画或抒发诗人当时的主观心态情绪,将心情之境与物景之境浑融合一而成诗之意境。沈德潜深明此中道理,其《说诗晬语》云:"即'蝉噪林逾静,鸟鸣山更幽',何尝不是佳句?然王元美(世贞)以其写景一例少之;至'圆荷浮小叶,细麦落轻花',宋人已议之矣。"①"蝉噪林逾静,鸟鸣山更幽"是南朝梁王籍《入若耶溪》诗中名句,历来为人们赞赏,但王世贞却批评道:"王籍'鸟鸣山更幽',虽逊古质,亦是隽语,第合上句'蝉噪林逾静'读之,遂不成章耳。"②大概是说这二句语意重复,有碍成章。"圆荷浮小叶,细麦落轻花"出自杜甫《为农》诗,宋人嫌它写景琐碎,也给了低评。由此可见古人对诗歌写景要求之高。

正是在前人的基础上,王国维进一步取消了景物描写的独立性,将其明确划归抒情范围,道是:"昔人论诗词,有景语、情语之别。不知一切景语,皆情语也。"③并且接着指出:"词家多以景寓情。其专作情语而绝妙者,如牛峤之'须作一生拚,尽君今日欢',顾夐之'换我心,为你心,始知相忆深',欧阳修之'衣带渐宽终不悔,为伊消得人憔悴',美成之'许多烦恼,只为当时,一饷留情',此等词,求之古今人词中,曾不多见。"这就是说,单纯直白的抒情不容易写好,艺术效果往往不

---

① 沈德潜:《说诗晬语》,丁福保辑:《清诗话》下册,上海古籍出版社1978年版,第539页。
② 王世贞:《艺苑卮言》卷三,丁福保辑:《历代诗话续编》,中华书局1983年版,第997页。
③ 王国维:《人间词话》,见叶嘉莹《人间词话七讲》书后所附王氏原文下卷第十条,北京大学出版社2014年版,第198页。

佳,而写景,即通过描写外界事物以烘托环境气氛,流露意绪心境却是表达感情的良法。其实不但词是如此,诗也是如此。唐诗里,王湾的"潮平两岸阔,风正一帆悬",李白的"孤帆远影碧空尽,唯见长江天际流""两岸猿声啼不住,轻舟已过万重山",孟浩然的"气蒸云梦泽,波撼岳阳城""绿树村边合,青山郭外斜",王维的"斜光照墟落,穷巷牛羊归""大漠孤烟直,长河落日圆",柳宗元的"千山鸟飞绝,万径人踪灭""回看天际下中流,岩上无心云相逐",白居易的"几处早莺争暖树,谁家新燕啄春泥。乱花渐欲迷人眼,浅草才能没马蹄",贾岛的"秋风生渭水,落叶满长安""鸟宿池边树,僧敲月下门",李商隐的"一春梦雨常飘瓦,尽日灵风不满旗""花须柳眼各无赖,紫蝶黄蜂俱有情",等等,皆是情景交融、借景抒情,有异曲同工之妙。①

写景为抒情服务,已达共识,无需多说。写景作为叙事的一部分,则还要做些说明。

不妨先看一首杜诗。这是一首五言排律,题目是《大历三年春,白帝城放船出瞿塘峡,久居夔府,将适江陵,漂泊有诗,凡四十韵》。从题目即可看出此诗所叙之事:杜甫结束了在西蜀的生活,准备从白帝城顺江而下返回中原,诗写的就是这段相当艰险的旅程。此诗共八十四句,除开头结尾各两联(共八句)为入题与收束外,其馀以描叙旅途为主,请看"入舟翻不乐,

---

① 上引诸诗为王湾《次北固山下》,李白《黄鹤楼送孟浩然之广陵》《早发白帝城》,孟浩然《临洞庭湖赠张丞相》《过故人庄》,王维《渭川田家》《使至塞上》,柳宗元《江雪》《渔父》,白居易《钱塘湖春行》,贾岛《忆江上吴处士》《题李凝幽居》,李商隐《重过圣女祠》《二月二日》。

解缆独长吁",即船只开行之后的大段叙述:

> 窄转深啼狖,虚随乱浴凫。石苔凌几杖,空翠扑肌肤。叠壁排霜剑,奔泉溅水珠。杳冥藤上下,浓淡树荣枯。神女峰娟妙,昭君宅有无。曲留明怨惜,梦尽失欢娱。摆阖盘涡沸,欹斜激浪输。风雷缠地脉,冰雪曜天衢。鹿角真走险,狼头如跋胡。恶滩宁变色,高卧负微躯。书史全倾挠,装囊半压濡。生涯临臬兀,死地脱斯须。不有平川决,焉知众壑趋。乾坤霾涨海,雨露洗春芜。鸥鸟牵丝飓,骊龙濯锦纡。落霞沉绿绮,残月坏金枢。泥笋苞初荻,沙茸出小蒲。雁儿争水马,燕子逐樯乌。绝岛容烟雾,环洲纳晓晡。前闻辨陶牧,转眄拂宜都。县郭南畿好,津亭北望孤。劳心依憩息,朗咏划昭苏。①

这一大段四十四句写的都是旅途所见的景物——小船沿江而下,景色随时变化,按浦起龙的分析,它们系由"峡内舟行之景""下峡经险之景"和"峡外旷淼之景"连续构成,② 读者看到的是三种不同的景色,作者要讲述的则是从夔门至江陵的一路水程,写景与叙事就这样无间地熔结在一起,甚至可以说,写景其实就是叙事,二者已完全不分彼此。而且叙述中又时时流露情感,"空翠扑肌肤""奔泉溅水珠"的清泠激爽,"摆阖盘涡沸"以下数句的惊心动魄,"鸥鸟牵丝飓""沙茸出小蒲""燕子逐樯乌"的从容安恬、赏心悦目,感受与心态既因景色的变

---

① 仇兆鳌注:《杜诗详注》,中华书局1979年版,第1867—1870页。
② 浦起龙:《读杜心解》,中华书局1981年版,第789页。

换而变换，也与艰险旅途一路闯关已近终点有关。叙事、抒情与写景在此已成三位一体。由此举一反三，可发现在诗歌中此类写法之例证颇多。也由此，我们对诗歌的写景便有了较深的认识，能够更自觉地发现写景与叙事、抒情的密切关系。

诗词中的写景，除对实景的描绘，所谓"写境"以外，还有凭虚设或拟想而成的"造境"（均王国维《人间词话》中语）。如周邦彦的"愁一箭风快，半篙波暖，回头迢递便数驿，望人在天北"（《兰陵王·柳》），柳永的"今宵酒醒何处？杨柳岸晓风残月"（《雨霖铃》），都是好例。宋叶梦得《石林诗话》："七言难于气象雄浑，句中有力，而纡徐不失言外之意。自老杜'锦江春色来天地，玉垒浮云变古今'，与'五更鼓角声悲壮，三峡星河影动摇'等句之后，尝恨无复继者。韩退之笔力最为杰出，然每苦意与语俱尽。《和裴晋公破蔡州回》诗所谓'将军旧压三司贵，相国新兼五等崇'，非不壮也，然意亦尽于此矣。不若刘禹锡《贺晋公留守东都》云，'天子旌旗分一半，八方风雨会中州'，语远而体大也。"① 所举他激赏的诗例，都是以写景代叙事的名句，景有实有虚有夸饰，但都比韩愈费劲的实叙更为语远体大、气象雄浑。叶氏这段话把以写景代抒叙的艺术力量讲得很明白。王国维本人也善于把写真实之景与造景造境相融混而用以抒叙。如他的《浣溪沙》："山寺微茫背夕曛，鸟飞不到半山昏。上方孤磬定行云。试上高峰窥皓月，偶开天眼觑红尘。可怜身是眼中人。"就是部分写实，更多造景，属于比兴，虚构，写意，化虚为实的手法，其根本目的却不在写景而

---

① 叶梦得：《石林诗话》卷下，见何文焕辑：《历代诗话》上册，中华书局1981年版，第432页。

在借叙事以达意。①

　　总之，无论从诗歌创作角度，还是从诗歌评论角度来看写景，写景都值得重视，但却又不宜将其视为一种单独孤立的技巧或手法。说到底，诗歌的写景不是抒情的一部分，便是叙事的一部分，更多的情况是亦叙亦抒，景、事、情三位一体，浑融不分，共同完成诗歌叙事抒情、传达题旨的任务。

---

① 陈永正:《王国维诗词笺注》,上海古籍出版社2011年版,前言第18页、正文第424页。

十一

诗 修 辞

文字的美丽，表达的美感，以及与之相关的诗歌形式的种种要求，韵律、句式、对偶等等，都是诗歌的重要特点，是使诗歌与文章（包括散文和骈文）在文体上有所区别的地方，而与诗歌的抒情叙事关系非常密切。语言修辞既是诗歌创作的必要手段，也是研究诗歌叙事所必须关注的问题。

修辞的范围很广。有关涉整体的结构性修辞，主要表现于内容的分配（段落设置），叙述视角的转换，叙述者、抒情主体和人物角色在诗中位置的调度变化，以及戏剧化写法和对话的运用。乃至从外景外物的兴发感动引起，到入题入话，到场面形成，人物形象树立，故事完成；从客观地叙述描写到主观抒情，呐喊呼叫，倾吐胸臆，大幅跳跃，来回振荡，反复呈现。总之，抒叙比重的配置及以种种手段凸显主题等，这些都可以认为是修辞手段的运用和展现。诗歌之成为诗歌而不是史著（一般纯正的叙述性散文文体），首先与其在结构上的这种修辞表现有关。

除结构性修辞，还有辞章性修辞，即用美词叙说，用比喻语、借代语、变形语、影指语、① 概括语、委婉语来叙说，把话说

---

① 变形语，指以其他形式描述人事关系的修辞方法，如曹植《野田黄雀行》将曹丕对丁仪兄弟的迫害变形为设罗网引诱黄雀陷入及少（转下页）

得简洁明了、漂亮优美、含蓄婉转或一语多义、话外有话等等。古之所谓"赋比兴",皆与此有关。"比兴"要求将欲言之意借助意象拟喻或景物描述道出,即使直说的"赋"或实录、白描,也允许运用各种修辞手法。这既是诗的权利,也是诗的义务。诗之为诗,当然最根本和重要的是诗意之锤炼、诗境之营造,其次是韵律之调谐。可是诗意与诗境的表达,却与语言文字修辞的巧拙大有关系。

研究诗歌的辞章性修辞,可以有两种途径,一是从修辞手法观察,一是从全诗分析。

前者如诗歌修辞最常用的凝练概括法,古人曾多有所论述,如刘勰《文心雕龙·明诗》说到建安诗歌"怜风月,狎池苑,述恩荣,叙酣宴"的内容,便有"造怀指事,不求纤密之巧;驱辞逐貌,唯取昭晰之能"的评语。所谓"不求纤密之巧""唯取昭晰之能",关键就在于诗歌语言的简洁凝练、明朗达意。这里还有许多有趣的例子。宋代强幼安所述的《唐子西文录》记载一事:

> 东坡诗,叙事言简而意尽。惠州有潭,潭有潜蛟,人未之信也。虎饮水其上,蛟尾而食之,俄而浮骨水上,人方知之。东坡以十字道尽云:"潜鳞有饥蛟,掉尾取渴虎。"

(接上页注) 年欲拔剑救雀喻救友的心情,故事形态变了,实为现实描绘的曲笔。影指语,有"影射"之义但不尽然,实以象征手法讴咏对象。如李商隐《洞庭鱼》《赋得鸡》分别以"闹若雨前蚁,多于秋后蝇"和"妒敌专场好自娱"讽刺官场中为微利而相互倾轧的芸芸众生。这两种修辞法,一般修辞学书中论之不多,但与刘勰《文心雕龙·隐秀》所谓之"隐"(义生文外,秘响傍通,伏采潜发)有关。如要详说,有待专文。

言"渴"则知虎以饮水而召灾,言"饥"则蛟食其肉矣。①

十个字,而且是五言的诗语,记述了一个内容不简单的故事。苏轼曾批评秦观词"小楼连苑横空,下窥绣毂雕鞍骤"(《水龙吟》)是"十三个字只说得一个人骑马楼前过",意谓太费词了。有人赞成,并拿苏轼词的"燕子楼空,佳人何在,空锁楼中燕"(《永遇乐·夜宿燕子楼》)为例,说明词语凝练、叙事概括的重要;但也有人不同意,举出苏轼《次沈立之韵》"试问别来愁几许?春江万斛若为情",说这十四个字只比得秦观《千秋岁》词尾"飞红万点愁如海"的三个字而已。② 他们看似观点不同,其实所讨论的无非是怎样使叙事词语简洁明了的问题。诗词叙事还可以简洁凝练到用几个字概叙一个人的一生,甚至一段历史。如杜甫的"三顾频烦天下计,两朝开济老臣心"概括了诸葛亮从隆中出山到鞠躬尽瘁死而后已的一生,仅用十四个字。李商隐更省俭,只用"江海三年客,乾坤百战场"十个字就形象概述了自己漂泊创伤的大半生。古人诗词创作重视"练字""炼句",乃至"炼意""炼境",其实都离不开强调修辞功夫。

除压缩精炼,还有调配语序,变换句式,也属修辞一法。著名的例子,如杜甫《秋兴八首》卒章之"红稻啄馀鹦鹉粒,碧梧栖老凤凰枝",《宿府》的"永夜角声悲自语,中天月色好谁看"。更有巧用譬喻,曲折指代和隐晦比拟的修辞方法,将心

---

① 《唐子西文录》,见何文焕辑:《历代诗话》,中华书局1981年版,第444页。
② 参见李颀:《古今词话》、俞文豹:《吹剑三录》,转引自徐培均、罗立刚:《秦观词新释集评》,中国书店2003年版,第31页。

中感受作委婉或变形的表达，令读者玩味无穷，反复领悟方能理解。此即刘勰所谓"谐辞讔言"："讔者，隐也。遁词以隐意，谲譬以指事也。"这种方法后来在诗歌创作中成为被普遍使用的修辞方法。

诗歌创作离不开修辞，而诗创作中的一切修辞都是为抒情或叙事服务，修辞为抒叙的要求和目的所统率，修辞也使诗歌作品的形式美达到更高水平，从而与文章（骈文与散文）更明显地区分开来。这便是诗修辞与诗创造的辩证关系。

以下试举一些诗篇，从修辞角度对全诗进行分析，以具体地说明结构性修辞和辞章性修辞的情况和它们在诗歌作品中的综合运用。

先试举李白的《答王十二寒夜独酌有怀》和《经乱离后天恩流夜郎忆旧游书怀赠江夏韦太守良宰》，二诗都是长篇，历来被视为抒情之作，其实叙事成分浓重；李白天才，做诗不喜苦吟，但其作品修辞现象仍很丰富，故特以之说明抒情诗之修辞与叙事的关系。

《答王十二寒夜独酌有怀》，诗体为七言歌行，共五十句。句子以七言为主，杂有少量五言、六言、九言、十言之句，全诗激情磅礴，愤懑之气冲天，抒情色彩浓郁，但不乏叙事成分。马茂元将其收入《唐诗选》，首先指出元萧士赟认为此诗"造语叙事，错乱颠倒……决非太白之作"，是"大误"，"盖未明太白诗扑朔迷离中诗脉潜通之特点也。"[1] 不过萧氏能够透过此诗的抒情而看到其有"叙事"，应该说已颇敏锐。马先生对此诗的结构分析，相当精到，下面即按其所分的四段录诗：

---

[1] 马茂元：《唐诗选》，上海古籍出版社2017年版，第235页。

昨夜吴中雪,子猷佳兴发。万里浮云卷碧山,青天中道流孤月。孤月沧浪河汉清,北斗错落长庚明。怀余对酒夜霜白,玉床金井冰峥嵘。人生飘忽百年内,且须酣畅万古情。

君不能狸膏金距学斗鸡,坐令鼻息吹虹霓。君不能学哥舒,横行青海夜带刀,西屠石堡取紫袍。吟诗作赋北窗里,万言不直一杯水。世人闻之皆掉头,有如东风射马耳。

鱼目亦笑我,谓与明月同。骅骝拳跼不能食,蹇驴得志鸣春风。《折杨》《黄华》合流俗,晋君听琴枉《清角》。《巴人》谁肯和《阳春》,楚地由来贱奇璞。黄金散尽交不成,白首为儒身被轻。一谈一笑失颜色,苍蝇贝锦喧谤声。曾参岂是杀人者,谗言三及慈母惊。

与君论心握君手,荣辱于余亦何有?孔圣犹闻伤凤麟,董龙更是何鸡狗!一生傲岸苦不谐,恩疏媒劳志多乖。严陵高揖汉天子,何必长剑拄颐事玉阶?达亦不足贵,穷亦不足悲。韩信羞将绛灌比,祢衡耻逐屠沽儿。君不见李北海,英风豪气今何在?君不见裴尚书,土坟三尺蒿棘居。少年早欲五湖去,见此弥将钟鼎疏!①

马先生云:"由起句至'且须酣畅万古情'为第一节。借王子猷雪夜访戴安道事起兴,点'答王十二寒夜独酌有怀'题面。"这一段的作用是起兴,即以叙述典故和景物描写引起下文。典故有人物,有故事,诗中用赋法写出,仿佛纪事,实为

---

① 王琦注:《李太白全集》,中华书局1977年版,第910—913页。

比喻，以古人之事代今人之举。妙的是典故主人公的姓氏（王）也恰好借用了，而二句的作用则是起兴。景物描述全出想象，"构画出一派孤月沧浪、霜砌冰妆的孤迥境界"，创造出一派寥廓苍凉的气氛。"怀余对酒"是实写，"夜霜白"及"玉床金井冰峥嵘"则是遥想。"人生"二句直抒胸臆，为下两段的倾泻满腹积郁做好了准备，起了个头。由起兴而入题，这就是第一段的结构修辞效果。

据马先生说，下两节是分述王十二和诗人自己的遭际，但叙述者都是诗人自己，只是叙述的对象有所转换。至"与君论心握君手"又合而述之，"征引古今史实，夹叙夹议，引出圣贤自来寂寞、穷达无足虑怀的道理，并归结到疏钟鼎、向五湖的志向。"这样的分析，进一步涉及李白此诗结构性修辞的特点和妙处。这两节从诗的构思和叙述理路看，可以说是一个分边叙述的菱形结构，一条线叙王十二，一条线叙自己，说到一定程度再与"有怀"和"答"相连，回到二人的遥相对话——实际上是诗人的倾诉。这倾诉犹如一场暴风骤雨，至高潮处猛然顿住，诗篇戛然而止，愤懑和抗议的力量益强。

说到这首诗的辞章性修辞，最突出的应该是用典。用典包括事典和语典，归根到底都是借古人之事或话语以叙述今人的遭际，倾诉作者的心声。事典本身包含故事，更易突出人物，语典借古人创用的话语增加诗意的醇厚。开头的"子猷佳兴发"，用王子猷雪夜访戴故事（出《世说新语·任诞》），以王子猷因思念戴安道而夜行，喻指王十二因思念李白而寄《寒夜独酌有怀》诗之事，也是李白创作此诗的背景。下面的写景，并非实写，而是因此引发的联想，仍属起兴，同时营造了宏阔而寒冷的氛围,符合"想象""示现"修辞文本形式。①

"君不能狸膏金距学斗鸡""君不能学哥舒"几句,前者属语典,出《神鸡童谣》;后者用事典,鞭挞哥舒翰不惜以惨重伤亡为代价夺取吐蕃石堡城而换取官爵的行为。王十二是何许人本不详,作者毫无交代,但读诗者却不能不想不猜。从全诗看,王十二似乎应该是个与李白类似的士子,而不是什么权贵或权贵子弟。但看李白所说王十二"不能"的那两件事,又似乎不是普通人。也许可以这样理解:所谓"君不能"如何,是说王十二根本就无条件去干斗鸡走狗和做哥舒翰那样的事,而并不是虽有条件而不去做。②"吟诗作赋"以下四句,就明白点出了他的身份,这四句用赋法写出,描绘了寒士生涯的一幅典型图像,实际上不但是说王十二,同时也兼说自己,或者可以说更着重的是说自己。接下去则进一步专说自己,当然也不妨关联王十二。

"鱼目"二句,兼用语典和借代比喻两种修辞手法。若从张协"鱼目笑明月"(《杂诗》)看,可以说是语典。若从"鱼目混珠"的常识语来看,则是指代比喻,鱼目和明月(珠)各指代比喻什么,读者都很清楚。"骅骝""蹇驴"各自比喻、指代的又是什么,也很清楚。《折杨》《黄华》用俗曲受欢迎之典,

---

① 请参陈望道:《修辞学发凡》,上海教育出版社1976年版,第124—125页。吴礼权:《修辞心理学》(修订版)第四章第一节《基于联想想象的修辞文本模式》,暨南大学出版社2013年版,第66—69页。
② 斗鸡走狗和牺牲将士谋取官爵似乎不是普通文士可能做的事,李白此处"君不能",究竟是说谁?王十二是否本有条件这样做?这些在诗中并不能看得很清楚。李白诗的思想大意可明,而不宜细究。典故内容一般大于或多于作者所选用的意思,这是用典往往发生歧义的一个原因。故解释典故似亦不宜拘泥。

晋平公德薄听师旷演奏《清角》惹出大祸之典,一面高自标榜,一面讽刺统治者无德无能。"巴人"两句亦为用典,一述自己高才不为楚人所识,一述卞和献玉而被刖足的冤屈。一连串的历史叙事,围绕着怀才不遇和委屈受压的主题层层皴染,笔墨十分浓重。这就使得"黄金散尽交不成,白首为儒身被轻"几句胸臆语喷薄而出,极为自然。可是内心深处的委屈意犹未尽,主旋律还在回荡,"曾参岂是杀人者"二句又用一个典故重申之。这一大段叙述牵涉到许多历史故事,暗示了作者今日的处境,节奏短促,浓缩急迫,几使人有目不暇接、屏气难喘之感,其实核心就是一点,那就是个人与俗世的处处相违,格格不入。

在这种情况下,王十二的友谊就显得更珍贵了。"与君论心"两句宣示王、李二人与整个俗世对抗,歌颂光荣的孤立。以下换用两句抒、两句叙的节奏,反复吟唱,把满腹牢愁和怨恨尽情舒泄出来。"与君论心"两句抒,"孔圣""董龙"两句叙;"一生傲岸"两句抒,"严陵高揖汉天子"两句叙;"达亦不足贵"两句抒,"韩信""祢衡"两句叙。至"君不见李北海""君不见裴尚书"两联,则变成了一句抒一句叙,节奏加快,把诗情推向高潮——最后乃以两句直接呼喊式的抒情收束。虽是戛然而止,却是馀音缭绕。这种诗歌行进节奏的变换,其实也是一种结构性修辞的表现。

还应该就抒叙二者的关系作些分析。全诗作者个人抒情色彩浓郁,其中有不少直抒胸臆之语,不愧是一曲高音调的男声独唱。然而,诗中的抒情离不开叙事,没有大量典故叙事构筑的基础,抒情难免沦为空洞的呼喊。典故构成了诗内的叙事,而诗外则有李白落魄和王十二慰问两件相关的事情,诗外的实事通过诗内的典故和比喻叙事得到了表现。李白此作的强烈抒情色彩历来颇受重视，但就是这样一首抒情意味很浓的诗，也同样可作叙事分析，从修辞角度论证其抒叙结合和谐统一的鲜明特征，不失为一种可行之途。

李白《经乱离后天恩流夜郎忆旧游书怀赠江夏韦太守良宰》的抒情色彩与《答王十二寒夜独酌有怀》相似，而篇幅更长，全诗五言166句。作者之意，从题目即可看清："忆旧游"主要是叙事，"书怀"侧重抒情，韦良宰则是诗的受赠者，也是诗人的对话对象。此诗作于唐肃宗乾元二年（759），这时李白已经历了安史乱起后逃难隐居皆不成，从永王李璘平叛却枉获谋反之罪，诏令流放夜郎，中途遇赦，得以返回，这些是诗的创作背景，也是客观存在的诗外之事。而在江夏（今湖北鄂州）与做太守的老友韦良宰重逢，则是此诗产生的契机。种种情事，有的在诗中写到，成为诗内之事；亦有未涉及或简略提及者，则仍为诗外之事。历代注家对此诗分段，大同小异，这里参照各种说法，将全诗析为六大段。① 为对照分析之便，兹分段录全文如下：

> 天上白玉京，十二楼五城。仙人抚我顶，结发受长生。误逐世间乐，颇穷理乱情。九十六圣君，浮云挂空名。天地赌一掷，未能忘战争。试涉霸王略，将期轩冕荣。时命乃大谬，弃之海上行。学剑翻自哂，为文竟何成？剑非万人敌，文窃四海声。儿戏不足道，五噫出西京。临当欲去时，慷慨泪沾缨。叹君倜傥才，标举冠群英。开筵引祖帐，慰此远徂

---

① 詹锳：《李白全集校注汇释集评》，天津百花文艺出版社1996年版；郁贤皓：《李白全集注析》，凤凰出版社2018年版。此二书是近年李白全集整理的新成果，引用前人资料比较丰富，是我们的主要依据。

征。鞍马若浮云,送余骠骑亭。歌钟不尽意,白日落昆明。

(一段,从儿时叙到离开长安,韦良宰曾为之饯行。)

十月到幽州,戈鋋若罗星。君王弃北海,扫地借长鲸。呼吸走百川,燕然可摧倾。心知不得语,却欲栖蓬瀛。弯弧惧天狼,挟矢不敢张。揽涕黄金台,呼天哭昭王。无人贵骏骨,绿耳空腾骧。乐毅倘再生,于今亦奔亡。蹉跎不得意,驱马还贵乡。逢君听弦歌,肃穆坐华堂。百里独太古,陶然卧羲皇。征乐昌乐馆,开筵列壶觞。贤豪间青娥,对烛俨成行。醉舞纷绮席,清歌绕飞梁。欢娱未终朝,秩满归咸阳。祖道拥万人,供帐遥相望。一别隔千里,荣枯异炎凉。

(二段,叙安史乱前曾在河北与韦良宰相逢。)

炎凉几度改,九土中横溃。汉甲连胡兵,沙尘暗云海。草木摇杀气,星辰无光彩。白骨成丘山,苍生竟何罪?函关壮帝居,国命悬哥舒。长戟三十万,开门纳凶渠。公卿如犬羊,忠谠醢与菹。二圣出游豫,两京遂丘墟。帝子许专征,秉旄控强楚。节制非桓文,军师拥熊虎。人心失去就,贼势腾风雨。惟君固房陵,诚节冠终古。

(三段,叙安史乱状,及韦良宰曾守房陵之事。)

仆卧香炉顶,餐霞漱瑶泉。门开九江转,枕下五湖连。半夜水军来,寻阳满旌旃。空名适自误,迫胁上楼船。徒赐五百金,弃之若浮烟。辞官不受赏,翻谪夜郎天。夜郎万里道,西上令人老。扫荡六合清,仍为负霜草。日月无偏照,何由诉苍昊?良牧称神明,深仁恤交道。

(四段,叙安史乱中从璘获罪,流夜郎,途遇韦良宰。)

一忝青云客,三登黄鹤楼。顾惭祢处士,虚对鹦鹉洲。樊山霸气尽,寥落天地秋。江带峨眉雪,横穿三峡流。万舸此中来,连帆过扬州。送此万里目,旷然散我愁。纱窗倚天开,水树绿如发。窥日畏衔山,促酒喜见月。吴娃与越艳,窈窕夸铅红。呼来上云梯,含笑出帘栊。对客小垂手,罗衣舞春风。宾跪请休息,主人情未极。览君荆山作,江鲍堪动色。清水出芙蓉,天然去雕饰。逸兴横素襟,无时不招寻。朱门拥虎士,列戟何森森。剪凿竹石开,萦流涨清深。登台坐水阁,吐论多英音。片辞贵白璧,一诺轻黄金。谓我不愧君,青鸟明丹心。

(五段,详叙在江夏受韦良宰款待之事。)

五色云间鹊,飞鸣天上来。传闻赦书至,却放夜郎回。暖气变寒谷,炎烟生死灰。君登凤池去,勿弃贾生才。桀犬尚吠尧,匈奴笑千秋。中夜四五叹,常为大国忧。旌旆夹两山,黄河当中流。连鸡不得进,饮马空夷犹。安得羿善射,一箭落旄头!①

---

① 王琦注:《李太白全集》,中华书局1977年版,第567—576页。

（六段，追述流夜郎被赦放回，表示仍愿为国效力，嘱韦良宰入朝勿忘推荐。）

这首诗采用追叙——从作者儿时说起——的结构方式，按部就班却也跳跃着、有选择有重点地叙事，环环紧扣、画面多姿地一直讲述到当前，最后甚至寄希望于未来。长时段行云流水般的追述，虽有某些叙述不清之处，但全诗配合着倾情抒怀的穿插提振，使其成为李白集中篇幅最长、内容最丰富之诗，获得历代论者的赞叹推崇。①

第一段三十句，从遥远的过去叙来，而以自己持才求售，失败出京为中心。因是艺术地做诗，又且性喜自夸自饰，便以

---

① 詹锳《李白全集校注汇释集评》在本诗《集评》中引述大量前人评语，兹略作摘录："与杜《北征》俱五言长篇，俱自叙苦情，杜沉郁，此俊逸，各有一种风致。然细玩之，彼过刻，此稍率；彼多新语，此多常语；彼实纪，此虚铺，相较未觉杜为胜。"（明刻严沧浪、刘会孟评点《李杜全集》）"说者谓杜于《北征》，李白《书怀》，皆长篇之作，冠绝古今，可拟风雅，然《北征》论时事而词严义正，《书怀》敷大义而痛切激扬。比而较之，《书怀》虽不及《北征》之纯，而辞藻清丽，情思忧乐，充然有馀。所以明治乱之迹，著君臣之义者，则又未尝不皎然而明白也。二公俱大手笔，叙事有条理而不乱，宜芳誉并称，而世为天下之法也。"（明朱谏《李诗选注》）"通篇以交情时势互为经纬，汪洋浩瀚，如百川之灌河，如长江之赴海。卓乎大篇，可与《北征》并峙。"（《唐宋诗醇》）前人所论均中肯綮，多有启发，然着重点与论述方法或与我们不同，可互为参考，故略费篇幅引用于此。而所谓某些叙述不清之处，指的是四段"扫荡六合清"以下六句，所写究竟是流夜郎西去时，还是遇赦东归时？反复研读，似以遇赦东归为对，否则五段所写便成问题。但若如此理解，则"五色云间鹊"以下六句又再郑重追述，在叙述时间上给人重复与不顺之感。这是一个需要继续探讨的问题。

说故事的方式，描写自己自幼不凡，早被仙家看好，却因关怀苍生，误入尘世，结果事与愿违，被逐出京。这里本有待诏翰林、赐金放还种种事实，但整个儿省略掉了，却将离京之日韦良宰为之饯行大事渲染。早年经历就这样作了压缩凝练、有选择的虚构性讲述，又以比喻借代性词语诗化地叙述心曲，如"试涉霸王略，将期轩冕荣。时命乃大谬，弃之海上行"云云，此乃本段主要修辞手段。即使赋叙饯行之事，也不忘夸张和感情的涂饰。

第二段三十四句，述北游幽州所见与报国无门的痛苦。修辞上，仍是比喻、借代、实赋与夸张渲染并用，而并无白描和细节描写之笔。"君王弃北海，扫地借长鲸"，实指玄宗自天宝初年起宠信安禄山，不听谏言，委以平卢、卢龙、范阳等节度使，等于把整个北方放弃，全交给了这个野心家，从而培植起"呼吸走百川，燕然可摧倾"的海中巨鲸——气焰嚣张至极的叛逆势力。前句的"弃"字，后句的"扫地借"三字，均是诗中炼字使语义尖锐深刻的好例。与纵容奸雄使其坐大形成强烈对照的则是贤才能士的报国无门。这里既用燕昭乐毅之典，复用绿耳腾骧之比，把"无人贵骏骨""蹉跎不得意"的悲愤反复渲染。叙述在"贵乡"与韦良宰的相遇改用纪实写法，但用词仍不免夸张，在总体上仍保持虚述的特征。

第三段二十四句，"炎凉几度改，九土中横溃"，采用概括之笔，叙述速度骤变，一笔跳至安史之乱。十字突现乱态，时与事皆为实，而词多比拟借代，趋于夸张虚指，不脱李白诗风的根本面貌。末尾赞美韦良宰能守房陵，作者自己则未出场，而为下段集中自述蓄势。

第四段二十句，叙述自己从璘获罪的经过，基本事实无可改变，但话有夸饰，是诗人的一面之词。用语注意政治，相当委婉。"扫荡六合清，仍为负霜草。日月无偏照，何由诉苍昊"，第一、第三句赞朝廷，指叛乱平定和对叛臣的按等处置；第二、第四句说自己，国家形势虽好，自己仍被冤屈。比喻贴切，既不得罪当局，又能令人同情。"良牧"二句，论韵可属此段，论意则属下段更好。但在叙述时间上，有不明之处。

第五段是全诗重点，共四十句。李白在流夜郎途中，至巫山遇赦北返（此点未写），回到江夏时，受到时任太守的韦良宰热情接待。这是他们的第三次相聚，因已遇赦，又见老友，情绪一变而为兴奋轻快，甚至有了观景、写景的兴致，以获赦之人眼光观景，景色自也不同。所写有寥廓的江山远景，有优雅的园林近观，还有热闹华艳的宴饮歌舞场面，当然也少不了文人的吟诗唱酬。李白称赞韦太守的诗，有"清水出芙蓉，天然去雕饰"的风致，被后世论者视为是对一种诗歌审美观的标举。本段结束在何处，历代注家有不同意见。或有将"五色云间鹊"至"勿弃贾生才"八句作为本段结尾者（如詹锳主编《李白全集校注汇释集评》）。然而李白是在乾元二年（759）春行至巫山时遇赦，至江夏已是夏日，故诗在叙至与韦良宰相会之后才提到"赦书至"，且并未在时间上有所说明，只是一路顺叙下来，不免引起是否李白是在江夏韦良宰处始得知获赦消息的疑窦。如将此事叙于"一忝青云客"之前，在时间上似乎明顺一点。但各本对此均无异词，诗人或有其他考虑，当然不能臆改。但在论诗之结构修辞时，亦不能不提及此问题。现姑将"五色云间鹊"数句属下。

第六段自"五色云间鹊"至结束，十八句。因获赦而有"暖气变寒谷，炎烟生死灰"之感，是比喻修辞。"君登凤池去"

二句以比喻述愿望。"桀犬吠尧"二句用典述唐之外忧。"连鸡不得进,饮马空夷犹"以比喻述唐之内患。"安得羿善射"二句,以比喻述己志与决心。唯"中夜四五叹,常为大国忧"二句直抒胸臆。由此可见,诗人运用抒叙二法极为自如,目的均在于表达情思。

从上二诗例,可知李白诗的叙事特征是多虚述。所谓虚述,是指无论对诗内之事,抑或诗外之事,都经作者心灵的蕴育消化,加以变形,采用虚拟化的修辞手法,将具体的事实用比喻(包括直喻、曲喻、明喻、隐喻、借喻等等)、典故、指代等手法,加以艺术化的叙述和咏叹。这就是诗化的叙述,与史家那种质朴实在、力求具体真切的直笔式记录显然异趣。因此,要从李白诗中了解确切的史实(时、地及事情过程)是困难的,收获将是有限的。李白诗歌的叙事,必须配合着其诗题、小注和读者对历史背景的了解才能粗知大概。诗歌叙事的诗性特征,即由此而来。若从叙事的具体细致角度来要求,则亦不妨视为诗歌叙事的一种局限——任何文体均有其所长,亦有其局限,这是毋庸讳言的。

杜甫诗的叙事方式和风格与李白有所不同。他的自题乐府诗和许多五七言歌行,直赋白描的成分就要重得多,因此杜甫诗具有更丰富显著的"史性"。当然,既是写诗而不是著史,是艺术而不是学术,那么,文学手法,诸如比喻、借代、用典、象征等修辞手法,乃至人物登场下场、独白对话等等表现技巧,都是不能不用的。我们不必举出杜甫那些最富叙事特性、向来被认为"史性"最强的诗篇,如《兵车行》《北征》《羌村三首》和"三吏""三别"之类,只试举下面一例:

上编　　十一　诗修辞

《大历三年春，白帝城放船出瞿塘峡，久居夔府，将适江陵，漂泊有诗，凡四十韵》

此诗在前文《写景》篇曾作过分析，主要说明的是写景与叙事的关系。本篇再用此例，则是从修辞角度进行说明。

这是一首五言排律，四十二韵，八十四句，所叙之事在题目中已交代清楚。清代的杜诗注释者浦起龙《读杜心解》注此诗云："起四，结四，中间分五段写。五段之中，前三段就出峡所经言，是叙事体；后二段就此身漂泊言，是议论体。少陵长律中，此篇最为文从字顺。"① 这可以看作浦起龙对本诗结构性修辞的分析。开头—叙事—议论—结束，结构简明，层次清晰，全诗按事件过程顺序叙述，而不像有的诗那样顺叙之外，有倒叙、插叙、补叙之类，所谓"文从字顺"，这应是最主要的一点。

此诗的"起四"云："老向巴人里，今辞楚塞隅。入船翻不乐，解缆独长吁。"写诗人离开久居的巴中，下船欲行，心绪不乐。开头写得很实在，直入其事，行文简洁，几乎看不出修辞的痕迹。接着转入船行所见，即所谓"叙事体"的描述。浦起龙将其分为三段：

窄转深啼狖，虚随乱浴凫。石苔凌几杖，空翠扑肌肤。叠壁排霜剑，奔泉溅水珠。杳冥藤上下，浓淡树荣枯。神女峰娟妙，昭君宅有无？曲留明怨惜，梦尽失欢娱。

摆阖盘涡沸，敧斜激浪输。风雷缠地脉，冰雪曜天衢。

---

① 浦起龙:《读杜心解》,中华书局1961年版,第789页。

鹿角真走险,狼头如跋胡。恶滩宁变色,高卧负微躯。书史全倾挠,装囊半压濡。生涯临桌兀,死地脱斯须。

不有平川决,焉知众壑趋。乾坤霾涨海,雨露洗春芜。鸥鸟牵丝飏,骊龙濯锦纡。落霞沉绿绮,残月坏金枢。泥笋苞初荻,沙草出小蒲。雁儿争水马,燕子逐樯乌。绝岛容烟雾,环洲纳晓晡。前闻辨陶牧,转盼拂宜都。县郭南畿好,津亭北望孤。劳心依憩息,朗咏划昭苏。

浦起龙说:"'窄转'一段,叙峡内舟行之景。……'摆阖'一段,叙下峡经险之景。……'不有'一段,叙峡外旷淼之景。"① 三段把从夔门至江陵的行程写得惊心动魄,景色转换令人目不暇接。

且看他用了哪些修辞手法。这里有虽非绝对纪实而偏于实赋的"窄转深啼狖"等语——当作者乘坐的小舟在狭窄的江峡中辗转时,似能听到深山猿猴的啼声,又惊扰了水中泳浴的凫雁。石苔之青色逼近几杖,江风挟着大山的绿意扑向肌肤。"石苔"句稍近实写,"空翠"则是借代之称,至于"几杖""肌肤"更是以老人所持和人身的一部分来代指乘舟的老人(实即作者本人),整个叙述用语形象、凝练而夸张,每五个字概括描绘一种情景或动态,而且因对偶和韵律的需要,这几句都用了"2—1—2"的句式。"凌"几杖、"扑"肌肤,字眼的选择更加强了叙述力度。比喻、借代、夸张综合运用而归之于实写。下面"叠壁排霜剑"是明喻,"奔泉溅水珠"及"杳冥"二句可算实写或白描。至"神女峰""昭君宅"两句,则在叙写地理之变中

---

① 浦起龙:《读杜心解》,中华书局1961年版,第789页。

引进了历史故事（人物），明显灌注以赞叹和同情的感情色彩，句式也作了变化，成为"3—2"的样式；而从对景色的描述来看，仍是比较具体实在的。杜甫就是这样综合运用多种修辞手段，交错地叙中抒或抒中叙，把诗的语言与史述式散文文体区分开来。

以上比较具体细致地分析了此诗叙事第一段的修辞，以下两段修辞的情况与此基本相同，就不再一一细说。倒是被浦起龙认为是议论的后两段，还需要从叙事修辞的角度稍作说明。

所谓议论，某种意义上其实也就是理性化的直抒胸臆和自我抒情。而无论抒情议论，也仍都离不开一定的叙事。比如这两段中，固有"意遣乐还笑，衰迷贤与愚。飘萧将素发，泪没听洪炉"这样理性色彩很浓的抒写，但亦有"丘壑曾忘返，文章敢自诬？此生遭圣代，谁分哭穷途。卧疾淹为客，蒙恩早厕儒。廷争酬造化，朴直乞江湖"这样概括平生而皆有实指的叙事，甚至有对处境和前途的象征性描绘："灙濒险相迫，沧浪深可逾。浮名寻已已，懒计却区区。"对于当前政治形势，既不能直斥明言，又必须有所指陈，就还是少不了具体形象的描叙和传统的比兴之法。"朝士兼戎服，君王按湛卢。旄头初俶扰，鹑首丽泥涂""伊吕终难降，韩彭不易呼"，也是既属比喻影说，构象达意，却又都是于史可征、实有所指的。

比起李白诗的叙事来，杜甫诗的叙事要沉实得多，其"史性"要强得多。可是，杜甫诗的叙事"史性"再强也仍然只是诗歌叙事而不是史书叙事。原因就在于杜诗叙事还是采用大量的修辞手段，示现、比喻、借代、用典、形容、夸张、变形、象征，无所不有，只是在程度上，在具体内容上，与李白有所区别而已。

讨论诗歌修辞的目的在于从语言文字的表现上来区分诗文，故所举之诗例多属内容丰富庞杂、可用或宜用散文来表述者。像下列数篇，更是如此：杜牧《奉送中丞姊夫俦自大理卿出镇江西叙事书怀因成十二韵》、李商隐《五言述德抒情诗一首四十韵献上杜七兄仆射相公》、温庭筠《开成五年秋，以抱疾郊野，不得与乡计偕至王府，将议遐适，隆冬自伤，因书怀奉寄殿院徐侍御，察院陈、李二侍御，回中苏端公，鄠县韦少府，兼呈袁郊、苗绅、李逸三友人一百韵》《感旧陈情五十韵献淮南李仆射》等。

以上诸诗特点：目的是赠人，但此人与己有关，故自身亦须置于诗中，号称"抒情""书怀"，而实皆不乏叙事。所谓"述德"，即赞美对方的祖德，非叙事而何？此类诗的内容其实也可用别种文体来写，如书启，如碑传，如墓志，但既用诗体，就必须要有诗的特点，用诗的语言和结构，诗的节奏和韵律，也就少不得采用各种修辞手法来美化辞章或将不适合直白表达的意思用诗语曲折表达之。试以李商隐《五言述德抒情诗一首四十韵》为例，其中叙述到杜悰在会昌年间与李德裕同朝为相而被罢免调职之事。当时唐武宗倚重李德裕，牛僧孺党失势，朝中对于是否坚决讨伐泽潞叛镇刘稹，颇有不同意见。属于牛党的杜悰即是反对讨伐、主张姑息的代表。因此被武宗皇帝罢免相位，外放为节度使。至宣宗大中六年（852），李商隐在柳仲郢东川幕，杜悰再次节度西川（驻成都），恰好李商隐受命去成都公干，乃有此诗赠献杜悰。诗中述及会昌年间杜悰被罢免相位事，是煞费苦心写出的。诗云："率身期济世，叩额虑兴兵。感念嵴尸露，咨嗟赵卒坑。倘令安隐忍，何以赞贞明？恶草虽当路，寒松实挺生。人言真可畏，公意本无争。"意谓杜悰反对李德裕讨伐刘稹，为的是怕打仗劳民伤财，要死很多士兵，所以冒着触怒皇帝的危险，挺身而出反对平叛之战。如此从动机角度美化杜悰还不够，下面还进一步施展修辞手段，以"恶草"比喻李德裕，"寒松"比喻杜悰，说什么"恶草虽当路，寒松实挺生。人言真可畏，公意本无争"，仿佛正义和公理都在杜悰一边，而杜悰非常无私无畏似的。李商隐如此丑化李德裕，实际上与他一贯的政治态度相悖，但为了有求于杜悰，却在诗的形式掩护下，勉为其难地这样做了。叙事而以修辞手段加以虚化，给他帮了大忙。

还有一种诗歌叙述自己或他人平生之事，或叙述一种故事，可谓传记体诗、故事体诗，如李白的《赠张相镐》、杜甫的《壮游》《自京赴奉先县咏怀五百字》《北征》、刘禹锡的《泰娘歌》、白居易的《长恨歌》《琵琶行》、元稹的《连昌宫词》、郑嵎的《津阳门诗》、杜牧的《杜秋娘诗》《张好好诗》等，又如宋明时代某些妇女连章体的绝命诗，清代的吴梅村体（以《圆圆曲》为代表），清代才女汪端诸人组合式的咏史诗，等等。这些作品以诗的形式表现人物、故事乃至一段史事，内容丰富复杂，不能散体直叙，必须入韵合律；要做到这一点，就绝离不开修辞。

这是一种很悠久的叙事传统，至今未曾断绝。如复旦大学教授陈允吉先生所写《追怀故老——复旦中文系名师诗传》[①]之类，就是好例。如其中的一首《追怀郭绍虞先生》，诗体应属五言排律，平水韵上平四支韵一韵到底。全诗340字，即34韵、68句。就总体的结构而言，它是按时序一路叙来。从郭先生苏

[①] 陈允吉：《追怀古老——复旦中文系名师诗传》，商务印书馆2019年版，又载《诗铎》第一至第四辑。

州吴县出生写起，历经幼年的求学，青年的文学活动，参与组织文学研究会，辗转鲁、闽、越、豫各地就职到受聘燕京大学教席、开创中国文学批评史学科、度过艰难的抗日时期，直到迎来解放和中华人民共和国的建立，以及后半生在复旦大学近40年的教学科研、培养人才等工作。诗中突出地刻画了郭先生的爱国正直、乐于助人和刻苦治学的高尚品格，赞扬了他在文学批评史学科建设方面的杰出成就和贡献，以及书法方面的高度造诣等等。如此丰富的内容，压缩在一首不长的排律诗中娓娓道来，而且诗句要合律协调、用词有所对仗，实在是不容易的。为此，作者采取了句下自注的方式，详细补充了诗歌叙事简约概括的不足——这也是中国诗歌的传统做法。《追怀郭绍虞先生》作者自注共 25 条，字数是诗歌全文的 21 倍左右，达7 300 字。这些注文简要地概述了《郭绍虞自传》《郭绍虞先生学术年表》，乃至郭先生《照隅室杂著》的相关内容。我们对照诗句和注文，也可以看到作者在修辞上所下的功夫。

比如叙述郭先生的乡贯，除点出"吴门"外，还用"屹塔参穹宇，丛花映剑池"两句，通过写景让苏州的地方色彩更为鲜明而立体。在全篇大多朴素直叙的基调下，在某些地方运用了修辞的语言以增加作品的诗性。如"禹域殷雷起，京华始旅羁"，后句实写郭先生赴京事，前句则以比喻述五四运动，不称中国、中华或华夏之类而称"禹域"，是谓指代，可用的指代词还多，诗人尽可挑选。"殷雷起"则显为比喻，放在这个时间节点上，喻指轰轰烈烈的五四运动，是合适的。诗中同样用此修辞手法的还有"杲明苤是系，司铎整纲维"两句，叙述郭先生在中华人民共和国成立后到复旦大学任中文系主任的事。

又如叙到郭先生受职为燕京大学教授，诗曰："郁纡规北涉，燕苑辟书帷。"前句写1927年大革命失败，郭先生返回苏州老家，心情郁闷，乃规划北上，基本上是实写；后句却是用东汉马融下帷讲学比喻郭先生在燕京大学任教，应该说是用典了。接下去的"升座披精蕴，掌灯理断丝。博通疏堰塞，鳞萃汇炉锤"则是具体描述郭先生在燕大全面收集整理资料，精深研究，锤炼贯通，在教学实践中开创中国文学批评史学科，取得奠基之功。这里的诗语，有比喻，如"理断丝""疏堰塞""汇炉锤"等；亦有直叙，如"升座披精蕴"以及紧接着的"构建批评史，厥功合奠基"等。

遇到事情复杂、一言难尽的情况，诗歌叙述的妙法是比喻或象征。如下面两句："守拙烟尘际，艰贞谢磷缁。"据作者注说，指的是郭先生在抗战期间"恒以民族气节自励，与种种媚日的言行毅然划清界限。'谢磷缁'，指不受恶劣环境的染著。"以"烟尘际"喻战争烽火，"守拙"形容郭先生的姿态，而以"艰贞"论定郭先生行为的性质，以"谢磷缁"准确地象征郭先生的品格。若从修辞手法论，"谢磷缁"还有用典的意味。《论语·阳货》："不曰坚乎？磨而不磷；不曰白乎？涅而不缁。"这是"磷缁"二字的出处。磷者，被磨而薄；缁者，因染而黑。谢磷缁，则是拒绝被磨薄、被染黑，也就是在恶劣条件下洁身自好、坚持气节之意。这样写，就把郭先生在困难条件下坚守民族气节的行为诗化了，诸多事实无需罗列，用的是简练而形象的诗的语言，遵守的是诗的节奏和韵律。诗末的"凄其闻暮笛，僭痛读崇碑"，说到郭先生的逝世，用的也是此法。《文选》向秀《思旧赋》序述及：魏晋间，向秀（字子期）与嵇康、吕安友善，嵇吕二人被司马氏杀害，嵇康精音乐，临刑索琴而弹。后向秀经其旧居，闻邻人吹笛，感怀作赋。"闻笛"遂成怀念故人之代词。既以"闻暮笛"代指郭先生之逝,复以"读崇碑"表达哀悼和崇敬,这都是经修辞后的诗歌叙事之法,与散文区别明显。

陈诗主意是为郭绍虞先生立传,故诗多实笔,朴素的叙述中深蕴着感情,也有精彩的细节描写,如"壮行赠秋白,捷赋流星诗"述瞿秋白访俄,郭先生曾捷赋《流星》诗相送;"愍伤讽《黍离》,涕泗乱交颐",述北平沦陷后郭先生一次讲课,朗诵《诗经·黍离》而痛哭的事。这些可以说是诗中的特写镜头。该诗直接抒情的句子不多,且也是据事而发生。遍览全诗,也只有将近结尾处"为霞赪灿灿,成果硕累累。所贵饶渟蓄,隆誉岂浪垂""存殁徂先哲,清光固在兹"几句而已。不过从结构上来说,这几句却是不可缺少的。

词体的修辞,与诗修辞基本原理一致,细微处略有不同,要更为婉曲,下以徐晋如的论述为例,稍作展示。徐晋如《大学诗词写作教程》第三编第十五章《词的修辞与作风》,举柳永、张炎、吴文英、晏几道为例,从指导创作的角度把词的作风与修辞特色相联系,进行了很好的讲解分析。如谓"柳词最大的特点是善于铺叙,语尚拙直"。论《玉蝴蝶》(望处雨收云断)作风质朴劲健,善用一气贯注的直笔、劲笔。上片写所见,下片写所感。上片结句空灵蕴藉,下片结句沉雄厚重。其中"念双燕、难凭远信",是"善用兴象""词人的语言",与一般的诗语"鱼书欲寄何由达"意味不同。论《夜半乐》(冻云黯淡天气)则分析其平铺直叙与细部勾勒的关系和具体描述与兴象感发的疏密关系。再如论述张炎词"清空"风格的特色与形成,先指出词的抒情有三种途径,"李煜那样的不事假借,直抒胸臆""韦庄那样用赋的笔法去叙事""温庭筠那样用比兴的手法含蓄地表达情感",而清空之法与三者不同,"现实的遭遇,经过词人内心的酝酿,成了一种感情,这种感情又投射到可感可觉之境中,成了一种意象化的情感,这是清空词近于温词的地方。但温词设色秾丽,意象繁密,为张炎所不取。他强调的是意象的疏朗,而更重白描。"这就把张炎词清空的特色和形成说清楚了。乃举张炎《八声甘州》(记玉关踏雪事清游),指出开头五句是对北游所见萧瑟景象的白描,足以引起读者的联想,白描之妙即在于此。以下连用数典使词意质实,一路写来,至"折芦花赠远,零落一身秋"陡起波澜,此乃"直笔赋情而能不觉呆板的无上法门"。举《渡江云》(山空天入海)则首论以"逆笔"入矫健之效,接叙过片自叙"在修辞上既是拟物,又是拈连",在全篇白描的基调上,"空自觉、围羞带减,影怯灯孤"有"忽作烹炼,便觉奇警"之妙。最后更指出"书纵远,如何梦也都无"(并举《高阳台·西湖春感》"东风且伴蔷薇住,到蔷薇、春已堪怜"之句)来说明这种"意境层层转深,而意脉却戛然而止"的"层层折进"笔法的妙用。

  从以上介绍,可见徐晋如是怎样论词之修辞手法的。他在论述吴文英、周邦彦词时又提及电影的蒙太奇手法和词学中的"空际转身"法,论晏几道小令"以诗为词"的特色和作法,也都各有概括,非常精到。①

  由此可知,论诗词的修辞,其实就是论诗词的艺术。修辞分析,正是艺术分析具体化和可把握性的重要组成部分。诗词的叙事传统与修辞传统也是分不开的。

---

① 徐晋如:《大学诗词写作教程》,浙江古籍出版社 2015 年版,第 191—218 页。

十二

诗歌叙事传统基本内涵

《中国文学叙事传统研究》一书《小结》曾对中国文学叙事传统的基本内涵有所概括，这一概括当然应该适用于诗歌叙事传统。为论述方便计，兹先将前书所论内容简介如下：

我们认为，中国文学叙事传统的基本内涵可从八个方面来说。

（1）中国文学叙事传统是一个客观存在，一系列的文学史事实令人确切地感到它的存在；

（2）中国文学叙事传统起源很早，其基本因子存在于文学源头，传统形成后仍在发展变化；

（3）中国文学叙事传统与抒情传统同源共生，互动互渗，博弈并存，两大传统（而不是单一传统）的起伏消长贯穿整个文学史；

（4）抒叙两大传统各自有自己的主要特征和载体，两大传统的不同特征昭示了它们各自的存在价值，而与文学文体（体裁、样式）的发展演变则发生着既有主次轻重又错综复杂的关系；

（5）中国文学叙事传统与自古文史一家、文史不分的事实和观念存在复杂而密切的关系，在文史两大学科的形成和发展变化中，它们交叉分合的机理及形态，是一个需要通过实践和理论探讨不断深入求索却永难终结的问题；

（6）中国叙事传统渊源于历史载录。历史叙述崇实尚简、力戒虚浮，主张"春秋笔法"和用晦含蓄，要求为尊者亲者讳，并明确以"彰善瘅恶，树之风声"为叙事伦理的根本原则，这些都规定了中国叙事文体的基本风格，对中国文学叙事传统的面貌具有深刻的、正负两方面的影响；

（7）鼓励在叙述中含情见性，承认叙事主体的地位，允许叙事主体借客观载录寄托情志、表明意向、隐显个性，造就中国叙事文学不可忽视的诗性特质，这也是抒叙两大传统互渗而不能分离的根本基础；

（8）重视思想，力求载道，以儒家伦理教化观为核心价值，但也并不绝对排斥释、道、法诸家的思想成分，形成中国文学叙事传统的多元素质，在这一点上，叙事传统与史学传统、抒情传统乃至整个中国文化完全一致。

诗歌叙事传统是文学叙事传统的一部分，故上述叙事传统的内涵，有些方面自然也就是诗歌叙事传统的内涵，无需再说。在论述诗歌叙事传统时，需要重申和强调的是以下诸点：

第一，诗歌叙事传统，从诗歌创作的表层现象看，是关涉创作技巧偏重于叙事还是偏重于抒情的问题，也关涉诗歌作品中叙事成分和抒情成分的比重问题。从这个层面说，叙事和抒情是诗歌创作的两翼双轮，它们的存在和相互关系，都是一种自然而客观的存在，任何作者的诗歌创作都必然也只能在抒叙两条并行的轨道上推进，而绝不可能单轨只轮独进。对于这一点，我们已经反复论证。

但仅认识到这个程度还不够。研究和比较抒叙两大传统，使我们深深懂得，叙事传统的存在固然由诗歌和文学的本性所决定，也与创作者的技术性考虑有关，这种考虑可以非常个性化，也可以非常随机，而且变化层出不穷。总之，叙事传统的存在发展与创作者主观意识与条件的关系甚巨。究竟如何安排抒叙？创作主体有充分的自由，分析作品抒叙的构成，除以文本为对象和目标，也必须考虑作者的主观方面。

我们认为，任何作者的诗歌创作虽然都会自然在抒叙双轨上运行，但他们究竟更偏于叙事，还是更偏于抒情，不仅仅是一种艺术技巧，即技术的选择，还与他们根本的创作观念（含审美趣尚）有关，而创作观的形成又与更根本的世界观和生活态度有不可分割的关系。

每个投入诗歌创作的人，无论其自觉程度如何，实际上都不能不思考"为何而写"的问题。是把诗歌仅仅当作个人宣泄感情的工具，或甚至仅仅是交往应酬、游戏享乐的玩意儿？还是多少考虑到创作的社会意义，甚至想得更多？不同的生活境遇，不同的创作动机，不同的灵感来源，不同的创作目的和功用预期，决定着不同的创作态度，同时也就仿佛随机隐秘却内在、深刻地制约着创作样式和手法的选择倾向。一个最明显的例子，是每当国事蜩螗、民族危亡之际，总会有一些诗人从往日的闲吟淡咏变为悲愤地纪事载史，不但诗风大变，而且在抒叙成分的分配上，总是自觉不自觉地更多倾向于记叙时事史实，有意识地为历史存照，既用以舒泄愤懑，也用以警醒后人。这时他的文学观念实已发生某种变化，对"诗文何为""为何而写"乃至作为一个诗人的社会历史职责都有了一些新的认识、新的思考。关注时事与历史，以诗为直笔实录之史，之所以会成为诗歌叙事传统的极重要内涵，抒叙博弈之所以构成文学史发展演变的一个重要动因，其根本道理即在于此。一个诗人作品抒叙比重的变化，包括其抒叙内容、色彩、倾向及创作风格的变化,都植根于其文学观的变化,而与其人生观、价值观和世界观的变化均有关系。

这里,可以补充一个具体的现实例子。当代著名作家雷平阳,有一篇谈自己创作经验的文章《我向自己投案自首》①,叙述了创作观念由只知抒发自己感情到变为关心世事和体贴他人的过程。此文前面讲了一个触发他思考的小故事,后面总结道:

> 中国当代汉语诗歌写作,多数的诗人似乎都热衷于追求能引起"共鸣"的公共经验,强调虚幻中的经典性。对此,我很惶恐,只能悝悝(悻悻?)走开。我对自己的写作没有设定任何可以抵达或不可能抵达的标高,置身于冷僻的地方,看见,想到,写,有感而发。我自认是一个群山后面的行吟诗人,远离红尘也被红尘所弃。多年来,我一直围绕着"云南"进行写作,而且早期的诗歌抒情的成分压倒了叙事,文字里有一个孤独而又快乐的山水郎。后来心里的世事多过了烟云,虽然还以云南为场域,但我的诗歌里出现了硝烟一样的叙事,刀戟一样的悲鸣,以及寺庙里的自焚。从《云南记》到《基诺山》,两本诗集中,如巴列霍所言:"愤怒把一个男人捣碎成很多男孩。"我则把我捣碎成了无数的人,诗里面的我,是流浪汉、记者、匿名者、樵夫、偷渡者、毒贩、警察、法官、囚徒……然后才是一个诗人,要命的是,我的体内,得供养如此多的角色,得承担如此多的命运。

---

① 雷平阳:《我向自己投案自首》,载《文艺报》2016年4月25日第二版"文学评论"。

也许杜甫式的写作不是诗歌大神开列出来的诗歌正道，我却踏上了这艘幽灵船，没有彼岸，也没有归途。一个自己不放过自己的人，他决定不了自己的命数，唯一的安慰，他一直是他手中那支笔的主人。

说得真好啊，不愧是个优秀的诗人！他不甘于永远只做一个孤独而快乐的山水郎，他的诗歌要面向社会，面向世界，他自觉地突破个人情感的有限阈域，把视线投向芸芸众生，投向广阔世界，结果，连他自己也不由自主地变身为"各色人等"了。这样的诗人最有资格成为人类生活的记录者，人类苦难的承担者，人类精神的代言者。他的诗歌当然还要抒情，但又自觉地跨出了单纯抒情之囿，而增添了叙事的分量，扩大了描写的范围，加深了对他人心灵的观照，而且必然将抒叙二者的完美融和作为追求的目标。他的创作由此登上新的高度。诗人的这份自觉，诗人的经常反思，使他想起了诗歌史，想起了杜甫，实际上，也就是想起了传统——中国诗歌叙事的传统，诗歌抒叙结合的传统。他懂得，这个传统源远流长而没有尽头，没有彼岸，也没有归途，只有勇往直前！

就在最近，《文艺报》刊载一篇题为《21世纪诗歌20年的备忘录或观察笔记》的文章，指出诗歌界的一个现象："曾经一度'西游记'式取经于西方的中国诗人近年来越来越多转向了汉语传统本身，有了越来越清晰的'杜甫'的当代回声"，而杜甫在人们心目中主要是一个"社会学层面的'现实主义诗人'"。而如果历史化地看待现实主义，那么"杜甫是我们的'同时代人'，杜甫是我们每一个人，所以他能够一次次重临每一个时代的诗学核心和现实场域"。既然如此，"杜甫式的'诗史''诗传'正在当下发生越来越深入的影响",就是必然的了。① 所谓"诗史""诗传"传统,不就是我们所说的叙事传统吗？杜甫传统的根本内核,不就是把时代社会风云、民众疾苦痛痒与自己个人的遭际命运紧密联系,甚至浑为一体的思想精神,和在诗歌艺术上侧重叙事载录,而将抒情议论建筑在叙事之上、渗透于叙事之中的创作方向吗？杜甫诗史昭示的不仅是艺术技巧,更是他的生活态度和创作观念。

我们阐述诗歌叙事传统,当然也不仅仅是要提请关注诗歌叙事的艺术和技巧,我们更希望促进诗歌创作观念的变化和评论准则的修正;同时,也要对文学史贯穿线作出新的概括和描述。

我们的研究,不仅要论证抒叙两大传统在文学史上的客观存在,而且要进一步指出:谈论叙事传统不能限于文学表现的技术层面,而应该深入文学观念的根本层面,指出叙事传统的存在和发展与文学思想的健全完整有着极大关系,叙事传统在提高文学的社会和历史价值方面有着重要意义。只有认识到让这个叙事传统与抒情传统完美结合,中国文学的意义和价值才可称健全完整。对此,任何单一的传统都是不足以承担的。我们并不主张叙事传统唯一,但对于抹杀、贬低叙事传统,把中国诗歌成就统统归结于抒情传统的观点,在我们看来,其缺陷是相当严重而必须纠正的。

总之,我们谈论文学,谈论诗歌,谈论抒情与叙事,当然

---

① 本段引文均见霍俊明:《被仰望与被遗忘的——20世纪诗歌20年的备忘录或观察笔记》,载《文艺报》2020年8月31日第二版"文学评论",是"21世纪文学20年专题"文章之一。

免不了要谈技艺，但绝不能仅止于技、止于艺，甚至也不能仅止于格、止于法，而是要努力进乎道。

这是中国诗歌叙事传统基本内涵十分重要的一个内容，也可能是中国叙事学与西方叙事学研究一个较重大的区别。

第二，抒叙共构化合传统。这一点前面已提到，但在说到诗歌叙事传统的基本内涵时，此点的重要性更为突出，有必要予以强调。诗歌的叙中有抒，抒中有叙，抒叙难分，无法割断等现象和事实，曾是造成古今某些诗论只讲抒情而忽略叙事的原因之一；今天是到了纠偏的时候。我们的观点是既应对抒情传统与叙事传统作出区分，又应肯定它们的融混与互动，更应确认它们在中国诗歌传统中的平等地位。

第三，跨文类传统。叙事传统既有主载文体，亦与其他文体有关。上面曾论及抒叙传统各有自己的主要载体，如抒情传统的载体主要是韵文性质的诗歌辞赋，叙事传统的载体主要是散文体裁的史著或小说之类，而中国戏剧（曲）则是典型的韵散结合文体，也即抒叙共荣之文体。

需要进一步说明的是，各有载体并非绝对区分，诗歌文体因有叙事因素而具有"史性"，辞赋、散文乃至史著，与诗有着不同程度的渊源与关联，所以它们不但可以拥有多少和浓淡不等的"诗性"，而且可以直接将诗歌作品包含于自身，成为其不可分割的组成部分；史著中、辞赋中、各类文章中，乃至小说戏剧中，都可以用各种方式包容诗歌作品。这也是中国文学作品样式的一大特色。

第四，文史关系分合与深化演进传统。中国诗歌叙事传统与史的载录性质有关，但史的要求是拒绝虚构——尽管这可能只是一种理想。但中国诗歌在发展过程中，实际上已经突破了这个要求。诗歌的虚构,特别是通过修辞而实现的艺术加工,夸张、虚拟、比喻、象征,在在显示着诗歌的文学性质与史载的距离。而且逐渐形成一种趋势,既突破历史藩篱而厕身文学园林,又以纪实、非虚构相标榜,成为一种新的文学体裁。如所谓报告文学、纪实文学、非虚构文学等,实乃亦史亦文,是文学向历史的进军;但也可以说是非文非史,是文学的新变与异化。但无论怎样翻新变异,叙事与抒情总是贯穿于其中,它们仍然没有脱出,而是属于构成中国文学史的抒叙两大传统。

第五,叙事传统基本内涵的一个重要内容是抒叙两大传统都不是一成不变,固定僵化的。抒叙两大传统在博弈中争竞浮沉、发展变化,在整个中国文学史的漫长过程中,不断出现抒叙两大传统博弈的新态势,从而形成文学史风云变幻、波澜迭起的壮丽景色。两大传统虽然地位平等,但在文学史中并非永远平分秋色、各占一半。具体而言,随着历史条件的变化,有时从总体来看是某个传统占上风优势,但到另一历史阶段,政治经济文化状况发生变化,两大传统在文学史上所占的位置和比重也会不期然地有所变异,此升彼降,此隐彼显,变化多端,不一而足。如上古时代,文史酝酿萌芽,抒情叙事既为人之本能,亦为生产生活所需,乃同时自然发生,此时二者无所谓强弱上下。口头创作中,抒叙皆为表述的需要,几乎难分彼此。后因文字出现,历史纪事兴起,叙事能力获得质的飞跃,但也为汉文字的繁难所拘束。中国叙事传统在言文的实践中逐步成形。久之,在历史记述中,叙事渐居主位,抒情受到理性的控制和压抑,部分变形改貌为"春秋一字褒贬"的姿态出现。而在民间口头歌唱中,抒情则得到更大更自由的生长发育。诗与歌既是同一家族,又各具特性,诗近于史,赋叙成分偏多;歌用于唱，抒情色彩更浓。诗与歌既分途发展，又终归一统。抒叙两造难分强弱，自汉代起，乐府叙事占据优势，个人抒情未见起色。直至魏晋，个人意识进一步觉醒，诗歌个性色彩亦获加强，诗歌抒情色彩乃渐显著。六朝、三唐、两宋、金、元、明、清，诗人身份地位不同，遭际有别，凡太平盛世则闲情逸致、风花雪月之抒情多，至社会动乱、外敌入侵之际，则叹忧纪亡、哀国家悲民生之叙事上升。而且，社会变化，文化变化，民众的文学趣味也会变化，延至今日，小说戏剧、电影电视乃至花样百出的电子游戏，无不以叙事为基础，而实际上排挤着文学的抒情。就连一向以抒情为己任的诗歌，无论新诗还是旧体诗词，除那些以自遣自玩为满足的创作者以外，也纷纷努力向叙事靠拢。叙事传统不但传承下来，而且于今为盛，至少在短期内尚看不到抒情传统复炽——但也看不到抒情传统消亡——的迹象。很显然，只要中国文学史延续下去，抒叙两大传统的交融与博弈就始终不会停歇，就会继续演出一幕幕精彩的活剧。这也是我们想强调的诗歌叙事传统基本内涵的一个重要方面。

十三

抒 叙 博 弈

抒情与叙事两大传统，从它们的发生来看，是同源共生的；而在其后的发展过程中，则是既互动互惠又博弈互竞的关系。

抒情、叙事是人基于本能而在社会生活中产生的一种反映性能力，本来浑然一体无分你我。也就是说，从根本而言，它们本是一回事。同源共生，说明了，也决定了它们深刻的血缘关系和不可分离的互倚关系；但在发展过程中，由于功能的分化而逐渐产生出差别来，久之，抒叙方成两家。

抒情也好，叙事也好，都是文学创作的基本方法。它们的区分在于功能，即效应。叙事主于知，抒情主于情，二者都归之于达意。抒情叙事均作用于人类与知情意之表达诉说交流等相关的活动，它们彼此间的互动互惠，很好理解。归根到底，无论抒叙都是为人际交往，为知识与感情的沟通，当然也是为文学的表达，为使这种交往沟通表达更加完美圆满而服务的。所以，叙中有抒，抒中有叙，抒叙融和共襄而不能须臾分离，是普遍常见、众所周知的现象。

抒叙两法、两大传统也有博弈相竞的一面——假设每首诗的容量和表现力都是一百，那么抒叙各自都只能占据和承担其中的一部分，占得有多有少，便有个分配的问题，如非绝对平衡，那么就产生了竞争和博弈。当然，无论怎样博弈，一首诗的容量总是常数,可表现力却会有所变化。这样配置与那样配置,抒叙成分变化了调整了,就有可能影响到诗的表现力大小。所以,抒叙分配确有好与更好的不同。这也就体现出抒叙博弈不是一个可有可无、可关心可不在乎的问题。不过,从一个更高的视角来看,博弈的一面,有时其实就是互动互补的另一侧面而已,亦即同一事实,若从不同角度视之,则有互补与博弈之异,此乃仁智之见互异,两存之可也。

抒叙二者既互动互补又博弈互竞,这本是自然的景况,客观的存在。我们从文学表现种种现象的观察中对此有所发现,由现象而思考其根由和内涵乃获得某种观感和体悟,分析之而得出某些结论,遂以之再行反观验证于诗歌文学作品,乃可实现借以深入文学腠理和内质的目的。以下简述我们对抒叙传统互动博弈关系的认识。

如果把文学创作看作一个过程,那么它的前阶段是作家头脑中的酝酿构思,后阶段则是作家借助文字(或其他媒介)把头脑中的东西对象化为作品。这个后阶段也就是文学表现(表达)的运作过程,是将作者蓄积的知识、内蕴的感受外化出来成为可供他人观赏之对象物的关键。没有这个过程,便没有读者能够见到的文学作品。文学表现手法繁多,但概而言之,却只有抒和叙两大类,可谓非抒即叙,非叙即抒。抒者,抒情,包括作者对主观情绪、观点、认识、感受的一切表达;叙者,叙事,指作者对一切客观事情物态的叙述或描写。其实无论抒或叙,在文学创作中,都是一个主体在叙述,在言说或书写,只是所叙所言所写的内容不同而已。"叙述"是个并列复合动词,叙与述同义,也就是言说或讲论。抒情、议论、说理和叙事、描写都属于叙述。"叙事"却是动宾结构,已说明其叙述的对象是"事"(事由、事态、事程、事果等),叙事与叙述感情(抒情)、观点(议论)、道理(说理)虽都是叙述,都为诗歌文学作品的表达所必需,却不可混为一谈。

抒情、叙事是两种不同的文学表现手法,但二者又交融互渗、错综复杂,共同完成文学的表达。在文学作品中,它们有互惠的一面,相促相益,使对方增色增重,又存在博弈的一面,即相互间有竞争比赛,在作品构成的抒叙比重上有争夺。同样的创作动机或题目,同样的素材原料,用抒情还是用叙事来表达,不同作者会有不同的习惯偏好和选择,他们的表达能力和对文类、技巧的掌握程度也各有不同。故在抒叙二法中,必然有所选择、有所侧重,常常存在取此舍彼、你重此他重彼的情况。而多用抒情还是多用叙事,作品的表达效果、文体性质、风格特征、读者反应、实际功能和影响范围,便往往不同。这种情况就是我们所说"博弈"的一种表现。显然,抒叙博弈对作品思想内容和艺术品质的质地水准,甚至对其总体优劣高下良窳之差异,都有一定的影响。

请试以创作实例略作分析。

元稹有两首诗,内容相关而长短差距很大。一首是五绝《行宫》,诗云:

> 寥落古行宫,宫花寂寞红。
> 白头宫女在,闲坐说玄宗。[①]

另一首是七言歌行《连昌宫词》,九十句,六百三十字,字

[①] 元稹:《元稹集》,中华书局2010年版,第194页。

数是前者的 31.5 倍。诗云：

连昌宫中满宫竹，岁久无人森似束。又有墙头千叶桃，风动落花红蔌蔌。宫边老人为余泣："小年进食曾因入。上皇正在望仙楼，太真同凭栏干立。楼上楼前尽珠翠，炫转荧煌照天地。归来如梦复如痴，何暇备言宫里事！初过寒食一百六，店舍无烟宫树绿。夜半月高弦索鸣，贺老琵琶定场屋。力士传呼觅念奴，念奴潜伴诸郎宿。须臾觅得又连催，特敕街中许燃烛。春娇满眼睡红绡，掠削云鬟旋装束。飞上九天歌一声，二十五郎吹管逐。逡巡大遍《凉州》彻，色色《龟兹》轰录续。李谟擫笛傍宫墙，偷得新翻数般曲。平明大驾发行宫，万人鼓舞途路中。百官队仗避岐薛，杨氏诸姨车斗风。明年十月东都破，御路犹存禄山过。驱令供顿不敢藏，万姓无声泪潜堕。两京定后六七年，却寻家舍行宫前。庄园烧尽有枯井，行宫门闭树宛然。尔后相传六皇帝，不到离宫门久闭。往来年少说长安，玄武楼成花萼废。去年敕使因斫竹，偶值门开暂相逐。荆榛栉比塞池塘，狐兔骄痴缘树木。舞榭歌倾基尚在，文窗窈窕纱犹绿。尘埋粉壁旧花钿，乌啄风筝碎珠玉。上皇偏爱临砌花，依然御榻临阶斜。蛇出燕巢盘斗栱，菌生香案正当衙。寝殿相连端正楼，太真梳洗楼上头。晨光未出帘影黑，至今反挂珊瑚钩。指似傍人因恸哭，却出宫门泪相续。自从此后还闭门，夜夜狐狸上门屋。"我闻此语心骨悲，"太平谁致乱者谁？"翁言："野父何分别？耳闻眼见为君说。姚崇宋璟作相公，劝谏上皇言语切。燮理阴阳禾黍丰，调和中外无兵戎。长官清平太守好，拣选皆言由相公。开元之末姚宋死,朝廷渐渐由妃子。禄山宫里养作儿,虢国门前闹如市。弄权宰相不记名,依稀忆得杨与李。庙谟颠倒四海摇,五十年来作疮痏。今皇神圣丞相明,诏书才下吴蜀平。官军又取淮西贼,此贼亦除天下宁。年年耕种宫前道,今年不遣子孙耕。"老翁此意深望幸,努力庙谟休用兵。[①]

这两首诗内容相关。可以认为,"闲坐说玄宗"的白头宫女,她们所聊的往事,很可能与连昌宫旁老翁的诉说有一些相同相通之处,大致都离不开开元天宝时代皇帝后妃的豪华出游和奢靡的日常生活等等,尽管不会完全相同。但《行宫》只是说到白头宫女们在"闲坐"闲聊,具体聊了些什么?却真正是"不着一字"。"不着一字"也能"尽得风流"吗?请看前人的评论:"'寥落古行宫……'语意妙绝,合(王)建七言《宫词》百首,不易此二十字也。""说玄宗,不说玄宗长短,佳绝!""妙能不尽!""白头宫女闲说玄宗,不必写出如何感伤,而哀情弥至。"[②]还有的评论是将《行宫》与《连昌宫词》等长诗比较的。如宋代洪迈云:"白乐天《长恨歌》《上阳人歌》,元微之《连昌宫词》,道开元宫禁事最为深切矣。然微之有《行宫》一绝句云……语少意足,有无穷之味。"(《容斋随笔》)已经隐然有轩轾二诗之意。至清代潘德舆则褒贬态度更明显:"'寥落古行宫'二十字,足贬《连昌宫词》六百馀字,尤为妙境。"(《养

---

① 元稹:《元稹集》,中华书局2010年版,第311页。
② 所引各语见胡应麟《诗薮》、沈德潜《唐诗别裁集》、宋宗元《网师园唐诗笺》、李瑛《诗法易简录》,均转引自陈伯海主编《唐诗汇评》,浙江教育出版社1995年版,第2002页。

一斋诗话》）就连近人也无意中流露出偏赞《行宫》的倾向："二十字中，于开元、天宝间由盛而衰之经过，悉包含在内矣。此诗可谓《连昌宫词》之缩写。白头宫女与《连昌宫词》之老人何异！"（刘永济辑注《唐人绝句精华》）其实，白头宫女是不能与宫旁老翁相比的，后者生活在更底层，生活阅历也更丰富，因而所感所思也必定比宫女更深更广，也更能为作者或民众代言。

看了以上材料，我们来谈诗歌抒叙的博弈和互补问题。

首先，博弈表现在诗歌的外形，即体裁上。五绝与七古，长短相差悬殊，元稹在写作时必有一番斟酌计较。斟酌计较的诸多事项中，抒叙的选择和权重，应是其中之一。五绝适合抒情而难以叙事，七古既宜于叙事，亦不妨抒情。抒情者所述具体内容少，寥寥几笔，一个画面，闲坐说往，实却无声而引人联想而已，构思既凭灵感，写来颇觉轻松。叙事者则不同，它耐心铺叙，给人知识，既须合乎历史大节，又要采录民间传说，借人物口吻，穿插点染，声泪俱下，犹须暗透或明揭美刺用意；功用不同，所下功夫亦不可同日而语。单说写字，就要多写三十倍呢。这里当然就存在着博弈——空灵缥缈而不着一字，具体质实而娓娓道来，究竟哪个更好更适合也须更用力费劲呢，用句当代俗话："性价比"如何呢？

从所引材料看，前人评论竟多以五绝为更佳，赞赏的是短者的语言简练和情致隽永——史事我们都清楚，无须多说，感兴趣的是诗人的心态和语言，二十字足够咀嚼了。相反，你的叙事错误漏洞不少，而且不免絮叨，费那么大劲，还不如一首五绝空灵巧妙——这是抒叙博弈的另一个表现层面，即读者反应和评论层面。从中透露出中国诗学观的一个重要问题，也让我们憬悟叙事传统一直被低评低估的根由。这里也有许多在诗歌批评中有启发性的议题。

如批评《连昌宫词》中"力士传呼觅念奴，念奴潜伴诸郎宿"的插笔点染为"秽琐""猥亵语""宫闱丑事，播之诗歌，可谓小人无忌惮"，此等议论今人看来虽属迂腐，却也值得深思。

如肯定诗歌对姚崇宋璟相业的叙述，以及他们去世后"朝廷渐渐由妃子"，直到"弄权宰相""杨与李""五十年来作疮痏"的过程的揭示，是"有风骨""有监戒规讽之意""殊得风人之旨"，则所持为居于主流地位的儒家文学批评观，体现了正统的叙事伦理。

如分析其叙事技巧："通篇只起手四句与中间'我闻'二句、结语一句是自作，其馀皆借老人野父口中出之，而其中章法承转无不妙绝。"（《唐诗快》）"妙在不杂己意，俱是老人口中说出。"（《唐诗选脉会通评林》）"铺次亦见手笔，起数语自古法。'杨氏诸姨车斗风'陡接'明年十月东都破'数语过禄山，直截见才。俗手必将姚、宋、杨、李置此，迤逦叙出兴废，便自平直。'尔后相传六皇帝'一句，略而有力，先为结语一段伏脉。于此复出'端正楼'数语，掩映前文，笔墨飞动。后追叙诸相柄用，曲终雅奏，兼复溯回有致，姚宋详，杨李略，通篇开合有法。"（《诗辩坻》）除总评外，尚多句评。由此可知，前人对诗歌叙事艺术亦非全不在意，他们的评说已注意到许多基本点，实涉及抒叙手法各自的特长，这对建设中国化的叙事学是有帮助的。

其实，博弈之存在，正说明互补的重要和可能。就说《行宫》与《连昌宫词》二诗，一抒一叙，差别虽大而显，而实可抒叙相融相益。《行宫》是一幅活的画面，画面里正发生着一个故事：老宫女们在闲坐闲聊，但聊了些什么，诗没有告诉我们。因此诗的抒情意味十足，我们感到它含蓄隽永，让我们浮想联翩。而《连昌宫词》就直接将那些可供联想的内容写了出来——既有与正史相同的大事件，也有正史不载的传说故事——而且诗人也并未忘记抒情，浓烈的感情既渗透在老人的叙述之中，也明明白白地由诗人的直接议论喊出。二诗体裁不同，抒叙比例结构自然有差异，二者并存，张力十足，既形成一种博弈，也可成为一种互补。所以，晚近比较客观公允的评论便是这样：

> 《连昌宫词》歌行巨篇，以穷形极态取胜；《行宫》五绝短韵，以含蕴隽永为长。穷形极态则怵目惊心，含蕴隽永则启人冥想。诗体不同，笔法固异，各尽其妙，不必以优劣论。（马茂元《唐诗选》，《行宫》诗评）

所谓"穷形极态""怵目惊心"是叙事的效果，所谓"含蕴隽永""启人冥想"是抒情的妙谛；笔法之异源于诗体的不同，诗体的不同源于作者的选择，选择的根据则在于作者的创作动机与目的，也在于作者的审美趣尚和技巧擅长。元稹恰是抒叙皆擅，故二诗皆出其手，而皆足示范。至于读者亦有偏嗜，喜长喜短，爱抒爱叙，各有自由，无所不可，要避免的仅是只认一家，骂倒他人而已。马茂元平衡了它们的博弈，强调了它们的互补，遂成众所乐见的公允结论。

马茂元所言尚有值得注意之处，是其语及"诗体不同，笔法固异"，这启示我们思考抒叙配置与文体关系的问题。

仍以唐诗为例。如《长恨歌》及《传》即为一例。白居易《长恨歌》无《序》,但陈鸿《长恨歌传》末段可视为《长恨歌序》,文云:

> 元和元年(806)冬十二月,太原白乐天自校书郎尉于盩厔,鸿与琅琊王质夫家于是邑,暇日相携游仙游寺,话及此事(指李杨爱情生死故事),相与感叹。质夫举酒于乐天前曰:"夫希代之事,非遇出世之才润色之,则与时消没,不闻于世。乐天深于诗、多于情者也,试为歌之,如何?"乐天因为《长恨歌》。意者不但感其事,亦欲惩尤物,窒乱阶,垂于将来者也。歌既成,使鸿传焉。世所不闻者,予非开元遗民,不得知。世所知者,有《玄宗本纪》在。今但传《长恨歌》云尔。①

白居易的《长恨歌》是抒叙结合、以叙为主的诗歌,陈鸿的《长恨歌传》是这首诗的《传》,叙述的是《长恨歌》的本事。从写作的先后看,是诗先而传后;从叙事的详略虚实看,是《歌》略而《传》详,《歌》虚而《传》实。二者的关系既含博弈色彩,又是互补的。如《歌》根本不提杨玉环先为寿王妃之事,"杨家有女初长成,养在深闺人未识。天生丽质难自弃,一朝选在君王侧"跳过多少曲折,遮掩了多少难言之隐!诗歌叙事就能够这样巧妙灵活,虚而不实。《传》比《歌》稍实:"上心忽忽不乐……诏高力士潜搜外宫,得弘农杨玄琰女于寿邸,既笄矣……上甚悦……明年,册为贵妃,半后服用。"点出

---

① 李剑国:《唐五代志怪传奇叙录》,中华书局2017年版,第350页。

了玉环出自寿邸，但毫不涉及她同寿王的关系。而到了正史，则既须避讳，又不能不有所涉及，于是《新唐书》之《杨贵妃传》，才一反《旧唐书》完全回避的做法，记下了杨玉环"始为寿王妃"以及"即以自出妃意者，丐籍女冠，号太真。更为寿王聘韦昭训女，而太真得幸"的史实，至于其中复杂过程仍有所隐讳，只留下些疑团和线索，供后人考订。由此可见，诗歌、小说、史文体裁不同，叙事繁简所允许的幅度也不同，而其虚实真伪也就有了差距，再加上野史、传说和史家的编织想象，我们遥远的后代庶几才能知道一点点所谓的"历史"。就《长恨歌》及《传》而言，除杨氏入宫为贵妃外，马嵬之变、玄宗入蜀、返京思妃等等的叙述大抵均是诗简而文繁，唯道士访仙、得遇太真是作者对民间传说的诗化表现，《长恨歌》于此表现优异，脍炙人口；但就叙事详尽细腻而言，则还是散文体的小说稍胜一筹，诗歌需要其他文体于博弈中的互补，从而使读者受益，对历史故事了解更多更具体。

同样的例子也见于元稹《莺莺传》、沈亚之《冯燕传》及其衍生作品的关系上。元稹《莺莺传》、沈亚之《冯燕传》均以小说为基础引出新的诗来，无小说，很难有这些诗。再多的诗也代替不了小说，小说无可代替的正是对故事的详尽叙述。反过来，对一些语焉不详的诗歌，则出现许多本事探索、笺证之类的作品，主要就是复原史实，其实就是敷演诗歌所隐含的故事。读者的一般心理是需要故事、喜欢故事，不以了解作者的抒情为满足。

由此亦可推知，随着社会、文学和抒叙传统在互惠与博弈中的发展，特别是读者对故事的需求，必然会带动文体的演变发展。

十四

抒叙博弈和文体演变

文体演变是文学史的重要内容。有的文学史著作即以文体演变为其叙述中心，基本上把文学史描述为文体递嬗演变史。

文体，即文章体裁，亦称文类或文学样式。中国古代文学的文体非常丰富，而且由于发展的不平衡，往往在不同时代形成以某种文体为中心和主导的情况，文学史上所谓"一代有一代之文学"，自《诗经》《楚辞》以下，有汉赋乐府、魏晋文章、唐诗、宋词、元曲、明清戏曲小说，各个被特举标指的，就是居于历代文学中心、读者面较广的主导性文体。其实，历代文学的实际状况，远比这里所言复杂得多，不同文类有不同功用，适应不同的要求，满足不同的期待，各有本类的优秀作品，并不存在某个时代某种文体一花独放的状态。

古人对文体的认识和研究，随着文体的发展而逐步加深加细。曹丕《典论·论文》说"夫文本同而末异。盖奏议宜雅，书论宜理，铭诔尚实，诗赋欲丽"，所论"四科八体"，属于举例性质。到刘勰《文心雕龙》，其前二十五篇，一般认为属文体论（个别篇如《原道》《宗经》《征圣》除外），就涉及了大大小小数十种文体，包括谶纬、楚骚、诗歌、乐府、颂、赞、祝、盟、铭、箴、诔、碑、哀吊、史传、各种杂文、诸子文章、上行下行的公文，乃至各种游戏文章，等等。萧统采录历代文学名篇编为《文选》,分文类为三十八。到明人吴讷《文章辨体》及其后的徐师曾《文体明辨》则分别将文体分为五十九类和一百二十七类。这些类别的作品,除极少数外,多数均含程度不等的文学性,今天看来均应属文学史观照和研究的对象。

文体数量如此之多,其每一种的产生与演变,都是有原因的,情况相当复杂。但概而言之,各种文类的产生与演变,无不缘于社会生活尤其是政治生活的需要,也就是说,各有各的实用价值。如果说这种客观需求和实用价值是许多文体形成和发展之外在因素的话,那么,抒叙博弈则可以说是文体发展演变的内在要素。

回溯历史,可知人类的记载之需促成文字产生,最早产生的文类,便是史述与诗歌两大类。史与诗都是实用性很强的文体,而且史和诗都是庞大的总类,其下还有许多次一级的小类。史的本质是代表官方记载史事,基本形式为散文;诗多韵语,起源于民间口头,官方借以了解社会和民情。上古有一段时间,诗除用于礼乐仪式之需外,兼具史的职能;直到春秋后期,二者的分野才渐趋明朗。此后日益繁复的文类,或原就包含于史、诗二体之内,或由史、诗分化发展而来。故古代文学作品,其结构大多为"史性"与"诗性"不同比例的融汇组合。所谓叙事传统、抒情传统,便植根于各文类所具之"史性"与"诗性"之中,既与二性相对应,亦分别积累、变化、更新、消长而传延至今。

这是一个漫长而精彩纷呈的过程,两大传统在其中共存、互惠、博弈,并从内部推动着文体的演变。

各种文体均需适当调节其表达的抒叙关系,史性和应用性愈强的文体,对叙事和抒议的要求愈高。散文性的史体更偏擅于叙事,诗体的叙事与之不同,并有一定的局限。诗体的抒情在史中往往更深刻微妙地渗透在叙事里,直白的抒情则多化为议论和说理。究竟如何调适抒叙关系,在不同史类文章中,就有不同的需求和做法。例如朝廷的诏敕,官员的奏疏,大体同属史类,既可采用散体,亦可采用骈体,但因有下行上行之别,要在叙述事情的基础上发布命令或条陈意见。那么怎样把事实叙述得言简意赅、重点突出?怎样把令旨或建议说得清楚明白、恰到好处,以便对下收到恩威并施之效,对上则易被接受而免遭祸殃?这些文章的作者在创作中,都需要经历一番苦心安排(实质即构思中的抒叙博弈)以求达到最佳效果。前人研究文章写法,传授撰文经验,主要话题不离体格。我们浏览分析历代此类文章,则更可从叙与抒(议)之关系切入,探寻抒叙博弈对文体演变的影响。[①]

[①] 对此问题更详细的论述,请参阅本书下编第八篇《文类递嬗与抒叙博弈》。

十五

叙事伦理与文化基因

伦理和叙事都是维系人类社会正常运转的重要力量。而叙事既要关涉人事,也就离不开人类社会无处不在的伦理关系。无论隐显,叙事总会反映叙述者的伦理观念。所以,"伦理叙事"虽不足以涵盖叙事的一切内容,但若说伦理叙事乃是各类叙事基本的、主要的内容,或说社会伦理实乃叙事所需遵循的不成文法,虽不中,亦不远矣。一个社会在通常情况下,其伦理叙事与多数人们所默认并遵守的伦理观念大体协调;叙事作品若触犯或违背社会伦理,往往会遭到不满与谴责(但被谴责者未必即错)。倘若社会处于大震荡、大变革的状态(包括在其酝酿阶段),惯常的伦理本身已遭怀疑批判,那么这种变动也一定会在叙事活动及其作品中反映出来。

伦理叙事自然必须遵循叙事伦理,这是顺理成章的。叙事伦理与叙事的技艺,尤其与叙事之"道"有关。所谓叙事之"道",说的是叙事的根本目的和境界由低到高的各级标准。凡叙事,无论技术高下优劣,起码不能违背人伦底线,这可以说是叙事伦理的最低准则。在此之上,叙事还应追求真善美的境界,而致善则是尤其重要的指标。

善和致善,可以说是伦理学的主题,其根本作用在于维护、巩固和加强群体与国族长远及核心的利益。人的伦理观念属于世界观的一部分,与价值观、人生观密切相关。不同的人因出身族系、家庭背景、生活环境、学习经历和职业际遇等的不同,会有不同的伦理观。而且伦理观并非一成不变,无论个人还是集体,乃至一个社会、一个国家,其伦理观会随时代之变而变化。伦理的覆盖面又很宽,所以又是多层次的,表现得很复杂,小而关涉个人品德,大而至于国民性格、国族运作,实均以伦理观念为底蕴。地球人类的伦理观和行为方式因此而有所差异,不可能整齐划一。不过,无论多么复杂,多么多层多变,对于真善美的追求毕竟是人类共同的理念——虽然何谓真善美,怎样才是真善美,看法仍未必统一——这终究是人类能够对话,能够互通心意,达成某种共识并友好相处的基本条件。为了共存和发展,人类必须、也只能求同存异,互谅礼让。

叙事伦理具有时代性和民族性。就中国文学而言,既有亘古至今一以贯之的某些要求(此即我们叙事传统的基本内质),也已经萌生了许多新的要素(如开放、改革和走向世界的向往),并且还将随着社会的现代化进程而继续发生种种更为深刻的变化。

对于叙事伦理深入系统的研究,目前进行得并不充分。但我们至少已经懂得它的重要性,把它提上了叙事学研究的日程。懂得讲求叙事伦理是叙述者和接受者都需要关注的事。从叙述者角度言之,首先应该注意自身的身份、立场、创作动机和创作态度,自觉清醒地把握自己以何种身份而写,又是为谁而写这个首要和根本的问题。由此延伸到创作的过程,涉及叙事的手法技巧,包括题材的选择和撷取,想象的方向、程度和方式,虚构与否,如何虚构,抒叙成分如何配比,还要对读者或观众的心理和期待作出必要预估等等。在这个过程中,叙述者努力朝真善美的理想目标奋进,自然会时时绷紧叙事伦理这根弦。这是叙事作品能够得到社会认可和广大受众欢迎的重要保证。

　　叙事伦理为叙事者和受众共同默认、遵循和维护。因为所谓叙事伦理,实乃社会伦理的一部分,上面打着他们所共同具有的文化基因的鲜明烙印,含有这种文化基因的丰富底蕴(包括其优缺点种种方面)。我们既可以通过叙事伦理去了解某一国族的文化基因,也可以借助对叙事伦理的分析,来发现自身文化基因的优长和不足,从而达到扬长避短和日臻至善的目的。①

---

① 对此问题更具体的论述,请参阅本书下编第九篇《诗歌叙事传统的"技""道"与伦理》。

相关论文

诗歌叙事传统面面观

下编

一

从抒情叙事两大传统论中国文学史

"从抒情叙事两大传统论中国文学史"这个问题的提出，与"抒情传统唯一、独尊说"有关。

可以说，如果没有一个盛行的独尊说，就不会有、也不必有两大传统贯穿说。本来，任何文学离不开抒情和叙事，中国古今之文学既有抒情也有叙事，文学作品的好坏美丑，其价值之有无高低，并不取决于抒情还是叙事。无论抒情文学还是叙事文学，都有优劣高下之分。评判抒情或叙事作品，要看它抒的是什么情，是怎样的抒法？叙的是什么事，又是如何叙的？需据此加以批评判断。至于说中国文学史贯穿抒情、叙事两大传统，应该是顺理成章不言而喻的，甚至不妨认为这是一种普通常识。然而，何以这又成了一个问题呢？那完全是因为先有了一个中国文学仅存在一个抒情传统的说法，而且这一说法长期流传，颇具权威，至今影响甚大。① 正因为有了一个传统独尊

---

① "中国文学传统就是一个抒情传统"在中国文学教育中，几乎是为众所周知和认同，乃至被默认的一般常识。以理论语言陈述的，则陈世骧先生较早，见他的《中国的抒情传统》一文（见《陈世骧文存》，辽宁教育出版社，1998年版）。该文原是一篇英文学术报告，由我国台湾学者译为中文，有关论述如下："做了一个通盘的概观，我大致的要点是：就整体而论，我们说中国文学的道统是一种抒情的道统并不算过分。"（转下页）

的说法，就不能不用两大传统贯穿说来纠偏、补正和平衡。否则，对中国文学史的认识和评价就不能全面而完整，也不符合历来中国文学的状况，甚至可能对现实文学的发展产生不良影响。

"中国文学就是一个抒情传统"，或说"中国文学充满抒情精神"，这是对中国文学的一种认识，对中国文学特质的一种宏观概括。

这种概括植根很深，由来已久，当然并非毫无道理，而是相当有理；也并非哪位先生个人一时心血来潮的独断。"抒情传统说"的盛行，与中国文学的历史状况是有关联的。中国文学史本身，从创作到理论，都为这样的认识提供了条件。用此理论似乎可以将中国文学作品和文学史的种种现象解释得满不错，尤能满足深隐于国人内心对个人意志和情感受压不舒的抗愤意识，所以这样的观点也就能在相当长的时间里赢得众多的赞成和支援，甚至成为一种定论，一种权威，一种研究范式，使得不少研究者自觉不自觉地尊奉着它。有的人对中国文学的认识往往就从抒情始，而也到抒情终，总是在这个所谓抒情传统的圈子中兜绕，而无暇顾及或有意无意地忽略作为抒情重要凭借

（接上页注） 文末引西方学人"不管散文或韵文，所有成功的文学创作都是诗"之语后说："我们不啻等于回头捡到一句相当于一般东方见解的中国古话：所有的文学传统'统统是'抒情诗的传统。"陈国球先生认为译文不够准确，陈世骧的观点（"Chinese literary tradition as a whole is a tradition"）应表述为"整体而言，中国文学传统就是一个抒情传统"。见其《诗意的追寻——林庚文学史论述与"抒情传统"说》，《北京大学学报（社会科学版）》2010年第4期。笔者《中国文学叙事传统研究》（中华书局2012年版）对此有较详说明，可参。

之一的叙事，进而贬低与抒情同为文学表现手段的叙事，终至遮蔽掩盖了中国文学这另一个传统，即本应与抒情传统并列、处于互动互渗与博弈共进状态之中的叙事传统。更有甚者，有的论者竟会在某种程度上，将本具独立性的叙事传统吞没，将叙事及其整个叙事传统笼统地含纳到抒情传统之中，而使其所谓的抒情传统变得庞大芜杂、无所不包，并以此为核心、为主要依据，去与西方文学进行比较，等等。

到了这一步，"抒情传统说"就走到了"唯一"和"独尊"的地步。

探索中国文学的精神实质，努力将其概括为某种"传统"，应该说不是无意义的。这符合认识深化的需求和规律。中国文学史的研究者们曾多角度地探索过这个问题，提出过种种说法，不少观点都是精彩中包含着偏差或谬误，绝对真理并不存在。从抒情或叙事的视角来观察提炼，也是途径之一，是以文学的表现方法为主要依据和出发点。

抒情抑或叙事，可以说是文学表现方法两个根本性的、最高层次的范畴。文学表现手法多种多样、不一而足，但大都能够归于抒情或叙事。这是我们谈论抒情、叙事的第一个层面。

抒情与叙事又各自对应着一定的文体。最通常的看法是，抒情对应着诗歌，尤其是抒情诗，有人甚至认为诗的本质就是抒情二字，只要是诗，就都是抒情的；而叙事则主要对应着小说，小说才是叙事文本，因为它要讲故事、有情节和刻画人物——当然也不断有人要冲击、突破这个藩篱，尝试没有故事、情节和人物的小说，意欲搞出消解掉小说基本特征的小说，但好像至今尚未真正成功。

抒情和叙事在文学的发展传承中又必然形成一定的传统。

正是面对这个传统，才产生了评价畸轻畸重的现象和高下优劣的不同看法。更重要的是许多论者在对抒情传统的深入阐论中逐步把问题从文学表现方法扩展到文学的本质、创作的动因、作品艺术性的鉴赏和评价、作者心灵波动和创作行为的剖析和对作者生活道路和思想情操的阐论，乃至对一国一族文学精神的判断和概括等，从而使"抒情传统论"上升为与整个文学史和文艺理论研究相关的一种宏观理论，并在实际上产生了研究范式的效应。① 因此，我们今天谈中国文学史的两大传统，特别是谈与抒情传统相颉颃的叙事传统，也必须自觉地抵达这个高度。

面对相当严峻的"抒情传统说"唯一、独尊的态势，我们以为必须及时适当地提出对叙事传统的强调，强调叙事传统应与抒情传统并列；要充分论述这两大传统在中国文学中同源共生、互动互渗而又互竞博弈、互挽共进的关系，改变以单一的

---

① 笔者在《中国文学叙事传统研究》导论中有这样的表述："从陈世骧先生及许多后来者的阐论中，可以看出，说中国文学存在一条'抒情传统'，其意涵是丰富的，实涉及文学本质论、发生论、创作主体论（自然涉及人论）、创作过程论（从构思到成文，抒情还是叙事，主要就体现在这过程中）以及作品论、风格论、批评论等等方面，其关键则在于文学以情志为核心的观念。"见该书第 7 页，中华书局 2012 年版。对于抒情传统论者所涉及的理论范围，《中国抒情传统的再发现——一个现代学术思潮的论文选集》（柯庆明、萧驰编，台大出版中心 2009 年版）是一本最精要最有价值的参考书，书中还有范围更广的参考书目，为我们更具体地认识这一学术思潮打开了眼界。《抒情之现代性："抒情传统"论述与中国文学研究》（陈国球、王德威编，生活·读书·新知三联书店 2014 年版）是同一主题后出的论文选集，进一步扩大了学术视野，在理论上亦有新的祈向，自然也是研究中国文学抒叙传统的重要参考书。此外相关学术著作还有不少，不遑一一列举。

下编　一　从抒情叙事两大传统论中国文学史

抒情传统论中国文学史的旧习惯、旧范式，提倡以抒叙两大传统看中国文学史的新范式。

但是我们不主张矫枉过正，我们反对从一个极端跳向另一个极端，要力避因不赞成抒情传统的唯一独尊而走向主张叙事传统的唯一独尊。我们是要从抒情、叙事两大传统来论中国文学史，是"双轨"论，是"两足"论或"两翼"论——总之是两点论，而不是一点论——我们的目的是矫枉而达正，执两而用中，力求科学的平衡和妥帖。

附带说明一个问题。如果说，一开始是因为对陈世骧先生的观点有所质疑，而触发了我们的思考，那么现在我们研究的深度已远远超越于此。前面特地指出，抒情传统说不是哪一位先生的个人独见，而是一种植根很深的普遍认识，甚至已可说是一种有关中国文学的老生常谈，就是不想把责任都归于陈先生一个人。对于陈世骧先生，我们能够理解他在美国讲中国文学，需要鲜明突出而又极其简括地提出中西文学之差异，以便学生和听众之接受。抒情传统说的明确提出，以及对抒情传统优越性的宣扬，可能与此有关。而且陈世骧先生在其被誉为"中国抒情传统再发现"的著名讲演中也曾明确指出：

"抒情精神（lyricism）成就了中国文学的荣耀，也造成了它的局限。"[1]

---

[1] 这是杨彦妮、陈国球先生的新译，见《抒情之现代性》一书，第47页。《陈世骧文存》（辽宁教育出版社1998年版）所载杨铭涂先生译文此段作："在这个文学里面，抒情诗成了它的光荣，但也成了它的限制。"见该书第2页。

这是一句非常重要的话，在这句话的背后，陈世骧先生对抒情精神所造成的中国文学的局限——这当然与抒情精神本身的缺点或不足之处有关——一定有大量的理据和事实，有很多的感受和观点在支撑着。可惜陈世骧先生本人对此没有来得及充分发挥、充分阐释就不幸去世。后来的学者却似乎并没有足够重视陈先生的这句话，特别是这句话的后半截。如果不是这样，而是能够按着陈先生的提示去全面探讨，能够客观辩证地对待抒情传统，也许早就会对抒情传统的种种局限有所觉悟，不至于把中国文学的抒情传统讲得过于神奇绝对，也不会把它在实际上推到唯一和独尊的地步，却硬是无视叙事传统与之并存同在的客观实际。①

本文不拟把精力放在对"抒情传统唯一独尊说"的批评上，也不想集中于纠弹抒情传统本身的局限。我们主要是想正面说明以叙事与抒情两大传统来看中国文学史的合理性和必要性。简言之，我们不想立足于"破"而想致力于"立"。我们的原则是两条：一个是科学的求实原则，即一切从中国文学史的实际出发；一个是关注现实状况及利害的原则。研究历史，考论传统，归根到底要与现实关联，是为今日中国文学与文化的健康发展而思虑谋划。

谨将我们的基本观点分述如下。

---

① 关于中国文学存在一个抒情传统的说法，近来有学者提出与五四时期新文化运动积极参与者，如胡适等人对旧文学的误解和改造意图有关。他们把从《诗经》开始的文学传统说成是一个"抒情传统"，而排除了旧文学的"美刺比兴"传统，以为这样会有助于文学的新变、人民的觉醒和社会的现代化，其实是歪曲了旧文学。故现在需要重建被五四误解了的中国文学传统。(见胡晓明文，《文汇报》2015年9月13日)

（一）抒情和叙事是同源共生的关系

谈论抒情、叙事两大传统，首先还是要从抒情、叙事作为文学表现方法这个最基础的层面开始。

抒情、叙事可以说是人类为维持物质生产、社会活动和精神生活必不可少的一种行为。

何谓抒情？何谓叙事？如果纠缠起来，可能连篇累牍也未必弄得清。其实，我们谁都明白它们的实际含义。在文学常识和写作技巧的层面上，抒情、叙事都不过是表达的手段而已。[①]

抒情和叙事都是因表达、叙述与交往的需要而产生。文学，归根到底乃是人类表达和叙述方式的一种、叙述成果的一种。我们的口头语言和书面文字由此而生，文学也就有了口头文学与书面文学之分。口头文学通过古人的代代口传，最后还是要落实、保存到书面，才能流传至今。书面文学是今日文学的大宗，但口头创作并未消亡，由口头而书面的转化（有时也反过来由书面而口头）至今依然存在。

是文学，就总有文学的特质，这特质可有多方面的概括和描述，但又可以一言以蔽之曰：文学归根到底是一种叙述，或者说，文学是人类叙述的一种，是一种为了宣泄、告知和交流而

[①] 这里提到"在文学常识的层面上"，或如有些学者所谓是在"写作课的层次上"。叙事学研究不能停留在这个层面，却也不能完全脱离这个层面。参见傅修延：《中国叙事学》导论，北京大学出版社2015年版。

做的叙述（请注意：是"叙述"，不是"叙事"）。① 所叙者或为身外之"事"、客观之"态"，那便是我们所谓的"叙事"；所叙者或为"情"，包括叙述某种感受、看法、意见、观点，总之属于主观"情、志、意"范畴者，便是我们所谓的"抒情"。叙事、抒情实为文学表现的两种最主要方法，至少中国文学（尤其是中国古典文学）是如此。更多的情况下，叙事、抒情交织在一起，混杂在一起，甚至难以区分。抒情和叙事就这样从源头开始就难分难解地并存着，直到发展出各式各样的文学艺术样式，犹如由最初的一粒细胞慢慢地演化出大千世界无穷无尽的物种品类。但对于研究者来说，抒情与叙事毕竟又是需要分清，而且是可以分清或基本分清的——创作者可以愿抒即抒，愿叙即叙，随性而发，据需而作；一般读者对此亦可不予深考，不予细究。但研究者的职责是要做深入膆理的分析，以探索创作的奥秘，或曰"内行看门道"。

至于叙事从思维到行为的起源与逐步发展，现代心理科学和行为科学是有研究的。中国古代文献也提供了某些线索。有论者指出，叙事与古人对秩序的追求分不开。人的等级地位，宴会的座次，祭祀的排列，直至记录的序列，都与叙事思维和行为的形成有同一个内在根源。《易·艮卦》爻辞有"艮其辅，

---

① 赵毅衡《广义叙述学》："叙述，是人类组织个人生存经验和社会文化经验的普遍方式。""叙述是人类认识世界的一个基本途径。""从这三个角度（人类进化、人的个体成长、人的梦幻）看，叙述的确是人生在世的本质特征，是人类最基本的生存方式。"（见该书导论，四川大学出版社2013年版）赵书还对叙述下了一个最简约的定义，亦称"底线定义"："1. 某个主体把有人物参与的事件组织进一个符号文本中。2. 此文本可以被接收者理解为具有时间和意义向度。"（见该书7页）

言有序,悔亡"之语。所谓"言有序"就与人的叙述行为,即叙事有关。可见古人很早就懂得"叙事有序"的重要性,言有序乃可无悔吝。"叙""事"二字搭配成词,则始见于《周礼·春官》所谓内史"掌叙事之法,受纳访,以诏王听治"。说的虽是官员职责,但其实际内容与清晰有序地叙说事情显有瓜葛①。这方面还可作更系统的资料搜求和论述。

(二) 在大文学史的范畴里讨论

我们的讨论,都是在大文学史的范畴内进行的。

文学史范畴有大小,这是一个客观事实。文学史范畴的大小则是由史家文学观之大小决定的,这也是毋庸讳言的客观事实。

中国文学史本是一个舶来的名词,经百多年的发展而形成一个学科。最初的中国文学史,其范畴广泛而不明晰,因为,其时流行的、作为文学史论著指导思想的,是泛文学观,几乎把所有诉诸文字的东西,从经史子集到学术文章、簿书谱录之类都阑入文学范围。后来(大致在20世纪20年代之后)则受西方文论影响,产生出纯文学观,把历史上许多应用型、实用性的文字(包括经国大文)排除在文学之外,只承认那些富于美感、触动感情而非以实际功用为主的作品才算文学,也才属

---

① 参见傅修延:《先秦叙事研究——关于中国叙事传统的形成》(东方出版社1999年版)第一章绪论。近年亦有博士研究者涉足此问题,如上海大学钟志翔博士论文《中国叙事观念探原》(2014年5月完成)。

于文学史的内容，在文体上便限于诗歌、小说、散文、戏剧四大块。这种观念较纯而窄的文学史风行了数十年，至20世纪80年代以后，随中国文化复兴思潮的高涨而渐起变化，一种新的大文学观逐渐崛起。

这所谓新的大文学观，要点有二。一是尊重中国历代占主流的文学观，即重视当时人的文学观，凡当时被视为文学的文本，特别是在文坛上受到重视、居于中心的创作，不因时过境迁、也不因与纯文学观扞格就将它们排除在文学史之外。二是判断一篇作品是否能够入文学史，应该是它的文学性；文学性与审美价值有关，其有无、多少并非纯主观的判断，而是有一定的客观性，可以分析和称量。文学性存在着层次，有高下强弱、多寡浓淡之分，文学史根据历史事实和今人评价载入具有不同分量文学性的作品，而不是仅根据文体形式容纳诗歌、小说、散文、戏剧四类文体的作品。

这样的文学观乃是新的大文学史观的基础，必然会影响所写文学史的面貌。最重要而显著的，是它容纳的作品种类远远多于纯文学史，而由于更全面真实地反映各历史时代的文学样态，也就不像纯文学史那样只限于今人认可的文学。比如，唐代几位以"大手笔"而闻名当世的作家，张说、苏颋、张九龄、元稹、权德舆、陆贽、李德裕等，身为朝廷高官（中书舍人、知制诰、翰林学士乃至宰相等等），他们的很多奏议章表，或代朝廷起草的诏告文书，以前基本上不在文学史的视野之中，被关注的只是他们的诗赋杂文，实际上是不全面的。有的人公务写作之外的私人作品少，像苏颋、陆贽，一般文学史就往往不提他们，其实，他们的许多公务写作在当时影响很大，有的甚至影响了一代文风，不提他们就不能完整地反映那段文学史的全貌。若从大文学史和抒叙两大传统的角度来看文学史，这些就都可弥补了。

这个所谓新的大文学观，与早期的泛文学观有联系而并不相同。因为它有比纯而窄的文学观宽泛的特点，似乎有向往昔回归的倾向；但它又并非泛文学观的翻版。它是经过新文艺理论淘洗，对文学性有较新较深入认识的文学观。它对此前的泛文学观和纯文学观都是批判地继承。

当我们讨论中国文学史抒情、叙事两大传统的种种问题时，一个首要的前提，是确认讨论的文学史范畴是这个大文学史，既不是泛杂漫漶无所不包的文学史，也不是经过过度修剪而有违历史实际的文学史。

（三）文学的抒情、叙事与一定文体有关，兼论所谓"文史不分"

一切文学作品都需采用一种文体来表现。比如在一般人的观念里，抒情多与诗歌有关，叙事多与小说戏剧有关，散文则可兼叙事与抒情。但实际情况要复杂得多，倘若是对一篇具体作品作抒情还是叙事的分析，似乎还不是太难，只要对何谓抒情、何谓叙事有个比较明确的界限就好，便可就作品论作品。困难在于超越一般的作品分析而进入"传统"的判断和论述。何谓抒情传统？何谓叙事传统？它们的关系又如何？这才是问题的症结，但也才是这个问题的价值所在。对单篇作品的抒叙分析，影响主要限于对该作品的认识，而对抒情叙事传统及其关系的阐论则关乎文学史特质的判断裁定，当然更为宏大而重要。不过,对于文学史抒情叙事传统的阐论,离不开对具体作品的分析,传统的存在要由大量作品的历史性发展和沿革来构成,也要由此来证实和检验。所以,归根到底,我们的两大传统研究不可能是空洞的理论阐述,还是离不开具体的而且往往是十分有趣的文学作品分析。

还有一个何谓"传统"的问题。就这个问题,可以展开冗长的讨论,但这不是我们要做的主要工作。我们所谓的"传统",大体上就是在历史过程中形成和发展演变,并贯穿于历史过程之中的那些植根深厚、影响深刻、代代传承的特点。[①] 这个最简略的"公约数"或许可以得到较多的认同。

如果要从上古口头文学开始论文学的抒情和叙事传统,那么最古老的诗歌谣谚是它们共同的源头,其中既有叙事成分,也有抒情的表现。即使以文字结集的第一部诗集《诗经》为例,也是如此。后世学者,有的把《诗经》视为抒情诗的总汇,也有的指出中国古典诗歌的每一种表现手法(无论叙事还是抒情),都能在其中找到根源。比较起来,我们更为赞同后者。

在文学后来的发展与分化中,往往要求押韵的诗歌较多地负担起抒情的职责,而不那么重视押韵的文字(文章),主要是史述,因为更便于叙事,也就更多地承担起叙事的责任。

抒情固然是诗歌的主要职责,但诗歌的抒情从来不可能脱

---

① 在《中国文学叙事传统研究》一书的小结中,我们曾这样表述:"在林林总总、形形色色的文学叙事之中,存在着某些经常重复、频繁呈现甚至始终如此、代代传承的表现特点,这些相当稳定的特征贯穿于整个文学史,在我们看来就不妨称之为一种'传统'。"(见该书第498页,中华书局2012年版)这或许不是一个关于传统的严谨定义,但却反映了我们的真实看法,而且在书中就是这么应用的。

离叙事。虽然纯抒情（包括纯议论）的诗歌作品不是没有，① 但与巨大的诗歌总量比较，纯粹抒情议论之作毕竟是少数，大多数诗歌实处于抒叙结合状态，只是抒叙比例不同、抒叙结合方式各异而已。既往许多被笼统视为或说成是抒情诗的作品，仔细分析就能发现叙事的成分或因素，很需要我们用"抒中叙"或"叙中抒"的视角和方法加以重新研究；② 更不用说那些叙事色彩明显，或公认为叙事之作的诗歌了。但就文学史总貌来看，我们不妨仍将诗歌视为抒情传统的主要承载者，因为文学抒情在诗歌以外的各种文体中虽然也有，但比较起来，总还是在诗歌里抒情的成分更多更明显，与音乐和歌舞关系密切（早期几

---

① 姑举二例，如《古诗十九首》中"生年不满百，常怀千岁忧。昼短苦夜长，何不秉烛游？为乐当及时，何能待来兹？愚者爱惜费，但为后世嗤。仙人王子乔，难可与等期"一首，纯系诗人心情之直抒；如陶渊明的《形影神》三首，以哲理阐发充当感情的舒泄。

② 这里可举一例。陈世骧先生《中国文学的文化要义》提到庾肩吾"一首精巧的小诗""描绘了幽怨深宫中的青草"（陈未引出原文，实指《长信宫中草》）："委翠似知节，含芳如有情。全由履迹少，并欲上阶生。"）并阐发其以隐喻手法所表现的抒情内涵，乃一首"眼前景"与"诗外事"有关联又有一定距离的作品。又举谢朓诗《玉阶怨》："夕殿下珠帘，流萤飞复息。长夜缝罗衣，思君此何极。"说明意象（珠帘）的抒情作用及其含义的固化，很精彩，却是一首抒叙融合的代表性作品。前三句叙宫人从黄昏到深夜的所为所见（下珠帘、观流萤、缝罗衣），唯末句是抒，直言在整段时间里默默地思君。此诗不但有"人"有"事"，甚至可想象为"有某种故事"，完全符合赵毅衡定义要求的"具有时间和意义的向度"。至于意象，则不止一个，除"珠帘"外，还有"流萤"及其"飞复息"，有"罗衣"，乃至"长夜缝罗衣"的组合性意象或曰行为意象。众意象在时间过程中勾连照应，构成叙事，含蓄地表达了复杂深沉的感情。（张晖编：《中国文学的抒情传统——陈世骧古典文学论集》，生活·读书·新知三联书店2015年版，第60页）

乎三位一体)的诗似乎也更适宜抒情。最重要的恐怕还因为抒情实乃诗歌唯一独特擅长,若把"抒情载体"的资格也剥夺了,那诗歌文体还能充当什么传统的载体呢?它的价值会不会受到贬损呢?

叙事传统的源头是史述,从文体言之,就是散文,一般的文学史常称之为历史散文。把与此有关的大量作品划入文学史的研究范围,是前述大文学史观内容之一部分。

这些史述,包括某些甲骨文、钟鼎铭文等,更重要的当然是被视为"皆史"的"六经"。史学史不会忽略它们,但它们也早已进入文学史,是跨文史两域的存在。到了《春秋》及其三传,特别是《左传》《国语》《战国策》等史书,则史述的水平已发展到相当高度。此时,叙事传统不但成形,而且已相当发达。再到纪传体史书出现,伟大的《太史公书》横空出世,中国文学的叙事传统就达到了它的第一个高峰。

编年体史书的文学性体现在叙事的眉目清晰,无论是错综复杂的外交活动,还是伏线久远、因果绵亘的酷烈战争,它都能叙述得有条不紊,有场面,有对话,有人物的活动,甚至有某些心理的描写和暗示。这是文学史家必须把它们写入文学史的理由。史学史家舍不得割爱,也可以从不同角度进行分析和肯定。我们则由此看到了古人叙事思维的日趋精密,叙事能力的极大提高。

纪传体史书的文学性比编年体要高出一筹,关键就在于"纪传"二字,它在体制上规定并突出了以"人"为中心,这就使它与号称"人学"的文学产生了更密切的联系,使史学的这一部分超越了史学而进入文学的领域。司马迁的《史记》首创历史人物传记,其《本纪》《世家》《列传》中都有一些特别精彩的篇章,不但记载了历史人物的生平事迹,描述了他们的命运遭际,而且刻画、塑造了栩栩如生的性格和形象，使一两千年后的读者阅之仍如闻其声，如见其人，而且许多人物的刻画进入人性深处，使之成为不朽的典型形象。这是怎样的文学水平和价值！

《史记》《汉书》《后汉书》以外的杂史杂传在东汉以后一度极为繁荣，这在唐人刘知几的史论巨著《史通》中有重要的论述。虽然这类书籍大量佚失，但后继者不绝，并且还发展出新的史体，如具有地域特征的方志，这些都是叙事传统上重要的现象，遗存丰富。而《史通》则是对唐以前史学的总结，换一个角度看，也就是对唐以前叙事传统的总结，而且是经典性的总结，其概前而起后的价值是怎样肯定都不会太过的。

接下去发展起来的是数量极为巨大的碑传志铭类作品，是形式多样的文史笔记类作品。中国小说的源头，有人追溯到上古神话、诸子寓言，然后以魏晋时代繁荣起来的志怪、志人小说接续之。把小说史的源头和上述史学源头打通来看，中国文学史叙事传统起源之悠久遥远，就更加清楚了。

中国文史有着深厚渊源，文学中有史性的存在，史著中有文学（诗性）的成分，这是众所公认的。当然，随着科学思维的发展，文史也需要分科，不能混为一谈。古人在这方面曾作过很大的努力。刘知几《史通》的理论核心之一，就是阐明和划清文史的界限。如何在史著中彻底干净地排除文学成分，这几乎是历来史家恒久不变的心结，从刘知几到章学诚，无不如此。而在刘知几之前，当文学观念渐趋自觉，萧梁的昭明太子编选《文选》，则是通过选政，表达了文学家的态度。《文选》绝不选入任何史文，无论你把场面描写得多么精彩，无论你把人物刻画得多么生动（这也说明萧统的文学观尚未注意到"写人""叙事"的重要性。他们更重视文辞的华丽精美，所谓"事出于沉思，义归乎翰藻"），而只是选入了一些文字精粹的史赞和史论——它们用诗形的文字正面抒发史家的观点，是议论，但也如诗歌之抒情。问题是不管文家史家怎样努力地划分文史，文史总有一部分是无法分清的。文史的真正交集点，就在于对人物形象的刻画和描写。史部书的内容和形式非常多，许多不涉及人物描写（或虽涉及当事人，但不涉形象刻画）的部分，是可以与文学无关的；但只要一涉及人物形象的刻画，即使声称是百分之百的"非虚构"（实际上很难做到），也不能不与文学发生瓜葛。因为人物的刻画和塑造乃是文学的专利，也是文学至高无上的职责，故只要是纪传体史书，必有部分先天就具备文学性质；碑、传、志、铭或涉人的笔记、杂文、小品之类，也是如此。所谓"文史不分"本是个十分笼统的说法，其实文史早已分道扬镳，其真正发生交集而永世无从解脱者，唯在人物传记一项而已。且在小说戏剧充分发展起来之后，文学作品刻画人物形象的手段渐趋丰富无限，后世正史之人物纪传却日益拘谨、形成格套、缺乏进步，于是，写人和叙事的重心就逐渐转移，叙事的能力，"写人"的智慧，大踏步回归文学，说到文学叙事也就无需像早期那样非借重史部的著述不可了。

但尽管如此，文史的因缘仍然未断，说到中国文学的叙事传统，仍然必须文史兼顾。试看今日之文坛，出现了多少亦文亦史的作品！文学中的"非虚构""报告文学""传记文学"（或准传记文学）和各种回忆录，无不史性十足；而史部书中，除严肃板正的写法外，格外受欢迎的正是以文学笔法出之的作品，包括形形色色的口述史。还可以前些时很受欢迎的《明朝那些事儿》为代表，以文学眼光和笔法描述历史，尤重人物和细节。此类例子很多。又如岳南的《南渡北归》、王树增的《长征》《抗日战争》《解放战争》《朝鲜战争》系列。卜键的《国之大臣——王鼎与嘉道两朝政治》应属史学著作，但文学性也颇强。美国史景迁的多本著作，实质是史，写法却近文，他的偶像和模仿对象已在其笔名中宣示，那就是纪传体史书和纪传体文学的鼻祖司马迁。就是自古以来渊源深厚的"诗史"传统，今日亦不乏传承，上海书店新近重印出版的姚伯麟《抗战诗史》就是很有代表性的一部。

我们谈中国文学的抒情、叙事两大传统，要贯穿古今，既要讲两大传统的同源共生，又要讲它们的互动交融，还要讲它们的博弈互竞，讲它们在不同历史阶段的消长浮沉，与我们看到当前文学中文史再次交集融合的趋势，也是分不开的。

(四) 对"事"的认识和界定，"事"与抒叙的关系

如前所述，所谓抒情和叙事，就微观层面言之，是文学表现手法的两大范畴。文学表达与任何表达一样，都是把作者心中的东西（感受、认识、知识、人物和故事等）外在化，以传达给别人。文学表达也和任何表达一样，是一个过程，是一个将作者主观告知他人的过程。

所谓叙事，"叙"和"事"可分而视之。"叙"乃行为，"事"则是此行为之对象。所谓"事"，即某种事情，包括事由（因）、事象、事态（状）、事境、事脉、事程、事果（结局）、事证（远期后果）……乃至某种故事，既可以是曾经发生过的实在事，也可以是想象中的虚构事，无论叙述哪种事，无论怎样叙，都是"叙事"。在我们的讨论中，"叙述"和"叙事"是两个各有用途的词和概念，两个词都需要，各自应用于适当的地方。

抒、叙、议是人们在分析文学作品表现方式时总结出来、而又再用之于分析更多文学作品的概念。正如古人曾用"赋比兴"来概括《诗经》和某些古诗的表现手法一样。当初的创作者只因有事要叙,有情要抒,怎样合适便怎样说出来或记下来,并不知道也不在乎自己发明创造了什么赋比兴。后世的创作者也无需在创作时纠结于什么是赋比兴,或斤斤掂量如何赋比兴,怎样舒服痛快就怎样写下去。但研究者却不能不运用这些概念去分析,即使为此而争论不休也在所不惜。古人爱用的赋比兴的概念,我们今天用得很少,甚至不用了。今人常用的是抒情、叙事、议论这些概念。其实,赋比兴也好,抒叙议也好,都是我们对文学作品表现方式做研究时使用的概念。这些概念,既可以用于一篇篇文学作品的微观分析,也可用于中观视角的考察,如对一个作者的全部作品,一批诗人的作品,一个时代的创作进行研究和分析等等。而将其提升到宏观视角来看,就会发现整个中国文学无非是抒叙的互动互渗,但因抒叙各有所长,各有所能与不能,故又有所博弈竞争,在相互推挽中前进。

在说明了抒叙议的异同后,我们把视线进一步集中到叙事上来。首先便要说明文学与"事"的关系。清人叶燮在《原诗》中对此有极精彩的论述,虽是就诗而言,实可扩及全部文学,值得我们重视。

《原诗·内篇》不止一处讲到"理、事、情"与诗之道、诗之法的关系,其中最集中而重要的是以下这段话:

> 自开辟以来,天地之大,古今之变,万汇之赜,日星河岳,赋物象形,兵刑礼乐,饮食男女,于以发为文章,形为诗赋,其道万千,余得以三语蔽之:曰理,曰事,曰

情,不出乎此而已。然则诗文一道,岂有定法哉?先揆乎其理,揆之于理而不谬,则理得;次征诸事,征之于事而不悖,则事得;终絜诸情,絜之于情而可通,则情得。三者得而不可易,则自然之法立。故法者当乎理,确乎事,酌乎情,为三者之平准,而无所自为法也。①

根据以上所引,并综观叶氏《原诗》对"理、事、情"的全部论述,可知他是把"事、情"作为诗的内容来源,构成诗歌作品之基础,而以"理"渗透其中又凌驾其上,从而形成一个三角形(△)的样态,以此说明它们的关系。在叶氏观念中,"事"与"情"(有时还加上"景",但在后面的论述中又略去"景"而只提"事""情")既是触发诗人创作的动因,又是诗歌作品的根本内容。《原诗》有云:"原夫作诗者之肇端,而有事乎此也,必先有所触以兴起其意,而后措诸辞,属为句,敷之而成章。当其有所触而兴起也,其意、其辞、其句劈空而起,皆自无而有,随在取之于心;出而为情、为景、为事,人未尝言之,而自我始言之。故言者与闻其言者,诚可悦而永也。"②由此可知,叶燮认为"事"在创作之前和之初,是触发作者情思的外在因素,经过创作,"事"及其引发的"情思"被写入诗中,成为诗中的"事"与"情",这是经过作者主观心灵加工后的"事""情",与当初触发作者诗兴的"事""情"既有关联,

---

① 叶燮:《原诗·内篇》,载丁福保辑:《清诗话》下册,上海古籍出版社1978年版,第574—575页。

② 叶燮:《原诗·内篇》,载丁福保辑:《清诗话》下册,上海古籍出版社1978年版,第567页。

又并非同一。叶氏《原诗》对这两种既关联又不同的"事""情"作了细致的辨析,指出作为创作动因的"事"与诗中写出的"事"可以有很大的不同,诗歌当然可以写真实的事,但也不妨写虚构的事;当然可以逼真如实地纪事,但也不妨对实事进行选择、加工、夸张、渲染而写之。

他还特地深论与诗有关之"事""理"的复杂情况:"子但知可言可执之理之为理,而抑知名言所绝之理之为至理乎?子但知有是事之为事,而抑知无是事之为凡事之所出乎?可言之理,人人能言之,又安在诗人之言之?可征之事,人人能述之,又安在诗人之述之?必有不可言之理,不可述之事,遇之于默会意象之表,而理与事无不灿然于前者也。"① 并以杜甫以及李白、王昌龄、李益、李贺等人的诗句为例,来说明并强调"作诗者,实写理、事、情,可以言,言可以解,解即为俗儒之作。惟不可名言之理,不可施见之事,不可径达之情,则幽渺以为理,想象以为事,惝恍以为情,方为理至、事至、情至之语"。②

---

① 叶燮:《原诗·内篇》,载丁福保辑:《清诗话》下册,上海古籍出版社1978年版,第585页。

② 在这一长段中,叶燮举杜诗《冬日洛城北谒玄元皇帝庙》的"碧瓦初寒外"、《春宿左省》的"月傍九霄多"、《船下夔州郭宿雨湿不得上岸别王十二判官》的"晨钟云外湿"、《晚秋陪严郑公摩诃池泛舟》的"高城秋自落"等例,谓"古人妙于事理之句,如此极多",而"若以俗儒之眼观之,以言乎理,理于何通?以言乎事,事于何有?所谓言语道断,思维路绝。"又论及"情至"与"事、理"的关系,举"蜀道之难难于上青天""似将海水添宫漏""春风不度玉门关""天若有情天亦老""玉颜不及寒鸦色"等句,谓所写之事虽极度夸张而决不能有,但因情至、理真而事得。(见《原诗·内篇下》,同上书,第585—587页。《原诗·外篇上》又举杜甫诗句若干,说明诗之叙事的各种特例,并戏代俗儒评驳,见第593—595页。)

下编　一　从抒情叙事两大传统论中国文学史

叶燮对"事"在诗中作用和表现的论述，实已涉及我们所说的叙事传统问题。概略地说，就是"情"与"事"构成了文学的两大内容，是诗文创作的基本构件。世上没有无事的文学，文学之"事"其实就是人的生活，人的所历所遇所见所闻，丰富多彩，花样百出，无所不包。"事"首先是以创作动因的姿态发挥作用，"事感说"认为人总是因"事"而生"情"，因"情"的推动而进入创作，故世上也没有无情的文学。文学作品总是通过叙事和抒情的途径曲折而多样地表现那些"事"与"情"，舒泄自己的积郁胸臆，也把它们传达给读者或听众。抒情与叙事是文学表达的两大主要手段，如此代代传承、代代积累，既有因继，又有变革，从而形成一种富于活力的创作传统——分观之是为抒情传统和叙事传统，合观之则为中国文学之表现体系。若将文学视为一种过程，则其创作阶段又可分为两段，前段是感事，即在生活中感受并酝酿情绪，寻觅灵感；后段进入写作，将心中所思付诸文字。抒情或叙事之行为就发生在这个时段。文学创作，看似方法无限，归纳之，则不出抒情叙事二者，而且单抒单叙的情况极少，绝大多数是抒叙不同比例的融合。正因为如此，我们才一再强调要以抒叙结合的观念来论文学史，而不能只说一个而遮蔽掉另一个。只因至今抒情传统唯一独尊之说影响甚大，我们不得不为叙事传统的地位申言力争耳。

清人刘熙载《诗概》也曾论及于此。其言曰："赋不歌而诵，乐府歌而不诵，诗兼歌诵，而以时出之。"这是从诗歌、乐府和辞赋在表演方式上的差异着眼，来论说它们的区别。所谓"歌"即歌吟的方式，"赋"是朗读而不歌唱的方式，表演方式的不同，会影响到内容及抒叙方式的选择。故刘氏又曰：

"《诗》,一种是歌,'君子作歌'是也;一种是诵,'吉甫作诵'是也,《楚辞》有《九歌》与《惜诵》,其音节可辨而知。《九歌》,歌也;《九章》,诵也。诗如少陵近《九章》,太白近《九歌》。"论到这里,于是总结道:"诵显而歌微,故长篇诵,短篇歌;叙事诵,抒情歌。诗以意法胜者宜诵,以声情胜者宜歌。古人之诗,疑若千支万派,然曾有出于歌诵外者乎?"① 这里,刘熙载明确指出了古代诗歌非叙事即抒情的事实,对我们用两大传统论中国文学史具有极大的启发意义。

刘熙载指出了古诗中长篇宜诵,故多叙事,短篇宜歌,故多抒情的情况,以此反观文学史,大致可以得到证实。但也有人加以补充修正,如夏敬观在《刘融斋诗概诠说》中云:"长篇不止于叙事一种,亦有写意、写景、写情,或参错于其间,或专写意、写景、写情。短篇不止于写意一种,亦有用之叙事也;情景二者尤多。"② 这一补充,就不但肯定了诗之长篇多叙事,还指出诗之短篇"亦有用之叙事"的情况,以及无论长篇短篇,往往是抒情(写意写情)、叙事、写景参错融混的状态。这就更有助于我们从抒叙两大传统来论中国文学史了。

文学必然、也必须与事发生关系,文学总要这样那样地去表现事与情,但文学与事的关系有多种样态,关系有远近,不可一概而论。按我们初步粗浅的划分,比如,有含事而并不实写某事者,我们或谓之"事在诗外";有咏叹某事而不具体细致

---

① 刘熙载:《艺概》卷二《诗概》,王国安标点,上海古籍出版社1978年版,第76—77页。
② 夏敬观:《刘融斋诗概诠说》,见夏氏《唐诗说》,河洛图书出版社1975年版。或见王气中:《艺概笺注》附录,贵州人民出版社1986年版。

写其事者,咏史诗或于题目作出标示,或以极简括之语提示史事,便是典型例子;这两种都是事与诗(作品)有关而距离较远者。进一步,便是叙事,即具体写到或正面写出那桩事件来,这里可关涉各种文体,或为笔记小品,或为散文小说,不一而足。若是诗体,则属我们所谓"事在诗中"者,其中叙述较详细者,则渐次向叙事诗靠拢。至于具体写法,又有种种,花样极多,不胜枚举。

文学作品从含事,到咏事,再到叙事,是文学与事的关系一步步走近的过程。到了叙事阶段,作者描摹人物、模仿声口和铺排讲演故事的能力已大为提高。慢慢地,他们不但能够复述已有之事、真有之事,不但能够一般地添枝加叶、移花接木,而且能够凭空杜撰、按需虚构,能够无中生有地编排人物或故事,并把它讲得天花乱坠、诱人忘倦,在艺术上创造出可以乱真的"第二自然",或用更时髦的"可能世界理论"来说,是通过艺术运作将一种可能世界的情景描绘得如同实在世界一样。[①]同时,这也是作者一步步退隐幕后,少用直接抒情手法,而让抒情(包括述意、议论等)逐步融化于叙事之中的过程。所以,这也是抒情叙事两大传统在发展中有所消长浮沉,有所博弈和竞争,从而显出不平衡状态的过程。

在文学与事的关系中,还有一个演事的阶段。叙事能力渐臻高峰,乃有演事能力的潜滋暗长,文学品种中,遂有戏剧的产生并迅速走向成熟。戏剧为艺术的综合体,其文学本质仍是叙事和表现,但与小说不同,戏剧的叙事人彻底隐退。真正的

[①] 参赵毅衡:《广义叙述学》,第三部分《时间与情节》第三章《可能世界与三界通达》,四川大学出版社2013年版,第176—197页。

戏剧，叙事人完全走入了幕后，他所叙述的故事人物则以角色的身份粉墨登场，把故事演练一番。① 戏剧又是叙事和抒情两大传统融合的最高形式。中国戏剧从古代歌舞表演萌芽，到唐代初成雏形，到宋、元、明、清开始壮大成熟。有遍布全国各地南腔北调的地方戏，有所谓的花部和雅部，至近现代因受外来文化影响而多途发展，更出现各种新的形式，如话剧、歌剧、舞剧、电影、电视剧、广告等等，直至今日方兴未艾的视频和网络游戏。媒介工具有所不同，花样、形态不断变换翻新，但本质仍不离叙事，仍以在故事中展现人物、塑造人物形象为宗旨，以设定的各类人物矛盾冲突演绎故事为表现手段。在抒情传统与叙事传统新一轮的博弈和竞赛中，叙事显得头角峥嵘气场十足，呈现一派领先态势。叙事传统与抒情传统的关系在浮沉起伏，进行着新的调整，这已经从文学史问题过渡到文学现实的问题了。

　　叙事领先不但表现在现实文坛份额分配上，也深刻地表现在读者的爱好倾向上。即使是古典文学研究者其实也不能满足于抒情，往往要"因情而寻事""由情而入事"，考证笺注之学的大兴即与此有关。从当代科研成果，亦可看出追求叙事的倾向；追溯事实，成为学者的兴趣所在。

（五）叙事传统义涵的补充说明

　　在《中国文学叙事传统研究》一书的最后，我们曾以全书

---

① 有的戏剧在出场人物中安排一个用来串场的局外叙述人，但他并不是剧作家自身，仍然是剧作家笔下的一个角色。

内容为据,将我们理解的叙事传统之义涵概括为八点,以作初步的小结。这八点可以组织为下面的一段话:

中国文学的叙事传统是一种客观存在。它起源很早,非常古老和悠久。它与抒情传统同源共生,互渗互动而又博弈共进,作为文学史的双翼双轨贯穿于古今文学的全过程,至今仍在发展变化。一方面,中国文学叙事传统与文史不分的观念有关,史述崇实尚简、力戒虚浮的要求规定了中国叙事文体的基本风格,也影响了叙事作品和传统的面貌;另一方面,中国叙事传统又具有诗性特征,看重叙述的含情见性,常借客观载录以寄托主观情志。归根到底,无论叙事抒情,也无论文史,它们都重视思想,力求载道,以伦理教化为核心价值——与中国文化最根本的共同特征是一致的。

我们至今仍坚持这样的概括。但我们也知道,这个表述是粗浅而初步的,因为它还只是从文学表现的层面来看叙事——这固然是基本的,也是需要的,却很不够,需要补充。

文学的抒情传统和叙事传统之分,表现方法的差异仅是文学写作的浅表层次,稍一深究就须涉及文学表现之前的感受酝酿,涉及文学在人心(意识或意念)中的孕化生成等问题。即使仅仅把文学过程粗分为内在的涵育运思和以语言文字工具外化倾诉两个阶段,我们讨论抒情传统或叙事传统,也不能仅仅限于外化的表达这个层面。无论抒情传统还是叙事传统,都关联着文学的全过程,贯穿着其首尾,都与作者的自我定位和创作取向,与他观察生活、撷取和处理题材的姿态角度相关,也与他们的创作动机和目的分不开，同时与作者对文学样式的熟悉和熟练程度（或长于文，或长于诗）有关。再进一步，则还与作品的实际效用、影响和价值有关。这些也是我们必须关注的，因为这对我们更深入地理解文学和文学史，把握两大传统的内涵，更痛切地认识两大传统共存互补的必要，或者更好地说明以抒情传统唯一、独尊而遮蔽、压抑叙事传统之违理和危害，都是非常重要的。

《中国抒情传统的再发现》一书在"广论·抒情传统学术思潮的反思"题下，收了颜崑阳教授的文章：《从反思中国文学"抒情传统"之建构以论"诗美典"的多面向变迁与丛聚状结构》。该文对抒情传统论述谱系所涉及的文献有一个简明扼要的描述，大致指出了各位学者的基本观点，其中对郑毓瑜教授的观点介绍如下：

> 近年来，郑毓瑜有见于陈世骧以下对"抒情传统"的论述，大多关注在"抒情自我"的发现，强调内在主观心灵的优位性，相对将外在于人的景物，仅视为诗人情感的寄托。因此，她在《诗大序的诠释视域——"抒情传统"与类应世界观》《身体时气感与汉魏"抒情"诗》等篇论文中，乃试图从"类应"的观点，去探讨古代诗学中所建构庞大的"比物连类"体系，如何展现人在天地物我相互开放、彼此参与的存在情境中，产生"触物以致情"的歌咏，而"抒情"也不再只是内在主观单向的表现，而是"自我与空间的相互定义"。（从颜文注释可知，以上叙述见于郑毓瑜《文本风景——自我与空间的相互定义》，麦

田出版社，2005年版）①

　　这里首先指出了一种事实，即陈世骧以下的抒情传统论者，大多更为关注"抒情自我"的发现，强调文学创作中"内在主观心灵的优位性"，而将外在于人的景物"仅视为诗人情感的寄托"。这个事实暴露了抒情传统说的偏颇和局限——过于关注，甚至只是关注"抒情自我"；过于强调"内在主观心灵的优位性"，而忽略甚至遮蔽、贬抑文学表现客观世界的能力和责任。创作者心灵的复杂深邃很有必要，简单浅薄是文学的大忌。但主体心灵除要善于挖掘和倾吐自身，也要有关注身外之事乃至天下大事的热诚和激情。虽不能认为，主抒情者必定拘囿于个人内心，或主叙事者就准定胸怀世界，关心他人，但抒叙二者毕竟出发点有异，要求也有所不同，容易造成这种差别。我们记得陈世骧先生曾经说过："抒情精神（lyricism）成就了中国文学的荣耀，也造成它的局限。"这局限究竟是什么？又是怎样造成的呢？是否就和"抒情自我"的过度膨胀有点关系？也许如此过度地阐扬抒情传统"内在主观心灵的优位性"，把抒情传统"绝对化为唯一的传统"，形成一种"覆盖性大论述"，以至造成"整个中国文学被一元化，至少是绝对中心化、单一线性化"的状况，②并非是已对抒情精神（传统）之局限有所觉察的陈世骧先生的本意？颜崑阳教授的文章，也说到诸位学者在对

---

① 柯庆明、萧驰编：《中国抒情传统的再发现》下册，台大出版中心2009年版，第735页。
② 此处所引短句均出颜崑阳文，见《中国抒情传统的再发现》下册，第739页、第743页。

抒情传统论的反思中，各自提出了转向或补救的论点：

> 高友工已预示此一转向的可能性，他特别从中国戏曲提出"描叙美典"，以与"抒情美典"对观。蔡英俊先前虽多关于"抒情美典"的论述，近些年已关注到"叙事美典"的相关议题。前文述及龚鹏程从"假拟、代言、戏谑"诸类型，提示吾人开启"抒情、言志"传统以外的另一诠释视域。郑毓瑜也由主体性转而关注到客观"物"的世界，依藉身体论述与人文地理学的知识基础，从"类应"的观点，去探讨古代诗学所建构"比物连类"世界观的体系，而提出对"抒情传统"另一种取向客观面之理解的可能。①

针对过度宣阐抒情传统说所造成的局限，人们似乎不约而同地想到用叙事（描叙）来作弥补。这当然不是偶然的。因为若论文学之表现，自以抒情与叙事为两大可对举之范畴，其馀种种描写和修辞手段皆为抒情或叙事服务，亦可归约到它们之中。而抒情与叙事二者则有根本区别，虽相关但可区分也应区分，因之在讨论文学表现问题时，二者也就处于对举甚至某种程度对立的位置上。

抒情传统的本质和理论基石是情志至上，这就必然会导致个人中心的观念，从而鼓励个人，而且鼓励向内，鼓励作者向心灵内部挖掘，以把作者变成高度纯粹的"抒情自我"为创作

---

① 柯庆明、萧驰编:《中国抒情传统的再发现》下册,台大出版中心2009年版,第745页。

的最高追求；这与文学的自觉固然有关，或许也是文学发展的必经阶段和必要条件，但其弊端则是易致文学的私人化、空虚化、高蹈化。中国古典诗歌由盛而衰即恐与此有关，而究其实，所谓中国古典诗歌之衰，主要乃是抒情传统之衰而已。若从叙事视角来作分析，却未必就能得出衰落的结论；且欲拯救中国诗歌，向叙事传统寻求似乎不失为途径之一。

文学叙事从来也不排除抒情，但"叙中抒"不是直白的呼喊，而是将感情和看法蕴含在叙事之中；不是作者自我中心的倾诉舒泄，而是在叙事与写人写物中"润物细无声"地渗透，因而更为读者所乐见、所易于接受。与仅重视个人抒情不同，叙事需要作者心灵开放，眼睛向外向下，要十分关注自身以外的他人和事情，自觉留心客观世界万事万物，否则，若想抒情（比如写几行抒情诗）尚可，若要绘画场景、描叙人物、讲述故事，恐怕就不可能。所以，就文学表现手法言，叙事应该，而且必须对抒情有所襄助和补益，叙事实有帮助抒情突破自我而开拓文学天地之功。而就文学传统言，叙事与抒情自然也就不能互无瓜葛，不相交往。郑毓瑜教授敏锐地发现抒情言说的局限，乃提出不要将抒情仅理解为"内在主观单向的表现"，而应是"自我与空间的相互定义"。事实上，若把这意见落实下来，也就不能不把叙事的某些职能赋予抒情，按此做去，便会出现"抒中叙"的现象。"抒中叙"与"叙中抒"当然不是一回事，但却都显示了两大传统难分难解的关系。倘能认识这一点，同意这一点，恐怕也就没人非要坚持抒情传统唯一、独尊的说法了吧？

当然，无论"抒中叙""叙中抒"，所涉及的差别都在文学表达手法的范围之内，比这更重要更核心的还是抒叙的内容本身。内容可取，则抒叙皆不妨，也可以或抒或叙而皆佳好，各有所长，各尽其妙，各展所用，各得其爱，正不必厚此薄彼，更不必有我无你。

偶读小书《不寒窗集》，作者并非职业古代文学研究者，然读书颇多且常有妙悟，其言论睿智有趣，启我多多。书中一文记阅读老杜《兵车行》之感想，在引出全诗后，云："从咸阳桥直到青海头，中间一片血泪。杜甫写来饱满，撑足而又不冗不赘，杜甫的大手笔在这个地方，这是绝活，无人能学。读了杜甫，再读吴梅村，吴梅村的贫薄和纤弱死无葬身之地，呜呼！"话说得尖刻，叫人不能不往下读。其文又发奇想，云如将《兵车行》中间部分去掉，把两头一并，成了这般模样："车辚辚，马萧萧，行人弓箭各在腰。耶娘妻子走相送，尘埃不见咸阳桥。君不见，青海头，古来白骨无人收。新鬼烦冤旧鬼哭，天阴雨湿声啾啾。"似乎仍不失一首可读之诗。若索性狠狠心，一不做二不休，再加删削，弄到只剩下如此几句："车辚辚，马萧萧，行人弓箭各在腰。君不见，青海头，天阴雨湿声啾啾。"又怎么样呢？按中国传统诗观，是否会被认为成了更精粹、更含蓄而富馀味的抒情诗呢？还真说不定！但本文作者的看法相反，他接着说："'前七子''后七子'和渔阳山人的诗就是这样写成的，做着减法，看上去纯粹，看上去神韵，实在空洞。后人向诗学习，或者所谓的'诗必盛唐'，其实只是在做着减法，没有新东西加进来，最后只能是个负数了。"① 此文从一个独特巧妙的角度批评了"神韵诗"的缺陷，虽非严密论证，却颇中要害

---

① 车前子：《不寒窗集》之《三集·杜撰记选》，福建教育出版社2010年版，第220—221页。

肯綮。杜甫《兵车行》是一首新创的自题乐府诗，所谓"即事名篇，无复依傍"，其在表现上的根本特色就是详实叙事，利用对话手段客观而具体地描述一个时事场面、一段生活景象，犹如拍摄、录制了一组背景、前景分明，有鲜活人物群像，有丰富声音效果的照片乃至视频、影片——当然，其叙述又是充满感情的，是典型的"叙中抒"。这正是对自古以来文学叙事传统的继承和发扬，是抒叙两大传统在诗歌创作领域融会结合而又凸显了叙事之功的杰作。这里所举的减法游戏，减去的是什么呢？原来所减者均属《兵车行》的叙事成分，是该诗的血肉，即诗之本体内容。减后，对话完全消失，画面不再丰富，人物变得影影绰绰模糊不清，全诗气血感情之厚实充盈遂化为瘦削干枯；叙事固已乌有，原先深沉的抒情变成直白空洞的叫喊，又焉能独力支撑？如果这就算神韵空灵含蓄隽永，那它既不需要作者深入民众，了解世事，也不需要他们费神构思，用力刻画，只需笼统浮泛吟咏一通便可完成诗作；此类多虚情无实货的作品在后世诗人手中正不知凡几，而其实际价值又能有几何？

（六）抒情叙事博弈消长，在演变中形成传统，构成文学史的千姿百态

《中国文学叙事传统研究》一书曾从两大传统贯穿始终的观点简述中国文学史，从古到今分为七阶段。现简述如下：

（1）以文字产生之前的文学史史前阶段为起点，为文学抒情和叙事两大传统的远源。此阶段中，与劳动、生活、宗教、民

俗相联系的诗、歌、乐、舞等等常同为一体而尚未严格区分，文学的抒情叙事均在自然发生和运作之中，而它们的关系还处于某种混沌状态。

（2）殷商后期经西周到春秋战国，加上短暂的秦代，时间在千年以上，为两大传统发端和初步生长阶段。此阶段最重要的文化事件是文字的产生、定型和实际应用。《诗经》、楚辞和早期史籍《尚书》、《春秋》及其三传、《国语》、《战国策》等皆出现于此阶段，它们是文学史两大传统明确而可信的源头。文史的瓜葛于焉发生，并由此历经变化地贯穿下来。

（3）两汉的四百多年，是两大传统从成形到基本定型的阶段。抒情、叙事两大文学表现方式与各自主要依托的文体（诗歌辞赋——抒情；散文史传——叙事）关系日益明确而紧密。本阶段中，诗歌由四言为主发展出五言的格式，抒叙功能均大为提高，乐府的杂言则表现力更强。辞赋篇幅宏伟，结构趋于复杂，既发展着抒情议论和想象铺叙的能力，也探索着虚构述事、描画人物言行的途径。尤其重要的是《史记》的问世，宣告纪传体史述的诞生，从此，史部著述的这一部分（其根本特征是以人为单位叙述历史，记叙刻画人物的形象和命运）就与文学结下了不解之缘，而文学的叙事传统也因之壮大，并从此受其滋育和影响，至今未曾断绝。

（4）魏晋至隋亡的四百年间，是两大传统自觉竞变、各自加速发展的阶段。通常以魏晋始进入文学自觉时代，表现为文人自我意识日益高涨，诗歌的主体抒情性加强，故中国台湾学者曾多赞成以《古诗十九首》为抒情传统的开端（反对以《诗经》为始）。一方面，在我们看来，本阶段文学自觉思潮可从其欲与史述分家的冲动觇之。陆机《文赋》突破"诗言志"之古训，倡"诗缘情以绮靡"之说，突出一个"情"字；《昭明文选》不录经、史、子之文，其序所谓"事出于沉思，义归乎翰藻"，实有重"文"轻"笔"之意。陆、萧皆似有以抒情、叙事区分文史的暗念。刘勰《文心雕龙》博涉当时诸种文体，自然触及叙事问题，钟嵘《诗品》论诗歌创作动因，也将"物感说"具体化为"事感说"，但他们对文学之美与价值的裁断标准仍大致与陆、萧相应，抒情与抒情传统地位高于叙事和叙事传统，这一观念在文学界中逐步形成。而另一方面，叙事传统所主要依托的史述也在发展，不但各类正规的史传层出不穷，而且杂史、别史乃至笔记小说也大量涌现，出现了《搜神记》《世说新语》等名著。这个阶段呈现出两大传统都在加速发展，并且有所竞争的态势。

（5）唐宋两代六百多年，是抒情传统达到高峰、叙事传统深入文学领域的阶段。面对唐宋文学的实际情况，我们只能如此概括，相信亦可为多数学者所认同。此阶段抒情传统的主要代表是诗词，当时的人们若有情欲抒，有感欲发，则大多会选择诗词的形式，而且抒情的技术也达到极为多样繁复、细密精巧的程度——故称之为"高峰"——但就在抒情传统发扬到最极致的时候，也并未拒绝叙事传统的渗入。在诗词辞赋这类韵文形式中，抒情与叙事两大传统是一派互渗互动、相融共进的景象。叙事传统除与抒情传统互融外，也有自身的发展，史传类和应用型作品繁荣，尤其是属于文学骄子的小说文体，在唐宋时代开始独立并快速成长，预示着它在文学史上辉煌的未来。当然，无论文言小说，还是通俗的白话小说，既从史述汲取营养、承继传统，也自始就与抒情传统、诗词曲赋结有深刻的情缘。由于诗词作品的杰出成就和巨大影响，后世人们甚至习惯以偏概全，将这个阶段文学史以"唐诗宋词"来概指，甚至进而称之为"抒情时代"。其实，说者和听者都明白，这不过是刻意地突出时代文学的主导趋向而已，并不是无视其他文学样式，更不是否认叙事传统的存在。

（6）我们把元明清三代的六七百年统归为叙事移向文坛中心、抒情传统沉潜变易的阶段。抒情传统既已在唐宋时代升至巅峰，之后自不可能再有巅峰。当然，本阶段中，中国文学的抒情传统仍在延续，仍有演变，且屡欲崛起，但在与叙事文学的竞赛中，后者在时代开始转型的大趋势下借助文学商品化的巨大力量，表现出更强劲的活力。其中最值得重视的恐怕要数小说的繁荣和戏剧文学的发展。许多文学史将小说视为明清时代"一代之文学"，与唐诗宋词元曲并列。而中国戏剧（戏曲）更是抒情叙事两大传统最佳结合的产物。中国戏剧亦叙亦抒，且叙不离抒，抒不离叙，达到了两大传统最密切最完美的交融，成为最能代表民族特色的文学样式。正是中国戏剧将两大传统推送到崭新的更高阶段，而中国诗词、中国的史传文学、中国的长短篇小说，则是它强有力的后盾与友军。当然，这一切也就显示出中国文学重心由抒情向叙事的转移和倾斜。

（7）时代、文化重大转型，两大传统关系进一步演化的新阶段。此前的六个阶段皆属中国之古代，由上古至中古、近古，本阶段则是中国的近代（现代），从中华民国建立（1912）算起，直到今日刚逾百年，远未结束。这个阶段除中国自身的内在变化，更有欧风美雨的来袭，文学的新变迅捷而巨大。从两大传统的关系考察，最显眼的特点是以受众面广为特征的叙事文学（小说戏剧及各种新叙事样式）繁荣、发达、领先和进一步占据文坛中心和主流地位，而高雅精英的抒情文学（各类诗歌）虽数量尚夥而影响大不如前，呈现愈益退居边缘的状况。事实俱在，毋庸讳言。

中国文学抒情叙事两大传统发展至今，在早已显露的倾斜趋势下呈现出更鲜明突出的新景象，叙事传统日趋壮大，抒情传统渐见萎弱。之所以会如此，原因自不止一端，实需深长思之而细密论之，在此不遑展开；但与我们的论题直接相关者，似有两条可注意，在此试略陈说。

一就外部条件而言，是文学的商品化、市场化；一就文学内部因素而言，则是抒情、叙事两类文学自身性质的区分。抒情文学以自我心灵、个人情志为中心和创作动因。换言之，以自我、个人为中心是能够写出某种抒情文学来的。叙事文学不同，无论从写作素材还是从作品出路来说，都必须把世界和他人置于自身之上的首位来考虑；叙事文学即使以自身遭际为叙述对象，也总要涉及一定的社会面。抒情文学，特别是号称纯粹的抒情文学，可以满足于自我把玩或小圈子的友朋酬答，甚或无意于当世流传而藏诸名山，可以不在乎市场，不在乎其商品价值，不在乎是否能转化为物质财富，而以此为清高脱俗。但今日的叙事文学大都不是如此。叙事文学往往有具体现实的创作动机，所写常为世人关注的题材，写作时还必须考虑未来读者的观感和反应，必须考虑市场接受、欢迎的程度，因而在内容、形式、结构、技法上必挖空心思努力创新，不断求进。我们绝不可因此对抒情文学和叙事文学的价值横加褒贬，毋宁说两种文学都为人类精神生活所需要，应为不同禀性的人所自由选择，都有合法存在的理由，也都有写出佳作的可能。但从被接受和受欢迎的社会效应来看，从作品衍生繁殖的可能性和市场影响来看，叙事文学显然胜出一筹。① 而以抒情为宗旨和手段的诗歌，但凡能够与火热生活结缘、摆脱闭门造车和过分"自说自话"，或能有意增添某些叙事因素者，便往往获得更为良好的效果，受到欢迎。② 当然，这只是我们作为读者和研究者

---

① 当前叙事文学胜出抒情文学的原因，或与中国人喜爱故事的文学欣赏趣味有关。报载北京当代芭蕾舞团将在 2015 上海国际艺术节演出舞剧《夜莺与玫瑰》(据王尔德童话改编)，团长、舞剧编导王媛媛接受上海《东方早报》记者采访。记者问："面对国内外市场，你们一直分两条腿走路：国外你强调要用他们熟悉的当代语言与之对话，国内更靠讲故事，如此清醒的认识怎么来的？"王答："就像你的产品要找销售管道一样的道理。国内很难推《霾》和《野草》，观众理解上会有困难。……国内基本是《莲》和《夜宴》(分别取材于《金瓶梅》和《哈姆雷特》)，有故事大家更愿意买票。"但也说到："现在看纯舞蹈技术的观众也蛮多。一拨看故事，一拨看技术，都能找到满足感。整个中国在变化，大家都在追新，对创新的需求大了。"上述引文见上海《东方早报》2015 年 10 月 13 日 A27 版"文化·舞台"。大标题"人与欲望，永远是舞台的中心点"，小标题"北京当代芭蕾舞团版《夜莺与玫瑰》本周五首演上海国际艺术节，王媛媛谈创作与舞团经营"。舞剧是剧，要有一定的故事情节，即如舞蹈(非剧)乃至现代舞蹈，或技巧性更强的杂技，有时也会需要编织某种哪怕是极单纯的故事情节以吸引观众。喜爱故事，是中国观众、读者的特点，作为欣赏趣味可能不算很高，但还是应该尊重。近日举行的中国文学博鳌论坛(2015 年 11 月 10—12 日)，专家们也认为："当代中国文学要在讲好国家民族的宏大故事、讲好百姓身边的日常故事上下功夫，要通过精彩的故事、鲜活的语言、丰满的形象，讴歌真善美，贬斥假恶丑，彰显信仰之美、崇高之美，使社会主义核心价值观能够通过艺术的表达而真正地引领风尚、滋养人心。"(《文艺报》2015 年 11 月 13 日头版《世界文学视野中的中国文学与中国精神》)看来专家们所论也是立足于叙事文学的，而抒情也就包含其中了。当代文学抒情、叙事孰重孰轻由此可见。

② 此类例证很多，散见于报章杂志的诗歌评论之中。如《文艺报》2015 年 9 月 2 日第三版(文学评论)"世界反法西斯战争中的中国叙事"专栏，刊载《抗战诗歌：思想的胜利 美学的胜利》一文(作者霍俊明)，就　　(转下页)

的一点芹献而已。广大受众的审美趣味是不断变化提高的，这种叙事作品（往往比较通俗）较受欢迎的情况会延续多长时间，将来是否会变，一切还要走着瞧。中国文学的抒情传统虽然好像走上了下坡路，但却绝不会就此消歇，更不会消亡。在叙事传统大发展的洪流中，抒情传统仍有自己的位置、自己的声音，仍将发挥自己的作用。两大传统无论怎样博弈、怎样互竞，仍然会互补互渗、互相促进。今后的文学史仍将是两大传统并肩前行、比翼齐飞的历史。

（本文于2015年12月在台湾清华大学举办的"中国叙事学：历史叙事诗文"国际学术研讨会上发表，文稿刊于李贞慧主编的会议论文集，台湾清华大学出版社2016年12月出版）

（接上页注） 指出了抗战诗歌的"声音的复调性"，"有时是低沉缓慢的，有时是尖利碰撞的，有时是雄壮高亢的，有时是沉默失声的。当它们缠绕在一起，隆隆的炮声、病痛的呻吟声、冲杀的呐喊声以及亡灵游荡的声音一起构成的正是历史的回声。……需要注意的是抗战诗歌中抒情主体的位置和声音——有时候是自我的抒情主体的声音，有时则根据需要调整转换为不同视角的声音。有时抒情主体与言说对象是近距离的甚至融为一体的，有时又是远距离的旁观，这是抒情主体介入与疏离的结合、平衡。晚近时期的抗战诗歌并置了小说、戏剧和散文等非诗歌语言的'声音混响'，比如艾青的《北方》，穆旦的《森林之魅》《神魔之争》《隐现》……海男的《中国远征军第一次出缅记》、雷平阳的《我流了几吨血》、桑子的《兀自东流去》等，这正是'综合性的声音诗学'。"所论实际上是用不同语言表达了诗歌创作抒情、叙事融合之意。该文下面终于明确说出："对于长诗写作而言，最大的难度不仅来自空间和时间，更来自抒情主体的历史的个人化想象能力，还在于抒情性和叙事性之间的平衡。"可见，若论诗歌，抒情与叙事的关系，尽可以不同语言表述，实为回避不了的问题。即以主体抒情议论为根本特色与优势的散文诗，亦不能拒绝叙事。

二

中国诗歌叙事传统研究的构想

以抒情、叙事双线并贯来论文学史,诗歌叙事研究是必须重点关注的问题。人们往往以为诗歌与抒情总是天然地联系在一起,中国古典诗歌高度发达,便成为抒情传统说得以发生、发展的重要原因,而抒情传统说的强大又在客观上造成了叙事传统的被掩盖和忽略。然而实际上,诗歌并非只有抒情,叙事并非只用于小说戏剧,叙事在中国诗歌中同样有着悠久的历史和卓越的成就。

(一) 正 名

我们所做的中国历代诗歌叙事研究,是要从叙事视角对历代诗歌进行研究,而不仅仅是对历代叙事诗的研究。

叙事诗是诗歌的一个种类,也是诗歌叙事传统的重要载体,当然包括在我们的研究范围之内,且是一个基本的、很重要的研究对象。

但中国诗歌向来号称以抒情见长,也以抒情诗的数量为多,因此,我们的研究一定会更多地涉及抒情诗的叙事问题。

其实,我们开展此研究之初衷,就在于要对中国的诗歌做一次全面的重新审视,尤其是对抒情诗做一次新的研究。中国诗学对抒情诗的研究可谓成果累累,有很多重要论著,也创造了一系列相关概念术语,而且实际上已形成一种研究范式。传统的诗学研究也偶有对叙事问题的论述,然而能够系统深入地从叙事视角去研究,并把这种研究提升到中国文学叙事传统的高度来看而有所突破的,却实在很少。因为抒情传统研究范式形成已久、影响很深,声势很大,研究者习惯于一种套路、一种框架,自觉不自觉地在理论和方法上亦步亦趋甚至原地踏步,因为这样毕竟比较方便轻松,易见成果。而且这一范式影响之大还表现在已有研究者专门从叙事作品(如现代小说)去挖掘抒情因素,也就是对"叙中抒"的现象已有了相当的关注,从而进一步扩展了"中国文学抒情传统"说。我们所做的,恰与之相对,是从叙事视角去观察和分析抒情诗,致力于发现和阐论诗歌的"抒中叙"现象。虽然我们的本意只是筑漏补缺、纠偏归正,但在某种程度上却也可说是一种反潮流乃至反主流的做法。这就难免会被习惯旧研究路数者视为异类、出格、多馀甚至悖谬。然而,不再简单遵从通行范式、意欲有所改进和突破,这正是本课题的新颖之处,是它的特点,当然也是它的难点所在。

所以我们一开始就必须明确,我们的研究重点,其实是要从叙事视角去观察和分析中国历代的抒情诗(那些一向被笼统视为抒情诗的历代诗作)。我们将辨析存在于这些抒情诗中的叙事因素(成分),阐论在这些诗中叙事与抒情的关系,并通过大量的微观分析,积累对历代重要作家和诗史的新认识,从而创造对中国诗史提出新看法的条件。

我们反复考虑过这种研究的必要性和可行性,并做出了一些前期成果。我们有决心，也有信心通过这一研究质疑中国文学"抒情传统唯一、独尊"的说法，从中国诗学这个成果最为丰硕、积习也最为深重的领域入手，来论证中国文学"抒叙两大传统"互动互渗、博弈共进的关系。用一句通俗而简明的话来说，就是要让中国文学的叙事传统与抒情传统平起平坐，论证它们的关系是"合则双美，离则两伤"，以此线索来重新审视中国文学史，贯串中国文学史，以更全面准确地认识中国文学史发展演进的历程和某些规律，也为中国文学的现实发展提供一些切实可行的建议。

（二）定 位

中国诗歌叙事传统研究，其性质是文学史研究，是文学史研究的一部分，虽主要取叙事视角，但并非叙事学研究。叙事学研究属于文艺学范畴，而我们则是自觉的文学史研究，文学史研究离不开一定的文艺理论，但二者毕竟不是一回事。

首先，我们是在对中国文学史的两大传统（抒情传统与叙事传统），即其艺术表现的贯穿线这一总体认识的统领之下，来进行本课题的研究。我们研究的具体对象是历代诗歌，但始终将诗歌放在各时代文学总体的背景下观察分析，强调史的意识，强调诗歌与众多文体的互动和横向联系，而不是仅仅就诗论诗。我们的重心在"论"，所以也不是一般的诗歌史述。

其次，中国诗歌叙事传统的形成，有其学术史的依据和来历，简言之，我们是在对文学史学科总体反思的基础上提出本课题的。

下编 二 中国诗歌叙事传统研究的构想

中国文学史的学术史显示,诗文是传统文学史的论述重点,诗的地位尤其重要,中国向有"诗国"之称。而所谓诗,在我国传统的观念中,基本上就意味着言志抒情。"情志说"是中国诗学的核心观念,其他许多诗歌理论往往是围绕着这个核心旋转的。这自有其一定的道理,乃至有科学的一面。然而多少年来以此进行创作,也以此阅读,以此阐释,以此评论,以此研究,已形成一种惯性和套路,代代相传,后来者往往予以默认并遵从,很少反思诘难;即使遇到可疑难通之处,也往往侧身绕道而过,不作深究,以至研究文章千言万语一归之于"抒情",似乎便功德圆满无可再议。一般文学史著基本上也遵循"抒情传统说",往往认为直到宋元小说戏剧出现,才开始形成了叙事传统(此前的文学叙事只算滥觞、因子、萌芽之类)。20世纪70年代,旅美学者陈世骧在中西文学比较的框架下明确提出"中国文学传统就总体而言就是一个抒情传统"的观点,以与西方文学是一个叙事传统作平行对举,等于把这个实际统领着中国文学研究的纲领重新鲜明地标举出来,故有"中国抒情传统的再发现"之誉。[①] 陈世骧身处西方世界,面对西方学者或读者,为了突出中国文学的特色,从与西方文学相异的角度,提出中国文学的抒情传统,有其现实的需要,有其策略的考虑,

---

[①] 陈世骧观点出自《中国的抒情传统》及《中国诗字之原始观念试论》《原兴:兼论中国文学特质》等文,见《陈世骧文存》,台北志文出版社1972年版。辽宁教育出版社,1998年版。此处引文见杨彦妮、陈国球合译《论中国抒情传统——1971年美国亚洲研究学会比较文学讨论组致辞》(这是对陈世骧《中国的抒情传统》的新译,表述与旧译略有不同。见陈国球、王德威编:《抒情之现代性——"抒情传统"论述与中国文学研究》,生活·读书·新知三联书店2014年版)。

亦自有其历史意义。这些都是不可无视的。然而此论一出,影响颇大。台湾与某些海外学者受其启导,将研究重点从中西文学比较移至中国文学本身,形成了一个有相当规模的、深入抉发中国文学抒情特质的学术思潮,同时也就把"抒情传统说"扩大到整个中国文学各类文体,就连在西方归属于叙事范畴的小说、戏剧也被纳入了抒情传统,抒情遂成为中国文学最根本的特质。经过四十年耕耘推衍,从抒情性、抒情精神的视角来论述古代诗歌,显示出强大的活力,积累了很多有价值的学术成果。① 至 20 世纪末,台湾学界开始总结和反思,编成《中国抒情传统的再发现》一书,选录此思潮最有代表性的论文,展示了此思潮的基本面貌,末附颜崑阳《从反思中国文学"抒情传统"之建构以论"诗美典"的多面向变迁与丛聚状结构》一文,对此思潮做了初步清理,提出纠正其偏颇的办法,以示新的开端。②

当然,"抒情传统说"也有继续深入和扩大的迹象。陈国球、王德威合编的《抒情之现代性——"抒情传统"论述与中国文学研究》,③ 就是对"抒情传统说"具有学术史总结性质并

---

① 如蔡英俊《比兴物色与情景交融》、吕正惠《抒情传统与政治现实》、张淑香《抒情传统的省思与探索》等,由台北大安出版社分别出版于 1986、1989、1992 年。高友工:《中国美典与文学研究论集》,台大出版中心 2004 年版。

② 柯庆明、萧驰编:《中国抒情传统的再发现》,台大出版中心 2009 年版。分"原论""本论""广论"三部分,收陈世骧以下九人十八篇论文,以颜崑阳文作结。

③ 陈国球、王德威编:《抒情之现代性——"抒情传统"论述与中国文学研究》,生活·读书·新知三联书店 2014 年版。

有所开拓的一部论集。编者意旨与《中国抒情传统的再发现》有所不同。该书并不紧扣抒情传统学术思潮发生演变的历史，也不紧扣抒情传统学术思潮的主旨和内涵（可能因为前书在这方面已做得很好，故求变与超越），而是扩大了选录文章的范围，收入了诸如鲁迅、朱自清、闻一多、朱光潜、沈从文、方东美、宗白华以至普实克、宇文所安的文章，上挂下连，从而把"抒情传统说"的历史和阵营都大大地扩张了。再将抒情与现代性的概念相联系，且将研究范围扩展至中国现代文学（主要是现代小说）；或者说，在现代文学研究中也大力贯彻"抒情传统说"，进一步肯定了不但中国古代文学，而且现代文学的特质都是抒情性，抒情性或抒情精神乃是中国古今文学独一无二的贯穿线。这可以说是对陈世骧抒情传统说的承续与发展，也是中国文学史理论研究的一种新趣向。它既肯定中国文学自古至今确实存在一条贯穿性的抒情线索，也因对这条线索的强力渲染而使之更趋独尊和唯一。这就给我们提出了许多值得仔细思索和玩味的问题，有助于我们把问题想得更复杂，辨析得更细致，也使我们的工作有了更强的现实意义。

我们的研究其实开始得较早，既与对中国文学史、学术史的反思和对中国文学发展规律的探索密切相关——此前曾撰著出版《中国文学史学史》《文学史学原理研究》二书；也与对陈世骧观点的质疑密切相关，在此前完成并出版的《中国文学叙事传统研究》专著中已有所反映。[①] 我们认为，陈世骧的观点是

---

① 董乃斌、陈伯海、刘扬忠主编：《中国文学史学史》，董乃斌主编：《文学史学原理研究》，由河北人民出版社分别于2003年与2008年出版。董乃斌主编：《中国文学叙事传统研究》，中华书局2012年版。

对中国诗学既有观念的继承和引申发挥,是在与西方文学史的比较中变得愈益明确起来的,有其合理性和新的时代意义,对中国文学走向世界、使外国人容易理解和抓住中国文学的重要特色,有其不可否认的积极作用。但亦因其过度膨胀而彰显出问题,最主要的就是对中国文学的整体做了片面的总结,忽略了中国文学的叙事传统及其成就,也没有能够在充分肯定中国文学抒情特色的同时,认真地指出其局限(陈世骧先生在发表此论的学术会上致辞时曾说到:"抒情精神成就了中国文学的荣耀,也造成它的局限。"可见他是清醒的。但他没来得及对此作出进一步论述就过早逝世,实在是后果严重的巨大损失)。就其对中国文学史的宏观概括而言,应该加以修改补正,尤其不能把陈世骧先生所已意识到的"局限"也夸为"荣耀"。我们的看法是,中国文学确实存在抒情传统,但以之为唯一并独尊之,以"一个传统"观讲中国文学史,甚至实际上将叙事传统也纳入抒情传统之中,则既不符合事实,也不能真正为中国文学增光;然而这个理论毕竟反映了中国文学的一个重要方面,故亦无需全盘否定、彻底推翻。应该承认中国曾是一个诗国,是一个抒情大国;同时也要看到,中国自古以来也是一个叙事大国,有着悠久深厚的叙事传统。我们的态度是用与抒情传统并列平行的叙事传统去补正它,改用"两大传统"观来观察和讲论中国文学史。如前所说,就是让叙事传统与抒情传统在中国文学史上平起平坐。

在学术上,我们尊重前人和同行的每一个成果、每一点进步,也主张在前人止步的地方继续前行。至于换用"两大传统"观来讲论中国文学史是否行得通?因为是前人未予解决,甚或未曾提出的问题,我们则愿通过科研实践来探索并加以论证。

实践是检验真理的唯一标准，实践也将不断修正我们的认识，帮助我们走向真理。但实践需有一个方向，我们的方向是质疑"中国文学抒情传统唯一、独尊"之说，是用抒情叙事两大传统来取代以一个抒情传统解释中国文学史的学术范式。我们的实践势必要触动以往人们熟知并惯用的某些观念和做法，使中国文学史研究出现一些令人不习惯的理论预设和思维路径，甚至导致研究范式的某些变化，那或许也是难以避免的。倘若真是如此，这对文学研究来说，显然并非坏事。我们应该有这份科学探索的自觉和勇气，当然我们也懂得这是一个长期艰巨的努力过程。

中国诗歌叙事传统研究的定位还有一个问题需要明确，那就是与叙事学的关系。

我们要从叙事角度观察分析中国诗歌，西方成熟的叙事学当然与我们大有关系。我们应该秉持行之有效的"拿来主义"，凡适合我们研究目的和对象之方法、范畴和概念术语，像叙事主体、叙事的视角、时间与空间、叙事人称、引语方式、叙事干预等，都可在理解后取用。有的现象在我国古代文学作品中有相同或相类的表现，古人亦有类似的论述，本就可以沟通；有的在我国本来没有，但经启发也可引进并加创造。国外的叙事学也在不断发展变化，如近年就有所谓"经典和后经典"的争论以及广义化的趋势，我们应该密切关注它们的新变，并与自己的研究相联系。博采广学，转益多师，虚心求教是我们衷心信奉的。同时，我们认为在研究中，可以而且应该创造一些适用的名词概念，并在实践中加工锤炼，使之成熟。这应该成为我们学术贡献的一部分。我们也清醒地知道，西方叙事学，尤其是成熟的经典叙事学是建筑在小说文体之上的，经典叙学和小说文体学几乎难以分开。只是发展到今天,后经典叙事学,即更为广义的叙事学,才将诗歌(以及更多的艺术门类、生活事象和人类行为)包括到研究对象中去。①而且西方叙事学研究的诗歌,主要还是西方诗歌;而西方诗歌与中国诗歌(特别是古典诗歌)无论在内容特质或形式表征上,都是大不相同的。因此我们不能照搬西方叙事学的那一套,更不可用中国的文学事实去套西方叙事理论。

比如最基本的,我们研究中所谓的"事"就与西方叙事学所定义的"事",在内容和范围上有很大的不同。他们研究的"事",大抵是一种故事(即使是最微型最简单的,也须是个有因有果的事件);他们规定自己的研究对象必须是一个"叙事文本",而对何谓叙事文本则有着一些基本的要求。而我们觉得把文学文本划分为"叙事文本"和非叙事的"抒情文本",很难有个统一的科学标准,用到古代诗歌研究中尤其凿枘难合。抒情和叙事是文学表现手法的两大范畴,在作品中究竟各占多少比例,本来就很难量化估算;又究竟该以怎样的比例来区分某个文本属于抒情文本还是属于叙事文本?我们说某篇诗是叙事诗(必含抒情成分),或某篇小说是抒情小说(但总得以叙事为主),对于它们各自所含的抒情和叙事成分,也往往难以(似也不需)作出量化的说明。一定要量化,大抵也只能是相对的,

---

① 乔国强:《叙事学有"经典"与"后经典"之分吗?》(载《江西社会科学》2014年第9期),认为西方的叙事学至今仍在结构主义的理论框架之内,实无经典后经典之分。该文没有涉及叙事学研究范围扩大和研究对象变化的问题,当然也没有涉及范围扩大和对象变化对叙事学本身的影响。我们这里袭用当前某些叙事学论文所提及的"后经典叙事学",仅从叙事学研究范围扩大和对象变化的角度言之而已,这是需要说明的。

有时抒叙本身就是此中有彼而不易区分。以确定是否为叙事文本为研究的前提，对叙事学而言也许尚属必要和可行，但在我们这样的文学史研究中就没有多大意义，甚至是并不必要的。我们研究诗歌作品，研究其中的叙事和抒情，并不一定要事先确认它们是何种文本。在我们看来，它们多是叙事和抒情相结合的状态，是一种综合性的文本。我们不仅要研究诗歌所含有、所关涉、所表现的种种故事，还研究与诗歌相关的种种事态、事象、事件（也就包括了故事与准故事），乃至于跟故事距离更远的事由、事脉或历史过程等等。① 所谓"事"其实是包含了人类一切生活内容在内的社会现象，乃至与人的生活发生联系的一切自然现象等，简言之，世上凡有人参与的一切活动，都可以成为文学所表现的"事"，也就成为我们研究要关注的"事"。由于所研究之"事"的内容和范围不尽相同，更由于中国古代诗歌创作的特殊要求，叙事的方式自然也就有了多种差异。首先是诗歌叙事与散文、小说、戏剧叙事的差异，此外，除了西方叙事学所非常强调的虚构以外，中国文学叙事还有直录、纪实、白描等等，甚至有用典、隐喻乃至抽象概括等未必为西方叙事学所关心和稔熟的方面。应该看到，本课题所研究的诗歌叙事，在文体与所叙之事的远近、虚实、隐显、浓淡关系上呈现着更多层次、更复杂的状态，古代文论诗话在这方面有丰富的遗产，我们应予充分利用。这种种情况将使我们的研究与西方叙事学表现出许多差异。

---

① 请参陈伯海：《"感事写意"说杜诗——论唐诗意象艺术转型之肇端》，刊《上海师范大学学报（哲学社会科学版）》2014年第2期。"事由""事脉"二概念见于此文，且由陈先生首用于诗歌分析。

我们应该明确，中国诗歌叙事传统研究与叙事学有关，但又不属于叙事学研究，我们的力气不能太多地花费在对叙事学的钻研和把握上，我们是因为要研究文学的叙事传统而在叙事视角下进行文学史研究，文学史研究才是我们的当行和长项。我们的目的是对中国文学史作出新的观察和分析，而并不是要借此建立中国叙事学；建立中国叙事学是另一个课题的任务。至于我们的研究可能会对中国叙事学的建立有所贡献，那倒也是可以预期的，我们也希望如此。但应该承认，这并不是我们这个课题本身追求的目标。

（三）目　标

中国诗歌叙事传统研究的目标，就是撰写一部以整个文学史为背景的中国诗歌史论。

这将是一部多卷本的论著，从中国诗歌的源头和抒叙两大传统的发端讲起，直到最近的当下，对中国诗歌在抒叙两大传统中演变发展的状况、形态、种种现象和某些规律，作出描述和论析。

这部著作自然要依据大量可靠的文献来陈述文学史实，但更重要的是对史实和作家作品进行分析，从中提炼出一定的理论观点，其核心则是抒情和叙事两大传统互动互促又博弈共进的发展轨迹和某些规律。

为方便起见，分卷的原则可以按文学史学术界通行的方法作大致的划分，即分为先秦卷、秦汉卷、魏晋南北朝卷、隋唐五代卷、宋辽金卷、元代卷、明代卷、清代卷、近现代卷，另

下编　二　中国诗歌叙事传统研究的构想

以民族民间史诗歌谣为一卷，写入前数卷中无法包容而又必须论述的内容。当然，如果课题成立，分卷还必须考虑人手和子课题的设立等问题。①

总之这只是大致的划分，为的是便于分工操作。但在实际写作中，并不绝对以朝代终始为各卷起讫标准，允许甚至必然会有所交叉重叠，如隋唐五代卷之始，就会与南朝齐梁发生交叉；宋末元初、元末明初、明末清初、清代与近代、近代与现当代也不能断然割裂，其中有一脉相承之处，也有似断实连之处。至于后代对前代甚至前数代的复古，更需要实事求是地加以发掘和阐论。只有把这些历史性的联系弄清讲好，本课题之史的意味才会浓郁而清晰，也才具有史述与史论无间结合的特色和价值。

我们既然以历代诗歌为研究对象，那么，对于诗歌本身发展变化的论述自然是题中应有之义，不同的诗体在抒情或叙事的表现上，功能和需求当然也是不同的。具体的作者也会因创作个性和目的之不同而以不同方式处理诗歌抒情与叙事的关系——即使作者只是率性而写，但作为研究者，我们就要分析他们艺术表现的特色，也就不可避免地触及他如何抒情、如何叙事的问题，这样就必然要把艺术分析细化、具体化。作者写诗也许可以不考虑或少考虑这些理论问题，但研究者却不能不考虑，而且要深细地考虑。

同时，我们还将十分关注历代诗歌与同时代其他文体的横向关系，关注诗歌以外的种种文体在抒情或叙事方面对诗歌发生了什么影响，而诗歌又给了它们哪些影响。总之，是要在各

---

① 这里是原先对分卷的设想，后屡经变更，乃成今日模样。

223

诗体、各文体抒情与叙事交融的视点上，投入足够的注意力。因为我们认为无论叙事传统还是抒情传统，都是贯穿整个中国文学史，都是始终不断在发生交融、互动乃至博弈（博弈有比赛竞争之意，亦有择优去差、取长补短、互促并进之意，但没有有你无我、势不两立之意）而不是孤立、单行的。这是我们在做本课题时，时时不能忘记和忽略的。①

我们还要发现和挖掘历代文论家、诗话家对诗歌抒情和叙事问题的种种论述，把理论和创作实践相联系、相对照，梳理抒叙两大传统消长起伏的历史线索，既充分弘扬历代诗歌所承载的优秀民族精神，也实事求是地指出各自的局限和不足，而不是一味笼统地赞扬，尤其是不可赞扬那些不该赞扬的东西。

当然，我们心中还有一个更高的目标，或者说期望和要求，那就是努力突破"中国文学抒情传统唯一说"，创建"中国文学抒叙传统贯穿说"，以"抒叙传统贯穿"的新范式取代"抒情传统唯一、独尊"的旧范式。

一方面是突破旧范式，一方面是创建新范式。这二者是有联系的，但又有着不小的区别。

突破旧范式可以是一种自觉、自主的行为。在科学哲学家或科学史家看来，任何人做科学研究，实际上都不能不在一种范式的指导或笼罩下进行。美国科学哲学家托马斯·库恩在其《科学革命的结构》一书中提出了"范式"的概念，并成为其理

---

① 本研究侧重从叙事视角分析历代诗歌作品，侧重揭示抒情诗中的叙事因素，但亦不废抒情分析，特别是对叙中含抒的情况，应有所论述。课题仅标"叙事研究"是为了鲜明凸出侧重点，但对于诗歌的抒情、叙事，我们的态度是执中持平，不偏一端，既要着力纠正以往"抒情唯一、独尊"的偏颇，亦要避免因侧重叙事分析而易生的"叙事唯一、独尊"之误解。

论的一个核心。库恩所谓的"科学革命"指的主要是自然科学的革命性变化,这个变化往往就体现在研究范式的改变上。他所谓的"范式",是指科学研究中被特定科学共同体成员们采纳的一般性理论假定和定律,包括运用这些假定和定律的技术手段。范式的形成必有其科学依据,形成后则有其强大的涵摄力和凝聚力,同时会产生巨大的影响力,能够在一段时期内左右甚至主宰某一领域的研究活动。参照库恩的理论,我们觉得社会科学乃至人文科学的发展变革也有类似的情况。我们曾经借用范式理论来解释文学史的演进过程,似乎也不妨用此理论来观察和评价"抒情传统说"在中国文学,特别是诗学研究中的作用。

"抒情传统说"的巨大威力,比起一般的范式在科学研究中的作用,实有过之而无不及。检阅一下中国诗学和文学史的诸多著作,回想一下我们自己所走过的学术之路,反思一下我们面对一首古诗时的习惯性思维方式,应该承认,称"抒情传统说"为中国文学研究一种影响深远、威力巨大的范式,是绝不为过的。直至今日,这个范式事实上仍在中国文学研究中发挥着它的统领作用。

如果说在"抒情传统说"范式下研究中国文学,往往是从"文学是抒情的"这一观念出发,经由种种分析论证,末了仍归结到"文学果然是抒情的,抒情抒得好便是好文学"之类结论上。那么,我们的课题就是要对此思路有所突破,有所改变。

我们认为,文学的表达手段多种多样,但可归纳为抒情和叙事两大范畴、两大路径;二者关系非常密切,但功能不同,需要配合,也能够配合;二者配合得愈好,则作品的文学性愈强,文学水平和价值愈高。文学史上所有的作品都可视为抒情和叙事两大因素不同比例的组合和凝结，抒情和叙事二者既关乎作品的内容与思想，也关乎作品的艺术形式和表现。进一步，抒情还是叙事，实际上还关乎作者观察、体验生活和进行创作的态度，也就难免要关乎作品表现的生活量和思想量（数量即范围，质量即深度）。这个认识来自对大量文学作品和作家创作道路的分析和综合，又转化为观察文学作品的视角和准则。用这个视角看文学史，我们发现，说文学史贯穿着抒情和叙事两大传统，要比"抒情传统唯一说"妥当。抒情叙事两大传统同样源于人的内在本质，同样是对外物外事的艺术反映，几乎同时产生于人类从野蛮走向文明的漫长过程之中，并在这过程中成长发展而渐至于成熟。抒情与叙事既是人的一种能力，又是一种行为和社会现象，它们一旦产生，特别是一旦由口头语言进到文字之中，就开始发生量和质的飞速发展和巨大变化，渐渐进入它们的黄金时代。今天研究抒情叙事两大传统，基本上就是从这个黄金时代开始的——史前的种种情形，文字记载前的种种状况，虽可做些推测，但已经很渺茫、难弄清。在抒情和叙事两大传统发展的黄金时代，它们的关系更加密切，也出现了许多新情况。它们互动互渗，互相促进，但它们也有自身单独的发展，且并不平衡，尤其是在某些阶段发展速度不同。于是在演化进步途中便有所先后，也不免有所竞争，有所博弈，有所消长，催生出许多新的文体和新的表现手法。就这样你追我赶地发展变化了一两千年，形成了一部曲折生动的文学史，直到今天还处在两大传统的博弈共存和新的转型之中。

以此为基点来观察和分析文学史，与依据"抒情传统说"来看，所见景象自然会有所不同，也就会导致一些新的结论。

然而，这是否就是范式的不同？能否就自称为一种新范式？

我们不敢肯定。新范式的形成不是靠谁自己宣布,而是要在科学研究中为众人所使用,也为众人所认可的。

但我们却相信,我们的观察角度,与"抒情传统说"确有某些本质的差异,我们是走在与之不同的另一条思路上。如果说我们从事本课题还有什么更高目标或意义的话,那么就是从这个与旧范式具有差异的基点出发,在研究实践中创建、完善新范式,边做边创,在学术批评中前进,力争在前人研究的基础上向前一步,为中国文学史研究的革新作出贡献。

前面说过,突破旧范式可以是一种自觉、自主的行为,与此相对,创建新范式就不是自己能说了算的事。我们只能尽其人事,努力而为,让时间和实际的科研成果来作最后的裁决。

(四) 方 法

无论是"抒情传统说",还是"抒叙两大传统贯穿说",实际上都是一种文学史宏观研究的结论。这两个结论都有一定的事实为依据,都是对一系列具体研究结果的提炼和概括,也就表现为一种理论形态。理论是在实践中产生出来的,但理论一旦产生,又必然要反过来指导或引领此后的实践,并在新的实践中接受检验。科学研究其实就是通过实践创造理论,再由理论指导新的实践,然后在新的实践中再推出更新的理论,再以新理论去指引更新的实践……这样一个无穷反复、螺旋上升而永无止境的过程。实践——理论——再实践,在实践中检验——创新理论——再实践,再检验,再创新理论,直至无穷尽地逼近真相,逼近真理。理论与实践的关系大致如此。

"抒情传统说"反映了中国古人对文学的认识,也是前辈学者所创造的理论,它曾在文学研究中发挥过巨大的作用和影响;而今天之所以被质疑,则是因为新的研究实践发现了它的片面性和不科学性,有必要尝试用新的理论来取代它。颜崑阳教授提出了一种设想,我们提出的"抒叙两大传统贯穿说",也不过是可能取代旧说的一种理论设想而已。

在谈到本课题的研究方法时,我们首先要明确这一点,即我们是在文学史研究的一种宏观理论指导下来进行的。这个宏观理论也可以说是一种理论预设,没有这个预设,或不承认、不同意这个预设,也就无法进入本课题。

但我们实际上着手进行的却是比宏观研究规模要小得多的中观和微观研究。

我们预期中的多卷本著作,每一卷都是一个中观研究的产品。这些产品,每一个在时间长度上都至少有数百年之久,其实也够宏大的了。先秦卷,即使只从春秋(公元前770年)算起,至秦的统一(公元前221年),也有五百多年;秦汉卷,包括秦代和东西两汉(公元前221年至公元220年),本身是四百四十多年,如果头尾各自延伸一点,就可能超过五百年;魏晋南北朝(220年—589年)、隋唐五代(581年—960年)、两宋加上辽金(960年—1279年),都差不多四百年的样子;明、清两代各将近三百年(1368年—1644年—1911年),元代最短(1271年—1368年),也将近百年①。如此长时段的文学(诗歌),只因是作为更漫长的中国文学史的一部分来观照的,所以

---

① 这里所述是早期的设计,后在实际操作中有所变动,兹特保留原样,以存思考过程。

只算它是中观。所谓宏观、中观,其实只是相对的说法,并没有一个硬性的标准。这里每一个中观产品内部都是完全可以、并且需要再加划分,以几个较低层次的构件来组装而成。当然,这里所谓的组装,不是拼凑,而是有机的构成。每个中观产品应该有其自身的独立性和完整性,应该是浑然统一的。

在具体构撰每一卷时,我们应用的方法应该是微观的研究,即让我们的手术刀和显微镜深入到每一篇具体作品的深层和腠理,对之做尽可能细致深入的微观分析。需要考证本事和背景的,就做考证;需要对词句和篇章做修辞分析和艺术鉴赏的,就做修辞分析和鉴赏批评。这里会有一些技术性问题,如具体指出一首诗是怎样叙事,怎样抒情的,哪些诗句是抒,哪些诗句是叙,它们是如何联系,如何相互渗透与衬托的。这就犹如古人读《诗经》辨别赋比兴,读诗词辨别景语情语的做法相似。这种具体分析既要充分利用前人成果,又要努力由旧入新,从方法、概念到术语均有所新变和创造,使分析带上时代特征。在写法上则既需深入细致,又要避免机械僵硬。但更重要的是敢于实践,不要因为怕被指责讥笑,或有不同意见就不敢去碰。我们要认真学习并虚心听取批评,更要在实际的操作和相互研讨中不断提高分析能力,也提高文字表述的水平,把诗歌的深层思想意蕴、精神内涵和艺术特征、美学价值用新的科学的语言真正揭示出来,努力改变旧式说诗把诗的艺术性说得很虚很玄、似乎只能意会无法言传而实际上空洞浮泛不着边际的弊病。

简言之,我们的方法就是在"抒叙两大传统贯穿说"的宏观理论指导下,以微观的实证与鉴赏分析为主要手段,做成一种涵盖相当长时段的中观研究产品,结合多部中观性著作而成一部规模较大、理论性较强的新的中国诗歌史论著。

还有一些更为一般而通用的操作步骤和方法，也不妨一提，有的虽属老生常谈，却是必须认真做到且为大家所同意的：

（1）重新系统阅读中国诗歌，特别是经典作品，以各自承担的分卷为主，但又不限于此，应该有计划地上探下索。而且因为我们已自觉掌握一种新的视角，应该力求读出新意，有新的发现，并能将这新意清晰优美地表达出来。

（2）重新系统阅读历代文论、诗话，尤其关注其中有关抒情、叙事问题的论述，留意以往比较忽略的地方，有所发现则紧紧抓住，深入下去。

（3）充分关注已有相关论著，关注学术史，以不断明确我们课题设置的历史因由和根据，也明确我们的目标和努力方向。

（4）认真关注当前文学研究动态和前沿问题，保持对于新材料、新观点、新成果的敏感。有条件的话，我们还应多多关注相关学科，如艺术学科、文化学科等的研究。我们的研究方向并不是在独家经营，实际上存在着一个时代潮流，当代很多研究成果不同程度地指向着（或蕴含着）同一个方向，对此，我们要十分尊重，也要充分利用。我们既要努力走在前沿，但不应该也不可能孤军独进。

（5）充分尊重并利用古今中外一切相关研究成果，按学术规范适当写入书中。这一点是由上述几点自然引申而来，我们应该十分注意。但我们又需不忘以本研究为核心，不忘自己的努力目标，不忘以我为主。

（6）积极收集一切相关资料，特别注意发现和收集新资料，及时编集汇总，并注意资料的辨析，以保证本课题研究的文献丰富性和准确性。为此，团队内部需要互通有无，互相帮助，以集体的优势弥补个人掌握资料的局限。

（7）积极撰写阶段性论文，把阶段性论文的写作和全书的完成有机结合起来，以提高工作效率，同时以文会友，广泛求教，切磋研讨，集思广益。

（8）个人钻研，集体攻关，任务到人，既分段，又交叉。在总体理论指导下，充分发挥个人特长特色，使这套著作既浑然一体，又丰姿各异、百花齐放；既是学术理论，又文采斐然、可思可读。整个工程有明确时间表，按时保质地完成。

以上是我近来对于本研究设立和执行的相关思考，谈的基本上是一些原则，较为务虚，需要在研究实践中加以检验。

（五）不是"馀论"的尾声

在结束本文之前，笔者想向大家介绍两篇与笔者的论题很有关系的好文章。一篇是刊载在《文艺报》2014年11月26日第二版"理论与争鸣"上熊元义的《开掘古代文学资源　服务当代文化建设——文学史家刘跃进访谈》。我们搞古典文学研究的人可能较少关注《文艺报》，该文未必为大家所了解，所以占一点篇幅略作介绍。

该文分四个小标题，一曰"文化的取舍决定着国家的根本命运"，主要以秦汉对比论文化对国祚长短的影响，提出回归经典和传统的问题。二曰"古典文学研究新的时代特点"，认为新时代的古典文学研究摆脱了进化论的思维定势和政治化的束缚。三曰"出色的文学史家必是出色的文学理论家"，强调"文学观念的更新是学术研究进步的最重要的推动力量"，指出"先唐文学研究，如果还是恪守过去的文学观念，就很难有更大的进步"

"突破口在哪里？我认为在理论探索方面"，并批评"很被动地期待着国内外的理论家提供有效的理论武器，就成为中国文学史工作者的常态"这种现象。在这一节之末，更总结道："在追求文学研究中国化的历史进程中，我们必须明确一个基本问题，即研究文学史，最终目的不仅仅是提供某种系统的文学发展的知识，更重要的，还应当从丰富多彩的文学史探索中逐渐建立起具有中国特色的文学理论框架或理论主张，为当代中国文化建设提供丰厚的历史资源。新的时代呼唤新的学问，我们没有资格妄自尊大，也没有必要妄自菲薄。我们面临着挑战，也充满了机遇。"这是全文最长最核心的一节，同样的意思在本节中一再申述。四曰"文学史研究的目的"，阐述了"人文科学的研究，最终体现在对人的终极关怀和探索"和"文学研究的意义和价值的实现，最终取决于研究者的思想境界"两个问题，提振全文，使具高瞻远瞩之慨。

笔者觉得刘跃进先生的谈话对我们很有启发意义，如他所说先唐文学研究需要更新观念，否则难有进步。其实，别段文学研究也不例外。又如他对文学史家和文学史研究的高度期望等等。他的许多观点是笔者所同意的。应该说明的是，刘跃进先生在此次谈话中很是强调理论，这不等于他忽略了文献和实证的重要性——其实理论、文献、实证本非绝对矛盾互不相容。他目前除担任中国社科院文学所的领导外，还担任着中华文学史料学会的会长，这个学会就是专门搞文献史料研究的。笔者和他曾同事多年，对他的治学理念有所了解，他从来是非常重视文献史料工作和实证研究的。但他现在也痛感古代文学研究需要重视理论，呼吁理论突破。刘先生这篇谈话虽然并非针对我们课题而发，但却是对我们的有力支持和指导，值得我们重视。所以笔者不惮烦地引述了他的许多话，以供大家参考。如果有人不满足笔者的介绍，或疑心笔者的介绍有片面之嫌，还可以找《文艺报》上的全文来看，相信会得到更深刻的印象。

另一篇是王学典（《文史哲》主编）的《从反思文革史学走向反思改革史学——对若干史学关系再平衡的思考》，刊载在2015年3月18日《中华读书报》的第五版"瞭望"上。该文对近三十年来史学研究带倾向性的问题做了反思和小结，其中有些思考值得文学研究界借鉴。如"从废弃'以论带史'到皈依'史料即史学'"，认为"近三十年、特别是近二十年来，主流史学界在拒绝了教条主义的同时，也拒绝了'理论'和'思想'本身"，而"选题越小越好，材料越冷僻越好，'理论'和'思想'的成分越少越好，已成为史界一种主流价值观或主流学风"。此外，又产生了"从否定'古为今用'到遁入'象牙塔'中""从解构'宏大叙事'到走向'碎片化'""从打破'闭关自守'到放逐'自主叙事'"等倾向。这些情况，其实在文学研究界也不同程度、不同方式地存在着。该文认为这些情况主要是由于"改革史学"对"'文革'及'文革'前史学"矫枉过正所造成，令人颇有"三十年河东，三十年河西"之慨；而现在"对史学研究的基本方向必须进行一次再调整，再斟酌，也就是要对史料与史观的关系、历史与现实的关系、微观与宏观的关系、引进与自主创造的关系进行一次再平衡。"他所提出亟须再平衡的四大关系，对文学研究，特别是我们拟开展的诗歌叙事传统研究来说，其实也是颇有参考价值的。所以笔者不惮辞费地把它引述在这里。

（原载《中国文学叙事传统论稿》，东方出版中心2017年版）

三

从诗史名实说到叙事传统

(一) 辨"诗史"名实

笔者近年研究中国诗歌叙事传统,拟以"抒叙两大传统贯穿文学史"之观点破解"抒情传统唯一"的说法,补正其偏颇,因而自然关注到诗史问题的讨论——归根到底,"诗史"的核心乃是与抒情"对垒"的叙事,诗史传统实即与抒情传统共生并存的叙事传统。既如此,论说叙事传统又怎能离得了"诗史"?

关于"诗史"的言说,在中国诗歌史和诗学史上,可谓触目皆是。直至今日,相关言说和歧见仍然非常之多。在众多歧说中,劈面遇到的便是"诗史"的名实问题,故不能不先来稍加辨析。①

"诗史"二字组联成词,习惯的说法是起于晚唐孟棨的《本

---

① 历代与当代言及"诗史"或讨论"诗史"问题的论著,包括博士、硕士论文数量繁多,英年早逝的学者张晖《中国"诗史"传统》对此作了系统梳理。此书由生活·读书·新知三联书店于2012年出版,是三联·哈佛燕京学术丛书的一种。此书之后,有关论文仍多。本文涉及某些论文,将在后面相应处注出,这里就不罗列了。

事诗》,① 或更早一些的沈约《宋书·谢灵运传》。② 事实是否如此？笔者以为不妨打个问号。

按常识，任何事物总是先有其实，后有其名。"诗史"一名亦当在诗史的事实存在且逐渐被人认识之后才会产生。今知"诗史"常用之义有二，一是诗歌史的简称，一是对具有史性特征之诗歌作品（或诗人）的指称。前者事实清楚，名实相符，没有争议，故得通用。后者则须先有了颇具史性而堪称"诗史"的诗篇，从而显示出诗歌与历史的密切关系，才会使人的意识逐渐产生"诗史"的观念，并逐渐凝聚为"诗史"概念和名词，再后来这观念和名词才会进入文学批评领域。这是一个相当长的过程。在此过程中，人的认识和实际应用常处变动之中，情况复杂，导致"诗史"之实与名的契合难以稳定，更无从统一，而表现为对"诗史"解释之见仁见智、歧见纷纭，甚至于或拥护或否定乃至批判的状态。

沈约书中的"诗史"是诗与史的并列，可以勿论；孟棨其实也不是"诗史"概念的真正创造者。作为某些学人奉为"诗史"出处的《本事诗·高逸第三》之首条，大段讲述的是李白的高逸行为，多次引录的是李白的诗篇，在铺叙了七百多字之

---

① 据陈尚君考证，《本事诗》作者孟棨，应作孟启。我相信陈先生的考证，这里只为读者习惯，暂用旧名。
② 请参张晖《中国"诗史"传统》引言及第一章。孟棨《本事诗》："杜（甫）逢禄山之难，流离陇蜀，毕陈于诗，推见至隐，殆无遗事，故当时号为'诗史'。"又沈约《宋书·谢灵运传》史臣曰："至于先士茂制……并直举胸臆，非傍诗史。"或谓"诗史"指《诗》《史》二事，然王世贞则据此曰"然则少陵以前，人固有'诗史'之称矣。"（《艺苑卮言》卷三，《历代诗话续编》本）

后,才终于提及杜甫的《赠李白二十韵》①,但仍未引其文,仅云:"备叙其事,读其文,尽得其故迹。"这之后,才是我们在前面注文中所引那句含有"诗史"二字的话,总共不到三十个字。这个表述清晰显示了孟棨整个叙述的主次,显示他几乎只是顺便地提及、转述了"当时"对杜甫诗歌的议论。②当然,虽是简单一笔,却产生意想不到的效果。此种无心栽柳柳成荫的情况在人类历史上,在学术史上,并不罕见。但由此可知诗史的事实早已存在,诗与史的密切关系早为人们所关注,"诗史"概念早在潜滋暗长,"诗史"之名早晚要出现。这是一种必然性,至于它究竟见于今日留存的哪部文献,却有一定的偶然性;而这偶然性在杜甫身上得以落实,却又有深刻的必然之理。

《本事诗》对杜甫诗史的阐说反映了孟棨对当时已存在的"诗史"概念之理解,正如我们今日谈论"诗史",所谈的也只是我们的理解而已。谁的理解也不能成为"诗史"的标准定义,更不存在一个经典的不可违拗的所谓"本义"。事实上,"诗史"之名虽然产生,但在文学批评的运用中,"诗史"的含义又是在人们的理解中继续生成并演变着的。"诗史"概念具有某种开放性,"诗史"的实际运用受多种因素的制约,因而又有相当的随机性。同时,"诗史"既可以是对诗歌事实的指称,也能够成为

---

① 杜集作《寄李十二白二十韵》。浦起龙《读杜心解》卷五之二云:"前十韵,叙其才名宠渥,以及去官之后,文酒相从。后十韵,伤其蒙污被放。为之力雪其诬,诉天称枉。"(中华书局1981年版,第718页)

② 方孝岳《中国文学批评》认为孟棨《本事诗》所记"诗史":"这种话本是当时流俗随便称赞的话,不足为典要。"(生活·读书·新知三联书店1986年版,第188页)既是流俗之语,早就存在的可能是存在的。

诗人自觉期许的目标，因此既可以是被称，也可以是自称。杜甫的许多诗篇无疑够格称为"诗史"，但也不是说他的每一首诗都是"诗史"，当然"诗史"亦非杜甫一人的专利。文学史和批评史的实际已经证明了这一点。正因为如此，窃以为既不能把"诗史"名称的发明权归诸孟棨，也不必奉孟棨《本事诗》为经典，而应实事求是地将《高逸第三》之首条看作一位唐人对"诗史"的理解，亦即"诗史理解史"上的一个环节。然后立足文学史实，斟酌古今，因应时变，参与到对"诗史理解史"的延续运动中去，探索今日能为更多人理解接受和运用的诗史概念，努力把研究推向深入。

　　说到"诗史"之名产生的必然性，当然首先应该注意到中国诗歌的历史事实，这才是问题的根本，也是研究的正路。我们只要认真阅读留存至今的古代诗歌原典，比如《诗经》，便不难发现许多诗篇的叙事性，发现它们的叙述咏叹与历史（历史事件和某些历史人物）的关系。《大雅》中的《生民》《公刘》《绵》《皇矣》《大明》等篇，《小雅》中的《六月》《采芑》《出车》《节南山》《十月之交》等篇，《国风》中《新台》《载驰》《硕人》《清人》《南山》《黄鸟》《株林》等篇，古人早已反复证实其叙事内容的实在性、历史性，今人也认为它们与某个具体的历史事件或历史人物有关。说这些作品具有某种"史性"，堪称"诗史"，似乎没有什么不合适。如其不然，试问又该如何切合其内容的性质给它一个简洁准确的名称呢？倘若我们能够不因曾将西方的"epic"译为"史诗"，就非得以西方的"epic"奉为史诗的唯一标准，那么甚至不妨称它们为"史诗"也无不可。这些作品的存在就是"诗史"概念和名称产生的真正根源和依据。后人特别是汉人对《诗经》作品的研究理路,如《毛诗》小序、大序和许多汉唐人的注疏直至今人的注释所显示的,也充分表明他们确信诗歌与历史有着直接的关系。①

再进一步说,原来,在中国,从我们的人文初始时期,诗与史还曾有过一个浑融一体的阶段。那时文字尚未成熟,应用更很费劲而不普遍,人的认识水平低下,史识犹浅,有诗心而缺史德,以致诗、史皆已萌生滋长而却彼此不分,可以互代。诗(文)和史由混沌不分到明确分开,是人类史发展到一定阶段才发生的事。而且,即使到有人认识到文史应该分家,并从各方面努力使它们得以分开之时,却仍很难彻底割断二者的关系。甚至直到今天,文史早已俨然为分庭抗礼的两大学科,文(也包括诗)史在某些方面依旧浑然难分,从而被认为是学术上的一个大问题。文与史似乎总有一部分是兼体的。不仅在中国是如此,在外国,也是如此。② 所谓文和史,都是人类智力创造物,又都离不开文字的表述传达,二者本有许多内在的同一性。所以文史难分很可能是一个将要伴随人类存在之始终、人类自身所不可能完全解决的问题。

既然诗与史有过一段浑然不分的经历,"诗史"或"史诗"便是人类实践的一种产物,也就是一种历史事实,一种客观存在,一种无法漠视的现象,那就早晚会在人的思维、语言和文字中反映和表现出来。"诗史"这个词迟早是一定会在中国出现

---

① 参看彭敏:《诗史:源起与流变》,《求索》2016年第1期。此文认为"诗史"观念的实践从先秦至明清一脉相承,诗史之实远早于其名,并概略而系统地论述了宋前"诗史"传统的流变。笔者赞赏其观点。
② 请参埃娃·多曼斯卡编著,彭刚译:《邂逅——后现代主义之后的历史哲学》,北京大学出版社2007年版。

的，只不过在现存哪个朝代的文献中发现这个词，却有些偶然性而已。

中国人确实很早就发现并论说了诗史关系的密切——因为在上古，文字产生并成熟之前，它们一度曾是二位一体的混沌存在。产生于公元前4世纪左右（战国后期）的《孟子》，其《离娄下》有云：

> 孟子曰："王者之迹熄而《诗》亡，《诗》亡然后《春秋》作。晋之《乘》，楚之《梼杌》，鲁之《春秋》，一也。其事则齐桓、晋文，其文则史。孔子曰：'其义则丘窃取之矣。'"①

这是一句众所周知的名言。对这句话，历来有不同的理解和解释。"王者之迹"指什么？何谓"王者之迹熄"？"王者之迹熄而诗亡"应怎样理解？句中的"诗"字，是泛指的诗，还是作为专名的《诗》？"诗亡"又该如何解释？等等，都有不同说法②。但无论怎样理解，这句话涉及古人对于诗与史存在密切关

---

① 刘沅：《孟子恒解》，《十三经恒解》笺解本，巴蜀书社2016年版，第289页。
② 皮锡瑞《经学通论》（中华书局1954年版）有"论迹熄诗亡说者各异"条，胪列"赵注以颂声不作为亡，朱注以《黍离》降为国风而雅亡为亡""宋人说诗亡多兼风雅言之"等，谓"王迹当即车辙马迹之迹，天子不巡守，太师不陈诗，则虽有诗而若亡矣"。这就与认为"迹"乃"辿"之误，"辿"即古以木铎记诗言之道人，"王者之辿熄"指道人之官不设，下情不上达，无由观风俗、知得失而诗教亡的观点基本相合。

系的看法,应该是清楚的。①

由此我们也许可以做些思考,引出几点认识:

第一,孟子所言涉及了我们所关注的诗史关系。他的意思似乎是"诗亡"之后,"史"才全面、正式地出现(没说此前是否有"史",但事实上是有的)。这里的"诗"指《诗三百》的可能性较大,此前的诗歌肯定还有,但缺少可靠的文本依据。所以,我们今天要谈"诗史",谈诗与史的关系,谈诗歌叙事传统,为此提出实证,如果鉴于种种困难暂不再向前追溯,那么,起码也应从《诗经》开始。

第二,孟子虽没有明说"诗亡"之前的诗是"诗史"或诗中有史,但从这话的语气来看,实乃隐含这层意思。即以为《诗三百》(应该还包括《诗经》成书时被删落以至后来逐步被遗忘的那些诗)都曾经是一种史述或至少含有史述的意味。在那时,虽然列国已有自己的史官、史记,但这些诗也是被当作

---

① 讨论孟子这段话含意的论文,至今不断,见解各有侧重,均有参考价值,这里不能一一引用。其中如刘怀荣《孟子"迹熄《诗》亡"说学术价值重诂》(《齐鲁学刊》1996年第1期)、马银琴《孟子"《诗》亡然后《春秋》作"重诂》(《上海师范大学学报》2000年第3期)、魏衍华《孟子"《诗》亡然后《春秋》作"发微》(《理论学刊》2010年第4期)、台湾清华大学教授蔡英俊《"诗史"概念再界定——兼论中国古典诗中"叙事"的问题》(2006)等,对此皆有专论,观点基本与杨伯峻《孟子译注》一致。杨氏此节译文:"孟子说:圣王采诗的事情废止了,《诗》也就没有了;《诗》没有了,孔子便创作了《春秋》。(各国都有叫做"春秋"的史书)晋国的又叫做'乘',楚国的又叫做'梼杌',鲁国的仍叫做'春秋',都是一样的;所记载的事情不过如齐桓公、晋文公之类,所用的笔法不过一般史书的笔法。(至于孔子的《春秋》就不然,)他说:'《诗》三百篇上寓褒善贬恶的大义,我在《春秋》上便借用了。'"录以备考。

"史"的一部分。其时，诗与史的区别主要不在其内容，而在其形式与表达。诗记政治大事，也记生活琐事，诗的语言（文字）允许夸张隐喻，还可有比兴手法；史文则更强调直笔和朴实（虽实难避免形容和虚饰），"其文则史"，这个"文"是和诗同时而相对地存在着的。诗与史，无论作为文体还是学科，在后世是被分开了，但"诗史"一词却仍把二者联为一体。这时"诗史"则是指文学性的诗歌与历史性的史述两种不同性质的文体存在着密切关系，"诗史"也好，"史诗"也好，其词的重心都是在于"诗"，主要是指那种具有浓厚史性质地的诗歌（或其他类型的文学作品）。诗史或史诗都是指文学作品（而非历史著作）；而所谓"史性"，其内涵与实质，无非是以接近实录的态度和直笔的手法表现和记叙现实、时事、新闻——从社会的一般日常生活、各行各业、人际琐事到政治、军事、经济、文化，直至改朝换代、政权更替那样的重大事件等——经时间的淘洗而堪与史述相印证、媲美者。

第三，当《诗经》尚未成书之前，各国就已经存在"史"，晋有《乘》，楚有《梼杌》，鲁有《春秋》。那时诗、史一家，二者并无严格区分。那时的诗也便是史，是史记、史料的一种，所以那时不需要"诗史"这个名称，而已存在"诗史"的现象或曰事实。既有其实，则"诗史"之名，便随时可以出现；至于究竟何时出现，何时被纪录于文字，纪录下来会丢失还是会流传等等，则有偶然性。今日我们在《本事诗》中初见"诗史"，焉知将来不会有新的发现？

第四，《诗三百》有比兴隐喻、美刺讽谏，与之同时存在的各国春秋"其文则史"，似乎在表述上还没有"诗"那么多花样而比较质朴简陋。孔子的贡献是把诗的表现手法借用到史的写作中，使一字褒贬这种"春秋笔法"成了著作史书的"大义"，对后代产生了巨大影响。而诗与史分家的种子，也在一开始就埋下了；诗与史从最初的混沌不分到渐渐各显特色，有所区分，到基本分开了却又藕断丝连，保持难分难解的状态，在新的背景和不同层次上出现新的你中有我、我中有你的情景，这个漫长而几乎无止境的过程，也就启动了。而所谓"诗史"，其含义也就不仅是记录史事，还包括了对历史和历史人物的评价（赞美或批判乃至鞭挞），包括了对历史经验教训和规律的总结，对历史学的探索研讨等等。"诗史"在发展中至少涉及了史述、史论、史学三个层次，故对"诗史"实亦不可一概而论。

要说明当孔孟之时，诗史不分实为一家，不须远求，就在《孟子》书中，便可以看到他把《诗经》原文当作史料运用的例证。

《梁惠王上》记载孟子和梁惠王关于"贤者之乐"的对话。王"立于沼上，顾鸿雁麋鹿"，问孟子曰："贤者亦乐此乎？"孟子巧妙地将话题引到贤不贤不在于是否因拥有池沼鸿雁而乐或不乐，关键是能否与民同乐。他指出，能够与民同乐，那么即使役使百姓修建池沼，百姓也会乐意，君王也才快乐；如果相反，百姓就会诅咒反对，君王拥有池沼鸿雁也不可能得到快乐。为了证明自己的论断，孟子引用了正反两条史料。正面的是《诗经·大雅·灵台》的"经始灵台，经之营之。庶民攻之，不日成之。经始勿亟，庶民子来。王在灵囿，麀鹿攸伏。麀鹿濯濯，白鸟翯翯。王在灵沼，于牣鱼跃"。用周文王修灵囿百姓踊跃从事的例子来阐说"古之人与民偕乐，故能乐也"的道理。反面例子则是夏桀，引用《尚书·汤誓》"时日害（曷）丧，予与女偕亡！"发出"民欲与之偕亡，虽有台池鸟兽，岂能独乐哉"的警告。孟子在这里，完全是把《灵台》诗的描述当作史实看待的。在他看来，《灵台》就是《诗》亡而《春秋》作之前的历史记述。所以此节引用的文字较多，是十二句、四十八字，而不像在其他地方引《诗经》往往仅是两句八个字而已。①

这样的例子，《孟子》书中还有多处。如与梁惠王谈到"文王之勇"，引用《诗经·大雅·皇矣》："王赫斯怒，爰整其旅，以按徂旅，以笃于周祜，以对于天下。"这是《皇矣》篇描写"密人不恭，敢距大邦"，周文王兴师问罪的一节。又如在回答齐宣王自称"好货""好色"时，引用《大雅》的《公刘》和《绵》，说明只要是"与百姓同之"，好货、好色都不成问题：

> 昔者公刘好货，《（公刘）诗》云："乃积乃仓，乃裹糇粮，于橐于囊，思戢用光。弓矢斯张，干戈戚扬，爰方启行。"故居者有积仓，行者有裹囊也，然后可以爰方启行。王如好货，与百姓同之，于王何有？
>
> 昔者太王好色，爱厥妃。《（绵）诗》云："古公亶父，来朝走马，率西水浒，至于岐下，爰及姜女，聿来胥宇。"当是时也，内无怨女，外无旷夫。王如好色，与百姓同之，于王何有？②

这显然是把《公刘》和《绵》的诗文当作了叙述先王事迹的历史记载来使用的。

---

① 即使仅引用二句八字，也是在运用史料，如"周虽旧邦，其命维新"；但引得多，史料意义更明显。

② 以上二例均见杨伯峻：《孟子译注》，《孟子·梁惠王下》，中华书局1980年版，第31页、第36—37页。

再如《滕文公上》记述滕文公向孟子问"为国",孟子引《豳风·七月》"昼尔于茅,宵尔索绹,亟其乘屋,其始播百谷"教以"民事不可缓"之理,接着引《小雅·大田》论历代田税制度的不同与优劣,最后引用"周虽旧邦,其命维新"(《大雅·文王》)的话,鼓励滕文公以周文王为榜样,既继承传统不违旧制,又努力创造新气象。

《孟子》又一处以《诗经》史料为借鉴论述现实政治的例子,是引用《大雅·文王》篇"商之孙子,其丽不亿。上帝既命,侯于周服。侯服于周,天命靡常。殷士肤敏,裸将于京"来阐释服从天命与实施仁政的关系。《文王》的诗意是时运一过,殷商后代即使优秀也只能臣服于周。无论大国小国,只有实施仁政才能获得天佑,而不实施仁政,就犹如《大雅·桑柔》所云"谁能执热,逝不以濯"——大热天却偏不肯冲凉,完全是悖时而行,必然事与愿违。

从孟子对《诗经》的引用看,他的确是把《诗经》当作无可怀疑的可靠历史文献来利用的。在他的心目中,《诗》也就是"史",二者是可以通用的。从《孟子》可以看出,除《诗经》外,当时已有史书,这种史书孟子称之为"传",但《孟子》引传显然少于引《诗》。[①] 也有的时候,孟子对他游说的君王论史,并不说明出处或根据,如他两次同梁惠王谈到"大王居邠"因狄人相侵而迁至岐下之事,所述与《大雅·绵》一致,也与后

---

① 《孟子·梁惠王下》中,齐宣王问:"文王之囿方七十里,有诸?"另一处,又问:"汤放桀,武王伐纣,有诸?"孟子两次皆对曰:"于传有之。"这里的"传"就是当时的史籍,诸如晋之《乘》、楚之《梼杌》、鲁之《春秋》之类。(参杨伯峻《孟子译注》)

来的司马迁《史记》相合，但比《绵》的叙述具体详细。孟子的历史知识是从哪里来的呢？估计离不开当时已经存在的史籍。当然，生活于《诗》亡而《春秋》兴之际，史书还不很发达，阅读也可能颇为不便，故他在论述问题时，还是更习惯于从《诗经》中摄取资料。

（二）"诗史"的现代义涵

"诗史"一词流传下来，历代学人都有自己的理解，今天也同样。追溯梳理其演变过程，做学术史研究自有其必要与意义；但也不妨提出今人的看法，参与到学术的增进与变革中去。

在这里，笔者觉得闻一多《歌与诗》一文中对"诗史"的理解是一个重要里程碑。他对上古时代"《诗》即是史"的阐释，特别是他对诗歌史系统梳理中提出的几个主要观点，值得重视，不宜被轻易否定。

《歌与诗》，据当初《闻一多全集》的编者注释，"这是计划中的一部《中国上古文学史讲稿》的一章"，[①] 讲的是中国文学的源头。文末署"二十八年六月一日"，那么，应该是抗战期间闻一多在西南联大任教时所作。此文不长，却包含了有关诗史问题的重要论述。

[①] 引自《闻一多全集》，上海开明书店1948年版，生活·读书·新知三联书店1982年据以重印。据云此小注系《全集》编者摘自闻一多发表此文时的自注，请参刘涛《字源谬见、诗史之辨与一桩学术公案》注7，见《文学评论》2018年第2期。

该文共三节。第一节论歌,其末尾说:"以上我们反复的说明了感叹字确乎是歌的核心与原动力,而感叹字本身则是情绪的发泄,那么歌的本质是抒情的,也就是必然的结论了。"①

第二节论诗,从考订"诗"字本义入手。汉人将诗训为志,闻一多也认为诗与志"原来是一个字",而"志"则有记忆、记录、怀抱三义。他接着说:"无文字时专凭记忆,文字产生以后,则用文字记载以代记忆,故记忆之记又孳乳为记载之记。记忆谓之志,记载亦谓之志。古时几乎一切文字记载皆曰志。""一切记载既皆谓之志,而韵文产生又必早于散文,那么最初的志(记载)就没有不是诗(韵语)的了。"于是引出歌以抒情为本质,诗以叙事为本质,指出歌与诗具有抒情与叙事的对垒性特点。②

"对垒性"这三个字把抒情、叙事的关系和性质鲜明而准确地标示出来,抓住这个主要区别,正如闻一多所说:"诗与歌根本不同之点,这来就完全明白了。"③ 随后引孟子"王者之迹熄

---

① 刘熙载《艺概·诗概》论诗可分为歌、诵两种:"诵显而歌微,故长篇诵,短篇歌,叙事诵,抒情歌。"注意到诗歌之语言表现可分为抒情和叙事两大方面,对诗歌之研究具有重要意义,可以参看。
② 歌的本质抒情,诗的本质叙事,此乃就二者性质的主要(并非唯一)方面而言,未可视为"本质主义"。
③ 抒情和叙事是文学表现手法上的"对垒",其馀种种修辞手段皆隶属其下,为其服务。抒情和叙事的分野又不仅关系诗歌的语言表达和艺术趣味,而且关乎作者的创作态度和审美取向,并由此延伸到对待生活、对待人我关系和对待历史的态度,实际上也就涉及作者的价值观、人生观和世界观。抒情叙事的分野和对垒到此就大大超出艺术表现的形而下范围而上升到思想境界的形而上层面。当然,分野也好,对垒也好,不等于没有互渗和交叉,抒叙有时不易分清;但不易并非不能,基本是可以分清,而且需要分清的。

而《诗》亡"这段名言和《诗大序》来说明古代"诗即史",说明国史与诗(以变风变雅代表)的密切关系。"古代诗所管领的乃是后世史的疆域""原来诗本是记事的,也是一种史""诗即史,当然史官也就是'诗人'""'繁于文采'正是诗的荣誉,这里(指《论语》《仪礼》《韩非子》等书对史文的批评)却算作史的罪名,这又分明坐实了诗史之间不可分离的关系",都是本节中的重要论点。

最近有人著文,引钱锺书《谈艺录》批评闻一多的《歌与诗》,认为闻一多该文犯了"字(词)源谬见"的错误,有"望文生义""穿凿附会之弊"等等。① 笔者无意涉入"公案",也不认为闻、钱之间有何公案,只因要借重闻一多先生的文章来言说"诗史",不得不转笔在此略说相关感想。

首先,闻先生的《歌与诗》要讲的是中国文学的源头部分,也是太初中国人文之始阶段的情况,那时岂但诗、史相混,恐怕整个文化(如礼法、宗教、祭祀、祷祝、音乐、舞蹈、神话、巫术、傩仪、诗歌、史述乃至文字、图画等等)都还混沌未凿。这些便是闻先生所说"诗即史"的大背景,脱离这个背景单揪"诗即史"三个字,当然就谈不到一起去了。不见钱先生虽反对"诗史"说,却也有这样的话:"先民草昧,词章未有专门。于是声歌雅颂,施之于祭祀、军旅、昏媾、宴会,以收兴观群怨之效。记事传人,特其一端,且成文每在抒情言志之后。赋事之诗,与记事之史,每混而难分。此士(指被他批评的人)古诗即史之说,若有符验。然诗体而具纪事作用,谓古史即诗,

---

① 此指刘涛发表于《文学评论》2018 年第 2 期的《字源谬见、诗史之辨与一桩学术公案——论钱锺书对闻一多〈歌与诗〉的批评》一文。

史之本质即是诗,亦何不可。"① 只是在此之下又有另论,强调后来的诗史之分而已。如果我们对前人言论持同情之了解的态度,也许便会体贴各人发言的语境,欣赏其大体而不至于有所偏嗜或挑剔。愚见以为闻、钱二位先生所言有异,实乃因所指内容存在"时间差"所致,其实正是一个问题(诗史关系)的两个阶段和两个面向。

其次,从字词之源入手探讨,难道就那么要不得吗?王国维不是也用此法、善用此法吗?比如他的《释史》一文,开篇即引《说文解字》:"史,记事者也。从又持中。……"以下一路从甲骨文说到金石之文,从《尚书》《周礼》追溯到殷和殷前之"史",将古文字与古文献联系、对照着分析解说"史"之古义。② 似尚未见有人说他是"字源谬见"。当然,考察字源只是论证之一途,远非全部。闻先生认为"志"字原含记忆、记录、怀抱三义,举例甚夥,推论亦不失严谨。但他在文末还是说:"在上文我们大体上是凭着一两字的训诂,试测了一次《三百篇》以前诗歌发展的大势,我们知道《三百篇》有两个源头,一是歌,一是诗,而当时所谓诗在本质上乃是史。"对字源考证的有效性持清醒的态度,没有宣布唯我独对,而是特意说明其文是在试测、试述上古诗歌史。今天我们即使完全不用这种方

---

① 钱锺书:《谈艺录》,中华书局1984年版,第38页。这段话说明钱先生很通达,但接下去他就论述了诗、史之分的观点,表现了对"诗史说"的"弃"。对此,刘锋杰《"诗史说":钱锺书的"弃"与王国维的"续"》(《社会科学辑刊》2018年第1期)一文分析得十分深刻到位,令人信服,请参阅。
② 王国维:《释史》,见周锡山编校:《王国维集》第四册,中国社会科学出版社2008年版,第27—32页。

法，仍然能够充分论证"上古诗史曾经混而不分"的观点。我们钦佩闻先生，却没有闻先生的学力，只好不用字源考证之法，却并不认为此法一无是处，甚至一涉此法便堕"谬见"。

说过感想，仍回正题。

闻先生讲得很清楚，他所说的"诗即史、史即诗"，那是遥远的古代之事，而且在那时二者也只是性质相通而并非完全同一，否则哪还需要二名？人类发展到今天，情况已经变化。今日大家还在言说的"诗史"，早已不是"诗即史、史即诗"之意，也不是"诗即以史为本质"之意，而是在诗、史二分之后，有些诗歌作品中所叙述描写的生活之"事"、现实之"事"，在人们看来具备了一定的"史性"，可以印证、比照乃至丰富历史记载的某些方面，甚至触及某些历史的经验教训或某种历史规律，从而使这作品具有了史述（或史论、史学）的某些意味。"诗史"是诗歌（文学）创作中的一种现象，也可以说是诗歌（文学）的一个品种或类别，而在文学批评中，则不过是一种评语或概念而已。

闻一多的论证，在我们看来，还可以导出如下的观点：当歌、诗尚在二分的时候，歌主抒情，诗主叙事，但抒情、叙事是表现手法的不同，并不绝然对立，甚且相互渗透，因而诗歌早晚是要合流的，抒情与叙事的对垒性也就早晚要化合为诗歌特质的统一性。而且进一步从根本上讲，诗歌中不会有毫无感情色彩的叙事，也不会有绝对无事、无来由的抒情，抒情、叙事虽可分剖解析，有不同的侧重，却实难截然割裂。既然如此，一部诗歌史当然只能从头就由抒情和叙事来贯穿，从而形成并发展出抒叙对垒互动、融渗互竞的传统，而不可能是任何单一传统的贯穿史。

果然，闻一多在第三节中作出了更精彩的论述：

诗与歌合流真是一件大事。它的结果乃是《三百篇》的诞生。一部最脍炙人口的《国风》与《小雅》，也是《三百篇》的最精彩部分，便是诗歌合作中最美满的成绩。一种如《氓》《谷风》等，以一个故事为蓝本，叙述方法也多少保存着故事的时间连续性，可说是史传的手法；一种如《斯干》《小戎》《大田》《无羊》等，平面式的纪物，与《顾命》《考工记》《内则》等性质相近，这些都是"诗"从它老家（史）带来的贡献。然而很明显的，上述各诗并非史传或史志，因为其中的"事"是经过"情"的泡制然后再写下来的。这情的部分便是"歌"的贡献。由《击鼓》《绿衣》以至《蒹葭》《月出》，是"事"的色彩由显而隐，"情"的韵味由短而长，那正象征着歌的成分在比例上的递增。再进一步，"情"的成分愈加膨胀，而"事"则暗淡到不合再称为"事"，只可称为"境"，那便到达《十九首》以后的阶段，而不足以代表《三百篇》了。同样，在相反的方向，《孔雀东南飞》也与《三百篇》不同，因为这里只忙着讲故事，是又回到前面诗的第二阶段去了，全不像《三百篇》主要作品之"事""情"配合得恰到好处。总之，歌诗的平等合作，"情""事"的平均发展是诗第三阶段的进展，也正是《三百篇》的特质。

这里最有价值、对我们的研究启发和支持最大最强的，是闻一多按照叙事、抒情成分的比重多寡将《诗经》作品做了举例性的排队，从《氓》《谷风》到《斯干》《小戎》《大田》《无羊》，再到《击鼓》《绿衣》以至《蒹葭》《月出》，是叙事性递减而抒情色彩渐增的队列；再往后，叙事性再减，抒情色彩愈浓，就会发展到《十九首》的境界。而在另一端，则是叙事性不断增强，直到"忙着讲故事"的《孔雀东南飞》模式。闻先生的这个队列法，与我们所拟试用的诗歌抒叙光谱分析法，虽在具体答案上可能有所差异，但在基本思路、分析的原则和标准方面，却是非常一致的。① 即都认为诗歌内容的抒情、叙事是可以分析甚至某种程度量化（哪怕是比较模糊）的，量化了以后是可以进行比较，比较的结果又是可以按抒叙比重的多少轻重而加以排列的，而这种排列则有助于对诗歌作品之美学特征、性质功能乃至意义价值的分析。对我们的思考和研究，闻先生是不折不扣地导夫先路！

闻先生重视诗的史性，但也没有忘记诗歌的抒情性审美性。他认为，"诗言志""诗传意""诗缘情"，志、意、情实是一回事，而"'诗言志'的定义，无论以志为意或为情，这观念只有歌与诗合流才能产生。""《三百篇》时代的诗……是志情事并重的"，后来人的观念中却"把事完全排出诗外"，以至"诗后来专在《十九首》式的'羌无故实'空空洞洞的抒情诗道上发展，而叙事诗几乎完全绝迹了，这定义（指'诗言志'）恐怕不能不负一部分责任"。闻先生把《诗三百》视为抒叙良好结合的典范，又认为出现《十九首》式的抒情诗，一部分的原因是因为在诗中排除"事"而过偏地强调情志意（"诗言志"理解的狭隘化）的缘故。这个说法非常符合中国诗歌史的实际，而又极具

---

① 光谱是可见光、紫外线和红外线按波长进行排列出来的图谱（参《不列颠百科全书》1986年版第3册第516页），赤橙黄绿青蓝紫各色光之间的过渡是渐变的，但到一定程度又会有明显界限，我们借以比喻按抒情、叙事比重不同来排列诗歌的结果。

启发性，对我们研究诗歌叙事传统，用抒叙两大传统贯穿全部诗歌史文学史，极具指导意义。

从主张抒叙结合的传统出发，闻一多先生对"诗言志"这个中国诗歌的开山纲领提出了批评，可谓洞若观火，即在今天看来，仍然振聋发聩。闻先生的敏锐与无畏，真是令我们钦佩之至。① 关于"诗言志"说的内涵、实质、局限及其在诗歌史上正负两方面的影响等等问题，实在值得深细论之。本文暂不展开，只就我们的论题先做以上些许补充。

我们以为，可以把《诗经》时代视为抒情、叙事两大传统的发端，以屈原《离骚》《天问》为代表的楚辞，抒叙融合，和谐共存，继承并发扬了两大传统；此后的诗歌史也一直是两大传统并肩发展。当然并肩不等于绝对平衡，它们既有互动也有互竞，有时并不完全同步。不妨说《十九首》是代表抒情传统发展的一个里程碑，或者说《十九首》的出现代表了抒情传统早期发展的一个阶段。《十九首》抒情成分重，此是公论；至于"'羌无故实'，空空洞洞"的评价，肯定会有不同意见。实际上，《十九首》的出现，原因也颇复杂。还应该看到，闻先生的批评，不仅是对《十九首》，主要还是对后世某些"《十九首》式"的诗歌（其特点就是羌无故实、空空洞洞），这批评无疑是有的放矢的。而汉末出现《十九首》这样的作品，固然可能与受

---

① 事实上，认为"如果说中国文学从整体而言就是一个抒情传统，大体不算夸张"的陈世骧先生，也曾明确指出："抒情精神（lyricism）成就了中国文学的荣耀，也造成它的局限。"（据陈世骧《论中国抒情传统》，陈国球译文）虽然陈先生没有具体说明那局限究竟是什么，但闻先生对某些抒情诗走上"'羌无故实'空空洞洞"之道的批评，或许可与陈先生的话参看，而令我们悟出些什么吧。

"诗言志"纲领的引导与制约有关,但也是文人自我意识觉醒的结果,是所谓文学觉醒、在文体上要与史学分家的标志之一,与古来浑然一体的文史(诗和史)在发展过程中各自趋于独立的内在要求有关。而且,《十九首》虽总体抒情色彩浓重,反映社会生活内容有限,然而真正可算"纯抒情"的,却是极个别的(仅《生年不满百》一首),大部分都还是抒叙结合的产物,对它们仍能进行叙事分析。在我们所言的抒叙队列中,它们多数仍将排在当中,而并不尽在单纯抒情一端。① 一味强调抒情,企图完全割断与"事"的联系,走到极端,的确会造成"'羌无故实'空空洞洞的抒情诗",闻先生的这一批评尖利而深刻,并非无的放矢,几乎适用于整个诗歌史,对此我们深有同感。比起后代等而下之(因空洞抒情而堕为自说自话无病呻吟)之作,被历代文人激赏的《古诗十九首》应该还算是比较好的早期文人诗。②

(三)"诗史"的核心是叙事,诗史传统即叙事传统

历代人们对"诗史"的内涵作过许多探讨,有过多方面的解说。张晖《中国"诗史"传统》一书在缕述了自宋至清的众多"诗史"言说后,在最后一章将其总结为十七种说法,然后指出:"综观历代的'诗史'说,其间贯彻着一个最为基本的核

---

① 请参本书上编第五篇《诗篇抒叙结构分析》。
② 《古诗十九首》表现了较强的自我生命意识和追求个体自由的精神,标志着文人主体意识的觉醒和文学的自觉,其抒情色彩浓郁,不少受陈世骧观点影响的台湾学者甚至认为,中国抒情传统并不是从《诗经》开始,而应该从《古诗十九首》出现算起。

心精神,那就是强调诗歌对现实生活的纪录和描写。"又说:"宋代的'诗史'说虽然繁杂……实际上都指向同一个基本的文学理念:即诗歌的内容须记载、反映外在的客观世界。"应该说,张晖的这个概括是中肯的、实事求是的。他甚至已经论述到:"强调诗歌记载现实生活的'诗史'说,起源于晚唐,到明代就基本稳定下来,成为中国传统诗学中一贯要求诗歌描写现实、反映现实、记载现实的一种具有代表性的理论述(诉)求。"这里除了"起源于晚唐"的说法略显拘泥外,其它内容所概括的实际内容,已足以形成与"情志说""抒情传统"相对垒的另一个传统,即叙事传统了——事实上,张晖也把自己的书定名为"中国'诗史'传统",用了比"理论诉求"更准确的"传统"二字。而"诗史传统"的核心、实质和要害,不就是叙事吗?所谓"诗史"传统,换言之,不就是叙事传统吗?抽掉叙事,哪里还有什么"诗史"传统?可惜的是,也许是"抒情传统"说势力实在太强大,或者还有别的什么原因,他虽然已经接近于发现并几乎道出与之"对垒"的叙事传统,甚至道出"诗史"传统即叙事传统,此传统恰与抒情传统"对垒"(即抗衡而互动)等等——这些观点几乎已到口边,呼之欲出,却终于未敢大胆突破框框,进行属于自己的理论创新,而是不无勉强地回头拿抒情传统来统率中国文学,把明明与之对垒抗衡的叙事传统硬是置于低一个层次的地位。① 但即使如此,张晖理论思考的贡献仍是不可抹杀的。

---

① 因思考抒情传统是否唯一而想到叙事传统问题,台湾学者实着先鞭,但往往未能将叙事传统与之并列,仍将叙事传统置于抒情传统笼罩之下,如前举蔡英俊文即有此倾向,可参看。

的确,"诗史"言说虽然纷繁,但在众多说法中,最有价值、能对诸说起到提纲挈领作用的,正是叙事说。

史的本质和核心要义是事与记录事实,简言之即叙事。"史"从诞生伊始,无论是指人还是指此人之行为、活动或其产物,皆与书策记叙之事相关。王国维《释史》引《说文解字》"史,记事者也",引《书·顾命》"大史秉书,由宾阶隮,御王册命",《礼记·玉藻》"动则左史书之,言则右史书之",引《周礼》"大史掌建邦之六典""小史掌邦国之志""内史掌书王命""外史掌书外令""女史掌书内令"等,谓"周六官之属,掌文书者亦皆谓之史,则史之职,专以藏书、读书、作书为事"。① 而史官所作、所读、所藏之书,则皆与记叙史事、史言有关。史与事的关系不仅可从字源追寻,尤其可以事实证明,亦可从道理阐明。《四库全书总目提要·史部总叙》:"苟无事迹,虽圣人不能作《春秋》;苟不知其事迹,虽以圣人读《春秋》,不知所以褒贬。"② 圣人如此,何况我辈?史既如此,诗又何尝不是如此?"诗史"当然更不能不如此。叙事遂成为"诗史"与"史"发生关联的根本基础。

不过,"诗史"毕竟是诗而不是史,即使是具有史性的诗歌,也不能丢失抒情、言志和表意的功能。于是两相融和,则凡具"史性"之诗,即"诗史",其本质特征便该是富于感情色彩地叙述评说历史之人与事。此类诗之叙事成分必然较重,且所叙之事又当多与国族命运遭际相关,否则不够称"史";但也

---

① 王国维:《释史》,见周锡山编校:《王国维集》第四册,中国社会科学出版社2008年版,第28—32页。
② 《四库全书总目》卷四五,中华书局1965年版,第397页。

须不乏感情（包括议论）色彩和感人力量，如若质木无文味同嚼蜡，也就不足称"诗"。所谓"诗史"其义大抵如此，并无其他特异神秘之处。

再看得通达些。所谓历史乃是往日之现实，而今日之生活，过后也就成为历史。"诗史"也者，就内容言，号称反映或表现历史，换言之则是记述昔日现实生活点滴而已。而就艺术手法言之，"诗史"的写作是在抒情、叙事二法中，偏于叙事，多用客观素材，多关注与观察体会他人事迹境遇和心态情绪，甚至干脆化身为角色，代他人（尤其是向来极少话语权的人）发声，而不是仅仅以诗人自我为中心抒发感情。因而一般说来，"诗史"中摄入的具体生活事实乃至故事、画面、人物动态等比一般抒情诗皆较多较富，作者感情往往寓于叙事之中，较少直白呼喊，故艺术风格也往往较为沉实而不空泛虚浮。前人总结创作经验，有云："诗者述事以寄情，事贵详，情贵隐，及乎感会于心，则情见于词，此所以入人深也。如将盛气直述，更无馀味，则感人也浅，乌能使其不知手舞足蹈?"① 大概"诗史"就有这种好处。被称为"诗史"的作品，至少不会如闻一多批评的那样"'羌无故实'空空洞洞"。

"诗史"须具史性，也应具有诗性，已如上述。也许后者还须再作强调。"诗史"是诗，毕竟与规范的史书不同，它带有更强烈的感情色彩，不但记什么不记什么、何事用浓墨何事用淡笔甚至略去，都是带着感情有意选择的，而且其表述（选词择字造句等）必有倾向，往往在一字半句之微中透露爱憎，寓含褒贬，显示美刺，表达方式往往含蓄用晦，变化莫测，时而直

---

① 魏泰：《临汉隐居诗话》，见《历代诗话》，中华书局1981年版，第322页。

赋，时而比兴，隐喻有之，影射有之，皮里阳秋有之。这就是史诗或"诗史"作者从主观出发的叙事干预，是其文学性之妙用和所在，也是其审美意味之所由来。"诗史"是史性、文学性和审美趣味的精巧结合或深度融合。后世人们重视"诗史"，就是因为"诗史"犹如合金钢，兼有二者的优长，形成了更高的强度和价值。通过"诗史"的文学性去探索其隐含的史性，可以在尽享审美乐趣的同时收获认识价值，启发更深广的思考。

"诗史"以史性与叙事性强且相互交融为特征，成为诗歌的一个品种，在诗歌的源头就萌芽发生。《诗经》史诗，尽管不合西方"epic"的标准，但有鲜明中国特色，是对"诗史"存在的最好证明。① 更重要的是自《诗经》起，中国诗歌就在叙事与抒情的双轨上并肩发展，既形成了抒情传统，也形成了叙事传统，尤其可贵的是形成了抒情、叙事共存相融、互竞互促的传统。由于两大传统各具特色，在不同历史时期发展进度并不平衡，故文学史呈现出不同类型的文体、不同类型作家创作成就和文坛影响起伏升降、多姿多彩的变化，使一部中国文学史波澜壮阔，高潮迭起，美景不断，前程无限。

鉴于题旨，这里我们着重围绕诗歌叙事传统来谈。自《诗经》之后，历代堪称"诗史"的作品，乃是由《诗经》史诗擎

---

① 清人将《诗经》许多篇章评为"诗史"，如方玉润《诗经原始》认为《丘中》《墓门》《采芑》《十月之交》《渐渐之石》皆属"诗史"。这虽属"追认"，但方氏在总说《王风》十篇时特地声明："此册诗皆乱离后作，故其音怨以怒，而又哀思无已……后世杜甫遭天宝大乱，故其中有《无家别》《垂老别》《哀江头》《哀王孙》等篇，与此先后如出一辙。杜作人称'诗史'，而此册实开其先。读《王风》者能无俯仰慨叹于其际哉！"这至少说明"诗史"其名后出而事实早就存在。

乳而生。楚辞，汉诗，汉乐府，魏晋文人诗，南北朝乐府诗与文人诗，乃至唐、宋、元、明、清和近现代的文人诗及民间诗歌中，都有堪称史诗和"诗史"的好作品。直至今日，"诗史精神"仍是许多诗人作家自觉秉承和追求的良好传统。杜甫则是在漫长的中国诗歌史上一位杰出的代表，一个里程碑式的人物。尤其是在"诗史"之发展演变史上，杜甫因其创作特色与成就，因其承前启后的历史作用，而居于独特的高峰地位。"诗史"虽非由杜甫开创，非其独家专利，也不能说杜甫的任何一首诗都是"诗史"，但杜甫作品中堪称"诗史"者确多，且创作成就特高，"诗圣"之誉与"诗史"之名相得益彰，相互增价，使杜甫成为中国"诗史"的首席代表。若就这一点而言，孟棨《本事诗》倒是功不可没。

《诗经》史诗之后，在《诗》亡而《春秋》作的历史趋势之下，文史浑然不分的局面开始发生变化，文史要求剖分和各自独立，成为一种时代的潮流。发展到南朝齐梁，以《昭明文选》为代表，实际上宣示了文学对史学的分离。《文选》拒收史传之文，只收史书中少量"事出于沉思，义归乎翰藻"的《序》《赞》，就是明证。[①] 而后，史论家刘知几则从史学角度强烈要求区分文史，反对文学向史学的渗透，宣布自己"耻以文士得名，期以述者自命"；[②] 文人舞文弄墨，他不屑为，他愿做的是直笔实录的史家"述者"。史家是需要代表儒家正统和主流意识来执笔发言的，他们的工作政治性更强，往往自觉地掌握和行使

---

① 萧统：《文选序》，《四部丛刊》影宋六臣注《文选》本。
② 刘知几：《史通·自叙》，见浦起龙：《史通通释》卷十，上海古籍出版社2009年版，第271页。

"史权",① 而诗歌的写作则被视为个人的事。文史分家的趋势与文人主体意识日益增强相呼应，文学自觉的步伐加快，其具体表现便集中在作者个人的意向、情志、怀抱和心理状态渴望得到更自由无忌的表达乃至宣泄上。"诗言志""诗缘情""诗是抒情之具"的认识和言论，影响因而逐步扩大，逐步笼罩乃至统治了诗文创作的整个语境；而诗歌应该纪事述史、关怀外部世界的一面，则被逐步淡化、挤压、遮蔽、削弱乃至消解异化。文学在演变，抒叙两大传统在文学的发展中此起彼伏、不平衡地发展着，有一个阶段，抒情传统似乎占了上风。

杜甫的功绩正在于以优异的创作实绩抗衡了这个语境，扭转了积习甚深的诗坛风气，从而使诗歌重新回到抒情与叙事双线交融并进的健康道路上去。具体来说，杜甫是在安史之乱造成的国破家难的特殊历史条件下，以其一系列史性和文学性都很强的作品，使诗歌的叙事功能，诗歌的史性内涵，得到全面的发扬和提升，显示出巨大的思想力和美学能量；使诗歌关怀现实、纪录历史的职能重新获得人们的注意和重视，使数百年来几乎渐被遗忘的《诗经》史诗叙事传统，重新成为人们关注和热爱的对象，不但使这一传统得以延续，而且在当时就产生很大的影响。以元稹、白居易、李绅诸人为代表的新乐府创作在中唐兴起绝非偶然，而杜甫的正面影响则更贯穿一千多年，

---

① 唐韦安石览史官朱敬则所书史稿，叹曰："董狐何以加！世人不知史官权重宰相，宰相但能制生人，史官兼制生死，古之圣君贤臣所以畏惧者也。"(《新唐书·朱敬则传》)孙德谦《辨〈史记〉体例》："孔子之作《春秋》，贬天子，退诸侯，讨大夫，以达王事。修史之权可谓大矣。"修史比吟诗具有更重要的话语权。

至今未衰。杜甫所接续和弘扬的《诗经》史诗和乐府民歌的精神,也就是中国诗歌抒情和叙事并存互动的优秀传统。

以杜甫为典范和代表的叙事传统,其内容非常丰富,可以从多方面研究阐述。许多研究杜甫的论著都不同程度地涉足于此,可谓成果累累。在此基础上,我们对中国诗歌叙事传统的内涵要义,试作概说如下:

其一,中国诗歌叙事传统往往更为关注历史,也更关注现实生活,把创作的视线和笔触更多地超越个人而投向客观世界:他人、社会(甚至底层)和国族之事。表现出对时事、政局、新闻、街谈巷议、民情风俗等的兴趣,且善于将其摄入笔下,作出多样的载录。而在种种复杂的社会矛盾面前,往往能以国族的安危利害作为关切的首要问题和判断是非、采取写作策略的根本依据。

本来,在诗歌创作上,偏爱抒情抑或叙事,纯属创作者的自由。但客观的时势环境会对创作者的主观世界起作用,在不知不觉中调整乃至支配他们的创作态度。杜甫早期创作已表现出他关注现实,同情人民,善于叙事、诗风实在的特点,写过《兵车行》《丽人行》等叙事名篇,但真正被称为"诗史"的作品,多数还是写在安史之乱爆发后。安史之乱是一场巨大的国族灾难。杜甫眼看朝廷播迁,百姓流离,自己一度也成了难民行列中的一员。此后,他的诗歌就更多地记录了战乱带来的人间苦难,题材有所扩大,眼界有所开阔,思考也更深沉。他的诗笔开始更多地向史笔倾斜靠拢,写出了《哀王孙》《悲陈陶》《悲青坂》《哀江头》《北征》《羌村三首》"三吏""三别"《秦州杂诗》《同谷七歌》等更切近而具体记述历史生活而堪称"诗史"的作品。这一系列作品所表现的"诗史"精神,又像一根红线似的把他此后的创作贯串了起来。①

这些作品充分体现了"一切以国族命运为重"的思想主题。"三吏""三别"可为典型代表,其中有对普通百姓苦难的深刻同情,也有对政府和官吏的严厉批判,但从国族大局出发,还是鼓励百姓子弟当兵赴战而不仅作消极的抱怨泄愤。如《新安吏》,前半已对县府抽选未成年的"中男"上前线发出"莫自使眼枯,收汝泪纵横。眼枯即见骨,天地终无情"的控诉之语,但权衡大局后,为了平定叛乱,仍压下心头的怨愤,劝慰被抓的壮丁及其家人"送行勿泣血,仆射如父兄",因为这时的当兵出征已与《兵车行》所反对的扩边战争不同。《新婚别》则借新妇之口,勉励上前线的丈夫:"勿为新婚念,努力事戎行!"其实,她明知丈夫此去吉凶难卜,"人事多错迕,与君永相望",分手恐怕就是永别。诗歌所表现的这种矛盾心态,体现了杜甫既富正义感,又具大局观的精神高度。这正是中国诗歌叙事传

---

① 客观环境会产生把创作者推向叙事的作用,例证很多。明代作家杨慎在理论上反对"诗史"说,但后来流放云南,却创作了叙事性很强的诗篇《恶氛行》(记述云南土司叛乱事)和以乐府旧题写成的长篇叙事诗《邯郸才人嫁为厮养卒妇》。(请参《升庵集》,影印文渊阁四库全书本)抗日战争中,一批抒情诗人生活大变,诗风大变。《文艺报》(2015年9月2日"文学评论"版)在"世界反法西斯战争中的中国叙事"总标题下发表《抗战诗歌:思想的胜利美学的胜利》(作者霍俊明),举出老舍、艾青、臧克家、穆旦、杜运燮等人创作的历史性长诗,论曰:"关于抗战的历史性长诗,我们必须强调修辞、想象和抒情主体与历史之间的对应关系。对于长诗写作而言,最大的难度不仅来自于空间和时间,更来自于抒情主体的历史的个人化想象能力,还在于抒情性和叙事性之间的平衡。"实际上指出了这些诗人创作叙事成分大增、抒情更多融入叙事的情况。当代诗人亦多有生活阅历深化促使创作向叙事倾斜的感悟和叙述。

统的一个重要方面。不因大局之需而无视统治者的丑行恶道，也不因对执政者不满而放弃国民的责任，这是杜甫诗所显示的意义。这个传统的力量深入人心，十分强大，在中华民族每次遇到重大灾难，处于国族危亡的关头时，我们的诗歌和文学创作就都会突显这个传统。在宋、元、明、清诸代末年，尤其在近代外敌入侵、政府腐败、国土沦丧、百姓生活悲惨的状况下，此类"诗史"之作就汹涌而出，以致在事后清理时可以整理出若干个"诗史群"，成为其时文学的一个突出现象，也为历史的编纂提供了生动丰富的资料。①

　　传统的这个内涵也限制了"诗史"之称的运用范围。前文论到"诗史"之本质实即诗与生活的关系，故"诗史"既有其崇高性，又并非神秘稀奇得高不可攀。那时留下一个漏洞：那么是不是任何反映一点儿生活内容的诗都能称为"诗史"？"诗史"概念岂不过于宽泛？阐明了叙事传统的这一内涵，当可避免这个误解，等于打了一个补丁。

　　其二，叙事传统不废个人为中心的抒情咏怀，但强调将家庭的悲欢离合、个人的喜怒哀乐与国族安危大事紧密结合，把小家的聚散苦乐放在大家乃至国家安危存亡的背景之下，形成崇高而感人的家国情怀。

　　杜甫在这方面的表现最为突出，脍炙人口的作品亦多，如五古《北征》《羌村三首》、五律《春望》，又如被誉为"生平第一首快诗"的七律《闻官军收河南河北》等，均是史性很强的

---

① 20世纪50年代，阿英编辑、中华书局出版的《鸦片战争文学集》《中法战争文学集》《甲午中日战争文学集》《庚子事变文学集》等就是这些"诗史群"的代表。其中不仅有诗，也有其他文艺样式的作品。

叙事与写怀言志的抒情和谐融合，标志着被称为"诗史"的杜甫作品在思想和艺术上能够登临怎样的高峰，也标志着诗歌叙事传统具有极大的亲和力和情感容量，更标志着叙事传统与抒情传统虽有各自的侧重和专长，却具有天然的亲缘关系。

其三，叙事传统强调明确的彰善瘅恶意识，爱憎鲜明，褒贬有力，赞美英雄仁人，讽刺丑恶宵小。或以为这是受到"史"的影响所致，其实正好相反，孟子那句名言引孔子说："其义则丘窃取之矣。"这个"义"即指《诗三百》所寓含的褒善贬恶之义。诗具美刺，曾对史述产生过重要影响。孔子《春秋》能使乱臣贼子惧怕的"一字褒贬"法，就是从《诗经》的比兴美刺学过去的。而"彰善瘅恶，树之风声"的史学宗旨和撰写原则又长期反哺诗人，使中国诗歌，特别是那些贯彻了诗史意识和诗教精神的叙事性诗歌，大多是有为而作，有的放矢，对培育民族正气和儒家伦理精神发挥了巨大的作用。

其四，表述朴实简洁，但不废反复咏唱，也不废议论抒情。史述对文字的要求是简洁，刘知几《史通》从史家立场出发，对史述的叙事提出了明确要求，那就是信实简要，文约事丰。"夫国史之美者，以叙事为工，以简要为主。简之时义大矣哉！"如何才能简要？他提出了省句、省字、点烦、用晦等法[①]，并亲自做了"点烦"趋简的示范。一方面是这种理论的影响，一方面也是诗歌文体自身的要求。诗歌自然不能像文章那样细致状写、任意挥洒，而必须用有限的语词（律诗还须合律）来描述历史事件或概括历史现象，而这种简约的叙述还必须蕴含作者

[①] 刘知几:《史通·叙事》，见浦起龙:《史通通释》卷六，上海古籍出版社2009年版，第156页。

想诉说或想宣泄的深意。应该说,中国诗歌叙事传统的这一要求相当高而苛刻,也正是这种要求造就了中国诗歌内涵的深刻和艺术的优美,但也一定程度地限制了诗歌叙事、描写的舒展纵放。

其五,风格温柔敦厚,符合"诗教"的原则,具体而言,是美刺褒贬均须合度有节而不过分。

这不但是中国诗歌的传统,也是儒家社会伦理的重要内容之一,实际上全面渗透贯彻在古今中国人的生活和理念、品格之中。这里不仅有掌握"度"的难题,实际上还存在着深刻的自相矛盾。刘知几主张史必实录、痛恶曲笔,同时却又认可"避讳":"史氏有事涉君亲,必言多隐讳,虽直道不足,而名教存焉。""盖'子为父隐,直在其中',《论语》之顺也;略外别内,掩恶扬善,《春秋》之义也。"① 显然,当求真与避讳冲突时,让步的便只能是求真,否则便违背了诗教。上面提到刘知几提倡史述含蓄用晦,也与此有关。

除上述外,中国诗歌叙事传统,即诗史传统、诗史精神,当然还有其他种种内容,只是这五点似乎比较明显而重要。

仅就此五点而言,这个传统自有许多值得肯定和继承的正面精神,如热爱国族而勇于奉献,甚至勇于舍弃个人的精神,其基本面无疑值得发扬光大,而且只要中华民族存在,这种精神就不能也不会泯灭。然而,即使正面之中亦不是不含负面,如因顾全大局而不得不对官府吏员的凶残暴行有所容忍,便是正面中所含的负面因素;然而明知其为负面因素,要在正面行

---

① 刘知几:《史通·曲笔》,见浦起龙:《史通通释》卷七,上海古籍出版社2009年版,第182—183页。

为中剔除和避免之却还相当困难。至于诗风的温柔敦厚，固是中国诗歌的美学特征之一，也是中国人素质和品格的一种优美之点，有其值得肯定的一面，但也应结合历史和时代背景对之做具体分析，充分看到其负面作用和影响。这种矛盾现象既规定了中国诗歌的特点，也造成了它的弱点和缺陷。如果说掌握分寸、褒贬合度是必要的、应该的，那么为尊者和亲者讳却必然使诗歌的史性和思想锐利深刻的程度大打折扣。而当其在国势屡弱的情况下，就更易与虚伪软弱、自欺欺人甚至与对强敌的奴颜媚骨相混，成为戕害和背叛国族的毒药。

中国诗歌叙事传统就是这样有其优秀卓越的一面，也有其不良落后的一面。我们实事求是地揭示它，为的是继承发扬前者而努力克服后者。尤其需要说明的是，中国诗歌传统可以而且应该从多角度、多方面进行探讨总结。从艺术表现方法的不同入手，将其概括为抒情、叙事两大传统，不过是许多角度中的一个而已。"诗史"固然可以是评价好诗的一个标准，但好诗并不一定非得"诗史"不可。文学是万紫千红百花争艳的世界，任何"唯一""独尊"的念头都是行不通的。

（原载《文艺理论研究》2019年第1期）

四

《诗经》史诗的叙事特征和类型

（一）所谓《诗经》史诗

研究中国诗歌叙事传统，绕不过《诗经》。

所谓史诗，按中国的情况看，笔者以为其实就是与历史有关且题旨较为重大的诗篇。①

若要再作一点说明，那就是：就题材言，这里所谓"历史"，应该是指比较重大的事件或涉及比较重要的历史人物。就主题言，就是"题旨重大"，即诗篇具有较强较重要的思想性意义，

---

① 史诗（epic）在西方文论中一般指写传说或历史中英雄事迹的叙事作品，如众所周知的希腊史诗《伊利亚特》《奥德赛》。《诗经》史诗是中国式的，以西方定义或代表作衡之，乃有同有异、有合有不合。笔者的认识是，应实事求是，既看到异中之同，也看到同中之异。以彼律己固不可取，否认本质之同亦不必。另者，不能因为前人曾以"史诗"译"epic"不尽妥当而不再使用史诗一词。本文所谓"《诗经》史诗"不是"epic"，是中国式史诗。试问，本文所论的这些《诗经》作品，不称史诗，又称什么才好？如有高明指教，不胜感激。至于"诗史"，在中国文论中又另有一套言说，与"史诗"并不是一回事，但却又绝非毫无关系，这里不能详论，期以另文说之，此姑以"史诗-诗史"略示其性质之仿佛而已。区区鄙意，敬请鉴谅。

往往深刻反映民族的根性，或与民族精神的形成和长期传承有关。而就体裁言，所谓"诗篇"也应该是比较宏大曼长的篇章（文本长短没有绝对标准），当其产生之初，是诗歌乐舞以及一定的仪式和表演的交融结合。至于这诗篇是否一定要讲述某种故事，故事需包含多少情节，场面又要恢宏阔大到什么程度，是否具有某种戏剧性等，那是次要的。有，固然好；没有，只要以上基本条件符合，也并不妨碍其为史诗——也许中国更习惯的称呼是"诗史"。按此思路来看，《诗经》作品中确实是不乏"史诗-诗史"的。①

《诗经》的现代研究者一般公认，《大雅·文王之什》中的《文王》《大明》《绵》《皇矣》和《生民之什》中的《生民》《公刘》六篇可称史诗。② 因为它们篇幅较长，内容涉及周的始祖，周的建国史、迁徙史和发达史，涉及早期好几代周王，特别是为周一统中原奠基的文王和举兵灭商的武王。说它们是周的诗史，理由是充分的。这方面的论述颇多，不烦具引。

西北大学已故刘持生教授，笔者早年曾忝为同事，有幸听其讲诗。后读其遗著《先秦两汉文学史稿》，深感他对《诗经》

---

① 例如《诗经·陈风·墓门》是一首短诗，二章，章六句，诗中并未具体写到什么史事，但那些认为此诗与陈桓公不能及时处置有不臣之念的陈佗，造成陈佗在桓公死后杀太子免，意欲夺位，陷陈于乱的史事有关的学者，则都视之为"诗史"，如苏辙（《苏氏诗集传》）、郝敬（《毛诗原解》，四库全书存目丛书经部第62册）。方玉润《诗经原始》更直言："此（指《墓门》）诗史也。陈国小，君臣无事可书，只此数诗歌咏事实，聊备采录，以当信史。"方氏之论似有国风皆当与史相关之意。

② 参高亨《诗经今注》（上海古籍出版社2009年版）、程俊英等《诗经注析》（中华书局1991年版）的有关讲解。

史诗的论述格外清楚,超乎常人,而却可能较少为人注意,故特稍加抄录标举。

刘先生在该书《三百篇的现实内容》一节按时依体分析《诗经》内容,指出:"'周颂'中有好几篇籍田社稷所用的诗,如《臣工》《噫嘻》《丰年》《载芟》《良耜》等,这些诗,都是说周人在农业方面的成就。"又说:"'二雅'是整个西周王朝从开国鼎盛一直到衰乱灭亡全部过程的纪事诗。其中有记述英雄事迹的史诗,有装饰贵族生活的礼仪诗,有反抗政治黑暗的讽刺诗。这里虽有初盛和衰微的区别,有军国大事与生活细节的不同,实际上是周人历史各个不同阶段真相的反映,都可以叫做史诗。其中第一部分最显出史诗的特色,一般人把这一部分叫做史诗。"①

刘先生先依一般人之见开列记述英雄事迹的史诗的篇目,并作出说明:

《生民》《公刘》《绵》《皇矣》《思齐》《文王有声》《文王》《大明》《崧高》《烝民》《韩奕》《江汉》《常武》《出车》《六月》《采芑》。前八篇是记述后稷、公刘、古公亶父、太伯、王季、文王、武王几个主要人物的事迹,并提到后稷母姜嫄、太王妃太姜、王季妃太任、文王妃太姒几个女性,及伐纣时重要人物师尚父等。后八篇则全是记述宣王命方、召诸臣征讨经营之事。东迁以前周室大事,略备于此。

---

① 刘持生:《先秦两汉文学史稿》,西北大学出版社1991年版,第27—28页。

在具体分析了上述诸篇后,刘先生指出:"史诗是氏族制度解体时的产物,是氏族战争中英雄人物的传记,是氏族建国过程的实录。"①

刘先生还论列"二雅"中的礼仪诗和讽刺谴责之作,特别是后者,如《民劳》《瞻卬》《召旻》以及《正月》《十月之交》《雨无正》《巧言》《巷伯》《我行其野》《何草不黄》等篇,指出它们反映了周政的朽坏腐败,民众的苦不聊生,与历史的实际情况关系密切。这样的讽刺诗、悲剧诗,同样堪称史诗。有了它们,诗的周史才比较完整。最后刘先生小结道:"综上所述,我们便知道周人从开国到乱亡的整个过程,差不多都在'二雅'记述之内。西周乱亡,雅诗便告终结,接着便产生了系统的历史——《春秋》。"②

显然,刘持生先生的《诗经》史诗观是从作品中上古史实际出发的,既比照了世界史诗的情况,又明确站在中国文学的本位,而且他的史诗观是开放的、宏大的,因而他所举出的史诗篇目也比一般研究者为多。

沿着刘先生的思路,笔者觉得,若以"二雅"中上述诸单篇史诗为主干,而辅之以《诗经》中的其他相关作品,就能够构成一个史诗系列,一张史诗的网络。刘先生上举的十六篇史诗,前十三篇出自《大雅》,后三篇出自《小雅》。其出自《大雅》的前八篇,并未按今存《诗经》的目录顺序,而基本是按诗中主人公的时代先后排列,从周的始祖后稷直到文王、武王。后八篇在时代上晚于前八篇,大体上到了宣王中兴之时,

---

① 刘持生:《先秦两汉文学史稿》,西北大学出版社1991年版,第28—30页。
② 刘持生:《先秦两汉文学史稿》,西北大学出版社1991年版,第38页。

内容则主要是命方叔、召伯诸臣征讨经营之事，当然仍是东周之前的重要史事。以这十六篇为基干，西周史诗的主体就成立了。但《诗经》中还有很多篇章可以用来丰富这个系列。比如想进一步了解周人农耕生产状况，有《小雅》中的《甫田》《大田》等篇，《七月》虽属《豳风》，亦不妨加入。要知畜牧发达的盛况，则可看《小雅·无羊》。如想知道周人田猎的景观，《小雅·车攻》表现得很充分，《郑风·大叔于田》也可为一助。如想了解周人的房舍建筑和室家之欢，可看《小雅·斯干》。想了解周人的祭祀礼仪，可看《小雅》的《楚茨》《信南山》等。又如一个国家、一个王朝，不可能不经历战争，史诗也不能不写到战争；如果想知道这方面的情况，除刘先生已指出的《大雅》的《江汉》《常武》和《小雅》的《出车》《六月》《采芑》等篇，似还可考虑将写战争之苦的《小雅》的《四月》《北山》加入。而对西周日渐窳败的政治和昏君佞臣小人的揭露批判，除了《大雅》的《瞻卬》《召旻》外，《大雅》的《板》《荡》和《小雅》的《节南山》《正月》《十月之交》《巧言》《何人斯》《巷伯》等，确实也都很有分量和力度。一般来说，《风》诗的产生晚于《雅》《颂》，但《风》诗中的许多作品，像《王风·黍离》、《魏风》的《伐檀》《硕鼠》、《秦风·黄鸟》《陈风·株林》之类，也不妨作为《诗经》史诗大树的枝叶。它们多方面的描写咏叹，对历史中不同阶层生活具体而细微的写照，也就更多地触及周史，反映了民族生活和心理倾向，不妨成为主干史诗（或所谓史诗网络）的补充或附从。换句话说，若把《诗经》中那些与一定历史事件、历史人物关涉的作品综合起来看，其实就能构成一部主干清晰、枝叶繁茂、内容相当丰富宏伟的上古大史诗。我们以前总为中国古代没有《伊利亚特》《奥德赛》式的史诗而感到有所缺憾,其实,《诗经》史诗就是中国式的史诗,只是与希腊史诗形式和风格有所不同罢了。除了史诗,《诗经》中还有很多反映两周时代各地民情风俗和民众心理的诗歌——我们姑且称之为生活诗吧。其实,先民的日常生活虽不像灭商建国、军事征讨之类事情那么宏大重要,今日看来却也不失为一种历史呢。许多生活诗历时久远,也极有可能被发现具有了史诗之某些性质和价值。

　　《诗经》中有史诗,这首先是从现存《诗经》的文本分析得出的结论,同时也有古人的论述作支撑。最直接的就是孟子所言:"王者之迹熄而《诗》亡,《诗》亡然后《春秋》作。晋之《乘》,楚之《梼杌》,鲁之《春秋》,一也;其事则齐桓、晋文,其文则史。孔子曰:'其义则丘窃取之矣。'"(《孟子·离娄下》)这里,孟子所说的《诗》是古代所谓圣王派遣人员从民间搜求而来借以了解民情的歌诗,是《礼记·王制》所谓"命大师陈诗以观民风",《公羊传》何休注所谓"饥者歌其食,劳者歌其事"的作品。其数量应该比"诗三百"多得多。《诗经》的许多作品就是从这大量的民间歌诗中经淘汰后留存下来的。孟子的说法强调了"诗"与"王者之迹"的关系,也强调了"诗"与"史"的关系。虽然在王者之迹未熄、"诗"尚未亡之时,列国多已设置史官,有了记史的行为,但那时的"诗"仍然是"史"的重要一翼,尤其是"诗"中表现的美刺讽谏倾向对"史"、对后世成熟起来的"春秋笔法"影响很大。所谓"迹熄《诗》亡而后《春秋》作"的说法,实际上也就指陈了"诗"在"史"系统发展起来之前,存在着一定的记史、补史作用的现象。① 当时，诗也好，史也好，主要都还靠口头语言流传存载，诗也就负担起史的部分职能，这些诗中既有"齐桓、晋文之事"，也含有孔子所理解（窃取）的"史义"，诗中有史、诗史-史诗的根源应该是在这里。后来圣王派人采诗之风消歇，以文字为载体的史述渐趋成熟，成为历史记载的主体，诗的政治负担减轻，"诗中有史"的硬性要求不再存在，诗与史开始分途发展，但诗与史的深刻因缘却再也不能割断，史诗与诗史，便成为中国诗学和史学缠绕交叉的永恒命题。②

从文学角度论《诗经》史诗，我们首先看到的自然是它们的叙事性，应该确认叙事是它们最根本最显著的特征。③ 这也就是我们研究诗歌叙事传统首先会想到《诗经》史诗的原因。上举那些诗篇的叙事性是无可否认的，问题是，论述不能到此为

---

① 对于孟子此说历代解释很多，今人亦有讨论，如刘怀荣《孟子"迹熄《诗》亡"说学术价值重估》(《齐鲁学刊》1966年第1期)、马银琴《孟子"《诗》亡然后《春秋》作"重诂》(《上海师范大学学报（哲学社会科学版）》2002年第3期)、《孟子诗学思想二题》(《文学遗产》2008年第4期)、魏衍华《孟子"《诗》亡然后《春秋》作"发微》(《理论学刊》2010年第4期)等。台湾清华大学教授蔡英俊的学术报告《"诗史"概念再界定——兼论中国古典诗中"叙事"的问题》对此亦有专论。

② 请参闻一多：《歌与诗》，见《闻一多全集》第一册，生活·读书·新知三联书店1982年版。

③ 关于史诗或诗史的基本特点，可从多方考察，但如从文学，尤其是文学表达和形式的角度来看，那么叙事性确乎应该首先被考虑。究竟是叙事为主为重，抑或是抒情为主为重？确乎可成为区分史诗与非史诗的基本差异。对此，某些尚无明确抒叙对垒观念的古人，（"对垒"一词见闻一多上文)在谈到"诗史"时已有所触及，更不必说对抒情叙事能够明确分辨的当代学者了。参见张晖：《中国的"诗史"传统》，生活·读书·新知三联书店2012年版。

止。叙事有种种叙法,它们的叙事又是怎样的?有些什么特点?与史著的叙事有何异同?与中国文学的叙事传统和抒情传统又有何关系?对后世有何影响?问题多多,需要层层深入,这正是我们要用心思考和讨论的。

(二)《诗经》史诗叙事与史述的关系

这是首先会碰到的大问题。笔者注意到,上述史诗,尤其是众所公认的那六大史诗,其所写应是既符合史实,又用了与史述不同的、诗的表现方法,所以诗歌既可与史印合,其语言又别具色彩。如果诗不符史(特别在大关节上),就不能称为史诗;但如果诗的语言与史述雷同而没有特色,史诗也就失去了存在的价值。既合于史(史实、史述),又有诗的意味,是一种具有诗性的史述,又是具有史性的诗歌,这可以说是史诗叙事的根本特色。

这六首史诗,《生民》以周的始祖后稷为主角,突出描述其神奇出生,歌颂他热爱稼穑的禀赋和品性,以及因此给周人带来的福祉;《公刘》着重赞颂的公刘,据《史记·周本纪》,他是后稷的曾孙,继承后稷的事业,完成了由邰至豳的迁徙。公刘之后若干代,传到了古公亶父,《绵》所歌咏的就主要是他的事迹。《皇矣》着重写古公的少子季历。季历得以继位,与其父兄的扶持谦让有关,《皇矣》诗即"叙大王(古公)、大伯(季历长兄,为让弟继位而去吴,为吴太伯)、王季(即季历)之德,以及文王伐密伐崇之事也。"[①]《文王》《大明》则分写季历

---

① 朱熹:《诗集传》,中华书局上海编辑所1958年版,第184页。

之子昌（周文王）、之孙发（周武王）的功业。文王奠基，武王灭商，周国臻于鼎盛。这六首诗的史诗性质最强，形成周人史诗的主干，而每一首又都有不同的侧重、不同的叙事特色，都可作思想艺术的仔细分析。限于篇幅，我们这里只取史诗特征最为鲜明的《大雅·绵》为例，试作叙事分析。

《大雅·绵》开头以"绵绵瓜瓞"起兴后，只用两句（民之初生，自土沮漆）概括叙述周民早期生活状况，接着就让主角登场，描写周的先祖之一古公亶父（后追谥太王）率民迁徙和娶得姜女之事：

> 绵绵瓜瓞。民之初生，自土沮漆。古公亶父，陶复陶穴，未有家室。
> 古公亶父，来朝走马。率西水浒，至于岐下。爰及姜女，聿来胥宇。①

瓜瓞句的起兴，是诗歌的特殊表现法，史述里是不需要的。而诗歌从这种含比喻的兴法起笔，就不但形象性强，能够引发联想，因而有了诗味，而且隐含了自公刘起周人日益繁兴的历史。明人安世凤《诗批释》在此句旁批曰："一句比起，下皆叙事。"可谓言简意赅，切中肯綮。②

"民之初生，自土沮漆"二句追述公刘时代的事。公刘曾率领族人沿着杜水和漆水迁徙到豳地，初建了周国。仅用两句概叙一长段史事，是这首史诗的又一个特点，在其他几首史诗中

---

① 朱熹：《诗集传》，中华书局上海编辑所1958年版，第179页。
② 黄霖等主编：《诗经汇评》下册，凤凰出版社2016年版，第642页。

也可以看到不同程度的概叙。古公亶父领导周人从豳到岐下的第二次大迁徙，以及在岐下的生产建设，就是《绵》诗的主要内容。不过对于迁徙一事，《绵》写得同样很简括；对于古公亶父在豳时期的生活，也只记述了一件事，那就是其时人们还住在土穴里，还没有家室房舍。而司马迁《史记·周本纪》对此的叙述却要详细得多，当然他也有他特别的关注点：

> 古公亶父复修后稷、公刘之业，积德行义，国人皆戴之。薰育戎狄攻之，欲得财物，予之。已复攻，欲得地与民。民皆怒，欲战。古公曰："有民立君，将以利之。今戎狄所为攻战，以吾地与民。民之在我，与其在彼，何异？民欲以我故战，杀人父子而君之，予不忍为。"乃与私属遂去豳，度漆、沮，踰梁山，止于岐下。豳人举国扶老携弱，尽复归古公于岐下。及他旁国闻古公仁，亦多归之。于是古公乃贬戎狄之俗，而营筑城郭室屋，而邑别居之。作五官有司。民皆歌乐之，颂其德。①

比较一下诗述和史述，我们可以看到，它们内容基本一致，但各有侧重。诗歌是用来歌唱的，史诗不能没有叙述，但不能也不需要十分细致，尤其不必把古公迁徙的理由一一说明，人们参照史述，自能有所了解。关键还在于"诗陈郊庙，意主颂扬，播迁衰飒语不宜琐叙"，而且要把"避乱迁国，极不得意事，却写得雄爽风流。只'来朝走马'一语，形容精神风采如见"，②

---

① 司马迁：《史记》，中华书局标点本1959年版，第113—114页。
② 邓翔《诗经绎参》眉批、牛运震：《诗志》章评，见《诗经汇评》下册，第643—644页。

就必须考虑写什么和怎么写的问题。《诗经》作者在这些地方，是十分用心的。其实，古公迁徙的事，如果细说原因，那是很复杂的，并不像《史记·周本纪》讲述得那么简单，更不会是古公出于爱惜百姓而宁可主动让国。但作为一个史家，太史公的目的是要塑造古公亶父的仁者形象，并借此强调人民远比土地财物重要的政治观点，这才有意突出古公的一席话及其效果的——史述同样有写什么和怎么写的问题，只是诗与史的着眼点有所不同而已。太史公刻意写出古公爱惜民众、避免打仗而宁愿迁徙的想法，对于这一点，诗歌则通过另外一种更丰满含蓄而形象生动的手法加以表现。《绵》在开头两章以后，以在史述中不可能有的大段描写，集中叙述了古公的作为和人民的感受。从"周原膴膴，堇荼如饴"到"混夷駾矣，维其喙矣"这六章三十六句，诗人唱出了丰富的内容。其大意有如下述：

啊，岐下的土地多么肥美，这就是我们的周原！在这里，就是苦味的堇荼吃起来也如饴糖般香甜！古公思谋策划，钻龟占卜，得到上好的吉兆，决定在此建设我们的家园。我们快乐，在此栖息。我们忙着勘定疆界，开荒拓土；我们开沟疏渠，从西往东，为农事做好一切准备。古公创设制度，委任官员，让司空负责国邑的营建，让司徒分派劳役组织人力。我们拉绳立版，筑土盖房，建起宗庙社稷，盖起库厩屋舍。挖土多多装满筐，倒进夹板轰隆隆，用力夯土声登登，削平捶实蓬蓬响。工地热烈喧闹，赛过鼖鼓震天！瞧，王居的外郭门高高，王宫的正大门巍巍，都是我们所建。还造起了庄严的宗社和祭坛。国有大事，我们都来这里祷祝祭奠。啊，戎狄的窥伺我们不再害怕，我们声誉无损,泰然安居。有刺的树木拔除了,道路畅通了,侵略者遁逃了,攻击我们的话语停歇了。①

诗歌描写周民由于生活改善,心情是愉快的。避战远徙可能曾遭耻笑,但建设的成功使种种议论消歇。从歌唱中清楚看出,周人所重视的,一是农业生产,二是家园建设——包括居舍仓廪和宫室宗庙的修造,三是国家制度的创设,四是乡土家园的安全和环境的和平安宁。这些反映了周民(传承下去成为我华夏民族)的民心民性和生活理想,直至今日还是基本如此。古公亶父时期,是周的国力向上发展的重要阶段,《绵》诗表现了当日周民的高昂情绪。之后,古公的儿子季历、孙子昌(即周文王)更把国力推向高峰。《绵》的最后一章把叙述的接力棒直递到文王:

虞芮质厥成,文王蹶厥生。予曰有疏附,予曰有先后,予曰有奔奏,予曰有御侮!②

前两句叙述的是一桩史事,也是一个典故。据《毛诗故训传》,大意是虞、芮两国争地,相持不下,两国之君听说周王公正,便来找周王评理(所谓平质);结果到周国一看,这里的人从下到上无不礼让,绝无争端,二君深感惭愧,便自动和解了。③

---

① 《大雅·绵》全诗九章,章六句,此节是对其第三章至第八章大意的译述。
② 朱熹:《诗集传》,中华书局上海编辑所1958年版,第180—181页。
③ 毛亨:《毛诗故训传》,见阮元校刻:《十三经注疏》,中华书局1980年影印版,第512页。

《周本纪》对此也有记载，细节上有不同，结尾也不同。《毛传》说的是"天下闻之而归者四十馀国"，《周本纪》的记述是："诸侯闻之曰：'西伯盖受命之君。'"① 话虽有异，实际指向是相同的：由此可见，这时周虽还是殷商的属国，但其德义超凡，气象和潜质已预示它必将受天命而一统天下。所以，《绵》这首诗是以既委婉又自豪的四个以"予曰"开头的排句收束的（见上引）。

这里的"予"，是创作和歌唱这首诗的诗人。他是周族的代言人，也可以说是周文王的代言人。经过前面的叙述描写，诗到这里，他的满腔激情喷薄而出，必须由直接抒情来表达了。历代的《诗经》研究者大都认为，这四个排句道出了周之所以兴盛的人才基础，所谓"济济多士"。周拥有四类特殊才能的大臣，能解决四类重大问题：一善团结，能使人亲和趋附；一精礼仪，能让人懂得尊卑先后；一能宣扬王之德誉而令人乐意听命奔走；一能以雄强的武力捍御侵侮——这样，周当然就无往而不胜了。②

需要注意的是，《大雅·绵》是一首诗，只能用诗的表现法，它从古公亶父写起直到推出文王，预示周将步向鼎盛，话到意到，史诗完成，随即戛然而止，后续的周事，将由其他篇章另写。史述当然不能这样，《周本纪》是周的全史，它需从西周写到东周乃至周亡；就是对文王个人，也需有头有尾、交代清楚，不能像《绵》诗那样含而不露、露而欠明——尽管对史

---

① 《史记·周本纪》，中华书局标点本 1959 年版，第 117 页。
② 此节解说参考了毛公、郑玄、孔颖达、苏辙、范处义、朱熹、吕祖谦、严粲、贺贻孙、钱澄之直至近人余冠英、陈子展、程俊英等人的相关观点。参见鲁洪生主编：《诗经集校集注集评》卷十一，中华书局、现代出版社 2015 年版，第 7037—7043 页。

笔的要求也是简洁质实而不能铺张。"(文王)遵后稷、公刘之业，则古公、公季之法，笃仁，敬老，慈少。礼下贤者，日中不暇食以待士，士以此多归之。"《史记》这段话交代周文王的成功，文字也够简洁的，却也是史述所不能不说的；但对于《绵》诗来说，这几句话已是一种补充，把诗中含蓄的意蕴挑明了。诗和史就是这样互补而足成之。

从《绵》的叙述，可以看到中国文学叙事传统与历史关系是非常密切的，也大致可以看出此类史诗叙事有些什么特点。

就其内容言之，那就是抓大事，突出主要历史人物，突出主要历史人物身上的优秀品质和他们成功的原因，以宣示和弘扬核心的政治理念；最根本的就是"仁"和"以德取天下""以德治天下"的理想政治观，也包括强调"人民（人心）重于土地财物"的观念等。这种政治上的早熟，与后来儒家思想的形成似很有关，而与希腊史诗较喜夸饰英雄人物的勇力、好斗和爱情颇为不同。

中国式史诗叙事在内容上的这些特点和由此形成的传统，与史述"彰善瘅恶，树之风声"的写作宗旨和传统完全一致，二者有着不可分割的同源关系。当然，无论史述还是史诗中着力讴歌的仁德之类，实际上并不是已然达成的政治现实，即并不是统治者已经做到了的，更多的只是反映民众和后来儒生士子们的向往和愿景而已。史家、诗人、诗与史的创作者、传播者、编集者和阐释者都是想通过正面引导来达到实现理想的目的。虽然历史已一再证明，真正实现这种理想的希望极其渺茫，甚至几乎不可能；但这个理想本身，如同所谓的乌托邦一样，还是有其历史价值的。抱持这种理想的人民除了可悲可怜的一面，不也还是十分可爱吗？通过《绵》以及它的姐妹篇，我们可看到周民的生活和他们某些核心理念：重视生产，热爱和平，渴望安居乐业；重视宗庙社稷，尊崇祖先，拥护和渴望仁德的统治者。他们生命力极其顽强，却丝毫没有侵略性，他们绝不侵略别人，也不怕别人侵略自己，在忍无可忍的情况下，他们会奋起反抗，浴血战斗，宁死而不屈。这不正是中华民族的民族根性吗？

就史诗《绵》的表现艺术而言，则是采取大跨度叙事手法，着力于表现长时段的历史生活。叙事时间掌控自如，细处很细，该慢则慢；粗时极速，大笔挥洒。对此，前人多有揭示。"周原膴膴"以下六章三十六句，前人的评语是"此下细叙""事事不苟""一一如画""脉法甚细""写景入微，如见如闻"。明人孙鑛《批评诗经》在第八章下评曰："上面叙迁岐事，历历详备，舒徐有度。至此则如骏马下阪，将近百年事数语收尽，笔力绝雄劲、绝有态，顾盼快意。"其所谓"骏马下阪"乃指叙事从古公亶父直跃至文王，这其间有近百年的事呢，却就一笔带过。清代牛运震《诗志》亦云："木拔道通是太王事，昆夷窜服是文王事，妙在一气说下，不分两层，正自浑合无痕。"[①] 而结尾尤为快捷，只以四个"予曰"，点明文王时代的"济济多士"，就戛然结束，与开篇的"绵绵瓜瓞"相呼应，引得后世评家拍案叫绝："一起一绝，结构绝胜！"清代徐玮文《说诗解颐》进而比较《绵》与《皇矣》的章法："《皇矣》八章先略而后详，《绵》九章先详而后略，比而观之，周家之缔造可睹矣。"[②] 总

[①] 所引前人评点至牛氏语，均见黄霖等主编：《诗经汇评》下册，凤凰出版社2016年版，第644—647页。
[②] 黄霖等主编：《诗经汇评》下册，凤凰出版社2016年版，第649页。

之,《皇矣》和《绵》诗都是大手笔的中国式史诗,其中有场面铺写,有景物描绘,甚至有人物的行动和话语,对后世诗文的"铺叙体"写法影响极为深远。① 不过,也应该指出,它们基本上是采用正面叙述和描写手法,尽情铺叙、尽情讴歌以塑造理想人物,而诗中确实并无出自不同动机而形成的人物矛盾冲突,因而也就没有因这种矛盾冲突所形成的故事情节,即没有什么戏剧性因素。如果要说中西史诗的区别,恐怕最明显的就在这里,而所谓"中国无史诗"的观点,主要依据大概也在于此吧。

(三)《诗经》史诗与故事

中国式史诗不像希腊史诗《伊利亚特》《奥德赛》那样从头到尾讲述一个故事,尤其不存在那种公开以争夺女人和财产为目标(或换言之,是以显示勇气和为荣誉而战)的战争故事。上面所举的《大雅·绵》虽然篇幅不短,内容丰富,就确实没有一个希腊史诗式的故事。然而并不是说,《诗经》史诗是完全没有故事的,只不过中国史诗的故事内容和讲故事的方式有所不同而已。

《绵》写了古公亶父率领的迁徙,但略去了对迁徙原因和古公想法的正面描写,全诗笔墨主要集中在搬迁后的一系列建设性行为上,但从"柞棫拔矣,行道兑矣。混夷駾矣,维其喙矣"

---

① 孙鑛批评《皇矣》篇云:"长篇繁叙,规模阔阔,笔力甚驰骋纵放,然却有精语为之骨,有浓语为之色,可谓兼终始条理,此便是后世'歌行'所祖。以二体论之,此尤近'行'。"(《四库全书存目丛书》,齐鲁书社1997年版,经部第150册,第112页)

和"予曰有疏附……予曰有御侮"等诗句看,周人并非不知外敌的存在和战争的可能性,也不是不明白国力强大和"御侮"人才的重要性,只是他们不想过于强调那个方面而已。《绵》不写被侵略而被迫迁徙,也不正面写"御侮"的斗争,应该视作诗篇作者的一种有意选择,背后是有出于民族性格的深刻考虑的,也不妨认为是民族性格的自然流露。

若要看《诗经》史诗讲故事,我们可以《大雅·生民》为例。这首诗的前三章就讲了周的始祖后稷神奇的出生和成长过程,所讲的明显是一个神话传说:

> 厥初生民,时维姜嫄。生民如何?克禋克祀,以弗无子。履帝武敏歆,攸介攸止。载震载夙,载生载育,时维后稷。
> 诞弥厥月,先生如达。不坼不副,无菑无害,以赫厥灵。上帝不宁,不康禋祀,居然生子。
> 诞寘之隘巷,牛羊腓字之。诞寘之平林,会伐平林。诞寘之寒冰,鸟覆翼之。鸟乃去矣,后稷呱矣,实覃实訏,厥声载路。①

这里就将姜嫄履上帝脚迹而受孕,后稷足月出生,出生时特别顺利的景况,出生后被屡次抛弃,虽被弃却得鸟兽保护,终于大难不死的过程一一道来。在看似客观的叙述中,实际上隐含着后稷负有天命、获得神佑的深层寓意。仅写后稷的出生,已用了三章(全诗八章)篇幅。第四章写后稷的幼年,笔墨转

---

① 朱熹:《诗集传》,中华书局上海编辑所1958年版,第190—191页。

向描述他的奇禀异能：他从小就跟瓜豆禾菽、麻麦庄稼有缘，凡他所种植，总是蓬勃茂盛、果实累累。以下还剩一半篇幅，就全用来浓墨重笔地描述后稷的农业成就和丰收后欢宴祭祀的盛况。中国式史诗文字向来节俭，《生民》这样写法，就算是比较铺张的了。对此，《史记·周本纪》则这样叙述："（姜嫄）出野，见巨人迹，心忻然说，欲践之，践之而身动如孕者。居期而生子，以为不祥，弃之隘巷。"为《史记》做"索隐"的司马贞，就在这里指出："以下皆《诗·大雅·生民》篇所云'诞寘之隘巷……鸟覆翼之'，是其事也。"可见，《史记》的叙述有一部分其实就是根据《生民》诗所载传说故事写成的。只是无论《大雅·生民》还是《史记·周本纪》，它们更关心的都是后稷对农业的贡献和作为周始祖的地位。《生民》是诗，对此尚有一定程度的铺叙歌咏；《周本纪》是史，就以散文将事实写得更为简洁而已："弃（后稷名）为儿时，屹如巨人之志。其游戏，好种树麻菽，麻菽美。及为成人，遂好耕农。相地之宜，宜谷者稼穑焉，民皆法则之。帝尧闻之，举弃为农师。……后稷之兴，在陶唐、虞、夏之际，皆有令德。"等到朱熹为《生民》作集注时，就引用这一段来解说"诞实匍匐，克岐克嶷，以就口食"这一章。由此可以充分看到诗与史在叙事上的互补互动。

《诗经》史诗除有对神话传说故事的叙述，也有对历史故事的叙述，而在写法上则另有特色。

比如《江汉》《常武》两首便是对两场战争的叙述。周宣王号称中兴，曾有平淮之战。《江汉》写的是宣王命召虎出征淮南，《常武》则写宣王亲征淮北。但作为故事核心的并不是战争的酷烈场面，而是着重突出王师的声势和文德治国的理念。因此，我们从《江汉》诗中看到的是如此情景：

江汉之浒,王命召虎:"式辟四方,彻我疆土。匪疚匪棘,王国来极。于疆于理,至于南海。"

王命召虎,来旬来宣:"文武受命,召公维翰。无曰予小子,召公是似。肇敏戎公,用锡尔祉。

"釐尔圭瓒,秬鬯一卣。告于文人,锡山土田。于周受命,自召祖命。"虎拜稽首:"天子万年!"

虎拜稽首:"对扬王休,作召公考。天子万寿!明明天子,令闻不已。矢其文德,洽此四国。"①

其行文特点是在特定地点(空间)营构戏剧性场面,让人物登场表演,以人物对话来演述故事,而以此故事宣扬王师的威猛和治国的理念。周王对召虎布置任务,既是居高临下、高瞻远瞩,又亲切富于人情味,给予的赏赐丰厚而具有寓意。召虎的回答,则除了恭敬的祷祝,更触及了治国的大计和根本理想:"矢其文德,洽此四国。"君臣目标所注,绝非仅是一次战争的胜利,而是边疆的巩固,其实更是整个国家的长治久安。《诗经》史诗就是这样在艺术上避免出现残酷血腥的战争场面,而更好地为政治服务的。这一特点影响到整个诗歌乃至整个中国文学,实际上也就形成中国文学叙事传统的一大重要特色。这种艺术表现方式的滥觞,可以追溯到《尚书》和众多彝鼎铜器上的铭文,而其形成的传统后来又在某些文体的写作中得到发扬光大,如唐代韩愈的《平淮西碑》和李商隐赞美韩愈此碑的《韩碑》诗。韩愈所撰碑文写唐宪宗决定讨伐淮西叛镇和命裴度以宰相身份视师,皆将皇帝诏语用对话方式表达,以振拔

---

① 朱熹:《诗集传》,中华书局上海编辑所1958年版,第217—218页。

文气，使碑文通篇得势。李商隐诗写唐宪宗命韩愈为平淮西事撰碑，用的是虚构的对话方式：帝曰："汝度功第一，汝从事愈宜为辞。"而赞美韩愈的写作，则说他是"点窜《尧典》《舜典》字，涂改《清庙》《生民》诗"，直接指明了《韩碑》所继承的文学传统。有趣的是，这种表现手法也为今日某些历史题材电视剧的编导所采用，如日前播放的《大军师司马懿》写曹操袁绍的官渡之战、写司马懿平定青徐守军之乱，就都用了这种手法，既突出了主将的形象，又免去了乱哄哄的打杀场面，表达主题的目的达到了，还省却了拍摄的许多麻烦和浩大的开支。

　　战争既是历史和现实的客观存在，诗歌写战争是必然的，也是必要的。但写战争有个写什么和怎样写的问题，作者的兴趣究竟在哪里？目的又是如何？是大有分别的。《诗经》史诗对战争的写法当然不是唯一的，也不能说它就是绝对的好；但有一点值得注意，即其重点不放在血淋淋的残酷一面，而写军容、写声势、写君臣的应答、写战后的嘉奖，并非常突出地点明作者的战争观和政治理想。说明古人已很懂得光靠武力征讨是不行的，战争不是目的，比战争的胜利更为国族所需要、所欢迎因而更值得赞扬颂美的，是和平安宁。与此表现不同而密切相关，《诗经》风诗中那些厌战反战的作品，或写征夫思家、或悲闺人念外，在在反映了人民对战争的态度，而作者的同情则完全是在百姓一边。历史上中国有过无数次大小战争，但从人民的祈愿看，自古以来中国人就是厌恶战争的，至少从《诗经》起，就在文学作品中表现出一种酷爱和平的倾向。这种民族性究竟是好是坏，应该如何调节，使之适应世变，不妨研究探讨；但华夏民族本性热爱和平而绝不好战，却是无可否认的事实。

(四)《诗经》史诗与人物形象

与任何史诗一样,《诗经》史诗也要刻画人物形象。《诗经》史诗刻画人物的独特之处是往往鲜明简洁地突出大节,而比较忽略无关的细节,更少描绘人物的细部,这既与上述的两点相关,可以保证史诗主要旨趣的实现,并与史述"尚简"的根本要求相符,也与诗歌写人艺术尚处于初阶有关。

比如《大雅·生民》,突出地写后稷的神奇出生,更突出地写他在农业种植上的杰出禀赋和伟大贡献,大事很清晰,其他种种则略去。如《公刘》,集中写他率领周人进行的大迁徙,"诗人抓住公刘率周人由邰迁豳这一关键的历史事件,分迁徙(第一章)、择地(第二、三章)、定居(第四、五、六章)三个层次,一一道来,有条有理。"① 对照《史记·周本纪》的相关记述,可以感到《史记》所写几乎就是《公刘》内容的散文化而已。又如《绵》,古公亶父的迁徙(由豳至岐)写得并不详细,连最能凸显其仁人之思的迁徙理由都没有正面去写②,而将

---

① 程俊英、蒋见元:《诗经注析》,中华书局1991年版,第823页。
② 《孟子·梁惠王下》:"昔者大王(即太王、古公亶父)居邠,狄人侵之。事之以皮币,不得免焉;事之以犬马,不得免焉;事之以珠玉,不得免焉。乃属其耆老而告之曰:'狄人之所欲者,吾土地也。吾闻之也:君子不以其所以养人者害人。二三子何患乎无君?我将去之。'去邠,逾梁山,邑于岐山之下居焉。邠人曰:'仁人也,不可失也。'从之者如归市。"(杨伯峻:《孟子译注》,中华书局1980年版,第50—51页)由此可见古公亶父这次迁徙的内心想法。《史记·周本纪》对此亦有记载,但《绵》却没有描叙。

重点放在了迁至岐下以后的建设（开拓田亩，疏建沟渠，造宫室宗庙，设制度官员），通过国家强盛和人民安乐歌颂了古公的仁人形象。因为这些史诗所欲突出的，不是主人公的外形或个性，而是周人热爱乡土、热爱和平安居的民族性格，是对领头人和统治者的期望，最主要的是在于实行仁政和德治；至于其他方面，尚未为当时的史诗作者所注意。

《诗经》史诗对男性统治者的赞美，历代论之甚多。笔者觉得，今天最值得一提的是，《诗经》史诗也给妇女形象以相当重要的地位。《大雅·生民》主要写后稷，且是从后稷的出生写起，偏偏当时或许尚在母系社会，故其父不明，而其母姜嫄对他的孕育传说非常神奇，于是姜嫄的形象就必然被突出了，她成了直接与上帝联系的、周的真正始祖，而后稷则成了上帝之子，姜嫄地位的崇高自不待言。更值得注意的是同在《大雅》中的《大明》和《思齐》两篇。《大明》全诗八章，四章章六句，四章章八句，从第二章至第六章，用五章写王季与太任、文王与太姒结婚直到武王出生之事，而重点是对太任和太姒这两位女性人物的介绍描述。太任占了一整章：

挚仲氏任，自彼殷商，来嫁于周，曰嫔于京。乃及王季，维德之行。大任有身，生此文王。（第二章）①

太姒所占篇幅更多，在诗中连续三章：

天监在下，有命既集。文王初载，天作之合。在洽之

---

① 朱熹：《诗集传》，中华书局上海编辑所1958年版，第177页。

阳,在渭之涘。文王嘉止,大邦有子。(第四章,大邦有子指太姒出自大邦莘国,莘国在洽之阳)

大邦有子,伣天之妹。文定厥祥,亲迎于渭。造舟为梁,不显其光。(第五章,天妹指太姒,喻其美丽高贵。文王亲迎,在渭水联舟为桥)

有命自天,命此文王,于周于京。缵女维莘,长子维行,笃生武王。保右命尔,燮伐大商。(第六章,缵女即好女、淑女,与长子均指太姒,其德行与文王相当,生子即为武王,负有伐商的天命)①

所叙突出了什么呢?一是她们的高贵出身,二是她们的德性和德行,三是她们隆重辉煌的婚礼,四是她们养育了优秀的儿子,使周人有了杰出领导者。面对周的兴盛,追思其由来,不能不归功于她们的重大贡献。于是,五是把她们的嫁周,歌赞为赋有上天意旨的恩赐。

《大明》诗末两章写武王伐商誓于牧野,周师浩荡,恰好天也放晴,一个新的时代开始了。诗的最后一个鼓点打在商亡周兴的历史节点上,但就这首诗来看,武王的父母和祖妣才是诗人真正想倾情歌颂的对象。这一点,前人已经看出,如孙鑛《批评诗经》在篇前评中就说:"此诗似专为颂两母而作,故叙其来历特详。其文之德,武之功,无非见两母贻福之隆耳。"牛运震《诗志》也说:"叙周家世代,却从闺门女德推本言之,意

---

① 朱熹:《诗集传》,中华书局上海编辑所1958年版,第178页。

致极别,正极笃厚。"① 他们所论指出了《大明》诗的真正特点和价值。

对于《思齐》,历来阐释者多强调此诗主旨是"歌文王之德",② 其实,就诗篇而言,歌颂的重点也是周的几代王后:"思齐大任,文王之母。思媚周姜,京室之妇。大姒嗣徽音,则百斯男。"这是《思齐》的首章,一下子就推出了周的三代母后:大任是王季之妻、文王之母;周姜(亦称大姜、太姜)是太王即古公亶父之妻、王季之母,亦即文王的祖母;大姒则是文王之妻、武王之母。实际上这就明白宣示了文王修身齐家治国的功绩也好,周的取代殷商趋于强盛也好,都与这几位母亲分不开,特别是与她们对孩子的良好养育分不开。《思齐》并未描写她们外形的美好,而着力地突出了她们的贤能德慧,从而含蓄地表达了古人心目中贤妻良母的标准。如此这般地强调母亲德性的伟大作用,可以说是典型的中国特色。中国文化有重男轻女的倾向,但这并非中国所独有而别国所无。相反,尊重妇女,尤其尊重做了母亲的妇女,又尤其尊重为国培养并贡献出优秀杰出子女的母亲,这才是中华民族的重要特色,而这一点从《诗经》时代就已经充分显示,从《诗经》史诗就可看到了。

与此相关,对于危害国家社稷的女性,《诗经》史诗当然就

---

① 黄霖等主编:《诗经汇评》下册,凤凰出版社2016年版,第636页、第638页。

② 程俊英、蒋见元《诗经注析》引毛传云:"思齐,文王所以圣也。"又云"三家诗无异义。"(中华书局1991年版,第772页)朱熹《诗集传》也说:"此诗亦歌文王之德,而推本言之。"(中华书局上海编辑所1958年版,第183页)他们都将重点放在文王身上,但也注意到了诗实写了文王的"所以圣"和有"推本言之"之意。

会给以批判谴责,例如所谓"变大雅"的《瞻卬》,就是"刺幽王嬖褒姒、任奄人,以致乱之诗"①。"女人祸国"的说法无疑是荒谬的,周代厉、幽二王的败政,也并不仅仅因为重女色,但"嬖褒姒"确是幽王败死的原因之一,正如晋献公宠信骊姬确给晋国带来一系列政治变故,是太子申生早死和公子重耳出亡十九年的重要原因一样。君王是罪魁,奸佞嬖宠(两性皆有)为帮凶,在批判君王的同时触及奸佞嬖宠,对于他(她)们所具能量给予足够重视,特别是把她们与所依恃的男性统治者一起批判时,就更不可一概而论,简单否定。

(五)《诗经》史诗对政治邪恶的批判

　　《诗经》史诗对统治者的恶行丑行,如生活奢侈淫糜、役使百姓残酷无度,特别是拒斥贤能而宠信佞臣嬖妾、拒斥忠言而听任流言蜚语横行等现象,多所揭露批判。这似乎也该算是中国式史诗的重要特点之一。忽略此点,将使《诗经》史诗失去完整性。

　　代表性作品便是《大雅》中的《板》《荡》两篇。如果这两篇还比较抽象温和,那么产生年代更晚的《瞻卬》《召旻》,其批判强度就更大了。还有《小雅》中的《正月》《十月之交》《雨无正》《何人斯》《巷伯》诸篇,这些批判幽王的诗篇足以构成一张史诗之网,综合起来看,是表现了西周灭亡前夕的历史,反映了当时政治局面和社会状况的某些侧面:

---

① 朱熹:《诗集传》,中华书局上海编辑所1958年版,第220页。

《大雅·瞻卬》，朱熹曰："此刺幽王嬖褒姒、任奄人以致乱之诗。"

《大雅·召旻》，朱熹曰："此刺幽王任用小人，以致饥馑侵削之诗也。"

《小雅·巧言》，朱熹曰："大夫伤于谗，无所控告，而诉之于天。"

《小雅·十月之交》："（三章）烨烨震电，不宁不令。百川沸腾，山冢崒崩。高岸为谷，深谷为陵。哀今之人，胡憯莫惩。（四章）皇父卿士，番维司徒。家伯维宰，仲允膳夫。棸子内史，蹶维趣马。楀维师氏，艳妻煽方处。"朱熹说三章曰："言非但日食而已，十月而雷电，山崩水溢，亦灾异之甚者。是宜恐惧修省，改纪其政，而幽王曾莫之惩也。"说四章曰："言所以致变异者，由小人用事于外，而嬖妾蛊惑王心于内，以为之主故也。"[①]

生活腐化与小人当道，是西周政权败坏的根本原因；而内政窳乱、民困人怨，边境不宁乃至国土被侵削，则是周政败坏的必然结果。周的历史走过繁荣兴盛阶段，来到了腐败衰亡时期。虽然周厉王、幽王之后，还有漫长的东周，即春秋阶段，但作为史诗，《板》《荡》《瞻卬》《召旻》已经纪录了周的历史巨变，并一定程度地揭示了周衰的内在原因。加上《小雅》中《正月》《十月之交》《何人斯》《巷伯》等内容相关的篇章，就

[①] 所引皆见朱熹：《诗集传》，中华书局上海编辑所1958年版，第220—221页、第141页、第132—133页。明安世凤《诗批释·十月之交》眉批云："通篇长于叙事，诗史之祖也。"（见《诗经汇评》，凤凰出版社2016年版，第494页）

综合构成了"大史诗"的一个重要侧面。所谓"大史诗",也就是综合《诗经》"二雅"许多作品而从"美刺"两个方面见出西周及春秋前期的历史面貌、历史动态、历史趋向的"史诗网络"。笔者心目中的《诗经》史诗,不仅是指那些堪称史诗的单篇作品(如《生民》《公刘》之类),而且还指以这些单篇作品为基干,又伸出了许多枝干,附丽了许多叶片的诗之大树。前人的观点启发了笔者,使笔者对《诗经》史诗的构成与规模有了这样一点新的想法。

《诗经》史诗对西周政治阴暗面的揭示,离不开必要的叙事,而这种叙事同样也具有简洁概括、要言不烦的特点。虽然说得简单,但却一针见血、痛切淋漓,令人怵目惊心。试看《瞻卬》的一至三章:

> 瞻卬昊天,则不我惠。孔填不宁,降此大厉。邦靡有定,士民其瘵。蟊贼蟊疾,靡有夷届。罪罟不收,靡有夷瘳。
>
> 人有土田,女反有之。人有民人,女覆夺之。此宜无罪,女反收之。彼宜有罪,女覆说之。
>
> 哲夫成城,哲妇倾城。懿厥哲妇,为枭为鸱。妇有长舌,维厉之阶。乱匪降自天,生自妇人。匪教匪诲,时维妇寺。①

这里是把叙事和抒情浑融地结合起来,把赋比兴自由地错杂运用了。朱熹的注释在每章下都注曰"赋也",那是因为他从

---

① 朱熹:《诗集传》,中华书局上海编辑所1958年版,第220页。

每章的整体着眼,未深入到诗句的分析。这几章确实都是"直言之"的赋,是诗人的正面叙述,但所叙内容,有的是自己的感受和情绪,有的是客观事实,在我们看来,就有抒情、议论与叙事之别。如第一章,开头六句是诗人心灵的呼喊,是感情的直抒。接下去"蟊贼蟊疾,靡有夷届"则是比喻,用蟊贼比喻作恶为害的奸佞,比喻该收捕的"罪罟"。第二章的赋,讲得具体些了,说的是统治者的倒行逆施,夺人田地,夺人人口,迫害无辜,纵容坏人。但具体的程度不过如此,还是笼统概括得很。第三章把矛头对准周王的嬖宠褒姒,有比喻,如"为鸮为枭";有直赋,如"妇有长舌,为厉之阶";还有直接的议论和抨击:"乱匪降自天,生自妇人。匪教匪诲,时维妇寺。"诗人困而呼天,但并非将一切归因于天,而是认为人事更为重要,人事会影响天意,影响天命,人自作孽,便不可活了!是谁在自作孽呢?不就是诗中所言宠信妇寺而排斥贤能的昏暴之君吗?国政如此,其后果便必然如《召旻》所描写的:"昔先王受命,有如召公,日辟国百里。今也日蹙国百里!"疆土被侵蚀,人民在流散,这就是幽王时代周国的大势。《诗经》史诗真实地录载了这个大势,形象地反映了时代氛围;虽诗中具体史实有限,但客观的反映加上诗人主观情绪的表达,那沉重而压抑的时代氛围让后世的人们仍能通过读诗而体会得到。

　　《诗经》史诗内容丰富全面。它们并非只有赞美歌颂(而且赞美歌颂中实含对愿景的期待,对统治者的劝勉激励),也有按历史发展变化的线索表现其兴衰起伏的曲线,与史同识同用。《诗经》史诗既是文艺的,也是历史的,其风格严肃庄重,有很鲜明很突出的思想性,但其思想的表达多数情况下又并不直截了当,而是曲折含蓄,掌握分寸,点到为止;用古人的话说,就是"温柔敦厚"。(风格如此,如何评价,不妨讨论。)

(六)《诗经》史诗叙事的类型分析

叙事性是《诗经》史诗的基本属性、基本特征,但《诗经》史诗既然是诗,就必有程度不同的抒情意味。这种抒情意味,有的通过明确的感叹议论、爱憎言说,直接抒发或倾诉;有的并不明说,而渗透在叙述事实的口吻语气之中,所谓含蓄用晦,令人玩味。就各篇而言,它们都是不同比例抒叙成分的有机结合。正是这种情况,为我们剖别《诗经》史诗的类型提供了条件。

对诗歌作品进行类型分析,可以采取多种角度。如按内容题旨与历史关系的疏密分出史诗与非史诗,本身就是角度的一种。本文就是首先运用此角度,把论述范围限定在史诗之中。将诗歌按内容分类,也还有别种的分法,如按题材分为山水、田园、边塞、宫廷之类。另外也可按诗之功用分为赠别、唱和、即事、感怀之类,或按诗体的格律与否来分,按诗句的字数多少来分,等等①。本节则是要按诗篇抒情、叙事比重不同的角度来分析史诗类型,为的是较为清楚地说明诗篇构成的抒叙关系,并进而探讨诗歌叙事与抒情、叙事传统与抒情传统的关系问题。

总的来说,史诗表现手法特色是以叙事为主,抒叙结合并

---

① 对《诗经》史诗进行叙事分析和分类,已有学者在做,如马银琴:《〈诗经〉史诗与周民族的历史建构》(《学术论坛》2017年第1期),就给笔者不少启发。

自由转接，或无形渗透。但如就诗面看，史诗中就既有纯粹叙事而将抒情意味浸没在叙事之中的情况，也有基本上是抒情而仅作提示性叙事的情况，前者可谓叙中抒，后者便是所谓抒中叙。

史诗中的这两种类型，对后世的诗歌都产生了影响，但影响的对象和内涵有所不同。《诗经》史诗的存在，对诗歌叙事类型的分辨提供的启示是：以何为主（即以叙为主，还是以抒为主）可以作为分辨类型的重要依据。

《诗经》史诗的主体是以叙为主的，可称为"主叙型"。与之相对，另一类便是"主抒型"。这部分作品就内容而言，颇具史诗意味；但若就抒叙比重严格言之，则叙事不足，抒情突出，它们当然不能充当《诗经》史诗的主干，却还不妨作为枝叶。

我们先不下何谓"主叙"、何谓"主抒"的定义，而是从诗歌实际出发，试从《大雅》的《生民》《公刘》《绵》《皇矣》《思齐》《文王》《大明》《文王有声》，《小雅》的《出车》《六月》《采芑》等篇，慢慢地看下来。看它们的抒叙结构、抒叙比例和抒叙关系，然后来归纳和分类。因为所涉篇章较多，我们的试析只能是紧扣核心、要言不烦和点到为止，而不能像赏析文章那样展开铺叙，也算是一次诗歌抒叙分析的实验吧。

《生民》的分章，历来略有分歧，朱熹《诗集传》云其"八章，四章章十句，四章章八句"，"皆以十句八句相间为次"，① 比较合理，从者为多。此诗 72 句，可谓句句叙事，古之论者均以为"赋也"，无异议。而且所赋皆事，孙鑛《批评诗经》评

---

① 朱熹：《诗集传》，中华书局上海编辑所1958年版，第192页。

云:"次第铺叙,不惟纪其事,兼貌其状。描入纤细,绝有境有态。"① 这是说《生民》不仅叙事,还有属于叙事而又比叙事更进一步的描写刻画。至于诗的叙述者,或以为是周公,其实即使真是周公所作,他也是作为大周的代言人在述古和颂赞。诗的主要成分是述古,其叙述重点突出,简洁有力,爱用问句导出叙述(首章"生民如何?")或推进叙述之转折(七章"诞我祀如何?");又爱用排句,以压缩叙事过程,加强气势;爱以"诞"(即"当")字领起章段,以提示时间空间的流动,引起对事件的重视②,颂赞之意则深蕴于全部叙述之中。全诗没有直接感叹议论、直接抒情之句。

《公刘》六章,章十句,共60句。每章均以"笃公刘"唤起,确定了全诗颂美的基调,依次叙述公刘的事迹功业,从有邰迁徙到豳地,在豳择地而种,定居安家,发展生产,建造宫室,平平叙来,叙述中蕴含深深的歌赞感激之意,但也没有直接咏赞抒情之句。

《绵》九章,章六句,计54句,除首句比兴,第八章"柞棫拔矣"二句以比喻代叙述,第九章四个"予曰"以直抒代叙述外,其馀47句,都用赋法叙事,可见其叙事成分之重。其叙事简洁处,常用排句,故第三章出现三"爰"字,二"曰"字,第四章出现八"乃"字,第五章用二"乃"字引出"俾立室

---

① 黄霖等:《诗经汇评》下册,凤凰出版社2016年版,第678页。
② 朱熹曰:"(《生民》)二章以后,七章以前,每章章之首皆有'诞'字。"见《诗集传》,中华书局上海编辑所1958年版,第192页。请参吴世昌:《释〈书〉〈诗〉之'诞'》,《罗音室学术论著》第一卷,中国文联出版公司1984年版,第1—17页。

家",后即转为关于修建宫室的细节描写(聚焦于建筑的细腻叙述),并由第五章一直延伸到第七章,此后才总结式地叙述"柞棫拔矣"等等;待叙至四个"予曰",乃以直抒胸臆兼叙事,达高潮而结束。诗以叙为主,但叙中含着抒,直接抒情的字数仅占全诗十二分之一左右。

《皇矣》八章,章十二句,96句的长篇,涉及太王(古公亶父)、太伯、王季、文王三代君王。太伯是王季之兄,见父亲有意让弟弟继位,主动远走吴地,使王季顺利接位,文王便是王季之子。朱熹说此诗"一章二章,言天命太王;三章四章,言天命王季;五章六章,言天命文王伐密;七章八章,言天命文王伐崇",并指出各章均用了赋法。① 朱熹给赋法的定义是"敷陈其事而直言之也"。② 但经我们研究,其实赋法所直言者既可以是客观的"事",也可以是主观的"情",凡直接叙出而不用比兴者,均可谓赋。③ 以《皇矣》来看,全诗确实都是诗人的直接叙述,但所叙内容的性质颇有不同。前四章叙述的主观色彩明显浓郁,而具体事实却较少,可以说是抒情色彩更重,抒情中还夹杂着某些议论教训的成分。第一章是如此,第二章叙述的比喻性特色,也是一目了然的。第三、四章有了些具体史事的内容,但总体看,仍十分概括抽象,连太伯让位给王季这样的大事,也未正面描述。此后四章都是写文王功业,主要是伐密伐崇以固周疆的战争,但也许是为了全篇风格的统一,便再

---

① 朱熹:《诗集传》,中华书局上海编辑所1958年版,第186页。
② 朱熹是在《周南·葛覃》的注释中提出这个定义的。见《诗集传》,中华书局上海编辑所1958年版,第3页。
③ 关于赋比兴与叙事、抒情、议论的关系,请参看董乃斌:《中国文学叙事传统论稿》第二章第一节《从赋比兴到叙抒议》,东方出版中心2017年版。

三引用上帝的训诫之语，实际上是侧写文王的德行。这一部分叙事的议论色彩自然仍很明显。综上所述，可知《皇矣》虽全用赋法，但叙事成分却不及《生民》《公刘》《绵》诸篇，而抒情色彩却要浓郁得多；不过就总体而言，涉及史事的叙述仍是其主要成分。所谓史诗的"主叙型"，应该就是据以上作品概括出来的。

《思齐》篇幅不长，五章24句101字，全诗皆赋。但所赋之事，具体的仅太姜、太任、太姒三代婆媳关系一桩，占全诗一整章六句。由她们引到文王，然后叙写文王，写他的敬顺祖宗，写他道德淳厚、遇难成祥，以及周围人才济济等，但均比较抽象，难见实事。可见，全篇用赋，直言其事，其实也包括了直揭诗旨乃至直抒胸臆的表现方法。研读此诗，我们十分重视首章"推本"文王祖妣、重视女性的深意；但就叙事类型的分剖而言，《思齐》的表现方法与前几首颇为不同，抒情成分显然有所加重。

《文王》虽全用赋法，却不尽是叙事，抒情议论乃至教导训诫成分也很不少。其诗七章，章八句，共56句，叙述文王承天命而建周，叙述他的"令闻""济济多士"和终将取代殷商的地位，所谓"周虽旧邦，其命维新"。这部分诗句叙事性强。接下去就说到了诗人代表上天对文王后继者的勉励和教训，什么"宜鉴于殷，骏命不易"，什么"仪刑文王，万邦作孚"之类，几乎占掉全诗一半的篇幅，以至于历代许多研究者都认为，《文王》这样的诗，只有凭周公的身份才能做出来，有些话只有周公才能那么说，从而把这首诗理解成是周公诫励成王而作。

《大明》八章，四章章六句，四章章八句，共56句214字，也是全用赋法，但与《文王》情况不同。除首章系抒发感慨和说理外，其余七章纯属叙事：第二章叙太任来嫁于周，生下文王；第三章述文王昭事上帝；第四章述文王将娶妻；第五章描写文王"亲迎于渭"；第六章描写文王、太姒成婚，生下儿子武王；第七章述武王伐商，誓师牧野；第八章描写周师大胜，灭商，开启一个新的时代。这七章中有比较概括的叙述，也有相当细腻的描写，故应属"主叙型"。

《文王有声》八章，章五句，共40句，是对周之文、武二王的颂歌，在歌颂中涉及一些重大史事，但均概括而抽象，所以全诗抒情色彩很浓，盖因其主要目的本不在于追叙史事也。刘持生先生将其置于所举的英雄史诗目录中，与《文王》《大明》并列，这应该没有问题。但在以主叙还是主抒来区分史诗类型时，究竟将其归入何类，则颇费思量。

《出车》《六月》《采芑》是《小雅》中被刘持生先生视为英雄史诗的作品。这些诗篇的抒叙结构如何呢？

《小雅》作品的基本格调多为作者第一人称自叙，与《大雅》作品多以国族代言人口吻歌唱（第三人称叙述）明显不同，《出车》等三首正是如此。《出车》写作者随大将南仲北征狁狁，形势紧急，战事艰险，但周军阵容强大，战士同心协力，在南仲率领下得胜而归。也许诗中的"赫赫南仲"是诗人要歌颂的主角，但在我们今天看来，南仲的部下，那些抛家别亲奔赴战场的无名战士（诗人就是其中之一）才是真正的英雄。此诗六章48句，从一开始就进入叙事，描写军容和形势；写时间的流逝，从春到冬，又从冬到春，景色变换，人的情感随之起伏；从对王事和征途的忧虑到胜利的喜悦，叙事中穿插写景和抒情（10句左右，占全诗近五分之一），使诗形象鲜明，灵动可喜。那么，叙事仍应是《出车》的主要成分。

《小雅·六月》也是六章48句，写周宣王命尹吉甫率军北伐猃狁之事，从"猃狁孔炽"的"事因"叙起，经"王于出征，以佐天子"，到大部队整装出动，再经战事的曲折——"（猃狁）侵镐及方，至于泾阳"、周军的反击，终于获得"薄伐猃狁，至于大原"的胜利，叙述至事件结束，以"事果"将诗告一段落。最后则是庆功宴的描述，具体到筵席的陈设和出席者的人名。整篇作品，几乎没有抒情之句，自属"主叙型"，而在叙事中流露了深深的责任感和自豪感，表现了典型的"叙中抒"风格。

《小雅·采芑》写宣王命方叔南征荆蛮，同样48句，以赋法写景为起兴，带动全诗的叙述节奏；叙到紧要处，更进入细致描写，如首章之全景"其车三千，师干之试。方叔率止，乘其四骐"，紧接着便是"四骐翼翼；路车有奭，簟茀鱼服，钩膺鞗革"的镜头，对方叔的战车，描写细到车的颜色和车马的种种装饰。第二、三章再细写"其车三千"的旗帜鸾铃，部队雷霆般的击鼓催进之声，乃至方叔所穿命服和蔽膝的色泽及玉饰。在此声势之下，概叙了方叔"执讯获丑"的胜利，然后才非常适时地直抒了对方叔的赞美："方叔元老，克壮其犹。"和对荆蛮的讽戒："蠢尔蛮荆，大邦为仇！"从诗歌抒叙结构的比例来看，直接抒情几乎仅占全诗文字的十二分之一，本诗自应归入"主叙型"。

以上，我们从诗歌文本抒、叙结构的角度分析了"二雅"中的一些史诗作品，除《思齐》《文王》《文王有声》三首抒情成分较多外，其馀诸首都是叙事成分占绝对优势，无愧为叙事性史诗。说它们是构成《诗经》史诗主体的"主叙型"，看来应该是没有问题的。就是《思齐》等三首，叙事成分虽不如《生民》等篇,但也绝非纯粹的抒情诗,而是叙事、抒情兼有并重,更确切说,是介于由主叙型向主抒型过渡的中间状态。如果说在它们一侧是《生民》等"主叙型"作品,那么在它们另一侧,就还存在着抒情议论成分更重、因而不妨称为"主抒型"的另一类型。比如《小雅》的《节南山》《正月》《十月之交》《雨无正》《巧言》《何人斯》《巷伯》诸篇,大抵就属于这种主抒的类型。

让我们举例来看。就从《节南山》开始吧。

《小雅·节南山》十章,六章章八句,四章章四句,共64句,是《诗经》中作者名字见于诗句的作品之一,其诗末章有云:"家父作诵,以究王讻。式讹尔心,以畜万邦。"家父遂被认为是本诗的作者,《毛序》并曰其主旨是"家父刺幽王也"。对此两点,历来同意的人不少,却也皆有不同意见。① 但诗的内容是讽刺权臣(师尹)、昏王和乱政的,这倒并无争论。我们从叙事、抒情的角度研究此诗,关心的是:它究竟怎样通过抒情、议论来实现讽刺,又通过叙事揭露了些什么?读此诗,我们能够感到作者情绪的激动和对权臣、昏王、乱政之极端痛恨,对家国前途的深切忧虑,其程度似远超痛心疾首,几达刻骨锥血;其姿态不仅是一般的顿足捶胸,简直是狂烈的呼天抢地!"昊天

---

① 如欧阳修就说:"作《诗序》者见'家父作诵'之言,遂以此诗为家父所作,此其失也。于君臣之际无所忌惮,直指其恶而自尊。其言虽施于贤主犹不可,况于昏乱之主?诗言民畏其上不敢戏谈,岂有自道姓名又显言我究穷王之致乱之由?此不近人情之甚者。然则作此诗不知何人,家父特其所述尔。"(转引自《诗经汇评》下册,第484页)。朱熹《诗集传》则对此诗产生的年代有所怀疑,云:"大抵序之时世皆不足信,今姑阙焉可也。"

不佣，降此鞠訩。昊天不惠，降此大戾"，在情绪激昂难以控制之际，责怪的矛头竟然敢于直指至高无上的昊天。应该说，抒情的强度是相当惊人的。这一切基本上都是由直言其事的赋法所完成（唯首二章的开头两句是起兴）。可是，细读下来，全诗所赋，主要是诗人的主观感情，即他内心的汹涌波澜而已，究竟触及了什么具体的、要害的史事呢？却显得相当模糊朦胧，关于诗旨和讽刺对象的不同见解就是由此而来的。比如诗中说到"不平谓何，天方荐瘥"，说到"方茂尔恶，相尔矛矣"，读者从字里行间可以推测并相信诗作者心中必有所指，但究竟所指为何，是否能够肯定是幽王或是厉王？诗中却并无相应表现作为证据；① 结果读者看到的，就始终只是作者的情绪表演，却不明白其具体的事实根据。这充分体现了诗歌抒情的特色和功用——读者可以感知并接受到诗人心灵发出的震荡波，但相关事实却模糊不清。倘若诗歌叙事成分多些、叙事切实些，抒情和控诉的效果也许还会倍增。

再看《正月》，全诗十三章，八章章八句，五章章六句，共94句，应该算是《小雅》中的一首长诗。而且在诗中，赋比兴三法皆用，据朱熹的标注，是第四、七章为兴，第九、十、十一章为比，其馀八章为赋。比兴手法大多用来抒情议论，将欲言而难以直言的内容，用各种比喻道出，《正月》即是如此。然而，其用赋的部分所直言的事，也并非外界客观的事实，而是

---

① 诗中提到尹氏大师"弗躬弗亲，庶民弗信""不自为政，卒劳百姓"意谓师尹做事不躬亲、不负责，使百姓不信任。又有"琐琐姻娅，则无膴仕"之句，暗示师尹用人很看重裙带关系。这些当然都是乱政，但其占全诗句数不过十分之一，且乱政若仅如此，似乎也还不到令人泣血椎心、呼天抢地的程度。可见抒情的强烈与叙事的切实存在不小距离。

作者心灵的波荡,全诗只有两句是触及史事的,那就是第八章的结尾:"赫赫宗周,褒姒灭之。"这是极为重要的两句,有了它,诗作的时间可以定位,可以断定诗所歌咏的是周幽王宠信褒姒的时代;诗中流露的悲愤忧愁,包括诗中那些看似不着边际、无甚联系的比兴,也都可找到合理的解释。而且,还可根据诗意推知,诗所反映的乃是宗周将灭未灭之时,诗人敏锐地感觉到,幽王宠褒姒的势头"燎之方扬,宁或灭之",再这么下去,周的寿命就不长了。"赫赫宗周,褒姒灭之"两句叙事,仅占全诗句数的四十七分之一,作用竟如此之大。在抒叙结构和比重上,《正月》与《节南山》相当近似,都是抒多叙少,但《正月》的叙事虽少却叙在了要害上,从而使整个诗篇抒情、议论获得了坚实的基础,其含意也就不再有含糊朦胧之弊,叙事对于诗意诗旨的重要由此可见一斑。

《十月之交》的抒叙分配情况与《正月》近似,就不细说了。

最后再看一下《小雅·巷伯》。此诗与《巧言》《何人斯》主题近似,都属于《诗经》史诗中揭露批判政治邪恶和谗言流行这个侧面,表现手法也较为近似,而以《巷伯》最为鲜明突出。

《巷伯》七章,四章章四句,一章五句,一章八句,一章六句,共35句。关于此诗本事,朱熹说:"时有遭谗而被宫刑为巷伯者,作此诗。""巷伯"二字并不见于诗中,但诗之末章有云:"寺人孟子,作为此诗。凡百君子,敬而听之。"告诉读者诗作者是"寺人"即宦官,巷伯就是宦官,是受了宫刑的罪人。但这个巷伯大声疾呼自己是为谗言所害,谗言横行,正人受害,这都是政治黑暗的标志。全诗气愤填膺地痛骂进谗的"谮人",

实际上是把听信谗言而迫害正人的掌权者也骂进去了。诗的核心段落是第六章: "彼谮人者,谁适与谋。取彼谮人,投畀豺虎。豺虎不食,投畀有北。有北不受,投畀有昊!"此前五章的控诉是铺垫,此后一章是作者负责的交代。全诗倾诉作者的悲愤心情,进谗、信谗的具体活动并无描述,可以说,此诗抒情成分极重。像这样的诗,应该仍不失为史诗大树的一片枝叶,但就其本身特色而言,恐怕就得实事求是地称之为"主抒型"了。

上面分析到的诗篇,从《生民》到《巷伯》可以按叙事性由强渐弱、抒情性由弱渐强的原则排成一个队列。从《大雅》的《生民》《公刘》《绵》《皇矣》及《小雅》的《出车》《六月》《采芑》,中经《思齐》,到《文王有声》《文王》和《节南山》《正月》《十月之交》而至于《巷伯》,无论用色彩还是线条,都可以大致地标示出诸诗叙事、抒情成分比重和结构的变化。(这里会有不同意见,尽可作出调整。)

对于《诗经》史诗抒叙结构的分析,也可以作为参照运用到其他诗歌中去。这是因为无论主叙还是主抒,《诗经》史诗都对后世诗歌产生影响,从而形成某种传统。主叙型史诗的影响比较集中地表现在后世与史实关系较为直接的叙事型诗歌中,如杜甫创作于安史之乱中的《哀江头》《哀王孙》《悲陈陶》《悲青坂》之类,以及自传性的《自京赴奉先县咏怀五百字》《北征》《羌村三首》等。而既以《诗经》史诗的经验为基础,又吸收《诗经》生活诗(特别是《风》诗中的故事型作品)的经验,加上乐府民歌和史传、小说思维的营养,杜甫创作出故事性、戏剧性更强的"三吏""三别",白居易则创作出《上阳白发人》《卖炭翁》等"新乐府五十首"以及《长恨歌》《琵琶行》。这后一种故事型作品（多为歌行体）在后来漫长的诗歌史上，也发展成一大系列，值得我们细加研究。

主抒型史诗的影响，则主要见于后世的咏史诗。其特点是其诗既以一定的史事为咏叹对象，又往往将具体的史事推远变淡，并不具体描述史事，或仅作极浓缩的概述，诗的篇幅往往比较短小，而只着力于抒发对一定史事的感慨议论和批评，诗人的主体意识和感情倾向都更为突出而强烈。这类诗歌，按其实际情况，我们称之为"含事"或"咏事"，以显示它们既与叙事有关，又是有差别、分层次的。① 关于诗歌叙事，还有许多问题，只能留待以后陆续探讨了。

（原载澳门大学《南国学术》2018 年第 3 期）

---

① 参见董乃斌：《中国古典小说的文体独立》，中国社会科学出版社 1994 年版。

五

《诗经》风诗叙事及其传统

(一)《诗经》风诗写到哪些事?

研究《诗经》,除了其文本以外,可以利用的成果可谓汗牛充栋。从汉人开启到此后历代学者的注疏、专著,不胜枚举。[①] 现在的便利条件是除了许多单本的专著外,又有了一些注疏和研究著作的汇编本,如鲁洪生主编的《诗经集校集注集评》、黄霖等主编的《诗经汇评》,等等。

此外,多种文学史著作的《诗经》部分,也是重要参考资料,因为它们综合而又精简地展示了《诗经》的研究成果,对《诗经》的内容、思想艺术、文学史地位等都有简明扼要的阐述。

我们现在关心的是《诗经》风诗的叙事问题,首先要问风诗究竟涉及了哪些事情,接着要问:风诗是怎样叙述这些事情的?有些什么特点,是否形成某种传统?等等。前人论述对此曾多有涉及,虽各有短长,均很有参考价值。当然最根本、最重要的还是《诗经》文本,这是我们的入手处,也是着力处。

[①] 参刘毓庆:《历代诗经著述考》,中华书局2002年版。

下编　五　《诗经》风诗叙事及其传统

《诗经》风诗，旧称十五国风，总计160首。

统观这160首诗，主要有四个方面的内容，也可以说风诗写了四个方面的事情：第一是恋爱家庭，第二是农事生产，第三是战争徭役，第四是对统治者的美刺。这四大类包括不进去的，暂列为其他，数量仅占全部风诗的十分之一，涉及社会生活和心理的各方面，但数量稀少。①

恋爱婚姻家庭，是风诗写得最多的内容，全部风诗的一半以上属于这个部分。

兹列举篇目如下：

《关雎》《樛木》《螽斯》《汉广》（周南）

《鹊巢》《草虫》《行露》《殷其雷》《摽有梅》《江有汜》《野有死麕》《何彼襛矣》（召南）

《柏舟》《绿衣》《燕燕》《日月》《终风》《凯风》《雄雉》《匏有苦叶》《谷风》《旄丘》《简兮》《泉水》《静女》（邶风）

《柏舟》《桑中》《蝃蝀》（鄘风）

《考槃》《硕人》《氓》《竹竿》《芄兰》《伯兮》《有狐》《木瓜》（卫风）

《中谷有蓷》《采葛》《大车》《丘中有麻》（王风）

---

① 有的文学史概括《诗经》内容，大致分为六类：(1)祭祖颂歌和周族史诗；(2)农事；(3)燕飨；(4)怨刺；(5)战争徭役；(6)婚姻爱情。（见袁行霈主编：《中国文学史》，第一卷第一编先秦文学第二章《诗经》之第二节，高等教育出版社1999年版。）其中(1)(3)两类内容在《雅》《颂》中，其馀四类见于《风》诗，我们采用了这种说法，在具体介绍时按作品的多少排次并按实际情况对提法略做修改。

《缁衣》《将仲子》《叔于田》《大叔于田》《遵大路》《女曰鸡鸣》《有女同车》《山有扶苏》《萚兮》《狡童》《褰裳》《丰》《东门之墠》《风雨》《子衿》《扬之水》《出其东门》《野有蔓草》《溱洧》（郑风）

《鸡鸣》《著》《东方之日》《甫田》（齐风）

《椒聊》《绸缪》《有杕之杜》《葛生》（唐风）

《蒹葭》《晨风》（秦风）

《宛丘》《东门之枌》《衡门》《东门之池》《东门之杨》《防有鹊巢》《月出》《泽陂》（陈风）

《素冠》《隰有苌楚》（桧风）

《候人》（曹风）

《伐柯》《九罭》（豳风）

以上82首，均属婚恋家庭题材，因为除了婚恋，还包括了家庭生活的其他方面，故数量甚多。除《魏风》缺席外，其馀十四国风均有分布，而以邶、鄘、卫与郑风为多。这显示此类诗歌反映的是《诗经》时代社会生活最重要的内容，也是民间歌谣最喜表现的方面。这些诗的主人公多半是女子，多从女子视角叙述，而所表现的感情则悲欢离合、喜怒哀乐俱全。《诗经》风诗的叙事因素，在此类诗中表现得集中而突出，像《邶风·谷风》《卫风·氓》虽抒情色彩极浓却已相当接近叙事诗，其馀所有作品的抒叙结合亦均达到上佳水平。此类诗篇之数量居于风诗之首。

农事生产也是《诗经》时代社会生活的重要内容，但《诗经》风诗中对之作正面叙述描写的作品，其实不算太多，总共只有7首，就数量而言，只能算是风诗的殿尾。其篇目如下：

《葛覃》《芣苢》（周南）
《采蘩》《采蘋》《驺虞》（召南）
《十亩之间》（魏风）
《七月》（豳风）

虽然数量少，但仅《豳风·七月》一首即可一以当十百，其长度、所涉具体内容、写法和总体分量足以与《大雅》的《生民》《公刘》《绵》等史诗相颉颃和媲美，使其在《诗经》整体中占据重要地位。从诗歌叙事的角度来看，《七月》也是极典型的代表作。

另两类内容的作品，在《诗经》中分量比较接近，也都是《诗经》风诗的重要内容，那就是百姓美刺统治者的32首和战争徭役题材的21首。美刺类中，实以怨刺为主，美刺之比是1∶3。若将战争徭役类中怨刺为主的诗篇加上，那么对统治者不满讽刺之诗的数量就更多，这也是风诗值得注意的一个特点。

还剩18首作品，各有独立的内容和主题，归入以上任何一类皆有不妥贴处，姑且置为"其他"。

下面仍列出各类的篇目，以方便讨论。

赞美统治者的，有8首：

《麟之趾》（周南）
《甘棠》（召南）
《定之方中》《干旄》（鄘风）
《淇奥》（卫风）
《羔裘》（郑风）
《车邻》《驷驖》（秦风）

讽刺鞭挞统治者的，有24首：

《羔羊》（召南）
《新台》《二子乘舟》（邶风）
《墙有茨》《君子偕老》《鹑之奔奔》《相鼠》《载驰》（鄘风）
《黍离》（王风）
《南山》《敝笱》《载驱》（齐风）
《硕鼠》《汾沮洳》（魏风）
《扬之水》（唐风）
《终南》《黄鸟》《权舆》（秦风）
《墓门》《株林》（陈风）
《羔裘》（桧风）
《鸤鸠》《下泉》（曹风）
《狼跋》（豳风）

刺诗明显多于美诗，叙事色彩也以刺诗较为鲜明；因内容涉及阶级矛盾、贫富悬殊和反抗意识，在一般文学史著作中历来受到重视。

反映战争徭役的作品有21首，其中有少量凯旋之歌，更多的是在战争徭役重压下抒发悲苦伤痛之情的怨刺之歌。具体篇目如下：

《卷耳》《兔罝》《汝坟》（周南）
《小星》（召南）
《击鼓》《式微》《北门》《北风》（邶风）

《河广》(卫风)

《君子于役》《扬之水》《兔爰》(王风)

《清人》(郑风)

《东方未明》(齐风)

《陟岵》《伐檀》(魏风)

《鸨羽》(唐风)

《小戎》《无衣》(秦风)

《东山》《破斧》(豳风)

最后是18首难以归入以上各类的作品。如同情孤独者的《卫风·有狐》《唐风·杕杜》、赞美乐师舞者的《王风·君子阳阳》、流亡者之歌《王风·葛藟》、猎人射手之歌《齐风》的《还》《卢令》《猗嗟》(这三首似可列入农事生产,但较勉强)。还有《魏风》中愤于社会不公、忧虑时事的《葛屦》《园有桃》,《唐风》中叹息时光流逝、讽刺吝啬、批判傲慢、劝勿信谗、睹物思人的《蟋蟀》《山有枢》《羔裘》《采苓》《无衣》,以及外甥送舅的《秦风·渭阳》、书写游子乡愁与悲慨人生的《桧风·匪风》《曹风·蜉蝣》,乃至托物寄情的禽言诗《豳风·鸱鸮》,等等。这些作品的存在,说明风诗内容的丰富性。

对于风诗,也可按别的标准划分组合,比如将怨恨讽刺统治者划为一类,则上述战争徭役与怨刺统治者两类便可归并,而以鞭挞怨刺统治者为标题。这样做,亦有其合理方便之处。

此外,若对诗篇内容的理解阐释有分歧,则各诗分类位置亦会不同,此中争议不可免。为讨论方便,以上姑作试分,大体如是而已,尽可商榷调整。

上面将《诗经》风诗所涉之事,按我们的理解作了大致归类,即婚恋家庭、美刺统治者、战争徭役、农事生产。这既是《诗经》风诗的四大内容,也是《诗经》风诗所叙事情的四大方面。这些事情都是各篇风诗叙述出来的,虽然各篇的叙述方式、抒叙二者的含量分配有所不同,但它们都是一种叙述文本,只有通过诗人(作者)的叙述,读者才能了解到其中的种种事情。① 历代研究者,直到我们乃至更晚的后人,之所以对风诗文本有此基本共识,具体解说虽有小异,但大体方向并无扞格,关键在于风诗所叙、所涉之事的确就是这些内容。根据文本,人们从"事"与"情"两方面对它们作出说明,结果大致便只能如此。

我们再读前人对《诗经》风诗叙事的解说,又发现这些诗所反映和表现的内容,存在两种情况。一种是其事与有名有姓的历史人物相联系,一种则仅与无名大众相联系。因此,前者与历史记载有关,其本事于史有征,可以考订印证,可以比较切实地"诗史互证"。当然,因所指具体,也容易见仁见智而有所分歧。后者虽也是历史(社会)生活的反映,但无本事可考,诗的史性弱于前者,对之施行诗史互证,只能在时代氛围、社会心理或历史趋势等较大较笼统的层面进行。对于诗歌叙事学研究来说,这是两种不同类型的作品,研究的思路和方法是有差异的,我们拟分别讨论之。

---

① 中国诗歌,以《诗经》作品为代表,都可以称作"叙述文本",与西方文论习惯所分的"抒情文本""叙事文本""戏剧文本"不同。叙述文本是包含着抒情成分和叙事成分的综合性文本,其抒叙结构需要分析。

(二) 风诗与诗外之事

在风诗的上述四大内容中,美刺统治者一类里较多与历史人物相关的作品,粗粗检点一下,《召南·甘棠》颂念召公仁政,《卫风·淇奥》颂美君子人格,据说指的是卫武公,《鄘风》的《定之方中》《干旄》赞美卫文公复兴强国的事迹等。这类作品不多,多的是事迹之诗。

如《邶风·新台》、《鄘风》的《墙有茨》《君子偕老》《鹑之奔奔》是一组讽刺卫宣公及其后人荒淫乱国的历史。相传许穆夫人所作的《载驰》(属鄘风),也与之有关。①

从《诗序》《毛传》起,历代研究者基本无异词,认为这些诗对应于《左传》的纪事以及卫国后续诸君的更替变换等:

> (桓公十六年)初,卫宣公烝于夷姜,生急子,属诸右公子。为之取于齐而美,公取之,生寿及朔。……宣姜与公子朔构急子。公使诸齐,使盗待诸莘,将杀之。②
>
> (闵公二年)冬十二月,狄人伐卫。卫懿公好鹤,鹤有乘轩者。将战,国人受甲者皆曰:"使鹤,鹤实有禄位,余焉能战!"……及狄人战于荧(荥)泽,卫师败绩,遂灭卫。……初,惠公之即位也少,齐人使昭伯烝于宣姜,不

---

① 何楷《诗经世本古意》以为《邶风·泉水》《卫风·竹竿》也是许穆夫人作品,魏源《诗古微》亦持此说。或疑许穆夫人妾媵所作(《诗经原始》《诗经通论》)。

② 《春秋左传正义》,阮元校刻:《十三经注疏》,中华书局影印1980年版,第1758页。

可,强之,生齐子、戴公、文公、宋桓夫人、许穆夫人。文公为卫之多患也,先适齐。及败,宋桓公逆诸河,宵济。……立戴公以庐于曹。许穆夫人赋《载驰》。①

司马迁《史记·卫康叔世家》据《左传》梳理叙述此段历史,与上述诸诗有关的人物主要有卫宣公、宣公子伋(急子)及又一子顽(即昭伯)、宣姜、子寿、子朔(惠公)、戴公(名申)、文公(名燬)、许穆夫人等。

这里与诗篇有关的基本情节是:卫宣公为太子伋娶齐女为妻,见女美,乃于河上筑新台,夺媳为妻,是为宣姜,生子寿、子朔。宣姜、子朔谗害太子伋,宣公亦欲废太子,乃令伋出使齐国,安排杀手在界上伏击。子寿获悉阴谋,追救伋,被误杀。伋后到,亦被杀。宣公卒,子朔立,为惠公。齐国强迫宣公另一子顽(昭伯)与宣姜同居,生三子二女。此后卫国动乱多年,国弱,以致被狄人灭亡。宋桓公接济卫之难民,并立戴公为卫君。许穆夫人(顽与宣姜所生次女)亦欲前往奔唁,并为卫谋划,受到许国大夫阻挠,心情激愤,乃作《载驰》。后在齐国帮助下,卫得以复国,戴公卒后,文公继立。

以上简述的情节是从史书得来。《诗经》风诗的研究者以之为《新台》《墙有茨》诸诗的本事。如《邶风·新台》,《小序》云:"刺卫宣公也。纳伋之妻,作新台于河上而要之,国人恶之,而作是诗也。"《二子乘舟》的《小序》云:"思伋、寿也。卫宣公之二子争相为死,国人伤而思之,作是诗也。"《鄘风》

---

① 《春秋左传正义》,阮元校刻:《十三经注疏》,中华书局影印1980年版,第1787—1788页。

的《墙有茨》《君子偕老》《鹑之奔奔》诸首,《小序》《毛传》也这么说。《载驰》作者因有《左传》明言,当然更无疑义。朱熹《诗集传》对《小序》《毛传》似不尽信,但仍称其为"旧说",并特地声明:"凡宣姜事,首末见《春秋传》,然于诗皆未有考也。诸篇放此。"① 总之,前人就这样将风诗与史事联系了起来。但正如朱熹所言,这些史事仅凭诗歌文本却是无法考证出来的。

《新台》诗云:"新台有泚,河水弥弥。燕婉之求,籧篨不鲜。新台有洒,河水浼浼。燕婉之求,籧篨不殄。渔网之设,鸿则离之。燕婉之求,得此戚施!"

从诗的字面,看不出卫宣公夺媳为妻故事。籧篨,据朱熹注,本意是指竹席,人或编以为囷,其状如人之臃肿不能俯者,故借以比喻丑陋的形象(如鸡胸之类)。戚施,朱注曰:"不能仰,亦丑疾也。"闻一多则认为籧篨与戚施都是癞蛤蟆一类丑物。② 燕婉之求,本想得个理想的人儿,不承想来了个丑怪物,真是事与愿违。诗中再三言之,可见大有切肤之痛。但如仅看诗内,其题旨便只能如高亨所说:"诗意只是写一个女子想嫁一个美男子,而却配了一个丑丈夫。"如此而已。可是如果考虑到此诗属于《邶风》,邶、鄘、卫三风所写皆为卫国卫地之人事,而其创作时限则在卫国被狄人灭亡之前(《载驰》才涉及卫亡)。题曰《新台》,与卫宣公在河上筑"新台"以迎

---

① 朱熹:《诗集传》之《新台》诗注语,见其书卷二,中华书局上海编辑所1958年版,第27页。
② 闻一多:《天问释天》《诗新台鸿字说》,见《闻一多全集》,生活·读书·新知三联出版社1982年版。

娶齐女事正合，故《毛传》所云能够得到公认。从《诗序》《毛传》《郑笺》《孔疏》到唐、宋至清与现代的《诗经》研究注释者，如苏辙、姚际恒、方玉润、高亨、程俊英等均同意此说，看来并非无理。

就《新台》诗而言，《毛传》指出的《左传》所载之有关史事，对于解读诗意、说明诗旨是非常有用的资料，甚至可说是不可或缺的参证。虽然这些史事并未具体表现于诗内——诗的字面并未写到，即并未直赋这些事——按其实际地位，它们应该称为"诗外之事"。但这个"诗外之事"对于诗歌的解读和叙事分析却十分重要，实应视为作品叙事之有机组成部分。

当然，绝非随便找点什么历史记载就可以充当这个"诗外之事"。"诗史互证"既有其成立的合理性，也存在发生错误的可能，故必须严肃缜密，使之可信可靠，才能具有说服力，并且应当允许质疑讨论和证伪的可能。而一旦认定此事与作品确实有关，就不仅可将其作为诗歌创作的背景，甚至不妨将其当成诗歌内容的一部分，在对其作叙事分析时予以充分利用。

"诗史互证"可以说是《诗序》和《毛传》的核心概念和基本方法，在此基础上说本事、解诗意、揭题旨、析作法，可以说是《毛传》对《诗经》研究的重大贡献，也是后人研究《诗经》的一般思路和轨范。虽然陆续有人发现《序》《传》观点不无牵强附会、说服力不强之处，但总体说来还是不能简单否定，只能零星地商榷或另立新说。在论《诗经》史诗时，《序》《传》的价值已充分显示，现在论风诗，又获得再次证明。

既已发现并确信诗歌内容与某些诗外之事有关，古人自然据以阐释诗篇。他们虽无叙事学之名，但实际操作有时却暗合其理。如《毛传》谓《新台》系国人厌恶卫宣公夺媳为妻之事，故作此诗讽刺,将诗的内容与史事作了明确联系,并认定此诗为卫之国人所作,奠定了阐释诗意的基础。朱熹更具体论此诗为"言齐女本求与伋为燕婉之好,而反得宣公丑恶之人也"。沿此思路,可知《新台》诗描述的主人公乃是初嫁卫国的齐女,诗的叙述者以齐女视角观察感受,以齐女口吻叙述抒慨,诗面略过事实,直诉对婚姻对象的极端憎恶,狠狠讽刺咒骂了卫宣公其人其行。这种阐释一直传承至今。①

《新台》是一首本事可考的风诗,但具体本事在诗外(只能算是此诗的背景),诗歌所表现的不是有关的故事(即所赋非故事),而是故事女主人公的一腔怨恨之情(即所赋为情感)。因此,这是一首抒情诗,一首包含叙事因素的抒情诗;确切地说,是一首咏事诗。在诗与事关系密切程度的等级(含事、咏事、述事、演事)上,可列第二级。② 后世的咏史诗实与之有一脉相承的关系。

这种情况在《诗经》风诗中相当普遍。《邶风·新台》颇为典型,且无分歧意见。但像《邶风·二子乘舟》,诗面仅有挂念远行者之意,《毛传》引《左传》桓公十六年事为说,解为"思伋、寿也",就有很多人并不采信。

---

① 值得注意的是,《新台》女主人公是无法掌握自身命运的古代女性,是无辜的受害者,该被同情。但她后来成了宣姜,卫宣公死后又与宣公次子顽(昭伯)同居(据《左传》,此事与齐国唆使诱迫有关,或与当时父死子继的婚制有关),成了卫公室乱伦荒淫的参与者,也成了《墙有茨》诸诗的讽刺对象。古今人不齿于此,今人更从阶级意识批判之,皆无可厚非;但宣姜作为一个女性的不幸却很少被考虑。
② 关于诗与事关系疏密远近的不同及其区分,请参阅董乃斌《中国古典小说的文体独立》,中国社会科学出版社1994年版。

《鄘风》的《墙有茨》《君子偕老》《鹑之奔奔》,情况与《新台》相同。当初产生时是对社会现象的讽喻,后世看来,则为咏史矣。这三首诗也是以卫公室故事为背景的抒情诗。由于"诗史互证"法的局限(不确定性带来证伪的可能),以及对"不淑"一词的不同理解(不善抑或不幸),《君子偕老》的题旨就有多种说法。

《齐风》的《南山》《敝笱》《载驱》讽刺齐襄公乱伦荒淫,鲁桓公未能采取有力措施阻止,以致被害,鲁庄公亦未能防闲其母。此事见于《左传》桓公十八年、庄公二年的记述(齐襄公与出嫁为鲁桓公夫人的妹妹文姜私通,并因此而谋杀鲁桓公。鲁庄公继位后,未能设法阻止,文姜仍多次与齐襄公晤会)。

《秦风·黄鸟》的有关史事见于《左传》文公六年:"秦伯任好卒,以子车氏之三子奄息、仲行、鍼虎为殉,皆秦之良也。国人哀之,为之赋《黄鸟》。"司马迁《史记》也有记录。

《陈风》的《墓门》《株林》二诗分别与陈国的君主桓公、灵公相关。《左传》桓公五年载,陈桓公之弟佗杀太子,自立为君,国人因之作《墓门》,批评陈桓公不能早除陈佗。《左传》宣公九、十年则载陈灵公及大夫孔宁、仪行父与夏姬(大夫夏御叔之妻)淫乱,夏姬之子夏征舒杀灵公自立,楚出兵诛夏征舒,立灵公之子,是为陈成公。

以上诸诗所咏之事皆有历史文献可考,涉及的人物有名有姓。但这些诗歌本身并不是直接叙述某个历史故事,而多是以其事为背景而抒发议论或情感的。对这些诗歌进行叙事分析,离不了"诗史互证"和从史籍考证所得的"诗外之事",也离不了读者(研究者)将诗面内容与诗外之事通过充分联想所进行的综合分析。在这里必会产生不同意见,所以为证伪留有馀地是必要的。

《邶风·击鼓》是一首记有历史人物名字、诗内诗外叙事分明的作品。诗中提到的孙子仲，即公孙文仲，字子仲，其生活年代与州吁同时。

> 击鼓其镗，踊跃用兵。土国城漕，我独南行。
> 从孙子仲，平陈与宋。不我以归，忧心有忡。
> 爰居爰处？爰丧其马？于以求之？于林之下。
> 死生契阔，与子成说。执子之手，与子偕老。
> 于嗟阔兮，不我活兮。于嗟洵兮，不我信兮！①

此诗的"诗外之事"即背景，是篡权的卫公子州吁联合陈、宋、蔡三国伐郑（见《左传》隐公四年）的战争。孙子仲是卫国的统帅。此诗以卫国一个兵士第一人称叙述口吻出之。首章叙击鼓出征，二章叙战而无归，三章叙战争失利，四章叙危境思妻，五章悲哀叹息。全诗从击鼓出征起，写出一个时空转换与心绪波动的过程，虽概括精简却非常具体：别人守土，我则随军出征不得回家。战争失利，生死难卜，危难中想到妻子，想到当年与她的誓约。"执子之手，与子偕老"堪称神来之笔，令人如闻如见。现在愿望落空，使我孤独，也使我失信！诗内所述如立体画面，征人及其妻遥思而无奈之情满溢纸上。《击鼓》可谓诗内外之事呼应增色、诗歌涵义丰茂的典范。

---

① 朱熹：《诗集传》，中华书局上海编辑所1958年版，第18—19页。

（三）抒情诗的叙事分析

《诗经》风诗还有更多是无法与具体历史人物联系的作品，对这些诗歌进行叙事分析，基本上只能利用诗面的文字。

有的作品叙事色彩鲜明，如《邶风·谷风》《卫风·氓》和《郑风》的《将仲子》《女曰鸡鸣》之类，虽长短不一，但诗内之事写得生动明晰，已略具叙事诗性质。《谷风》《氓》是两位弃妇在娓娓诉说婚姻的变故；《将仲子》表现男女的热恋，有活泼的行动和亲昵的话语；《女曰鸡鸣》则是新婚夫妇家常生活一景，既现实又充满憧憬。这些篇章不但有顺时或逆、倒、追、补诸式的叙事，还有人物语言和戏剧性场面的展示，叙述内容的多面多层及由之而来的丰富涵义，均非常值得注意。

《诗经》风诗的叙事常常是与抒情（含议论感慨）成分的溶渗结合。叙中本就有抒，文学中没有无情的叙述；抒中亦可含叙，不过往往将欲叙之事置于暗处、隐处、远处，而以抒情感慨议论为诗之明面、近景、主声。这种含事之诗往往给人专在抒情言志的印象，叙事一翼遂于有意无意中遭到忽视。中国诗歌被笼统称之为抒情诗，以为中国诗歌只有一个抒情传统，或即与此有关而由来久矣。今日我们则要纠正这种误解和偏颇，对抒情诗做一番重新省视和分析，一是要探寻其中的叙事因素，二是要分析它们的抒叙结构，三是要论证其与抒叙传统的关系。总之，是要发挥读者参与的能动性，运用叙事视角来看抒情诗，以发现诗歌中那些被"抒情传统唯一"的偏见遮蔽的现象与表现，而以"抒叙两大传统贯穿"的观点取代"抒情传统唯一"，并努力使之成为文艺理论和文学史知识中的共识乃至常识。

探寻诗篇的叙事因素,一般可从叙述视角(人称)入手。以前的习惯性认识是对抒情诗的作者、抒情人、叙述者和作品主人公不作区分,而将其浑然等同,将抒情诗内容简单地看作作者本人的真实自白。① 而从叙事学引进叙述视角的概念,则可改善这种粗疏囫囵的弊病。

　　风诗的叙述视角至少有两种,一是第三人称叙述,一是第一人称叙述。

　　第三人称叙述,主要由赋体构成,亦可称赋体叙事,其特点是叙述的客观性,作者与叙述者、抒情人有别,诗歌叙述的,基本上是他人故事,而并非自己之事。如《关雎》,虽用兴法开篇并连缀,所兴亦是作者之所见,叙述者实处于客观地位。诗中"寤寐思之""辗转反侧"是对君子行为的描述,"琴瑟友之""钟鼓乐之"云云,则是拟君子之思与言。《葛覃》第三章有"薄污我私""薄浣我衣"之句,但前两章造成的总体印象客观性颇强,仍不妨为第三人称叙事。《卷耳》首章即云"嗟我怀人,置彼周行",直到末章"我马瘏矣""我仆痡矣",都是"我"在叙述,那是典型的第一人称叙事,或称独白叙事。这两种叙事占了风诗叙事的绝大部分。

　　属于第三人称叙述的,如《周南》的《樛木》《螽斯》《桃夭》《兔罝》《芣苢》《汉广》《麟之趾》,《召南》的《鹊巢》《采蘩》《采蘋》《甘棠》《羔羊》《野有死麕》《何彼襛矣》《驺虞》,《邶风》的《凯风》《式微》《旄丘》《简兮》《新台》《二子乘舟》

---

① 不是没有人对此持怀疑态度,如钱锺书就曾多次强调诗歌创作的虚构性和语言的修辞特征,指出诗语的不可尽信。但旧习影响很深,说诗者仍不时陷入泥淖。

等皆是。

而《召南》的《草虫》《行露》《殷其雷》《摽有梅》《小星》《江有汜》,《邶风》的《柏舟》《绿衣》《燕燕》《日月》《终风》《击鼓》《雄雉》《谷风》《泉水》《北门》《北风》《静女》等,则均是第一人称叙述。

第一人称叙事的极致是独白叙事,即全诗每句话都是主人公自己在叙述,犹如戏剧中的独白,而诗人(作者)则如剧作家一样隐身幕后。除上举《郑风·将仲子》在语言表达上是独白叙事,《魏风·硕鼠》也很典型。此外实例尚多,大抵未明写背景、场合而能靠抒情人独白见出事情者皆是。

由上可知,区分风诗的叙述人称,主要看其叙述是"有我"还是"无我",有我为第一人称,无我多为第三人称;无论何种人称,叙述事情是一致的,区别仅在隐显而已,读者同时需要体会琢磨诗歌叙述的语感。有的独白是真的自说自话,无需受述者,诉诸内心而已。有的独白则不然,说者虽是独自,但实有确定的受述者,其人虽未出场,但却是重要的存在,如《将仲子》诗的青年仲子、《硕鼠》诗中贪婪无度的巨鼠。述者与受述者共同构成一个叙事场,二者在诗中的存在虽有隐显明暗之别,但却是相互依赖的关系。

区分人称的目的在于判断叙述的视角,分辨诗歌的叙述者、抒情人和故事主人公。比起小说叙事的视角,诗歌可能较为简单,但也不能把诗歌的作者与抒情人、叙述者乃至主人公完全画等号;诗歌的叙述视角也是有变化的,而这对理解诗意和题旨关系重大,故应细心分辨,不可忽略或笼统视之。

这里再举《豳风·东山》说明人称、视角的变化以及读者对此理解的不同对诗意解说的影响。其诗四章,章十二句,原文如下：

> 我徂东山，慆慆不归。我来自东，零雨其濛。我东曰归，我心西悲。制彼裳衣，勿士行枚。蜎蜎者蠋，烝在桑野。敦彼独宿，亦在车下。
>
> 我徂东山，慆慆不归。我来自东，零雨其濛。果臝之实，亦施于宇。伊威在室，蠨蛸在户。町畽鹿场，熠燿宵行。不可畏也，伊可怀也。
>
> 我徂东山，慆慆不归。我来自东，零雨其濛。鹳鸣于垤，妇叹于室。洒扫穹窒，我征聿至。有敦瓜苦，烝在栗薪。自我不见，于今三年。
>
> 我徂东山，慆慆不归。我来自东，零雨其濛。仓庚于飞，熠燿其羽。之子于归，皇驳其马。亲结其缡，九十其仪。其新孔嘉，其旧如之何！①

《豳风·东山》是《诗经》风诗中创作年代较早的作品，应是作于西周，周公东征平定管叔、蔡叔与武庚之乱以后。《诗序》说："《东山》，周公东征也。周公东征，三年而归，劳归士，大夫美之，故作是诗也。"这是认为《东山》系周大夫所作，主题是赞美周公东征及其劳归士之举。后更有人干脆将诗的作者直接定为周公本人，如朱熹谓："成王既得《鸱鸮》之诗，又感雷风之变，始悟而迎周公。于是周公东征已三年矣，既归，因作诗以劳归士。盖为之述其意而言曰：我之东征既久，而归途又有遇雨之劳，因追言其在东而言归之时……"明确将

---

① 朱熹：《诗集传》，中华书局上海编辑所1958年版，第94—95页。

《东山》解为周公之词。看法类似的尚有王质、戴溪、严粲诸人，当然后代持不同观点的研究者亦甚夥。

其实，诗作者是谁并不重要，也很难真正弄清并证实。关键是要对作者与诗的叙述者/抒情人加以区分。即使《东山》一诗的作者真是周公或周公麾下的大夫，但从活跃于诗中的人物，从这个人物的所为、所思视之，其叙述者/抒情人都应该是作者的代言人，诗中频繁出现的"我"应该是东征军的一位将士；这样才能把全诗讲通、讲顺、讲深。如果做了这样的区分，整个诗的意义和题旨也会产生不小的差异。古代有些解诗者，自觉不自觉地站在礼教立场，强调此诗的政治意义。从假托孔子所言："于《东山》，见周公之先公而后私也。"（《孔丛子·记义》）到《诗序》所谓"君子之于人，序其情而闵其劳，所以说（悦）也；说以使民，民忘其死，其唯《东山》乎！"再到朱熹引述《诗序》后的发挥："愚谓：'完'谓全师而归，无死伤之苦；'思'谓未至而思，有怆恨之怀。至于室家望女、男女及时，亦皆其心之所愿而不敢言者。上之人乃先其未发而歌咏以劳苦之，则其欢欣感激之情为如何哉！盖古之劳诗皆如此。其上下之际情志交孚，虽家人父子之相语，无以过之。此其所以维持巩固数十百年而无一旦土崩之患也。"① 他们都大力强调此诗是周公对东征将士自上而下的慰问体贴，目的则在于让他们和更多的民众心悦诚服，既不怕苦、也不怕死地听从统治者（"上之人"）的驱遣，使国家和政权得以巩固。他们的政治目的很清楚，这指导了他们对诗的分析，使他们把《东山》解释为周公对将士的慰问。可是，如果把《东山》读成征戍者之歌，

---

① 朱熹：《诗集传》，中华书局上海编辑所1958年版，第95—96页。

那么我们听到的就是从征者的声音，就能体味到他们心中的悲苦和怨恨，这些苦恨的矛头恰恰是指向包括周公在内的统治者。解读者的立场和感情，与作品内涵的关系极大，而他们对作品叙述视角、叙事声音的理解和判定则可以说是一个敏感的切入口。

除第一、第三人称视角的叙述外，风诗还有一些特殊的叙述方法。

对话叙事，通过对话表现出某种情节和故事，并激活人物形象。有全盘对话，如《郑风·女曰鸡鸣》，如果用新式标点可以写成这样：

> 女曰："鸡鸣。"
> 士曰："昧旦。"
> "子兴视夜，明星有烂。"
> "将翱将翔，弋凫与雁。"
> "弋言加之，与子宜之。
> 宜言饮酒，与子偕老。
> 琴瑟在御，莫不静好。"
> "知子之来之，
> 杂佩以赠之。
> 知子之顺之，
> 杂佩以问之。
> 知子之好之，
> 杂佩以报之！"

《齐风·鸡鸣》也是一对夫妇的床上对话，具体内容与《郑

风·女曰鸡鸣》不同,而且形式也有区别,连开头的"女曰""士曰"都省略了,两个人的声口却听得明明白白:

> "鸡既鸣矣,朝既盈矣!"
> "匪鸡之鸣,苍蝇之声!"
> "东方明矣,朝既昌矣!"
> "匪东方则明,月出之光。"
> "虫飞薨薨,甘与子同梦!"
> "会且归矣,无庶予子憎。"

　　两篇都是夫妇起床前的对话,没有另外的叙述,所言之事不同,形成了情节的差异,夫妇情浓则两篇一致且表现得很充分,实际上形成了一个戏剧性场面。这个场面酷似真实,实乃虚构,但很典型。这样的篇章抒情色彩当然浓厚,但情是从对话和人物行为中表达出来,人物形象的塑造和主题的揭示,也是在这其中完成。朱熹的解说颇中肯綮。他说前一首是"此诗人述贤夫妇相警戒之词"。后一首是贤妃闻苍蝇之声而心存警畏,提醒君王莫耽逸欲,"诗人叙其事而美之也。"二处用了"叙述"字样,显示他对诗歌叙事的艺术感受[①]。若以叙事学术语言之,这两首诗的对话,前者因点明是谁所说,有如间接引语;而后者则是未曾点明说者的直接引语,小说中最常用之。二者均是诗歌作者借其塑造的人物之口所表达,对话具有表演性、场面感,是诗歌中两种值得注意的叙事手法。

　　也有诗歌用部分对话、片断对话来叙事。

[①] 朱熹:《诗集传》,中华书局上海编辑所1958年版,第51页、第58页。

如《邶风·击鼓》先叙从军赴战，后言："死生契阔，与子成说。执子之手，与子偕老。"在回忆中引出当初的誓约，昔日情景可见。

如《王风·大车》末章："榖则异室，死则同穴。谓予不信，有如皦日！"是在客观叙述之后的加强表达，四句是女子未必说出口的强烈心声。

如《郑风·溱洧》先写春日游玩、男女相会，再写："女曰'观乎？'士曰'既且。''且往观乎，洧之外，洵訏且乐。'"同游士女开心说笑，如在眼前。接下去便是"维士与女，伊其相谑，赠之以芍药"了。

如《魏风·陟岵》，父曰："嗟！予子行役，夙夜无已。上慎旃哉！犹来无止！"以及"母曰""兄曰"的类似话语，此为诗歌主体，但均在游子登高眺望的叙述之后。

至于《魏风·伐檀》则在描述辛劳伐木后，道出"不稼不穑，胡取禾三百廛兮？不狩不猎，胡瞻尔庭有悬貆兮？彼君子兮，不素餐兮！"的怨言。

这些对话既是故事中人物的声音，也是人物行为的一部分，从而也就构成了整个故事情节的一部分——抒情诗中的叙述部分。

更有戏剧性场面的营造，使叙述向表演发展，显示了抒情诗叙事主体的非单一性，以及人物的多样性。《郑风·将仲子》《魏风·硕鼠》皆以主人公独白及其未出场的受述者一起构成戏剧场面，如画面，亦如影视。上面已涉及，不再赘论。尚可另举，《魏风·园有桃》一例其诗云：

园有桃，其实之殽。心之忧矣，我歌且谣。
不我知者，谓我："士也骄！"

> "彼人是哉?""子曰何其?"
> 心之忧矣,其谁知之!其谁知之,盖亦勿思。
> 园有棘,其实之食。心之忧矣,聊以行国。
> 不我知者,谓我:"士也罔极!"
> "彼人是哉?""子曰何其?"
> 心之忧矣,其谁知之!其谁知之,盖亦勿思。①

这首诗的抒情人"我"是一位落魄士人。他生活潦倒,饮食难继,却还在忧国忧民、不满现实、自命清高(所谓"我歌且谣",内容应与此有关),于是为一般人所不理解,遭到揶揄批评,被说成骄傲、荒唐。处境如此,不能不引起他的思想斗争:"人们说得对吗?""你自己认为怎么样?"这样的问题纠缠于心,反复折腾。想来想去,既无知我者,只有抛开不想拉倒!当然,完全不想是办不到的,这只是恨极无奈之词而已。诗意大致如此,事情原委是由士人的自述道出。叙述中引用了外界的批评语,写到了自己内心的无声语——抒情人化身为另一人与自己对话——抒情诗遂经由叙事发生了向戏剧小品的变化,内容和表现方式都得到一定程度的丰富。

从时间、空间的转移变化来观察,也是对风诗作叙事分析的一个重要方面。这种转移变化,有时表现得比较清晰明显,如《邶风·谷风》《卫风·氓》的叙述恋爱婚姻的变故,故事发生的时间地点均有所呈现;特别是《氓》,事态的演变很有层次感,女主人公生活境遇日趋恶劣的叙述与时地的变化扣得很紧。这是对时空关系的直接表现。

---

① 朱熹:《诗集传》,中华书局上海编辑所1958年版,第64页。

有的则通过景物、环境的描叙加以婉曲地表现。如《王风·丘中有麻》，从第一章的"有麻"，到第二章的"有麦"，再到第三章的"有李"，借植物的生长显示时间的变化，而人物故事即发生在这过程之中：先是请刘子嗟帮忙种麻，继而请其父吃饭，次年李熟时节，乃有女主人公接受刘子嗟赠送佩玉之事。诗虽短小，却将季节之变、植物之变、人事情感之变，融汇在了一起。

又例如《齐风·著》，描写一个女子接受迎亲的过程和心情，便通过地点的变换来表现。"俟我于著乎而"，著是古代大门和屏风之间的地方，前来迎亲的新郎先在这里等待，新娘初次窥见了他。"俟我于庭乎而"，进一步了，新郎来到了中庭。"俟我于堂乎而"，更近了，迎亲者已进入中堂！空间的渐变，与新娘怦怦的心跳就这样应和着。叙事笔墨简洁，但人、事、情都描绘出来了。

风诗中多叙中抒现象，叙述尽管朴素平实，但感情倾向明显，典型的例子如《豳风·七月》在客观叙述一年农事过程中，抒写了农人劳作的沉重、物质生活的艰苦，乃至农家女人身无保障的忧恐。的确，没有不带感情的文学叙事，凡叙述，或含褒扬赞美、同情怜惜，或含讽刺鄙夷、厌恶诅咒，虽可不着一字，倾向却难掩抑。不带感情色彩的叙述，除非那些非文学的说明性文字，如药物或用品的使用说明书之类。

风诗的诗面中亦有纯抒情的现象，表面看来未说何事，或言之模糊隐晦，或所言只及其他，读来难以确指其事；但即使如此，也不会真的绝对无事，而都是隐含事由之作。像《邶风·式微》、《唐风·采苓》、《陈风》的《月色》《衡门》、《豳风·伐柯》，诗面均是直抒，然背后无不有事。

总之，就一首诗整体而言，其所用语，非叙即抒，完全可以分辨清楚。叙者，叙事；抒者，抒情（包括诉说主观情绪的感慨议论)。抒叙相互支撑、相互补充加强,是一种互惠关系;但抒叙也形成博弈(闻一多谓为"对垒")。

互惠好理解,博弈则需略说。

首先,如果从一首诗来看抒叙博弈,那就是抒叙语言成分的分配。假设全诗的总分量是"十",那么,抒叙各占几分,必是你多我少,此重彼轻。抒叙转换交接的方式和重心的安排,是诗歌结构的关捩。一首诗是叙事成分多还是抒情成分多,其总体色彩和风格特征是不一样的。由于抒叙各具独特功能,诗的艺术效果亦由此而有别。叙多者往往具体可见、质实沉重,抒多者好处是易于清空灵动,其弊则在易流于浮泛空洞。若从诗作内容的充实厚重程度而言,则往往存在抒不如叙的情况。比如《邶风·谷风》《卫风·氓》《王风·中谷有蓷》三诗均为弃妇之词,但三诗的表现力和感染力却并不一样,这里的差异即与各诗抒叙成分与结构的不同有关。章培恒先生认为《谷风》是西周后期作品:"由于这是我国的早期诗篇,在艺术上自不可能成熟,加以篇幅较长,叙述有些杂乱,这大概是诗人在感情的激动下,思绪纷沓,想到什么就倾诉什么,因而多少影响了别人的理解。"这是说《谷风》的抒情有点多而乱,造成叙事不够丰不够清晰的缺陷,从而削弱了它的表现力。章先生又指出,《氓》产生于东周,"与《谷风》相比,《氓》的结构显然优于《谷风》,其叙述层次分明。……像这样的在各章之间具有明晰逻辑关系的结构,在《诗经》的较长诗篇中是很少见的。在《谷风》的章与章之间,我们就很难找到此类逻辑关系。"[1] 精辟

---

[1] 章培恒、骆玉明主编:《中国文学史新著》,复旦大学出版社2011年版,第60页、第64页。

地点出《氓》在叙事上大有进步,其优越之处主要就在于叙述层次分明、逻辑关系清楚,特别是叙事与抒情融汇结合得好,所以读者容易理解,并且深受感动。程俊英先生在解说《王风·中谷有蓷》时也有相关论述。她说:"同样反映弃妇的不幸,此诗和《谷风》《氓》相比,在表现手法上有较大的差别。后者含有比较完整的叙事成分,前者只是单纯的抒情。同样是控诉男子的负心,后者是通过琐琐屑屑的诉说,前者则只有慨叹悲泣。主要原因在于《谷风》《氓》是自述,《中谷有蓷》的作者是一位同情弃妇者。"① 程先生明确地指出《中谷之蓷》的单纯抒情比不上《谷风》《氓》的叙事加抒情,并且涉及了诗歌叙述人称的问题:《谷风》和《氓》是第一人称叙述,作者与抒情人并不同一;《中谷有蓷》是第三人称叙述,作者/抒情人从旁观角度表同情,其感染力稍小是很自然的。章、程二先生在著作时恐怕并无扬叙事贬抒情之意,但却实事求是地触及、论证了抒叙博弈的问题。这样的例子在为数甚多的诗词赏析文章中不难发现。

其次,抒叙博弈是作者个人风格形成之因。每位作者的擅长都不相同,有的善叙,有的善抒,即使处于同样场合,面对同样景致,以相同题目作诗,他们也会自觉不自觉地动用和发挥所长,从而写出抒叙比重不同、风格各异的作品来。抒叙博弈就渗透在这个过程之中。

再次,抒叙博弈表现于整个文学过程,往往体现于文体的盛衰变化。古人曾云一时代有一时代之文学,而所论无非各文体在不同时代的兴衰起伏,所谓汉赋、唐诗、宋词、元曲、明清小说,直至近代小说戏剧类叙事文体占领文坛主流地位,便

---

① 程俊英、蒋见元:《诗经注析》,中华书局1991年版,第204页。

包含着抒叙博弈的结果。故抒叙博弈实乃文学创作发展的一种动力,由读者作者共同操纵左右,使文学史、诗史呈变化无穷、波澜壮阔的面貌。

这后面两点涵盖的内容超过本文论题,兹不展开论述。

《诗经》风诗乃至全部作品都可以按抒叙成分的比例排成队列,形成一个谱系。此意闻一多先生早已揭示,见下文引述。我们试借光谱比喻这个队列,具体论述另有专文(见本书《诗篇抒叙结构分析》)。简言之,此队列可分为含事、咏事、述事、演事四个段落,划分的原则是诗与其有关之事的远近、疏密、多少之关系和表现方式。寻找并论定某诗在此队列中的位置,则可以成为对其进行叙事分析的第一步。

(四)《诗经》与中国诗歌抒叙两大传统

《诗经》风诗每一篇都是抒叙结合体,《诗经》总体则是中国诗歌抒叙两大传统的源头。抒情、叙事在这个源头不分先后地共生着,从开始,它们就是互动互惠、同时也就互竞博弈着的。

以前把《诗经》说成是一个"抒情诗传统",仅强调"情志"是诗歌之源,这是对《诗经》风雅颂三类作品和《诗大序》的误解。其实,无论从《诗经》作品还是从《诗大序》,都能够清楚看到古人对诗歌叙事及其传统的认识;但是在二者的既互惠又博弈的传统中,抒情一端被某些人强调到了不合适的程度,而叙事一端则受到压抑遮蔽。事实上,在中国漫长的文学史、诗史中,叙事传统从未消泯断绝,叙事及其传统与抒情及其传统始终共存同在,而且二者不时互有起落升沉,形成波动不息的浪潮，涌现杰出的代表人物。最为民众所熟悉的，便是被称为"诗史""诗圣"的杜甫。杜甫在新乐府运动之前，就弘扬了《诗经》风雅和汉代乐府的传统，直接启发引领了以元稹、白居易为首的新乐府运动。以后历代诗坛均回响着老杜元白为代表的抒、叙共荣传统与单纯抒情传统的博弈之声，直到今日这种博弈仍在走向深入而未曾止歇。

闻一多先生八十多年前在《歌与诗》一文中阐发论证的观点，涉及诗歌的抒叙对垒、抒叙的互惠博弈、诗歌抒叙博弈的发展变化及其历史意义，至今没有人把问题说得如此明晰、如此深刻透彻，完全可以作为我们继续深入研究的理论纲领。兹引录闻先生所论与本文有直接关系的两段文字如下。

第一段，讲清楚了歌与诗、抒与叙二者原初的区别与关系：

> 上文我们说过"歌"的本质是抒情的，现在我们说"诗"的本质是记事的，诗与歌根本不同之点，这来就完全明白了。再进一步的揭露二者之间的对垒性，我们还可以这样说：古代歌所据有的是后世所谓诗的范围，而古代诗所管领的乃是后世史的疆域。……原来诗本是记事的，也是一种史。在散文产生之后，它与那三种（指《书》《礼》《春秋》）仅在体裁上有有韵与无韵之分，在散文未产生之前，连这点分别也没有。

第二段，更精辟深刻地论述了《诗经》，特别是风雅二体作品抒叙博弈演变的历史过程和巨大意义，为中国诗史与文学史的变迁勾勒了角度独特、视野开阔而线索鲜明的轨迹，给我们以无穷的启发：

诗与歌合流真是一件大事。它的结果乃是《三百篇》的诞生。一部最脍炙人口的《国风》与《小雅》，也是《三百篇》的最精彩部分，便是诗歌合作中最美满的成绩。一种如《氓》《谷风》等，以一个故事为蓝本，叙述方法也多少保存着故事的时间连续性，可说是史传的手法；一种如《斯干》《小戎》《大田》《无羊》等，平面式的纪物，与《顾命》《考工记》《内则》等性质相近，这些都是诗从它老家（史）带来的贡献。然而很明显的，上述各诗并非史传或史志，因为其中的"事"是经过"情"的泡制然后再写下来的。这情的部分便是"歌"的贡献。由《击鼓》《绿衣》以至《蒹葭》《月出》，是"事"的色彩由显而隐、"情"的韵味由短而长，那正象征着歌的成分在比例上的递增。再进一步，"情"的成分愈加膨胀，而"事"则暗淡到不合再称为"事"，只可称为"境"，那便到达《十九首》以后的阶段，而不足以代表《三百篇》了。同样，在相反的方向，《孔雀东南飞》也与《三百篇》不同，因为这里只忙着讲故事，是又回到前面诗的第二阶段去了，全不像《三百篇》主要作品之"事""情"配合得恰到好处。总之，歌诗的平等合作，"情""事"的平均发展是诗第三阶段的进展，也正是《三百篇》的特质。①

---

① 《歌与诗》，文后署"二十八年六月一日"，初刊于《中央日报》1939 年 6 月 5 日（昆明版）副刊《平明》第 16 期。文末注云："这是计划中的一部《中国上古文学史讲稿》的一章。关于'歌'的问题，不是与浦江清先生那一夕谈话，我几乎完全把它忽略了。论'诗'部分，则得益于朱佩弦先生的《诗言志说》（载《语言与文学》第一集）者不少。谨此向二位致谢。"收入《闻一多全集》第一册，此处引文见第 187 页、第 190 页，生活・读书・新知三联书店 1982 年据开明书店 1948 年版重印。

今日重读，真是感慨万千。闻先生曾对《诗经》下过大功夫，以上所论则为深入浅出之言，值得我们结合闻先生的《诗经》研究做系统认真的学习，而不应该无端将此文设为"公案"，甚至树为批判的靶子。

（原载《东北师大学报》2023年第4期）

六

《古诗十九首》与中国文学的抒叙传统

《古诗十九首》作为五言诗走向成熟的里程碑,被刘勰赞为"五言之冠冕"(《文心雕龙·明诗》),王世贞评为"千古五言之祖"(《艺苑卮言》),在中国文学史上居于重要地位,历代解说研究者很多,大学的文学史课程也必定会讲到它们。倘对所有关于《古诗十九首》的论述加以梳理,足可构成一部专门的学术史。研读这些材料,可看到前人解读这组"易懂而难解的好诗"(叶嘉莹先生语)的各种角度和丰富多彩的成果。[①] 但据本人孤陋之见,将《古诗十九首》与中国文学叙事传统相联系,将它们放到中国文学抒情与叙事两大传统发展与消长的平台上来论述的还很少。本文拟从这一角度试作观察和分析。

---

① 从隋树森先生1936年在中华书局出版的《古诗十九首集释》所收的资料可见,前人在《古诗十九首》词语典故的笺注、作者及创作时代的考证、诗意的解读串讲、诗旨的探索、篇章结构和作法技巧的分析等方面均做了很多工作。上海古籍出版社1999年出版的《朱自清马茂元说古诗十九首》一书前,曹旭先生的导读对学术史也有简洁的叙述。此后研究成果仍多,如近年木斋先生的系列论著。

（一）《十九首》前七首的抒与叙

《古诗十九首》历来被视为纯粹的抒情作品，如今我们要将它们与叙事传统相联系，当然首先就需要指出叙事因素、叙事成分在这些诗中的存在，只有这样我们的论述才具有"合法性"。

让我们从阅读原作开始，同时参考前人的论述，随文揭出《古诗十九首》的叙事因素和成分，并作必要的阐述。

按照《古诗十九首》最早的出处萧统《文选》的编排次序，从《行行重行行》开始，一首首读下去。我们不能不感到《古诗十九首》抒情意味的浓重，抒情手法的突出。其中甚至存在着像《生年不满百》（第十五首）这样几乎是纯粹抒情，即每一句都是诗人主观地自叙其情绪或感慨而几乎毫无客观叙述之笔的作品。然而，我们也发现了叙事成分的存在，而且并不稀少；同时我们还注意到，前人论述中对此也已有所触及，有的甚至颇为突出。

第一首《行行重行行》。清人张玉榖在《古诗十九首赏析》中分析其章句道："首二，追叙初别，即为通章总提。"[①] 这就肯定"行行重行行，与君生别离"两句是叙事，而且具有追叙已发生之事的性质。因为一位游子的远行而造成了抒情主人公与他的"生别离"，这是本诗全部抒情之所以能够存在的基本事实。这两句叙事虽极简单，但却十分必要，若是没有它，全篇

---

① 见张玉榖：《古诗十九首赏析》，收入隋树森编：《古诗十九首集释》，中华书局 1936 年版。

的抒情就失去了根据和出发点，所以张氏称之为"通章总提"。这种先以叙事带起作为下面抒情之张本的情况，是抒情诗常用的手法，在《古诗十九首》中也颇多见。

张玉穀对《古诗十九首》的赏析，很多地方都提到了"叙"的手法，对此需要作一些辨析。因为说到底，诗歌和其他各种文学作品一样，都是要通过"叙述"来表达的。时间、地点、景物、人物、事件，包括作者内心的感情，统统都得由作者或口头或书面地叙述出来。抒情其实也是一种叙述，不过所叙的是感情或情绪，且主要是作者本人的感情或情绪而已。时间、地点、景物和人物的活动等等作者主观以外的要素，可以构成事件（故事），成为叙事的对象；也可以零散无联系而不构成某个事件，文学作品叙述它们，就并不都表现为标准的叙事。也可以说，叙事是分层次的，有头有尾地讲故事是叙事，以一两句话简述事件也是叙事（如"行行重行行"两句），仅写事态的一隅一角、一鳞半爪同样应属叙事。叙事和抒情的根本界限在于叙述的客观性和主观性，所述内容属于作者主观感受、主观想法、主观情绪或意识者，是抒情（从这个意义说，诗中议论虽系说理，其本质却与抒情无异）；所述内容为作者身心之外的客观事物、事态、事情、事象、事件或故事者，则为叙事。比如张玉穀说《青青陵上柏》的"'洛中'六句铺叙洛中冠带往来第宅宫阙之众多壮丽"："洛中何郁郁，冠带自相索。长衢罗夹巷，王侯多第宅。两宫遥相望，双阙百馀尺。"这里的"铺叙"指的是传统的赋法，是在以平展环视的手法描叙景物，是客观描写而非直抒胸臆；这种叙述虽尚未达到讲故事的层面，但毕竟已含一定的叙事意味。

至于他所说的《今日良宴会》"首四以得与宴会，乐听新声直叙起";《迢迢牵牛星》"中四接叙女独居之悲";《凛凛岁云暮》"此亦思妇之诗。首六就岁暮时物凄凉叙起。……中八蒙上'锦衾',点明'独宿',撰出一初嫁来归之梦,叙得情深义重,惝恍得神",以及《客从远方来》"通首只就得绮作被一事见意。首四以客来寄绮直叙起。……中四因绮文想到裁被,并将如何装绵、如何缘边之处,细细摹拟",就更是真正涉及了诗歌的叙事手法,认为它们大都起着"以叙引抒"的作用。(均见张玉穀《古诗十九首赏析》)

方东树《昭昧詹言》论述《古诗十九首》表现技巧,也多有"夹叙夹议""平叙""夹叙夹写夹议"等语,值得注意。①

现当代研究者对前人说法既有所接受,又因具备新文艺理论的修养而认识有所进展。如朱自清、马茂元虽都强调《古诗十九首》的抒情性,但对其叙事的表现也是有所抉发的。②

第二首《青青河畔草》,全诗十句:"青青河畔草,郁郁园中柳。盈盈楼上女,皎皎当户牖。娥娥红粉妆,纤纤出素手。昔为倡家女,今为荡子妇。荡子行不归,空床难独守。"朱、马二先生的研究都指出了它的叙事特色。马先生说:"这是思妇词,用第三人称写的。"短短一句话便提示了本诗不是诗人言志或直抒胸臆的作品,用第三人称写,诗人是在讲述别人的事情,至少在讲述中表现出某种客观的姿态,便自然地不可避免地带

---

① 参隋树森《古诗十九首集释》所收辑自方东树《昭昧詹言》的《论古诗十九首》。
② 随便举个例子,马茂元解说《客从远方来》一首:"一、二两句叙事,三、四两句即事生情,为下文生出无限波澜……"就与上举前人说法的思路一样。见其《古诗十九首探索》,载朱自清、马茂元:《朱自清马茂元说古诗十九首》,上海古籍出版社1999年版。

上了叙事性。

马先生接着写道:"因为是第三人称,它正面介绍了诗中的主人公是'昔为倡家女'的'荡子妇'。在这样的身份和这样的生活经历的背后,不难想象,其中可能隐藏着不少故事性的材料,如果把它描绘出来,也是很动人的。"

这里,马先生肯定了本诗题材具有叙事的潜质,也肯定了"昔为倡家女,今为荡子妇。荡子行不归,空床难独守"几句的叙事性质。但马先生的关注点仍在本诗的抒情性,他忽略了全诗的叙事性。其实,全诗除开头两句描述春天的景色并借以起兴外,其正面描写的女主人公之当下状态,也是隐藏着某种故事的,如果把它描绘出来,也许同样会很动人,只是此诗并没有这样做而已。既然马先生的目标是阐扬本诗的抒情性,于是进而指出,虽然其题材具有叙事潜质,"可是作者并没有从这方面去描绘,而是按照这方面的生活实际,加以观察、分析、综合,避实就虚,从精神状态着笔,写出了一首十分优美的抒情诗。"①

这一分析触及诗歌创作的一种现象:对同一题材,诗歌写法本可有叙事或抒情的不同写法,"青青河畔草"的题材本可写成叙事之作,那就会写得比较具体实在,但它的作者却选择了抒情写法,避实就虚地把它写成了抒情诗——质实还是空灵,确实是抒情诗和叙事诗在艺术表现上的一大区别。

问题是抒情诗非但不排除叙事的片段,而且很需要必要的叙事。这叙事片段既叙述了故事(尽管极简单),使诗的抒情有

---

① 朱自清、马茂元:《朱自清马茂元说古诗十九首》,上海古籍出版社1999年版,第151页。

了背景和依据，也使抒情诗获得了叙事成分。当然，也可以换个角度，认为这一叙事片段本身是含着感情色彩的，从而强调诗的抒情性。归根到底，诗中的叙与抒其实总是交融在一起，互相支持，互相推挽，你中有我，我中有你的。对于力图讲求科学、想对诗歌艺术做定量定性分析的研究者来说，诗中的叙与抒既可明辨，也须详析；但在诗人的实际创作中，叙与抒其实是浑融为一不能割裂，也无需时刻留意分辨的。

第四首《今日良宴会》，朱自清先生的论述与马先生上述分析异曲同工。朱先生说："这首诗所咏的是听曲感心；主要的是那种感，不是曲，也不是宴会。但是全诗从宴会叙起，一路迤逦说下去，顺着事实的自然秩序，并不特加选择和安排。前八语固然如此，以下一番感慨，一番议论，一番'高言'，也是痛快淋漓，简直不怕说尽。这确是近乎散文。"按朱先生的说法，本诗前面是叙事，后面是叙情，由事（宴会听曲）引发，导致感情的抒发，这就是《今日良宴会》这首诗的思路和结构。

朱先生是个很细心的人，第五首《西北有高楼》，其叙事句"上有弦歌声"插在环境描写之后，他也没有放过而予明确拈出。此虽一句，但委实重要，因为必须有了它，诗的下文才能从"音响一何悲"开始，"一路迤逦说下去"，说到这音响莫不是夫死无子的杞梁妻，或者和她同样苦命的女子所奏，要不怎么会如此悲伤呢？说到这悲伤的音乐感动了诗人，可好像知音不多，这就更令人感伤。最后说到诗人对歌唱者的无限同情，愿与之同飞高举，等等。皆因有了"上有弦歌声"一句，这一系列的抒情才有了根基和由头。

（二）叙事在《十九首》后十二首中的种种表现

当我们读到第八首《冉冉孤生竹》、第九首《庭中有奇树》、第十首《迢迢牵牛星》的时候，对《古诗十九首》的叙事特色便有了更强烈的感受。

第八首《冉冉孤生竹》以女子自述的口吻讲了一个新婚别的故事，抒发了一位新妇"过时而不采，将随秋草萎"的忧思。

第十首《迢迢牵牛星》则是演述，敷演牛郎织女故事，全诗几乎没有直接明确的抒情，诗人所要表达的情感，完全渗透或掩藏在故事的展示之中。

最有意思的则是第九首《庭中有奇树》。全诗仅八句，是《古诗十九首》中篇幅最短的作品之一：

> 庭中有奇树，绿叶发华滋。攀条折其荣，将以遗所思。
> 馨香盈怀袖，路远莫致之。此物何足贵？但感别经时。①

这是一首以抒情面目出现，而实含有故事的诗，不妨称之为"含事诗"。中国古诗中此类最多。本诗和上举《青青河畔草》其实都是这种情况。诗面以饱含感情的叙事为主，如本诗描叙女主人公看到庭中的树和花，描叙她采摘花朵渴望能送给想念的人，但实际情况是因路远无法送达，于是转而描叙她的心思，吐露"但感别经时"的思念之情，从而刻画出一个思妇

---

① 丁福保编：《全汉三国晋南北朝诗》，中华书局1959年版，第25页。

独立树前花下，手持花朵，沉思默念的形象。这里的叙述和描写虽然还是比较简单，但却打破了中国古代抒情诗以塑造作者本人形象为主的传统，而将笔触伸向其他人物（他者）的活动和心态，客观地摄下一组镜头，并且暗示了诗面背后或以外存在着某件事情（甚至一个故事）；至于详情，则完全隐去，随便读者怎么想去。这也是中国诗的惯用手法。

以上的解说并非为论证诗歌叙事而勉强为之，事实上确是如此。陆机的拟诗就是有力的旁证，他对本诗正是从叙事角度来理解的。他的拟作干脆写成了一首叙事之作，即把原诗背后的故事（当然是按陆机的理解）写到诗面上来了：

> 欢友兰时往，迢迢匿音徽。虞渊引绝景，四节逝若飞。
> 芳草久已茂，佳人竟不归。踯躅遵林渚，惠风入我怀。
> 感物恋所欢，采此欲贻谁！①

朱自清在《古诗十九首释》中说陆机的拟作"恰可以作本篇（庭中有奇树）的注脚。陆机写出了一个有头有尾的故事：先说所欢在兰花开时远离；次说四节飞逝，又过了一年；次说兰花又开了，所欢不回来；次说踯躅在兰花开处，感怀节物，思念所欢，采了花却不能赠给那远人。这里将兰花换成那'奇树'的花，也就是本篇的故事。可是本篇却只写出采花那一段儿，而将整个故事暗示在'所思''路远莫致之''别经时'等语句里，这便比拟作经济。再说拟作将故事写成定型，自然不如让

---

① 萧统：《文选》卷三十，逯钦立：《先秦汉魏晋南北朝诗》晋诗卷五，中华书局1983年版，第689页。

它在暗示里生长着的引人入胜。原作比拟作'语短',可是比它'情长'。"马茂元在《古诗十九首探索》中完整地引用了上文,未另加辨说,可见是完全同意的。①

我们也非常赞赏朱自清的论述。陆机拟作与原作艺术的高下且不论,二者皆具叙事性,只是其隐显和强弱有所不同而已,这才是重要的。这说明《古诗十九首》各篇中确实具有多少和程度不等的叙事成分,把它们放到叙事传统的平台上观察分析是有理由的。至于朱先生认为"庭中有奇树"因叙事朦胧含混因而比陆机叙事明确的拟作要好,在这个个案上也许是正确的;特别是让故事"在暗示里生长"能更为"引人入胜"的观点,反映了中国诗学传统的主流观念,在美学上有其深刻的道理,我们不妨认同。但仍需说明一点,即这种观点也有其片面性并隐含弊患,倘一味推衍甚或使之独尊,就会产生在文学创作和批评中过分崇虚抑实,过分崇清空、崇空灵或崇所谓神韵的倾向,乃至使诗歌内容变得空虚浮泛、不着边际起来。一方面,这是中国古代某些诗歌作品发生衰病的一大原因。另一方面,则难免导致对叙事行为的压抑和贬低,产生使叙事文学发展迟缓的副作用。倘若反过来,一个诗人能够突破一味地自我抒情、自我塑造,而将目光和笔触扩展到广阔的客观世界,努力用种种叙事手法去描述各色人等的生活和心态,刻画塑造形形色色的人物形象,并将深沉的抒情(包括议论)蕴含其中,那倒应该说是一种进步;既可以是个人创作思想的提升和创作技能的进步,也可以是文体的新变和文学史的演进与发展。中国文学

---

① 朱自清说见《朱自清马茂元说古诗十九首》,第39页,马茂元引用见同书,第166页。

史古今演变的历程是可以为此作证的。不过这个问题比较复杂，我们在此不能详加讨论。

我们继续往下读，觉得《古诗十九首》的第十六、十七、十八几首的叙事更有特色。

第十六首《凛凛岁云暮》，前引清人张玉縠已有所论述。清人吴淇和张庚论述更详也更抓住了要点，他们都指出：此诗描叙了一个女子在特定时间地点所做的梦，写了她在怎样的环境中入梦、梦境如何，以及梦醒后的情景。用今人的概念来说，那就有点像短篇小说了。

以下试参用吴、张二位的原话，略述此诗内容。吴云："首四句俱叙时，'凛凛'句直叙，'蟋蟀'句物，'凉风'句景，'游子'句事，总以序时，勿认'游子'句为实赋也。"（引者按：意谓前四句所叙是女主人公做梦的背景，游子并非诗的描叙对象，诗写到游子，但并非"实赋"，而是暗示女子做梦的原因。）'锦衾'句引古以启下，言洛浦二女与郑交甫素昧平生者也，尚有锦衾之遗，何与我同袍者，反遗我而去也？"（引者按：这里写女子梦前的思绪，触及典故叙事，是诗歌叙事的一种常用技巧。）张在吴的基础上又说："良人"四句叙梦之得通而感其惠顾，更愿其长顾不变而同归也。这是对梦境的阐释。① 其实梦境到此并没有完，"良人"四句是梦中美景，想到当初良人驱车来迎娶自己，非常甜蜜，但接下去便梦到了眼前，良人并未真的在梦境中出现，更没有真的来到自己身边。就在梦的朦胧中，孤单的她慢慢醒来，才想到良人并无"晨风（鸟名）翼"，

---

① 参吴淇《古诗十九首定论》、张庚《古诗十九首解》，均据隋树森先生《古诗十九首集释》。

当然不可能飞来。"眄睐"二句写梦初醒犹在回味梦境的样子。最后,"徙倚"二句描写彻底失望和无尽的哀伤,女主人公独自哭泣,"垂涕沾双扉",那是梦后的真实情景。至此,叙述完成,情境回到诗的原点,叙述形态不算复杂,但相当完整。

第十七首《孟冬寒气至》叙述一位女子寒冬中思念在外的丈夫,从月缺望到月圆,又从月圆望到月缺,终不见他归来。忽有一天,来了一位客人,捎来他的书信,那上面写着他的思念,写着对她的慰勉。她激动极了,把信像宝贝似的收藏在贴身的怀袖之中须臾不离,信上的字三年不灭,实喻那信里的话就像刻在她心上再也不会磨灭。可惜她没法回信,让他知道自己的一切……这首诗抒发了一个妻子对远在他乡的丈夫的刻骨思念,诗人深入到这女子的心灵之中,成功地刻画出她的形象,代她喊出了心声。诗的抒情意味极浓,用的却是叙事的手法——虽然所叙的事情比较单纯,并没有什么冲突和戏剧性,因而在叙事上还算不得很高的层次。

第十八首《客从远方来》像是《孟冬寒气至》的姐妹篇,也是作者化身为故事中的人物,设身处地代一位在家盼夫的女子写出她的经历,并以她的口吻抒发感情。诗省略了她的苦等苦盼,而从来客为她带来"故人"(丈夫)的音信和馈赠写起。这位妻子得到的不是一封信,而是"一端绮",但同样猛烈地激起了她心底的波澜。她从这来自万里以外的罗绮感到了"故人"的一片心,原来他没有忘记我!她打开罗绮,见上面用多彩的丝线织着一对鸳鸯图案,觉得它美极了,更从鸳鸯的寓意感受到故人眷恋自己的心意。她手捧罗绮心绪百端,决定拿这罗绮做一床"合欢被",用"长相思"做绵絮,把四角的结打得牢牢的,使它永远都不能解开。在这样想这样做的时候,她心中不断地回响着一句誓言："以胶投漆中,谁能别离此!"我俩就像胶投在漆中,有什么力量能把我们分开!① 故事的叙述和人物的刻画到此戛然而止。此后会怎样呢?女主人公的命运究竟会如何?不得而知。按传统的诗学审美观,正因为这些都模糊含混可任人想象,诗味才深长隽永。

通过以上阅读和分析,《古诗十九首》本身具有丰富的叙事因子应该可以确认,采用叙事视角来考察和论述《古诗十九首》,应该是可行的。

(三) 综论:《十九首》叙事分析的意义

从叙事视角对被公认为抒情诗的《古诗十九首》作艺术分析,找出其中的叙事成分,有助于加深对中国古代诗歌性质特征的认识,有助于我们端正并丰富对古代诗歌发展史的认识,也使我们更有理由对"中国文学传统就是一个抒情传统"的说法提出质疑,而对中国文学存在抒情和叙事两大传统的观点更加充满信心。

我们看到,《古诗十九首》不但有叙事,而且叙事方式相当多样。既有《迢迢牵牛星》《凛凛岁云暮》《孟冬寒气至》《客从远方来》那样一诗一事、本身具有相对完整性的形式,也有《青青河畔草》《庭中有奇树》那样诗中含事而在吟咏时将事实推远却以抒情为主的形式,还有《行行重行行》《今日良宴会》及《西北有高楼》里"上有弦歌声"那样一、二句简叙以引起

---

① 本诗的释读采取了马茂元先生的一些说法。

下文的方式，此外还有典故叙事、赋体叙事等层次不同的叙事。特别是从《古诗十九首》的叙事表现，我们看到诗歌叙事与历史叙事、散文叙事、小说戏剧叙事多有差异，如表现在详与略、白描直叙与象征隐喻以及准确、清晰、优美程度等方面的不同。有时差异颇大，诗的叙事也会使人忽略或没看出来，甚至把叙事也看成了抒情。同时，从《古诗十九首》的叙事表现，我们应既能看出诗歌叙事的优长，也能看到诗歌叙事的局限（叙事简洁可以是优点，也可以是不足）——任何一种文学样式，总是有其擅长，也有其短板，因而才会有文学史上多种艺术样式的出现，也才有这些样式相互转换的必要和可能。这里其实尚有许多问题需要细致研究、深入探讨。

中国古代诗歌从其源头《诗经》《楚辞》起，就表现出事、情融渗和抒、叙结合的特点。再从《古诗十九首》以及建安、正始以后甚至更长时段的中国古代诗歌情况看，除极少数例外，绝大部分诗歌也都是抒情和叙事两种成分不同比例、不同形式的融合和配搭。叙事诗中的叙述部分渗透着感情，而且不排除叙事以外的直接抒情，这是被强调过无数遍而为众所周知的。而就抒情诗而言，它的产生也一定是有背景、有缘由的。诗人总是因事生情，而不会凭空生情。《文心雕龙·物色》云："春秋代序，阴阳惨舒，物色之动，心亦摇焉。"又云："一叶且或迎意，虫声有足引心。况清风与明月同夜，白日与春林共朝哉！"刘勰对"物色"的具体解释，说明他所谓的"物色"和"物感说"并非仅指静止的景物，而是涵盖了变动不居的大千世界的万事万物。所以这个说法到钟嵘《诗品》，就很容易地发展为"事感说"，认为激发诗人灵感、促使诗人动笔写诗的，总是某件事情（"楚臣去境""汉妾辞宫"固是事情，高山流水、春花秋月既是物色，也可以是事情）。概而言之，灵感之所以被激起，创作之所以能够进入酝酿阶段，必因某件事之触动；而在实际写作中，那个事情是否被写进诗中或写到什么程度，却有多种情况。作者可以正面直接清楚地描述那事，读者从诗的叙述中就能充分了解（当然仍有程度不同），此即"事在诗中"的情况。《古诗十九首》中的《迢迢牵牛星》《孟冬寒气至》《客从远方来》诸首大致属于此种类型。诗人也可能不把触发他创作冲动的那事情写入诗中或写得影影绰绰，甚至加以变形幻化，而将笔墨主要用在抒发感慨、发表议论上，那便是所谓"事在诗外"。然而诗的表述无论怎样侧重抒情和隐晦含混，仍与那事难脱干系，像《今日良宴会》《庭中有奇树》等首便是。正因为如此，人们对于诗的读解和评论也总离不开对隐含于诗中之"事"的探寻。对于这类作品，读者，特别是研究者，会仔细分析诗歌文本，并用各种办法（如考察诗人生平、经历、创作的时代背景等等）去努力追溯和揭示那事，从古至今几乎历来如此。清人章学诚《文史通义》论诗话，有言曰："诗话之源，本于钟嵘《诗品》。然考之经传，如云：'为此诗者，其知道乎？'又云：'未之思也，何远之有？'此论诗而及事也。又如'吉甫作诵，穆如清风，其诗孔硕，其风肆好'，此论诗而及辞也。"指出诗话的两大内容，一是论诗及事，一是论诗及辞。接着说到唐人诗话，认为言说范围有所扩大，涉及史部之传记、经部之小学、子部之杂家，然而"虽书旨不一其端，而大略不出论辞论事，推作者之志，期于诗教有益而已矣。"[①] 可见，"事"实

---

① 章学诚著，叶瑛校注：《文史通义校注》卷四，中华书局1985年版，第559页。

为诗歌之内质或至少与其内质紧密相关，辞则是"事"与诗人之心志的外化。正因如此，论事论辞才会成为诗话内容的主体，探事论事也才会成为古今研究者的一大心结，对那些隐含着的"事"（更不要说某种"故事"了）不求个究竟就不肯罢休。近年木斋先生对《古诗十九首》提出新解，将其中多篇与曹植和甄氏的感情纠葛相联系，实质上便是循了这一思路，与八九十年前苏雪林女士将李商隐诗称为"诗谜"，著书探究其"恋爱事迹"的情况相似。不过，这种探索难度很大，因为时代久远、资料欠缺，往往难以找到可靠答案；又因为旧说深入人心，研究者间还可能产生巨大分歧。但研究者从诗中"探事"的热情总要迸发出来，所作的假设也总会被证实或证伪，从而对研究作出贡献。

《古诗十九首》既有不少叙事成分，何以长期以来仍被视为抒情诗而不是叙事诗，历来研究也很少采取叙事视角来审察它们呢？

这首先是因为就此十九首诗的全部诗语来看，还是抒情的比重更大，抒情的色彩更浓。叙事虽大大有助于抒情，或者说抒情本来离不开叙事，但就《古诗十九首》全体来看，叙事的分量确实并未压倒抒情，给人的印象还是抒情为主。可以拿它们与时代相近的汉乐府比较一下。二者虽有相近之处，汉乐府许多作品的叙事性（描叙基调的客观性、人物形象的鲜明性、故事情节的具体性、细节的丰富性、对话的多样和生动性等等）显然要强得多。如果说汉乐府中有很多抒情色彩浓郁的叙事之作，那么《古诗十九首》基本上可以说是具有一定叙事因素的抒情诗。我们指出《古诗十九首》的叙事因素，并非要颠覆什么，并非要把它们说成是叙事诗，而只是想说明即如《古诗十九首》这样的抒情诗，也包含一定的叙事成分，对此不应忽略，建议将艺术分析做得更细腻一些。

其次，历来对《古诗十九首》的研究很少采取叙事视角，还与中国诗学的传统观念有关。中国诗学认为诗歌是个人情志的流露与表现，认为文史应该分清，叙事是史学的职责，抒情才是文学的专利，从而在文学批评（尤其诗歌评论）中存在着重抒情轻叙事的倾向（在史学批评中则相反）。在中国文学批评史上常能看到一种现象：当论者要重视或抬高某个文学作品，特别是诗歌时，往往就会强调和突出它的抒情性，或在论述其艺术性时竭力去阐发其抒情的一面，而自觉不自觉地忽略乃至贬低其叙事的一面。班固《咏史》是文人五言诗的早期代表，以史家身份做诗咏史由他首创，这首《咏史》的抒情色彩是明显存在的，只因全诗复述史实的分量重，史性特色强，而正面抒情议论仅"百男何愦愦，不如一缇萦"两句，便被评为"质木无文"。① 其实就连作出如此评价的钟嵘也承认，他的《咏史》诗是"有感叹"的，只是在比重上较轻而已。由钟嵘《诗品》表现出来的这一倾向，在今后的发展中几乎已成为诗歌批评中的一种共识、惯例和轨辙，甚至一种不成文法。② 而这也就是"中国文学传统就是一个抒情传统"说法的实践基础。

说中国文学存在一个抒情传统，这当然是不错的。但说中国文学传统"就是一个"抒情传统，从而把叙事传统撇除在外，

---

① 质木无文，质直无文采之谓也，涉及对文辞的批评，但班诗"述事"成分重仍是根子。
② 请参笔者《古典诗词研究的叙事视角》（载《文学评论》2010年第1期）、《〈艺概·诗概〉的诗歌叙事理论》（载《文学遗产》2012年第4期）。

那就成问题了。因为事实上从文学的源头说起,抒情和叙事乃是同时发生、同根而生的。抒情和叙事都植根于人的内在本质,是人的本质力量的表现,也都在人的生产活动和社会生活中逐步磨练形成并发展成熟起来。所以,我们认为,要说文学传统,就该说抒情、叙事两大传统,独尊哪一个或排除冷落哪一个,或论渊源而推迟哪一个(如将叙事传统的发端推迟到小说戏剧产生之后),都是违背历史、不符事实的。

中国文学的抒、叙两大传统,在同源发生并逐步发展起来以后,渐渐地各自找到了最适合自己成长的文体。简略地说,抒情文学和抒情传统更多地依托于诗歌(包括诗词歌赋),叙事文学和叙事传统则主要在历史记述和叙事散文(早期主要是史传,后来是小说)中扎根壮大。而中国古典戏剧则是两大传统的最佳结合。文学和史学各自在自己的轨道上长足进步,文史两科各自的特色越来越鲜明,必然出现分道扬镳的态势。虽然两者间的联系和相互影响从未停止,也不可能停止,但分头发展的结果终于使自古以来文史不分的局面动摇起来。

《古诗十九首》的出现和被收入《昭明文选》,一方面,显示了东汉至六朝时代文学独立的努力。《古诗十九首》的创作,处于诗歌文人化的关键时刻,文人的自我意识日益觉醒,诗歌创作的个人色彩日益加重,也可以简言之——诗人表现自我的抒情能力大为增长,成为抒情传统发展的一个时代性标志,从而使它们符合了《昭明文选》"事出于沉思,义归乎翰藻"的要求,被从当时众多古诗中挑选出来进入此书,幸运地获得流传千古的机会。

另一方面,《昭明文选》明白宣布不收"纪事之史,系年之书",致力于割断史文与文学的关系,仅将史书中短篇的赞论序述选录少许聊备一格。班固是个杰出的史家和赋家，但他的《咏史》诗具有较浓重的史性而诗性和个性稍嫌不足，因而此诗虽独步于"东京二百载中"，还是无缘进入《文选》去与王粲、曹植、左思、张协、鲍照等人的《咏史》并列。

抒情、叙事两大传统在发展演进中不断有所消长，有所起伏，古代诗歌从创作到批评贬抑叙事的倾向，实质上是一种去史趋势；《古诗十九首》的被遴选和被推崇既体现了这一趋势，也加强了这一趋势。而在同一段时间内，史著和各类传记的数量迅速增加，作家的文学叙事能力更快更大幅度地向史学转移，史述和传记文字的文学性明显加强，以至后来遭到《史通》作者、史论家刘知几的猛烈批评，并从而发出史学去文的强烈呼吁。①

然而，文史因有内在的关联，实在难以一刀两断。于是我们看到，在中国文学史的发展途程中，诗歌尽管擅长抒情，但永远切不断与叙事和史性的联系，《古诗十九首》中形形色色的叙事，就是明证。而且诗歌史上不断出现叙事大家甚至叙事运动，产生令人难忘的叙事作品，比如到唐代，就有杜甫和元白诸人的新乐府运动。而承载叙事传统的文体也离不开抒情传统的滋养，唐人小说的诗性特征明显，唐以后历朝历代所有文学体裁，特别是小说和戏曲，也都表现出抒情传统同叙事传统既交集又独立，在并存和各自起伏中互动互益的态势。中国文学史就在抒情和叙事的双轨上发展前进。

（原载《北京大学学报（哲学社会科学版）》2014年第5期）

---

① 关于此点，与刘知几《史通》研究有关，需要展开论证，限于论题和篇幅，这里仅先提及。

七

论抒情叙事、表现再现的互惠与博弈

（一）事发而后情生，情生而后诗作

回顾诗歌史，应该承认诗歌史贯串着抒情与叙事两大传统，或用另一术语曰表现、再现两大主义亦不妨。

论证可从两方面进行，一是从文学史实言，一是从创作原理言。

从文学史实言，中国诗歌从《诗经》《楚辞》到汉以后历代诗歌，一直到今天的新旧诗坛，无数诗歌创作实绩充分证明抒情传统和叙事传统的并列存在。

从诗歌创作原理言，抒情和叙事是对诗歌形形色色、千变万化创作手法的最高概括。严格说来，没有一首诗是无事或无情的，也没有一首诗会与抒情或叙事无关。诗歌抒情传统、叙事传统的形成，由每位诗人、每首诗抒叙经验点滴积累而成，且世代传承。传统有巨大的影响力和惰性，但传统又具有活性，绝非一成不变。

诗歌创作的主体是人，而人必须在动情的前提下，才有可能进入创作过程。从这个意义上，似乎不妨说"动情"或"情"是诗歌创作的起点。另外，诗歌创作比一般的文学写作更强调、更突出个性的表现和情感的投入。因此，在诗学中，更多地强调情的作用，强调抒情，乃至从诗歌史中概括出一个抒情传统或表现主义体系，是可以理解的。

但如果深究一步，问一声：人何以会动情？那么，不能不看到，在人之动情之前，还有个极端重要不可忽略的环节，那就是"事"的发生。人总是在遇"事"之后才会生出喜怒哀乐爱恶欲之类"情"来。世人不会无缘无故地"动情"，动情的背后，必有"事"的发生。所以从情的表现和变化，又应该能够一定程度地推原出与之相关的事来。古人明白这个道理，所以有"凡音者，生人心者也"和"声音之道与政通矣"的说法（《礼记·乐论》）。今人亦有"窃尝合古词人之作观之，其发唱之情虽至夥，要不出乎哀乐，而世之治乱，即因以见"之说（《刘永济词集自序》）。

要问：什么是"事"？若用一句话概括，即可如《辞源》所说："凡人所作所为所遭遇都叫事。社会生活的一切活动和自然界的一切现象也叫事。"[①] 政事是"事"，家事是"事"，个人的生老病死也是"事"；可以说人的生活中充满了"事"，到处是"事"，时时刻刻发生着"事"，连闲着无事，也是一种"事"。而凡事，均可入诗，就看遇事之人有无诗情诗兴而已，至于诗歌对"事"的表现程度和方法，则千差万别、千变万化。既然事发在前，情动于后，那么，说"事"才是一切诗歌创作的根本和真源，自然更为合情合理。创作诗歌，无论口唱还是笔写，

---

① 《辞源》（修订本），商务印书馆1979年版，第121页。

总要这样那样、多多少少、或隐或显地叙及使之动情之事,① 而且就中国诗歌而言,更是从其源头就和被称为"史"的那种事结缘纠葛,难分难舍。② 因此要说诗歌中存在着一个叙事传统,那也是极为自然、理由充足的。

当然,抒情传统也好,叙事传统也罢,其内涵不限于表现方法,还涉及对生活、对外界事物、对题材选择、对创作目的和题旨的确认等问题,实际上是今人对诗歌史内在本质的一种概括和命名,表达的是人对诗歌史本质的一种认识,对一种客观实际的反映。这种认识和反映本是从诗歌实际中提取,故首先应该符合实际,还须回到诗歌史中检验,进而也将在现实中发挥作用。由于立足点、视角之不同,当然会产生种种不同观点和结论。比如因为学术目的和态度趣向不同,这种对文学传统的认识,又可以反过来成为文学史的一种专视角度,一种特殊的论述框架。于是实际局面便不能不是音调迥异的众声喧哗,形成关于诗歌史文学史的多声部合唱。

在对诗歌史抒情、叙事两大传统的观察分析中,我们发现,抒情叙事两大传统有着共生、并存、互补、互竞的特点。两大传统相互依存不可分割,有时简直是你中有我、我中有你的状态。抒情和叙事作为诗歌创作的两大手法,各有所长,亦有所短,诗人们亦各有所擅、各有所爱,创作时随机运用,情况复杂,究竟用抒,还是用叙,变化多端,效果不一,抒叙之间不

---

① 关于诗歌如何或隐或显地叙事,且与西方理论所谓模仿、形象、典型化不同,尚须专门讨论,暂勿论。
② 请参董乃斌:《诗史言说与叙事传统》,见中华诗词研究院、复旦大学中文系编:《中华诗词研究》第3辑,东方出版中心2017年版。

免有所侧重，有所取舍。这里说的是"怎样写"的形而下层面。但说到传统，则在此上还有一个"写什么"的层面和"为什么写"的形而上层面。抒情传统与叙事传统涉及的绝非仅是怎样写的问题，也许更重要的，倒是写什么和为何而写的问题。在这里抒叙二者的区别主要表现在前者偏主观、个人，偏情感流露和自抒胸臆，以情绪的自我舒泄以求慰解为旨趣；后者则重客观、他人，多事实描述和藉事抒怀，以信息的传播交流和立史存照为鹄的。很显然，二者必然既有所互惠，亦有所博弈。单个诗人因经历遭遇不同，时世环境有异，在抒叙的选择运用上一生前后有可能发生很大变化。众多诗人更是各具特色，难以划一。甚至有的诗人还会改行，或者既写诗又写叙事性更强的小说、戏剧之类。就中国诗史的内部来说，博弈主要呈现为艺术手法和表现技术之争，但也可能发生诗体从抒情到叙事的变化。一部诗史便成为抒情传统与叙事传统形成发展、交融互惠、博弈前行，各领风骚，交相消长起伏，因而波谲云诡、绚丽多彩的历史。而扩大到诗史以外，进入整个文学的领域，受文学内外部因素的错综影响，抒叙的博弈又主要呈现为文体的竞争，如有时抒情性强的文体诗歌风行，有时叙事性文体小说戏剧占据文坛中心，等等。当然，这一切都是相对而言，诗歌里从来不乏叙事成分，小说戏剧里又可以富含抒情因子。某种文体风行，并不等于别的文体必然衰亡没落：文坛或许可以分出中心和边缘，但中心以外的文体未必便没有好的甚至杰出的作品。两大传统真正是既互惠，又博弈，都要扩张发展，又谁也离不开谁，于是形成一种张力，给文学的发展演变带来无穷无尽的色彩、波澜和风景。

　　从诗歌史整体而言，存在叙事、抒情两大传统，具体到一首诗，则其成分有抒叙两部分构成，有时一句之内也可分出抒叙。为研究和论说之便，我们的研究只能从具体的诗篇入手，依据诗中"情""事"成分的不同比例和结构方式，我们试将诗篇分为含事、咏事、述事与演事等几个层次、几种类型。

所谓"含事"，说的是诗歌创作总有一定的本事背景这种情况。任何诗，哪怕是不折不扣的抒情诗，追究到创作动因，也不能不是含事的。但创作动因的有事是一回事，诗人对促其动情之事的表现方式又是一回事。诗人创作，可以正面、着力表现此事，那就是我们所说的"述事"。述事也有程度与方式之不同，一般诗歌以抒情为主，叙事为辅，而叙事诗就是以述事为主。但不一定所有述事之诗都达到叙事诗的程度。因为述事并不只存在于叙事诗中，一首诗有述事成分，并不就能称作叙事诗。如果诗人将促其动情提笔的那件事（本事）推得很远，不在诗中正面描述，甚至几乎将其推至一种淡淡模糊背景的地步，而将诗的主要篇幅用于抒情、发感慨、发议论，那此诗就只是我们所说的含事之作，是诗歌与事实距离最远、抒情成分最重的层次。这里所谓的含事之诗与通常所说的抒情诗基本上处于重合状态。读者往往不能从这种诗歌的字面了解其本事，必须参考作者生平或其他史料，才能有限地弄清其所写之事。含事之诗还有一种情况，就是即使再三考证仍然弄不清其本事，或众说纷纭而莫衷一是，但实际上又并非真的无事——李商隐著名的无题诗不就如此吗？这种情况，我们姑且名之为"事在诗外"，不是没事，只是事的位置距诗面更远，其本事真相更显缥缈无着而已。

中国诗大多数属于"咏事"。所谓咏事，指诗面（即诗之文本）比较清晰地道明了所写之事，或作者于诗题及诗的附件（如题注、句下注之类）中已说明所咏之事。这类咏事之诗，大致可称"事在诗内",此类诗的篇幅可长可短,抒叙比例却最为复杂、变化最多,分辨诗句,从"抒九叙一"到"抒一叙九",各样组合排列均可,甚至一句之内亦有抒有叙,唯以作者尽情畅意是求。

最后是所谓"演事"。演事之作也是以叙述故事为主,与述事的区别主要在于叙述者及其位置的不同。抒情诗的叙述者往往与作者、与抒情主人公重合,是二而一的关系。但抒情诗有隐含作者,与真作者不同,情况就比较复杂。叙事诗的叙述者更复杂,犹如小说一般,作者不等于叙述者,叙述者不等于主人公,叙述视角也就多样多变。"演事"本是戏剧的性能,剧作家基本身处场外,让事件中各色人等登台表演,通过表演叙述事情。中国戏剧近似西洋歌剧,与诗关系密切,作者往往创造各种机会(诗般的意境),让剧中人开口演唱;而所唱者,除一般剧情外,更追求诗情画意,最好的唱词实际上就是诗。诗歌叙事性的极致就是演事和戏剧性。到这里,诗歌这种文学样式就开始越出自己的阃域,与别的文学样式发生交叉,而这正是诗歌生命力旺盛无限的标志。

为了具体说明上述种种概念,兹取近日读到的陈乃乾《和葩翁旧韵一律,分寄葩翁、融之》诗一首略作分析:

> 痼疾繁忧两不堪,更憎梅雨凑成三。
> 向荣草木人多美,新样妆梳我未甘。
> 检点丛残充覆瓿,闲寻野老作常谈。
> 卅年占毕嗟无补,只当华胥梦里酣。[①]

---

① 见陈乃乾1949年7月12日日记,载虞坤林整理:《陈乃乾日记》,中华书局2018年版,第112页。

此诗体属七律,是古典诗歌成熟期最常见的体裁之一。其首联赋体叙事,直截了当地写出创作动因。"痼疾""繁忧"和"梅雨"是三件事,它们引起作者情感波动,有话欲对友人说,遂以和韵方式写诗赠友。"梅雨"还点明诗所写的时间大致是南方的春末初夏季节。"不堪""更憎"则是叙事中表达的感情倾向,当然属于抒情。首联已将作者欲诉之事和不愉快情绪道出,颔联按例对仗,却是比兴叙事①。"向荣草木""新样妆梳"比喻、指代新时代、新社会中得风气之先、勇于改变自己以紧跟潮流,因而多沾雨露、多获好处的人,这种人的存在及被众人艳羡构成了作者处身的环境。这里的比兴浅显,并不隐晦曲折。作者表示自己无意仿效,绝不从同。"我未甘"这种表态式的语言,在诗中应属抒情成分。诗句就是这样由叙事和抒情熔结起来。颈联仍是叙事。作者从事的工作是搜罗整理古籍,自己很看重,但担心在新社会已无价值,故曰"检点丛残"只能"充覆瓿"而已。这句叙述的主观猜测意味很重,饱含了疑惧而又于心不甘的情绪,叙述中融入抒情,是为"叙中抒"。下一句似乎比较客观:闲来无事只能找几个老朋友聊聊天谈谈家常。这也许是事实,但称朋友为"野老",自己当然也以野老自居,言下显然有与"向荣草木"们界分之意。可见,此语虽平实,却也并非毫不含情,作者熟练地运用了"叙中抒"手法。尾联咏叹的色彩更浓烈,"嗟无补"明白地用了一个"嗟"字,叹息自己半生用心从事的读书治学之业在新社会或将"无补"。此二字含

---

① 这里所用"比兴叙事"和"赋体叙事",将古之赋比兴与今之叙事作概念组合,详参董乃斌:《中国文学叙事传统论稿》所载《从赋比兴到叙抒议》,东方出版中心2017年版。

义丰富，如果理解为于世无补，那是一句心酸的反话；如果理解为无补于个人、家庭的命运处境，那是一句椎心的叹息。"卅年占毕嗟无补"七个字，前四字叙半生从事之术业，后三字抒今日失望叹息之感，叙抒自然结合；而结句则是情绪的直接抒发，即自抒胸臆——且把这一切当作一场梦吧！有了前面那么多的叙事，最后的抒情也就水到渠成了。这首七律把一位旧知识分子（当时作者54岁）刚进入新社会时的心态描叙得非常真实，是一首典型的咏事之作——除痼疾、繁忧、梅雨等面上之事外，更重要的乃是初解放时作者对新政权不了解、有疑惧的心事。通过抒叙的交融互惠，诗歌贴切地表达了作者此时杌陧不安的心情，也真实而历史地为知识分子的生存状态留照。①

（二）抒叙互惠是主流

我们关于诗歌史贯穿抒叙两大传统的认识，关于两大传统的互惠与博弈等，首先是建立在对诗歌作品的具体分析之上（上节述例可用于历代各类诗作），同时更是建立于对中国诗歌史的整体了解之上的。下面试从中国诗歌之源《诗经》的实际状况来说互惠。

《诗经》时代，是抒情传统与叙事传统由萌芽到形成的时期，是中国诗歌抒叙两大传统发生的共同源头。那时，这两大

---

① 陈乃乾先生(1896—1971)此后很快投入工作,先在上海,后在北京中华书局,为古籍整理与出版作出重要贡献,自己也撰有学术著作多种。

传统正在成形，关系和谐，地位平等。

闻一多先生《歌与诗》一文曾对此做过精彩的阐述。闻先生在论证了上古时代"歌"的本质是抒情、"诗"的本质是纪事述史，指出了它们的"对垒性"之后，进一步论到了诗、歌的合流和《诗经》的特质：

> 诗与歌合流真是一件大事。它的结果乃是《三百篇》的诞生。一部最脍炙人口的《国风》与《小雅》，也是《三百篇》的最精彩部分，便是诗歌合作中最美满的成绩。一种如《氓》《谷风》等，以一个故事为蓝本，叙述方法也多少保存着故事的时间连续性，可说是史传的手法；一种如《斯干》《小戎》《大田》《无羊》等，平面式的纪物，与《顾命》《考工记》《内则》等性质相近，这些都是"诗"从它老家（史）带来的贡献。然而很明显的，上述各诗并非史传或史志，因为其中的"事"是经过"情"的炮制然后再写下来的。这情的部分便是"歌"的贡献。由《击鼓》《绿衣》以至《蒹葭》《月出》，是"事"的色彩由显而隐，"情"的韵味由短而长，那正象征着歌的成分在比例上的递增。再进一步，"情"的成分愈加膨胀，而"事"则暗淡到不合再称为"事"，只可称为"境"，那便到达《十九首》以后的阶段，而不足以代表《三百篇》了。同样，在相反的方向，《孔雀东南飞》也与《三百篇》不同，因为这里只忙着讲故事，是又回到前面诗的第二阶段去了，全不像《三百篇》主要作品之"事""情"配合得恰到好处。总之，歌诗的平等合作，"情""事"的平均发展是诗第三阶段的

进展，也正是《三百篇》的特质。①

闻先生在这里阐发了诗歌中抒情、叙事的意义，特别是它们必然交融互惠，而又成为"对垒"的辩证关系，以及这种对垒关系在诗歌史上的发展趋向，这些都对我们极具启发性。

《诗经》所含诗体有风、雅、颂三种，它们产生和写定的时间不同，艺术特征也不同，但都是抒情、叙事的良好结合。具体地看，每首诗抒叙成分比例有多有少，因而其性质属抒情抑或属叙事，也有所不同。

试以内容、主题相关的几组《雅》《颂》作品来看。《诗经》的《雅》《颂》作品本来就存在着相关的情况，特别是《大雅》和《周颂》，前人多有论述。马银琴《两周诗史》进一步指出："武王时代的乐歌，在以史诗的形式叙述周人开国创业重大历史事件的同时，还有另外一个引人注目的现象，即以缅怀文王功德、歌颂武王克殷灭纣的胜利及以平定天下的誓词为中心内容的祭祀颂圣之歌出现，体现了《颂》歌'美盛德之形容，以其成功告于神明'的仪式特点。"所以"大部分《颂》诗与《大雅》在具体内容上存在着对应关系"。马银琴开列的诗篇如下：

《周颂·清庙》《维天之命》《维清》祭祀文王，《大雅·文王》歌颂文王受命称王之事；

《周颂·思文》祭祀后稷，《大雅·生民》记述其诞生之种种奇异及肇祀之事；

---

① 《闻一多全集》，开明书店1948年版，生活·读书·新知三联书店1984年重印，第一册，第190页。

《周颂·天作》祀太王、文王，《大雅·绵》记述太王迁岐、文王伐崇之事；

《周颂·武》《桓》《酌》等为武王克商后祭祖告功之歌，《大雅·大明》述其伐商经过；

《周颂·振鹭》《有客》为二王之后助祭之辞，《大雅·文王》则述文王受天命代殷作周，命殷士"无念尔祖，聿修厥德"；

《周颂·丰年》祭祀祖妣，《大雅·思齐》则述及周室三母及文王之圣。

她把这些诗分为两类，前面的《周颂》是纪祖颂功之歌，后面的《大雅》是宗庙祭祀之歌，两者都是《诗经》中的仪式颂赞之歌。① 马银琴的叙述和分类是着眼于这些作品在当初产生时的功用，而我们今天诵读或阅读文本，从其抒叙的构成来看，就可感到，《颂》的特点是叙述概括简略，多颂赞褒美语和誓言祝愿语，陈事不多，只集中强烈地表达崇敬先祖的心情和继承祖先功烈的志向愿望，实际上也就是以抒情言志表态为主，从诗体言，不妨视之为抒情体诗；而《大雅》诸作一般是"叙中抒"，其内容主要是记述相关史迹，叙事既突出重点又具体详尽（当然是中国史诗式的，不是希腊史诗式的），在叙事的基础上有所抒情，也有某些直接抒情之语。故就总体看，这些诗都是叙事与抒情的良好结合，该叙就叙，该抒就抒，比《颂》更能使人感受到当时雄阔壮丽的意境和隆重肃穆的氛围，领略其震

---

① 以上所引马银琴语，见其《两周诗史》，社会科学文献出版社2006年版，第10页、第103页。

撼心灵的艺术魅力。为了说明问题而又不费太多篇幅，我们试举其中较短的一组稍加领略。

丰年多黍多稌，亦有高廪，万亿及秭。为酒为醴，烝畀祖妣，以洽百礼，降福孔皆。①

（《周颂·丰年》）

思齐大任，文王之母。思媚周姜，京室之妇。大姒嗣徽音，则百斯男。
惠于宗公，神罔时怨，神罔时恫。刑于寡妻，至于兄弟，以御于家邦。
雍雍在宫，肃肃在庙，不显亦临，无射亦保。
肆戎疾不殄，烈假不瑕。不闻亦式，不谏亦入。
肆成人有德，小子有造。古之人无斁，誉髦斯士。②

（《大雅·思齐》）

《丰年》是烝祭宗庙祖妣的乐歌，因提及"妣"，令人想起歌颂周室三母的《思齐》。两篇在内容上有一致性，在艺术表现上却各具特色。《丰年》很短，内容简单，主要是描写丰年景象和祭祀之事，末二句诉说愿景。歌词短小，大概是为了适合反复演唱。按文本实况，《丰年》应该算是一首含事抒情之歌——所含之事是丰年与祭祀，所抒之情则是感谢祖妣神灵保佑和对礼洽福降的祝愿。应该说其文本的感染力有限，可能倒是配合

---

① 朱熹：《诗集传》，中华书局上海编辑所1958年版，第229页。
② 朱熹：《诗集传》，中华书局上海编辑所1958年版，第182—183页。

音乐的演唱会比较有声势。《思齐》与《丰年》所祭的祖妣有关，诗中提到的太姜、太任、太姒，分别是周之先王王季、文王、武王的母亲，是周人的祖妣。她们养育的好儿子建立了盖世功业，尤其是文王，奠定了周取代殷的根基，实为此诗赞美的主要对象。周人饮水思源，对祖妣充满爱戴崇敬。诗的首章叙述三母的辈分关系，叙述的口气中已透露赞美之情。次章重点移至文王，通过写文王而赞其母，正如朱熹所云："歌文王之德而推本言之。①"于是叙述文王孝敬历代先王，为兄弟和妻子做榜样，良好影响遍及国中。三章再写文王持家和睦、治国有方、护民无倦。四章写瘟疫不作，天下太平及文王的虚心纳谏。五章写周的人才辈出，美誉频传。② 虽所写都是文王修身、齐家、治国、平天下的大事，庄严多于生动，但毕竟比《丰年》具体有物，根据此诗叙事的分量，显然已超越"含事"而足称"咏事"了。

《丰年》和《思齐》各自都是抒、叙结合的，抒、叙在它们每一首中都呈互惠状态；而《丰年》和《思齐》两诗，一为颂，一为雅，一以赞颂式的抒情为主，一以叙述祖妣及文王的事迹为主，又形成相互补充相互增色，即互惠的关系。当然，明眼人也定能看出，这种互惠之中，实也隐含着感人效果的博弈。

《诗经》风诗和小雅诸诗，无论是"事在诗外"还是"事在诗内"，也都是抒叙结合良好之作。前引闻一多《歌与诗》文已有列举，这里不再繁琐举例。总之，抒叙结合，和谐浑融可以说是《诗经》全部作品的根本特色。

---

① 朱熹：《诗集传》，中华书局上海编辑所1958年版，第183页。
② 此诗分章有四章五章两种，我们采取朱熹《诗集传》五章的分法。

(三) 抒叙博弈竞风流

的确，互惠的诗歌抒叙传统也有博弈的一面。博弈也者，本指博戏与围棋，是一种游戏，含有比赛争胜之意，今亦用于政治、经济、贸易、军事等方面对抗竞争、有胜败输赢可见之事。故我们借用于说明诗歌抒叙关系的对垒性一面，既是对垒，则必有强弱、进退乃至胜负存亡的情况出现。从古人诗论涉及诗歌"事""情"的许多说法，实已可窥见抒叙互惠和博弈并存辩证的观念，这种观念正是对诗歌抒叙关系的客观反映。

古人对诗歌创作须立足于"事"与"情"，对诗歌的创作动因、创作过程、创作方法等问题，虽认识程度不同，观点有异，但因皆从事实出发，故往往朴素可信，不多偏颇。总起来看，种种言论都是中国诗歌史抒情、叙事两大传统并存互惠、对垒博弈状况的反映。旧式诗学将这些言论一概理解为对"情"的重视，其实是片面的。我们以前也曾信从旧说，以致往往默认古典文学就是一个抒情传统而已，故需不断反思和再认识。以下略引数说，稍作分疏。

《易·系辞下》说到制《易》者陈述卦爻之义，就有"其称名也小，其取类也大，其旨远，其辞文，其言曲而中，其事肆而隐"之语，虽非直接说诗，其义却可相通。这里不但提及与诗有关的"称名""取类""旨远""辞文""言曲而中"，而且专门说到"其事肆而隐"。可见，《易》与"事"相关，说《易》之辞，有些本身就是诗或歌，其所涉之"事"首先是远古种种

367

生活实事，也有各类故事或事典。① 综观《易》之卦爻辞，其所涉之事，还有量大、类多、涵义隐微复杂，即"肆而隐"的特点。

《诗大序》首先肯定了诗与情的关系，所谓："诗者，志之所之也。在心为志，发言为诗。情动于中而形于言，言之不足故嗟叹之，嗟叹之不足故永歌之，永歌之不足，不知手之舞之足之蹈之也。"讲的是"情志"促使诗歌产生。接着便具体地论述了情之所动、志之所之的根由，即诗与各种"事"的关系，"至于王道衰，礼义废，政教失，国异政，家殊俗，而'变风''变雅'作矣。国史明乎得失之迹，伤人伦之废，哀刑政之苛，吟咏情性以风其上，达于事变而怀其旧俗者也。……是以一国之事，系一人之本，谓之风；言天下之事，形四方之风，谓之雅。"无论《风》《雅》，固皆不妨表现为一人情感的宣泄，但其所涉所指却总是"王道衰，礼义废……"这些"一国之事"乃至"天下之事"。而"颂者，美盛德之形容，以其成功告于神明者也。"王者之盛德丰功，也是一种事，颂歌就是对此而发的。这样，《诗大序》就把《诗经》作品与"事"的关系讲清楚了。合而观之，不妨认为《诗大序》初步论述了"情""事"二者在诗歌中既有同异、而能并存，既有互惠、而亦博弈的关系。

何休为《春秋公羊传》"什一者天下之中正也。什一行而颂声作矣"作解诂，曰："男女有所怨恨，相从而歌。"这是说情感波动促使创作行为产生，情动而后诗生。接着便是"饥者歌其食，劳者歌其事"，说到男女歌唱的内容，所歌的就是他们生活中发生

---

① 此处所引《易·系辞》见《周易正义》，阮元校刻：《十三经注疏》，中华书局影印1980年版，第89页。

的和遇到的"事",劳者所歌固是其自身所从事的劳动,而饥者之食,其实也正是他们每日必遇的切身之事。何休注疏又云:"男年六十、女年五十无子者,官衣食之,使之民间求诗。乡移于邑,邑移于国,国以闻于天子,故王者不出牖户,尽知天下所苦。不下堂而知四方。"不但男女怨恨之诗可让王者知道天下之事,颂歌也有同样功用。"颂者太平之歌。案:文宣之时乃升平之世也。而言颂声作者,因事而言之故也。"① 官家王者要搜求民间歌谣,就因为歌谣中有情有事,览之可了解民情世事耳。顺便提及,孟子主张论说诗书要"知人论世""以意逆志"②,表明孟子认为从诗可以知道时世之事,藉此可以知人,可以从诗意而逆寻作者之情志。这也说明了"情志"与"世事"的密切关系,诗学理论中只强调"情"而忽略"事",显然是不妥的。

　　班固《汉书·艺文志》在《诗赋略·论》中有"自孝武立乐府而采歌谣,于是有代、赵之讴,秦、楚之风,皆感于哀乐,缘事而发,亦可以观风俗,知厚薄云"的名言。"感于哀乐"是动情,情则抒之;"缘事而发"指明创作的依据是事,事则叙之。八个字简洁地说明了诗歌与事、情的互倚互惠的关系,清楚辩证而且平衡无偏。

　　陆机似乎开始倾斜,其《文赋》一篇细述文(含诗)的创作过程,说到了"四时万物"对情思和创作的触动,这种物感论还是比较粗糙简陋的。然后他就将论述重点放到"情",或

---

① 以上所引何休语,均出《春秋公羊传注疏》卷十六,阮元校刻:《十三经注疏》,中华书局影印1980年版,第2287页。
② 孟子曰:"说《诗》者不以文害辞,不以辞害志,以意逆志,是为得之。""颂其诗,读其书,不知其人,可乎?是以论其世也,是尚友也。"(《万章》上下,见中华书局影印阮元校刻《十三经注疏》本《孟子注疏》)

"意""理""辞"上，对"事"的重要，不再置言。说到诗歌则有"诗缘情以绮靡"一句。此言虽与"诗言志"有差别，但主要仍是将创作之原动力归结于"情动"，《文选》李善注此句云："诗以言志，故曰'缘情'。"他把缘情与言志画上等号，可谓一语中的。陆机对诗的要求是"绮靡"，是指文辞之美而言。有论者将追求辞美与魏晋人把文学当作自娱之具二事均视为"文学自觉的表现"。① 从此"情志"并列，成为诗歌"抒情传统"说的核心概念。

挚虞《文章流别论》论诗歌的情事关系，比陆机鲜明，虽有所倾斜，但仍存中正之心。其言曰："古之作诗者，发乎情，止乎礼义。情之发，因辞以形之；礼义之指，须事以明之。"这里以互文方式将与诗相关涉之情、事并举，指出要达成"发乎情，止乎礼义"的目的，既须"因辞以形之"，还"须事以明之"。在挚虞那里，情与事可谓同等重要。又云："古诗之赋，以情义为主，以事类为佐。今之赋，以事形为本，以义正为助。"这里概念略显模糊，古诗之赋是创作方法，今之赋是一种文体，本难为比；然值得注意的是挚虞认为事与情义的位置，古今有了大不同，他对今赋的"事形为本""逸辞过壮，则与事相违"是不满意的。所以他在文中一再强调"诗虽以情志为本，而以成声为节"，② 虽未重申却也不否定事感的重要。从挚虞的论述，我们已能感觉到抒情、叙事存在博弈的意味。诗赋创作

---

① 请参黄霖、蒋凡主编：《中国历代文论选新编·先秦至唐五代卷》，上海教育出版社2007年版，第134页。
② 以上所引挚虞《文章流别论》语，均见汪绍楹校：《艺文类聚》卷五六，上海古籍出版社1982年版，第1018页。

仿佛一个竞赛场，抒情、叙事既须合力完成作品，又要各显神通竞技角力。一首诗究竟是抒情为主还是叙事为重，其总体面貌和所具功能是有所不同的，作者的艺术才能、审美趣向和创作动机决定了他在诗中多用抒情还是多用叙事，而这往往也就决定了诗的风格如何、成就高下、影响广狭。按挚虞的观点，他认识到情与事都是文学创作之需要，但比较起来似乎是更强调"情义"。既要分判情事的轻重，也就会涉及抒叙的轻重，自然也就流露出博弈的色彩。

《文心雕龙》作为南朝文艺理论的制高点，不但高举"诗言志"的旗帜，而且强调"诗者持也，持人情性"的观点，从功效的角度使诗与情的关系纠结得更为紧密。其《明诗》篇在历数诗歌演变之迹后，刘勰说："铺观历代，而情变之数可鉴；撮举同异，而纲领之要可明矣。"[①] 情志显然是他根本的观察点。刘勰对于叙事和叙事传统的认识主要见于对史传、哀吊、诔碑等文体的论述中，也见于论颂赞、祝盟、铭箴、杂文、诏策、书记之类应用文体的篇章。但对诗歌，他确专注于抒情言志为主的观念，这在之后论神思、体性、风骨，乃至时序的诸篇中，有一以贯之的表现。刘勰的观点与其时文学风气有关，在后世则产生了很大影响。尽管如此，并没有能够消弭同时重视抒叙两大传统的声音，而且刘勰实际上触及了从文体看抒叙博弈的问题。

后于《文心雕龙》的钟嵘《诗品》就鲜明地提出了诗歌创作源泉的事感说。从所指宽泛的物感说到具体形象的事感说，这是诗歌理论一个明显的进步。

[①] 刘勰：《文心雕龙·明诗》，范文澜注本，人民文学出版社1958年版，第67页。

《诗品序》开头云:"气之动物,物之感人,故摇荡性情,形诸舞咏。……动天地,感鬼神,莫近于诗。"这个开头虽加了"气之动物"环节,然后才引出"物之感人"主题,但基本上属老生常谈,仍是物感说而已。但下面追述诗歌发展史,论析赋比兴创作方法,接触到诗歌的具体问题,就将情、事结合起来,面目一新了。如谓五言优长是"岂不以指事造形,穷情写物,最为详切者邪?"又如谓:"文已尽而意有馀,兴也;因物喻志,比也;直书其事,寓言写物,赋也。弘斯三义,酌而用之,干之以风力,润之以丹彩,使咏之者无极,闻之者动心,是诗之至也。"无论是说诗体,还是说表现手法,都清楚地点明情与事的良好交融乃是诗歌感人力量的来源。以下一段更以具体形象的笔调描述了诗歌事感说:

> 若乃春风春鸟,秋月秋蝉,夏云暑雨,冬月祁寒,斯四候之感诸诗者也。
> 嘉会寄诗以亲,离群托诗以怨。至于楚臣去境,汉妾辞宫;或骨横朔野,或魂逐飞蓬;或负戈外戍,杀气雄边;塞客衣单,孀闺泪尽;又士有解佩出朝,一去忘返;女有扬蛾入宠,再盼倾国:凡斯种种,感荡心灵,非陈诗何以展其义?非长歌何以骋其情?
> 故曰:"诗可以群,可以怨。"使穷贱易安,幽居靡闷,莫尚于诗矣。故词人作者,罔不爱好。

引文第一行将以往的物感变成了事感,春夏秋冬景致不同,以往视为物候、视为景色,现在认作事态事情有何不可?第二段列举大量事例,皆是诗创作的动力源、灵感源,也是诗的题材与内容，都是实实在在的人事和故事；正是这些事情感荡心灵，促使了诗歌创作活动的产生。

再往下，论诗歌创作的目的，钟嵘认为作诗乃个人情感的发泄纾解，由于将一腔牢愁诉诸诗歌，内在的、心灵的困厄得以排解舒散，所谓"使穷贱易安，幽居靡闷"，诗歌创作简直成为诗人精神自救的一种方式。这个观点是对诗歌功用的一次新概括、新总结，突破了以往只将诗歌看作政治辅助工具的观念，道出了无数诗人的心里话，对后世产生了深远的影响。[①]

魏晋文学自觉，诗人主体意识高涨，在创作中重视个人之"情"的抒发，同时，文史两科由早期的混沌不分，渐渐产生分家的要求。《诗经》时代诗歌抒情、叙事间的和谐平衡渐被改变乃至打破，在诗歌的天平上，主观抒情的砝码渐重，客观叙事则相对减轻，由对垒而形成倾斜。当然，减轻、倾斜并不是消亡，无论诗歌抒情如何增长，诗中的叙事也不可能彻底归零。不说民间歌谣和《孔雀东南飞》，就是齐梁文人诗，体物、叙事的因子亦甚为发达。齐梁宫体的内容或有可议，但其艺术较多表现出对外界、他人的关注和兴趣，却也值得注意。延至唐代，国力强盛，国人意气风发，特别是士子文人中的狂狷者，情绪往往更加激烈高昂，所作诗歌自我张扬的抒情色彩日益加强，隐含作者更是超迈高绝，至盛唐而至于登峰造极，以致使今人看来那时简直堪称诗歌的抒情时代。但就在那时，诗歌理论上也还保持着抒情、叙事的某种平衡，如元兢编选《古今诗人秀句》，在其书《序》中就明确提出"以情绪为先，直置为本；以

[①] 以上所引钟嵘《诗品》语，均见曹旭：《诗品集注》，上海古籍出版社2011年版，第56—64页。

物色留后,绮错为末。助之以质气,润之以流华,穷之以形似,开之以振跃。或事理俱惬,词调双举,有一于此,罔或子遗①"的观点。既强调诗"以情绪为先"和"助之以质气"的要求——所谓"质气"指的是诗歌的直抒胸臆,即直接抒情;却也注意到"以直置为本",所谓"直置"就是"直书其事"②。"事理俱惬"之作,他也照样选入。

  盛唐诗人之冠的李白,当然是一个典型的抒情诗人,但李白近千首诗,多数还是抒叙结合之作。随着社会变化、安史乱起,生活逼迫诗人卷入种种事故,出现了元结、杜甫这样以诗纪实的诗人。杜甫诗被称"诗史",回归叙事与抒情的和谐统一,《诗经》传统真正得到高扬。就连李白,安史乱后的作品,叙事性也明显增强,出现了被称为"叙情"而实为叙事的长诗。中唐出现元白叙事诗派,不但以诗描写社会、记录世事,也存载自己的生活史、恋爱史,而且参与试作文体刚获独立的传奇小说。元白不但多叙事之作,同时还是叙事理论家。白居易后期政治热情衰退,叙事激情随之消减。一直延伸到晚唐,温庭筠、李商隐、杜牧、皮日休、陆龟蒙、罗隐、杜荀鹤等,皆重叙事,重抒、叙结合。社会变革是影响诗歌抒情、叙事博弈波澜的重要外部因素,往往是社会动乱、民众陷入苦难之时,叙事传统得到光大发展,叙事在抒、叙博弈中显出上风。文体发展也促使文人作家开辟新的叙事场,温庭筠的《菩萨蛮》组词

---

① 见卢盛江校考:《文镜秘府论汇校汇考》南卷,中华书局2006年版,第1555页。
② 崔融《唐朝新定诗格》:"直置体者,谓直书其事,置之于句者是。"据张伯伟:《全唐五代诗格汇考》,江苏古籍出版社2002年版,第130页。直置,亦作直致、直寻,与"用事"(即用典)相对。

和《乾（膜）子》，韦庄的《秦妇吟》和五代词人的系列小令，都显示了抒叙结合的时代风味。

宋人批评晚唐五代叙事诗风，贬压元白，低评杜甫，抒叙博弈出现新情况；但从王禹偁、梅尧臣到苏轼，从杨万里、范成大到陆游等对抒叙互惠皆有所坚持。南宋时，深浸文人雅趣的抒情传统开始占上风，严羽《沧浪诗话》以禅说诗，发展司空图"诗味"理论，① 提倡"不着一字尽得风流""羚羊挂角无迹可求"的美学风格，成为文人诗创作和诗学理论的主潮，通过历代文人的传承宣扬一直延伸到明清近代，士大夫清虚空灵的审美情趣弥漫诗坛。诗歌抒情传统渐成唯一独尊状态，后来更成为普遍默认的观念，不过叙事传统的创作实践与理论阐发仍未断响。②

抒情、叙事传统并存本是诗歌史事实，诗学理论上也往往是两种传统都有人说，但"抒情传统唯一独尊"却也成了研究

---

① 司空图《与李生论诗书》有云："愚以为辨于味而后可以言诗也。""近而不浮，远而不尽，然后可以言韵外之致耳。""象外之象，景外之景，岂容易可谈哉。"但他也说："题纪之作，目击可图，体势自别，不可废也。"四部丛刊本《司空表圣文集》卷二、卷三。

② 例如邓小军教授近著《董小宛入清宫与顺治出家考》中用佐考证的"微言诗"，其《前言》曰："'微言'就是隐微其辞，是隐藏性的语言，而不是直说，因为它是有所避讳的。中国经史子集四部书中的微言，往往是确有所指，指事确定之言，并非诗无达诂、模糊不定之言。其传统，历时逾千年，积累极为渊厚。"而且指出："中国经史子集中的微言作品，起自孔子作《春秋》，历经《庄子》《史记》，而成为中国诗的一大传统。""中国文学史上的微言时事诗，自曹植、阮籍、陶渊明、李白、杜甫、辛弃疾，到钱谦益、吴梅村、顾炎武、傅山、闫尔梅《同人集》，通常是诗人在恐怖统治下，为了避祸而运用微言艺术所作之诗，用以揭露被政治谎言所掩盖之现实真相。"微言诗的存在就是诗歌叙事传统的表征之一。《董小宛入清宫与顺治出家考》，华东师范大学出版社2018年版。

范式乃至被灌输为普通常识,此事说来不免有几分吊诡。何以如此呢?如此观念又给中国诗歌造成何种后果?下面试作讨论。

(四)互惠博弈成诗史

旅美学者陈世骧先生曾在一个比较文学学术会议的致词中说"我的总体意见是,经过以上的广泛回顾,如果说中国文学传统从整体而言就是一个抒情传统,大抵不算夸张。"这话引发了一场绵延四十年之久的学术思潮。但在同一个讲话中,陈先生还说到"抒情精神(lyricism)成就了中国文学的荣耀,也造成它的局限",并说"我自己充分明白它(指抒情精神)的种种局限,一如清楚它的真正的荣耀"。可见陈先生是很清醒的。然而这同样重要的后两句话,却似乎没有得到同等重视。①

抒情精神确实给中国文学、中国诗歌带来了荣耀,这是毋庸置疑的。诗是中国文学史成就最高、最具民族文化特色的代表。中国被认为是个"诗国",而这个称号的来由就在于诗歌(抒情诗)长期占据着中国文学的中心地位。②

---

① 陈世骧1971年在美国亚洲研究学会比较文学讨论组的致辞《论中国抒情传统》,见张晖编:《中国文学的抒情传统——陈世骧古典文学论集》,生活·读书·新知三联书店2015年版,第5—6页。

② 闻一多说过:"《三百篇》的时代,确乎是一个伟大的时代,我们的文化大体上是从这一刚开端的时期就定型了。文化定型了,文学也定型了,从此以后二千年间,诗——抒情诗,始终是我国文学的正统的类型,甚至除散文外,它是唯一的类型。"(《文学的历史动向》,《闻一多全集》第一册,生活·读书·新知三联书店1982版,第202页)陈世骧在《论中国抒情传统》也说:"中国文学的荣耀别有所在,在其抒情诗。"

可是，陈世骧先生为什么又要说抒情精神也造成了中国诗歌的局限呢？这局限究竟在哪里呢？陈先生已经去世，后来似乎还无人认真做过探讨。在我们看来，中国诗歌抒情传统的优长已经讲得够多，而其局限这个不能回避的问题却讲得不够。

这里所说的抒情精神，一般的理解是指以个人情志为诗歌核心和诗创作的基础、本原、出发点以及归宿的一种文学理念。正如陈世骧先生在《论中国抒情传统》中所说："歌——或曰：言词乐章（word-music）所具备的形式结构，以及在内容和意向上表现出来的主体性和自抒胸臆（self-cxpression）是定义抒情诗的两大基本要素。"陈先生由此说到《诗经》和《楚辞》，"作为中国文学传统的源头，把这两项要素结合起来，只是两要素之主从位置或有差异。自此，中国文学创作的主要航道确定下来了，尽管往后这个传统不断发展与扩张。可以这样说，从此以后，中国文学注定要以抒情为主导。"正是在这些话之后，陈先生紧接着说出"抒情精神成就了中国文学的荣耀，也造成它的局限"这句话[1]。陈先生的抒情定义与我们从中外诗歌史中所获得的认识基本一致，他对抒情精神局限的论断，应该也与此有关。本文以下的讨论即以陈先生关于抒情要素的论说为基准。

我们认为，陈先生所说"抒情精神"的理念实际上与中国古今之情志说相通，即以情志和宣泄表达情志为文学最核心、最高之本质[2]。这种理念既有一定道理，又极易引发偏差，从而

---

[1] 陈世骧：《论中国抒情传统》，见张晖编：《中国文学的抒情传统——陈世骧古典文学论集》，生活·读书·新知三联书店2015年版，第5页。

[2] "情志"二字以及源于这二字或与二字有关的其他字词构成了中国批评术语的主要组成部分，这些术语甚至渗入了艺术批评。请参陈世骧《寻绎中国文学批评的起源》，见张晖编《中国文学抒情传统》一书。

带来局限。关键就在于其中埋藏着把情志与抒情夸大到"唯一""独尊"的可能性。世上之事,过犹不及。以情志为诗歌创作的基础或本原,说诗歌要充分表达感情、诗歌要以情动人,都没有错。然而,把抒情视为诗歌唯一的目的、唯一的意义所在和归宿,而看不到或刻意不提诗歌内容尚需有其他成分(或干脆将这些成分全都归为抒情,从而使抒情笼罩一切),进而宣称整个中国文学就是一个抒情传统,而无视叙事传统的存在,那就未免片面而有违事实了。在我们看来,对抒情精神的重视一要适当,不可过分,尤需关注"情"的内涵与质地;二在充分表达主观感情外,要与对客观事情的反映互补,形成抒叙的交融互惠,利用抒叙间的张力,把诗歌的抒叙比例调节到一个最佳水平,以克服抒情精神的局限。如果把抒情——对作者主观之情的直接抒发变得绝对、唯一、独尊,就会像闻一多先生批评的那样"把事完全排出诗外"而让"志"成为"与'事'脱离了的志",结果就不免会"专在《十九首》式的'羌无故实'空空洞洞的抒情诗道上发展"。① 或者像一位新诗评论家所说的那样:"无论诗歌回到个人还是面对社会,最终都是要回到诗歌和语言的内部来完成。反之,如果只是高分贝地呐喊或近乎呻吟的自语,都只能是违背了真正意义上的诗人良知、语言道德和

---

① 闻一多《歌与诗》论析上古歌、诗,指出那时"诗即史",曾具纪事功能。"诗言志"之说后出,闻一多举《庄子·天下篇》"诗以道志,书以道事",《荀子·儒效篇》"诗言是其志也,书言是其事也",然后说了上引的一段话,认为抒情诗空洞、叙事诗绝迹,"这定义(按指'诗言志')恐怕不能不负一部分责任。"见开明书店1948年版《闻一多全集》,生活·读书·新知三联书店1982年重印版,第一册,第181—191页。

诗性正义。①"后果如此严重，自会带来诸多弊端。

首先，这种抒情精神个人主体意识过强，把诗歌仅视为一己之事，创作的目的只是为了排除牢愁、调节情绪，或为了养性怡情、自娱自乐，宣称创作只求忠实于内心，立足于个人体验，只供个人把玩，而往往无意于关注他人，无意于广采博罗、搜集素材，更无意于代无权无势无文化者发声，甚少考虑诗歌的社会作用。这种诗人往往默认世界的合理性，缺少变革现状的热情，既不想以诗歌去影响他人，更不想改变世界。这是他们对诗的基本态度。应该承认，中国历史上，这样的诗人（也许不宜称为诗人，而只是会写诗的人）是不少的。这种态度对社会无大害，诗人有持此种生活态度和创作观的自由。诗歌创作之动机本来多样，这种态度下的抒情，似也不妨写出相当优美动人的诗篇。不过，若承认诗歌是一种事业，若从诗歌史、文学史的评价角度来论诗歌的价值，如内容充实与否、题材意义分量若何、反映生活面的广度和思想深度怎样，那就会嫌此类作品面窄思浅，比起能够记录更广范围的历史生活细节的作品来，其社会意义和历史价值显然不可同日而语。章培恒、骆玉明先生主编的《中国文学史新著》非常强调诗歌"以情感人"的力量，但同时也很重视诗歌的记史反映功能，总是将纪事与抒情作为考察诗歌的两大要素，如论龚自珍诗，固然突出其反抗色彩强烈的感情特点，同时也指出其诗表现方式有三类，其第一类就是"直叙其事"，所叙包括揭露社会和恋爱生活等内容；论贝青乔作于鸦片战争中的《咄咄吟》组诗中"瘾到材官

---

① 霍俊明：《不断重临的起点》，见《文艺报》2018 年 11 月 14 日第二版"文学评论"。

定若僧"一首,指出它"所写的是奕经军队在宁波与英军对抗时的实事","很有史料价值",但"就诗而论,却只是较为粗率的记事之作,缺乏深沉的感情",不免遗憾;论金和诗,谓其"以亲身经历了太平天国战事,所作诗多述有关史实",其长篇叙事诗《兰陵女儿行》更"善于运用叙述性文字与对话穿插的方法,将全诗写得富于小说意味,也颇有别开生面之功";论王闿运诗,肯定其七古长诗《圆明园词》,指出"诗中不但铺写了圆明园的修造历史、道咸间国事与宫廷的变故,还描绘了圆明园的衰败萧条,抒发了诗人的无限哀感",应属抒叙结合较好之作;论黄遵宪,指出"他不但写了许多描述当时重大事件的诗篇,而且将国外的新事物写入作品",前者如《悲平壤》《东沟行》《哀旅顺》《哭威海》《降将军歌》《度辽将军歌》等,"在当时被誉为'诗史'"。[①] 章先生对清末诗歌总体评价不高,可但凡有所肯定,往往与这些诗的叙事色彩有关,如能做到事、情调谐,事显而情深,就会评价更高。章先生的文学史写法,是值得注意的。

抒情传统的另一局限,因为在诗中不涉或很少涉及世事,有时甚至堕入"不食人间烟火"的境界,在诗歌风格上一味追求恬淡静穆、含蓄优美、清空飘逸、虚灵高蹈,以此为雅、为美、为神。性灵是充分展示了,"以情意为主"也做到了,甚至具备某种"神韵",但就其具体内容看,则偏向个人的狭小世界,意义不大。这种士大夫气息浓厚的审美趣向,在文化权、话语权集于少数人手中的时代,正是抒情传统被狭隘化并在诗

---

① 章培恒、骆玉明主编:《中国文学史新著》下卷,复旦大学出版社2011年版,第511—524页。

歌中占上风的重要原因。

我们所说的叙事精神或者说叙事意识,作为感知生活和表现生活的一种方式,恰可与抒情精神的短板互补互惠。所谓叙事精神,并不仅仅是一种表现手法和写作技巧,更重要的是其注重外界和他人的创作动机和出发点,是关注生活中种种事件事故,不但用心观察,甚乃下功夫寻踪觅迹,深入了解体悟的创作态度,更优者则还具备高度的诗史意识,自觉以诗纪事,以诗补史。这类作品内容扎实,杜绝浮泛,抒叙均衡(因为叙中必有抒),富于史性,如果还能够注入鲜明感情,以情感人,则吸引力、说服力和感染力均高,社会价值和历史价值自然也较佳。诗史意识,也可以说是诗史精神,其核心与实质就是叙事,所以诗史精神也即叙事精神。回顾诗歌史,每当重大历史关头,特别是民族和国家陷入灾难甚至生死存亡之际,就会出现这样的诗人,就会使某些原本以抒情为擅长的诗人改变风格,自然地转向叙事,如唐代的杜甫,宋代的汪元量,明末清初的吴梅村,清末民初的王闿运、王国维,抗日战争时期的旧体诗人刘永济、沈祖棻、顾随、卢前和新诗作者穆旦、卞之琳等。刘永济、沈祖棻擅长旧体诗词,因为具有自觉的诗史意识,他们的创作往往有意识地加强叙事性,明显地继承了赋比兴,特别是比兴叙事的传统。

刘永济(1887—1966)的诗史意识在陈文新、江俊伟合著之《刘永济评传》中得到有力的张扬。此书设专章论刘永济《诵帚盦词》,以"刘永济确信词中有史"为小标题,所引作者自序,深刻地阐说了"情"与"世事"的关系,《评传》指出:"选择以诗词的方式来写自传,对于刘永济来说,不是一个技术问题或文类的跨越问题,而是其终生的信仰。""《诵帚盦词》也是其亲朋好友的人生记录。"[1] 我们看《诵帚盦词》，确实如此。如其第一首《倦寻芳》序云："辛未（1931）中元，与证刚、子威、豢龙乘月步登东北大学高台茗话。次日豢龙（刘异）有诗纪事，赋答。"已经讲清了此词所赋之事，词的下阕有："回首南中，烟液涨天千顷。剩有幽怀招楚魂，忍持密意规秦镜。料嫦娥，也含颦广寒愁凭。"这里以比兴手法记下了南方何事？句末小注云："时江汉暴涨，人物庐舍，飘荡无数。"原来是当年南方水灾之事。"九一八"事变后，东北学生自组学生军投入抗日，刘永济应邀为作军歌，调寄《满江红》；又作"壬申（1932）上元，淞沪鏖战正烈，故京灯市悉罢，客枕无寐，竟夕忧危。翌日，豢龙写示和清真此调，触感万端，继声赋答"的《解语花》词，其纪事载史的作用，更是十分明显。[2]

沈祖棻（1909—1977）的《涉江词》，表面看来多用比兴之法，用古代诗词语言和典故抒情，而其实内含对时事的记载，比兴、隐喻、借代比比皆是。其《涉江词集》第一首作品、少作《浣溪沙》就是如此。词曰："芳草年年记胜游，江山依旧豁吟眸。鼓鼙声里思悠悠。三月莺花谁作赋？一天风絮独登楼。有斜阳处有春愁。"此词作于1932年，正是日本侵华的"九一八"事变不久。这里的"鼓鼙声"记录的就是侵略者逼近的军声，因此末句的"春愁"就超越了她个人的闲愁，而指向了国家民族危亡的大忧愁，引起了读者的共鸣。作者也常用副文本的形式记录本事，如1942年早春（壬午三月）所作《浣溪沙》

---

[1] 陈文新、江俊伟：《刘永济评传》，湖北人民出版社2017年版，第133—138页。

[2] 刘永济：《刘永济词集》，湖南人民出版社1984年版，第1页、第4页。

10首，题下自注："司马长卿有言，赋家之心，苞络宇宙。然观所施设，放之则积微尘为大千，卷之则纳须弥于芥子。盖大言小言，亦各有攸当焉。余疴居怫郁，托意雕虫。每爱昔人游仙之诗，旨隐词微，若显若晦。因放其体制，次近时闻见为令词十章。见智见仁，固将以俟高赏。"说得很清楚，创作目的是用游仙小令的形式来记录"近时闻见"。程千帆先生为作笺注，更明确说："此十首皆咏世事。"比如第一首是写抗日战争终于爆发，希望长期抗战，并转败为胜。其首句"兰絮三生证果因"，"谓中日关系自 1894 年中日战争以后，日益恶化，此次抗战自有其历史因果。"次句"冥冥东海乍扬尘"，"谓日寇入侵。"第三句"龙鸾交扇拥天人"则"谓全国一致拥护宣称坚决抗战到底之蒋介石也"。原来此词上半阕就是这样紧扣当时现实。以下诸篇经程千帆先生注释，也都包含时事。① 沈祖棻词曾被前人誉为"短章神韵""灵襟绮思"②，但今若于词史中论其价值，却不能不更重视纪实精神在其词中的体现。

顾随、卢前、顾毓琇、夏承焘、唐圭璋、叶圣陶等在抗战时期虽皆生活于大后方，但都写下大量诗词，记录了时代风云和历史印痕，表达了誓不屈服的民族精神。③

刘永济、沈祖棻等都是已故的前辈作家，不妨再看一位当

---

① 沈祖棻著，程千帆笺，张春晓编：《涉江诗词集》，河北教育出版社 2000 年版。
② 此系姚鹓雏、汪东二位先生评语，钱仲联《近百年词坛点将录》引，见沈祖棻《涉江诗词集》卷首诸家题咏。
③ 请参李剑亮：《民国教授与民国词坛》第四章《民国教授的抗战词》，浙江大学出版社 2017 年版。

代词人。据吉林大学教授马大勇的论文①，李子（曾少立，1964— ）由一位理工男"变身"为职业词人，在北京办香山国诗馆，以授诗传道自任。他坦陈自己"半路出家，无根柢，无师承，无文人的雅趣"，显然受旧式诗学理论影响不太深，因而对诗词创作的认识相当朴素单纯，他有关创作的言说大抵从切身体验出发，不同于学院陈套。他说，他的创作重视"日常生活"和"平民立场"，而"这实际上是一个写作题材的选择问题"，所以"有很多诗词主角不是我本人，但肯定是我日常生活中经历过的事"。这等于宣布他有意超越旧文人诗词的个体本位意识，不受传统狭隘的抒情精神所限，而进入自觉的客观叙事，把眼光投向自身以外更广阔社会面的创作态度。李子说自己的诗词有"以物证心"的特点，其实按他的具体解说，"就是在诗词中尽量多做客观白描，尽量少用价值判断和抽象概念"，"举个例子，'那时真好，黄土生青草'——'那时真好'这样的价值判断就很无谓，要坚决改掉"，这说的岂不正是诗歌最好能够"以事陈旨""多具体叙述少空洞抒情"的意思？"那时真好"，李子认为是价值判断，其实在诗中其作用就是抒情。李子要压缩的是比较空洞的抒情成分，要扩张的，正是比较朴素实在的叙事成分。他的创新还涉及诗歌语言，许多叙事写情抒慨述议的妙对和警策之语，表现出与新诗融洽的态势，跳跃，奇绝，匪夷所思，效果往往令人耳目一新，有极佳的发展前景。虽然他声明自己的创作不求名利，要"远离青史与良辰"，但马大勇

---

① 马大勇：《"远离青史与良辰"：论李子词——兼论网络诗词的流向与形态》，见《心潮诗词》杂志（武汉出版社），2018年第4期。本文所引李子的话，均据马大勇文。

的论文肯定地指出："我们有把握这样说，仅凭十几首乡村镜像类作品，李子即可以奠定自己在中国诗词史上重要的一席之地。"李子的经验可以表述为来自底层，深入生活，深入民众，与民众同呼吸、同甘苦之类，这完全正确。但从诗歌创作具体方法思之，抒叙互惠博弈关系之妥善处理及二者张力的巧妙利用，也不失为一个值得注意的具体方面。

从当前时代的文学总态势看，叙事作品花样日益繁多，叙事精神和技巧日益深入各类传播方式和几乎所有媒体，广大受众甚为欢迎，社会效果也比较显著。而抒情传统所依托的诗歌体裁，虽经人为提倡，相形之下还是逊色得多。诗歌永远是文学冠冕上的明珠，但在新时代如何发展？不计成败地顽强坚持固然应是首位的，但在具体写作上妥善地处理抒叙问题，使二者的博弈与互惠取得最佳平衡，恐怕也值得思考。

（此文原系"第三届中华诗词古今演变学术研讨会"上的发言，文本刊于《中华诗词研究》第五辑，中国出版集团东方出版中心 2019 年版）

八

文类递嬗与抒叙博弈

(一) 引 言

一部中国文学史,可以说是文类递嬗演变史,也可以说是抒情、叙事传统的博弈演进史。

文类递嬗,说的是文章体裁产生、发展、兴衰、变异的过程。对此,很多前辈学者已有所论述,有些文学史就是按此观念编写的。所谓"一代有一代之文学"(或文学"一代有一代之胜"),可说是一种颇为典型而概括的说法。这其实就是说每一代有一定的热门文类,就文类而言,一代文坛有一代的中心和主宰,我们耳熟能详的《诗经》、《楚辞》、汉赋乐府、魏晋文章、唐诗、宋词、元曲、明清戏曲小说,说的不就是居于历代文学史中心的那个主导性文类(或曰文体、体裁、文学样式)吗?而本文则想试从抒情叙事传统博弈的角度,来观察和说明这个现象。

抒叙博弈,是从文学表现的角度来看其内质所得之观感和结论。如果把文学创作看作一个过程,那么它的前阶段是作家头脑中的酝酿构思,后阶段则是作家借助文字(或其他媒介)把头脑中的东西对象化为作品。这个后阶段也就是文学表现的运作过程，是将作者内蕴的认识和感受外化出来的关键。没有表现，便没有读者能够见到的文学作品。文学表现手法多多，概而言之，却只有抒和叙两大类，可谓非抒即叙、非叙即抒。抒者，抒情，包括作者对主观情绪、观点、认识、感受的一切表达；叙者，叙事，指作者对一切客观事情物态的叙述或描写。其实无论抒或叙，都是一个主体在叙述、在言说，唯所叙所言的内容不同而已。"叙述"是个并列复合动词，叙与述同义，也就是言说或讲论。抒情、议论、说理和叙事、描写都属于叙述。"叙事"却是动宾结构，已说明其叙述的对象是"事"（事由、事态、事程、事果等），叙事与叙述感情（抒情）、观点（议论）、道理（说理）虽都是叙述，却不可混为一谈。

  抒情、叙事是两种不同的文学表现手法，但二者又交融互渗、错综复杂，共同完成文学的表达。在文学作品中，它们有互惠的一面，相促相益，使对方增色增重；又存在博弈的一面，即相互间有竞争比赛，在作品构成的抒叙比重上有争夺。同样的创作动机或题目，同样的素材原料，用抒情还是用叙事来表达，不同作者会有不同的习惯偏好和选择，他们的表达能力和对文类、技巧的掌握程度也各有不同。故在抒叙二法中，必然有所选择、有所侧重，常常存在取此舍彼、你重此他重彼的情况。而多用抒情还是多用叙事，作品的表达效果、文体性质、风格特征、读者反应、实际功能和影响范围，便往往不同。这种情况就是我们所说"博弈"的一种表现。显然，抒叙博弈对作品思想内容和艺术品质的质地水准，甚至对其总体优劣高下良窳之差异，都有一定的影响。①

抒情、叙事既是文学创作（表达）所必需，当然从文学诞生之始就存在着。抒情、叙事实乃同源共生、互动互促地发展，久之乃各自形成自己的统绪，即传统。②

至于文类的产生和递嬗，原因当然是多方面的，有外部原因（如社会需要、经济发展、文化演变等），但就文学自身而言，还存在内部的原因，而抒情传统、叙事传统的博弈消长就与此有着密切的关系。以往对此关注不够，今有必要予以重视。

（二）记叙之需促成文字产生，史与诗乃最早的文类

谈论文类，不能不先谈文字。没有文字，何来文章？没有相当多的文章，又何谈文类？而文字的产生，就与人类记录历史和生活中的各种事情之需要和愿望分不开。③

---

① 此处或可稍举例。元稹《行宫》："寥落古行宫，宫花寂寞红。白头宫女在，闲坐说玄宗。"与《连昌宫词》所写内容相关，皆涉天宝遗事，形式一为五言小绝，一为七言长歌；一简约抒情，一漫长铺叙，二者情味功能显然有异，各有长短而实含博弈。元稹又有传奇《莺莺传》提及同时人杨巨源有《崔娘诗》、元稹有《续会真诗》、李绅有《莺莺歌》，皆以诗歌形式复述或咏唱崔张故事，虽各有情致，然皆不如原小说细腻生动。倘非小说基础好（内涵丰富，戏剧性强）而仅存此数诗，恐怕宋元后《西厢记》系列不至如此兴盛，至今不衰。其中可见诗歌小说之抒叙博弈。
② 传统指人类行为在长期发展中逐渐形成的某些共同认识和习惯之类，犹如不成文法，虽或不自觉，却无法摆脱，自然遵守。传统是隐然的客观存在，须由人予以总结、构建和表述而显。传统在历史中形成，且非一成不变，人对它应主动认识、选择并加以改造，使之新陈代谢与时俱进。
③ 裘锡圭指出，文字为记录语言之需而产生，而记录语言的目的则是记事和传递信息。见其《文字学概要》，商务印书馆1988年版，第1页。

据古文字学家和考古学家的研究，甲骨文多记述占卜的过程、问题和结论。钟鼎金文多记述家族历史、祖先功德或箴诫铭颂之类。裘锡圭先生论我国文字体系的产生，特举《尚书·多士》所云"惟尔知，惟殷先人有册有典：殷革夏命"（周初周公对商遗民的训话），认为"周公特别强调殷的先人有典册记载'殷革夏命'之事，也许我国就是从夏商之际才开始有比较完备的记事典册的。汉字形成完整的文字体系，很可能也就在夏商之际"。裘先生还指出"在目前所能看到的内容比较丰富的成批古汉字资料里，时代最早的是与占卜有关的甲骨文，它们大概也出自当时的巫、史之手"，所以，仓颉造字的传说"把史官跟造字联系在一起，还是有一些道理的"。①

就中国文学史而言，最早的文类则是史述和诗歌，也可简称为史和诗。

这两种文体的产生同样是缘于人类记载史事和表述情感的进一步需求。它们原本都是实用性颇强的文体。

史述主要是记事，但记事中不免渗透着伦理裁断、价值判别和感情倾向；诗歌多因事触感而发，人生活于各种事之中，事促情动而有诗，凡诗皆不能与事无涉。② 在上古时代，诗歌的

---

① 裘锡圭：《文字学概要》，商务印书馆1988年版，第27—28页。
② 杨国荣《"事"与"史"》一文第一节《"事"以成"史"》中，有云："历史与人的活动无法相分。……人的活动也就是人之所'作'，其内容具体展开为多样之'事'。宽泛而言，作为人之所'作'，'事'既表现为个体性的活动，也展开于类的领域。在个体的层面，个体所作之'事'的延续，构成其人生过程；在类的层面，人'事'的代谢，则呈现为前后赓续的历史演进。马克思曾指出：'历史不过是追求着自己目的的人的活动而已。'类似的看法也见于柯林伍德。"见《学术月刊》2019年第1期。可以作为我们思索论述历史、事、人的生活与叙事活动关系的重要参考。人之一生是一连串的事，历史则是许多人的许多事。

演唱既曾与乐、舞一起为礼仪服务,也曾承担过史述的部分职能,后来不管怎么变化,诗歌仍一直与史结有不解之缘。无论是史还是诗,都是为了适应社会生活、满足人的需要,特别是人类政治生活的需要而产生,而存在。它们都是人类社会具有实用价值的文化产物。它们的形成和成熟是文字和文章发展到相当程度以后的事,标志着社会文明发展到了一个新的高度。

唐代史学家刘知几《史通》多处论及文史之关系,对我们很有启发意义,这里稍举二例。如谓:"昔夫子有云:'文胜质则史',故知史之为务,必藉于文。自《五经》以降,《三史》而往,以文叙事,可得言焉。"① 著史必须用文,非文不能成史,此乃文史结缘的根本原因。刘知几又曰:"夫观乎人文,以化成天下;观乎国风,以察兴亡。是知文之为用,远矣大矣。若乃宣、僖善政,其美载于周诗;怀、襄不道,其恶存乎楚赋。读者不以吉甫、奚斯为诌,屈平、宋玉为谤者,何也?盖不虚美,不隐恶故也。是则文之将史,其流一焉,固可以方驾南、董,俱称良直者矣。"② 特意把"国风""楚赋"提出,与"人文"并列,这就更把诗文与史都联系起来了。周宣王、鲁僖公的善政,从《诗经》的《大雅·烝民》和《鲁颂·閟宫》可以看到,楚怀王和顷襄王的无道,则在屈宋辞赋中可见。这些诗文都做到"不虚美,不隐恶",与史的本质相同,故虽是诗篇,却足堪称史;它们的作者尹吉甫、奚斯、屈原、宋玉也就可与历史上著

---

① 刘知几:《史通·叙事》,见浦起龙:《史通通释》,上海古籍出版社1978年版,第180页。
② 刘知几:《史通·载文》,见浦起龙:《史通通释》,上海古籍出版社1978年版,第123页。

名的史家南史、董狐媲美。

明后七子之一的王世贞在其《艺苑卮言》中说过一段很重要的话：

> 天地间无非史而已。……《六经》，史之言理者也。曰编年，曰本纪，曰志，曰表，曰书，曰世家，曰列传，史之正文也。曰叙，曰记，曰碑，曰碣，曰铭，曰述，史之变文也。曰训，曰诰，曰命，曰册，曰诏，曰令，曰校，曰劄，曰上书，曰封事，曰疏，曰表，曰启，曰笺，曰弹事，曰奏记，曰檄，曰露布，曰移，曰驳，曰喻，曰尺牍，史之用也。曰论，曰辨，曰说，曰解，曰难，曰议，史之实也。曰赞，曰颂，曰箴，曰哀，曰诔，曰悲，史之华也。虽然，颂即四诗之一，赞、箴、铭、哀、诔，皆其馀音也。附之于文，吾有所未安，惟其沿也，姑从众。①

王世贞的观点是：史是一个大文类，包含广泛，他不厌其烦地列出了史这个文类的家族构成。但把四诗之一的颂及其同类的赞、箴、铭、哀、诔"附之于文"，他觉得不太妥当，但一时没有更好办法，就暂时从众了。这给我们启示：如果看到诗的家族也非常庞大而复杂，那就不如果断地把诗单列出来，成为与史并列的另一个大文类。这样便形成了更为清晰的诗文（史）两大文类，既符合中国古代文学的实际，王世贞的不安也可以解除了。

---

① 王世贞:《艺苑卮言》,丁福保辑:《历代诗话续编》,中华书局1983年版,第963页。

(三)史文的本质是记事,基本形式为散文, 叙事成为一个文类

中国自古重史,很早就有史籍的产生。《周礼》《礼记》有大史、小史、内史、外史、御史、女史、左史、右史等职官的名目,他们的职务不同,但掌理书志、秉笔记事是共同的两项。《汉书·艺文志》云:"古之王者,世有史官,君举必书,所以慎言行,昭法式也。左史记言,右史记事,事为《春秋》,言为《尚书》,帝王靡不同之。"① 这些史官的职责就是代表官方记录史事,主要记录君王及臣属们的政治、军事、外交活动情况,散体的文章是他们使用的主要载体,用文字叙事是他们的主要文学手段。史述这个文类,就是由他们在实践中创造的。

古史大多遗佚,但《春秋》尚存。《春秋》是一部编年古史,文字简约,被奉为"经"。其在师徒口传中易生歧解,《左传》《公羊传》《穀梁传》《国语》等书据经而作传,其价值主要在于补充事实。唐人啖助比较"春秋三传"曰:"予观左氏传,自周、齐、晋、宋、楚、郑等国之事最详。晋则每一出师,具列将佐;宋则每因兴废,备举六卿。故知史策之文,每国各异。左氏得此数国之史,以授门人,义则口传,未形竹帛;后代学者,乃演而通之,总而合之,编次年月,以为传记。又广采当时文籍,故兼与子产、晏子及诸国卿佐家传,并卜书、梦书及杂占书、纵横家、小说、讽谏等杂在其中。故叙事虽多,释意

---

① 班固:《汉书·艺文志》,见中华书局1962年版标点本,第1715页。

殊少,是非交错,混然难证。其大略皆是左氏旧意,故比馀传,其功最高;博采诸家,叙事尤备,能令百代之下,颇见本末。"①由此可知,《左传》等书中实包含了当时各国的多种史文,也包括了古代已存在的多种文体。它们不但充分显示了史文的叙事性质,而且显示史文本身就是一个庞大的文类,除了史官的记录文字外,在古代政治生活、社会生活中运用着的种种文体,都可以在史文中看到,如君王的训诰、臣子的议对、外交的盟誓、战事的檄移等等。这些文类的内容都少不了一定的叙事成分,因为只有先说清楚相关事实之后,才能引申到下文的训诰、议对、盟誓或檄移,文章才能有理有力,发挥作用。

这种情况在《尚书》中也看得清楚。刘知几《史通》内篇第一卷第一篇《六家》云:"诸史之作,不恒厥体。权而为论,其流有六。一曰《尚书》家,二曰《春秋》家,三曰《左传》家,四曰《国语》家,五曰《史记》家,六曰《汉书》家。"②《尚书》家被列为第一,大致可以作为史体文章的最早代表。据云孔子整理过此书,原有百篇,搜罗了自尧舜时代起,历经夏商周至秦统一前的重要政治历史文件。③ 虽然有人认为它"体例不纯",不够史书的标准,但作为原始史料,应该是没有问题的。比起甲骨文或钟鼎金文,甚或早已失传的《三坟》《五典》《八索》《九丘》来,《尚书》的文章已成熟了许多,显然经过后世文人的整理润色。《尚书》之文包括多种名目,有记录君王言论的誓、命、训、

---

① 陆淳:《春秋啖赵集传纂例》卷一《三传得失议第二》,转引自北京大学中国文学史教研室选注:《先秦文学史参考资料》,中华书局1962年版,第288页。
② 刘知几著、浦起龙释:《史通通释》,上海古籍出版社1978年版,第1页。
③ 参班固:《汉书·艺文志》、魏徵等:《隋书·经籍志》。

诰，也有记录史实的典谟之类文章。但归根到底，都是史文的一种。清人孙星衍《尚书今古文注疏》卷三十《书序》简要说明今存《尚书》诸篇的内容，无一例外地解说了它们与史事的关系，和它们曾起过的历史作用。如谓："昔在帝尧，聪明文思，光宅天下，将逊于位，让于虞舜，作《尧典》。虞舜侧微，尧闻之聪明，将使嗣位，历试诸难，作《舜典》。……自契至于成汤，八迁，汤始居亳，从先王居，作《帝告》《釐沃》。汤征诸侯，葛伯不祀，汤始征之，作《汤征》。……盘庚五迁，将治亳、殷，民咨胥怨，作《盘庚》三篇。……惟十有一年，武王伐殷，一月戊午，师渡孟津，作《大（泰）誓》三篇。武王戎车三百两，虎贲三百人，与受战于牧野，作《牧誓》。武王伐殷，往伐归兽，识其政事，作《武成》。武王胜殷杀受，立武庚，以箕子归，作《洪范》……"从远古至夏商周一代一代地解说下来，直至"秦穆公伐郑，晋襄公帅师败诸崤，还归，作《秦誓》"。①

《尚书》是《六经》之一，所谓六经，即《诗》《书》《礼》《乐》《易》《春秋》。而古人有云"六经皆史"。②从文学和文章学角度言之，六经的文体都可以说是史体。刘熙载云："《六经》，文之范围也。圣人之旨，于经观其大备；其深博无涯涘，乃《文心雕龙》所谓'百家腾跃，终入环内'者也。"③六经之

---

① 孙星衍：《尚书今古文注疏》卷三十《书序》，转引自北京大学中国文学史教研室选注：《先秦文学史参考资料》，中华书局1962年版，第28—29页。
② 章学诚：《文史通义》内篇《易教上》，叶瑛校注，中华书局1985年版，第1页。章学诚甚至说："愚之所见，以为盈天地间凡涉著作之林，皆是史学。"见上书第4页，引《报孙渊如书》。
③ 刘熙载：《艺概》卷一《文概》，上海古籍出版社1978年版，第1页。

文都是从一个特定角度记述历史上发生的事,因此皆可作史文看,都属于历史文体,而后来的诸种文体,都是从《六经》中生发出来的。故刘熙载又云"九流皆托始于《六经》",而刘知几《史通·六家》所说的《春秋》家和传叙春秋史事的《左传》家,也都属经传的范围。

宋真德秀《文章正宗》选文为范,分古代文章为四类:一、辞命,收帝王的诏告制令玺书。二、议论,收臣僚卿士的论说谏议对策上奏之辞。三、叙事,选录载史之文,如"左氏叙隐桓嫡庶本末""叙郑庄公叔段本末""叙晋重耳出亡本末"之类,大都摘录史书正文;亦有杂传,如韩愈《圬者王承福传》、柳宗元《宋清传》,乃至碑铭文(如《平淮西碑》《柳子厚墓志铭》)及"永州八记"等。四、诗歌,选录上古至唐代符合诗教标准的古体诗。《四库全书总目提要》指出此书"录《左传》《国语》以下至于唐末之作",并加按语曰:"总集之选录《左传》《国语》自是编始,遂为后来坊刻古文之例。"①

虽然真德秀乃道学之儒,选文标准与文章之士不同,其所选诗目,被顾炎武批评为:"一扫千古之陋,归之正旨,然病其以理为宗,不得诗人之趣。"四库馆臣亦曰:"四五百年以来,自讲学家以外未有尊而用之者。"② 但我们却从此书发现重要信息,那就是:第一,在宋人真德秀心目中,中国古代文章按其实用价值来看,是四大类别,即自上而下号令天下的辞命,自下而上治国理政的议论,记载历史的叙事,抒发情感的诗歌。他

---

① 《四库全书总目》卷一八七,集部总集类,中华书局1962年版,第1699页。
② 顾炎武:《日知录》,见《四库全书总目》引,第1699页。

打破《昭明文选》以来编选总集的习惯做法,首次把叙事性的历史记述列入选文之中,将其视为四大文类之一。梁太子萧统的《昭明文选》是不收叙事性史文的,其书六十卷,收入三十八种文体的作品,除诗赋为大宗外,颂、箴、戒、论、铭、诔、赞,以及"诏诰教令之流,表奏笺记之列,书誓符檄之品,吊祭悲哀之作,答客指事之制,三言八字之文,篇辞引序,碑碣志状",凡能"入耳之娱""悦目之玩"者无不收纳,但经、史、子之文,却是不收的。这表明萧统其时对文学的特质已有了比较深入思考和清晰的认识,他是在努力将文学(文章、篇翰)与经、史、子,即哲学和历史著作区分开来,也可以说,他是在努力提高文学的纯度。他申说不选史文入《文选》的理由是:"记事之史,系年之书,所以褒贬是非,纪别异同,方之篇翰,亦已不同。"这是指史书正文,从功用角度而言,但他对史书中的赞论文字,即史书中侧重反映作者观点情绪和文采的部分,却十分欣赏爱惜,"若其赞论之综辑辞采,序述之错比文华,事出于沉思,义归乎翰藻,故与夫篇什,杂而集之。"① 萧统的主张代表了文学自觉、文史分家的时代要求,影响颇大,后世文家选文,排拒史著正文几成定例。

来自文学方面的这种与史学分家的要求,与来自史学方面要与文学分家的要求,其实是同一件事的两面。问题在于,文史两家在理念上、感情上都想要分开,但事实上史中有文有诗(诗心诗性),诗文中无不含史(史性),却是无法否认亦无法摆脱的客观事实。这种情况在史学界被称为"在史学理论上反对和排斥文学,而在史学实践中却大量运用文学的思维、手法和

---

① 以上所引萧统语,均出《文选序》,见四部丛刊影宋本《六臣注文选》。

技法",亦即"(史的)文本与文本理论之间,却呈现出二元对立的价值倾向"。① 迄今仍是史学研究的一大理论问题。真德秀首起变革,明确将史文视为文章,视同文学,其意义十分重大。影响也十分深远。关键就在于,把叙事的史文也算作了正宗的文章,这种对文学文类的认识,自然令人耳目一新。

第二,如果我们再仔细看一下真德秀所选的文章,除叙事类出自史书外,其他两类(辞命和议论)大多也是出自史书,是历史上实际发生过作用的文章或言论,往往被载入史册。所以,《文章正宗》的前三类不是史书正文,就是史书所包含的各种应用文体。再细看一下,就不难发现这些文章都有比重不等的叙事成分,无论辞命还是议论,都是"缘事而作",而且都是要落实于事功的,它们实实在在代表着中国文学的叙事传统。

由此不妨认为,真德秀实际上乃是视中国文章为史与诗两大类,而史类之文的共同特点便是叙事或至少以叙事为基础(然后才能发布命令或发表议论)的。② 至于诗歌,此时已开始与史分家,其形式又与史类明显不同,故只能列为文章(文学)

---

① 请参李洪岩:《中国古代史学文本的理论与实践》,《文史哲》2006年第5期。

② 这里举一例以明之。《文章正宗》辞命类和《古文辞类纂》诏令类都选录的汉高祖《入关告谕》:"父老苦秦苛法久矣,诽谤者族,耦语者弃市。吾与诸侯约:先入关者王之。吾当王关中,与父老约法三章耳:杀人者死,伤人及盗,抵罪;馀悉除去秦法,吏民皆安堵如故。凡吾所以来,为父老除害,非有所侵暴,毋恐。且吾所以军霸上,待诸侯至而定要束耳。"此文极短,但叙事清晰,结构分明,逻辑有力,第一说秦法苛,第二说我当王,第三说约法内容,第四说驻军霸上之故及后话。在叙清事实的基础上发布命令以安抚关中士民。后世诏令篇幅加长,结构则近似。凡应用性文体皆可作类似的叙事分析。

类别中的另一主体。《文章正宗》遂形成史、诗两大文类的格局。

文史从浑然一家到分为两家,酝酿已久,蓄势有日,可是成功却谈何容易!所缘何来呢?实因欲分虽是大势,但分不开却是根本,文史两家的因缘根深蒂固,错综复杂,瓜葛可谓永无休止。从中国文论史上曾经剧谈过的"文笔之辨",到《昭明文选》,到刘知几的《史通》,再到章学诚的《文史通义》,直到今天文史两界之现实状况,在在都显示了这一点。

(四)诗与史的因缘,是古代文体内部"史性""诗性"并存互惠博弈的根源

在文类发展上,诗体与史体是同时形成并成长起来的。史体是散文源头,诗体则是韵文源头。诗与史同样,也是一个包容很大的文类,最起码,诗还包括歌。据闻一多先生研究,上古时,诗与歌的区别就在于歌抒情而诗记事。他在《歌与诗》一文中论证了这一点,接着说:"上文我们说过'歌'的本质是抒情的,现在我们说'诗'的本质是记事的,诗与歌根本不同之点,这来就完全明白了。再进一步的揭露二者之间的对垒性,我们还可以这样说:古代歌所据有的是后世所谓诗的范围,而古代诗所管领的乃是后世史的疆域。"①

这里有两点值得注意。其一,抒情与叙事对垒性的提法;其二,原来最早诗与歌不同,歌抒情,诗记事,诗也是史的一种。

---

① 闻一多:《歌与诗》,见《闻一多全集》第一册,生活·读书·新知三联书店1982年版,第187页。

前一点告诉我们,诗歌里存在着抒情和叙事两种对垒性的成分;对垒也者,既是相对又绝不可分之谓也。叙事造就"史性",抒情(兴发感动)则是诗的特性,是"诗性"即文学性的核心和本质。叙事与抒情的对垒,换言之也就是史与诗的对垒,这曾是"诗"与"歌"的"根本不同之点",却也是"诗"与"歌"永恒结缘的原因。认识及此,对于理解中国文学抒情、叙事两大传统及其关系,具有根本性的意义。

而后一点,则有助于我们读懂孟子的名言:"王者之迹熄而《诗》亡,《诗》亡然后《春秋》作。晋之《乘》,楚之《梼杌》,鲁之《春秋》,一也。其事则齐桓晋文,其文则史。"(《孟子·离娄下》)不能否认上古曾有一段诗、史混沌不分的时期。在人类文明发展过程中,诗、史也在不断分化着,界限日见明显。但在诗歌源头的《诗经》时代,诗与史的瓜葛极深。《诗经》中的《颂》和《大雅》,以及《小雅》中的一部分,直接与一定的历史阶段、历史事件或历史人物关联,有的可与《左传》等史书对勘,有的进而成为后人(如司马迁)撰史的依据。[①]《毛诗序》解诗的思路基本上就是以史解诗,诗史印证。此点在古代为多数研究者所认同并继承,却也曾经颇为现代的《诗经》研究者所诟病。但《诗经》研究造诣极深的闻一多这样说:"《序》指出了《诗》与国史这层关系,不能不说是很重要的一段文献。如今再回去看《诗序》好牵合春秋时的史迹来解释《国风》,其说虽十九不可信,但那种以史读诗的观点,确乎是有着一段历

[①] 请参董乃斌《〈诗经〉史诗的叙事特征和类型——〈诗经〉研读笔记之一》与《从诗史名实说到叙事传统》二文,分别见《南国学术》2018年第3期、《文艺理论研究》2019年第1期。

史背景的。"这话就很辩证而公允。《诗经》确实有一些篇章讴歌民间日常生活,不必非要勉强去与一定的历史事件挂钩。但《诗经》的风诗有不少与某国某地的史事有关,这也是不容否认的。当代学者马银琴在其力作《两周诗史》中说:"《诗序》所言并非尽与诗之本旨相合,在很多时候甚至还存在着明显的矛盾,不可依据《诗序》来说《诗》,已成为《诗序》研究者的共识。但是,《诗序》在解说诗旨时出现的不如诗义的问题,并不意味着《诗序》的说辞一无是处。相反,在诗歌创作年代的判定问题上,《诗序》的说法具有相当重要的参考价值,甚至可以这样说,《诗序》为我们判断《国风》作品的创作年代提供了可以依据的第一手资料。因此,本文下面的考订工作,将在《诗序》所提供的资料的基础上展开。"① 马银琴所言同样辩证而公允,是她深入钻研《诗经》及其研究史的心得体会。另一位《诗经》研究者邵炳军,在其《德音斋文集·诗经卷》中考订《诗经》诸国风的写作时间和旨意,更完全是用诗史互证之法,行文中到处有明确的标示。② 他们的成功实践使我们相信诗史互证的确有其合理性,不可轻易否定。只要不是胶柱鼓瑟钻牛角尖,这不失为研究古代诗歌可用的一种方法;而这种方法之所以能够成立,就因为诗与史二者本就有其深刻的相通之处,"史性"实乃许多诗篇本就具有的一种质性。

《诗经》中的许多篇章与历史有关,故具"史性",这是一层意思。不仅如此,就是那些描写、反映民间日常生活,而未必与历史事件相关的短小抒情诗(风诗中常见),其实也可以具

---

① 马银琴:《两周诗史》,社会科学文献出版社2006年版,第331页。
② 邵炳军:《德音斋文集·诗经卷》上下册,上海大学出版社2017年版。

有一定的"史性"。"史性"的内核是叙事,一首诗凡具体实在地表现了一定时代的真实生活,或反映了一定历史时期人们的真实情绪心理,有助于后人透过诗歌了解历史生活,那就都多多少少带上了一些"史性"。① 今日之现实,异日即成历史,所谓"史性"应是一个开放的有生命的观念。如果不是这样,那么读诗又怎么能够通过"以意逆志""知人"而"论世"呢?

当然,诗的叙事与史的叙事是有所不同的,此点不可忽视。不但所关注的方面各有侧重,表现方式的差异尤大。史以直笔,即直书其事为主、为基本要求,追求的是真实可信,而文字表达则要朴实无华,避免辞采的繁缛浮夸,至少在理论上是如此;史官或史家能否完全做到,那是另一回事。诗与史不同,古人概括诗之表现有赋比兴三法。赋虽号称"直陈其事",其实因为用的是诗歌语言,与史之直笔记叙已然不同,更不必说采用比兴手法而形成的曲笔隐喻、指东说西乃至指桑骂槐,为的是启发读者的丰富联想,取得艺术上的增强效应,是史述所禁忌的了。闻一多指出诗的叙事"其中的'事'是经过'情'的泡制然后再写下来的",与真正的历史记述(史传或史志)不同,他举出《诗经》中的两种叙事类型,"一种如《氓》《谷风》等,以一个故事为蓝本,叙述方法也多少保存着故事的时间连续性,可说是史传的手法;一种如《斯干》《小戎》《大田》《无羊》等,平面式的纪物,与《顾命》《考工记》《内则》等性质相近,这些都是'诗'从它老家(史)带来的贡献。"又进而论述"事""情"——叙事和抒情,在诗歌发展中的升沉变异:"由《击鼓》《绿衣》以至《蒹葭》《月出》,是'事'的色彩由显而

---

① 此处仍可参见前面注文所引杨国荣《"事"与"史"》文的观点。

隐,'情'的韵味由短而长,那正象征着歌的成分在比例上的递增。再进一步,'情'的成分愈加膨胀,而'事'则暗淡到不合再称为'事',只可称为'境',那便到达《十九首》以后的阶段,而不足以代表《三百篇》了。同样,在相反的方向,《孔雀东南飞》也与《三百篇》不同,因为这里只忙着讲故事,是又回到前面诗的第二阶段去了,全不像《三百篇》主要作品之'事''情'配合得恰到好处。总之,歌诗的平等合作,'情''事'的平均发展是诗三阶段的进展,也正是《三百篇》的特质。"① 用赋比兴,隐喻指代,曲折含蓄,渲染夸张,一语多义,皮里阳秋,意在言外,层次复沓,较少事实而更多感情色彩,令人吟咏咀嚼回味不尽,这些都是诗歌叙事的特点,所谓"诗性"之表现,是它与史述明显不同之处。

诗歌叙事与散文叙事相比,有特点也有弱点。诗歌每句字数有限且固定,需要押韵,需要遵守一定的、越来越严的格律。便于吟诵记忆是诗的优长,但诗歌叙事不能像散文那样自由而周备详赡,那样酣畅而明朗,往往有意无意地造成理解障碍或阐释歧见,则是诗的一个特点,有时又是它的弱点。

即以诗圣杜甫为例,《八哀诗》是他著名的传记体长诗,王嗣奭《杜臆》云:"此八公传也,而以韵语纪之,乃老杜创格,盖法《诗》之《颂》;而称为诗史,不虚耳!"但浦起龙《读杜心解》则强调:"每篇各有人情语,此致哀之本旨,与国史列传体有别。"②

---

① 闻一多:《歌与诗》,见《闻一多全集》第一册,生活·读书·新知三联书店1982年版,第190页。
② 王嗣奭:《杜臆》卷之七,上海古籍出版社1983年版,第235页。浦起龙:《读杜心解》卷一之五,中华书局1961年版,第144页。

以诗歌作传毕竟不可能像史书本传那样按部就班、平实叙写，故了解史迹史实，还是要根据史书，诗歌只能作为参照补充。像《八哀诗》首篇《赠司空王公思礼》，全诗六十四句，可与正史本传印证，但毕竟不是史文，而是诗述。以诗歌方式述史，必常用比兴语，如以"洗剑青海水，刻铭天山石"描述王思礼随哥舒翰征讨吐蕃的功绩，气势雄壮，对仗工稳，但抽象空泛，尚待史实的充填。即使全用赋体，如"肃宗登宝位，塞望势敦迫。公时徒步至，请罪将厚责。际会清河公，间道传玉册。天王拜跪毕，说议果冰释"一段，写哥舒翰潼关大败，王思礼西赴行在受责，将军法从事，幸有人进言将其救下。杜甫的叙述就编织了房琯恰从成都来传达玄宗传位诏书，肃宗因此宽恕思礼的情节，颇有戏剧性，却不一定是史实。就全诗抒叙比例看，叙事者五十六句，"入情语"即抒情句为八句。此诗可算"叙七抒一"之作，叙事成分重，是绝对无疑的。再如杜甫"诗史"之名的出处《本事诗·高逸》所提及的《寄李十二白二十韵》，以十韵叙李白事迹，但若与孟棨前文所叙李白生平的大段文字相比，还是简略抽象得多。不过，这里的叙述充满感情，句句堪称"叙中抒"，而后十韵均为"入情语"，故此诗的"诗性"实远胜于"史性"。然而孟棨却说"杜所赠二十韵，备叙其事。读其文，尽得其故迹"，并由此引出下文："杜逢禄山之难，流离陇蜀，毕陈于诗，推见至隐，殆无遗事，故当时号为'诗史'。"① 可见诗、史虽皆叙事，但要求是不同的，效果也是不同的，读者对诗歌叙事的期待也有所不同。所谓抒叙博弈，即于

---

① 孟棨：《本事诗》，见丁福保辑：《历代诗话续编》，中华书局1983年版，第14—15页。

此产生。体现在文类上,复杂曲折的叙事,长篇大套的议论,细腻深入的分析,政治外交的应用,等等,便不能不由散文承担,而诗歌因能够容纳多量的"人情语",则更宜于兴发感动,抒情寄慨。诗文分工的内在根源应在这里。①

(五) 有无应用性是鉴分古代文类的重要准绳

中国古代文体虽然繁多,其实可按是否具有应用性而分为两大类。散文类文体多数有应用性,即为处理事务、解决问题而写,有的其实就是一种公文或私人应用文牍。曹丕《典论·论文》提及八种文体,所谓"奏议宜雅,书论宜理,铭诔尚实,诗赋欲丽",前六种都是文,也就是散文体的实用文章,唯诗赋以抒写情性、兴发感动或展示才华为主,没有实际用途,比较接近西方所谓的纯文学(当然所谓"纯"也只是相对而言)。

刘勰《文心雕龙》自《辨骚》至《诠赋》四篇,所论诗歌乐府辞赋皆非实用性文体,当纯文学概念输入后,即往往被以纯文学视之。《颂赞》以下直到《书记》,共十七篇,论述了数十种文体(有的文体可有多种名称,且有重叠交叉),绝大多数都是应用性的。有主要用于政治外交场合、军国大事的颂赞、铭箴、祝盟、诏策、檄移、封禅、章表、奏启、议对之类,有广泛用于社会生活、为各阶层共需共用的,如诔碑、哀吊、史传、诸子、论说和统称"书记"的各种文体(书信、笺记、笔

---

① 就连当代的大学入学考试,对作文的要求,虽一般不拘文体,却仍规定不得以诗歌应试,其理一也。

札、杂文乃至谱籍簿录、方术占式、律令法制、符契卷疏、关刺解牒、状列辞谚等，所谓"艺文之末品，政事之先务"①）。以上林林总总的文类，大都具实用性②。实用性有强弱，应用范围有宽窄，在其内部也都存在着抒叙博弈，不同作者所写同一文类的作品，抒叙的成分比例也有不同；同一作者在不同情况下所写同一文类之作品，也可能抒叙比重有差。凡抒情（含议论说理）成分较重且讲究文辞者，往往文学性较强，实际功用与流传效果也往往较佳，也就较易在文学史上留名，能够被选入《文选》或其他选集总集，可算一个标志。有的文类，因抒叙关系的变化，其实用效果（应用范围）也随之变化。如檄移类文章，最初只是一般行政公文，既供上行迎候谒见报疏之用，亦用于下行的荐举召见或责令等事务，但最后却变成专为数落敌罪、列举己德之用的露布。③《文心雕龙·檄移》提到的几篇名著，如载于《后汉书·隗嚣传》的《移檄告郡国书》，载于《文选》的陈琳《为袁绍檄豫州文》，载于《三国志·魏志·钟会传》的《移檄蜀将吏士民书》，就都是如此。唐人骆宾王的《为李敬业讨武曌檄》更是传颂千古的文学名篇。

明人吴讷《文章辨体》、徐师曾《文体明辨》分体更细，吴书分文五十九类，徐书分文一百二十七类，但无论怎么细分，大体仍是诗赋与散文两部分。诗赋大致属于后世所谓的"纯文学"，既含一定的叙事成分，而抒情色彩（"诗性"）毕竟浓重；

---

① 见刘勰：《文心雕龙》之《书记第二十五》。
② 也许只有《谐隐》一种除外，因是游戏文章，没有多少实用价值，但仍可娱情悦兴。为实用目的而写作和作品完成之后能有某种用处，终非一回事。
③ 请参鄢虹：《檄：从公文通称到文体专名》，《文史知识》2019年第3期。

散文部分则大都具有实际应用价值,因而不能不具有较多的叙事成分,即"史性":文学色彩("诗性")则主要表现为辞采的丰赡华丽和笔端浓淡各异的情感流露。

应该说明,诗赋也曾有一段时期是有实际用途的,除诗史浑然不分的远古,历史上还有过"以诗赋取士"的时代。如在唐朝,诗赋便曾是科举考试的重要项目。唐人应举前往往行卷以提升名气,寻求揄扬。行卷所用的诗,也就有了一定的实用性。再往后,诗歌还成为文人雅士应酬唱和礼尚往来的实用工具。不过这种实用性与前述那种处理事务、解决问题的实用性还是有所不同的。多数时候(包括唐代),诗赋还是充当人际交往和自我舒泄的工具。适应人们,特别是文化人抒发情感波澜和建构自我主体的需求,诗歌发展的总趋势还是重心向非应用性倾斜,向纯文学靠拢的,西方文学及其理论传入以后,就更是如此。①

总而言之,一切文类在文字表达上无不是抒叙两种成分的结合融会,只是比例不同、形式多样而已。诗歌之叙事有其特点优点,也有其不足和短板。抒叙的博弈促使非应用性散文叙事的兴起——即使是非应用性文章,也不是仅有抒情议论说理就够的,提笔作文,总因有事,也因有感,何况情也好,理也好,本皆由事而生,与事有关,情感的抒发、理念的阐说,本

---

① 诗歌要保持其非实用的性质和特色,而更多地吟咏情性、远离功利,实际上是一种影响很大的诗学审美观。王国维《人间词话》:"诗至唐中叶以后,殆为羔雁之具矣。故五代北宋之诗,佳者绝少,而词则为其极盛时代。即诗词兼擅如永叔、少游者,词胜于诗远甚。以其写之于诗者,不若写之于词者之真也。至南宋以后,词亦为羔雁之具,而词亦替矣。此亦文学升降之一关键也。"

就离不开一定外物的媒介,涉物叙事自然是一切文章的必需。梁萧纲自称"少好文章",深知文辞咏歌关乎人事,从春秋迁移,到出征戍边,凡"沉吟短翰,补缀庸音",皆"寓目写心,因事而作[①]"。唐古文运动前驱萧颖士则说:"文也者,非云尚形似、牵比类,以局夫俪偶,放于奇靡……所务乎激扬雅训,彰宣事实而已。"[②] 唐《中兴间气集》编者高仲武在其书《序》中有"古之作者,因事造端,敷弘体要"之说。此类叙说,古文论中随处可见。从记事散文逐步发展出有意虚构的小说,遂成必然之趋势。且又发展出敷演故事的戏曲,或与外来文化结合,发展出佛经变文的演唱之类;或与现代科技相结合,发展出影视、广告游戏、网络文学等等,大大地扩充了中国文学的文类。

(六) 抒叙的融会结合与博弈前行,形成绚丽壮观的文学史图景

中国古典小说从历史纪事与诸子寓言中孕育发展至于脱胎而出,到唐传奇已成为诗歌的重要盟军,成为一种独立的文类。可惜旧式文人未把小说纳入他们极想"明辨"的文体之中,所以我们在《文体明辨》《文章辨体》《古文辞类纂》直到《古文观止》等书中看不到古代小说的踪影;要文学观念更为新潮和

---

① 萧纲:《答张缵谢示集书》,《全梁文》卷十一,见严可均辑:《全上古三代秦汉三国六朝文》,中华书局1958年版,第3010页。
② 萧颖士:《送刘太真诗序》,见《唐文粹》卷九六,四部丛刊影印明嘉靖刊本。

开放的后人才能懂得小说的价值。

其实,早在白居易创作《长恨歌》的时候,诗歌的抒叙和小说的抒叙,就已经在互惠互补,同时也博弈竞赛了。① 同时代的传奇小说《莺莺传》(元稹)是散文的叙述中参以诗篇,诗文互促互补,后来更有《莺莺歌》(李绅)、《崔娘诗》(杨巨源)及《续会真诗》(元稹)在此基础上的咏唱。小说的叙事在发展过程中进化出戏剧性,戏剧性是叙事作品最能吸引人的因素。于是张生莺莺故事以小说为新起点继续演化,至宋则有赵德麟《商调蝶恋花》以歌其事;至金章宗时,又有董解元以诸宫调演唱《西厢记》;至元代更演为杂剧多种,而以王实甫所作的多本《西厢记》为最著名;明清至今更有长篇戏曲和各种地方戏剧,乃至影视的《西厢记》,其发展变化可谓尚未终结。唐才子沈亚之是著名诗人,也是杰出小说家,他刻意将虚构故事的叙述与诗歌的吟唱结合,把诗歌做成故事情节的一部分,又把故事的叙述化为立体的戏剧场面。他可以说是小说文类向戏剧形式演进的重要推手。读其小说《秦梦记》《湘中怨解》,犹如观赏一出凄艳精美的歌舞剧,使我们从唐传奇中体味到中国古典戏曲

---

① 元和元年(806)冬十二月,太原白乐天自校书郎尉于周至。(陈)鸿与琅琊王质夫家于是邑,暇日相携游仙游寺,话及此事(指李隆基杨玉环故事),相与感叹。质夫举酒于乐天前曰:"夫希代之事,非遇出世之才润色之,则与时消没,不闻于世。乐天深于诗,多于情者也。试为歌之,如何?"乐天因为《长恨歌》。意者不但感其事,亦欲惩尤物、窒乱阶,垂于将来者也。歌既成,使鸿传焉。世所不闻者,予非开元遗民,不得知。世所知者,有《玄宗本纪》在。今但传《长恨歌》云尔。(汪辟疆《唐人小说》录自《文苑英华》卷七九四,《太平广记》卷四八六载《长恨歌传》无此节,详汪氏《唐人小说》此篇文后叙论,上海古籍出版社1973年版,第143—144页)

的情味，并由此憬悟：中国古典戏曲实乃小说叙事和诗歌抒情进化结合的新形态，一种难度更大、艺术空间也更宽广的文学类别。戏曲形式循此而大发展，而趋于成熟。中国文学史到元明清时代，会出现一个以戏曲为文坛中心的阶段，杰作迭出，实在绝非偶然。

散文的叙述大大补充了诗歌的叙述，使诗歌的抒情具有更坚实的基础，更广阔的天地，中国戏曲昭示了这一点。由此也可窥见文类递嬗与抒叙博弈的关系。

抒叙两种文学表现手法，互为依靠。但比较起来，叙事更具基础性。叙事含情易，甚至可以说，凡文学叙事必带感情，文学中没有不带感情的叙事，纯叙事仅存在于非文学之中。抒情在文学中也很重要，不但叙事必含情，而且文学中还允许纯抒情的存在，有时甚至须要来一点纯抒情，乃至哲学化的抒情。中国戏曲的唱词往往就是诗，比较多的是抒情诗。小说中也不乏诗，或用以推动情节、营造气氛，或用以塑造人物、增添情趣。叙事与抒情在戏曲小说中互惠而博弈的例子举不胜举。

值得注意的是，纯抒情文体虽然存在，但很难占据文坛中心或成为主流，特别是某些自抒自唱而生活内容稀薄的抒情诗、议论诗、哲理诗，看今日实际状况，已沦为小众艺术，呈现衰微趋势。古代的此类作品很难进入文学史，也乏人关心；当代的此类作品，也不大受欢迎，大抵只能自娱自乐或藏诸名山（当然这也不妨，甚至也挺好）。现在真正得到大众欢迎的多是叙事类作品，诗歌也不例外。故当代诗歌乃出现所谓"及物现象"，甚至就连最近兴起的所谓"极短诗"（新诗，但篇幅极短，类似绝句、俳句）也将"叙事手段的引入"作为创作实践的途径之一。①

《文艺报》2019年1月23日第二版"理论与争鸣"刊登一文，题为《二十一世纪"及物"诗歌的突破与局限》（作者罗振亚），其第一节标题"及物诗歌的优长：和现实的深层'对话'"，指出："随着诗歌和现实生活交会点的增多和面的拓展，向日常化世界广泛敞开，诗人们自然不会再满足于相对内敛的意象、象征手段的打磨，而尝试借鉴叙事性文学的长处，把叙述作为维系诗歌和世界关系的基本方式。"在举出《一个农民在地里侍候庄稼》（白连春）、《一个农民工从脚手架上掉下来了》（田禾）和《时间简史》（江非）等作品之后，作者肯定这些诗"显示出诗人介入复杂生活题材的能力之强""使诗歌在抒情之外又开辟出了一个新的艺术生长点"。从我们的观点来看，这些现象不正是显示了抒叙两大传统在新时代的博弈与互惠，叙事和叙事传统俨然成为诗歌发展的一种动力了吗？毋庸讳言，我国当代文坛还未拥有杜甫级的伟大诗人，但上述现象所昭示的方向与杜甫的诗史贡献在本质上不是颇有一致之处吗？

这篇论文在第二小节指出了当前及物诗歌的局限，呼吁更多关心时代的大问题，"遗憾的是，如今不少诗人过于崇尚个人情感的咀嚼与品味，没有考虑将自我的触须向外延伸，接通自我和社会、时代的联系，最终多数人关心的洪灾、反腐、疾患、民生、环境污染等可能寄寓大悲悯的题材被轻而易举地悬置，饮食男女、吃喝拉撒、锅碗瓢盆、风花雪月等鸡零狗碎、无聊琐屑的世俗吟唱无限蔓延，将个人化降格为私人化，诗魂自然

---

① 参《文艺报》2019年4月15日第三版"文学评论"，黄潇《"超短诗"的兴起、进展与未来》一文。

也就被淹没在日常生活的海洋之中了。"此话意向可嘉，但稍嫌简单绝对，日常生活写得好，何尝不能成史？岂可一概而论？对此前文已有论述，杜甫所写也并非尽是时代大事，关键还在于诗人的思想高度和感情质地。倒是其文末段所言颇为辩证："在明白和朦胧之间取得恰适的点，值得诗人们斟酌。'及物'的直接反应，是事态、细节、动作乃至人物、性格等叙事性文学要素的强化。'叙事'在短时间内蹿升到显辞的地位，其结果也势必带来散文化和冗长的流弊，而内视点的诗歌的魅力却在于其含蓄、凝练与惊人的想象力，它的美就在于隐与显、朦胧与晦涩、可解与不可解之间；因此'及物'诗歌不可让叙事喧宾夺主，将诗歌引入过于拘谨实在的泥淖。"其所用的语言和切入的角度，与本文有所不同；但所讨论的问题、所指陈的对象及观点的实质，倒与我们上文所说比较接近，都涉及诗歌抒叙手法的长短优劣，涉及抒叙传统博弈及在诗歌表达中"史性""诗性"的平衡互益等问题。这些，既值得当代诗人，也值得古今诗歌的研究者留意。

结合历史和现实的经验教训，是否可以说，若在创作中能够注意抒叙关系的平衡，在抒叙互惠与博弈的张力之间寻找到最佳位置、最合适比例，既不偏爱，也不偏废，我们的文学才能比较妥善地继承发扬抒情叙事两大传统，做到既见证时代，又反映人心，还能塑造出诗人自己的真实形象，从而达到诗歌艺术的新高度。

（此文系在南京大学"中国语言文学及其叙事传统国际学术研讨会"上的主题演讲，文本刊于《东北师大学报（哲学社会科学版）》2021年第1期，人大复印资料《中国古代、近代文学研究》2021年第7期全文转载）

九

诗歌叙事传统的"技""道"与伦理

（一）关于叙事之技

诗歌叙事传统，从诗歌创作的表层现象看，是关涉创作技巧偏重于叙事还是偏重于抒情的问题，也关涉诗歌作品中叙事成分和抒情成分的结构和比重问题。从这个层面说，叙事和抒情是诗歌创作的两翼双轮，它们的存在和相互关系，是一种自然而客观的存在。任何作者的诗歌创作都必然也只能在抒叙两条并行的轨道上推进，而绝不可能单轨只轮独进。对于叙事技巧法度，我们可以举出许多例子来分析。

比如，我们以《诗经·卫风·氓》为例。此诗总共六十句，有研究者将其均分为六段，基本上以女性视角叙述从恋爱结婚到婚姻破裂的故事，女主人公是叙述者。叙述次序是：恋爱论婚、嫁娶成婚、男方变心、女子痛诉。其中叙事成分是主要的，抒情议论所占比重仅约五分之一左右。全诗最主要的抒情部分是第三段"桑之未落，其叶沃若"至第四段首二句"桑之落矣，其黄而陨"，共十二句，属女子的心理独白，具有一定的独立性。诗中另有个别抒情性的句子，实乃叙事的构成部分，但以抒叙相混相融的形式出现。如"及尔偕老，老使我怨。淇则有岸，隰则有泮。总角之宴，言笑晏晏。信誓旦旦，不思其反。反是不思，亦已焉哉"。这些话，用女子口吻叙述出来，坦露女主人公的心理活动，抒情色彩很浓，但却是全诗叙事的一部分，我们称之为"抒中叙"。由于这样的抒叙分配，《氓》这首以女性为叙述者、也以女性为故事主人公的诗歌，基本上已可列入叙事诗范围，是《诗经》风诗中为数不多叙事性质很强、很明显的代表，也是诗歌叙事"事在诗中"（而不是"事在诗外"）的一个典型。①

当古人尚无"抒情""叙事"之类术语时，他们是用"赋比兴"的概念来进行艺术分析的。如朱熹《诗集传》说《氓》诗，从开头到"以尔车来，以我贿迁"是"赋也"。"桑之未落"一段则是"比而兴也"。"桑之落矣"一段是"比也"。"及尔偕老"至末，则是"赋而兴也"。② 赋比兴是古诗的三种技巧，或曰三法。在一定程度上，赋比兴与我们所用的抒情叙事概念，可作对应比较，但又非简单的等同和对应。赋大抵相当于单纯叙述，而这种叙述既可用以叙事，亦不妨用以叙（抒）情。比兴其实也是叙述，可又与赋不同，不是明白单纯的叙事，而是为了曲折地抒情，但这种抒情又往往需要借助叙事的途径。抒叙二者常常是融混的，是我中有你、你中有我的，所以才会有所谓

---

① 所谓"事在诗中"是指诗歌所要叙述的故事，基本上就包含在这个诗歌文本之中，读者通过阅读文本即能大致了解这个故事。"事在诗外"与之不同，诗歌文本往往并未直接、具体地讲述故事本身，而只是围绕着故事（或人物遭际）抒发感想和议论，故事本身偶露一鳞半爪，主体则存在于背景资料之中，需要读者用"知人论世"、考据构想之法去拟建或复原。"事在诗中"的诗歌比较易解，争议也少；"事在诗外"的作品比较晦涩费解，对其内容易产生不同理解。

② 朱熹：《诗集传》，中华书局上海编辑所1958年版，第37—38页。

"赋而比""赋而兴""比而兴"之类复合的名称。

比如同是《诗经》作品,《召南·野有死麕》,也是写有关男女恋爱的叙事,但具体技巧的运用就另有特色。

"野有死麕,白茅包之。有女怀春,吉士诱之。"朱熹注曰:"兴也。"这是从诗句的作用而言的。从修辞技巧角度言之,其实这几句乃是叙事,叙述者告诉我们,一位男子用白茅包了猎来的麕子,去向一位怀春少女求爱。四句诗推出了男女两个主人公,描写了他们的动态,开始了故事。

"林有朴樕,野有死鹿。白茅纯束,有女如玉。"基本上是前段的重复,但对树林、死麕、白茅,特别是少女作了进一步描述,那少女如花似玉啊。描写加细,情节则有待发展。也许正因为此,朱熹把这个叙述句仍注为:"兴也。""兴者,托事于物。""兴者,先言他物以引起所咏之词也。"① 总之,两段起兴,目的是引起下文。

接下来是少女的话:"舒而脱脱兮,无感我帨兮,无使尨也吠!"在叙事学里,这三句话被叫做"直接引语"或"准直接引语"。朱熹注为"赋也",显然也看到了它的叙事意义。从这句话表明故事在进展,我们完全可以想到:那位向姑娘献上白茅包着的死麕的吉士,恐怕已经有了一些热情的言语和动作,这才会引起她的担心而向他发出提醒,别太心急鲁莽呵。

对于这首诗总的抒叙分析,应该充分看到其叙事性质,故事虽然简单,而且叙得含蓄,但画面感、动作感和时间地点变动等因素是很清楚的,其总体的叙事性无可否认,而且实属

---

① 此处论"兴",前为郑众语,见《周礼注疏》卷二三;后为朱熹语,见《诗集传》卷一《周南·关雎》注。

"事在诗内"。需要说明的是,这整首诗通常仍被视为抒情诗,因为它的叙事比较简略,而带有鲜明的抒情性,不但这故事本身就很具抒情意味,而且作者采用了叙中含抒的手法来表现,更加浓了诗的抒情色彩。这既体现了中国诗歌古老的抒叙融混传统,也给对抒情诗做叙事分析提供了依据。

从《诗经》以来的诗歌史,我们几乎可以找到无数这样的例证。中国诗歌抒叙技巧的表现可谓百花齐放,丰富多彩层出不穷。限于篇幅,这里仅再举一例。

杜甫的名作、被誉为"古今七言律第一"[①] 的《登高》:

> 风急天高猿啸哀,渚清沙白鸟飞回。
> 无边落木萧萧下,不尽长江滚滚来。
> 万里悲秋常作客,百年多病独登台。
> 艰难苦恨繁霜鬓,潦倒新停浊酒杯。[②]

此诗向来被视为古今最杰出的抒情诗。但其中实际上包含着丰富的叙事因素,叙事实乃其抒情的依据和基础。杜甫于大历二年(767)重阳日在夔州创作此诗。九月九日独自登高触动诗人灵感,成为诗歌创作的契机,也是此诗前四句所叙的主要事情。[③]

---

① 胡应麟:《诗薮》内编卷五。上海古籍出版社1979年版,第95页。
② 仇兆鳌注:《杜诗详注》,中华书局1979年版,第1766页。
③ 杜甫《登高》叙事,但并非讲故事,而是有事情。我们认为,只要"涉事",就可成为中国诗歌叙事学的研究对象,"涉事"当然包含讲故事(而且颇重要),但"涉事"的范围要大得多。我们对诗歌作叙事分析,不一定非得把抒情诗读解、阐释成叙事文本,然后用叙事学方法进行系统分析;我们的兴趣、目标和方法是揭示诗歌中的抒叙因素和它们互动互促、融混为一的过程、特色和效果。

知人论世之法帮助我们顺利地把握了诗歌抒情人（同时也是叙述者）的身份和叙事背景。读者心目中涌现出无数与本诗相关的"诗外之事"，而"诗内之事"则落实于诗句：前四句是写景、是描述，诗人把此日登高所见的风光用锤炼精粹、音韵铿锵的句子加以表达吟咏，用古人评说《诗经》的方法，我们可以说它们是赋，或赋而兴，甚至是赋而比。它们既是景物的实写，本身即属叙事的一部分，而又起了引发下文的作用。"无边落木"两句，还可以视为对诗人自身生命、年岁、遭际、现状和命运，乃至诗人对未来、对前途的形象比拟。这样的描叙既是实在的、客观的，但同时又充满感情，叙述之中饱含着由个人主观体验凝练而成的深情，可谓典型的"叙中抒"。此诗后四句，则是"抒中叙"。一方面直抒胸怀，是诗中的抒情成分，但抒情却丝毫没有离开叙事。"万里悲秋常作客"可视为杜甫对平生的概叙，一句话概括了一生。另一方面，"百年多病独登台"是对眼前状况的切实描述，准确而生动。结句"艰难苦恨繁霜鬓，潦倒新停浊酒杯"，仍是充满感情的描写和叙事，描叙诗人目前的状况：生活贫困窘迫，身体衰老多病，前途黯淡可想而知。这样算起来，我们说《登高》是一首叙事意味浓郁、叙事比重几乎过半的抒情诗，应该是可以成立的。

　　诗是如此，词也有一样。古人之作，如李煜的《虞美人》（春花秋月何时了）、柳永的《雨霖铃》（寒蝉凄切）、苏轼的两首《江城子》"老夫聊发少年狂"（密州出猎）、"十年生死两茫茫"（乙卯正月二十日夜记梦）等，其叙事性和抒叙融合的性质可谓一读便知，愈读领会愈深。清人蒋士铨（1725—1785）的《水调歌头·舟次感成》不像前面那些作品脍炙人口，但即使是第一次接触，我们也不难看出它的叙事性。蒋词云：

偶为共命鸟，都是可怜虫。泪与秋河相似，点点注天东。十载楼中新妇，九载天涯夫婿，首已似飞蓬。年光愁病里，心绪别离中。　　咏春蚕，疑夏雁，泣秋蛩。几见珠围翠绕，含笑坐东风？闻道十分消瘦，为我两番磨折。辛苦念梁鸿。谁知千里夜，各对一灯红。

题目表示，作者是在旅途小舟中思念妻子。思念，免不了回忆，回忆必伴具体的时地背景和事情的叙述，于是我们看到"十载楼中新妇，九载天涯夫婿"，这是概叙他们的亲密关系和离多会少的经历，是概括的直叙，但悲苦之情已溢于言表。"首已似飞蓬""十分消瘦""两番磨折""辛苦念梁鸿"则是在这个背景下，作者对妻子形象和心情的描绘。这里既运用了"古典"，又实用了"今典"。"首似飞蓬"，语出《诗经·卫风·伯兮》，"念梁鸿"用汉人梁鸿孟光夫妇情深故事，是古典；"十分消瘦""两番磨折"是白描和含有丰富"诗外事"的实写。而"谁知千里夜，各对一灯红"则是对两人现状的想象描述，也是叙事之一种。在这些具体叙述的基础上，词开篇的呼喊（直接抒情）才能产生震撼和感动人心的力量。而在以上叙述中，作者运用了白描、直叙、比喻、借代、渲染等修辞手法，也运用了直抒胸臆、强烈呼唤的手法。这些技巧手法的综合运用，达到了舒泄胸中积郁、取得读者同情共鸣的效果。词论家朱庸斋先生评之曰："以常语道伉俪之情，朴素而无脂粉气，感人至深，非浙派徒标举空灵者所能至也！"[①] 用常语和重叙事，确是

---

① 朱庸斋:《分春馆词话》卷三,第十六条,广东人民出版社1989年版,第80页。

蒋士铨这首词的明显特色，诗词用常语则朴素淳厚、可免脂粉气，重叙事则内容丰厚、风格扎实，可避空虚浮泛之病。而创作者生活底子雄厚、感情沉挚、文学观念质朴乃是他倾向并善于叙事的必要条件。看来朱先生对有些浙派词人"徒标举空灵"而流于浮泛的词风是颇为不满的。而欲治这种徒标空灵之病，从技术上讲，就是要改掉喜欢空洞抒情、抽象议论的惯习而采取脚踏实地多写实事实情之法。

中国古代诗歌存量丰富，现当代用古体（旧体）创作的诗词数量亦极夥。对《诗经》以后的诗歌作品，我们都可以用同样的方法进行抒情叙事的结构分析，深入揭示那些优秀作品的技巧性和艺术价值。我们会发现叙事技巧是那么丰富多样，也会越来越清楚深刻地认识到中国诗歌史确实贯穿着一条从《诗经》以来就与抒情传统并列互动、经不断发展演进而日趋成熟壮大的叙事传统，抒叙两大传统共铸了中国诗歌的辉煌。所谓传统，其实并不神秘，就是逐步积累、代代相承，具有一以贯之特色的做法和作风而已。传统绵长，传之久远，也就会在古今传承演变中逐步升华为某种为后人尊重而依循的"法"与"道"。

对此，古人在诗文评中已有多方面的探索、总结和论述。而我们则需要在借鉴古人阅读、鉴赏、批评和理论论述的基础上，运用今天文艺理论的新概念、新术语来重新读解和阐释古代作品，从单篇作品到某些作家专集乃至某个时代、某种文体的总集，把研究的点、面、线相结合，且贯穿古今地推进一步。目前我们的国家社科基金重大课题"中国诗歌叙事传统研究"，就是对此工作的一个尝试。对历代诗歌作品进行叙事分析，具体地探索、总结、概括诗歌创作的各种叙事手法，是我们工作的应有之义，也是工作的第一步和一大内容。我们在这里投入了很多的时间精力。

（二）技与道

研究诗歌的叙事和叙事传统，认识到它与抒情和抒情传统的差别，找到它们的种种不同，也找到它们之间的联系，仅仅这样还是不够的。

这种研究和比较，使我们深深懂得，叙事传统的存在固然由诗歌和文学的本性所决定，也与创作者的技术性考虑有关；这种考虑可以非常个性化，也可以非常随机，而且变化层出不穷。总之，叙事传统的存在发展与创作者主观意识和条件的关系甚巨。究竟如何安排抒叙？创作主体有着充分的自由。这里所谓自由，就体现于作者对题材、主题、抒叙结构安排和修辞方式等的主观选择。既然如此，分析作品抒叙的构成，除以文本为对象和目标，作者的主观方面也是必须考虑的。

我们认为，任何作者的诗歌创作虽然都会自然在抒叙双轨上运行，但他们究竟更偏于叙事，还是更偏于抒情，不仅仅是一种艺术技巧，即技术的选择，还与他们根本的创作观念（含审美趣尚）有关，而创作观的形成又与更根本的世界观和生活态度有不可分割的关系。

每个投入诗歌创作的人，无论其自觉程度如何，实际上都不能不思考"为何而写"的问题。是把诗歌仅仅当作个人宣泄感情的工具？或甚至仅仅是交往应酬、游戏享乐的玩意儿？还是多少考虑到创作的社会意义，甚至想得更多？不同的生活境遇、不同的创作动机、不同的灵感来源、不同的创作目的和功用预期，决定着不同的创作态度，同时也就仿佛随机而隐秘实却内在而深刻地制约着创作样式和手法的选择倾向。一个最明显的例子，是每当国事蜩螗、民族危亡之际，总会有一些诗人从往日的闲吟淡咏变为悲愤地纪事载史，不但诗风大变，而且在抒叙成分的分配上，总是自觉不自觉地更多向记叙时事史实倾斜，有意识地为现实（即历史）存照，既用以舒泄自我的愤懑，也用以警醒后人。这时他的文学观念实已发生某种变化，对"诗文何为""为何而写"乃至作为一个诗人的社会历史职责都有了一些新的认识新的思考。关注时事与历史、以诗为直笔实录之史，之所以会成为诗歌叙事传统的极重要内涵，抒叙博弈之所以构成文学史发展演变的一个重要动因，其根本缘由即在于此。一个诗人作品抒叙比重的变化，包括其抒叙内容、色彩、倾向及创作风格的变化，都植根于其文学观的变化，而与其人生观、价值观和世界观的变化均有关系。

　　诗歌史上的例子很多。最熟知的如白居易，当他意欲关心现实、干预政治，"自登朝以来，年齿渐长，阅事渐多，每与人言，多询时务，每读书史，多求理道，始知文章合为时而著，歌诗合为事而作"，① 这就是指导他创作《新乐府》《秦中吟》等诗的思想基础和文学观念。作品的叙事性强，是新乐府诗人的创作同其他诗人创作一个明显的区别，这个区别既表现于创作技巧的偏重，更根本的是植根于他们创作观念的差异。白居易后期身份富贵而政治热情减退，明哲保

---

① 　白居易：《与元九书》，《白居易集》卷四五，中华书局1979年版。

身、知足保和的思想占了上风,他的诗歌创作也就较多地围绕个人琐事而展开,早期笔触向外、关注他人和民生的趋势有所弱化;与此同时,诗的叙事成分和色彩,也就相对变轻变弱了。

诗歌叙事传统在宋代继续演变发展,出现了不少以叙事线索贯穿的连章体组诗,著名的如范成大《田园四时杂兴》及其出使金国所作的七十二绝句。而由于国运衰落、灾祸不已,杜甫诗史式的叙事之作,也空前地多起来。较早的,有刘子翚的《汴京纪事》二十首;稍晚的,如文天祥的《指南录》;更迟的,则如汪元量的《湖州歌》《醉歌》。这些诗不是正规史著,但却构成了宋朝危亡史的"诗录"。① 金元之交的元好问编《中州集》,"大致主于借诗以存史,故旁见侧出,不主一格"(《四库总目》集部四十一),清人之评即指出其有意识地以诗纪史,对叙事性诗歌特予重视。明末清初诗人钱谦益、吴梅村、王夫之等,对诗歌叙事性的理解不一,但在创作中都做了叙事的实践。他们都留下了许多"史性"很强的诗作。至王士禛,距离明亡时间已久,社会氛围、个人生活与作者心境均变,诗歌主要成为富贵生活的高雅点缀和文化消费,而个人心绪又不想(或不宜)太直露地坦陈,于是便去追求含蓄隐晦、清空虚灵的诗风,把"神韵""散淡""放逸"树为诗美的标准。这些诗的叙事性与社会性现实性明显降低。但就在渔阳神韵诗论风靡之际之后,仍有人专注于以诗纪史,把诗歌创作当作个人的年谱、日录来

---

① 请参周剑之:《宋诗叙事性研究》第二章《宋代诗歌"纪事"的发达》,中国社会科学出版社2013年版,第69—105页。

写,至晚清国势日衰而诗歌叙事之风愈剧①。由此可见,诗歌的抒叙博弈,与社会环境、生存条件的变化,与诗人创作观念、创作态度的变化,确实都有很大关系。

这里需要补充一下,我们在上面的论述中,肯定因关注社会现实和他人境遇而偏于叙事的诗歌创作,并不意味着否定那些专注于揭示个人心灵、宣泄自家哀乐的作品。后者即使侧重抒情,但诗外未必没有本事(乃至故事),经过"知人论世"的细致分析和考证,同样可以发现其具有某种社会或历史的意义。即使有的作品仅仅表现个人的小小哀乐,只要有真情,写得美,我们也不否认它的审美价值。抒叙二者都是诗歌创作的必要手段,它们的表现力各有所长,存在差异和博弈,但互补互惠才是常态和理想状态。以往有些论者过于夸大抒情的作用,造成忽视叙事的偏颇,这是我们要纠正的;但我们也自觉提醒自己,应避免矫枉过正、偏于一隅,要站得更高,使观点更为端正。笔者觉得,这方面有很好的范例。如章培恒、骆玉明主编的《中国文学史新著》贯穿人性觉醒和抗争的文学史主题,比较强调诗歌抒发个人独特情感的功能,但也非常重视诗歌叙事的作用,如在论述吴梅村诗歌时列举了《琴河感旧四首(并序)》《听女道士卞玉京弹琴歌》《过锦树林玉京道人墓(并传)》《永

---

① 如林则徐的外孙沈瑜庆(1858—1918)就认为"人之有诗,犹国之有史。国虽板荡,不可无史;人虽流离,不能无诗。此崦楼之诗所由出也。"(《题崦楼遗稿》)崦楼,沈女鹊应字,鹊应夫林旭死于戊戌政变。汪辟疆《光宣诗坛点将录》评沈瑜庆:"爱苍名父之子(瑜庆号爱苍,父葆桢),熟于《左》《史》,其诗结体精严,尤多名作,其小序可备掌故。"引自王培军:《光宣诗坛点将录笺证》,中华书局2008年版,第203页。把诗当作年谱、日录来写,是陈衍语,见《石遗室诗话续编》卷二。

和宫词》《白燕吟（并序）》《鸳湖曲》《悲歌赠吴季子》《圆圆曲》等叙事性强的名篇，并对它们做了十分详细的讲解分析，最后归结到吴氏的创作思想，指出其将主观胸怀与客观素材相互"吞吐""出没变化"的特色。由于论述酣畅，吴梅村一节篇幅达到十二页，这在全书中是少见的。不但如此，就是在论述"性灵派"大师袁枚时，所举的诗例也都是社会内容丰富而叙事性较强的七言歌行，如《春雨楼题词为张冠柏作》《相逢行赠徐椒林》，在分析中肯定前者"叙事、抒情合而为一，给予读者以强烈的震撼"，并指出其"以叙事为主，诗人的感情是随着所叙之事展开而逐步生发的"特点。对于后者更进一步指出了它的艺术特色是"显然吸收了通俗小说的手法"。这些都是章、骆之著实事求是论述中国文学抒叙传统关系而非一味夸张抒情之功用的范例，值得我们学习。①

　　抒叙博弈，抒叙互惠，到了现当代，也是如此。抗日战争曾使许多抒情诗人写出了叙事诗篇，如何其芳、卞之琳、穆旦等。他们本来都以抒写个人小资情怀见长，但战争使他们走向民间，走向乡村，他们既获得了无数新鲜的创作素材，创作观念和美学趣尚也有所变化；他们的抗日诗篇，生活内容较丰富、叙事性较浓郁，感情更沉着，总之，与叙事传统的关系更为密切，便成了一个明显特点，同时也开启了他们创作生命的一个新阶段。当时，还有人有意识地以诗为史，每天看新闻，每天根据新闻写诗，收聚起来就成了一本《抗战诗史》。中国诗歌叙事传统就这样体现于现代诗歌史之中。

---

① 此处引述，见章培恒、骆玉明主编：《中国文学史新著》（增订本第二版）下册，复旦大学出版社2011年版，第253—264页、第444—448页。

还可以说说更近的现实例子。上编《诗歌叙事传统基本内涵》一文，曾举例当代著名作家雷平阳的文章《我向自己投案自首》，叙述了他的创作观念变化，导致他从"一个孤独而快乐的山水郎"，转而自觉地融入社会，成为底层"各色人等"代言人的过程。这个转变，就使他的创作跨出了单纯抒情，而增添了叙事的分量，从而扩大了描写的范围，加深了对他人心灵的观照和揭示，而且有意识地将抒叙二者的完美融合作为追求的目标。他的创作由此登上新的高度，有可能承续以杜甫为杰出代表的诗歌史，也较好地承续了中国诗歌叙事的传统、诗歌抒叙结合的传统。

像这样的作家诗人，今天绝不是只有雷平阳一个。在我们前次研讨会上，我曾说到当代词人李子（曾少立）。他虽用旧式的词体进行创作，但探索性很强，随着他对诗词社会性和历史价值的自觉追求，他的创作也呈现出明显的叙事化趋势。2022年在四川成都举行的"当代诗词曲创作与批评高端论坛"上，曾少立以"借鉴小说写作诗词的初步实践"为题发言，显示了其探索的核心就在于如何更好地将抒叙二技融会起来，既承继传统，又突破传统，努力使诗词创作在思想和艺术上都达到一个新的高度。这方面，吉林大学马大勇教授有多年的系统研究，研究对象不止李子一个人，其中也涉及中国诗歌叙事传统的问题，值得我们重视。

2020年8月的《文艺报》刊载了一篇题为《21世纪诗歌二十年的备忘录或观察笔记》的文章，指出诗歌界的一个现象："曾经一度'西游记'式取经于西方的中国诗人近年来越来越多转向了汉语传统本身，有了越来越清晰的'杜甫'的当代回声"，而杜甫在人们心目中主要是一个"社会学层面的'现实主义诗人'",而如果历史化地看待现实主义,那么"杜甫是我们的'同时代人',杜甫是我们每一个人,所以他能够一次次重临每一个时代的诗学核心和现实场域"。既然如此,"杜甫式的'诗史''诗传'正在当下发生越来越深入的影响",就是必然的了。① 这篇评论把当代诗潮与杜甫诗歌传统联系了起来。这位当代诗歌评论家所用的语言,与我们颇有不同,但对杜甫诗史传统根本内核的理解和抉发,却与我们完全一致,令人不能不感到中国诗歌抒叙融合的传统是何等的悠久而强大。由此可以进而认识到,阐述诗歌叙事传统,不能仅仅停留在艺术和技巧的层面,应该提升到诗歌创作观念的变化和评论准则的修正的高度,并进而对文学史贯穿线作出新的概括和描述。

总之,我们谈论文学和诗歌,重视抒情与叙事,绝不能仅止于技、止于艺,甚至也不能仅止于格和法,而是要努力进乎"道"。庄子《养生主》"庖丁解牛"一节讲述了"技"与"道"的关系。当庖丁目无全牛、不伤刀刃地把牛宰杀之后,文惠君曰:"嘻,善哉!技盖至此乎?"文惠君对庖丁的高超技艺震惊叹服不已。庖丁对曰:"臣之所好者道也,进乎技矣!"意谓:我真正爱好的是"道",这道已深入到我的技艺之中。然后就具体解释了他的屠牛之技与他所好、所遵之"道"的关系。原来,他的技艺之所以如此高超,关键是在于技艺之后有"道"的支撑,技不过是道的表现,道才是技的本质内核和精髓,他所掌握、所表现的是一种有道之技、体道之技,而不仅仅是一般的

---

① 霍俊明:《被仰望与被遗忘的——21世纪诗歌二十年的备忘录或观察笔记》,载《文艺报》2020年8月31日第二版"文学评论",是"21世纪文学20年专题"系列文章之一。

熟练技术①——庖丁所言，正是我们对诗人作家运用抒叙技巧的最高期待。诗人作家进行创作无不需用抒叙之技，但背后、内里是否有"道"的支撑，是否有坚实崇高的观念（从文学观到价值观世界观）的支撑，其表现效果和思想分量是会有很大不同的。

不止于言技，而同时追究技巧法度背后的"道"，这是中国诗歌叙事传统基本内涵十分重要的一个方面，也可能是中国叙事学与西方叙事学研究的一个重大区别。

（三）关于叙事伦理

说到叙事之道，就不能不谈叙事伦理的问题。

伦理的含义，顾名思义，指人伦道德之理，其核心是人际相处的道德准则。扩大一点，也包括人与社会、人与自然的关系的道德准则。伦理学研究伦理的本质、形成、构成和发展演变等问题，是哲学的一个分支，即通常所谓的道德哲学。在哲学所关注的真善美三者之中，其主要关注的是善的问题：善是什么？怎样才是善？善恶如何区分？怎样才能达到善的境界？等等。

伦理观属于世界观的一部分，与价值观、人生观密切相关。

---

① 郭庆藩《庄子集释》卷三《养生主》"臣之所好者道也，进乎技矣"句下注云："直寄道理于技耳，所好者非技也。"道是主旨、是目标、是根本、是养生之主，屠牛及其娴熟技巧，不过是道的运用、实施和譬喻而已，故庖丁好道远过于技。《诸子集成》第三册，中华书局1986年重印本。

不同的人（不同民族、地域、阶级、阶层、职业、年龄、性别的人）会有不同的伦理观，伦理观也随着时代的变化而变化；就个人而言，伦理观也会因主客观条件之变化而有所变化。伦理的覆盖面很宽，可以说，人类生活中处处有伦理问题，故伦理又是多层次的，小而关涉个人品德，大而至于国族运作、国民性格。作为地球人类，伦理观既有差异，其行为方式自不可能统一，但从根本而言又必有共同、一致的方面，并承认需要努力寻求可能一致的方面，否则世界便无法沟通、无法正常运转，甚至将分崩离析、无法存在。

叙事作为人类文化活动的一种，自有其一定的伦理规范框架。叙述者们为了致善和求美而须自觉遵守某种规矩法度，虽不一定有明确律条规定，但皆约定俗成，违之者常不为公众所接受，且会受到业界批评。

关于叙事伦理，大致有两个方面：

第一，叙事内容的伦理状态。这主要涉及作品的内容，与作品题材、故事情节、人物设置、语言行为和作品所流露的情感、所构建的意境或显或隐地体现出来的社会伦理和价值观有关。既然文学作品表现的是人的生活，而人乃是社会关系的总和，那么作品中的人物几乎都会存在这样那样、或近或远或深或浅的伦理关系。因此，对一切叙事均冠以"伦理叙事"之名，也许并不周严；但若说一切叙事中都多少有些伦理涵义、伦理性质，都能够从伦理角度进行分析，却不算过分。听众通过耳闻、读者通过阅读获得感受并参与分析判断议论，一般文艺批评虽然并不打出"伦理批评"的旗号，但实际上往往离不开这个方面，即往往有意无意地把文学作品当作"伦理叙事"来进行批评。本文后面将以陈允吉《追怀故老》诗作的评说为例，对此略加阐述。

第二，叙事方式的伦理分析。与前一点所谓的"伦理叙事"不同，此点不妨把语词颠倒过来，称之为"叙事伦理"。其关键则在于研究叙述者如何致善？如何使自己的叙事有利于国族长远、根本的利益？包括叙事者应致力之处以及必要的避忌之类。这应该是叙事学的一个重要方面，论述叙事传统，尤其不能轻忽，故是本文讨论的一个重点。我们拟先从这后一点开始论述。

不妨先看一下当代作家评论家对此如何论述。

说到当代最重要的叙事文体小说：

> 小说是一种以讲故事的方式对日常世界施行"魔法"的话语伦理行为。当代叙事研究已经意识到，不同叙述活动其实都趋向于同一个目的，就是"传递知识、情感、价值和信仰"。这种传递当然不是观念性的，不能把男男女女从具体社会境遇中抽离出来，趋入"规则、禁律和义务"，诚如马克思主义批评家特里·伊格尔顿所言："像伟大的小说家来理解道德，就是要把它看成差别细微、性质与层次错综交织的结构。"这就牵涉到小说批评如何来理解小说这一媒介的特殊功能，即一种虚拟性叙事建构的伦理意义。①

至于在当代地位日益重要的"非虚构"文体，则指出：

> "非虚构"并不是虚构剩下的东西，优秀的"非虚构"作家是能够把事实证据与最大规模的智力活动、最温暖的

---

① 王鸿生：《伦理性介入：虚构叙事及小说批评的意义》，载《文学报》第179期（2020年6月25日）第5版"新批评"。

人类同理心以及最高级的想象力相结合的人。……

任何时代最伟大的写作，都要给当代的困境以启示，给人民带来希望、温暖和美好。"非虚构"的最大价值是要为公众解答人类历史和我们所处时代的主题何在、什么才是我们真正的驱动力，从而来理解和诠释我们生活中的主要矛盾与世界的重大转变，分享对现实和历史的见识。因此，它就必须要讲究表达的艺术，这是一种必须掌握有限度的、有节制的叙述的艺术，也就是思想的艺术。①

这两段话都是讲当代文学的，而且是讲小说和报告文学（纪实文学等）的，但其所论及的叙事伦理的观念对于诗歌（包括古代诗歌）和其他文体的文学作品，其实也是适用的。这里显示，凡言创作伦理，首先都在于对创作者身份、立场、创作动机和态度的考察，也涉及创作的手法技巧，包括题材的选择和撷取、想象的程度与方式，虚构与否，抒叙成分如何配比等，并涉及对读者期待的预估，等等。说到叙事伦理，倘有致善的意图，那么无论什么样式的文学创作（各类诗歌亦然），如上所述，只要与叙事有关，其作者就应该有一个视野宏阔的现实目标，与时代、社会、人民群众的生活和感情发生紧密联系，触及社会、人生的困境现状，解决疑难，并给予希望，使读者获得知识、情感、价值和信仰等等。而这就要求创作者拥有丰富深厚的生活根柢，或通过对现实做切实细致的调查，既了解人间万事、人民心理，更关切世上芸芸众生，努力以诗笔去认真

---

① 丁晓平：《"非虚构"不是虚构剩下的东西——兼论报告文学创作需要把握的三个问题》，载《文学报》总第 2456 期第 7 版（2020 年 9 月 17 日）。

表现之，而绝不仅仅以舒泄一己的牢愁幽怨，或构建清空缥缈的诗境为目标。这些应该是触及了叙事伦理的根本内涵。

由此可知，杜甫之所以被公认为千古"诗圣"，根本理由就在于他本人置身于安史难民行列之中，亲身经历了战乱兵燹，亲自走过穷乡僻壤、远道荒村，甚至体验了子女被活活饿死的悲哀，他是以这样的身份进行具有历史叙事性质（史性充沛）的诗歌创作，他的主体身份就给他的诗歌创作提供了真实可信赖的伦理保证。而且他的创作大多采用非虚构手法，其中穿插着修辞性的虚构、种种描写、比喻及夸张渲染等。这样就使杜甫的诗歌作品，无论是自传型的（如《自京赴奉先县咏怀五百字》《北征》《羌村三首》《茅屋为秋风所破歌》）还是他传型、新闻纪实报道型的（如《饮中八仙歌》《八哀诗》《兵车行》《丽人行》《悲陈陶》《哀江头》），都具有极强的真实性——从细节的真实性、场景的真实性，到宏观背景的真实性和历史本质的真实性。正是这一切使杜甫之诗成为中国诗歌叙事伦理的最高典范。杜甫作品与那些高居庙堂之上或优游庄园、城市的诗人们同情下层民众的诗歌，在叙事伦理的高度上不可同日而语，原因也在于此。至于那些亡国遗民或战乱逃亡中的难民们的创作，那些有意识载录史事、为历史存照的诗作，往往也具有杜甫诗歌的某些特点，在诗歌叙事伦理方面可谓一脉相承。

真实性是叙事伦理的核心要求。对叙事作品（无论诗文）而言，如果身份的真实是先在的、也是外在的话，那么作品内容的虚实，就是内在的要素了。①

---

① 请参王先霈:《叙事技巧的伦理维度》，《华中师范大学学报（人文社会科学版）》2020年第2期。

其实，叙事是允许虚构，甚至可以说是免不了虚构的。虚构有积极、消极之分。消极虚构表现为对事实的选择和省略。这种情况，无论在文史写作中都有。明明发生过、存在过的事实，却不予载录，比如古代史书惯有的避讳。唐刘知几《史通》一书，最强调述史的直笔实录，但也承认史书的"曲笔"，所谓："盖'子为父隐，直在其中'，《论语》之顺也；略外别内，掩恶扬善，《春秋》之义也。自兹已降，率由旧章。"这里提到的就是自孔子以来的主流观点，所谓："父为子隐，子为父隐，直在其中矣！""《春秋》为尊者讳，为亲者讳，为贤者讳。"① 这种情况，古代多有，现代也未绝迹，将来也会存在。出于功利的考虑，不但史书，就是新闻报道都存在着程度不等的避讳现象。这便是一种虚构。做减法，也是一种虚构。

积极虚构与之不同，是做加法，即运用艺术想象假设人物、场景，在假想的时空中编织和叙述故事，因此，广泛联想、移花接木、添枝加叶、合理推演，乃至纯粹幻设编织，描写出一个酷似现实世界的可能世界，或我们以前常说的"第二自然"，都无不可。② 这是人们更加熟悉的文学艺术创作。我们读的各类小说、看的电影电视剧，大都是这样的作品。

但是，无论积极虚构还是消极虚构出来的文史作品，包括诗歌，都必须具有真实性。这个真实性还不尽是指微观的、局部的、细节的，而是一种更根本的时代和历史性质的真实。这是为叙事伦理所规定和要求的。胡乱编造、漫天撒谎，是违背

---

① 刘知几《史通·曲笔》引《论语·子路》《春秋公羊传·闵公元年》语。
② 参见董乃斌：《中国古典小说的文体独立》，中国社会科学出版社1994年版。

叙事伦理而不能被接受的。

因为种种条件限制，本来最应做到真实可信的历史著述，实际上很难完全、绝对地达到这一点，但主观上绝不放弃追求真实，把这作为自己的永恒理想和不懈追求，却应当成为历史叙述者清醒的自觉意识。

文学（包括诗歌）深知历史叙述的困窘，故无论虚构或非虚构叙事，都更重视和强调本质的真实，所谓艺术真实。经作者和读者的共同努力，有望将这种艺术真实推至崇高的境地。

叙事伦理冷静客观地承认和重视真实的相对性。世上没有绝对的真实，不同的人看待同一现象、同一事件、同一人物、同一段历史，都有可能产生不同看法。而此类不同看法如果发生争论，其最后焦点，往往便会是史料的真实性、全面性及其解读的问题。西方后现代历史学家看到这种情况，宁可承认历史著述实际上乃是一种文学，甚至就是小说。这等于在人类现代和后现代的知识基础上重新提出了"文史一家"的观点，仿佛古代思想在今天的某种回响。当然，这只是当代史学界流行着的一种看法而已。这个看法是否具有一定的道理，是否可以成为当代叙事伦理应该考虑的一个方面，是很值得思索探讨的。

关于虚构叙事的伦理意义，当代学者王鸿生论小说虚构叙事的一段话说得很好，而且实际上也适用于其他叙事（无论虚构或非虚构）文体。为给读者提供参考，兹引述于下：

> 从知觉、智力、情感的解放，到人类自我的审美和文化——精神生产；从需要、依靠想象力，到保持、激活、再生想象力；从参与世界、解释世界、影响世界到构成世界、重组世界、超越世界；从重构、拓展善恶美丑的历史

经验，到认知方式和社会伦理-政治功能的影响；从现实和理想的相互参照、批判，到现实性存在与想象性存在的相互渗透、生成；从感觉、记忆、情感、语言、存在等未知领域的勘探，到生活真理的探索、发现；……虚构叙事的重心始终在"现实性"和"可能性"的界面，审理和催化着生存活动的意义及其价值能量。尤其在构筑"共同体"生活方面，虚构叙事一直起着无可替代的作用，"故事"的流传和译介，不仅深化了人与人、民族与民族之间的相互感知和有效交流，而且在世界范围内扩大和提升了人的类意识、悲悯感、同理心。在今天这样一个充满分裂、冲突的时代，团结、友谊已成为重大哲学命题，虚构叙事能否通过"介入"与"超越"方式来提供民族的和人类的命运共同体话语，当是判断小说是否够得上"伟大"的基本尺度之一。①

（四）叙事伦理与文化基因

无论对于一国还是一族而言，其叙事伦理都是其社会伦理的一部分。而作为一种社会文化观念，叙事伦理又必然打着文化基因的深刻烙印，具有这种文化基因的丰富底蕴（包括其优缺点种种方面）。从一定意义来说，叙事伦理甚至可以说乃是文化基因的生成物，一个国族有怎样的文化基因便会有怎样的叙

---

① 王鸿生：《伦理性介入：虚构叙事及小说批评的意义》，载《文学报》第179期（2020年6月25日）第5版"新批评"。

事伦理。贯穿着叙事传统的中国文史（文学和史学），实际上被笼罩覆盖在同一个叙事伦理之下。① 例如，我们的文化基因中包含安土重迁、勤俭致富、热爱和平、反对侵略等因素，这些也都很容易在我们自古以来许多文史作品中看到，对于世界读者，可以从它们窥见我们民族文化基因的某些侧面。而对我们自己则可以说，这些文史作品反过来也加强、塑造并传承着我们的民族性格。若从叙事伦理衡量，这类作品大抵都是合格的，因而能为我们所认可、所喜闻乐见。如果反过来，竟有文史作品表现轻蔑故土、歌颂奢侈荒淫、鼓吹侵略好战，或者宣扬屈服投降，广大读者是不能容忍的，因为这样的作品背叛了民族文化基因，也违反了叙事伦理。在这层意义上，叙事伦理与民族文化基因竟可以说是二位一体的——只不过民族文化基因的范围更广，叙事伦理只是文化基因的一部分而已，它们联系紧密，关系很深，相互映照，常为互文。下面我们即以对陈允吉《追怀故老》组诗的评介为例，具体说明诗歌叙事与叙事伦理、与民族文化基因的互映互文关系。

陈允吉先生是复旦大学中文系教授。他1957年入学，1962年毕业留校，现已退休。《追怀故老》是他模拟杜甫《八哀诗》体式创作的一组（十首）五言古诗，追怀纪念他曾受教的十位著名教授。这些诗篇曾先单首发表，后集为一书，以"复旦中

---

① 中国文史都有叙事传统，但在文学领域，与叙事传统共生互动的是抒情传统；而在史学领域，与叙事传统共生互动的则是议论传统。实际上，抒情传统、议论传统，本质无异，都是文史作者表达主观意识、情绪与观点的部分，在诗文里以抒情形态出现的为多，在历史中以议论出现的为多，但并非没有互渗与交叉。

文系名师诗传"为副标题。① 其《小引》以文言骈语写成，不但语言古雅，而且流露出强烈的伦理意识；综观全书，不啻为当代诗歌伦理叙事的一个范本。

《小引》开篇先叙作者的学术生涯，亦即与复旦中文系的渊源："余数十年修学任教复旦中文系，迭蒙前辈师长抚育栽培。"接叙诗歌创作的深层动机："……萦思往事，殆暄和之象益鲜；默念逝尊，率仰慕之情尤挚。"表达了对师长多年教导培养之恩的深深感激。尊师，是根植于中国文化深层的重要基因，虽历经时世迁易而亘古存在、与日俱新。古有"天地君亲师"的伦理排序，可见师在人伦中的地位；今虽不再这样说，"天地君"似不再那么尊贵，但"亲师"二者地位依然重要，"尊敬师长"仍是普遍循行的道德准则，甚至"一日为师，终身为父"之类说法，也不时可以耳闻。陈允吉先生立志撰写追怀纪念老师的诗篇，出于对老师的感激爱戴，本身就是一种伦理意义鲜明的行为。他的诗歌叙事，自然就是一种饱含民族文化基因的伦理叙事。

尤其值得注意的是陈允吉先生的创作方式。《小引》指出，他之所以用十篇五言古诗的形式来追怀十位老师，是在模仿杜甫。"昔杜工部衰龄漂泊西南，滞留夔府，感时伤乱，讴旧吊贤。乃至尽驱五字，启赋咏之胜途；奇撰《八哀》，洵歌诗之别致者焉。"有意识的模仿，有意识的继承，显示了创作上自觉的伦理精神。学以致用，也显示了文学史的一种挚乳延伸。更有

---

① 陈允吉：《追怀故老》，商务印书馆2019年版。此书除小引外，以十首五言古诗为主体，每首以所歌咏的先生名字为题，诗后有注释，数量多在20条以上。每首附照片若干。书后附录文章三篇，后记一则。本文下文多引此书文字，核对甚易，不一一注出页码。

进者,是陈允吉作为复旦中文系培养的学生,直接受到朱东润先生的教导,而重视传记文学,正是朱先生学术的一个重要方面。《小引》明确指出了这一点:"授业恩师朱东润先生赅览中西,贯通文史,缘倾情于传叙,久肆志于锥探。……尝谓子美之《八哀诗》联缀翰章,着力摹容人物,创意纷呈,蚕丛独辟,充之记实则功能卓跞,付之立传则构架森严。诚哉斯议,向获认同;如是我闻,适堪依傍。"用极为恭敬的语调记录了朱先生的教导,并表示正是按照朱先生的指引,他才决定模仿杜甫《八哀诗》的形式、体例而创作追怀故老的十首诗作:"即今为敷仿作若干,规模俱准少陵绳墨……用兹追怀故老。"

诗是怀念诸位老师的,创作的指导思想也来自老师,作者详细交代其中的渊源,使读者清晰地明了其间的伦理关系,理解了作者对老师的深切感念,也使读者受到了伦理的教育和感染。这一切正是民族文化基因的昭显。

在具体安排追怀的次序时,作者的伦理观念也是毫不含糊的。《小引》说:"顾全帙乃以郭绍虞、朱东润、陈子展、吴文祺、赵景深等先生置前,又以张世禄、蒋天枢、刘大杰、刘季高、王运熙等先生居后,固非关亲远,亦毋论主从,夫虑乎材料编排之切当稳便,谨按众师长出生之年月时次铨衡云尔。"

十首追怀诗,每首诗的具体内容当然依各人情况而有所不同,但《小引》中对此也做了概括,把诗传的核心内容明确道出:一是"指其屣痕",叙述传主生平简历——作为传记,这是最基本的要素;二是"叹诵清芬",描述各位先生高雅的风度标格;三是"彰其蛾术",赞扬诸位在不同学术领域的成就和贡献。从这样三个方面入手,就不但抒发了作者对老师的崇敬感恩之情,而且通过刻画他们的个人形象,塑造出前辈们堪为人伦师表的群像，成为学术史教育史上一笔宝贵财富。

为使读者更好地理解诗句的涵义，作者又对许多诗句做了注释。以往历代诗人为自己的诗句作小注，或记本事，或述名物、解语词，也是常见的事，但陈允吉先生《追怀故老》的注释数量特多，且更加系统详尽，虽是以条目形式出现，其实乃是传记的雏形。用《小引》的话来说，便是"就中分择体裁，言诗言注；权宜删述，或略或详。称扬简历，辑诗文而安植本根；配合小传，援注释而繁茂枝叶。"这是组诗对总貌的设计安排，作为人物叙传，显得非常井井有条，合乎史传作品要求，而从读者诵读诗文及注释的感受来看，其效果是良好的。陈允吉先生是把本该后代研究者来做的笺证，由自己承担起来了。

这里试略举数例。咏郭绍虞先生，有云"骋望新天地，表笺马克思。壮行赠秋白，捷赋流星诗"之句，诗句是白描式的实录，注释则介绍了郭绍虞很早就接触马克思主义，倾向革命，与共产党人结为好友。1920年瞿秋白赴苏访问，临行，郭先生捷赋《流星》一诗赠别。这样的记述既真实，又生动揭示了郭先生的觉悟之早。后面记述郭先生在抗日战争时期的表现："守拙烟尘际，坚贞谢磷缁。慭伤讽黍离，涕泗乱交颐。"注释云："北平沦陷初期，因燕京大学为美国教会所办，暂可维持正常教课。某日，先生于课上讲授《诗经》中的《黍离》篇，当读到'知我者谓我心忧，不知我者谓为何求'时，无法抑制内心的悲伤，遽至狂歌痛哭，涕泗纵横致使满堂学生随之泪下。"诗注配合，再现了当年课堂之上爱国师生共为日寇入侵痛哭的景象，犹如一幅特写，郭绍虞先生的形象因此而高大感人。至于深刻蕴含民族文化基因的伦理意鲜明突出，可无须多论。

咏蒋天枢先生则以大段笔墨贯穿性地刻画了他与陈寅恪先

生的师生之情,从"爱入清华园……邃研工字邸",到"倾情援悴萎,岂以炎凉计?懔懔陈夫子,拳拳向所系。延伫受嘱托,畅叙移阴砌。寒柳垂千叶,金明照四裔。功成却报偿,追琢愈精细。师事久陵迟,非公谁为继!"详述了蒋天枢在清华从学陈寅恪先生,一生按老师的治学方法研究学问,老来还几次从上海远道去广州拜望老师,接受老师托付,放下自己手头的工作,花费数年时间不辞辛劳地整理研究老师平生著作,出版后却拒绝报酬的高风亮节。这是把我们民族尊爱师长的传统、师生情谊逾于父子的古道发挥到了极致。

先生们的人生经历中也有坎坷、有曲折,甚至也有过失、有磋跌,对于这些诗传是如何处理的呢?这也是我们观察文化基因和叙事伦理的一个重要关注点。根据叙事伦理的原则,既要直笔实录,又须于国族有益有利,二者不免存在某种矛盾。古人的解决办法是避讳,为尊者讳、为贤者讳,也就是做减法式的虚构,直接避开某些障碍,不去提那些不想触及的事,等等。这种情况,几乎存在于古往今来一切可见的文史著作之中。不能说《追怀故老》组诗中绝对没有此现象。作者曾告诉笔者:诗传内容是真实可靠的,但有些事不好写,就舍而不提了。这是作者的心声,完全可以理解。但是,这里有个"度"的问题,在合适的程度下,这样做应是允许的,甚至是必要的。而如何处理这个问题恰恰很能见出作者的思想、心地和艺术水平。

语言学家张世禄先生在日伪时期,曾有过一段遭遇。陈允吉在咏张先生诗的一条注释中记述:"'八一三'抗战失败后,身处'孤岛'的张先生还在暨(南)大(学)任教。至一九三九年秋,他因遭敌特之胁迫而'坠入'汪伪组织的圈套。惟先生内心洞悉民族大义,家国之仇未尝暂忘,遂表面虚与周旋,实则密划早日跳出此陷阱。一九四〇年春，他携妻悄然逃出上海，取道香港、河内抵达昆明，随即通过媒体声明与敌伪组织脱离关系。"清清楚楚地记述了这个过程，特意写明时间与几个关节点。且并不于此止笔，然后一连几条注释详细地记述了张世禄先生在脱离敌伪控制后于云、贵、桂、渝诸地辗转教学的经历，直到抗战胜利，到中华人民共和国成立，高校院系调整，终于来到复旦大学。其诗则写道："狼暴嚣尘起，血腥寇足蹂。脱身离坎阱，避害走边陬。滇黔山飍栗，坪桂水气浮。飘零终作客，板荡益添愁。"没有回避事实，但措辞用语却显示了鲜明的是非爱憎，作者的正义感、善良心和史家意识于此表露无遗。不仅如此，在下面的歌咏中，又特着一笔："颠屯瞿运动，肺疾料难瘳。负载逾长坂，挽牵若老牛。"并在注释中说明了张先生在1949年后的历次运动中，因历史问题屡受冲击——这也是无可回避的历史真实——但张先生虽遭磨难，却始终能够正确对待、积极工作，在语言学和教书育人方面，作出了巨大贡献。作者巧妙地引用先生指导过的后辈严修教授的话："张先生晚年就像一头老牛，任劳任怨，吃的是草，挤出的是奶，终日牵挽着超重的车辆，行走在一眼望不到尽头的山坡路上。"圆满地塑造了张世禄先生的形象。作为后辈，张先生的平生遭际令我们感喟，而他值得学习的那些方面也凸显在我们面前。

　　刘大杰先生的灾厄发生在"文革"中，因为他曾得毛泽东主席接见，其名著《中国文学发展史》也颇获肯定，使他深感恩遇，也使他在"文革"初期少受了些折磨，但在"儒法斗争贯穿线"的紧箍咒下赶着改写这部书，不但耗费了他太多的精力心血，更在"四人帮"垮台后使他一度成了被批判被嘲骂的靶子。如何记述刘先生的这段经历，对诗传作者也是一个考验。

读了陈允吉先生追怀刘先生的诗，感想很多，一个就是觉得也许只有中国传统的古典诗才能最细腻委婉而又准确深刻地叙述出如此复杂多层的意思，另一个则是佩服陈允吉先生正直坦荡的心胸和老练精到的语言艺术。诗的用字精确，感情充沛："颃洞起狂飙，失据沦怅惘。爰经集会批，移就雕笼养。泚笔评儒法，迷途误斥响。紫朱腾物议，斑白焉安放！造化弄才人，必教罹世网。忍从朋辈讥，幸得亲知谅。清晏怀斯老，含酸叹跌荡。"再看注释："一九七六年一月，周恩来总理逝世，先生含泪写成七绝五首寄托沉痛悼念。同年十月粉碎'四人帮'后，新版《中国文学发展史》受到许多朋友的严肃批评；而一些了解刘先生处境和为人的亲知，都对他的这段特殊经遇予以体谅。其时上海学界流传着一种说法，认为复旦中文系朱东润是一块石头，刘大杰只是一块泥土。朱东润先生听到上述议论立刻表示：'不能这样讲，应该说两块都是石头。虽然现在刘先生身上沾了一点油污，但放到清水里去洗一洗，他依旧是一块石头。'远在北京的茅盾谈到刘大杰先生，亦断言他原来的那部《中国文学发展史》'还可以用五十年'。"诗句与注释可谓珠联璧合，不但刘大杰先生在地下可得慰藉，刘先生的家人亲知、包括学生也可对他所遭的厄运略感释然；扩而大之，那些在"文革"中有类似遭遇（有时挨批，有时被养雕笼奉命作文）的可怜文人，或许亦可从中获得某些同病相怜的安慰和解脱吧。如果真是这样，《追怀故老》诗所起的良好作用就更不容小觑了。

《追怀故老》组诗既是直笔实录为史，又能细腻委婉为文，表达的是对老师的深厚感情，目的在于歌赞前人的贡献与优长，以传承发展良好的学统和人伦关系。这些诗充分地表彰了老师们的学术成就和为人品格，表达了对他们深深的感激思念之情，同时实事求是，没有为尊者讳，而是恰到好处地把握了史与诗的叙事分寸。这也许可以当作我们对其进行伦理叙事批评的一个结论，①也可以看作我们对叙事伦理与文化基因关系的一种阐释。

叙事伦理问题已渐引起学界重视。江西师范大学傅修延教授前不久发表《伦理叙事、差序格局与讲好中国故事》一文，②指出"伦理与叙事存在'互嵌关系'，古往今来的故事讲述大多可归入伦理叙事的范畴"。他引用《毛诗序》诗"可以经夫妇，成孝敬，厚人伦，美教化，移风俗"之语，说明中国自古以来就重视叙事伦理的传统，同时也以许多实例说明中国的叙事伦理是深植于民族文化基因之中的。文章强调任何作者都有一个"伦理取位（ethical positioning）"的问题，他采取什么样的伦理立场和态度，对叙事的高下乃至成败会有决定性的影响。这一点我们非常赞成，从陈允吉《追怀故老》的成功也已可得到验证。当然，傅教授站得更高，他据此提出，我们应该用讲好中国故事来与世界各族多交朋友，展示中国的进步有利于世界，我们的目标是要构建一个相互依存、休戚与共的人类命运共同体。显然，遵循叙事伦理，讲好中国故事才有可能。这也就是我们重视叙事伦理的根本原因。

---

① 其实，无论是史是诗，适当的避讳——因考虑叙事的效果和影响而对入史入诗的素材有所取舍——不但不可避免，而且还是必须的。无论诗、史，一切叙事都需要考虑国族总体和长远的利益，这也是叙事伦理的根本要求。避讳问题比较复杂，自古以来歧见很多，争论很多，不能简单对待，尤其不能望文生义地对待，其要义端的在于放眼历史与世界，明鉴时势把握分寸。这里仅作提示，不能细论。

② 傅修延：《伦理叙事、差序格局与讲好中国故事》，刊于《华中师范大学学报（人文社会科学版）》2022年第2期。

十

诗歌叙事观念近代呈现的三点观察

（一）从理论表述的角度观察

从中国诗歌的历史实际出发，不难发现从源头说来，诗歌与述史纪实是有关联的。而从一般原理言之，诗歌创作总是与一定的人事有关。人因事的触动而心有所感，当内蕴的感情充溢迸发，形之于言，便有了诗。分析这个诗的内在构成，则有事、情、理等种种成分，而其中最基本的乃是事与情两种成分。正是由这两种基本成分酝酿发展，才形成了诗歌的叙事传统与抒情传统。这两种传统从一开始就是共生互益、互动相长的。这些认知很早就在古人的言论中有所反映。可是古来确也存在着强调情感为诗歌创作之本源，甚或是唯一本源的说法，而且后来发展得势力很大。被说成是中国诗歌开山纲领的，就是所谓的"诗言志"，后来又衍生出"诗缘情"，两相结合形成影响深远的"情志说"。汉代的《诗大序》对诗歌创作过程和本质有这样的描绘："诗者，志之所之也。在心为志，发言为诗。情动于中而形于言，言之不足故嗟叹之，嗟叹之不足故永歌之，永歌之不足，不知手之舞之，足之蹈之也。"① 这句话的影响是如此巨大而深刻，以至于历代有些人竟然有意无意忽略了紧接在下面就说到的诗（风雅）与"事"的关系："是以一国之事，系一人之本，谓之《风》；言天下之事，形四方之风，谓之《雅》。《雅》者正也，言王政之所由废兴也。政有大小，故有《小雅》焉，有《大雅》焉。"② 明明无论《风》《雅》，都与一人之本（事）、一国之事，乃至天下之事相关，这些客观的社会之事都会影响到某些个人或群体的"情志"，甚至转化为他们的"情志"而被宣泄抒发出来，诗歌其实就是这种客观之"事"与主观之"情志"相融会而化成的。那么倘只强调或只重视"诗言志""诗缘情"而忽略或贬低"诗叙事"，岂不片面偏颇？

当然，事情还有另一方面。在此后的诗歌评论和研究中，诸多论家对诗歌成分的辨析日益细致清晰，他们已认识到诗歌内容的组成，无非是事、情、景、理诸端。③ 而"叙事"一词或"叙""述""记""纪"等同义词更逐步在文史研究、包括诗歌评论中广泛应用。

---

① 《毛诗序》，《毛诗正义》卷一，阮元校刻：《十三经注疏》，中华书局1980年影印版，第270页。
② 《毛诗序》，《毛诗正义》卷一，阮元校刻：《十三经注疏》，中华书局1980年影印版，第272页。
③ 此点至明、清、近代更为清晰，如明末清初的黄生（1622—1696）："诗之五言八句犹文之四股八比……中二联非写景，即叙事，或述意三种。"（《一木堂诗麈》卷一，《清诗话》三编第1册第78页，上海古籍出版社2014年版）叶燮（1627—1703）："原夫作诗者之肇端，而有事乎此也，必先有所触以兴起其意，而后措诸辞、属之句，敷之而成章。""苟于情、于事、于景、于理随在有得，而不戾乎风人'永言'之旨，则就其诗论工拙可耳，何得以一定之程格之，而抗言风雅哉！"（《原诗·内篇上》）

"叙事"二字成词是远在上古的事。那时,"叙事"(亦写作"序事",义同)的含义主要还是跟祭祀、礼仪的秩序有关,其与言语或文本的"叙述事情"之含义是在后来的演变中逐渐形成并突出起来的。① 但至迟到《文心雕龙》的作者刘勰,因曾遍研各种文体,就已初步建立了自己的叙事观。在《文心雕龙》多篇文体论,特别是对史传、碑志、哀诔等文体的论述中,都提及了叙事问题。钟嵘也在《诗品序》中把诗歌创作的"物感说"推进至更具体而确切的"事感说",使"事"与"情"成为构成诗歌内容的两个最大支柱。作为史论家,唐人刘知几自然更加重视叙述的功能和作用,其平生心血凝聚的著作《史通》总结唐前史学传统,特列《叙事》专章,详论历史叙事的目的、要求、规范、避忌以及评价优劣的标准(求真、尚简、用晦、避讳)等,实际上也就是梳理总结了唐前的叙事传统。刘知几的叙事观对唐以后的史学和文学,包括诗歌创作都产生了重要影响。叙事在宋以后的文学写作和诗歌评论中已是一个常见的重要话题,真德秀《文章正宗》将选录的文章分为四类,"叙事"就占了其一。宋诗叙事现象的丰富多样,也大有超越唐人之势。② 宋人诗话中用到"叙事"一类词语的明显增多。③ 到了明、清、近代,诗歌"叙事"则更几乎成了论者常用的概念术语,而且他们的叙事观和运用此叙事观所进行的诗艺分析,也

---

① 请参谭帆:《"叙事"语义源流考》,载《文学遗产》2018年第3期。
② 参周剑之:《宋诗叙事性研究》,中国社会科学出版社2013年版。
③ 如《石林诗话》评杜甫《北征》:"长篇最难,晋魏以前,诗无过十韵者,初不以叙事倾尽为工,至老杜《述怀》《北征》诸篇,穷极笔力如太史公纪传,此固古今绝唱也。"《蔡宽夫诗话》评杜甫《兵车行》:"因事自出己意,立题略不更蹈前人陈迹。"

显然比前人更为精细清晰而深入。这里试以几位名家对杜甫诗的注释为例，略作说明。

明许学夷《诗源辩体》评杜甫《哀王孙》《哀江头》有云："虽稍入叙事，而气象浑涵，更无有相类者。"① 清张谦宜《絸斋诗谈》也称赞二诗："叙事檃括，不烦不简，有骏马跳涧之势。"② 这是肯定它们的叙事，并强调了其叙事的简洁有力。至清翁方纲《石洲诗话》引《渔洋评杜摘记》更补充了杜甫诗抒中含叙和抒叙融混的特色："（《哀江头》）乱离事只叙得两句，'清渭'以下以唱叹出之，笔力高不可攀……即两句亦是唱叹，不是实叙。"③ 这里的"两句"指"明眸皓齿今何在，血污游魂归不得"，唱叹即是抒情——把杨贵妃在马嵬事件中被处死的事情，用抒情的方式加以叙述，取得既简括明了又饱含同情的效果。这就说明了抒叙不但不能分，而且可以互补的道理，也说明这种论证对抒叙关系的理解是辩证的而不是对立的。

杜甫的"三吏""三别"既是名作，叙事性又强，评论者尤多，而且大都抓住其叙事特征来论。如浦起龙云："'三吏'夹带问答叙事，'三别'纯托送者、行者之词。"这是对六首诗叙述方法的总论，"问答叙事"是浦氏对诗歌叙事对话现象的概括，是一个新创的名词。评《新安吏》指出："统言点兵之事，是首章体。"认为此章有带头之意，以下各篇"则各举一事为言矣"。下又云："《石壕》之妇以智脱其夫，《垂老》之翁以愤舍

---

① 许学夷：《诗源辩体》卷十九，第五则，人民文学出版社1987年版。
② 见郭绍虞编：《清诗话续编》第二册，上海古籍出版社1983年版，第830页。
③ 翁方纲：《石洲诗话》卷六，见《清诗话续编》第三册，上海古籍出版社1983年版，第1479页。

其家,其为苦则均。……(《垂老》)首段叙出门,用直起法,开首即点。'子孙'二句,抵《石壕》中十六句。中段叙别妻,忽而永诀,忽而相慰,忽而自奋,千曲百折。末段又推开解譬,作死心塌地语,犹云无一寸干净地,愈益悲痛。"这是将《垂老别》与《石壕吏》的叙事作对比分析,以进一步揭示各自的特色。至《无家别》又指出:"通首只是一片,起八句追叙无家之由。'久行'六句,合里无家之景。'宿鸟'以下始入自己,反踢'别'字。……'远行'八句,本身无家之情。其前四极曲,言远去固艰于近行,然总是无家,亦不论远近矣。翻进一层作意。"这是从章法角度,即叙事结构来分析。对"三别"的叙事技巧,浦起龙还有一个总论:"'三别'体相类,其法又各别:一比起,一直起,一追叙起;一比体结,一别意结,一点题结。又《新婚》妇语夫,《垂老》夫语妇,《无家》似自语,亦似语客。"这里浦起龙不但采用了一些新的叙事术语,结合前引,还表现出他已经注意到叙事体诗歌之作者、叙述者与受述者,以及不同叙述视角等问题。

古人的叙事观念有其开放的、非常实事求是的一面。如杜甫《高都护骢马行》:"安西都护胡青骢,声价欻然来向东。此马临阵久无敌,与人一心成大功。功成惠养随所致,飘飘远自流沙至。雄姿未受伏枥恩,猛气犹思战场利。腕促蹄高如踏铁,交河几蹴曾冰裂。五花散作云满身,万里方看汗流血。长安壮儿不敢骑,走过掣电倾城知。青丝络头为君老,何由却出横门道!"这是杜甫许多题咏骏马诗的一首,向来很得好评。今仅从叙事角度论之。清浦起龙《读杜心解》已点出其起头四句和"功成"四句用"叙"的手法,方东树《昭昧詹言》说得更加具体:"直叙起,三、四夹叙夹议顿住,却皆是虚叙,第四伏结。

'功成'四句,实叙其老闲,而以'猛气'句再伏结。'腕促'四句写,'长安'二句起棱,'青丝'二句入今,别一意作收。妙能双收人马。"他们都看出了题咏诗——或称咏物诗,同样可以运用叙事手法来写得活灵活现。这样的例子在清人对杜甫咏物诗的评论中可以找到不少,可见他们叙事观开阔的侧面。

值得注意的是,近代人对"叙事"的理解并不拘泥于"事",他们的评论还涉及"叙情",即诗歌中不但"事"可以叙,而且"情"也是叙出来的;此处之"叙"实等同于"抒",抒叙本皆表述传达之谓。诗歌之所叙者,无非情与事,或在情与事之间。许学夷《诗源辩体》评杜甫《新安吏》等诗有"叙情若诉"的话。同是明人的邢昉,编《唐风定》,对《石壕吏》诸篇也有"述情陈事,琐屑近俚,翻极高古"之评。[1] 所谓"叙情""述情",其实就是抒情,与叙事(陈事)属于诗歌表现法的两翼双轮。对此他们心中是很清楚的。

到了清代,注杜名家仇兆鳌更是屡用"叙情"之名,如其《杜诗详注》谓《前出塞九首》"首章叙初发时辞别室家之情""二章叙在道时轻生自奋之语"等,又谓《新婚别》是"叙室家别离之情",《同谷七歌其二》是"叙骨肉之情也",等等。

而贺裳《载酒园诗话又编》则更有了"叙景"的说法,其评《前出塞九章其七》"驱马天雨雪,军行入高山。径危抱寒石,指落曾冰间。……"云:"此章言筑城事,叙景处不仅本'载途雨雪',兼从'渐渐之石'章来。"[2] 可见在贺裳看来,"言

---

[1] 转引自陈伯海主编:《唐诗汇评》上册,浙江教育出版社1995年版,第973页。
[2] 见郭绍虞编:《清诗话续编》第一册,上海古籍出版社1983年版,第320页。

事""叙景"与抒情、感慨、议论,实际上都是作诗手段,构成了诗的必要成分,巧妙不同,功能有异,而目标宗旨则一。

至晚清近代,王闿运(1833—1916)从李白研究中梳理出"叙情长篇"的概念及其发展概况:"李白始为叙情长篇,杜甫亟称之,而更扩之,然犹不入议论。韩愈入议论矣,苦无才思,不足运动,又往往凑韵,取妍钓奇,其品益卑,骎骎乎苏、黄矣。"① 虽然王氏是在论"七言歌行流品"时说了这些话,但实际上,王氏所指,是包括整个五七言歌行的一种创作现象。在唐代,歌行体的述事叙情之作五七言皆有,而且五言古体实比七言歌行为多。李白名作除《忆旧游寄谯郡元参军》《答王十二寒夜独酌有怀》是七言外,《书情题蔡舍人雄》《送王屋山人魏万还王屋》《赠韦秘书子春》《赠清漳明府侄聿》《经乱离后天恩流夜郎忆旧游书怀赠江夏韦太守良宰》《赠张相镐二首》《叙旧赠江阳宰陆调》等就都是五言。杜甫的名篇《自京赴奉先县咏怀五百字》《北征》《昔游》《遣怀》等也都是五古。这些作品基本上带有一定忆旧和自传的性质,或讲述家世,或缕诉遭际。至于同类的韩愈《县斋有怀》和杜牧《郡斋独酌》,也都是五言歌行的体裁。倒是李商隐,除《戏题枢言草阁三十二韵》用五言外,还写过几首很显才气的七言歌行体叙情之作,那就是《安平公诗》和《偶成转韵七十二句赠四同舍》。② 综观这些诗,首先一个显眼的特点是篇幅曼长。其次,说它们是叙情(抒

---

① 王闿运:《论七言歌行流品答完夫问》,见马积高主编:《湘绮楼诗文集》第五册《湘绮楼说诗》卷三,岳麓书社2008年版,第165页。
② 我们注意到,与唐代叙情诗情况不同,近代诗歌中的叙情之作,比较多地采用七言歌行体裁,如王闿运本人所作的《圆明园词》、王国维的《颐和园词》和杨圻的《哀南溟》等皆如此。

情），其实叙事的意味亦很重，是在叙事的大背景、大框架下倾诉感情，在诗歌修辞上有明显的抒情性操作。以前读者一般将其视为抒情诗，现在也并不就说它们是叙事诗，道理似乎在于：这些诗抒情色彩极为浓郁，超越了一般叙事诗（一般叙事诗也是含有抒情成分的）所惯见的，而称其为"叙情"，则能引人注意，令人马上感到它与叙事有关，但与通常的抒情叙事都有所不同，它们应被视为一种独特的诗歌品类。论抒情，它们不是一般简单的抒情；论叙事，也不是一般典型的叙事，而且作者的动机显然也并不仅仅在于叙事。它们是把抒和叙二者融汇得更加和谐、更加熨帖、更加难分难解的诗篇。这个名词的出现和采用，是近代人叙事观念丰富而又愈益清晰的一个标志，他们既明白抒叙的表现功能是有所不同的，又明白抒叙二者是可以并且应该融合统一起来的。

在诗歌抒情叙事关系的近代论述上，刘熙载（1813—1881）的《艺概·诗概》因其系统深入而值得特别注意。《诗概》以中国诗歌史为论述的背景和基础，涉及理论，则从诗的本质谈起，论作法，论功能，评骘辨析历代诗人诗作的优劣特色，其中便有不少言论与叙事观有关。

如谓："李陵赠苏武五言但叙别愁，无一语及于事实，而言外无穷，使人黯然不可为怀。"这里的"叙别愁，无一语及于事实"就是指苏李诗属"叙情"而未曾具体叙事之意，用我们的话说，就是苏李赠别之诗乃属于"事在诗外"或"抒中叙"的情况。

又如谓"左太冲《咏史》似论体，颜延年《五君咏》似传体"，左、颜之作同是咏叹古人古事，但在刘熙载看来却一似论一似传，其理何在？那是因为前者侧重议论抒情，后者则以传述叙事为主，这就指出了它们的区别乃在诗之构成与抒叙比重的差异。

在论述唐诗时，《诗概》着重比较李杜，谓："李诗凿空而道，归趣难穷，由风多于雅，兴多于赋也。""杜陵五七古叙事，节次波澜，离合断续，从《史记》得来，而苍莽雄直之气，亦逼近之。"这既指明了李杜诗歌的不同，又承王渔洋之说重申了杜甫诗史精神的渊源和杜诗富于史性的特点，从而勾勒了叙事传统的线索。在论到杜甫、元结、白居易都有"代匹夫匹妇言"的诗，指出此类诗颇难作，而他们却能"不但如身入间阎，目击其事，直与疾病之在身者无异。颂其诗，顾可不知其人乎！"这里已触及叙事伦理问题。叙事伦理要求作者端正身份位置，深入社会生活，对人民的苦乐感同身受，刘熙载据此要求读者对诗人知人论世，不仅欣赏其艺术技巧，尤应重视其思想品格和创作观念。

《诗概》论及诗歌载体五七言的差别，"字少者含蓄，字多者发扬也。是则五言七言，消息自有别矣。"在一连串的细辨后，论道："七言讲音节者，出于汉《郊祀》诸乐府；罗事实者，出于《柏梁诗》。"这就涉及七言歌行与叙事传统的问题，把汉武帝时的《柏梁台诗》当作了叙事传统发展的一个节点。结合下面论到的："唐初七古节次多而情韵婉，咏叹取之；盛唐七古，节次少而魄力雄，铺陈尚之。""伏应转接，夹叙夹议，开合尽变，古诗之法，近体亦俱有之，唯古诗波澜较为壮阔耳。"可以看到刘熙载对七古叙事的具体见解。这当然是个很值得重视的观点。

刘熙载还注意到诗歌表达方式不同所导致的功能差异。他说："赋不歌而诵，乐府歌而不诵，诗兼歌诵，而以时出之。"

这里他区分了赋和诵两种不同的诗歌表达方法。赋是朗诵,歌是咏唱。赋诗,是用朗诵的调子把诗吟出,但不形成歌唱。歌与赋不同,像乐府诗,那是要靠演唱而不是诵读来表达的。把歌唱与朗诵相结合的则是诗,诗既有音调,又有语辞,二者根据需要而结合变化,形式非常多样。然后,刘熙载对《诗》(《诗经》之诗)再作详解,指出《诗经》之诗基本有两种情况,一种用于歌唱,一种用于朗诵。并由《诗经》传统延伸至《楚辞》的《九歌》《九章》和唐诗的李杜,认为《九歌》和李白诗更重声情,宜乎歌唱;《九章》和杜甫诗重内容和事义,宜于朗诵:

> 《诗》,一种是歌,"君子作歌"是也。一种是诵,"吉甫作诵"是也。《楚辞》有《九歌》与《惜诵》,其音节可辨而知。《九歌》,歌也;《九章》,诵也。诗如少陵近《九章》,太白近《九歌》。

于是进一步引申曰:

> 诵显而歌微,故长篇诵,短篇歌,叙事诵,抒情歌。诗以意法胜者宜诵,以声情胜者宜歌。古人之诗,疑若千支万派,然曾有出于歌、诵外者乎!……长篇宜横铺,不然则力单;短篇宜纡折,不然则味薄。……长篇以叙事,短篇以写意,七言以浩歌,五言以穆诵。此皆题实司之,非人所能与。①

---

① 此节所引刘熙载语,均见于《艺概》(王国安标点本),上海古籍出版社1978年版,第49—79页。

这不就是用极为明确的语言作出古今诗歌非抒情即叙事的论断,以及对抒叙不同要求和功能的辨析吗?这是刘熙载论诗歌表现手法的总结性言论。值得注意的是,他清楚地运用抒情、叙事两个概念,把它们与古今诗歌现象相联系,并将二者作为非此即彼的"对垒"来用,这是空前的、富于创造性的。同时代或后来学者对此有所补充发挥,但首先还是接受和认同。如夏敬观(1875—1953)说:"长篇不止于叙事一种,亦有写意、写景、写情,或参错于其间,或专写意、写景、写情。短篇不止于写意一种,亦有用之叙事者;情景二种尤多。七古不特浩歌一派,偏于浩歌,嫌太放。五古亦不止穆诵一派,偏于穆诵,嫌太庄。'题实为之'一语,则颠扑不破,相题而施,各得其妙。"① 此论将刘熙载的观点细化了,但基本大意仍旧。后来闻一多《歌与诗》一文论诗歌抒叙传统的形成演变,很醒目地强调抒叙二者的对垒性,则似乎更无保留地吸收了刘熙载的观点。②

我们审视中国文学史、诗歌史,只要态度客观,实事求是,就自然会看到并承认抒叙两大传统的存在;进一步观察研究,则会发现它们互益互动和互竞博弈的情况。可是当抒叙传统产生之后,历史上也一直有人对它们并不一视同仁。偏持"诗歌情志说"的人们,一般都比较强调抒情而轻视叙事,有人甚至刻意渲染抒情与叙事的对立对抗,在审美评价上抬高抒情而贬

---

① 夏敬观:《刘融斋诗概诠说》,见王气中:《艺概笺注》之附录,贵州人民出版社1986年版,第501页。
② 闻一多:《歌与诗》,见《闻一多全集》(据开明版重印)第一册,生活·读书·新知三联书店1982年版。

低叙事,同时也就尊崇抒情传统而贬抑叙事传统,并予大力宣扬。久之,这种偏颇之见反而成为诗学的主流观点和一般常识。

这里,宋代苏辙的言论颇有影响,他在《诗病五事》(之二)中从《诗经·大雅·绵》的叙事说起,引出一个结论:"事不接,文不属,如连山断岭,虽相去绝远,而气象连络,观者知其脉理之为一也。盖附离不以凿枘,此最为文之高致耳。"意谓诗歌叙事应该简洁,抓住主脉,避免琐碎,为此不妨跳跃、省略、断续不连而以脉理暗通。这方面,《诗经·大雅》是最高典范,杜甫是后世楷模,而白居易就等而下之了。以杜甫《哀江头》为例,苏辙说:"予爱其词气如百金战马,注坡蓦涧,如履平地,得诗人之遗法。如白乐天诗,词甚工,然拙于纪事,寸步不遗,犹恐失之。此所以望老杜之藩垣而不及也。"① 此观点赞杜贬白,理由就在杜诗叙事简洁、笔力粗犷豪放,而白诗的叙述就显得琐细啰嗦,比杜诗差之远甚。其实,举杜甫《哀江头》与白居易叙事诗(苏辙未提具体篇名,很大可能是指白氏《长恨歌》《琵琶行》)相比,未必等伦得当。但苏辙此说一出,不断为后人重复,凡有意无意欲贬抑诗歌叙事者,往往以此为说辞。更有甚者,连老杜也捎带被非议。像宋张戒《岁寒堂诗话》认为《哀江头》之叙事远胜于《长恨歌》《连昌宫词》,"元、白数十百言,竭力摹写,不若子美一句"。这还仅是褒杜贬白,到得明胡应麟,就说杜诗《北征》《述怀》:"皆长篇叙事,然高者尚有汉人遗意,平者遂为元白滥觞。"已将杜诗叙事与白诗弊病挂钩。再到清之《蠖斋诗话》评"三吏""三别",

---

① 苏辙:《诗病五事》,见《栾城第三集》卷八,曾枣庄等点校本,上海古籍出版社1987年版,第1553页。

就给了"妙在痛快,亦伤太尽"的评语。① 直到晚清近代,苏辙之语的影响仍然很大,就连对诗歌抒叙关系有清晰认识的刘熙载都未能免俗,其《诗概》云:"尊老杜者病香山,谓其'拙于纪事,寸步不移,犹恐失之',不及杜之'注坡蓦涧',似也。"对苏辙语表示认可,仅于下文对杜牧攻击白居易诗"纤艳不逞"有所保留,可见苏辙观点影响之深巨。我们揭示此点,就是要说明叙事传统与抒情传统的互惠博弈,的确是在这种不平等条件下发生的,直到近代并无根本改变。即便如此,诗歌叙事传统的发展壮大依然不可阻挡,这是我们在研究诗歌史和文学史时须要注意,并予以揭橥倡明的。

(二)从创作实践来体察叙事观

作为文学表现手法,抒叙两大传统的互补与博弈是始终存在的。抒叙博弈首先存在于创作过程之中,主要由作者从构思酝酿到命笔写作的整个运作来体现。抒叙博弈也表现于读者人群对作品体性风格的审美选择倾向之中——他们是更喜欢抒情性作品,还是更喜欢叙事性作品呢?这就与文体发生了关系。于是,文体的演变更替及其在整个文学领域所占份额的多寡升降也就成了一种社会性的文学现象。文学史上所谓的"一代有

---

① 此处张戒语,见《岁寒堂诗话》卷上,《历代诗话续编》上册,中华书局1983年版,第457页。胡应麟语,见《诗薮》内编卷二,上海古籍出版社1979年版,第34页。《蠖斋诗话》系清施闰章著,见《清诗话》,上海古籍出版社1978年版,第406页。

一代之胜",如胡小石所引焦循《易馀籥录》所云"夫一代有一代之所胜,舍其所胜,以就其所不盛,皆寄人篱下者耳。余尝欲自楚骚以下,至明八股,撰为一集,汉则专取其赋,魏晋六朝至隋则录其五言诗,唐则专录其律诗,宋专录其词,元专录其曲,明专录其八股,一代还其一代之所胜"①,或如王国维所云"凡一代有一代之文学,楚之骚,汉之赋,六代之骈语,唐之诗,宋之词,元之曲,皆所谓一代之文学,而后世莫能继焉者也"②,其实就落实在文体荣衰的变换上。如果加上明清近代,则一代文学应该还有小说、戏曲二者。而这也可以说一定程度上反映了抒叙传统博弈的整体状况。揭示分析这种状况的变化态势和轨迹,探寻其内在原因和机制,也就能发现在其深层,在现象的背后,实际上便与抒情、叙事观念的演变相关。

时至近代,中国文学已明显呈现出叙事性作品市场日益增大、影响日益扩张的情况。从文学体裁言之,就是小说戏剧在文学艺术领域所占份额迅速上升,小说戏剧的作者、读者、观众从数量到人员所涉社会阶层都大为增多且扩展,出现一片大众化、通俗化的热闹景象;形成对照的,是诗词文赋之类传统主流文学形式的作者读者圈子逐渐缩小,慢慢成为部分高端精英、文化贵族享用的专利。虽然这类创作的数量依然可观,但艺术质量却无可奈何地呈现平庸、下降、衰减的基本趋势,社会影响力随之逐渐降低缩小而无力振起。

这个情况当然并不始自近代,最早的苗头隐伏于诗词繁盛

---

① 胡小石:《中国文学史讲稿》第一章《通论》,见《胡小石论文集续编》,上海古籍出版社1991年版,第4页。
② 王国维:《宋元戏曲史》序,华东师范大学出版社1995年版,第1页。

的唐宋，至元明清而渐显，至晚清近代而尤剧。1840年鸦片战争之后，帝国主义列强以坚船利炮入侵，欲殖民化中国，封闭的中国被打开，社会变化加速。一方面华夏之邦日益滑向半封建半殖民地的困境，一方面古老的中国社会被动地走上近代化变革之路。生产力在缓慢发展，农业国本色未变，城市，特别是港口城市纷纷崛起，租界出现，成为西方政治经济文化的展览窗口，人民的生活方式、价值观念和思维方式开始发生剧烈变化。西方的科学技术、思想观念、物质文明、宗教教义、文学作品与艺术情趣大量而迅速地输入，所谓"欧风美雨"，既铺天盖地、劈头盖脑，又细大不捐，无孔不入。大的方面暂不说，仅与文学艺术有关者，如印刷业、造纸业、出版业被开发，新闻传媒业兴起，报纸杂志出现，西方文学作品传入，翻译编辑技巧和水平提高，市场效应增扩，市场竞争加剧，对城市居民，特别是青年学生影响巨大深远，他们或为救国、或为谋生，出洋留学成风。于是，引发文人观念改变，诗歌、小说的社会作用被认识、被鼓吹，"诗界革命""小说界革命"的口号被提出，文学的演化与社会的变革相结合、相呼应、相促进，传统的、主要供自娱自乐的诗文创作影响缩小，通俗的、民间色彩浓郁的文化兴起繁盛。文学商品化了，参与文学创作、阅读、欣赏，乃至以之为生计的人群扩大，人员所属的阶级层次降低。就我们所关注的诗歌叙事的实践活动而言，也出现了一些值得注意的现象。

一个值得注意的现象是新时代《竹枝词》创作的兴起。

《竹枝词》源起很早，其影响之扩大可追溯到唐代刘禹锡。唐贞元、元和年间，刘禹锡被贬西南远州，学习当地民歌形式和风格，创作了《竹枝词九首》等作品，给诗坛带来一股新鲜空气,这种民歌体的短诗体裁从此流传开来。《竹枝词》本是民间口唱的歌谣,记录下来,与七言绝句很像,七言四句,二十八字,句尾押韵,便于吟唱,但句中平仄格式不严,无粘对之说。① 它的根本特点,一是地方色彩浓厚,二是记事色彩浓重,特别是文人创作的竹枝词,可以一首述一事,也可以数首乃至数十首合记一事。事的范围很广,可以是日常生活琐事,也可以是民情风俗、季节礼数之事或社会新闻时事,乃至某些国族大事,或者历史上著名的故事,等等。总之,记事是《竹枝词》这种民歌的一种主要功能,在具有诗史意识的文人创作中尤其被凸显出来。《竹枝词》作为诗歌,当然也抒情,但其抒情总是渗透在叙事之中。哪怕四句都属抒情,这抒情也是在一定的背景、情境之下进行,而且这背景和情境总是清楚明朗、一目了然的。也就是说,在其背后必有某个事件或故事。《竹枝词》的唱词实类似于传统戏曲中的唱段,连缀起来便是一出有场景、有人物活动的小戏。

由于文人的积极参与,《竹枝词》的创作至近代更加自觉,其发达程度超越往古,其范围遍及全国各地城乡,尤其集中在社会状况变化较大较快的地方,如广州、上海等新兴城市。因为在这些地方新鲜事物多、生活节奏快、环境变化大,最适合用形式简便通俗的《竹枝词》予以及时表现。创作这种《竹枝

---

① 清王士禛《带经堂诗话》卷二十九:"《竹枝》咏风土,琐细诙谐皆可入,大抵以风趣为主,与绝句迥别。"(人民文学出版社1963年版,第849页)按:此所谓"迥别",正在于《竹枝词》多具体叙事、于叙事中抒情,即"叙中抒";而绝句在王士禛这样的诗人手中,往往仅以抒发个人情绪为主,追求清空虚灵的艺术风格,与《竹枝词》关注客观外界情事、多实录白描迥不相同。

词》，不需要作者有多高的文学修养，大抵有一定的观察力、一定的事实积累，带有新闻性、时事性，或具民俗性质乃至猎奇意味，用浅近的口语白话来表达，达到反应迅速、传播广泛的目的，即可参与创作。往古曾有统治者派盲瞽之人搜求、演唱民间歌谣以了解民情及行政参考的传说。历史也有记载："自孝武立乐府而采歌谣，于是有代赵之讴，秦楚之风，皆感于哀乐，缘事而发，亦可以观风俗，知薄厚云。"① 近代虽无这套体制设施，但有新的搜求和传播方式，有报纸杂志可供发表（如著名的上海《申报》、天津《益世报》）。还有一些文人一边热心创作，一边注意搜集并整理出版，虽不是专门献给乐府机关的，却更鼓励了创作，也便于流传扩散。对后世而言，以诗见史、留史、证史的性质和功用，与古代风谣亦有几分相似。翁方纲认为刘禹锡"以《竹枝》歌谣之调，而造老杜'诗史'之地位"，② 这话用来评价近代《竹枝词》也颇合适。

我们从近代《竹枝词》可以了解中国各地的自然风光、历史名胜、乡土特产，了解各地一年四季的民情风俗，从饮食起居的特色到婚丧嫁娶、年时节日的礼数，特别是乡人、妇女、儿童和少数民族生活的种种方面。这些内容把历代"正史"一向忽视的人群和他们的生活状态推到舞台的中央，用近代民众自己的语言讲述他们生活的具体情况，使《竹枝词》成为杂史、方志，尤其是新历史学了解下层民众生活状况、开拓历史研究新领域的重要资料。

---

① 班固：《汉书·艺文志·诗赋略论》，中华书局1964年版，第1756页。
② 翁方纲：《石洲诗话》，见郭绍虞编：《清诗话续编》第三册，上海古籍出版社1983年版，第1363页。

《竹枝词》也涉及重大的题材，比如它们写到帝国主义列强对我国的侵略，写到西方经济、文化的涌入以及由此引起的中国社会的变化。例如《沪游竹枝词》写到鸦片战争：

> 吴淞口子犬牙排，防海当年筑炮台。
> 一自通商都撤去，随波轻送火轮来。①

秦荣光《上海县竹枝词》也有对鸦片战争的记载：

> 道光夷祸中在年，进口先来英国船。
> 观海塘游城市遍，留心测探计昭然。
> （原注："道光五年②，有英吉利商船突进吴淞口，登岸纵观海塘，入黄浦，遍游城市，盖测量海道，并探情形也。"）

> 浙洋延扰及苏洋，我仗长城万里防。
> 剧恨太牢无胆略，轻于进退误戎行。
> （原注："道光二十年六月，英兵船攻陷定海，明年四月，复陷乍浦。提督陈化成亲驻吴淞炮台守御。五月初八，英船直扑炮台，总督牛鉴骤出宝山城，英炮狙击，惊走，兵遂大溃。"）

---

① 见《申报》1874年6月11日第3版。
② 英国商船驶入吴淞江并且测量海道事，时为道光十二年五月。熊月之编，马学强著：《上海通史》第2卷，第353页，上海人民出版社1999年版。

老将登坛出御边，炮台铃柝守三年。
大星一夜东南陨，五口商轮纵泊船。
（原注："以上夷祸。化成老于行军，抵任甫七日，策西兵必至，即驻炮台，昼察夜巡，寒暑无间者凡三载。自化成殉难而长江不守，五口通商之约遂成。"）①

《广州竹枝词》《沪上竹枝词》等都写到租界、洋商、洋货、洋机器、洋科技和洋文化的种种表现，如：

番舶来时集贾胡，紫髯碧眼语喑呜。
十三行畔搬洋货，如看波斯进宝图。

金碧辉煌建鬼楼，夕阳无事爱遨游。
男男女女双携手，俗称红毛与白头。
（原注："夷楼，在西关临河，曰'十三行'。"）

行前泊下火轮船，疍民摇船避两边。
远听鬼奴说鬼话，又传各鬼一筒烟。

租界鱼鳞列国分，洋房楼阁入氤氲。
地皮万丈原无尽，填取申江一片云。

租界高悬电气灯，照人浑讶月华生。

---

① 以上三首为秦荣光：《上海县竹枝词》，见顾炳权：《上海历代竹枝词》，上海书店出版社2001年版，第274页。

天工巧被人工夺,到此城宜不夜称。

杵急钟楼报祝融,赤衣光夺满场红。
腾空百道飞泉泻,机器新成灭火龙。

消息通遍异等闲,巧凭电线露机关。
不须山海嫌修阻,千里音书一瞬还。①

《竹枝词》的作者多在民间,他们往往视野开阔、观察细致,选择题材不避琐屑,所以《竹枝词》能够成为了解社会状况,特别是下层民众生活和心理的有用资料,从而把观照范围扩充到所谓"正史"未及的广大领域。其作用价值,正如当时人已意识到的:"《诗》三百篇,大都里巷歌谣之什,今日尊之为'经'矣。《竹枝词》歌咏时事,搜奇揽胜,发潜阐幽,采而辑之,于以补志乘之缺,又何尝无裨世教也耶?"以至《海上竹枝词》《海上光复竹枝词》《沪城岁事衢歌》之类作品出版后,获得如此评价:"前编可当清末稗史读,后编可当民国纪年之野乘读。""上海自五口通商以后,风气日新,旧俗日汰,不有此作,后将何征?"② 而在我们看来,这正显示了中国诗歌与史述

---

① 以上各首竹枝词,分见朱树轩《广州十三行竹枝词》、熊为霖《羊城竹枝》、《申报》所载《沪北西人竹枝词》、浙西惜红生《沪上竹枝词》、古润招隐山人《申江纪游七绝六十首》等,皆转引自全亚兰博士论文《近代竹枝词转型与都市文化研究》(上海师范大学,2015年),并参朱易安《竹枝词及其近代转型研究》,上海古籍出版社2020年版。
② 此节所引述,见陈祁《清风泾竹枝词自序》、万回儒《海上光复竹枝词序》及《沪城岁事衢歌跋》。皆转引自全亚兰博士论文(见前)。

关系密切的深厚传统,也就是我们所说的诗歌叙事传统之一种重要内涵。从文学史演变的角度,则可作这样的表述:"近代文学市场的形成对文学作品的内部变革提出了新的要求,文学体裁的选择开始发生偏转,从古代文学以诗文为中心转变以小说为中心。在诗歌写作内部,则体现为以抒情写意为主向叙事抒情并重、甚至向以叙事为主转变。文学与现实生活的关系被提到重要的位置,文学的写实性、叙事性得到重视。小说取代诗歌成为现代文学的中心是一个漫长而复杂的过程,新型小说尚未登场,单纯抒情写意的诗歌又不能适应社会发展对文学的要求……竹枝词这一历代相对边缘化的诗歌形成,却与散文、杂论一起成为出现频率最高的文学样式。"①

《竹枝词》的作者和读者未必十分关注这些,但他们的实际行动却充分显示出叙事观念在近代的继承与发扬。叙事传统的发扬,使诗歌的现实与历史价值都有所提高。后人无论写文学史还是一般历史著作,往往会把这些叙事性强的诗歌选为自己论述的重要资料,因为它们不像那些笼统狭隘的个人抒情往往抽象空洞,而多是反映某些现实问题或时代现象,更为具体切实,能够充当历史叙述的参证和依据,至少是补充某些依据。

近代小说繁荣,是文人与民众艺术趣味愈益向叙事倾斜的重要标志。而诗歌渗入小说,则是自古以来叙事、抒情两大传统互动互益的一个重要侧面。近代《竹枝词》与小说的关系同样十分密切,小说家们不但为渲染气氛或塑造人物而在小说作

---

① 朱易安:《竹枝词及其近代转型研究》,上海古籍出版社2020年版,第384页。并请参陈伯海、袁进主编:《上海近代文学史》,上海人民出版社1993年版;唐振常主编:《上海史》,上海人民出版社1989年版。

品中有意插入《竹枝词》之类诗歌,而且有时干脆单独写作和发表《竹枝词》,如著名的小说家李伯元就是如此。梁启超也写过不少《竹枝词》,甚至一些满族或蒙古族的地方官员也写过此类作品。①

《竹枝词》还与图像叙事相结合。近代著名的《点石斋画报》,图文并茂,反映时事非常迅速,原由上海《申报》附印附送,后来影响扩大,一时风靡,几乎无人不晓。这个画报每幅都描叙一桩事件或一个故事,画幅上面题有标题,有文字说明,有时也用竹枝词体,解说画面的内容。这些文字和诗歌,与古代的题画诗文有点类似,但叙事性更强,大体就是一篇新闻稿或小故事,因其内容新鲜及时,文字浅显通俗,所以很受欢迎。

《竹枝词》这种诗歌叙事形式,再发展下去,就有长篇说唱作品,即所谓"弹词七字唱"的兴起。弹词说唱的起源也很早,其传统可谓历史悠久。从唐代佛道的唱经、变文到说话,到宋元话本、瓦舍勾栏的表演、鼓子词(著名的如金董解元《弦索西厢》,即《西厢记诸宫调》),再到近代的民间说唱弹词、子弟书、木鱼书之类,更有所谓"大书小书"之分②。少数民族地区则有长篇史诗存在,如《格萨尔王》《江格尔》《玛纳斯》,其演唱影响一直留存至今。这一切都可以说明叙事的观念和趣味

---

① 李伯元曾在《申报》发表许多《竹枝词》。另中国近现代稀见史料丛刊第七辑所收《洗俗斋诗草》(作者蒙古族果勒敏,生于1834年,卒于1900年)亦有《广州土俗竹枝词》之作,记述其在广州任职时的新鲜见闻。凤凰出版社2020年版,第175—187页。
② 所谓大书,指评话,艺人的表演以说话为主;小书则说唱兼备,叙述情节多用说(亦可用唱),抒发感情、发表议论多用唱,艺术风格更为细腻委婉。

的确是深入人心,且随着时代变化而愈益昌盛、牢固。

近代弹词作品颇多,比较著名的长篇,有《天雨花》《玉钏缘》《合欢图》《笔生花》等,而以《再生缘》最为杰出①。用陈寅恪先生的话说,《再生缘》"乃一叙事言情七言排律之长篇巨制","以寅恪所知,要以《再生缘》为弹词中第一部书也"。的确,《再生缘》这部长篇叙事诗歌,在晚清近代曾风靡一时,流传甚广。原因何在?首先是它出于一位女作家(陈端生)之手。其次,它的主角也是一位女子,而且这位主角、女扮男装的孟丽君智慧超群,文武全才,在朝廷和官场传奇式地所向披靡、大出风头,因而彻底打翻男尊女卑观念而使人心大快、兴趣盎然。陈寅恪论其思想价值说:"端生心中于吾国当日奉为金科玉律之君夫父三纲,皆欲藉此等描写以摧破之也。端生此等自由及自尊即独立之思想,在当日及其后百馀年间,俱足惊世骇俗。"这评价不可谓不高。而在形式上,它又通俗易懂,朗朗上口,当日为读者听众所喜闻乐见。

陈寅恪先生晚年著长文《论再生缘》,考订其作者、创作时间及本事背景等,给其很高评价。值得注意的是,此文开篇即叙他本人喜读小说的经验,文末又云"寅恪四十年前常读希腊梵文诸史,颇怪其文体与弹词不异",总之是首尾一贯地认为中国的弹词七字唱与西方史诗名著堪可一比,"绝不可以桐城古文义法及江西诗派句律绳之者"。② 此言对于研究古代文学而不知

---

① 请参谭正璧、谭寻编著:《弹词叙录》,上海古籍出版社1981年版,第154页。
② 此上所引陈寅恪语,均见其《论再生缘》,载《陈寅恪文集·寒柳堂集》,上海古籍出版社1980年版。以下引述,亦皆出此文,不另注。

不觉为正统主流观念所束缚，因而难免偏嗜高雅清空之抒情而轻视通俗质实之叙事的人来说，是极具启发和警戒意义的。

更有意思的是，陈寅恪先生系统考订《再生缘》作者陈端生的家世和教养，特意摘引其祖父陈兆崙（号句山）的《才女说略》（见陈氏《紫竹山房文集》卷七）对女子也应施以正统诗文之教而避免坊间杂学的主张，然后写了下面这样一大段文字：

> 寅恪案，句山此文殊可注意，吾国昔时社会惑于"女子无才便是德"之谬说，虽士大夫之家，亦不多教女子以文字。今观端生、长生姊妹，俱以才华文学著闻当世，则句山家教之力也。句山所谓"娴文事，享富贵"者，长生庶几近之。至若端生，则竟不幸如世论所谓"女子不可以才名，凡有才名者，往往福薄。"悲夫！句山虽主以诗教女子，然深鄙弹词之体。此老迂腐之见囿于时代，可不深论。所可笑者，端生乘其回杭州之际，暗中偷撰《再生缘》弹词。逮句山返京时，端生已挟其稿往登州以去。此老不久病没，遂终身不获见此奇书矣。即使此老三数年后，犹复健在，孙女辈日侍其侧者，而端生亦必不敢使其祖得知其有撰著村姑野媪所惑溺之弹词之事也。不意人事终变，"天道能还"，《紫竹山房诗文集》（按：句山所著、为其家族极为重视的个人专集）若存若亡，仅束置图书馆之高阁，博雅之目录学者，或略知其名；而《再生缘》一书，百余年来吟诵于闺帏绣闼之间，演唱于书摊舞台之上。近岁以来虽稍衰歇，不如前此之流行，然若一取较其祖之诗文，显著隐晦，实有天渊之别，斯岂句山当日作才女说痛斥弹词之时所能料及者哉！

这段按语写得风趣而犀利，通过对比，揭示了近代以来正统诗文日渐衰朽、关注者少而通俗叙事文学影响日益扩大的历史事实。我们当然不必就此完全无视或否认某些古人诗文集的价值，但冷静思之，确可促使我们认识到叙事观念和诗歌叙事传统在近代的存在和发展，实乃不可抗拒的时代潮流。

事实上，民间的诗歌实践和对诗歌叙事的热烈欢迎，自会曲折地渗透和反映到文人的诗歌创作之中。浏览近代文学史，我们看到文人创作的长篇叙事诗歌真是不少，以组诗组词形式纪事述史的情况也颇见增多。这里既可看到文学史叙事传统的继承与发展变化，也呈现出对当代文学思潮之刺激有意无意的回应和吸收。下面试稍作论列。

1993年，钱仲联先生出版《近代诗钞》三册[①]，其自撰《前言》简洁扼要地论述了近代诗歌的特质、发展概况和代表作家。给人印象尤深的，是他既肯定多种题材、多种诗风，又特别表彰某些具有史诗性质的诗作和诗人。如说到与龚自珍并称的魏源，"他的诗与龚自珍狂飙卷地的风格迥异，他更多地注重实际，以诗写史，写了不少反映鸦片战争史实的作品。"[②] 说到福建诗人张际亮，"他的作品大多反映他在浪迹江湖期间目睹的封建社会的黑暗和腐朽、百姓的灾难和心声，抒写郁勃不平的怀抱，表达变革现状的思想。"接着说到，"鸦片战争的风暴，使诗坛发生了强烈的震荡。不少诗人亲身经历了战争的洗礼……跳出了个人生活的狭隘天地，改变了以往吟风弄月、应对酬唱

---

① 钱仲联：《近代诗钞》全三册，江苏古籍出版社1993年版。
② 钱仲联：《近代诗钞》第壹册《前言》，第3页。以下所引钱仲联语均见此《前言》，见该书第1页至第27页，不另注。

的无聊诗风,写出了深刻反映这一时期历史现实的一代史诗。"具体举出了四位:浙东诗人姚燮,"鸦片战争中,他的家乡被英军侵占,他亲历战祸,目睹了英军的暴行,因而写下了大量史诗式的作品。"广东诗人朱琦,"是当时朝廷颇有影响的爱国官员,他的《怡志堂诗稿》,其中不少诗,反映浙东战争,或一诗一事,或一诗一人,吸取了中国纪传文学记事写人的表现手法,情节安排逶迤曲折,刻画人物形象栩栩如生,凝聚了诗人深厚的感情,饱和着风雷激荡的气势,堪称抗英英雄谱。"江苏诗人鲁一同,"鸦片战争中,他以史入诗,写作了不少堪称史诗的巨制,鞭挞投降派琦善诸人的误国、余步云等辈的不战而逃,歌颂关天培的英勇抗战、壮烈殉国,痛惜林则徐的遣戍伊犁,魄力沉雄,苍凉盘郁,大笔淋漓。连目空一切的李慈铭也不能不称这些诗'气象雄阔''浩荡之势,独来独往''传之将来,足当诗史。'"另一江苏诗人贝青乔"是同时写有关鸦片战争题材的诗歌数量最多的诗人。……激昂的爱国正气使他写出了像《咄咄吟》这样由一百一十馀首七绝组成的叙事组诗"。说到原本受旧诗风影响很深的张维屏、金和等人,也着力刻画现实教育如何使他们诗风发生改变。张维屏写出了"中国诗史上第一次正面歌颂中国人民奋起反抗外国侵略者的正义斗争的光辉诗篇"《三元里》。金和则写出反映南京被英军围困的《围城纪事六咏》和小说意味颇浓的叙事长诗《兰陵女儿行》《烈女行纪黄婉梨事》等作品。至于诗界革命的代表黄遵宪,《前言》也是突出其"以诗写史,写下了一系列记录当时国内外重大事件的叙事长诗"和另一类"出游海外时和归国后补写的作品",它们是以记述国际风云、异域风情和新鲜事物为主要内容。写到台湾诗人丘逢甲,则指出"他也像黄遵宪一样,写过不少反映新事物的长篇古体"。写到诗界革命后劲的金天羽,更有"国际自第一次世界大战至第二次世界大战,国内自第一次中日战争至第二次中日战争,六十年间的历史面貌,都在他的诗歌中得到了艺术的再现"。这样的评价倾向,即使在叙述宋诗派、同光体以及其他宗派的诗人,如陈衍、沈瑜庆、林旭、陈三立、范当世、王闿运、刘光第、杨圻等人时,也充分表现出来。《前言》既客观介绍各派的思想倾向、诗学趣尚,又在评介创作成就时,提及他们有"不少反映重大事件的名篇,描绘历史风云"。

作为老一辈学者,钱仲联先生深知中国诗歌历来强调"诗从情生"的原理,他当然懂得并尊重诗歌的抒情性特征和抒情传统,可是他在《前言》中评述近代诗却如此高度地评价和突出其时诗歌的诗史品质、意义和价值,实际上也就是重视诗歌叙事载史的作用和价值。他从创作个性的角度进行论述,说:"同是鸦片战争时期的作家作品,古文功力深厚的鲁一同、朱琦和受小说影响较深的金和,兼受小说戏曲影响较深的姚燮便不相同,鲁、朱之间也各不相同,金、姚之间更不相同,如金受《儒林外史》尖锐讽刺的影响特深,而姚受荒幻故事的影响较显,从而又形成他们之间的不同个性。""同是大型七绝组诗,龚自珍《己亥杂诗》,突出这一传奇式人物叱咤风雷的个性,既和同时贝青乔《咄咄吟》的亲身经历鸦片战争,鞭挞现实丑恶,体现愤怒呼天的个性不同,也和后来黄遵宪同以《己亥杂诗》为题的个性不同。黄从事当时资本主义改革和长期外交工作,他的务实精神,是他最突出的个性,而这组诗,便是体现这一个性的自传。"这实际上就不但涉及了抒叙两大传统的继承发扬与诗人个性与生活经历的关系,而且说明了抒叙结合、抒叙的平衡互利和博弈互竞在诗歌创作中的客观性、重要性——虽然钱仲联先生写此《前言》时,中国诗歌抒叙两大传统的关系尚未成为学术界关心讨论的中心问题。①

钱仲联《前言》在回顾近代诗歌选编的学术史时,既充分肯定了陈衍《近代诗钞》,② 又对此书提出了中肯的批评。批评集中在选目"眼光的偏隘"上,主要是陈衍过于偏爱宋诗派同光体,而对具有进步意义的诗界革命、南社诗歌等则忽略无视,关注不够。作为一个老式文人,陈衍的审美情趣还停留在诗歌只是个人怡情之具,应追求清空高蹈虚灵之风格而不必多所考虑创作的社会意义这样的观念之上。梁启超的"《朝鲜哀词》五律二十四首,《赠台湾逸民林默堂兼简其从子幼春》,《南海先生游欧美载渡日本国居须磨浦之双涛阁述旧抒怀敬呈一百韵》,都是皇皇巨篇、不朽史诗,康有为手评,屡以杜甫相比,而《近代诗钞》都不选入","姚燮的作品,正是这一时代的巨大史诗……而陈衍却视若无睹"。即使在同光体诗人中,陈衍也只选那些符合他审美观的作品,而不选思想艺术俱佳之作。"如同光体的陈三立诗,大量庚子以来爱国主义精神强烈、艺术风格独创的作品,也没有选入,而强调陈诗'荒寒萧索之景,人所不道,写之独觉逼肖。'"

钱仲联先生重视的作品,我们从《前言》的叙述中已可看到,

---

① 钱仲联先生《近代诗钞·前言》结尾记明作于1990年12月,具体执笔当在20世纪80年代中,其时旅美学者陈世骧的"中国文学就是一个抒情传统"的观点在海外和中国台湾地区正风靡一时,台湾和大陆学者对之提出质疑是在21世纪的第一个十年中。钱仲联先生的论述实际上支持了后起的中国文学抒叙两大传统并存互动观点,可谓早得风气之先。钱先生重视诗史关系,更有巨著《清诗纪事》为证,此不一一。

② 据钱仲联《前言》,陈衍《近代诗钞》凡二十四册,收录诗人三百七十家,商务印书馆1933年版。

他提出表彰的主要是那些叙事性较强，因而"史性"更为浓厚突出，比较合乎"诗史"要求的作品。近代是我国整个国家和社会发生巨变的时代，诗歌作品若要思想艺术俱佳，离开对时代的反映，即没有一定的史性素质是不行的，当然还要把史性与诗性和谐结合。这方面钱仲联先生与陈衍由于所生活的时代不同，观念也多少有所差异，钱先生无疑更加关注作品的内容和思想性。钱先生这个选本编纂于20世纪80年代，《前言》说到他编这部《近代诗钞》是"接受了近代文学开封会议上同志们的委托"，可能这些对他的具体工作有影响，使他格外慎重对待所选诗作的内容和思想倾向，因而不免另有时代烙印和某些偏倚。事实上，任何古诗选本总会这样那样地体现选家的想法和偏好，绝对的公允无争议很难做到。然而，如果要选出足以代表一个时代的诗作，让后世读者借以准确深切地领略把握那个时代的精神实质，那么确实需要介绍那些较多反映当时现实、具有历史认识意义的作品，此类作品无疑是要强于那些仅仅描叙个人生活、抒泄个人之情而与时代现实、国家命运、人民生活距离较远的作品的。钱仲联先生从思想艺术均衡的标准选录近代诗歌，选出现在这个样子，应该说是很自然的——倘若近代诗歌中不存在这么多的史性浓郁、叙事性强的大作品，钱先生又岂能凭空去表彰它们？

能够表明诗歌叙事传统传承不绝、近代文人叙事观念增强的诗歌创作，并不仅限于钱仲联《近代诗钞》选入和提到的那些作品。① 创作时间与这部《近代诗钞》约略相近或之后，从清

---

① 《近代诗钞》所选叙事、叙情长篇之作除上面举出的那些，还有不少，如梁启超《二十世纪太平洋歌》《秋风断藤曲》、王闿运《圆明园词》、王国维《颐和园词》等等。

末民初直到今天，仍然有不少文人创作的长篇叙事诗歌值得我们注意。如记述赛金花故事的，就有樊增祥的前后《彩云曲》（后曲《近代诗钞》已选）、王甲荣的同名作，女诗人薛绍徽的《老妓行》，与之相涉的小说则有曾朴的《孽海花》。咏太监李莲英故事的有《宁寿宫词》（孙景贤）、咏光绪珍妃的有《宫井篇》（金兆蕃）、咏张勋复辟的有《纥干山歌》（曾广钧）、咏袁世凯称帝的有《洪宪纪事诗》（刘成禺，包括其自撰的《洪宪纪事诗本事簿注》，即此诗的本事注释）、咏清末民初菊坛人物和节目的有《红毹纪梦诗注》（张伯驹），张伯驹还为《洪宪纪事诗》作了续作和补注①。此外，唐玉虬《国声集》《入蜀稿》中讴歌抗战的一系列七言歌行，乃至钱仲联本人所作的前后两首《胡蝶曲》（咏当时电影明星胡蝶）、孔凡章先生咏京剧大师梅兰芳的《芳华曲》和咏词人、学者沈祖棻的《涉江曲》，也颇著名。②至于每当国难临头、战争败绩、民族危亡之际，总有许多文人诗家挥笔记录史实，以儆后来。中国诗歌叙事传统实在根深蒂固，其代表性的五七言歌行体、乐府体，特别是擅长纪事述史的杜工部体、长庆体、梅村体的脉络由近代延续而来，至今未断。

客观的事实是，在近代，无论大众还是文人，均有叙事意识觉醒与提高的表现，不但表现在他们对文学体裁的喜爱偏向，也表现于他们的诗歌创作实践之中，这些是无可置疑的。

---

① 见《洪宪纪事诗三种》，上海古籍出版社1983年版。
② 请参刘梦芙：《七言长篇歌行之古今演变——近百年名家七言歌行的重大成就与诗史意义》，见首届"中华诗词古今演变研究"学术研讨会论文集，2015年。

如果我们把视线放得更宽远些，那么可以说，近代叙事观念的加强实在是由来已久，其发展是与前时一脉相承的。严迪昌《清诗史》所写时段，紧接钱仲联《近代诗钞》之前。这部近年清诗研究的力作花了很大篇幅绍介论述明末遗民的诗歌——此书四编，遗民诗占第一编全部及第二编之半，而至第四编已是"风雨飘摇时的苍茫心声"，下接钱仲联《近代诗钞》之始了。严氏《清代诗史》第一、二编从著名的黄宗羲、顾炎武、王夫之、钱谦益、吴伟业、傅山、屈大均，到名气较小的各地（宁镇、淮扬、皖江、浙东西、吴中、秦晋、湘粤）遗民诗群，所涉达数百人，而给人最突出鲜明的印象，不仅有"'梅村体'的'诗史'意义和艺术成就"这样的篇章，更有他对遗民诗诗史价值的反复强调和推崇。而从我们的观察角度视之，实即对诗歌叙事传统的具体描述。

> 遗民诗群的哀苦之篇，不但表现了那个时空间的爱国志士的泣血心态，如鹃啼，如猿哭，如寒蛩之幽鸣，而且记录有大量为史籍所漏缺的湮没了的历史事件，具备一种特为珍贵的"补"史功能。①

严先生从诗歌所涉"事"与"情"两个方面来论说，无论遗民所抒之情，还是所记之事，都具有深刻的时代意义，也就是历史价值。这就在实际上把诗歌抒情传统和叙事传统融会起来。而所记之事往往还有直接的"补史"价值——是"补史"而不仅是"证史"——这又是对"以诗证史"的提高和超越。

---

① 严迪昌:《清诗史》,人民文学出版社2011年版,第60页。

另一值得注意的是，严迪昌先生的论述具有古今通观的特色，他有意把明遗民诗与前代遗民作品相联系，使诗歌叙事传统更为完整系统：

> 诗当然不是史，也不应是史。然而，史原本是"人"所演进，同代之人则正是那时世的历史见证者。而诗又是乃"人"之心声，当其身处国破家亡，或存没于干戈之际，或行吟在山野之中，凡惊离吊往、访死问生、流徙转辗，目击心感，无非史事之一端，遗民之逸迹，于是必亦与"史"相沟通。南宋末年文天祥《指南录》、《集杜诗》就是关涉当时八闽粤东一线抗元之史实，汪元量《湖山类稿》（又称《水云集》）则备载亡国宗室北迁为俘之苦情，诗足补史。明末清初史事多赖"亡国之人物"哀唱苦吟而不致湮没，更属数量可观。①

这样的论述不但打通了诗歌抒叙两大传统，而且把这种传统的古今传承贯串起来了。《清诗史》的叙述，虽然没有明确说出，但已令读者完全可以得出中国诗歌（文学）始终贯彻叙事、抒情两大传统的结论。

（三）从研究应用观察叙事观的深化

诗歌抒叙两大传统的互动博弈，特别是叙事观的传承与深

---

① 严迪昌：《清诗史》，人民文学出版社2011年版，第60—61页。

化，也体现在诗歌的评论和研究上，在这方面担任主角的，不一定是诗人，主要是一些学者。

古代自秦汉以来《诗经》成为学者的研究对象之后，诗歌作品阐释研究的一个最重要方向，便是发掘、考察、查验和论证诗与史的关系——也就是诗（文学）与事（历史）的关系。无论是《毛诗》小序，无论是齐鲁韩三家的《诗》说，也无论是东汉郑玄的《毛诗传笺》《诗谱》，乃至唐孔颖达的《毛诗正义》等，都沿着这个思路和方向前行。之所以会形成这样一种研究格局和传统，根本原因当然是在于许多古代诗歌本来就同一定的历史事实相关，使后人不得不首先考虑（考证）其真实的本事与背景究竟如何，这是人类正常思维的合理路径。这种研究应该是倾向实证性的。实证是为了寻求与诗歌有关的史证，以便较正确地理解诗歌内容和背景。对于距离诗歌产生年代已远的研究者，这种为说解诗旨而做的考证，颇似于根据现有材料侦破陈旧案件；有的破解得确切可信，有的差为近似，有的未免令人狐疑。史证未必尽存，更未必尽可得，所以解读诗歌本事，除实证之外，还须参以想象、推测和假设等，以补充史证之不足。这样，实际进行起来就不仅像是破案，而且显得颇像在猜谜或探险。因为既不可能事事皆获坚牢实证，个人想象也绝难相同，许多结论往往产生歧见，各持理据，各展才思，不能一致。唐人努力作出五经正义（《毛诗正义》是其中之一）后，试图把不同意见统一起来，成为一种官方的、国家的文本，用来作为科举考试的标准，让举子们有所依循。可是到了宋代，学术发展了，对于《诗经》作品产生了许多新的理解、新的看法，前人的说法不断受到质疑，甚至被动摇推翻。然而，不管怎么质疑，不管如何新见迭出，世人解说前代诗歌作品，总会致力于探求作品所写内容与历史事实的关联,这样一种思路和方向,是始终不变的。这也就是中国诗学早就确立且传承至今的"知人论世""以意逆志"二法。而这种思路和研究方向之所以能够成立,从根本来说,就因为以下这些观念的存在:诗固与情有关,甚至可说由情而生,但情从何来?任何人的情动必须由事触酝而生,实质上只能是事在情先,无事不会生情,也就不会生出诗歌,事乃诗之真正根本、真正内核,诗歌创作必与一定的事有关,但这事既可表现于诗内,亦可存在于诗外而并不表现于诗内;就是写入诗内,也有千百种不同的表现方法,可明可暗,可直可曲,可正可侧,可多可少。然而无论怎样施展比兴、变化腾挪、隐晦曲折,诗歌总须这样那样地涉事叙事,这又是研究者绝不动摇的信念,探究并论证作品内容与事的关联,由此深入挖掘诗旨和创作动机,则是诗歌研究者无可摆脱的心愿,也是他们自认的职责所在。叙事观念愈明确、愈强大,则研究者对诗事关系的探究也就愈执着、愈深入。

这就导致了历代诗歌注释笺解者对叙事现象进行探索揭示的必然性。从宋人对杜甫诗歌的注释(如赵次公注、郭知达注,乃至已散佚而仍部分可见的黄鹤集注、蔡梦弼校正的《集千家注杜工部诗史补遗》之类),[①] 直到清人注释诸朝文学名家文集,如王琦之注李白,赵殿成之注王维,钱谦益、仇兆鳌、浦起龙、杨伦之注杜甫,冯浩之注李商隐,钱振伦兄弟之注樊南文等,总之从他们的研究实践来看,考据诗文创作的时间地点和背景,探寻作品的本事,特别是揭示诗歌所包含的事实,确实是所有注家致力的方向。他们根据诗歌的标题、小序、自注和本文所

---

① 请参万曼:《唐集叙录》,中华书局1980年版。

涉时地风物景象，以及其他相关材料（如同时人唱和之作），尽量对作品进行编年，借以了解作者的行踪、交游情况、创作时的生活和心绪，乃至具体的创作动机，实际上都是在努力地"知人论世"，即弄清历史事实的基础上，去理解诗人、阐释诗意。也就在这个基础上编出诗人的年谱，从而为诗人写出详传（少不了修订补正原有史传的某些讹误），这就把文学研究推进到史学领域之中了。更多的情况是考查史实与解说诗意乃至作艺术分析交叉进行，文史相互促进。由此产生许多古代作家诗文集的笺解注释的名著。这些古代学者，无论他们是否真正明白促使其这样做的根源和依据，是在于他们脑中实际存在的叙事观念，但他们的行为和成果却足以证明：每首诗歌都与某种事情有关，若要准确理解不能不于此多加关注并以之为切入口。这已是众所周知、众所遵循的共识。

古人如此，近代人也是如此，延续到今人，凡研究诗歌、为诗歌作笺注的，也无不如此，且只能如此；如若仅仅注出一些名物词语典故，而毫不触及作者创作的背景、本事和动机（即使有的可能尚属推测或假设），那是不会令人满意的。①

比如今人程千帆为其亡妻沈祖棻的词《涉江词稿》作笺注，主要就是注明每首诗词的创作时地、背景和本事，揭示其诗词所用隐语和比喻的真实所指，读者藉其帮助乃能更好理解沈氏

---

① 如冯浩《玉谿生诗集笺注》对李商隐诗的诗意及创作背景、本事颇多考辨论定，其编年与解说虽不乏悬拟臆测，属一家之言，后人对其多有商榷，但并不影响其学术价值，总体评价很高。但其子冯集梧《樊川诗集注》仅注杜牧诗字句典故，对诗人创作背景本事则未涉及，谨慎有余，探索精神不足，给予读者的启发就少得多，故引来批评虽少，但总体评价远不如乃父之书。

词作的意义。如《涉江词乙稿》有《浣溪沙十首》，作者有短序说明创作旨意，但笺者仍觉不够，于是进一步点明："此十首皆咏时事。"然后继续解析词的"比兴之辞"，按首道来，"此第一首，谓中华民族反对日本帝国主义侵略之正义战争终于爆发，希望长期抗战，终能转败为胜也。""此第二首，咏汪精卫叛变。""此第三首，写日本发动侵华战争后陷入困境也。""此第四首，写一九四一年春在重庆召开国民参政会时国共两党之矛盾也。""此第五首，慨当时苏联态度变幻莫测，令人迷惘也。"……①仅此即可知，沈氏之词内容确系当时重大时事，但因词体艺术追求要眇宜修、委婉曲折，故多用比兴，用语含蓄。而千帆先生之笺则以明确简洁的文字直揭其底蕴。又如《涉江词丙稿》有《霜花腴》一首："角声乍歇，压乱烽、高楼共理吟觞。愁到囊萸，泪飘丛菊，登临万感殊乡。旧游断肠，更有谁、杯酒能狂？正消凝、满目山河，忍教风雨做重阳。　　凄断十年心事，纵尘笺强拂，梦与秋凉。吴苑烟空，秦淮波老，江流不送归航。雁鸿渺茫，叹客程、空换流光。飐茶烟，鬓影萧疏，自羞簪晚香。"作者原题仅四个字："壬午九日"。记明作于1942年重阳节，此外即无任何叙述。而程千帆笺注则是一篇纪事，详细记述了这首词的创作经过及与其有关的故事："壬午九日词，作者八人，限《霜花腴》调。庞石帚先生首唱，用阳韵，和者多依之。"接着就将庞石帚原唱写出，并依次列出白敦仁、陈孝章、刘君惠、萧印唐、高石斋及程千帆本人的和作。最后记曰："金陵大学于战时内迁成都，一九四二年秋，余夫妇亦应聘自乐山

---

① 沈祖棻著，程千帆笺，张春晓编：《涉江诗词集》，河北教育出版社2000年版，第41—45页。

移居其地。先在光华街与刘君惠兄为邻,后又赁庑小福建营李哲生先生宅。旅寓三年,极平生唱和之乐。壬午九日之作,其一事也。"① 这个笺注完全是叙事,既说明了抗日战争相持阶段知识分子漂泊大西南的境况,也描写了他们在这种情形下的文化生活和复杂心情。有此笺注,八首以比兴手法、曲折语言抒情述慨的词作,其丰富内涵就得到了清晰的揭示。笺注的叙事实为读词所不可缺少的重要补充,二者合读,理解效果自然更佳。这也昭示诗词叙事的观念在创作者与注释者之间是心领神会、完全相通的。沈氏原题只用四字,她深知后人若来研读,必会探寻其本事,一旦发现是八人唱和,又必将搜罗诸作合看比较。今此事由参与当日活动的千帆先生亲自来做,则可谓最是理想。经验告诉我们,后来读者读前人诗词作品,必然会自觉想到:首先需要了解或必须了解的就是它的本事和背景,以及诗词语句中的比兴含义,否则或根本读不懂,或理解得南辕北辙。沈词程笺的价值于此尽显。这样的例子太多,无须一一列举。

由前述可知,所谓"诗史互证法"虽是近人常常采用并加以标榜的名称,却是自古以来就存在着,且被运用着的。其渊源之古远深厚、传统之悠久绵长,既无可怀疑,更无法动摇。之所以如此,其根本缘由就在于诗、史二事,即文学与历史两家,是从源头直到当下,且将永远无可分割,即使发展成两大学科之后,两家尽管已各立门户、家族繁衍,且已形成各自的模样和规范,仿佛可以无需多所往来似的。其实,文史两家关系根深蒂固,终始纠结,彼此根本无从分开,其奥秘就在于两

---

① 沈祖棻著,程千帆笺,张春晓编:《涉江诗词集》,河北教育出版社2000年版,第56页。

家谁都离不开叙事,谁都需要叙事、借重叙事——无叙事则无史,无叙事亦将无文;既然都要叙事,就难免会有一些共同的东西,从而造成文中有史,史中有文的情况。不过,需要指出:文史虽然相互渗透,但又确属两家。虽皆与叙事有关,但具体的叙事方法却有种种差异,叙事的结果也颇不相同。历史叙述与诗歌小说的叙述,哪怕说的是同一件事,也必有种种的不同,文史叙事应该而且必须有所区分。若从各自的传统言之,与叙事传统合为双足双翼而贯穿于诗歌(文学)的,是抒情传统;而与历史叙事传统合为双足双翼而贯穿于史学领域的,则是议论传统。抒情传统与议论传统与各自的对垒方(文或史的)叙事传统互动互惠,二者本身也是既有相似相通之处,亦有各自的特点,各有所长,也各有所用。以叙事观念为深层底蕴的"诗史互证法"恰好把二者的所长、所用加以联系沟通,并在实践中操作运用,对于文史二学的进步、发展,可谓功莫大焉。近代以至当下的学术史,充分地证实了这一点。① 而文史叙事的

---

① 对"诗史互证法"也有所诟病,或以文学作品本体研究为其对立面者,这是近现代学术史上的一大有争议问题,需要进行系统深入的研究分析,此处无法详论。讨论此问题的论文颇多,近年可注意者,有王水照:《钱锺书的学术人生》一书的《自序:走进"钱学"——兼谈钱锺书与陈寅恪学术交集之意义》,中华书局2020年版;董乃斌:《从诗史名实说到叙事传统》,载《华东师范大学学报(哲学社会科学版)》2019年第1期;胡晓明:《陈寅恪与钱锺书:一个隐含的诗学范式之争》,载《华东师范大学学报(哲学社会科学版)》1998年第1期;胡晓明:《发现人类情感心理的深层语法——"后五四"时代中国文论如何更上层楼》,载《南国学术》2020年第3期;等等。此外,文史叙事虽有根本的共同点,但亦有种种区别,此种区别亦值得重视和研究。本文着重申述二者之同,而析其异者,当俟诸来日。

异同与关系，又还是一个有待文史两界深入探讨的绝佳而重要的课题。

以上从三个方面对叙事观念在近代的呈现作了简略回顾。历史证明，叙事观念与实践，以及由此产生的叙事传统，自其与同源的抒情观念、抒情传统共生共长以来，从数千年前的古代到一百多年前进入的近代，直到我们每天经历度过的当下，一直是互动互益而又博弈互竞地存在着、发展着，并随着时代的变化，表现出许多不同特征和面貌。归根到底，正是叙事和抒情（或议论）两大传统贯穿于文史两科，也正是两大传统的互惠博弈形成了文史两科本身波澜壮阔、精彩纷呈的历史风貌。任何偏于一个传统而蔑视忽略甚至贬低另一传统的观点或做法，都是不可取的。

（原载《南国学术》2023 年第 1 期，题目、正文均略有改动；《人大复印报刊资料·中国古代近代文学研究》2023 年第 4 期全文转载；《高等学校文科学术文摘》2023 年第 3 期刊载摘要）

十一

关于中国诗歌叙事学的一点思考

中国是诗国,有源远流长的诗学,但以往只有诗歌抒情学,没有叙事学。抒情在诗歌中一向受重视,叙事却受到轻忽。以致直到1970年代,旅美学者陈世骧在世界性的比较文学会议上论说中西文学的异同,还提出"中国文学就是一个抒情传统"的观点,来与以叙事为特长的西方文学对论。而陈世骧的这种说法就是以中国诗歌史为依据的。此观点与中国古代的主流文学观念基本符合,在这个传统影响、熏陶下成长起来的人们自然服膺信从。那时以来,陈氏理论在海外和中国台湾地区风行一时,直到21世纪都过去了十年,才开始在台湾和大陆受到质疑。然而即使今日,此观点的信奉者仍然不少。[①]

叙事学1960年代产生于法国,1980年代风行于整个西方,并传入中国。近年,西方叙事学出现研究范围扩大的趋势,跨文类与跨媒介叙事学蓬勃兴起,叙事学研究进入了抒情诗歌领域。

谭君强教授译著的《抒情诗叙事学分析——16—20世纪英

---

① 参见柯庆明、萧驰编:《中国抒情传统的再发现——一个现代学术思潮的论文选集》,台大出版中心2009年版。

诗研究》一书于2020年4月由北京师范大学出版社出版。① 承谭教授厚意赠笔者一部，使笔者得以先读为快。其书《译者前言》提到"中国诗歌叙事学"的问题，指出："应该说，国内的抒情诗叙事学研究，与国外的相关研究大体上是同步的，至少不存在太大的距离。国内在这一领域的研究，明确地冠以'诗歌叙事学'之名。而在国外的研究中，我们是找不到这一对应的名称的。"然后他说明了中西诗歌叙事学研究之所以名称不同的原因。谭教授的这一判断给笔者很大启发和鼓舞。而其所译书除开头结尾的导论和结论外，更以十八篇抒情诗叙事学分析的实例，给我们做了切实的示范，笔者从中受到很多教益，也因此思考了一些有关中国诗歌叙事学建设的问题。今天就将这些不成熟的想法与大家交流，希望得到诸位先进的批评指正。

笔者的基本想法是：中国诗学源远流长，传统深厚，但也有不少陈规旧套，需要突破、更新以求发展。诗歌叙事学作为中国诗学一个新的生长点，应该建设，亟待建设，也的确有条件建设，如今在"新文科建设"的宏阔背景下，更可谓正当其时矣。建设诗歌叙事学，当然应该认真吸收西方叙事学，特别是诗歌叙事分析的经验和理论。毕竟人家比我们先走一步，在叙事学方面有成套的理论和成熟的经验，我们需要虚心学习借鉴。但我在读了谭教授这本译著后，又感到对西方叙事学，对西方的抒情诗叙事学分析，我们不能也无法照搬照抄，而只能立足于中国诗歌，特别是古代诗歌的基地上，做实事求是的研究。我们的观点和理论应该从中国诗歌的实际中产生。对于西方学

---

① 该书原是一个相关科研项目的成果，作者为德国彼得·霍恩和詹斯·基弗。译者所据为英文本。以下凡引该书，均简作谭译书某页。

问，还是应该继承前辈的"拿来主义"，做量体裁衣式的运用，努力在实践中建设富有中国特色的理论和方法。

（一）中国诗歌与西方抒情诗的不同与可通

谭教授在《译者前言》论述西方没有与"诗歌叙事学"对应的名称时指出，西方文学分类的基础源自柏拉图、亚里士多德的理论，习惯上将文学分为三大类：抒情诗、史诗、小说等叙事作品、戏剧。所以在他们那里有与之对应的抒情文本、叙事文本和戏剧文本的明确划分。中国古代文学分类细致而繁琐，①到现代，调和中西古今，将文学文类统分为四，即诗歌、散文、小说、戏剧。另外还有一种韵文、非韵文（散文）、韵散结合（戏曲）的分法。中国古今诗歌数量巨大，与各类文章一起，成为历代文学之主体，无论诗文，实际上都是根据传达意旨的需要抒情叙事交融渗透，很难用单一的抒情或叙事为标准将它们界分清楚。以往，在"情志论"的笼盖下，凡见诗歌，皆漫称为抒情（或言志）诗，实属粗疏或误解。西方诗歌则仅限指抒情诗（亦即抒情文学），而史诗、一般叙事诗，虽具诗的形状，却与传奇、小说等皆列为叙事文学，划分的标准和结果都是不同的。中国诗歌叙事学的研究对象是全部中国诗歌，其中固然

---

① 如梁萧统《文选》与宋《文苑英华》均分文类为三十八类（具体名称稍有异同），明吴讷《文章辨体》、徐师曾《文体明辨》分别为五十九和一百二十七类，所涵文体皆属诗文，而不包括被视为俚俗文体的小说戏剧唱本之类。

有较纯粹典型的抒情诗或叙事诗,但绝大多数却是抒情叙事混杂的作品。

中国诗歌不是单纯的抒情或叙事文本,而是一种叙述文本。在这里,"叙述"和"叙事"是需要分清的。中国诗歌的本质是诗人的陈述,是诗人动情后的诉说,所诉所叙的内容可以是"事",但也可以是"情",更多的是事、情的混一和夹杂。这个"事"的范围,包括、但是远大于西方经典叙事学要求其研究对象所必备的"故事"。由此看来,中国诗与西方诗是有所不同的。西方有抒情诗,叙事学本来对它们无用,现在叙事学范围扩大了,所以把抒情诗也纳入自己的研究范围。中国诗本来就是抒情与叙事的混杂,只是在习惯上强调诗歌的抒情特征,甚至形成"抒情唯一"的偏见。而我们的根本目标和理想前景,是要在文学史和诗歌史上建立起抒叙两大传统并存(而绝非抒或叙的单一传统)和双轨两翼博弈前行的观点,只因诗歌叙事研究相对滞后,才觉需要着力加强,急起直追,以求平衡。

关于诗歌与事情的关系,古人多有论述。清初叶燮《原诗》中就反复说到此点,如:"原夫作诗者之肇端,而有事乎此也。必先有所触以兴起其意,而后措诸辞,属为句,敷之而成章。当其有所触而兴起也,其意,其辞,其句劈空而起,皆自无而有,随在取自于心,出而为情、为景、为事,人未尝言之,而自我始言之。"又说:"自开辟以来,天地之大,古今之变,万汇之赜,日星河岳,赋物象形,兵刑礼乐,饮食男女,于以发为文章,形为诗赋,其道万千,余得以三语蔽之:曰理,曰事,曰情,不出乎此而已。"这两段话说明了事、情、景、理四项与诗歌的关系。事是引起感情波动的根本,因事生情生意,于是寻求表达,或赋物叙事,或直抒胸臆,或借景抒情,或赋、叙、抒、写交错互用,而所成之诗也就情景事理交融互渗,四者汇为一体,难分彼此。这就是中国诗的本质和特点。这样的文本与西方文学分类所定义的抒情诗,显然有所不同,而中国诗歌叙事学面对的正是这样一种文本。我们只能从实际出发,来对它们进行叙事学分析。

值得注意的是,西方叙事学虽然强调自己研究的前提是必须有个故事,没有故事的文本,则不属于他们的研究对象。可是,当叙事学进入抒情诗领域时,他们明智地改变了。现在他们强调的是诗歌与"各种发生之事"有关——请注意,这里强调的是各式各样的"事",而不一定非是故事不可。至少在这一点上,与我们有了共同语言。虽然在实际操作时,他们还是不自觉地想到故事、说到故事,但他们的分析毕竟已不限于故事。"各种发生之事"本来也是可以包括而并不排除故事的。在谭教授所译书《结论》中,有这样一句话:"叙述是人类学上普遍的交流行为,在叙事学的意义上,可在两个基本层面进行描述:即其序列性与媒介性,并可用以作为抒情诗文类界定的基础。"[①]这里,把"叙事"换成了"叙述",所指显然更为宽泛。而用叙事学眼光看抒情诗叙述之事,序列性和媒介性则是两个要点。中国诗歌文本在我们看来,本就是叙述性的,所叙包括事、情、景、物等等,各项融汇为一,而不是那么单纯,我们的分析正是要将它们分清并揭示它们的关系,序列性、媒介性的概念,也不妨应用。这似乎又成了中西诗叙事学分析的一个可通之处。

---

① 见谭译书第245页。全书导论的开头是这样说的:"叙事是在任何文化和时代都存在的用以建构经验、产生和传达意义的人类普遍的符号实践。"其意和上引结论语相同,但前曰"叙事",后曰"叙述",说的实为同一回事,从这里可见作者和译者的细心。

的确,毕竟都是诗歌,所以不同中总会有同。无论中西,抒情诗的抒情人、叙述者和诗的主人公,往往是合一的。中国诗的情况大家熟悉,不用多说。西诗也是如此,谭译书就多处说到"抒情诗中十分典型的是自我呈现的直接性"①,实际上就是承认这抒情诗所涉的事与情,都是作者本人的(或至少与本人有关)。不过,西方学者一方面看到这种现象,一方面却还是将其视作"通过将自我作为抒情人/叙述者而将自我描述为作为主人公的一种策略性呈现"②。他们不同意将作者与诗歌的抒情人、叙述者画等号。对此,我们须要借鉴和思考。这似乎又是中西诗学的同中之异。中西诗歌叙事分析充满同中之异和异中之同,是我读谭译书的一大感想。

(二)对叙述文本,是可以进行叙事分析的

据谭教授所译书的十八个例子来看,西方的抒情诗叙事学分析,基本思路是努力将作为抒情文本的抒情诗读解为一个叙事文本;换言之,也即用叙事学眼光去看抒情诗,把抒情文本当作叙事文本来读。

这里实际上提出了一个读者(研究者、分析者)参与再创造的问题。

任何对作品的解读都不能排除读者的参与和再创造。读者

---

① 见谭译书第 265 页。在"对自我的主题参照"(第 255 页)和对"自反性"的论述中,也说到了这一点。
② 见谭译书第 265 页。

参与的方式是阅读和阐释分析。读者的思维方式、知识储备和所运用的逻辑方法各不相同，读解作品的结果自然也就不同。叙事学是众多方法中的一种。其哲学基础是分析哲学和结构主义，与西方人思维习惯相应，思路往往偏向于精确、精细、精密，即科学化，总想对成分和构造复杂的东西找出内在规律、结构公式并构拟模型等等。我们觉得这方法对探明诗歌作品的结构、揭示其深层涵义较为切实有效，对惯于做印象式、比喻式批评的中国诗学传统是一种很重要的补正。特别是对于一些所谓抒情诗进行叙事分析，首先就意味着打破"抒情唯一"的旧观。其次，通过叙事分析和将抒叙浑然结合的诗艺分析，可以发现许多新义。正因为如此，我们乐意学习并采用叙事学方法。可是，我们的目的和兴趣似乎与他们有些不同。我们更关注的，是由此更好地揭示诗歌的艺术性和美学价值。其实说到底，无论我们还是西方叙事学者，对诗歌进行叙事学分析的实质，都是一种阅读后的再创造，是读者参与作品传播和实现的过程。我们看到，谭教授所译书中的十八个例子，研究者对它们做叙事学分析时，总会涉及、并要求读者参考前此对于它们的种种解说，总是以不同方式利用前人研究成果，对前人说法做补正或发挥。可见，叙事学分析只是对诗篇提供一种更新的阐释，而这阐释绝对不是终极的结论或什么标准答案。

针对中国诗歌，特别是古代诗歌的实际情况，我们在运用叙事学方法对诗篇进行分析之前，需要先对作品的抒叙结构作出一种基础性的分析。因为每首诗都是抒叙成分杂陈，故首先应弄清楚其抒叙成分的大致比重。这是下一步我们对诗歌作品进行叙事分析的基础，也算是我们与西方诗歌叙事学分析不同的一个方面吧。

根据中国诗歌的实际情况，我们为此试创了一种"光谱分析法"。有色光谱从赤橙黄绿到青蓝紫逐渐演变，每种颜色频率不同，由此到彼有个过渡。假设一首诗的抒叙成分总共是"十"，那么光谱两端分别是纯抒情（"抒十叙零"）或纯叙事（"抒零叙十"）的诗（当然这里的量化只是相对而言）。从抒情成分占"十"叙事成分占"一"，向右延伸，依次便是"抒八叙二""抒七叙三"，直到"抒五叙五"的抒叙平衡状态。继续向右，则从"抒四叙六"演变到"抒一叙九"，最后便是纯叙事诗了。这样来确定文本的抒叙比重及文本的抒叙性质。是为了明确我们的研究对象。这个谱系两端，比较纯粹的抒情诗和叙事诗，不是我们的主要研究对象（虽然并非不能进行叙事分析），而处于过渡状态、中间类型的诗歌作品，以往被笼统称为抒情诗，从不考虑它们的叙事特色，更没有诗的抒叙比重、结构乃至博弈互竞这些概念，对它们的思想和艺术价值也往往论述不深不透（印象式、比喻式的批评有其特长，缺点是不易准确把握），这些都是我们要多加关注和改善的。

（三）西方叙事学者怎样进行抒情诗叙事学分析

在这个标题下，主要谈一点学习谭译《抒情诗叙事学分析》的体会。自知尚属初学，认识肤浅，可能不乏错误，冒昧陈献，只为恳请诸位不吝赐教。

西方的抒情诗叙事学分析，从谭君强所译书看，前提是努力将作为抒情文本的抒情诗，当作一个叙事文本来看待，确信它们可以用叙事学方法进行分析。因为只有确认这个先决条件，他们的工作才是合理合法的,才能够进行下去。

上文我们曾引述过:"叙述是人类学上普遍的交流行动,在叙事学的意义上,可在两个基本层面进行描述:即其序列性与媒介性,并可用以作为抒情诗文类界定的基础。"现在引出这下面的话:"媒介性可以依据媒介体(真实作者、抽象作者/写作主体、抒情人/叙述者、人物)和媒介调节模式(声音、聚焦)进行分析。因此,狭义的抒情诗(即不单是叙事诗)可被界定为叙述的特殊变体……抒情文本可以同样很好地用具体例子说明叙述进程的两个基本叙事构成:一方面,各种发生之事被安排进时间序列中;另一方面,媒介体的组成与媒介调节的操作模式。""时间结构是所有种类的叙事文本的构成要素。使用概括叙述和压缩时间进程的倾向,是抒情诗中序列性的典型特点,这与叙事文本中往往提供详情细节恰恰相反。"[①] 以上所引均出于该书《结论》,非常概括地说明了他们的操作程序和依据。他们对全书十八篇诗例的分析,确实就是这样做的。

于是,我们看到,他们首先就关注存在于诗歌内外的事,即所谓"一切发生之事"。

请注意:他们不再像经典叙事学那样要求自己的分析对象一定要具有一个故事(而不仅是一般的事情)。现在,他们只要求分析对象"有事"即可,"发生之事"是客观存在的一切事情,不一定都形成一个故事,但在抒情诗叙事分析中,已足够应用。在这一点上与我们读中国诗所获得的认识,显然是相通的,甚至是一致的。

再说由之而来的所谓诗歌内外的事,即"诗内之事"与"诗外之事"的概念。这是我们为中国诗歌叙事学创用的术语,

---

① 见谭译书第 245 页,是该书《结论》的引语。

分别指被诗歌写入文本、诗歌所表现的事，以及实际存在着的与诗歌有关却未被表现于诗歌之中的事。这也是我们在读中国诗过程中获得的认识。如果用西方叙事学术语来说，那便是所谓"一系列发生之事"。

请注意，这个"发生之事"（happenings）是他们用得很多、因而颇为重要的概念。他们说，"这些发生的事情常常是内心的或精神心理的，但也可以是外在的，如具有社会的性质"，然后"通过从一个媒介调节的特定视角来讲述这些发生之事，创造出一致性与相关性。最后，它们需要一个表达行为，凭借这一表达行为，媒介调节在语言文本中获得自己的形式"。这样，他们就引出了叙事学的几个概念：（1）"序列性"（发生之事必存在于时间序列之中）；（2）媒介性（通过媒介，就把一部分发生之事变成了我们所说的诗内之事）；（3）表达（在所谓"媒介体的组成与媒介调节的操作模式"之中，作者的语言或文字表达，特别是修辞手段居于核心地位）。而这些正是诗歌与小说同样具有的叙事学基本层面。①

再说一下，笔者理解，他们所谓的"发生之事"，其实就是促使诗歌产生的外在客观事实，以及诗人自身的所思所想。这些事实已经发生、客观存在，可是本来都在诗歌之外，后来其中的一部分通过诗人的创作（媒介），被表达（表现）出来。它们得以进入诗歌，这些"发生之事"通过媒介体获得序列性，遂成诗内之事，诗歌于是诞生。

---

① 以上引自《抒情诗叙事学分析·导论》，见谭译书第2页。前注所引第245页，可参看。这里把何谓序列性、何谓媒介性，以及抒情诗叙事常用概括叙述的重要特点，讲得很清楚，结合中国诗歌实际，也确实如此。抒情诗叙事常用概括叙述这一点，我们在读中国抒情诗时也深有体会。

笔者觉得，他们的这一说法跟我们原有的观点不但没有矛盾，而且可以相通，我们的说法似乎更容易理解。那就是：世上诸多事情（发生之事）激发诗人的灵感，[①] 他们用各种方式和手段（媒介）表达那些灵感与事情于文本，所以他们的作品中就总会这样那样地包含一些"发生之事"。还有更多未被表达入诗而留待读者发掘、寻觅和揭示的有关事情，就成了"诗外之事"。这些情况，有的比较容易看出来。有的诗歌读起来就会令人感到，其抒情和叙述的背后确有故事或至少隐约有事（如李商隐的《无题》诸诗），而且诗歌文本也多少涉及了这些事情。这种情况，在中外诗歌里都大量存在。读者既可透过"诗内之事"以探索更多，亦可通过有关的"诗外之事"反过来深入解读诗篇。另一种情况是在诗面上仿佛看不到有什么事情，这事或故事存在于诗之外——但我们坚信它是存在的，因为天下绝无没事而凭空产生的诗——那就是诗的背景，或这首诗之所以会出现的原因、作者的创作动机、此前的相关作品，乃至诗写作出版的年代和时代因素，等等。这些都可以成为这首诗的"诗外之事"，同样都是读者为读懂此诗所应予考虑的问题。在谭译书十八个诗例中，对此大多有所涉及。可见，中西诗歌研究实际上都不能不"知人论世"和"以意逆志"，不能不对诗外之事（从种种客观之事到诗人之所想所思）给予关注。叙事学与悬置一切外部联系、只单纯研究文本的新批评有所不同。

从谭译书的实例看，16—20世纪英国抒情诗所涉及的事大致有几方面。有的诗歌所写所涉之事比较单纯。如书中大部分以爱情和人生为主题的作品，其事不外恋爱、失恋与生死，也可简括

---

① 按西方叙事学说法，诗人的心灵波动、心理状态，也是一种发生之事。

为"爱与死"。从托马斯·怀亚特继承彼特拉克传统的《她们离我而去》、莎士比亚十四行诗第 107 首和约翰·多恩的《封圣》，到较晚近的《如馅饼皮般的承诺》（克里斯蒂娜·罗塞蒂）、《声音》（托马斯·哈代）、《一位女士的画像》（T. S. 艾略特）等，大抵是爱情之歌。《斯威夫特博士死亡之诗》（乔纳森·斯威夫特）、《写于乡间教堂墓地的挽歌》（托马斯·格雷）、《圣普拉锡德教堂主教嘱咐后事》（罗伯特·布朗宁）等人生主题比较突出。济慈的《忧郁颂》主题较为深隐复杂，涉及艺术，但实仍不出爱与死。而《忽必烈汗：或梦中幻景断片》（塞缪尔·泰勒·柯勒律治）、《第二次降临》（W. B. 叶芝）、《人与蝙蝠》（D. H. 劳伦斯）、两首《我记得，我记得》（菲利普·拉金，托马斯·胡德）以及《郊区颂》（埃万·博览）等或写梦境幻景，或写个人遭遇乃至他人故事，由于主题较为宏大而带上一定的政治内涵。以上作品在西方都是典型的抒情诗。西方学者大抵不承认它们是什么"经验诗"[①]，但实际上诗人（作者）、抒情人、叙述者往往同一或者难

---

① 经验诗，见谭译书第 138 页注 1："原文为德文'Erlebnisgedichte'，其文字上的意思为'经验诗'（"experience poem"），这一概念意指那些对作者个人主观经验和感受坦率直接、不加掩饰地表达的诗歌。"笔者觉得，照此标准，中国古代诗歌大多可算是经验诗。历代论者也确实多把古代诗歌视为作者的自述，今人则认为这类诗塑造了作者本人的形象。但西方学者似乎觉得有必要区分作者、抒情人、叙述者，比如在分析托马斯·哈代《声音》一诗时，分析者指出诗歌作者曾有丧妻之痛，可能与诗歌的内容和感情有关，但他仍主张："即便抒情诗人在诗歌中叙说的对这女子的回忆与现实世界中作者的态度相符，在分析诗歌时也不需要必须对此进行了解。"（第 157 页注 2）因为他们认为"叙述者在叙述中将自身卷入其中，始终是不可靠性的主要来源。参见里蒙·凯南"。（第 144 页注 1）

分。故本书仍把它们作为抒情诗来做了叙事学分析,并在分析中"注意区分所牵涉的不同主体,尤其是抽象作者/写作主体,叙述者/抒情人和主人公的地位"。① 全书最后一篇是个特例,此诗名为《虚构》(彼得·雷丁),分析者在讲到其"自反性"(自我反映性)时指出:"这可以看作抒情诗的非典型方式,是我们通常能够在后现代小说中发现的技巧。""在《虚构》中,诗歌的内容具有小说的特征,诗歌出现在小说中。"换句话说,就是《虚构》可以说是用诗歌形式撰写的后现代小说,不妨直接用对待小说的办法来分析它。

从谭译书看,当叙事学者进入对抒情诗的分析时,往往从说明诗歌所写何事及其叙述结构入手。

比如,诗内之事表达得比较具体明显的《她们离我而去》,是一首爱情诗,分析者首先引出爱情诗的彼特拉克传统——男子追求高贵女子受挫,转而自思自省。然后指出此诗与这个传统有关,但又有所突破,诗中男子虽失恋却并不自省,而是索性寻找更多女友,以示反抗。这就是此诗的叙述结构。

也有诗内之事表达得比较曲折隐晦、需要借助诗外之事来分析说明之例。如叶芝的《第二次降临》,据分析,它包含两个故事,或曰其故事包含两个层面。② 故事1是故事层次的史学叙事(1—8行),故事2是故事外层次的叙述者的故事(9—22行)。故事1以抽象概括的语言描述了当下(第一次世界大战后)③的

---

① 见谭译书第265页,《结论·二》。
② 据知对叶芝此诗的内容主旨,曾有多种解释,见译文脚注。
③ 这个对诗中之事的时间性说明,是分析者根据此诗创作、发表的时间推论出来的,诗人在诗篇中并未明说。分析者的参与由此可见一斑。但这种参与对解读诗歌作品无疑是十分需要的。

政治局面，一切都乱了，整个世界濒临崩溃。故事2是抒情人的想象，抒情人将现状与《圣经启示录》联系对照，描绘了关于世界未来的幻景。故事1是叙中抒，作为叙述，它是客观的概括性的，诗人未露态度声色。故事2描叙与抒慨并行，抒情人的"我"出现，对《圣经启示录》有所突破。这里，抒情人与故事叙述者合一了，讲故事和阐释故事成了一回事，而以上这些就是诗歌作者所做的工作。于是，这个抒情人是否可靠（一如小说的叙述人是否可靠）的问题自然产生，随之，叙述的可靠性也成了问题。（由此可见，叙事学中的概念在诗歌叙事分析中大多会用到。）本篇叙事分析的作者主张对此持开放态度。

综观全书各篇，分析者一般都能够用比较简洁清楚的语言把他们看出的故事（整体叙述结构）先予说明，无论抒情诗多长多复杂（该书诗例，超过百行者4首，最长者488行），基本上可以做到表述明白。在这里，他们关注的是抒情人的思维逻辑、故事序列、叙述框架、时间变换、脚本内容、各种人物（从作者、抒情人、叙述者到登场或未登场的故事人物乃至受述者）等关键性概念。这些关键性概念在中国诗歌的叙事性分析中，是很有用的思维素材。虽然我们可以并且必须根据实际情况和需要另行创用，但他们思考的方向和路径，是应该借鉴的。

比如他们关注诗中所表现时间的变换。西方语言的动词时态对此颇能提供方便，汉语则有所不同，但如果我们注意一下，中国诗中的时间变换还是有或明或暗线索可寻的，而通过对诗中时间变换的梳理来弄清叙述的序列，进而探索诗意，这个方法自然是可取的。

又比如他们关注诗中人物的身份，关注人称代词的运用，实即如小说叙事学那样关注叙述的视角，努力把诗人（作者）、抒情人、叙述者加以区分，而不是将每一首诗的叙述者都简单地视为作者本人。对于故事中人（可以是个人，也可以是群体）乃至男主人公、女主人公，以及男女主人公在诗中分别变换为叙述人，诗句分别是他们所说的话，即所谓直接或间接引语，通过说话（叙述行为），故事情节得以展开，诗歌获得某种戏剧性，都会作出细致分析。这些都打开我们的思路，在对中国诗作叙事学研究时，很有应用价值。

以该书第十一章托马斯·哈代的《声音》为例，分析者一开始就指出："这首诗的抒情人，故事外的叙述者，是一位上了年纪的老人。由于他是诗中的主人公，他也是自身故事的叙述者。"也就是说四种身份聚于一人。作者通过这个老人对一个女人关系的回溯，表达了诗歌的主题——对已逝爱情的追忆（亦可谓脚本）。据说这事与哈代第一位妻子的死和他们当初的一度疏远有关，诗歌实际上很可能带有某种自传性，但分析者拒绝把作者与抒情人混为一谈。① 这种做法与叙事学的要求相符，而与我们常将中国诗作者与抒情人、叙述者和主人公混为一谈的习惯颇为不同，孰是孰非似不可简单论之，须按实际情况而定。但他们这种做法与叙事学关注叙述视角的思路一致，对理解叙

---

① 分析者说明了这情况后，强调："即便抒情人在诗歌中叙说的对这女子的回忆与现实世界中作者的态度相符，在分析诗歌时也不需要必须对此进行了解。"见该书第157页注2。在《结论》中又指出：虽然"发现其中大部分诗歌的抒情人都指涉他或她自己"，"尽管抒情人与主人公融合而成为同一个人"，但是"两者在理论上位置的区分必须加以保留，这时应该将其视为作为主体的'我'与作为对象的'我'的区别。"（第246—247页）

述的变化和丰富性有益,很值得我们参考借鉴。①

在开宗明义指出上面一点之后,分析者进入结构分析。他认为诗的故事存在两个序列。序列 A 写眼下状况（老人的心理过程）,"以现在时态来表现,也在这个意义上加以演示"。序列 B 是回顾性的叙说,参差错杂地写了二人关系的三个阶段:和谐—疏远—死亡。序列 A 覆盖全诗,序列 B 镶嵌于序列 A 之中,而用男主人公现在仍能听到的女人的呼唤声贯穿起来。(按:顺便一提:"声音"是此诗标题,也是贯穿性的脚本,其作用犹如中国诗的起兴)。该篇文章小标题清晰地表明了分析者工作的步骤,即:第一,指出"交流状况:力图使过去再次重现";第二,论述"回忆的内容:过去变成现在";第三,说明"回忆的历程:使回忆在场的过程",然后归纳"事件性与叙述功能"以及"形式的功能"等。

艾略特《一位女士的画像》的人物,除了作者兼为叙述人,此诗主人公有二。一是年龄较长的女士,一是与此女士有关的年轻男子。诗歌的句子,有的是作者叙述,如题下的引诗,有的是作者或男主人公的话语,如"十二月有个雾气腾腾的下午/你把场面安排妥当——",但紧接着的那句话"我把这个下午留给了你",则是女子所说,而下面的感受又变成男子的视角:"黑暗的房间燃着四支蜡烛,/天花板上映现着四个光圈,/一种

---

① 此种情况值得注意。在小说类的叙事作品中,将作者与叙述者加以区分已成为当代叙事学的常识;但在抒情诗中西方学者的通常看法仍然是需要将诗人与抒情人/叙述者加以区分的。而实际上,在抒情诗中,诗人与抒情人/叙述者的联系是最为紧密的,有时甚至是融为一体、难以区分的。如何考虑二者的关系,大有文章可做。以上为谭君强先生教言,谨录于此。

朱丽叶墓穴的氛围，/准备好所有要说或不说的事情。"全诗124行，其结构就复杂得多，变化也更为频繁。分析者的解读对普通读者很有帮助。

上面所引"一种朱丽叶墓穴的氛围"，借用以往故事中的情节比喻眼下情景，可以说类似中国诗的用典。此外，同一首诗中的"阿喀琉斯之踵"、《第二次降临》中对《圣经》的引用和《郊区颂》对灰姑娘故事的暗用，在我们看来也可归于用典。利用前人故事或前人话语，在中西诗歌都是很普遍的现象，可以成为叙事分析的一个内容。

他们也关注诗中出现的意象，西方称为母题，如叶芝《第二次降临》中的"猎鹰"："猎鹰已听不到驯鹰人的声音"，隐喻世界的变异。

在谭译书中见到许多概念术语，如框架、脚本是从认知论中借来，聚焦和声音是从经典叙事学中挪来，它们各有各的用处，有的颇难把握，我们能用就用，不必勉强。

谭译书的内容非常丰富，有的篇章笔者读了不止一遍，但理解还很肤浅，而且少不了错误。总体会是：中西诗歌的叙事分析，有同有异，可以互相参考，但照搬照抄则非常困难。

（四）中国古典诗歌叙事分析举例

说了半天读西方抒情诗叙事学分析的体会，目的还是借他山之石以攻本土之玉。下面就试举几首中国诗来实践一番。

像孟浩然《过故人庄》、杜甫《赠卫八处士》这一类诗，本身叙事成分浓重，在我们的抒叙光谱上都靠近叙事比重较大的右端。《过故人庄》，五言八句，基本上句句叙事，围绕着去老朋友家做客会餐之事，首联、颈联四句直赋记述；颔联写景（实写赴宴之途），尾联对话（主客依依告别并相约重阳之聚），也都属叙事的内容和写法。事件发生的大背景当是春夏之交，具体事件时间顺序清晰，地点主要是在一户农家。以抒情人（兼叙述者、作者）角度而言，从受邀到赴宴，到亲切聚会，到临别留言，有的叙述概括，有的叙述细致，可谓按部就班，各得其所。诗内基本上讲述了一天之内发生的事。至于诗外之事，大致可以想象：邀请人和被邀者有着深厚的交情，邀请人具备较好的物质条件，今年年成估计不错，主人热情好客。再扩大一点，那么看来当时农村整个的氛围似乎还比较安定祥和，以至临别时主客均对再次聚会抱有乐观的期待。这是一篇顺时间结构、序列性清晰的记事之作，而每一句诗都在叙述中含蓄地抒发了生活安宁、友谊温馨的美好感情，抒情渗透在叙事之中，典型的叙中有抒。

　　杜甫的《赠卫八处士》，五言二十四句，除开头结尾共四句是直接抒情外，其余二十句全都叙事，其在抒叙光谱上的位置自亦居于右端。它的结构比《过故人庄》稍稍复杂。开端两句由抒情引入，之后便是叙事序列，抒情人与卫八处士于今夕相见，事件开始的时间分明。双方多年不见，现在均已鬓发苍苍，思绪自然溯回至二十年前，其间省略了多少寒暄和问候，可以想见。等到卫八的儿女们出场，老友重见、忆往说今达到高潮，叙述则由此推进——孩子们热情地接待父执，乡间的朴素招待穿插着主客的对饮与对话。结尾又是两句抒情："明日隔山岳，世事两茫茫。"使今宵难忘的情意与境界盘旋在主客、也萦绕在读者的心头久久不散。

以上二诗，我们在习惯上觉得作者、抒情人和叙述者是合一的，诗歌叙述的是作者亲身经历的事。它们是西方学者认为的"经验诗"。不过，如果让西方学者来分析，也许还会另有说法。这不奇怪，叙事分析和艺术鉴赏，本都带有再创造的性质，见仁见智是很正常的。但下面两首李商隐诗与前举两首不一样。我们不妨试把它们的作者与抒情人/叙述者分开，作者隐藏得深了，叙事者充当作者的代言人，视角有变，诗歌的虚构性和戏剧性加强，诗篇思想意义的复杂性与深刻性也强化了。

请看李商隐的两首咏史诗《龙池》和《骊山有感》：

龙池赐酒敞云屏，羯鼓声高众乐停。
夜半宴归宫漏永，薛王沉醉寿王醒。①

（《龙池》）

骊岫飞泉泛暖香，九龙呵护玉莲房。
平明每幸长生殿，不从金舆惟寿王。②

（《骊山有感》）

咏史诗在中国诗里数量颇多，七绝是咏史的主要形式。虽然篇幅有限，但咏史的表现方法却很多样。既可以复述某些史事，借"叙中抒"以流露感情倾向；也可以不涉史事而以抒感、评判、议论为主；甚至还可以在事实背景基础上虚构故事、形塑人物、拟言代说、借题发挥、寓意寄讽。李商隐这两首内容上

---

① 刘学锴、余恕诚：《李商隐诗歌集解》，中华书局2004年版，第1684页。
② 刘学锴、余恕诚：《李商隐诗歌集解》，中华书局2004年版，第1680页。

有联系的诗,就属于第三种情况。我们先来看第一首《龙池》。

此诗的抒情人即叙述者,他告诉我们一个有历史依据却又是虚构的故事。故事发生的地点如诗题所示是"龙池"。这是唐长安兴庆宫内的一个风景点,一次热闹的、由皇帝亲自主持的盛大宴会正在这里举行,首句正写此事。宴会的时间显然已经不短——唐天宝年间,这是常事。

既是一个盛大皇家宴会,出现的人物应该很多,皇帝后妃嫔御、亲王贵戚重臣,还有大批宫人优伶侍卫等等。即如诗云"羯鼓声高众乐停",就涉及多少人!"众乐"指的应是一支庞大乐队,钟磬笙笛、弦管鼓角之类应有尽有。按天宝年间的惯例,演奏者中不但会有许多乐师伶工梨园子弟,甚至还会有参宴的贵客——皇族中多的是精通各种乐器的行家。但诗句告诉我们,此时宴会上的所有乐器都已停奏,只有羯鼓声高亢激越地响着。这情景说明什么?这就不能不接触"诗外之事"了——原来,皇帝李隆基本人是个羯鼓好手,狂热喜爱而且精熟羯鼓音乐。这是有文献可征的,虽然李商隐的诗里没有明白提到。① 羯鼓声高众乐停,意味着李隆基亲自下场击打羯鼓,而且非常投入,

---

① 唐南卓《羯鼓录》记载了羯鼓的形制和来源。这本是一种少数民族乐器:状如漆桶,以小牙床承之,击用两杖,其声焦杀鸣烈,尤宜促曲急破,作战杖连碎之声。李隆基特喜羯鼓,精于击打演奏,并能用以作曲。其侄汝南王李琎(小名花奴)亦善此道。一次玄宗听琴嫌腻,急令内官:"速召花奴将羯鼓来,为我解秽!"又一次宫中为新进女伶试舞,"就按于清元小殿。宁王(玄宗兄)吹玉笛,上(玄宗)羯鼓,妃(杨玉环)琵琶,马仙期方响,李龟年觱栗,张野狐箜篌,贺怀智拍板。自旦至午,欢洽异常。"(《杨太真外传》上)案:这些都是与此诗有关的"诗外之事",也属"一切发生之事"范围。

非常得意，极为兴高采烈，以至于羯鼓之声压倒众乐，其他所有的乐器不知不觉都停了下来，所有在场的人大概都被羯鼓声吸引，全都注目欣赏那忘情击鼓的皇帝。一句诗，七个字，实际上包含着丰富内容、多层涵义。西方叙事学者曾指出，抒情诗有"一种以高度压缩的形式表现发生之事的普遍趋向"，"使用概括叙述和压缩时间进程的倾向，是抒情诗中序列性的典型特点"。①《龙池》诗的这一句印证了他们的话。高度压缩的概括叙述，确是中国古诗的一大特点，咏史诗中就有举不胜举的例子。

除了唐玄宗李隆基，这幕戏剧中登场的还有两个重要人物：薛王和寿王（他们的侍从不计在内）。二人中，寿王是引人注目的主角，诗歌描写他在延至深夜的宴会结束以后，和喝得醉醺醺的薛王完全不同，离去时他仍然非常清醒。这暗示他并没有喝多少酒，不像薛王那样快乐无忧。这当然不是无缘无故的。这句诗制造了一个悬念，关系到一位诗中未写而实际必然在场的重要人物。

这个人物就是贵妃杨玉环。根据当时的情况，唐明皇的宠妃杨玉环是不可能不在场的，否则李隆基不会如此高兴。不过叙述者故意没将她推到明处，而是通过寿王的表现，让读者想到她的存在。原来故事中实际上有四个重要人物，整个故事就是在说这四个人的微妙关系。

《龙池》诗的情节或故事框架线索，简单说来便是：明皇赐酒，略带家宴性质。诸王出席，贵妃陪侍，云屏大开，音乐歌舞，觥筹交错，场面十分喧闹。到最高潮时，高亢激越的羯鼓

---

① 见谭译书第248页、第245页。

声压倒一切音乐。这不仅是皇帝的权威在起作用,也暗示了明皇的兴致很高,他在宴会上开心得很。就这样一直欢宴到深夜才告结束,薛王、寿王二人(也许还有其他人,但不在诗人视野中;薛王代表所有与宴的诸王)自然要离开龙池、各自回宫了。故事到此都还是一次寻常的宫中饮宴,如不细心观察,不会发现什么特别的情况。但此诗的叙述者眼力非凡、用心深细,他在诗的最后一句悄悄地提醒我们——请大家注意,离开龙池的王爷们,有完全不同的表现:瞧,薛王喝得酩酊大醉,而寿王呢?却跟他迥然不同,竟清醒如常,似乎根本没有喝什么酒似的。他们两个以完全不同的姿态离开了明皇的宴席。而与明皇的击鼓取乐、兴高采烈相比,寿王的无奈无趣、低沉失落就更是鲜明对照。七绝的篇幅只能七言四句,容量有限,诗内的故事也就只能到此戛然而止。给读者留下的一个问题是:为什么寿王会这样呢?那便是诗外的故事了。原来,那寿王乃是唐明皇第十八子,几年前杨玉环本是他明媒正娶、皇家册封过的妃子。但现在却成了唐明皇李隆基的爱妃,也就是说,他的原配妻子被父王夺去了!① 如此,今天在明皇召赐、贵妃作陪的酒宴上,寿王心里是怎样的滋味呢?这酒他还能喝得下吗?寿王的清醒背后竟暗含着这样一个故事!这就是所谓的"诗外故事"。它与

---

① 杨玉环本是寿王妃,见《唐大诏令集》卷四十开元二十三年(735)之册文。杨玉环度为女道士之时间,《新唐书·玄宗纪》《南部新书》《杨太真外传》等皆记为:"开元二十八年(740)十月,玄宗幸温泉宫。使高力士取杨氏女(玉环)于寿邸。度为女道士,号太真,住内太真宫。"至于玉环由道士册为贵妃,《资治通鉴》记此事于天宝四载(745)八月,而其年七月则册韦昭训女为寿王妃。详参陈寅恪:《元白诗笺证稿》第一章《长恨歌》,上海古籍出版社1978年版,第14—20页。

诗内故事在时间上有先后,诗并未正面表现,但却有重要的因果关系,是读这首诗所必须了解的。

还须注意,《龙池》的诗外故事(父夺子妻)是真实的,是历史;《龙池》的诗内故事却是虚构。这次宴会,当时是否真的有过?寿王是否真有赴宴后清醒而归之事?于史无征,应该是诗人的想象和假设,而又通过叙述者之口道出的。但这虚构是在真实历史基础上产生,按叙事学观点,诗人隐身,他的想象,借助于诗的叙述者这个媒介表达出来,讲得煞有介事,仿佛如真,这就艺术地暗示了历史故事的秘密,触及了历史人物的痛点(寿王失妻,明皇失德并导致荒政)。只有把诗外、诗内故事联系起来,整合为一,我们才能把握李商隐诗的题旨和深意,却又不会像旧时某些论者那样责怪诗人"无理"和冒犯皇帝。叙事分析对理解咏史诗(抒情诗的一种)的复杂意蕴,显然有帮助。

再看李商隐所写的另一首内容相关的诗:《骊山有感》。它可以说是《龙池》的姐妹篇。光看题目,按读诗惯例似应直感是作者因到骊山而"有感",那么作者似乎就是抒情人、叙述者;但再一思之,其实它仍不妨是代言和虚构的。故事未必为真——作者是否真到骊山?骊山之事是否真的发生?就算真有此事,民间又何从得知?所以诗歌不一定是诗人自己在叙述,而仍可以是抒情人一种假设性的叙述。

这首诗的妙处是连主人公寿王都没有出场,唐明皇、杨贵妃则混在一大堆参与仪式的人中并不起眼。地点变换了,从长安的兴庆宫移到了骊山温泉的长生殿,当年李杨定情之处。时间与情景也从由晚入夜的宴会,改为在长生殿清晨的斋祀活动,且基本上固定于这个时间点。如果寿王这时在骊山,他本应参加仪式，可是他偏偏缺席，而且唯独他一个人"不随金舆"缺席了。原因何在？叙述者未言，但他的叙述显然是用心观察后的报道，他的目光是刻意搜索着寿王呢！但他只是揭出事实，对原因却不着一字，任由读者猜测，用心可谓深曲。其实无论是否寿王根本不在骊山，或是他虽在而故意躲避了，归根到底恐怕是与《龙池》的众人皆醉他独醒的缘故相同。总之，读者可以这样理解：寿王实在是不愿同杨贵妃照面。主题相同，立意相似，但手法变化，修辞有特色，即叙述者利用的媒介体与媒介调节模式有所不同。《骊山有感》描绘的景致颇为香艳，写景中有寓意。首句写骊山之景，"泛暖香"的描叙，香艳靡丽意味显著，暗寓李隆基与杨玉环在此度过骄奢淫逸、浓情蜜意的生活。次句则将此意比喻得更加明显，"九龙呵护玉莲房"既可视为实写温泉暖汤的景色，亦可兼有寓意。"九龙"喻明皇，"玉莲房"喻贵妃。由此申足前句"泛暖香"的情味，以重笔皴染李杨的荒淫生活，但用词优美，不露明显贬意。"平明"句叙事，平平道来，波澜不惊，实为下句蓄势。末句仿佛说相声中的抖包袱，又像变戏法的揭谜底，给读者一个意想不到的镜头：在那每天的庄严仪式上，唯独寿王没有出现在金舆之后，他为什么总是溜号？是否与杨玉环的被夺有关？就留给读者思考去吧。

一件史事，就这样翻成了多个虚构故事。诗外故事相同，由此引生的诗内故事却可以远远不止一个。这也是诗歌叙事学需要注意的现象。

我们试对几首唐诗做了叙事学分析，这种尝试性的实践是否可行？是否有意义？是否有进行下去的必要？这是值得思考的。中国的诗歌资源极为丰富，我们难道不该向世界贡献一部甚至多部谭译《抒情诗叙事学分析》这样的著作？谭译书的《结论》中，作者既肯定"本书的分析表明，叙事学的概念和方法可以应用于抒情诗中"，但也声明"我们的研究主要是一个潜在的尝试性的实践"，同时承认并非所有的诗都适宜运用叙事学方法。笔者很同意这样的观点和态度。我们愿为建设新文科而努力实践，在实践中探索理论和方法，衷心期待对我们的论说给予批评指正。

（本文原为江西师范大学举办的"新文科背景下的叙事学研究学术研讨会"发言稿，刊于中国叙事学会《叙事研究》第4辑，2022年12月出版，文字略有修改）

后　　记

　　看完校样，《诗心缘事：中国诗歌叙事传统研究引论》的工作才算可以暂告一段落了。

　　想说的话很多。首先是一声感喟：时间过得真快，不知不觉我已成耄耋之人！从最初起念搞这个课题，到被批准为国家社科基金重大项目，到组织团队、商议分工、投入研写，再到今天定稿等待出版，已过去了整整七年。我分担的是写丛书的"引言"——《诗心缘事：中国诗歌叙事传统研究引论》（以下简称《引论》），这工作贯穿首尾，反复推敲打磨，竟也延续了七年之久。其间，我新读了，也重温了一些典籍、图书和文献资料，反复思考过不少问题，几次动手试草过提纲和初稿，听取过专家和课题组成员们的意见，也曾择题撰成过几篇文章，用以参加相关的研讨会，或交学术刊物发表。七年间稿子积了一堆，《引论》却还没有着落。可是，自己觉得在《引论》这个标题下所思所想和能够讲的意思，实在已说得差不多了。于是，整理删汰，编排成现在看到的这样一本《引论》。前半有点像词条，后半收录论文，相互对应参照，自以为大体道出了中国诗歌叙事传统研究之"引论"所应涵盖的内容，遂以此名之；和本项目主体——六个子课题成果——一起合为丛书一套。先是报由国家社科基金委托的专家组审议，获准结项。而后，在国家出版基金和上海远东出版社支持下，这套丛书进入编辑程序。

经历整个过程，其间感受和体会不少。这里择要简述两点。第一，我深深感到，围绕这个课题进行的研究与写作，是一次新的学习。通过这次科研实践，我加深了对中国文学叙事传统和文学史抒叙双线贯穿规律的理解，对叙事学也有了一定的了解和经验，学术视野有所开阔，知识水平有所提高，付出辛劳，也获得快乐。看到近年来叙事学在我国蓬勃发展，叙事学方法在文学研究中广泛应用，衷心感到欢欣鼓舞，同时更深切感到学无止境，天外有天，于是：再次下定决心，活到老学到老！反观手头的《引论》书稿，则深深感到它的不足：不少地方虽然提出问题，论述和分析却远不够深细；也许还有很多重要问题尚未触及。又因写作方式的关系，有些自以为要紧的观点和材料，不免说得啰嗦重沓，虽经删削，却难干净。此外缺点还多，诚请读者不吝批评赐教。书稿出版不等于研究结束，只要条件许可，我愿继续思考改进。

第二点体会，我感到课题完成、丛书出版是集体合作的胜利。我要衷心地感谢一些人。这里有我们课题组的战友（其中有老师和当日的学生），没有他们的全力拼搏，这个庞大的课题根本无法完成；这里有我们团队所在的上海大学，从中文系、文学院到学校各级领导和职能部门，是他们给课题的顺利进行不断吹拂和煦东风；这里还有与课题申报、立项、操作、审订、修改、单篇发表，直到结项，乃至丛书出版过程中，每一个环节与我们团队发生过工作关系、给我们以助力的先生和朋友们。尤其应该感谢的是课题组学术委员傅修延、谭君强、乔国强、赵炎秋和徐正英诸先生。最后，我们书稿的接力棒传到上海远东出版社手中，没有诸位编辑朋友付出的汗水，这套书不可能既快又好地问世，谨对丛书的接生者致以真诚的谢意！

董乃斌

2023 年 2 月 4 日于上海寓所